ENTRE ASPAS²

Do mesmo autor, publicado pela L&PM EDITORES:

ENTRE ASPAS 1
ENTREVISTAS COM

Aimé Jacquet
Antonio Tabucchi
Chantal Thomas
Charlotte Rampling
Claude Lévi-Strauss
Elisabeth Badinter
Emir Kusturica
Éric Rohmer
Fanny Ardant
Henri Salvador
Isabelle Huppert
Ismail Kadaré
Jean Baudrillard
Jean Delumeau
Jean-Luc Godard
Jean-Pierre Jeunet
Julia Kristeva
Michel Camdessus
Michel Piccoli
Michel Schneider
Patrice Chéreau
Paul Virilio
Peter Brook
Philippe Starck
Pierre Boulez
Tzvetan Todorov
Wim Wenders

FERNANDO EICHENBERG

ENTRE ASPAS 2

ENTREVISTAS COM

PINA BAUSCH • IAN KERSHAW
DAVID SERVAN-SCHREIBER • SEMPÉ • JEAN CLAIR
FRANK GEHRY • GYULA GROSICS
GILLES LIPOVETSKY • ARIANE MNOUCHKINE
JANE BIRKIN • PÉTER ESTERHÁZY
JAN FABRE • CHARLOTTE GAINSBOURG
MICHEL HOUELLEBECQ • PHILIPPE ROGER
ROBERT BADINTER • CHARLES AZNAVOUR
ALBERT UDERZO • STEPHEN GREENBLATT
AMIN MAALOUF • JOHN MALKOVICH
LUC FERRY • ROBERT CRUMB • DANIEL ROCHE
BRUNO LATOUR • CATHERINE MILLET
MICHEL MAFFESOLI • ÉLISABETH ROUDINESCO
ROLAND CASTRO • MICHAEL STIPE

L&PM EDITORES

Texto de acordo com a nova ortografia.

Capa: Jacqueline Lemos
Foto do autor na orelha: © Ana Manfrinatto
Preparação: Marianne Scholze
Revisão: Lia Cremonese

CIP-Brasil. Catalogação na publicação
Sindicato Nacional dos Editores de Livros, RJ.

E33e

Eichenberg, Fernando
Entre aspas: volume 2 / Fernando Eichenberg. – 1. ed. – Porto Alegre, RS: L&PM, 2016.
480 p. : il. ; 21 cm.

ISBN 978.85.254.3408-1

1. Jornalismo. 2. Entrevistas. I. Título.

16-31213 CDD: 070.4
CDU: 07

Rua Comendador Coruja, 314, loja 9 – Floresta – 90.220-180
Porto Alegre – RS – Brasil / Fone: 51.3225.5777 – Fax: 51.3221.5380

Pedidos & Depto. Comercial: vendas@lpm.com.br
Fale conosco: info@lpm.com.br
www.lpm.com.br

Impresso no Brasil
Outono de 2016

Para Reali Jr. (1941-2011),
Amélia e meninas, que me receberam de braços
e corações abertos em Paris

Sumário

Prefácio | 9

Pina Bausch | 13
Sempé | 25
Frank Gehry | 35
Ariane Mnouchkine | 47
Jane Birkin | 63
Charlotte Gainsbourg | 75
Michel Houellebecq | 89
Albert Uderzo | 105
Charles Aznavour | 127
Gyula Grosics | 137
Péter Esterházy | 159
Robert Crumb | 173
David Servan-Schreiber | 187
John Malkovich | 207
Gilles Lipovetsky | 215
Catherine Millet | 241
Stephen Greenblatt | 257
Michel Maffesoli | 279
Jan Fabre | 297
Amin Maalouf | 309
Michael Stipe | 331
Robert Badinter | 349
Luc Ferry | 359
Jean Clair | 373
Ian Kershaw | 383

Élisabeth Roudinesco | 403
Philippe Roger | 417
Daniel Roche | 429
Roland Castro | 441
Bruno Latour | 451

Sobre os entrevistados | 471
Sobre as entrevistas | 477
Agradecimentos | 478
Créditos das fotos | 479

Prefácio

*Ignácio de Loyola Brandão**

EM 2004, UM LIVRO FEZ SUCESSO NO MUNDO e no Brasil, *Curar o Stress, a Ansiedade e a depressão sem medicamento nem Psicanálise*, de David Servan-Schreiber. Pois David morreu aos 50 anos, vitimado por um câncer. Pouco antes de morrer, deu uma entrevista a Fernando Eichenberg relatando suas "peregrinações íntimas", maneira diferente para combater o câncer superagressivo que o avassalou. Já Catherine Millet, autora de um livro que fulgurou por aqui, *A vida íntima de Catherine M.*, entre outras comenta a célebre relação aberta entre Sartre-Simone de Beauvoir, que comoveu as feministas do mundo. Para Millet no entanto aquela foi muito mais uma "associação" que um casamento. "Sartre não era exatamente um amante extraordinário, e logo ela procurou prazer em outras relações."

Toda uma geração se emocionou com a sensualidade da canção "Je T'Aime... Moi Non Plus", composta por Serge Gainsbourg que chocou a moralidade da época (a ditadura militar brasileira a proibiu) e despertou nossos melhores instintos. Serge teve um affaire com Jane Birkin que levou os dois aos píncaros (como se dizia) da fama. Tiveram uma filha, Charlotte. Serge, no dia em que a filha nasceu, caminhou pela chuva horas e horas, "tocando a felicidade com seus dedos". Quando ele morreu, Jane declarou: "A morte é um país inacessível. Os mortos para mim se tornaram santos. Na morte, você é upgraded como num voo, a um estágio inacessível".

O filósofo Luc Ferry, que escreve de maneira compreensível, nada hermética, também fala da morte, na qual deveríamos passar a vida pensando, porque é de uma beleza ímpar. E diz: "Há coisas que morrem na vida. Você passou dez anos na França, um dia talvez vá retornar ao Brasil, e pensará em seu período francês como um tempo que ficou definitivamente para trás. A morte é também o irreversível das épocas de nossa vida no interior da vida".

O brilho e a coragem de Élisabeth Roudinesco transparece na defesa incondicional de Freud, acusado por um batalhão de "inimigos".

---

* Jornalista e ficcionista brasileiro, autor de mais de 40 livros, entre os quais *Zero*, *Não verás país nenhum*, *Veia bailarina* e *O menino que vendia palavras*.

Ela procura em sua biografia sobre ele revelar as verdades sobre as "lendas negras e douradas" edificadas sobre o criador da psicanálise, "dizem até que foi ele quem difundiu o uso da cocaína".

Curiosa é a confissão de Michael Stipe (lembram-se do grupo R.E.M.?): "As coisas mais simples do dia a dia podem ser uma assombração paralisante para mim... Sophie Calle é absolutamente destemida, e admiro esse tipo de valentia, porque não a tenho". Pequenos trechos, quase sensacionalistas que pincei aqui e ali. Jornalista, adoro fazer chamadas de capa atraindo o leitor, e como este livro é jornalístico, cedi à tentação. Poderia extrair das trinta entrevistas deste *Entre aspas 2* umas tantas quantas citações. Aqui estão coreógrafos e dançarinos como Pina Bausch, que o Brasil viu em várias temporadas; o cartunista e humorista Sempé (desenhou centenas de capas para a *New Yorker*) que conta a falta que ainda sente de seu amigo Goscinny (Asterix). Sempé, sarcástico em tudo diz: "Sinto decepcionar, mas não gosto do Pelé, prefiro o Cruyf, era extraordinário, elegante". Aqui está Charles Aznavour que, aos noventa anos, cantou e dançou, sim dançou no palco em São Paulo. Onde estaria a brasileira que o enfeitiçou quando ele tinha doze anos? Ele reclama que cantoras como Elizete Cardoso ou Maysa não sejam mais tão lembradas hoje. Delícia é a entrevista com Robert Crumb que se revela mais comportado que sua arte, mas é bom de ler, principalmente quando comenta seu monumental *Gênesis* e suas reações. Vendedores de livros eram presos nos Estados Unidos pela polícia. Deliciosa igualmente é a entrevista com Gilles Lipovetsky, bastante conhecido dos brasileiros por suas críticas ao consumismo, ao exibicionismo, à paixão pelo luxo vazio, à moda como é feita hoje. Lipovetsky escreve à mão, não usa computador.

Se eu fosse editor faria a capa deste livro com os nomes dos entrevistados. Como a revista *Seleções do Reader's Digest* fazia antigamente com o sumário. Bastam esses nomes para atrair leitores os mais diversos, de diferentes gêneros. Aqui estão atores, juristas, filósofos, políticos, revolucionários, esportistas, atrizes. Do nazismo discutido por Ian Kershaw aos problemas do Oriente Médio na longa entrevista com o (para mim então desconhecido) escritor libanês Amin Maalouf. Ou nos deparamos com o singular ator John Malkovich. Ou o polêmico arquiteto Frank Gehry, o do Museu Guggenheim, em Bilbao. Esse dá uma estocada no Brasil: "Como é possível uma desigualdade tão grande, como é possível uma atividade tão predadora de uma certa classe?". Você poder ler ao acaso, aqui e ali, é a grande vantagem. Assim, como eu, vai acabando lendo de cabo a rabo como se diz. Impossível parar.

Raros jornalista brasileiros aproveitaram tanto e tão bem seu estágio como correspondente internacional quanto Fernando Eichenberg em Paris, onde está há dezessete anos. Se ele quiser poderá publicar como crônicas muitas de suas reportagens que se juntarão às crônicas que publica sobre esta. Então teremos um livro como o *Flanando em Paris*, de José Carlos de Oliveira ou *O que viemos fazer em Paris*, por Alberto Villas e *Paris: Quartier Saint-Germain*, de Eros Grau. Ou mesmo *Paris é uma festa*, de Hemingway, e *Paris Yesterday*, de Janet Flanner. Neste livro ele vai a Washington, a Budapeste, Los Angeles, Reims, Boston e outras.

Nenhum outro correspondente fez o que ele fez, um livro como este *Entre aspas 2*. Quando publicou o volume 1 já foi dito que era algo como a *Paris Review*, lendária publicação americana. Enquanto esses livros de entrevistas trazem um conjunto de autores, em *Entre aspas* temos um jornalista só entrevistando de políticos a humoristas, cantores, atores. Trabalho de anos, de minúcias, de perguntas elaboradas com sutileza e conhecimento da vida e da obra do entrevistado. E em nenhum momento ele quer mostrar inteligência, cultura, conhecimento, para que o entrevistado o admire, usando uma verborragia exibicionista. É uma lição que Eichenberg dá para uma geração de jovens (e velhos também) que sonham com o jornalismo, é a de como entrevistar com questões sintéticas, elaboradas, diretas, irônicas às vezes.

São Paulo, 2016

Pina Bausch

Quando criança, Pina Bausch costumava permanecer desperta até tarde da noite. Passava boa parte de seu tempo insone sob as mesas do café-restaurante do pequeno hotel administrado por seus pais, August e Anita, na cidade alemã de Solingen, onde nasceu. De seu semiesconderijo, observava atenta as relações na intensidade de seu cotidiano: encontros e desencontros, os mal-entendidos do amor, casais que brigavam ou se apaixonavam, a atração repentina ou mesmo o desalento pela perda de um emprego. "Havia tantas pessoas, se passavam tantas coisas estranhas, era um local onde a vida acontecia", disse certa vez. A menina embaixo da mesa cresceu e, do assoalho da infância para as novas dimensões da vida adulta, suas perspectivas de mundo se ampliaram. Como coreógrafa, Pina Bausch revolucionou a arte da dança contemporânea no século XX e se impôs nos palcos internacionais com um estilo próprio de dança-teatro, o seu *tanztheater*. Mas a garotinha de Solingen e a artista sexagenária mantiveram pelo menos um traço em comum: o interesse pela condição humana. "Tudo é tão forte. Eu gosto de olhar, sentir as coisas e dar uma forma a tudo isso por meio de meu trabalho, deixar a vida e o amor emergirem", me diz, em lento fraseado, num final de manhã em Paris, sua inimitável silhueta esguia e longilínea acomodada na penumbra de uma das poltronas da deserta plateia do Théâtre de La Ville, frequente escala de seus espetáculos.

A vida condensada em suas conexões humanas, com suas ambivalências, imperfeições, sofrimentos e alegrias é o leitmotiv das criações de Pina Bausch, encenadas por sua companhia Tanztheater Wuppertal, com sede na pequena Wuppertal, uma nimbosa cidade no vale do Ruhr, próxima a Colônia. Conhecida do público brasileiro por diferentes turnês e também por um período de residência no país, que inspirou o espetáculo *Água* (2001), a coreógrafa se preparava para levar ao Brasil mais um de seus trabalhos, *Para as crianças de ontem, hoje e amanhã* (2002), quando a encontrei, 66 anos recém-feitos (ela morreria aos 68, em 30 de junho de 2009).

A formação de Pina Bausch começou aos 14 anos, na Escola Folkwang de Essen, dirigida pelo célebre coreógrafo Kurt Joos, um dos fundadores do movimento de dança expressionista alemão, que combinava música e dramaticidade. Em 1959, embarcou sozinha num navio rumo aos Estados Unidos, admitida num programa de intercâmbio para estudantes. Na Juilliard School of Music de Nova York, onde permaneceu por dois anos, estudou com nomes importantes da dança como Antony Tudor, José Limon e Paul Taylor. Na mesma época, dançou nas companhias de Paul Sanasardo e Donya Feuer e integrou o New American Ballet e o Metropolitan Opera Ballet. De volta à Alemanha, em 1962, dançou como solista no Folkwang Ballet até criar, em 1968, sua primeira coreografia, *Fragment*. Em 1972, aceitou a direção do Wuppertal Opera Ballet, mais tarde rebatizado de Thanztheater Wuppertal Pina Bausch, berço de suas singulares criações.

Uma de suas frases é constantemente relembrada para definir um dos pilares de seu trabalho: "Não me interesso em como as pessoas se movem, mas no que faz elas se moverem". Pina Bausch cavou seu próprio afluente do *Ausdrucktanz*, a "dança expressiva", estilo bastante popular nos anos 20 que buscava o gestual cotidiano para exprimir experiências pessoais e desaguou em sua dança teatralizada. Suas versões das óperas de Gluck *Ifigênia em Táuris* (1974) e *Orfeu e Eurídice* (1975) acentuam a carga dramática em detrimento da narração, e sua montagem de *O barba azul* (1977), livre criação da ópera de Bela Bartók, é considerada um marco em direção à força teatral de suas coreografias. *Café Müller*, baseado em memórias paternas, *Kontakthof* (ambas de 1978) e *Nelken* (1982) são três de seus conhecidos espetáculos que apontam para os contornos de sua obra: solidão, incomunicabilidade, violência, nostalgia, melancolia, afeto, amor e felicidade formam mosaicos no décor povoado ou desabitado, estático ou em movimento, silencioso ou musicado de suas obras. Suas peças provocam, instigam, sem fornecer respostas, e privilegiam a emoção por meio da estética e do drama. "Quando vou assistir a uma peça, quero sentir algo. Não quero só estar lá, ver o que vai ou não acontecer. Eu vou para ver e sentir", diz. Para fazer sentir, utiliza alterações de ritmo e de humor com recursos coreográficos e teatrais, solos ou curiosos esquetes, elementos naturais (água, areia, grama, flores) misturados aos corpos dos bailarinos em paisagens estudadamente projetadas pelo cenógrafo Peter Pabst, sucessor do falecido Rolf Borzik.

A partir da década de 1980, seu laboratório de criação expande fronteiras. Estágios de pesquisa em diferentes cidades e países passam a alimentar suas inspirações. O método de residência artística é inaugurado com *Viktor* (1982), em Roma, e prossegue com *Palermo* (1989), em Palermo, na Sicília; *Tanzabend II* (1991), em Madri; *Uma tragédia* (1994), em Viena; *Nur Du* (1996), em Los Angeles; *O limpador de vidraças* (1997), em Hong Kong; *Masurca Fogo* (1998), em Lisboa; *O Dido* (1999), novamente em Roma; *Wiesenland* (2000), em Budapeste: o já citado *Água* (2001), no Brasil; *Nefés* (2003), em Istambul; *Ten Chi* (2004), no Japão; e *Rough Cut* (2005), na Coreia do Sul. Quando nos vimos, estava com viagem agendada para a Índia, com temporadas programadas para Calcutá e a região de Kerala – que gerou *Bamboo Blues* (2007).

A cada ano, na passagem de mais uma de suas criações por Paris, eu assistia ao mesmo ritual no Théâtre de La Ville. No burburinho da grande sala, poucos momentos antes de o espetáculo começar, Pina Bausch surgia em passos leves subindo as escadas em meio ao público, acompanhada de seu séquito de fiéis assistentes, para sentar-se em seu espaço reservado na plateia, cercado por um cordão de isolamento. Por vezes, dependendo da localização de meu assento, podia mirá-la observando atentamente seus bailarinos em ação no palco.

Apesar da reticência em explicar suas criações – "Se o fizesse, não necessitaria fazer peças" –, ao final de nossa conversa ela aceitou definir seu mais novo espetáculo, *Vollmond* ("lua cheia", em alemão). Disse simplesmente: "Lua cheia. E água". E finalizou a resumida e poética descrição com generosas risadas, como uma criança marota que guarda um segredo e prepara mais uma surpresa. Ou uma arte.

Você cria uma forte relação com os países por onde passa e também se inspira. O que poderia dizer sobre sua relação com o Brasil, a profissional e a pessoal, que imagino sejam misturadas?

É difícil saber por onde começar, porque há tantas coisas diferentes. A beleza das pessoas, o jeito como elas são amáveis, a música, a paisagem... que país vocês têm! É difícil também porque não tivemos muito tempo de aprender algo mais, exceto nas cidades em que estivemos. Há tantas possibilidades para onde ir nesse paraíso. Ouvimos falar tanto sobre a Bahia, e foi também um sonho estar lá. Não queríamos mais deixar aquele lugar. A música, como eles dançam... É também muito especial o jeito de estarem juntos, e como eles fazem você se integrar. Eu gostaria de tocar você *(risos)*. Nunca havia visto nada igual, o carinho, a proximidade das pessoas. Você não vê isso em nenhum outro lugar.

Sua relação com artistas brasileiros é frequente. Além de contar com duas bailarinas brasileiras em sua companhia, Ruth Amarante e Regina Advento, apenas em Para as crianças de ontem, hoje e amanhã *você integrou à trilha sonora Naná Vasconcelos, Amon Tobin e Caetano Veloso, de quem ficou bastante próxima.*

Eu adoro o Caetano. Vocês têm artistas fantásticos. O restaurante de forró que fomos conhecer em São Paulo era um lugar maravilhoso. Uma noite, ele veio conosco, e foi fantástico, pegou o violão e começou a cantar, as pessoas não acreditavam. Fomos lá muitas vezes. Era incrível ver todas estas pessoas diferentes e como elas se mexiam. Também tive a sorte de conhecer a Bia *(Lessa)* já há muito tempo. Cada vez que vou ao Brasil a vejo, e também seus amigos. Cada um deles tem muitos amigos. Naná Vasconcelos, Violeta (*Arraes*)... E a comida! *(risos.)* E os encontros de capoeira na praia. Incríveis pintores, artistas. O samba, a Mangueira, a que estive assistindo.

Você costuma dizer que o espetáculo só estará realmente finalizado após ter sido revelado ao público. Nas apresentações no Brasil, há alguma particularidade nessa troca com a audiência?

Por exemplo, há uma parte na peça *Água* com música de forró, e no Brasil o público ficava em pé e começava a dançar *(risos).* Levantar--se e se mexer ainda não vi o público fazer em outros países. Acho que eles gostariam de fazer o mesmo, mas não conseguem. Mas é difícil para mim dizer. Eu vejo o espetáculo, mas sou mais crítica. O público no Brasil é extremamente aberto e direto, mas é difícil falar, porque outras pessoas também aprendem a ser mais abertas. É uma questão para o próprio público responder.

Li em algum lugar que o título teria sido inspirado numa lenda indígena.

Não foi a primeira inspiração. Foi um outro livro que vi certa vez. Mas eu estava muito ocupada com diferentes coisas. Não foi logo no começo da criação. Quando começo, nunca sei para onde estou indo e não se sabe onde vai terminar. Não consigo explicar; se o fizesse, não conseguiria criar peças *(risos).* Você sente tudo isso, nem precisa fixar o olhar, é tudo tão forte. Eu gosto de olhar o entorno, trabalhar na minha mente e dar forma por meio do meu trabalho, e deixar vida e amor surgirem.

Você disse certa vez que nos esquecemos do que sentimos quando éramos crianças e que, quando as observa, vê o quanto é difícil a vida para elas, o quão sérias são suas experiências.

Crianças são seres tão sensíveis, frágeis. Não tenho palavras para o sofrimento delas em tantas partes do mundo, e por vezes tão próximo a nós. Experiências que provavelmente não vão desaparecer tão facilmente.

Certa vez, você disse que o início dos anos 1980 foi uma época em que focou o mundo e o nosso medo de violência e do desastre. Há alguns anos, disse que estávamos em um sério e terrível momento, e que em suas criações procurava um certo equilíbrio em meio a esse caos. Ainda é assim?

Eu entrei em coisas fortes, duras, não porque eu gostava, mas ao contrário, para mostrar o sentimento por alguém que está sofrendo. É sobre o que pode acontecer a você e aos seus sentimentos com alguém sofrendo. Naquela época, você podia fazer isso, mas os tempos realmente mudaram. Nosso corpo é algo tão especial, com os sentimentos você pode fazer tantas coisas em movimentos, dança, música, artes. Me questionei muito para encontrar movimentos, mas movimentos têm a ver com as coisas. Não é só o movimento, um gesto depois do outro. Eu tentei. Porque às vezes não há mais palavras, você se sente tão indefesa, só tem a si mesma. O que um simples corpo pode fazer? Você pode falar sobre seus desejos, vontades e o que sentimos juntos, pessoas-público, o que nós temos juntos. É uma linguagem. Você sente coisas. Pode sentir a mesma coisa, a mesma dor, e você é feliz quando pode rir e sorrir. Algumas pessoas são tão negativas. E como podemos continuar com isso, como podemos manter nossa esperança? Se você consegue rir já é algo, uma esperança *(risos)*. Às vezes acho caminhos, palavras, que não posso explicar, mas você vai entender. Outras vezes sou confusa, falo, mas também posso me fazer clara.

Críticos apontaram que em sua obra se alternam períodos sombrios e ensolarados, algo de que você discorda, pois já definiu sua obra como uma única e longa peça, com ambos os aspectos.

Já fiz tantas peças diferentes. Claro que depois você vê, algumas vezes, o que aconteceu. No momento em que faz, não sabe, porque não sabe para onde está indo. Mas depois, sim, você vê as mudanças, como tudo se desenvolveu. Mas as razões são as mesmas. Se algo mudou é por causa das experiências que você teve na vida. E se você está aberto, vai acontecer. Não sei para que direção. Eu estou completamente aberta, e vamos ver no que isso vai dar. Eu só posso sempre tentar. Somente tentar. Quando vou assistir a uma peça, também quero sentir algo. Não quero só estar lá, ver o que vai e não vai acontecer. Eu vou para ver e sentir algo. Eu olho para a performance também, faço parte do público. E tento dar o melhor de mim para poder fazer com que se sinta algo.

Recentemente, o pensador francês Régis Debray provocou polêmica com seu livro Sur le Pont d'Avignon *por criticar a recorrente agressividade das performances no Festival de Teatro de Avignon, o que seria sinal de um "colapso cultural".*

Penso que há tantas maneiras de se dizer a mesma coisa. Talvez para uma pessoa deva ser feito desta forma e, para outra, daquela maneira. Cada um que está fazendo um trabalho de determinada forma segue de modo verdadeiro o que sente que deve fazer, o melhor que pode. Acho fantástico que haja muitas maneiras de expressão. Seria terrível se todos fizéssemos o mesmo tipo de coisa. Às vezes é difícil quando você vê o que está acontecendo no mundo, mas algumas pessoas querem ter certeza de que você não deixou de ver, não deixou de ouvir, isso acontece, elas insistem nisso. Eu vou numa outra direção, mas é o meu caminho. Algumas pessoas gostam de ter discussões fortes, gritar. Eu tenho medo de gritos. Mas acho que tudo é possível. E você não é obrigado a ver, se não suporta, pode ir embora. E também pode reagir dessa forma (*como Régis Debray*), escrevendo a respeito e dizendo que é horrível. Por que não? Mas ninguém é obrigado a concordar. São os pensamentos dele. E talvez outras pessoas achem necessário ser assim. Geralmente, essas pessoas são as mais carinhosas. Elas fazem um trabalho forte, mas são tão doces. É só uma questão de ser bem feito. Esse é o ponto. Se há algo a ser dito, e é verdadeiro e bem feito... Quem vai definir o limite? Eu não vou definir o limite.

Você entrou no mundo da dança porque tinha medo de falar. Quando se movia, podia sentir.

Sim, não há palavras para o que você sente quando você dança. É como música, você não pode descrever enquanto escuta.

Antony Tudor, que foi seu professor de dança, acreditava que, se os bailarinos se sentiam demasiado confortáveis, não poderiam dançar, razão pela qual era frio com a maioria deles, mas não o era com você. Mas a sua atitude não é a mesma.

Não sou assim com meus bailarinos. Mas admiro muito Tudor, porque ele estava completamente certo, porque ele necessitava de bailarinos realmente desconfortáveis. Ele odiava quando eles estavam apenas olhando para o espelho. Ele os fazia se sentirem desconfortáveis, porque talvez fosse para ele o único meio de que dispunha para tentar trazer para fora o que eles realmente sentiam. De uma certa forma, ele era muito esperto. Era terrível para eles, mas realmente algo verdadeiro vinha para fora. Não era somente ser desagradável. Mas ele nunca foi assim comigo. Eu penso que ele sabia também quem podia suportar ou não e respeitava isso. E, mesmo sendo desagradável, era uma forma de respeito para com a arte.

Como se passa a experiência em suas residências criativas em diferentes países?

Quando realizamos essa experiência pela primeira vez foi em Roma, na peça chamada *Viktor*. Eu estava chocada pelo fato de que pudesse fazer algo sobre Roma. Eu me perguntava: "Como se pode fazer algo sobre Roma, de que forma?". No começo, era totalmente contra. Então veio a ideia de talvez fazer residência e deixar você mesma se incluir, ver o que acontece, ver como isso reage. E foi uma incrível experiência, de como tantas portas se abriram, de ver o quanto você não conhecia. A música, as pessoas que você conhece, situações, você entra em tantas coisas. Claro que estivemos lá muitas vezes antes nos apresentando, mas sempre há coisas que você quer fazer, sentir e aprender mais sobre certos lugares. E fiquei totalmente surpresa com o que veio para fora – que era possível uma ideia assim, e o quanto eu desejava continuar, e em todas as direções, porque se abriram tantas coisas que eu nunca havia visto. Foi o mesmo quando fomos a Palermo. Eu me perguntava por que sempre usava música da Sicília, já havia usado muitas em meus trabalhos, deveria haver um significado. Eu estava lá sem saber por que razão usava música siciliana assim, aconteceu simplesmente. Isso também foi uma surpresa, foi uma total *love story*. Então, uma coisa levou a outra. Acontecia sempre em cidades que já conhecíamos antes, havia uma relação. Nós conhecíamos certas pessoas, já estávamos apaixonados por algo, eu nunca fiz nada onde não tinha estado ou onde não havia tido alguma experiência antes. E não me via fazendo isso por tanto tempo. E não terminava. O que me dá sempre medo. É aterrorizante, porque nós não sabemos o que estamos fazendo. Nós temos uma data de estreia, uma première, mas não há peça, não há música, não há set, só há nós, a companhia, e vida. É claro que dá medo. Eu me coloco muito aberta e procuro coisas como uma criança. Me divirto, me dá medo. Tento muitas experiências, de diferentes formas. Não seguimos sempre como um grupo. E muitas vezes a peça ainda não está terminada quando fazemos a première, e continuo a trabalhar, mudar certas coisas. Crescemos assim. Você tem de aceitar, é um período de tempo. Não temos um tempo muito longo para criar o espetáculo. É aterrorizante, mas também bonito. E todas as pessoas que você encontra. Há pessoas maravilhosas no mundo. Você sente sempre o que vive, e como elas confiam em você, o que elas mostram para você. Eu me sinto tipo: "Como posso retribuir toda esta beleza que recebi?". Meu corpo está cheio, e eu quero dar algo em troca. Temos tanta sorte, tantas coisas maravilhosas aconteceram para nós.

Qual será a próxima parada?

A próxima será a Índia. Um mundo. Mas eu sempre penso: "Ok, mas nós tentaremos fazer algo muito pequeno". Senão, como fazer algo? É arrogante. É chegar e ver o que acontece. Sempre tivemos belas experiências, mas você sofre muito com isso, porque você sabe que é muito pequena. Eu nunca fiz o que realmente desejei. Então também me sinto envergonhada. Quando você volta para o local da residência e mostra o que fez, é a coisa mais terrível. Por causa do jeito como olham. Eles olham para você... Como quando voltamos para o Brasil, pensam: "O que você viu, o que é isso, o que você acha disso?" *(risos).* No começo, é simples a maneira como eles olham: "O que você acha, o que você assimilou?". Como, por exemplo, no outro dia me disseram que deveria apresentar novamente na Coreia a peça criada lá, porque havia mudado muito. Não mudamos muito, só ajustamos mais com o passar do tempo. Mas me diziam: "Melhorou muito! *(risos).* Vamos levar de volta, eles têm de ver de novo!". O que fizemos em Hong Kong, eles queriam ver de novo também depois de alguns anos. É bonito, mas, por outro lado, é algo também muito difícil. Fomos muitas vezes ao Japão, e o que fiz é nada em relação ao que realmente queria fazer. Eu sofro muito. É só um pequeno pedaço, o que vem à tona. Mas você não pode abraçar tudo.

"Eu não sei nada, só posso esperar. Sinto meu caminho e tento não sentir medo. Não se trata apenas dos bailarinos não saberem aonde estão indo, mas eu também não sei para onde estou indo. Não se trata apenas de que eles devem acreditar em mim, mas eu também tenho de acreditar em mim mesma." São suas palavras. Você sente angústia, prazer quando cria uma peça?

Sinto angústia. É algo sério. Mas de alguma forma eu sei o que estou buscando, mas não em imagens e palavras. Mas há este sentimento, porque de repente uma pequena coisa aparece, e eu sei que pertence à minha imagem ou ao que estou procurando. Eu sei. E eu sei o que não pertence ao que procuro. Mas como explicar? É tão delicado, tão íntimo. Eu não saberia encontrar a palavra certa para isso. Tenho sempre tanto medo de dizer algo; "Oh, vamos fazer isso e isso". Você tem o plano, e então não pode fazer nada do que gostaria de fazer. Por isso não digo nada. Eu prefiro ter a esperança de algo. Por vezes você se sente como andando em círculos. Mas não é isso, pois eu busco de forma muita cuidadosa. E há períodos completamente diferentes, para o set, a música. Por exemplo, para o set, com Peter Pabst, só consigo falar com ele quando já sei para onde estamos indo, mesmo que ainda não esteja nada completo. Porque nessa área também há tantas possibilidades. Para a música é igual, temos uma enorme coleção, e somente eu sei que música quero na peça. Ninguém pode fazer isso por mim. E depois é toda uma outra história quando você coloca os elementos juntos. Não acredito em nada no papel, eu tenho de experimentar. Bons planos, boas ideias escritas, eu não confio. Temos de fazer e ver. E ver várias vezes. É a pior das situações, ouvir repetidamente a mesma música, que você já nem consegue ouvir mais. Eu não trabalho sem música. E temos duas ou três músicas. Você experimenta, e assim pode manipular. Há coisas de que gosto, mas depois de ouvir tantas vezes você enjoa de ouvir a mesma música. Mas as coisas têm de passar por isso, é um tipo de teste. Certas coisas têm de passar pelas mais terríveis situações. Se eu me entedio, já sei, adeus. Com músicas de que gosto muito, não quero testar só um pouco. Eu procuro que seja integrado, que combine. E a cada música que você usa tudo muda completamente, é muito complicado. Algumas vezes você acha músicas lindas, então você coloca os elementos juntos, e aí tem de achar uma nova música. São momentos de trabalho muito diferentes.

Você se definiu certa vez como uma otimista com realismo.

Eu sei o que quero dizer com isso, não sei se você sabe *(risos)*. Eu sou otimista, mas não uma sonhadora. Sou realista. Eu sei o que se pode fazer e o que não é possível, não sonho com alguma coisa. Talvez eu deseje um monte, mas o que é possível, o que pode acontecer.

Você poderia falar um pouco sobre sua nova criação, Vollmond*?*

Lua cheia. E água *(risadas)*.

Sempé

As amplas janelas do sétimo e último andar do apartamento, um loft-ateliê em um prédio do bulevar Montparnasse, em Paris, oferecem uma vista impressionante. Do imenso tapete em altitude formado por disformes telhados acendrados, sobressai-se ao longe, no alto de uma colina, a diminuta e alva imagem da basílica Sacré Cœur. A enorme mesa de trabalho do desenhista francês Jean-Jacques Sempé está colocada de frente para essa invejável tela panorâmica, aberta para um vasto céu. Sentado diante de seu belvedere privado, o olhar distante na paisagem, Sempé – a solitária assinatura que se tornou mundialmente conhecida – revela com certa nostalgia: "Não são os telhados de Paris que acho interessante. Gosto muito de ver as pessoas. Os ônibus, os carros, as pessoas, gosto disso. Daqui de cima eu não vejo nada. Vivo aqui há uns oito, nove anos. Antes morava na praça Saint Sulpice, no primeiro andar, e de lá eu enxergava as pessoas".

A observação não poderia estar mais em sintonia com a sua obra, que reflete, com a sensibilidade de um artista singular, diferentes nuances das relações em sociedade e os mistérios e a simplicidade da alma humana em cenas banais ou inventivas do cotidiano. Sempé é o ilustrador da célebre série "O pequeno Nicolau", escrita por seu grande e saudoso amigo René Goscinny (1926-1977). É o desenhista de mais de uma centena de capas da prestigiada revista americana *New Yorker*, peças de inimitável talento artístico. É o criador dos personagens Raul Taburin, Marcelino Pedregulho e Senhor Lambert. E é, sobretudo, o autor de milhares de cartuns, publicados e reproduzidos nos cinco continentes, nos quais, em anedotas gráficas de tracejado leve e delicado, destila um humor álacre e melancólico, provocador de cúmplices sorrisos inesperados.

Estava com tudo mais ou menos encaminhado para entrevistar Sempé no final de 2009, mas minha mudança para Washington, nos EUA, acabou por adiar indefinidamente o encontro. De volta a Paris, foi uma feliz surpresa poder ter a oportunidade de finalmente encontrá-lo, no final de 2012. Ao me receber em sua residência, numa tarde de sábado, o desenhista, amante confesso de futebol, não se privou, de saída, de um comentário: "Eu não quero decepcioná-lo, mas o meu jogador favorito não era Pelé, e sim o holandês (Johan) Cruyff. Ele era extraordinário, elegante", desculpou-se o anfitrião e notório craque do desenho humorístico.

Antes de começarmos a entrevista, solicitou uns minutos para fazer algumas ligações telefônicas, para convidar amigos a uma degustação de ostras frescas em sua casa, à noite. "Eu moro sozinho, mas há pessoas que vêm me ajudar. E tenho amigos", frisou. Nesse meio tempo, me entretive admirando a decoração da casa. Autor, mas também colecionador de desenhos, as paredes de seu duplex parisiense estão cobertas de ilustrações compradas em galerias ou de particulares. As molduras acolhem obras de Saul Steinberg (1914-1999), William Steig (1907-2003) ou de seu fiel amigo Chaval (1915-1968). "Sou muito feliz por ter comprado estes desenhos. De vez em quando eu tiro um deles da parede para dar um beijo. Eu os adoro!", exclamou, o sorriso estampado no rosto, ao desligar o telefone. Ele também evoca sua relação com Goscinny: "Era meu grande amigo, sou muito triste por ele não estar mais aqui. Quando nos conhecemos, acho que eu tinha 22 anos e ele devia ter uns 30. Faz muito tempo. Era muito talentoso".

Então com 80 anos, seus movimentos e sua fala haviam desacelerado devido a um recente acidente vascular cerebral (AVC). Sua produção criativa, embora mais lenta, não cessou, mas o imprevisto alterou a sua relação com o mundo. "Fiquei furioso com isso. Mudou a minha vida. Antes eu era bastante autônomo. Andava todo o tempo de bicicleta, mas desde o acidente não posso mais. Ia por todo lado pedalando. Às vezes estava chovendo, eu chegava na casa das pessoas num estado lamentável, mas todos já estavam acostumados com isso, sabiam que eu me deslocava o tempo todo de bicicleta. Nos meus desenhos há muitas bicicletas. Não sou a mesma pessoa depois do acidente", admitiu. Fez uma leve pausa e acrescentou: "É muito estranho não ser a mesma pessoa".

Em sua mesa de tampo inclinado repleta de imensas folhas brancas e virgens, circundada por penas e tintas de todas as cores, repousa um trabalho inacabado, previsto para ilustrar mais uma primeira página da *New Yorker*. A obra retrata uma recepção num jardim, com as dezenas de convivas aglomerados, representados nas mais variadas situações corriqueiras de um evento social, com o característico e apurado humor do desenhista. "Comecei este desenho há quatro ou cinco anos, e de vez em quando voltava a trabalhar nele. Achei-o novamente na semana passada, e vou tentar terminá-lo. Não sei ainda o que estou fazendo, vamos ver. Aos poucos dou um toque aqui e ali. O que você acha? Você gosta? Dá para ver que isso aqui em volta são árvores?", indagou, como se fosse um artista inseguro e iniciante. E prosseguiu como entrevistador: "Como você conheceu meu trabalho? Onde via meus desenhos no Brasil? Que livros meus foram publicados no Brasil?".

O cigarro é onipresente entre os dedos de suas mãos direita ou esquerda, levado à boca em contínuas tragadas intermitentes. Mas, apesar da fumaça, nota-se, depois de algum tempo, que o tabaco nunca apaga e não emite cheiro. Trata-se, na realidade, de um cigarro eletrônico. "Foi um médico que me recomendou: 'Experimente isso e você verá'. Mas é ridículo. Você nunca fumou? Não tem nada a ver com o cigarro normal. Há os mesmos gestos, isso ajuda. Mas é completamente ridículo!", disse, rindo.

Nascido em 1932, em Bordeaux, Sempé, aluno rebelde, foi expulso do colégio e começou a trabalhar aos 17 anos. Após uma experiência malsucedida fazendo entregas de bicicleta para um comerciante de vinhos, alistou-se no Exército. Seus primeiros desenhos de destaque surgiram no início da década de 50, aos 19 anos, menos por impulsividade artística e mais para ganhar a vida e o 1,50 franco francês que recebia pela realização de cada encomenda. Sua primeira recordação de ter visto um desenho na vida ainda é nítida em sua memória: "Eu me lembro muito bem. Foi um desenho humorístico muito ruim, muito mal feito. Eu era muito pequeno. O desenho estava num jornal, não me recordo muito bem do que se tratava, exceto que o personagem principal tinha um buraco na sua calça. Não sei que idade eu tinha, não sei nem se já caminhava, mas vi esse desenho, e ele me marcou. Por quê? Não sei. Já meu primeiro desenho foi a figura de um marinheiro. Também não sei por quê, só sei que era muito criança".

Seu ofício é árduo, costuma dizer, pela necessidade de, por meio do desenho, "retranscrever uma forma de verdade". "Não se trata, necessariamente, da realidade. É uma forma de verdade. Por vezes, há crianças ou pessoas que nunca viram um desenho e, ao verem, reconhecem os traços. Os traços não existem na natureza. Se as pessoas se interessam pelo desenho, é porque ele mostra uma certa verdade da qual elas não tinham consciência. Uma verdade nova. É um tipo de escrita", resumiu.

Sempé assinala a diferença entre espírito – "rir dos outros" – e humor – "rir de si mesmo". Seus desenhos, nota ele, revelam o humor, como "autorretratos", mesmo de forma inconsciente. "O humor está relacionado a nós mesmos, e o espírito zomba dos outros – o que por vezes é algo charmoso, engraçado, mas eu prefiro o humor. Às vezes me dou conta, seis meses, um ano depois, de que um desenho que fiz tinha algo de autorretrato. Vejo uma pessoa levada pelos acontecimentos, sempre fazendo bricolagens para tentar ajeitar as coisas. Eu sou um pouco assim. E sou completamente distraído. Sempre fui meio à parte de tudo. E a inspiração para desenhar vem de mim. Eu preferiria que a vida lá fora me desse todo dia algo para me inspirar, mas não, está aqui dentro, neste espaço. Mas não sei de onde vem."

As ideias "vêm e vão", diz, sem uma lógica determinada: "Nunca se sabe como vai ser. É assim. Acontece de tudo que é jeito, não há método. O método é a paciência. E eu não tenho nenhuma paciência. Mas a gente acaba se habituando", resigna-se. "Minha rotina se tornou um pouco diferente desde meu acidente. Mas acordo, bebo um café e me precipito para minha mesa de desenho. Às vezes, fico aqui todo o dia, outras não. Nada é sempre igual."

Para elucidar sua relação com seu *métier*, recorre a uma entrevista concedida por um ator francês a uma revista semanal, que leu há alguns anos: "A jovem jornalista lhe fazia perguntas do gênero: 'Sim, mas e esse prazer que se tem quando se acha um personagem?'. E ele responde: 'Sim, mas não se esqueça nunca de uma coisa, *mademoiselle*, trabalho é s-o-f-r-i-m-e-n-to, não é prazer'", conta ele. "De vez em quando temos prazer, mas na maior parte do tempo é sofrimento. E após o trabalho terminado, acontece de, dez anos depois, eu dizer a mim mesmo: 'Olha, isto não é de todo ruim'. Infelizmente, também me ocorre notar: 'Mas o que é esse horror?'. Há alguns desenhos meus que odeio. Infelizmente, muitas vezes estão impressos em livro, e isso é horrível."

Se o desenho exige muita atenção e detalhes, o silêncio ao redor é imperativo para a concentração do desenhista. Mas se a ilustração corresponde, por exemplo, a uma grande árvore com folhas – e mostra o atual trabalho sobre a mesa –, a música estará presente no ambiente. Nesse caso, a trilha sonora é praticamente invariável, e com uma nota brasileira: "É terrível, ouço sempre os mesmos: Debussy, Ravel, Beethoven, Bach, Erik Satie, Duke Ellington... Nada de original. Mas há um brasileiro que adoro, que é (Tom) Jobim. Que músico maravilhoso! Suas harmonias, seu senso de melodia, é delicioso. Eu o encontrei certa vez aqui em Paris, ele conversava com pessoas que eu conhecia. Eu o adorava. Fiquei muito triste quando ele morreu". O último concerto a que assistira havia sido uma apresentação recente de alunos do conservatório de música, com Ravel e Debussy no programa: "Eu estava maravilhado".

Questionado sobre seus arrependimentos, replica: "Na vida?", faz um silêncio, e depois retoma: "Claro, tenho muitos arrependimentos. Mas sempre se dá um jeito. O que mais lamento é não saber ler música. Sou um analfabeto em música. É incrível. Não tinha tempo para aprender, trabalhava como um louco, o tempo todo". Aficionado pelo jazz, Sempé recorda "muito bem" a primeira vez em que viu em cena John Coltrane e Count Basie, nos palcos de Nova York. O desenho humorístico, segundo ele, se assemelha ao jazz em sua "humildade": "Porque é preciso sugerir, com muita precisão. Não se deve fazer em demasia. Isso é algo muito difícil. Vejo nisso muita relação entre o desenho e o jazz. Há essa humildade", explica. Num canto da sala ao lado, há um toca-discos abandonado. "Com o vinil, é possível entrar na música, é bem melhor. Mas esta vitrola quebrou há três meses, e não se pode consertar. Tenho alguns vinis comigo, mas a maioria acabou ficando na casa de minha ex-mulher."

Nos músicos, mas também nos pintores – Rembrandt, Mondrian ou Monet – e escritores – Virginia Woolf, Flaubert ou Maupassant – que mais aprecia, ele reconhece uma certa melancolia, mas evita citar influências. "Eles não me inspiram. Eu os admiro, eles me impressionam, eu os acho imensos, grandes. Sim, há melancolia em Ravel, que adoro. Eu mesmo me sinto um melancólico. Mas não se pode ter medo da melancolia, ela faz parte da vida. Temos amigos que desaparecem, lugares que já não são mais os mesmos. O tempo que passa nos torna forçosamente melancólicos. Talvez isso ajude de alguma forma na criação, mas não saberia dizer como."

Sempé se sente um homem fora de seu tempo. Em um planeta cada vez mais obcecado pela velocidade, diz experimentar uma crescente angústia numa era regida por autoestradas, para a qual o desenho humorístico funciona como um tipo de antídoto. "Eu me sinto assim. Sou mais angustiado. Mas esta é minha personalidade. Sempre fui angustiado. Quando tenho um encontro e a pessoa está atrasada, fico enlouquecido. O que aconteceu? Houve um acidente? Por isso peço sempre aos meus amigos: 'Sejam pontuais!'. Senão me preocupo. Mas vivo o sentimento de continuar, e de me dar conta de que as coisas são ainda mais difíceis do que pensávamos. Mais avançamos, mais vemos que tudo é difícil. Tudo vai rápido demais, e não temos direito de pedir explicações. Tudo é violento. Não sou feito para isto, para a velocidade e a violência. Não temos mais comunicação, nos lançam coisas, e você deve fazer a seleção, mas não temos tempo de fazer a triagem. É muito difícil, hoje, ter relações", constata.

Ele olha pela janela e, após mais uma tragada eletrônica, continua: "Somos prevenidos contra tantas coisas. Veja nós dois, não nos conhecíamos, nos encontramos, e procuramos simplesmente falar um com o outro. Se nos prevenirem, se me disserem que você fez isso e aquilo, e mais tudo o que eu fiz, é muito difícil conservar um tipo de naturalidade. Temos já um monte de informações prévias, e muitas delas falsas. Muito falsas".

Seu saudosismo aponta para uma época em que nas conversações "havia silêncios": "Há pessoas que falam todo o tempo. Na tevê, as pessoas não param de falar. Eu fico desorientado com isso. Sou uma pessoa normal, às vezes vejo tevê, tenho celular. Mas não tenho computador. Todas as pessoas que possuem um computador dizem: 'Meu computador está travado, é horrível, preciso fazer algo!'. Eu não sinto tanta necessidade assim de um computador".

Sempé vê o público cada vez mais atraído pela caricatura política e pela história em quadrinhos (HQ), e lamenta a perda de interesse pelo desenho humorístico "fantasista". "Queremos hoje que tudo seja muito formatado, perdemos a fantasia. Os quadrinhos não são para mim, não é o meu universo. Eu preciso do branco em volta. Mas uma HQ que adoro ler é Tintin. É simples – não há poeira, não há micróbios, sempre se dá um jeito para tudo –, engraçado, simpático. É formidável. Não conheço a HQ moderna. A minha paixão é o desenho humorístico. Não podemos acompanhar tudo, somos obrigados a nos especializar."

O sucesso de "O Pequeno Nicolau" é, para ele, um enigma. Por que crianças do século XXI se reconhecem no personagem surgido em 1959, nas páginas do jornal *Sud-Ouest Dimanche*? "É um enorme mistério que não consigo compreender. Uma amiga me disse um dia algo muito engraçado: 'Você sabe, eu não entendo o sucesso do Pequeno Nicolau, pois quando você e Goscinny o faziam já era algo antiquado, e foi ficando cada vez mais antiquado'. Eu lhe disse: 'Você vê, é por causa disso, é cada vez mais antiquado, mas se compreende mesmo assim'", contou, sorrindo.

A primeira capa de sua autoria na revista *New Yorker* foi impressa em 1978, um antigo sonho do jovem desenhista e um acontecimento do qual, mais uma vez, diz se recordar "como se fosse hoje". "Era algo que eu queria muito. Eu fiz 104 capas para a *New Yorker*, é algo enorme!", orgulha-se. O trabalho para a reputada publicação americana requeria, ainda assim, algumas curiosas adaptações: "Eles fazem uma revista, sabem fazê-la, sabem o que querem. Mas se eu desenho uma janela francesa, os leitores vão se perguntar o que é. É preciso que faça um outro tipo de janela, para que as pessoas possam compreender. Muitas coisas são bem diferentes".

Nova York e Paris se tornaram duas cidades referência em sua trajetória, mas sempre inapreensíveis e infinitas: "Nunca se conhece bem cidades como Paris e Nova York, são dois monstros. Mas, para mim, Paris é a elegância, e Nova York, a força e a beleza. Prefiro Paris, porque não falo inglês. Considero muito importante falar a língua".

O compositor Erik Satie, um de seus preferidos, afirmou ao completar meio século de vida: "Durante toda a minha juventude me diziam: 'Você verá, quando fizer 50 anos'. Eu tenho 50 anos. Não vi nada". O octogenário Sempé, de uma certa forma, partilha desse sentimento. "Não temos a impressão de que vimos alguma coisa. Sempre nos perguntamos como tudo é estranho. Você também deve se dizer às vezes: 'É estranho', não?", pergunta.

"Otimista" em relação ao futuro, ele acredita que haverá um número maior de "coisas extraordinárias" descobertas e produzidas pelo homem. Mas não deixa de acrescentar uma pincelada sombria ao cenário presente: "Por outro lado, o ser humano está cada vez mais perdido. Isso faz rir muita gente, mas, com as dúvidas que temos sobre a existência de Deus, as pessoas andam bastante perdidas". Sobre a recente polêmica provocada pelas caricaturas do profeta Maomé, publicadas pelo hebdomadário satírico *Charlie Hebdo*, preferiu não se manifestar. "Não quero falar disso. Acho algo catastrófico. É a volta à Idade Média".

Na janela, as cinzentas nuvens de chuva cederam lugar a um entardecer de horizonte desimpedido. A entrevista chegava ao seu fim, mas ele se colocou à disposição para uma sessão de fotos, enquanto avançava o desenho na página sobre a mesa: "Fique à vontade, faça as fotos que quiser".

Para Jean-Jacques Sempé, a melhor definição do homem ainda é a que o descreve como "um animal inconsolável e alegre": "Por 20 anos pensei que o autor dessa frase fosse Pascal (filósofo, 1623-1662), e eu dizia a toda hora: 'Sabe, um dia Pascal falou que...'. Mas amigos eruditos pesquisaram e descobriram que Pascal nunca disse isso. Eu me cobri de ridículo por muito tempo *(risos)*. Parece que foi um autor de teatro, Jean Anouilh (1910-1987), quem deu esta definição. Mas, quem quer que tenha sido, penso que é maravilhosa: somos inconsoláveis, porque vamos morrer, e apesar de tudo alegres, porque continuamos. É preciso ser alegre para continuar".

Frank Gehry

Aos 14 anos de idade, encerrado em seu quarto com um kit de experiências químicas que havia ganhado de seus pais, o jovem Frank Gehry testou sua capacidade científica de inventor. Com geradores de hidrogênio e de oxigênio comunicados por dois tubos a um recipiente de vidro, tentou simplesmente criar água. O experimento, no entanto, resultou em um desastre. "Deu uma explosão e foi tudo para o ar. Fiquei com cacos de vidro no meu corpo. Foi perigoso o que fiz", me contou, rindo, aos 81 anos.

O adolescente malsucedido na fabricação de líquidos se tornou um gênio na criação de inusitadas formas sólidas. Ao longo dos anos, Frank Gehry, canadense naturalizado americano, alcançou a reputação de um dos maiores talentos da arquitetura contemporânea. Frequentemente, é citado como o mais aclamado arquiteto americano desde Frank Lloyd Wright. Seu nome é de imediato associado ao Museu Guggenheim instalado às margens do rio Nervión, em Bilbao, na Espanha: uma enorme estrutura-escultura de blocos ortogonais em pedras calcárias, moldada por curvas em escamas retorcidas de titânio luminoso e lâminas de vidro. Inaugurada em 1997, a original construção catapultou o arquiteto ao estrelato e revitalizou a cidade industrial catalã. O museu deflagrou o chamado "efeito Bilbao" e despertou a inveja e o interesse de outras cidades pelo mundo, que passaram a aspirar a semelhante consagração. "Quando vi o museu pronto, disse: 'Meu Deus, o que eu fui fazer para essas pessoas?'", confessou certa vez. Por conta da notoriedade proporcionada pelo museu espanhol, entre as mais de 130 demandas recebidas por projetos similares, também houve uma sondagem de brasileiros.

Sua projeção internacional foi confirmada pela singularidade arquitetônica do Walt Disney Concert Hall, edificado em Los Angeles, em 2003, e considerado uma obra-prima visual e acústica. Seu portfólio revela ainda preciosidades como a Casa Dançante, em Praga; o Centro Stata, no Instituto de Tecnologia de Massachusetts (MIT, na sigla em inglês); a Torre Beekman, em Nova York; e a Fundação Louis Vuitton, em Paris. Sua infinita curiosidade o levou também a explorar o design de móveis e de coleções de joias para a grife Tiffany.

Uma entrevista com Frank Gehry é, literalmente, uma conversa em construção. Instalado na ampla e habitada sala de seu escritório em Los Angeles, o inquieto arquiteto se ergue a todo momento, seja para mostrar uma das tantas fotografias exibidas na parede, apanhar um livro na estante ou recolher croquis espalhados pela mesa. "Não há nada meu em seu país", constata, em tom mesclado de surpresa e resignação, ao me receber em seu bunker. E acrescenta que teria interesse em idealizar algum projeto para a Copa do Mundo ou a Olimpíada no Brasil.

No final de 2010, de Washington D.C., onde estava na época baseado, decolei num voo e atravessei os Estados Unidos até a costa oeste, a Los Angeles. Na manhã seguinte, na hora marcada, estava diante do número 12.541 da Beatrice Street, sede do enorme estúdio de Frank Gehry. Ao final de nosso encontro, o entrevistado assumiu o papel de guia em um tour pelo vasto espaço em que integrantes de sua equipe – de um total de 120 funcionários – trabalhavam em uma quinzena de novos projetos em diferentes países. Entre as vistosas maquetes em produção estavam um enorme veleiro; um prédio de escola de negócios em Sidney, na Austrália; o Memorial Eisenhower, em Washington, nos EUA; a Fundação Louis Vuitton, em Paris, na França (inaugurada em 2014); e aquela que promete ser sua próxima grande criação arquitetônica, o impressionante Museu Guggenheim de Abu Dhabi, nos Emirados Árabes, com finalização prevista para 2017.

Além de multiplicar edificações pelo mundo, o arquiteto alenta ainda questionamentos metafísicos e existenciais. Em seu mais recente hobby científico, promove encontros com sábios para investigar a necessidade biológica da arte. Se vai provocar uma nova explosão, como nos tempos da juventude, é a pergunta que se solidifica no ar.

Por causa do "efeito Bilbao", o senhor disse que foi procurado por pessoas do Brasil para fazer o projeto de um museu similar no país. Como foi isso?

Sim, mas elas não foram sérias. Queriam que fizesse o mesmo que fiz em Bilbao. Falei para virem aqui conversar comigo, mas não vieram. Não lembro exatamente quem eram. Mas depois eu visitei o Rio, estive em Curitiba, em Recife, na Bahia. Adoro a Bahia, é a minha favorita. Minha mulher é panamenha, se interessa pela música daquela região. Eu fui com o *(Thomas)* Krens *(diretor da Fundação Solomon R. Guggenheim)*, quando ele ia fazer um museu no Rio, e eu ajudei a escolher o local. Eu que selecionei o local para o museu, e eles depois contrataram o *(Jean)* Nouvel. Mas o Nouvel é um amigo, então está tudo bem.

O senhor acredita que eventos como a Copa do Mundo e a Olimpíada, que ocorrerão no Brasil em 2014 e 2016, respectivamente, podem proporcionar inovações benéficas à arquitetura de uma cidade?

Depende do nível de arquitetura que for usado, da forma como vão abordar, de como serão feitas as decisões, as escolhas. Nos resíduos dos Jogos de Pequim, há coisas boas e outras, não. Não houve o "efeito Bilbao". Não se pode fazer o mesmo sempre, pois cada comunidade tem suas exigências. Eles presumem que podem criar o "efeito Bilbao", mas pode ser que não aconteça. Mas para os eventos no Brasil ninguém me procurou.

Gostaria de fazer algo se fosse procurado?

Claro. Estou pronto para ir. Mas ninguém me ligou. Umas pessoas me contataram para fazer um spa no Brasil, algo pequeno. Mas, como da outra vez, não me procuraram de novo depois do primeiro contato.

Qual a sua opinião sobre o trabalho de arquitetos brasileiros como Lúcio Costa ou Oscar Niemeyer?

Encontrei Niemeyer quando estive no Brasil. Ele estava com 94 anos, hoje tem mais de cem. Tenho grande respeito por ele. Ele ainda está trabalhando, talvez possa fazer algo para os eventos esportivos no Brasil. Quando era estudante, acompanhei o trabalho dele. Nunca estive em Brasília, mas acompanhei o projeto. Soube que, no final, não funcionou, que foi um grande gesto, mas não filtrou para o povo, e que Niemeyer era um socialista, um comunista. Ele me chamou de "camarada" quando nos encontramos. Eu gosto de sua filosofia, tenho um enorme respeito por ele, por seu humanismo. Penso que a arquitetura nem sempre produz o que você diz que vai fazer. Certamente, era outra época, havia diferentes expectativas em construir uma cidade como Brasília. Mas qualquer que tenha sido a sua falha, é a mesma falha que Le Corbusier teve, esse pensamento de construção de uma grande ideia de arquitetura. Para certas grandes comunidades não funciona. Nunca estive lá, mas levou anos para Chandigarh *(cidade indiana planejada por Le Corbusier)* acontecer. Realmente, não sei. As ideias de Corbusier ou de Brasília são antitéticas à liberdade de pensamento ou à democracia. Não falo de forma negativa. Não estou dizendo que Niemeyer era fascista, mas sua obra era por demais esmagadora, e isso não funciona numa cidade americana. A cidade americana é muito mais pluralista. Há uma textura de caos criada pela cidade americana, por uma cidade democrática. E esse tipo de cidade hoje está sendo criada no mundo todo, inclusive no Brasil. Uma comercialização individual de lotes menores, sem um grande pensamento ou uma ideia geral. Ninguém tem esse poder maior, exceto talvez um benévolo ditador. É de um outro tempo. Não sei o quanto isso é relevante. Costumava acompanhar José Luis Sert... Era um ídolo até eu conhecê-lo, pois não gostei dele pessoalmente. Mas isso é uma outra história.

O senhor conheceu o trabalho de José Luis Sert quando começou estudando planejamento urbano e se deu conta de que foi um erro, pois queria fazer projetos urbanos.

Ele era bastante difícil para mim. Mas seu trabalho ainda é importante. É apenas que tive uma experiência pessoal ruim com ele.

O senhor diz que o planejamento urbano está morto nos EUA. Isso vale para outros países também?

Não sei, mas é algo que está se tornando extremamente burocrático. É muito difícil. Nas cidades americanas, não há um verdadeiro pensamento de planejamento urbano em uso, operacional. Não se vê isso. Virou algo político, oportunista. Não é algo de alto nível filosófico sobre como as pessoas deveriam viver ou algum tipo de pensamento similar. Não é o que Niemeyer ou Le Corbusier tentavam fazer, não há um pensamento assim nos planejamentos urbanos atuais. Talvez Rem Koolhaas esteja tentando retomar essa ideia.

Uma de suas críticas atuais se refere ao uso de questões ecológicas como instrumentos de marketing.

É difícil falar dessas coisas sem começar a ter problemas. Sempre arrumo confusão quando falo disso. Eu realmente acredito que há um problema hoje, que há uma questão de aquecimento global, é algo para o qual devemos atentar. É necessária uma imediata solução política para esse problema. Todas as nações devem criar seu protocolo de Kyoto ou uma iniciativa similar. E isso pode ser feito. Mas eles não estão fazendo, porque a China não quer dessa maneira, a Europa quer de outra forma, e os EUA ainda de modo diferente. E enquanto isso a produção de petróleo comanda o espetáculo. As companhias petrolíferas ainda controlam a cena. Elas têm sido levadas a mudar, mas ainda não vejo as pessoas abandonarem seus carros por cavalos *(risos)*. Essa não é uma opção real. Quando se inventou nos EUA o certificado Leed *(Leadership in Energy and Environmental Design – selo de construção segundo normas ambientais)*, você vai à escola por alguns fins de semanas e recebe um broche atestando que é um expert. Hoje, nos EUA, se você porta um broche com a bandeira americana, isso faz de você um patriota. Você pode não ser, mas se está com o broche... Acontece algo similar com as pessoas que estão abusando dos certificados Leeds para seus próprios fins comerciais. Deve haver uma lei governamental. Quando você trabalha na Suíça, as leis são muito cuidadosas com as questões de sustentabilidade, está embutido no sistema. Penso que necessitamos disso. Enquanto isso, há grandes questões, como energia solar e outras. Em cada construção, há um desperdício de 30%. É um desperdício em mão de obra, em esforço, em materiais – materiais entregues prematuramente, tardiamente ou desperdiçados –, em energia humana. Se pudermos resolver isso, é um ganho de 30%. O concreto representa 8% da pegada de carbono no mundo. Se você puder fazer um concreto com menos cimento, pode reduzir a emissão de carbono.

Como isso se reflete no seu trabalho?

Acabamos de construir um edifício em Nova York de 76 andares, a Torre Beekman, com menos 50% de uso de cimento. Isso quer dizer 50% a menos de emissões de carbono. E não houve desperdício de material, não houve nenhuma devolução do material recebido. O material era mais forte, e em vez de quatro dias usados para cada andar, foram três. Foi poupado um dia para cada um dos 76 andares. Era um material de instalação mais limpa, não provocou muita sujeira em torno. E – algo que não sabíamos quando começamos – como o material era mais forte, pudemos fazer cada andar com uma polegada a menos de espessura. Se você adicionar tudo isso, é um grande ganho de energia. É sobre isso que estou falando. E isso se refere apenas ao cimento de um edifício. Todos os demais itens num edifício apresentam questões similares. E os certificados Leeds não levam isso em conta. Eles lidam com questões importantes, como materiais ecológicos – sem emissões de carbono –, a reutilização de materiais, os recursos naturais do sol, do vento. Usamos tudo isso. Há uma demanda de design urbano e de materiais que respondam às questões energéticas. É possível fazer uma superfície externa para o revestimento de um edifício que também gere energia. No futuro, teremos cada vez mais disso. Mas se você for somar tudo isso de que estou falando e comparar com a indústria do petróleo... Por isso que digo que é uma questão política. Mas penso que temos de continuar avançando.

O senhor não concordou com a abordagem na reconstrução do sítio do Ground Zero, em Nova York...

É preciso ver as coisas no seu contexto. Eu afirmei que o prefeito *(Rudolph)* Giuliani disse que deveria ser construído um espaço público inigualável no mundo, em que as pessoas poderiam viver esse local, contemplá-lo, ter música, animação. E eu disse que concordava com isso. Foi tudo o que disse. Eu só pensei que era estranho que aquilo fosse se tornar um amontoado de edifícios de escritórios comerciais. E foi só. Veja bem, as pessoas, por exemplo, dizem que meus edifícios são muito caros, o que não é verdade. Nós controlamos a tecnologia e eliminamos os desperdícios. O Walt Disney Concert Hall custou exatamente o orçamento previsto: US$ 207 milhões. Isso não está na imprensa. Se você googlear, vai dar que ultrapassou o orçamento em US$ 175 milhões, o que é uma mentira. Não sei de onde tiraram isso. Eu tenho as provas de que estou com a razão. Bilbao custou US$ 300 o pé quadrado em 1997, o que era barato. Não é verdade que meus projetos são caros.

Há essa definição "starchitect", que o senhor não aprecia.

Não gosto dessa história de estrela, porque para a minha geração a arquitetura é uma profissão dignificante. Eu sou um cara antigo.

Certa vez, o senhor intitulou uma de suas conferências como "Eu não sou estranho". Por quê?

As pessoas achavam meus primeiros trabalhos um tanto estranhos. Mas eu não penso que o que fazia era estranho, por isso esse título. Mas isso foi há muito tempo.

Na opinião da diretora da Liga de Arquitetura de Nova York, Rosalie Genevro, o "edifício-espetáculo", para uma nova geração de arquitetos, é uma "espécie de dinossauro". O senhor concorda?

Acredito nisso, mas no sentido de que é um tipo de expectativa de que seja espetacular. O ruim é esperar que toda a construção de um prédio seja um espetáculo, pois ele deveria fazer parte de uma relação com as indústrias, a cidade, o entorno.

Le Corbusier foi uma importante influência para o senhor...

Isso foi no início. Mas ainda admiro o trabalho dele. Também o trabalho de *(Alvar)* Alto. Tenho ali um globo de Frank Lloyd Wright *(levanta-se e mostra o globo)*. Olho um pouco para todos os lados. Quando era jovem, fui influenciado pelo Japão. Estudei arquitetura clássica japonesa. Atuei numa orquestra Gagaku, a música de corte japonesa *(mostra fotos na parede de um concerto no Walt Disney Concert Hall)*. Eu tenho muitos heróis.

O arquiteto português Álvaro Siza projetou recentemente, em Porto Alegre, o prédio da Fundação Iberê Camargo. O senhor vê similaridades entre os primeiros trabalhos seus e os dele?

Quando visitei Álvaro, ele me mostrou seus primeiros trabalhos, e há realmente uma similaridade. Ele estava tentando expressar a estética espanhola e portuguesa daquela época, dos novos tempos modernos. E eu estava em Los Angeles tentando expressar a herança colonial espanhola da cidade nas construções. Isso era o que estávamos fazendo. Seus primeiros trabalhos, que tentavam expressar isso, tinham problemas e sucessos similares aos meus. Pude fazer essa relação. Mas não poderia apontar construções específicas. Fiz desenhos que tentavam entender a influência espanhola na Califórnia. Existia uma tradição, um contexto, por toda Los Angeles. E tentava entender o que era aquilo, como me integrar àquilo. O problema aqui foi que os construtores especuladores adotaram esse tipo de arquitetura porque poderiam usar como marketing, então trivializaram essa forma de expressão em edifícios comerciais. Era difícil, porque qualquer toque de sentimento espanhol se tornou imediatamente lixo por causa da pura imitação. Isso ocorre hoje em diferentes partes do mundo. Eu estava em Jeddah, na Arábia Saudita, e eles contratam os mesmos arquitetos paisagistas do sul da Califórnia, especialistas nisso, para importar esse tipo de arquitetura para a cidade. É algo muito estranho, porque essa época acabou. Mas é muito "marquetizável". Muitos exemplos desse tipo de construção estão aparecendo hoje no Oriente Médio, em edifícios comerciais baratos nesse estilo. Se você for a Jeddah, provavelmente os verá.

Como está o processo de construção do museu Guggenheim em Abu Dhabi?

Está logo ali atrás *(aponta a enorme maquete ao longe no estúdio, visível da janela de sua sala)*. Está em construção, está indo bem. Deve ficar pronto em 2017. Durante a etapa de design, viajava bastante até lá. Agora que está em construção, vou menos, controlo o processo todo daqui.

A rígida cultura islâmica, certa vez referida pelo senhor, já não é mais um problema para a construção?

A dificuldade lá é o deserto, e a sociedade não abre suas portas para estrangeiros. Eles não me convidam para jantar em suas casas *(risos)*. Então, é difícil ter uma ideia do que eles gostam, do que são. Eu me sinto como um homem cego, tentando perceber algo. Mas parece que eles estão contentes com o que estou fazendo, penso que nos conectamos de alguma forma. Talvez pudesse ser algo mais frutuoso se fossem mais abertos. Acho que eles querem ser abertos, não é uma exclusão consciente. São tempos diferentes, mundos diferentes.

Numa reunião, um dos curadores expressou sua raiva contra Israel...

Um dia eu estava falando com o emir do Catar, ele estava olhando os palestinos jogarem pedras nos israelenses e disse: "Os israelenses são bastante pacientes". Houve alguma dificuldade em conversar por causa de problemas políticos, mas eles tentam cooperar. Mas é complicado, porque são culturas muito diferentes.

O senhor sempre se interessou por arte. O pintor italiano Giorgio Morandi é uma de suas grandes admirações.

Suas pinturas de garrafas se parecem com uma cidade, como edifícios agrupados. É um tipo de metáfora para a cidade. Mas sempre me interessei por todas as artes. Acompanhei artistas, literatura, música clássica, música em geral. Agora que vou ficando mais velho, escuto mais música clássica. Quando era mais jovem, tinha um gosto mais amplo, hoje é mais seleto. Mas vou a Lisboa no final de novembro para ver Mariza, uma cantora de fado. É uma amiga. Convidei-a para vir a Los Angeles, ela se apresentou na minha sala de concertos. Fiz uma taberna como cenário para ela.

O senhor costuma citar muitos artistas, como Picasso, Matisse, Vermeer, Rodin, a arte antiga. Também se refere bastante à música, e aprecia a citação de Goethe que diz que "arquitetura é música congelada". Mas de literatura, como influência, o senhor fala pouco.

(Ele se levanta, apanha na estante uma edição antiga de Alice no país das maravilhas, *de Lewis Carroll, e a mostra sorrindo, sem dizer*

nada.) E o que dizer de Proust? De Cervantes? *Dom Quixote* é um dos meus livros favoritos. Herman Melville. Eu leio muito.

O senhor ainda faz design de móveis ou de joias para a Tiffany?

Ainda faço. Gosto de fazer isso. Esses potes todos aqui em cima da mesa, eu mesmo os desenhei. Fiz também o projeto gráfico de um livro *(mostra a capa)*. Na verdade, meu filho e sua namorada o fizeram, e eu recebi todo o crédito *(risos)*. Tenho desenhado joias também. Fiz tudo isso à mão, recentemente, para a Tiffany *(mostra uma caixa com diferentes objetos)*. Também projeto computadores. Tenho também uma outra empresa, a Gehry Technologies.

O senhor não utiliza a computação para a etapa do desenho de projetos, mas para todos os demais cálculos da obra, e criou inclusive softwares próprios para isso.

Exatamente. Por isso somos capazes de fazer os prédios com tanta perfeição na construção. Isso está avançando muito. Tive encontros hoje sobre esse tema, sobre como dar mais poder ao arquiteto, não perder o controle do processo, para poder fortalecer as ideias dos produtos finais, não diluídas. Somos capazes de poupar tempo e dinheiro, poupar o desperdício. Todas as coisas que deveriam ser consideradas no tópico de sustentabilidade. Temos feito muita coisa em relação a isso. Essas ideias não são discutidas tão popularmente como o vento solar, mas talvez sejam mais eficazes, não sei. O ganho é melhor em termos de sustentabilidade.

O senhor denuncia essa perda de controle e de responsabilidade nas construções por parte dos arquitetos. Trata-se de um problema real?

Penso que sim. Penso que a indústria da construção está excessivamente administrada por pessoas que não têm a mesma visão e talento dos arquitetos. Os arquitetos estão sendo marginalizados, mundialmente. Qual o papel da arquitetura no Sudão, em relação aos problemas de água, saúde, a todas essas grandes questões? Não sei. No final, penso que a arquitetura deve prover espaços para se viver que sejam inspiradores e revigorantes, para a qualidade de vida. Tenho trabalhado atualmente com um grupo de cientistas sobre o tema de por que as artes importam. É relevante ter uma boa arquitetura? Talvez não seja importante. O fato é que as pessoas saem em férias para ver o Partenon. Pessoas levam suas famílias a concertos para ouvir Mahler. Pessoas vão a conferências para falar de Proust. Pessoas vão a museus para ver Picasso, Rembrandt. Por quê? É como comida, é algo necessário? Certamente, a história diz que a qualidade de vida é inspiradora e leva a uma melhor e mais positiva contribuição dos indivíduos. Se vivemos numa pequena cela, não somos capazes de contribuir no mesmo nível de alguém que vive num espaço mais inspirador. Penso que essa questão tem sido esquecida. Por que precisamos de arte? E por que arquitetos deveriam se preocupar em criar belos espaços para qualquer coisa? Isso ajuda a resolver o problema do aquecimento global? Não se pode ter essas prioridades esmagadoras, tem de se ter a mistura de todas essas ideias que fazem a vida valer a pena de ser vivida num lugar melhor, em que as pessoas possam ter aspirações a algo melhor. Isso é verdade? Não sei. Estou conversando com cientistas para saber se há algo no nosso DNA que requeira arte. Talvez. E como ocorre? Por quê? Há evidências de que as pessoas têm se feito essas perguntas por séculos. A filosofia oriental sempre se perguntou sobre isso. A filosofia hebraica também. Penso que, se as gerações crescessem sem arte, seria um desastre.

Sem arte?

Sem arte, sem arquitetura, sem música... Você pode notar isso com a orquestra de jovens venezuelanos El Sistema. Gustavo Dudamel *(regente da Filarmônica de Los Angeles)* veio de lá. Estive na Venezuela para ver crianças de quatro anos de idade tocarem violino, é espantoso! Aqui estou eu, com Gustavo e Abreu *(José Antonio, maestro fundador de El Sistema)*, com a orquestra na Venezuela *(mostra a foto)*. Eles tocaram para mim a 12ª Sinfonia de Shostakovich. Eram jovens de 14 anos de idade.

Como o senhor vê o futuro da arte?

Acho que as prioridades foram para o buraco por causa da recessão. Estão tirando o dinheiro da educação. Mas sou apenas um observador, não posso resolver todos os problemas.

Quem são os cientistas com quem o senhor está discutindo essa questão?

São neurocientistas. Na Universidade de Princeton, converso atualmente com microbiologistas. É apenas uma abertura de discussão: será que há um DNA, uma célula que necessita de arte? *(risos)*.

Ariane Mnouchkine

A cada matinê ou encenação noturna, lá está ela, reconhecível ao longe pela cabeleira farta e pelo corpanzil vivaz, a acolher com singular generosidade o público no pórtico de entrada do galpão, momentos antes do início de mais um espetáculo em seu espaço mágico instalado na Cartoucherie, no bosque de Vincennes, em Paris. Fundadora e diretora do Théâtre du Soleil com companheiros da Universidade Sorbonne em 29 de maio de 1964, Ariane Mnouchkine se tornou ao longo de cinco décadas de originais criações um dos grandes nomes do teatro contemporâneo mundial. Sua dramaturgia, sustentada em um método de concepção coletiva e de improvisação, produziu nesse período quase trinta peças de um estilo cênico próprio.

Nascida em 3 de março de 1939, em Boulogne-sur-Seine, seu pai, Alexandre Mnouchkine, era um judeu russo que emigrou para a França em 1922 e se lançou como produtor de cinema. Sua mãe, Jane Hannen, era uma inglesa, filha de Nicolas Hannen, diplomata que abandonou a carreira para se tornar ator. Ela mesma conta que no início "não tinha a mínima ideia do que queria fazer na vida". O meio do cinema, que conheceu pela atividade paterna, não lhe atraía. Em uma viagem à Inglaterra para passar um ano estudando inglês, em Oxford, descobriu o teatro universitário. Trabalhou como assistente de figurino, junto com o ainda estudante Ken Loach, que também estava por lá. Aproveitou e inscreveu-se em duas companhias rivais, uma de teatro mais tradicional e outra mais moderna, para "aprender o máximo possível". Numa noite, ao sair de um ensaio de *Coriolano*, de Shakespeare, subiu no ônibus e disse a si mesma: "É isso a minha vida", uma sensação "física", como contou certa vez: "Em todo caso, o que senti naquela noite ao entrar naquele ônibus de dois andares, sob a chuva inglesa, foi um verdadeiro amor à primeira vista pelo teatro. O que me levou a isso é algo muito profundo, muito inconsciente, que ainda é um mistério para mim".

A diretora costuma dizer que comanda com autoridade e solidariedade a equipe do Théâtre du Soleil, formada por cerca de 70 integrantes de mais de 20 nacionalidades diferentes, entre eles três brasileiras em cena – a talentosa veterana Juliana Carneiro da Cunha, no grupo desde

1990, e as mais recentes Ana Amélia Dosse e Aline Borsari. A trupe funciona sustentada em estrutura similar a uma cooperativa, com salários equivalentes para seus membros. Militante ativa e assumida, Ariane não se priva de intervir nos debates políticos e sociais de seu tempo, da luta pelo direito ao aborto e pela igualdade de sexos à defesa dos sem-teto, sempre pronta a abrigar artistas perseguidos pelos quatro cantos do mundo ou a mostrar solidariedade a imigrantes ameaçados de expulsão. Em 1995, em companhia de outros artistas, fez uma greve de fome para protestar contra o descaso europeu em relação aos crimes cometidos no conflito na Bósnia. Um ano depois, acolheu na Cartoucherie cerca de 300 africanos ilegais que estavam refugiados na igreja Saint-Bernard, evacuada pelas forças policiais – episódio que inspirou a criação *Et soudain des nuits d'éveil* (1997).

O Théâtre du Soleil é, mais recentemente, *Tambours sur la digue* (1999), fábula política e filosófica na China antiga, sob a forma de marionetes interpretadas por atores; *Le Dernier Caravansérail* (2003), odisseias de refugiados, clandestinos e migrantes em torno do exílio, da guerra, da perda; ou *Les Éphémères* (2006), relatos íntimos de lembranças entre o cômico e a melancolia, de nove horas de duração em sua versão integral.

Quando nos encontramos no início de 2010, sua trupe encenava *Os náufragos da louca esperança,* inspirado no romance póstumo *Les Naufragés du Jonahtan*, do escritor Júlio Verne. Ariane descobriu o livro em um sebo e costurou o roteiro com a fiel colaboradora Hélène Cixous. O resultado final é fruto da imaginação emergida e lapidada em mais de dez meses de ensaios. Numa aventura utópica, o espetáculo mistura o cinema mudo e o cinematógrafo em torno de um grupo determinado a criar uma sociedade ideal, numa epopeia de emigrantes que embarcam num navio no porto de Cardiff, em 1895, rumo à Austrália, mas acabam encalhando na solidão desértica da Terra do Fogo. Na longa viagem, resumida em quatro horas no palco, a aventura humana e teatral é intensa, física e sonhadora, com direito à comédia e ao conflito ideológico.

No amplo foyer do teatro decorado segundo o imaginário de Júlio Verne, enquanto a peça transcorria no espaço contíguo, Arianne Mnouchkine conversou comigo por mais de uma hora – até ser interrompida pelo entreato – sobre seus questionamentos e aventuras teatrais, o Brasil da modernidade e da desigualdade e o "desencantamento" do tempo presente. "Sinto a necessidade de espetáculos de reencantamento, terapêuticos. Necessidade de pessoas que reafirmem que as palavras 'amor', 'amizade', 'igualdade' não estão falidas, que não são conceitos transformados em poeira. Já estou farta de deboches *à la française*. Temos necessidade de lembrar que a ação positiva também existe", defendeu.

Uma de suas citações preferidas pertence ao escultor romeno Constantin Brancusi (1876-1957): "As coisas não são difíceis de se fazer, o difícil é nos colocarmos em estado de fazê-las". Ariane Mnouchkine está sempre a postos para realizar suas utopias cênicas. Como costuma dizer: "A utopia é o possível ainda não realizado". Não por acaso, acima da grande porta de entrada de seu teatro está inscrito "*Liberté, egalité, fraternité*": a liberdade como base, a igualdade como meio e a fraternidade como fim. Fiel ao seu teatro e aos seus sonhos, ela reivindica a "poética como novo instrumento de análise do mundo" e partilha da fórmula do colega Antoine Vitez (1930-1990): "O teatro popular é o teatro elitista para todos".

Você decidiu que o teatro seria sua vida quando foi estudar inglês em Oxford, na Inglaterra, e descobriu um efervescente movimento teatral estudantil. Mas quais são suas primeiras lembranças de teatro?

A primeira lembrança que tenho de teatro é o que chamamos em francês de *guignols*, estas marionetes para crianças, que eu via na praça da igreja de Caudéran (*próximo à Bordeaux*), onde morava quando pequena, durante a Segunda Guerra Mundial. Depois disso, acho que foi um balé no Teatro do Châtelet (*em Paris*). E depois ainda, evidentemente, foram coisas como *Arlequim servidor de dois amos* (*de Carlo Goldoni, 1745*), na montagem de (*Giorgio*) Strehler, com (*Marcello*) Moretti. Foram grandes choques de teatro. Nesses momentos, não disse a mim mesma: "Vou fazer teatro". Quando via espetáculos assim, não ousava nem mesmo pensar. Mas foi algo que me marcou profundamente. Muito profundamente.

Uma das razões que a levou a fazer teatro foi a leitura de um dos romances cult de sua juventude, Capitão fracasso, *de Théophile Gautier, que você descobriu por volta dos 12-13 anos.*

Foi um romance que li quando era bem jovem, como todas as crianças da França, que descobriam esse livro bem cedo. Era o romance de aventura *par excellence*. Quando lemos *Capitão fracasso*, nos identificamos com todos os personagens, com esta trupe, com esta viagem. Quando somos jovens, percebemos a aventura teatral como uma viagem. E não estamos enganados. Mesmo se não viajamos pelos caminhos lamacentos da província do século XVII, o teatro, de qualquer maneira, é uma viagem. É uma epopeia interior e coletiva. Acho que estava vendo da maneira certa, mesmo sem o saber.

Júlio Verne também foi uma leitura importante...

Sim, também foi uma leitura muito importante na minha juventude. Trabalhando agora neste espetáculo, me dei conta de até que ponto longínquo ele me levou, o quanto eu acreditei no que Júlio Verne contava.

Você diz que só se cria um espetáculo quando ele é indispensável. Por que Os náufragos da louca esperança *se tornou indispensável para você?*

Porque penso que é uma afirmação. Não tinha vontade de fazer um espetáculo de denúncia, mas de esperança e de afirmação. Essa fábula de Júlio Verne sobre uma utopia é muito simples, mas não simplista. Era exatamente o que eu tinha vontade não de falar, mas de viver. Tinha vontade, em primeiro lugar, de viver e fazer com que os atores vivessem isso. E como dizemos sempre: nunca sabemos o que vai ocorrer com o público. É pretensioso imaginar que sabemos o que o público vai sentir. Temos um único critério: o que sentimos nós mesmos. E no momento em que nós mesmos sentimos a aventura, a epopeia, a emoção, a aspiração, a fé... Então estou lá no meio do público e penso que, se sinto isso, o público também vai sentir. Podemos nos enganar. Mas nos enganamos ainda mais se extrapolamos e imaginamos o que o público vai sentir e não confiamos em nossas próprias emoções.

Você já se enganou alguma vez?

Acho que não me enganei com frequência sobre a emoção. Mas houve espetáculos que tiveram mais e menos dificuldades. Mas em relação ao público presente, as emoções estavam bastante em sintonia. Não tive muitos espectadores que vieram me dizer: "Mnouchkine, sinceramente, não senti nada". Graças a Deus isso não me aconteceu muitas vezes. Em relação a este espetáculo, sinto que há uma adesão. Sinto que o público sente o que nós sentimos.

O Théâtre du Soleil não deixa de ser uma utopia que já perdura por quase 50 anos. Há uma relação com a peça, que aborda a busca de uma utopia e uma vontade infinita de se fazer um filme sobre ela?

Acho que sim. Talvez não conscientemente, mas nos servimos muito de nosso trabalho. É o nosso trabalho que é revelado em cena. Havia uma aposta em ver o trabalho teatral ou cinematográfico teatralizado. Foi uma aposta mantida. Não desencanta as pessoas o fato de mostrarmos os segredos do encantamento. Diria mesmo que se passa o contrário, aumenta o prazer ver como se cria a magia teatral. Não destrói a ilusão da nuvem ver a máquina de fumaça em cena. Para mim, ao menos, esse é um dos grandes charmes do espetáculo. Vejo a máquina de fumaça, vejo o leque que abana a fumaça, vejo o pequeno barco e a fumaça que cobre o barco... para mim é a bruma do mar. Vejo tudo isso na mesma imagem e sou capaz, como espectadora, de ter todos os prazeres do caleidoscópio. E é o teatro que permite isso. Poderíamos ter nos enganado. Algumas pessoas poderiam dizer: "Se vejo a máquina de fazer fumaça, não vejo mais nuvens". Mas não, vejo a máquina, vejo a atriz que maneja essa máquina, e isso me alegra. Vejo a atriz que filma o pequeno barco, e isso me alegra. Acredito mesmo assim naquele barco. Isso funciona nas pessoas. Isso prova que quando a musculatura da imaginação é solicitada... Solicitar a imaginação é também treiná-la.

Você diz que vivemos uma "época de desencantamento".

Sim, querem nos desencantar. É por isso que não queria fazer um espetáculo de denúncia. Sinto a necessidade de espetáculos de reencantamento, terapêuticos. Necessidade de pessoas que reafirmem que as palavras "amor", "amizade", "igualdade" não estão falidas, que não são conceitos transformados em poeira. Já estou farta de deboches *à la française*. Temos necessidade de lembrar que a ação positiva também existe. Mas não é se contentando em apenas dizê-lo que vamos melhorar as coisas.

Para você, o "grande teatro" é o teatro histórico.

Foi pouco a pouco que compreendi que éramos um teatro histórico. No fundo, contávamos sempre histórias de guerra, interiores e exteriores, histórias de guerras civis ou intrafamiliares – que são as piores. Pode-se dizer que toda guerra é uma guerra civil, pois uma guerra opõe homens a outros homens.

O teatro é também político, porque fala do mundo presente...

Certamente. Mas a história não é antipolítica. O teatro, em geral, é político. Mesmo quando quer a qualquer preço distanciar a política, ele se torna de uma certa forma político, não por escolha própria. Montamos todas as peças históricas de Shakespeare, além de uma comédia de sua autoria. Eu penso que o grande teatro é sempre histórico. Ele está mergulhado na história, num período. Sente-se a história em torno dele. Sentimos a Rússia se destruindo, prestes a explodir. E tudo isso numa pequena ou grande casa, num grande parque.

Você pensou em montar Shakespeare mais uma vez agora, mas desistiu pela dificuldade em utilizá-lo para tratar da sociedade atual.

Não foi bem isso que quis dizer. Eu disse que renunciei a montar agora *Macbeth*, de Shakespeare, para conseguir falar do que eu queria expressar neste momento. Não disse que Shakespeare não poderia falar de nossa sociedade. Eu penso que sim, certamente que sim. *Ricardo III* fala perfeitamente de nossa sociedade. Mas talvez em termos mais globais, se temos vontade de falar de um conflito real, mais limitado de uma certa forma, sejamos obrigados a danificar Shakespeare para fazê-lo. Então, melhor fazer outra coisa. Quando quis montar *Macbeth* agora, me dei conta de que iria fazer uma besteira, pois eu queria falar de Sarkozy (*Nicolas, então presidente da França*), e não vou rebaixar Macbeth a Sarkozy. *Voilà*, Sarkozy não é Macbeth. Eu ia fazer uma má ação, ia reduzir algo. Mas isso não quer dizer que *Macbeth* não fale de ambição ou da maldição da ambição. Mas, neste caso, eu sentia que estaria forçando algo.

Você ainda pensa que Tartufo *é a peça mais atual a ser montada hoje?*

Infelizmente, eu diria que sim. *Tartufo* é sempre, de alguma forma, atual. É a França de Molière. Eu bem que gostaria que *Tartufo* estivesse *démodé*. Mas, infelizmente, não é *démodé* em toda a bacia do Mediterrâneo, no Sul dos Estados Unidos e, provavelmente, não é *démodé* no Brasil, em certas regiões afastadas. Na França é, infelizmente, cada vez mais atual. Nos subúrbios franceses, de repente, os Tartufos estão lá. Para esse tema, não se fez nada melhor do que *Tartufo*. É como *Casa de bonecas* (*de Ibsen, 1897*) para certos estatutos da mulher.

Para o diretor inglês Peter Brook, a África foi reveladora para o trabalho teatral. Para você, foi a Ásia, aos 24 anos de idade...

A Ásia foi uma viagem totalmente iniciática para mim. Eu a chamo de "meu tesouro". Essa viagem à Ásia é, no fundo, um tesouro inesgotável. Porque, mesmo que não se veja, lá dentro tem Ásia (*aponta para a sala onde o espetáculo está em andamento*). Cada um tem seu tesouro. Certamente que há pessoas que foram muito importantes para mim, como Strehler, mas ele não foi minha fonte. Foi, talvez, uma influência. Mas as fontes são aquelas pessoas, coisas para as quais retornamos todo o tempo. Revejo sempre fotos do cinema mudo, de Chaplin. Volto sempre para ver coisas do Nô, do Kabuki. Volto ao Catakali, mesmo que seja simplesmente para ver uma foto de uma aldeia na Índia. É uma espécie de fonte na qual devo sempre ir beber, porque senão perco forças. Para Peter Brook não é isso, mas, como você disse, foi a África.

Com Jacques Lecoq (1921-1999), você aprendeu que o corpo é primordial. Em suas viagens na Ásia, percebeu o trabalho diferenciado do ator, menos intelectual do que no Ocidente.

Quando comecei a entender em que consistia o teatro oriental, vi que no final das contas era algo bastante próximo de Jacques Lecoq. Ele não se exprimia da mesma forma, mas era isso também. A arte do ator oriental é sintomática: os atores orientais definiram certos sintomas para certos estados da alma, certas emoções. Há toda uma plêiade de sintomas. Um pouco como se diz que, quando o nariz escorre, isso significa que se está gripado, quando se tem os olhos brilhosos, se está com febre. Um ator oriental sabe que, quando está encolerizado, deve ter os olhos brilhando, mas diferentemente de quando está apaixonado. São dois sintomas diferentes, mesmo se nos dois casos os olhos brilhem. Eles definiram os sintomas, que talvez em alguns momentos sejam muito codificados para nós, mas que são uma base, uma ciência do ator no Oriente. Mesmo Stanislavski (*Constantin, 1863-1938*) estava em busca de algo assim e interessava-se muito pela arte oriental. A Ásia foi um choque para mim, e me fez compreender muita coisa. Compreender ou sentir, não sei. Em todo caso, me fez sentir várias coisas. Todo o teatro asiático, de todo tipo que vi. E também o fato de passar alguns meses com Lecoq, mesmo sem forçosamente falar da Ásia. Ele estava exatamente na mesma busca, ou seja, a tradução pelo corpo, sem palavras. Antes que cheguem as palavras, o que acontece? A palavra sendo a cereja sobre o bolo, enquanto que por vezes a palavra é a origem para os atores ocidentais. Para os atores orientais, ela é a origem porque é cantada por um outro ator, e depois floresce de outra maneira. É algo bastante complexo de entender, e de saber como podemos utilizar os códigos locais. Os olhos brilhantes ou injetados de sangue, os tremores... O herói treme da mesma maneira diante do tigre que o ameaça e da mulher por quem está apaixonado? O que não impede que nos dois casos seja um tremor. Tudo isso são coisas extremamente preciosas para os atores, que muitas vezes nas escolas ocidentais não se concebia, não se pensava nisso. É verdade que pessoas como Lecoq passaram a fazê-lo.

E quais as suas impressões do Brasil?

É difícil para mim falar do Brasil. É um país magnífico, no qual estou sempre dividida entre o encantamento e a revolta. Há o prazer intenso da gentileza, da sociabilidade das pessoas e, evidentemente, da beleza do país. Mas me pergunto como é possível uma desigualdade tão grande, como é possível uma atitude tão predadora de uma certa classe? E ao mesmo tempo penso que a evolução do Brasil é formidável. Mas espero que venha a haver menos desigualdade antes de o país se tornar demasiado dominante.

Você define seu trabalho de diretora de teatro como possibilitar que o creme suba à superfície.

Deixá-lo subir, mas, é claro, fazer com que monte. Meu trabalho é o de dar aos atores as circunstâncias, as condições para que o creme venha à superfície, e depois deixá-lo crescer, não querer fazer manteiga de imediato.

O creme seria a imaginação dos atores?

A imaginação é o que faz crescer o creme, que é o espetáculo, as situações, os estados, as emoções, os sintomas, as intenções. O que faz surgir tudo isso são as imaginações, e obviamente a minha também, porque sou parte ativa na história. Mas uma coisa que aprendi nesses anos todos é que uma imaginação não vale trinta imaginações. É preciso saber se abrir e dar espaço para que se torne algo bastante rico. Tenho dificuldade em passar isso, pois as pessoas dizem: "Ah, sim, é um trabalho coletivo; bravo, Ariane Mnouchkine!". Tenta-se sempre levar a um caminho interior, que é o "trabalho magistral" de um diretor de teatro. Isso me incomoda. Há uma atitude política em trabalhar dessa maneira, utilizando verdadeiramente as forças de cada um para o todo. Não me faço de modesta, não digo que sou inútil, nem que não sou importante. Penso que sou muito importante. Mas por que penso que sou muito importante? Porque a criatividade de cada um leva à incandescência. Mas muitas vezes percebo que as pessoas veem todos esses milhões de pequenas ideias como se fossem minhas. Isso não é verdade. Sou eu que dou a forma. Mas lá dentro há pequenas e grandes iluminações de 30, 35 pessoas. E isso não é muito reconhecido. Tenho dificuldade em fazer passar isso para os outros, enquanto, no fundo, é disso que mais me orgulho.

Uma das marcas do Théâtre du Soleil é a improvisação. Cada um contribui com aquilo de que é capaz.

Exatamente. E isso é devorador de tempo. É por isso que é tão demorado de fazer. É verdade que é um método não metódico, que exige bastante tempo. É o calcanhar de Aquiles. No fundo, a autoridade toma menos tempo.

Quanto tempo foi necessário para criar Os náufragos*?*

Mais de dez meses.

Você já disse que procurar por muito tempo sem encontrar é um dos momentos mais interessantes e apaixonantes do teatro.

Não disse que o mais apaixonante é procurar sem encontrar. É procurar, mas, ainda assim, é preciso conseguir encontrar.

Antonin Artaud (1896-1948) definiu o ator como um "atleta do coração". Por que, como você diz, os torcedores de futebol se parecem com um diretor de teatro quando encorajam os jogadores de seu time?

Não falo dos cretinos que se batem, dos *hooligans*, que são tudo menos diretores de teatro. Esses são destruidores e fascistas. Falo das pessoas alegres, com as cores da bandeira pintadas na cara, e que também sofrem quando seus times perdem. Eu sei, quando olho para os atores, que devo ter exatamente a atitude desses torcedores. Uma espécie de esperança, de paixão, eu grito dentro de mim quando eles se aproximam do gol, quando eles têm, talvez, uma oportunidade de marcar. E aí – aaaaaah – eles erram e passam rente, ou não fazem o bom gesto. Eu me vejo assim, gritando como fazem os jovens nos estádios. O diretor de teatro faz muito, mas aqueles que estão no campo de batalha são os atores. Durante os ensaios sou eu também, mas durante o jogo são eles, e são eles que devem estar armados, que devem ter os bons instrumentos. A ideia de que vou enviar os atores ao combate, sim, mas para a violência, não. É preciso que, pelo menos, eles tenham as boas ferramentas. Por vezes, veem-se atores em cena que não dominam os instrumentos certos. Isso é uma visão terrível. O ator fala, fala, fala, mas não tem uma situação, não tem dilema, não tem luz, não tem espaço. É o que dizia antes, o papel do diretor de teatro é o de dar o bom espaço, a boa luz, os bons instrumentos, o bom tempo para que um ator, uma atriz seja a página virgem sobre a qual – schlouf! – se possa partir, viver e fazer viver, imaginar. Por vezes, nos ensaios, eu me digo "ulalalá, eles não têm os bons instrumentos". E isso é terrível.

Por que, para você, viver em trupe, como é o caso no Théâtre du Soleil, é um dos melhores antídotos contra a pretensão?

Primeiro, porque a vida em trupe é muito difícil. E não podemos ser presunçosos quando se está em trupe. Esquece-se quem fez o quê, quem disse o quê, quem acrescentou o quê... Mas a primeira pessoa que se mostra um pouco pretensiosa não se esquece. Uma trupe não é apenas um antídoto contra a pretensão, é antinomenclaturista. Não é possível fazer parte de uma nomenclatura quando se faz parte de uma trupe. Somos muito numerosos.

Você diz que um grupo possui uma estrutura maternal, mesmo quando é dirigido por um homem. Por quê?

Eu penso que um grupo é maternal. É um lar. E um lar é um pouco matriarcal. Mesmo quando é dirigido por um homem. Eugenio Barba manteve sua trupe com seus amigos durante quarenta anos – quase a mesma idade da nossa –, é um pai em vez de uma mãe. Mas há algo de maternal, é uma casa. Uma instituição que não é maternal, é algo terrível. É preciso que seja maternal, não uma ordem ou uma seita. Mesmo uma irmandade é algo muito combativo.

Você resistiu a todas as tentativas de ideologização – esquerdismo, maoísmo, stalinismo – e afirmou que lhe basta ser de esquerda. O que é, para você, ser de esquerda hoje?

(*Silêncio.*) Penso que ser de esquerda é ainda ter uma certa confiança nos seres humanos, e uma não resignação à exploração, à miséria, à ignorância. E desde trinta ou cinquenta anos há uma nova dimensão importante, que é a ecologia. Deveria ser uma dimensão de esquerda, porque ela implica uma partilha totalmente diferente das riquezas naturais. Creio que ser de esquerda não é simplesmente uma forma diferente de querer administrar as crises, mas é uma forma diferente de reinventar o mundo. Estamos longe disso neste momento.

Você diz necessitar de ideais. Quais são seus ideais?

Meus ideais estão aqui dentro (mostra o teatro). Não preciso explicar. É simples assim, estão todos aqui dentro.

Em 2003, o princípio mais importante para você era a igualdade de homens e mulheres. Ainda o é, hoje?

Penso que ainda é uma urgência. A igualdade em si e a mais esquecida delas, que é a igualdade homem-mulher. A esquerda foi nula quanto a isso. Foi um dos domínios no qual, ao contrário, regredimos se compararmos com a situação de 20, 25 anos atrás. Ouvimos coisas, deixamos falar coisas, refletimos sobre coisas as quais jamais poderíamos imaginar que um dia nos questionaríamos. É algo extremamente violento. O mínimo que podemos dizer é que o estatuto das mulheres está em não progressão em muitos países, e mesmo em muitas democracias. Por ignorância, por esnobismo intelectual, por relativismo cultural, por misoginia disfarçada, enfim... Penso que é algo grave. O que se passa na França, em todo caso, é muito grave.

Você aprecia citar a fórmula de Antoine Vitez (1930-1990): o teatro popular é o teatro elitista para todos.

É algo muito importante. Porque há essa tendência de dizer: "É preciso algo de popular, então vamos fazer uma merda". É uma coisa de nossa época, é só olhar a tevê. O que Vitez diz, e que é belo, é: "Não, é o melhor para todos". Não se trata de "tudo para os melhores", mas de "o melhor para todos". Mas do melhor, claro, acessível, apreensível. Mesmo que haja mistério, que seja um mistério radiante, e não opaco e agressivo.

O Théâtre du Soleil apresenta uma característica única de servir e estar aberto ao público antes e após os espetáculos, algo importante para você.

Eu pararei no dia em que algum de nós disser que não quer ficar para atender o público após o espetáculo. É inegável que é um trabalho a mais. Efetivamente, nós não fechamos as portas, deixamos as pessoas comerem depois do espetáculo, isso significa que há jovens que trabalham muito, que têm vontade, que o fazem pelo amor do teatro, do público, pela sua honra. Pode-se dizer isto de vez em quando, não? "Fiz pela honra."

Seu desejo de teatro permanece intacto, mas a força física não é mais a mesma. Desde que completou 65 anos, você diz que surgiram novos questionamentos internos.

A vontade ainda existe. Mas seria uma cegueira de minha parte se não dissesse: "Tenho 71 anos, e o que vai se passar agora?". Não quero impedir as pessoas de irem além, com mais força, mais longe. Enquanto pensar que tenho forças de avançar, muito bem. Mas no momento em que sentir – e será que sentirei? – que retardo alguma coisa... É algo completamente normal que me questione sobre isso agora sem cessar. Penso que a partir de 70 anos vivemos o "a mais", temos o "a mais" em relação a uma vida normal. Eu já estou no "a mais". Penso que morrer antes de 70 anos é escandaloso; morrer depois de 70 anos já é um pouco menos. Eu não estou mais no escândalo. Então, é preciso saber o que isso significa em relação a aqui, ao público, aos atores – muitos deles jovens, com a metade ou um terço de minha vida. É normal que eu me interrogue. Mas é apenas uma interrogação, ainda não cheguei a conclusões. Não sei. Não sei o que devo fazer. Mas me interrogo. A questão é interessante. É algo complicado. É uma questão que não deve ser angustiante para as pessoas ao meu redor. Ao contrário, é uma questão que deve ser vivificante, e não mórbida. Em todo caso, eu não a coloco de uma forma mórbida, isso eu garanto.

Num recente documentário do canal Arte, você aparece olhando reportagens do início de sua carreira na tevê do tempo, e em certo momento diz sobre você mesma: "Que arrogância!". Você costuma olhar para trás, para o que viveu?

Eu desconfio desse olhar sobre o passado. Porque nessas horas há emoções muito boas, de reconhecimento etc., mas tenho horror de coisas do tipo: "Ah, bons tempos". Tenho um profundo horror disso, porque penso que é besta, há algo de covarde. Não me completo com isso. É verdade que fiquei muito surpresa com o documentário, porque não reconhecia minha voz, minha forma de falar, percebi que havia na época um sotaque bastante burguês. Tinha uma petulância! *(risos)*. Ao mesmo tempo, se não tivesse essa petulância, talvez não tivesse levado todos os meus camaradas comigo. Mas é verdade que me surpreendeu bastante.

Não há arrependimentos?

Não. Como diz o outro, nos arrependemos mais das coisas que não fizemos do que das que fizemos. Certamente há aquelas coisas: "Ah, não deveria ter dito isso ou feito aquilo". Mas não me arrependo do caminho que seguimos. Certamente não. Há mesmo momentos em que dizemos: "Veja, fomos úteis". E há outros momentos de dúvida: "Quando se olha para o mundo, será que servimos realmente para alguma coisa?". Mas, ao mesmo tempo, de repente há alguém que nos diz tudo o que este teatro representou para ele...

Qual é a sua superstição de nunca usar a cor verde?

Ah, isso não é nada! É algo misterioso, é assim.

Como você diz, "o amor é a única coisa mais importante que o teatro"?

Sim. Mas pode andar junto *(risos)*.

Jane Birkin

Jane Birkin chegou sorridente e agitada para o encontro marcado no início da tarde no Hotel Bel-Ami, na rue Saint Benoît, uma pequena via entre os cafés Deux Magots e Flore, no bairro Sant-Germain des Près, em Paris. Então aos 62 anos, vestida com um folgado suéter em cashmere e calças cargo, os cabelos curtos e propositalmente despenteados, ela mantém o mesmo sotaque francês de quando desembarcou na França, no final dos anos 1960. Foi a mesma voz, mais jovem, que a alçou à fama ao interpretar em versos de sensualismo explícito e gemidos lúbricos "Je t'aime... moi non plus", furor erótico de 1969 composto por Serge Gainsbourg, que fez de Jane Birkin sua eterna musa. Censurada pelo Vaticano e em inúmeros países, a canção se consagrou como hit mundial, vendida em um milhão de discos de vinil em alguns meses (140 mil no Brasil, até ser interditada pelo governo militar).

Inglesa de nascimento, filha de um pai comandante da Royal Navy e de uma mãe atriz, Jane Birkin começou cedo sua vida artística. Aos 17 anos, debutou nos palcos londrinos em uma peça de Graham Greene. Aos 19, se casou com John Barry, oscarizado compositor britânico, reputado pelas trilhas sonoras dos filmes de James Bond. No cinema, despontou em 1966 no controverso filme cult *Blow up* (Palma de Ouro do Festival de Cannes 1967), de Michelangelo Antonioni, em que provocou escândalo ao protagonizar uma das pioneiras cenas de nu frontal nas telas.

Em 1968, conheceu, em Paris, Serge Gainsbourg, com quem viveu uma intensa e duradoura relação de 12 anos. Quando os dois se encontraram, Jane Birkin era uma jovem divorciada com uma filha bebê e a carreira ainda incipiente. O poeta maldito e músico irreverente, 40 anos recém-completados e artista confirmado, ainda sofria as dores da ardente e efêmera paixão que vivera com uma Brigitte Bardot no auge de sua fama e forma. Jane aterrissou na França para contracenar com Gainsbourg no filme *Slogan*, de Pierre Grimblat, em um papel previsto inicialmente para a já consagrada modelo Marisa Berenson. No começo, contrariado, ele não facilitou as coisas para a principiante atriz, mas aos poucos frutificou uma relação que os tornaria um dos casais mais emblemáticos de sua época, onipresente em capas das mais diferentes publicações e símbolo da liberalização moral dos anos 70.

Parceiros no amor, em noitadas mundanas e em projetos artísticos, Jane & Serge partilharam um inusitado cotidiano na célebre morada do número 5bis da rue de Verneuil, no coração da capital francesa, até hoje diariamente fotografada por fãs de todas as partes do mundo. Em meados de setembro de 1980, cansada dos excessos – de álcool e de comportamento – do companheiro, ela deixou o instável ninho familiar junto com as filhas Kate e Charlotte.

"Foi um amor violento", definiu mais tarde Gainsbourg. "Eu a perdi por causa de meus abusos", admitiu. Separados, a forte ligação que os unia perdurou, e os dois jamais deixaram de ser amigos. "Considero grandioso o amor que resta depois do amor", disse ela. Desde a morte dele, em 1991, Jane Birkin mantém acesa a memória musical do grande amor de sua vida ao interpretar e reinventar em discos e shows as mais diferentes canções de Gainsbourg. "Éramos necessários um ao outro", resumiu.

Adotada pela França, ao longo da carreira atuou em mais de 70 filmes e lançou mais de uma dezena de discos. Mãe de três filhas (a fotógrafa Kate Barry – que se suicidou no final de 2013 –, do casamento com John Barry; a atriz e cantora Charlotte Gainsbourg, de sua relação com Serge Gainsbourg, e a atriz e modelo Lou Doillon, com o cineasta Jacques Doillon), a ex-sex symbol e hoje avó permanece uma artista curiosa e uma militante cada vez mais ativa pelas causas humanitárias, duas vertentes que por vezes se cruzam.

O nome Birkin evoca também a famosa bolsa da marca Hermès, que leva a assinatura de sua criadora. A peça surgiu por acaso no início dos anos 1980, pela coincidência de um encontro com Jean-Louis Dumas, na época diretor da marca de luxo francesa, em um voo Paris--Londres. A bolsa Birkin se tornou uma *it bag*, acessório obrigatório de celebridades, com vendas no site eBay que superam os 100 mil euros para o modelo de couro de crocodilo e diamantes, e virou inclusive tema do livro *Bringing Home the Birkin: My Life in Hot Pursuit of the World's Most Coveted Handbag* (*Levando a Birkin para casa: minha vida numa louca busca da bolsa mais cobiçada do mundo*), de Michael Tonello.

No plano artístico, quando nos encontramos ela havia acabado de lançar o álbum *Enfants d'hiver*, o primeiro em que escreveu todas as letras das canções, em francês. A exceção em inglês do repertório é o título dedicado à birmanesa Aung San Suu Kyi, prêmio Nobel da Paz em 1991, então em residência vigiada em seu país, e por quem Jane Birkin se empenhava pela liberação (livre em 2010, foi eleita deputada em 2012 e nomeada ministra, em 2016, do primeiro governo civil do país após mais de cinco décadas).

Constante viajante, apegada ao seu passado, mas sem incitar a nostalgia, ela procura existir como uma mulher do presente. Em um momento difícil de sua vida, ouviu de sua mãe, Judy Campbell-Birkin: "Ou você cerra as persianas e não troca mais as lâmpadas, ou sorri e o mundo se abre". Jane Birkin preferiu a luz à escuridão, o mundo à reclusão, e por onde passa continua a exibir seu sorriso de menina.

No disco Enfants d'hiver *você mergulha na sua infância, único período de sua vida que você dizia permanecer ainda "secreto".*

Eu estreei no palco aos 17 anos, me casei aos 19, logo depois veio *Blow up*, tudo foi muito público na minha vida desde cedo até hoje. Meus amores foram todos visíveis, John Barry ganhou todos esses Oscar, tive minha filha Kate *(em 1967)*, depois veio Serge, Jacques Doillon. É uma vida estranha. Se incentivei Charlotte a fazer seu primeiro filme aos 13 anos, com Catherine Deneuve *(Paroles et Musique, de Élie Chouraqui, em 1984)*, e depois um segundo filme com Claude Miller *(L'Effrontée, em 1985)* é porque acho genial estar num filme sendo criança. Depois se pode continuar ou não, mas é algo que marca, essa magia do rosto ainda não maquiado, ser você mesma. Depois disso você tenta agradar ao seu primeiro marido, ao diretor, ao mundo inteiro. De uma certa forma, você nunca mais é você mesma. E depois nos tornamos novamente quem somos aos 40, 50 anos, quando voltamos a ousar. Foi então que comecei a escrever, a fazer meus outros "filhos", um disco, um filme, uma peça de teatro. Veja essa menina que está na capa do CD, eu era anônima aos 12 anos de idade, e de uma certa forma sou novamente aos 50, 60. Será possível que alguém o ame não tendo mudado em nada, apenas envelhecido como um pedaço de madeira? Amamos isso nos outros? Os homens são mais belos aos 60 anos, em relação ao que eram aos 50 ou 40 anos. A natureza é feita assim. Talvez porque, apesar de tudo, haja uma ideia de procriação. Nós temos muita sorte de lutar contra isso, e de podermos estar livres para fazer livros, filmes, discos. E há jovens curiosos em relação a você. As pessoas pensam que à noite eu tenho uma vida mais excitante do que a delas, mas posso lhes assegurar que não. Encontro muitas pessoas interessantes, é verdade, mas não são celebridades. Não tenho nenhum amigo ator, à parte Michel Piccoli. Nenhum amigo cantor, à parte Alain Souchon. Minha grande amiga é Gabrielle, minha amiga de infância, e minhas filhas e meus netos.

Por que você diz que "a infância é como os mortos"?

A morte é um país inacessível. Os mortos para mim se tornaram santos. Eu não me lembro das coisas ruins de Serge, nem sei por que me separei dele. Bani essas coisas do meu pensamento, não estão mais lá, tudo o que havia de ruim desapareceu. Na morte, você é *upgraded,* como num voo, a um estágio inacessível.

Você se considera melancólica?

Eu combato minha melancolia sendo engraçada, muitas pessoas fazem isso. Não gosto de ficar sozinha, e dou um jeito para não estar só. Se me deixam só, vou abaixo. Então faço o contrário, combino um cinema, cuido dos meus netos, tenho meus compromissos profissionais. Sou uma resistente, não vou desistir. Nas minhas canções, tento ser o mais pessoal e honesta possível. Falo da infância até a essas velhas adolescentes que nos tornamos por vezes aos 50, 60 anos. No disco, há "Enfants d'hiver", que é a canção mais complicada e para mim a mais bela de todas, que jamais tocará nas rádios, mas poderei cantá-la na turnê. Há as canções de Alain Souchon, mais melancólicas, mas não quer dizer que sejam tristes.

Pode-se dizer que foram os homens da sua vida que estimularam suas aventuras artísticas. Serge Gainsbourg a incentivou a cantar, Jacques Doillon a filmar, Olivier Rolin a escrever...

Olivier é escritor, foi ele quem me disse para escrever sobre os ingleses no *Le Nouvel Observateur*, eu o fiz e fui publicada. Foi Jacques que me disse para pegar uma câmera e filmar algo para os 30 anos da Anistia Internacional. Sempre fui incentivada por aqueles que estavam próximos de mim, mas também por outras pessoas mais distantes. Na escrita, foi assim. Não queria escrever uma biografia, é algo que me parece tão difícil de fazer sem ferir as pessoas. Há muitas coisas que outras pessoas desconhecem. Ao ler agora a biografia de Françoise Hardy, muito do que está escrito ali sobre Serge eu não sabia. É um risco. Não gosto dessa ideia de Joann Sfar de fazer agora um filme sobre Serge (*Gainsbourg – o homem que amava as mulheres*, 2010). Só peço que coloque que se trata de uma fábula, porque não será a história verdadeira. Ele vai fazer o filme, e todo mundo é livre para fazê-lo, mas não tenho vontade de me envolver nisso. Acho que há formas mais interessantes. Procuro dissuadir as pessoas que querem escrever biografias sobre mim.

Você é inglesa, mas há 40 anos vive na França. Como você se sente em relação a isso? É mais francesa ou inglesa, uma mistura dos dois, uma "cidadã do mundo"?

Não me questiono sobre isso. Mas não me considero "cidadã do mundo". Tive a chance de viajar a países onde as pessoas vivem com problemas. Isso me interessa nem que seja para dizer: "Nós pensamos em vocês". É preciso ir, apenas estar lá, como num aniversário ou quando alguém está no hospital. O benefício da idade é que você tem mais tempo, e pode assumir mais riscos também. A coisa mais cara no mundo é o tempo. O tempo que você pode estar com as pessoas é algo de que gosto e que valorizo muito. E a educação é algo muito importante. São necessárias mais pessoas para ensinar, e em classes mais reduzidas, para poder acompanhar as crianças e torná-las curiosas. Levá-las ao museu, deixá-las tocar as obras de arte, levá-las para viajar, para intercâmbios de um trimestre. Eu sou a favor da escola europeia, e penso mais longe, em Istambul, na África do Norte, na América do Sul. Era infinitamente mais perigoso e inseguro de se viver há 100 anos. Temos de ser mais generosos. Há toda uma educação a ser feita. No Brasil, me interessam as escolas abertas, aulas com música, as crianças sentadas no chão, práticas na rua, a generosidade de se fazer pinturas nas paredes, essa vontade de fazer da escola uma aventura. Estar sempre nesse estado acordado.

Você diz viver desde os 12 anos um sentimento constante de culpabilidade. Nessa época você já escrevia sobre isso no seu diário íntimo.

A sensação de culpabilidade é muito forte em mim. Por isso, mesmo que seja cansativo, é muito fácil para mim ir visitar uma pessoa no hospital, atravessar o Canal da Mancha para ir ver alguém, acolher um refugiado, fazer algo pelo outro. Sempre acho que não faço o suficiente. Não sei de onde vem isso, nunca me analisei. Talvez venha da época do internato. A religião é forte para isso, para instalar a culpabilidade.

Você diz também que o estado amoroso lhe dá uma sensação de pânico, por causa do sentimento de terror de poder perder a pessoa amada.

Sim, sempre foi assim. É um sentimento de que não mereço a pessoa. Estar apaixonada é um estado magnífico, formidável, mas também muito angustiante para mim.

O ano de 1991 foi particularmente difícil para você: Serge Gainsbourg morreu e, quatro dias depois, seu pai também faleceu. Você ainda evita ir à casa da rua de Verneuil, que está lá fechada, onde vocês viveram juntos?

Vou com a Charlotte quando é necessário. Recentemente, tive de fazer uma lista comentada de objetos da casa, para a grande exposição no Parc La Villette *("Gainsbourg 2008", na Cité de la Musique).* Charlotte era muito pequena quando deixamos a rua de Verneuil, só tinha nove anos, ela não sabia nada sobre os objetos, então tive eu mesma de ir. Eu não sou masoquista. Não vou na rua de Verneuil para chorar pela pessoa que não está mais naquela casa, que não vai aparecer descendo as escadas. E também não é um local que foi só de felicidade para mim. Deixei Serge lá, a vida lá também foi difícil, tenho tendência a esquecer, como quando fugi à noite com as meninas para que ele não batesse nelas. Não era agradável ver Serge sofrer naquela casa, ver que bloquearam o quarto das crianças quando eu parti. Cada vez que vejo aquele muro lembro da dor que ele deve ter sentido na época. Não tenho vontade de ir lá, nem ao cemitério. Cada motorista de táxi, cada pessoa que encontro fala e me faz lembrar dele. Se me dissessem que ele poderia retornar, e que eu poderia encontrá-lo a sós, não sei se gostaria. Posso viver sem ele. O que me dá mesmo felicidade é a fila de uma hora e meia de espera para ver a exposição sobre ele. Há jovens de 16 anos que nunca viram Serge, porque ele morreu há 17 anos. Ele ficaria tão contente com isso que essa felicidade dele, mesmo morto, me faz sentir algo magnífico. Mas não posso retomar o mesmo caminho, não posso ir aos mesmos cafés daquele tempo, às mesmas boates, nem aos lugares dele ou aos de minha infância. Sou uma pessoa feliz em viajar. Gostaria de pegar o trem mais lento para percorrer a América do Sul e observar a vida das pessoas, ver as pessoas viverem.

Você aprecia viajar. Sua mãe lhe disse certa vez: "Qualquer pessoa é misteriosa carregando uma mala". Você adorou a definição.

Minha mãe tinha razão! Todo mundo é misterioso com uma mala na mão. Voilà! (*risos.*)

Seu pai lhe apresentou a Anistia Internacional quando você tinha 17 anos. Você diz que se tornou um pouco como sua mãe, "uma resistente que quer ver as flores nascerem no ano seguinte". Este seu lado engajado pelas causas humanas e humanitárias vem de seus pais?

Vem dos dois. Minha mãe nunca parou de cantar e atuar na peça de Noël Coward em Londres, durante a Segunda Guerra Mundial. Ela se recusava a ir para os abrigos antiaéreos, porque lhe dava medo, preferia receber uma bomba, então permanecia em cena no teatro. Quando fui a Sarajevo *(durante a guerra nos Bálcãs)*, queria levar coisas para a população, e perguntei para minha mãe o que ela tinha pegado quando o apartamento dela explodiu em Londres, para saber o que as pessoas querem nessas situações. Depois de uma longa reflexão, ela disse: "Perfume". Eu exclamei: "O que, mamãe? Você pegou perfume?!". Ela explicou: "Quando não se tem mais nada, pega-se o supérfluo". Então fui na rua de Passy, aqui em Paris, e comprei lingeries de cetim e de seda, cortei as etiquetas de preço e coloquei dentro da minha mochila umas quarenta peças, todas roupas de baixo, frívolas. No colete que usava, no espaço reservado para as balas, coloquei batons Guerlain. As mulheres gostavam de receber livros e tudo o mais, mas quando viram as cores das sedas foi uma festa.

Como foi que você se aproximou de Aung San Suu Kyi?

Tinha um amigo diplomata e professor, e ele me perguntou, já que eu cantaria no Japão para duas mil pessoas, se seria capaz de fazê-lo para 200 crianças na Birmânia. Isto foi há 15 anos. Respondi que sim, mas se pudesse encontrar Aung San Suu Kyi. Como era um país militar, falei que não queria ser presa nem usada pelos militares, pois poderiam divulgar fotos, dizer que fiz o show para o governo etc. O show foi marcado para a Aliança Francesa, e no último minuto, sem que as autoridades soubessem – pois havia espiões por todo o lado –, mudamos o local para um velho cinema, proibimos fotos e vídeos, e vi essas crianças que haviam aprendido todas as canções de Gainsbourg durante um ano. Eram capazes de recitar "Homme à la tête de chou", incrível o trabalho feito com elas por esse professor. Fiz o show com um pianista inocente e gentil, Patrick Morenteller, eu achei que ele não sabia nada sobre a Birmânia. Mas ele suspeitava, com razão, e no nosso hotel ele colocou uma marca em nossas malas para ver se haviam sido movidas na nossa ausência, e foi o que ocorreu. Ele viu alguém na janela nos filmando. O clima não era muito seguro. Fiz o show, sem bis, e às 6h da manhã estava nos orfanatos. Havia levado instrumentos de música, bolas de futebol, fiquei duas horas com as crianças. Fui até a embaixada da França, e lá encontrei Aung San Suu Kyi durante uma hora. Perguntei o que ela gostaria que eu fizesse. Ela pediu que lutasse para que o comércio com a Birmânia fosse suspenso, e para que um preso político detido desde 1988 fosse liberado. Ela me explicou, por exemplo, que era livre para fazer suas compras, mas que não era nada agradável saber que os comerciantes que lhe haviam vendido suprimentos eram depois torturados em interrogatório, para saber o que ela lhes havia dito.

O que aconteceu depois?

Voltei para a França e imediatamente denunciei o que se passava na Birmânia. Como na Alemanha Oriental, havia delação por todo lado, os motoristas de táxi denunciavam todo mundo. Fizemos passeatas contra a Total, que subvenciona o regime. Eles mantêm orfanatos, é verdade, eu vi, mas as crianças permanecem encerradas dos dois aos 14 anos e depois são enviadas para o Exército. Houve depois a revolta dos monges e dos estudantes. Mostravam sem parar na tevê. Eu soube nesse meio tempo que Aung San Suu Kyi estava doente, seu médico não tinha mais permissão de vê-la, e não havia mais eletricidade em sua casa. Quando recebi o sms dizendo que ela estava doente, vomitei. Depois, houve o tsunami. Fui confabular com Médicos do Mundo e Médicos Sem Fronteiras e outras ONGs para tentar fazer com que não se levasse um grande barco com a ajuda humanitária, pois o regime não deixaria entrar. O que se deveria fazer era largar os pacotes de avião, sobre uma planície. Eles enviaram um grande navio de guerra com os víveres, mas de nada adiantou, esse regime é imundo. Depois do tsunami, eles passaram uma lei proibindo qualquer pessoa casada com um estrangeiro de ter um cargo no governo, assim descartaram Aung San Suu Kyi de um dia se tornar presidente. É um país que é encruzilhada da droga, é o maior país da AIDS, os generais são riquíssimos, há 70 mil crianças-soldados e dez em cada 100 crianças não vivem até os 5 anos.

Você lamentou que a causa de Aung San Suu Kyi não tenha mobilizado tanto as autoridades e a opinião pública quanto a luta pela liberação da franco-colombiana Ingrid Betancourt, à qual também aderiu.

Também lutei por ela. E a cada entrevista que dava por Ingrid, dava outra por Aung San Suu Kyi, mas a mídia não se interessava. O prefeito de Paris poderia ter colocado na fachada da prefeitura, ao lado do cartaz de Ingrid Betancourt, um outro de Aung San Suu Kyi, pois são duas mulheres impecáveis, duas pacifistas. Não fui ao Palácio do Eliseu quando Ingrid foi liberada, porque tudo tomou uma proporção enorme, não queria me misturar a isso. E sei bem como é o poder, eu o conheci com François Mitterrand (*presidente da França entre 1981-1995*). É tudo muito sedutor, mas não quero mais fazer parte desta grande família.

Como foi sua relação com Mitterrand?

Convivi muito com ele, era um homem extremamente divertido, instruído. Deu a Legião de Honra para o meu pai, porque durante a Segunda Guerra Mundial ele ajudava as pessoas em Brest a escapar. Mitterrand era uma companhia divertida, eu podia chegar de jeans e fazê-lo rir. Mas, aos poucos, as coisas mudaram. Na guerra da Iugoslávia, perguntei por que ele não intervinha, e ele disse que, porque havia montanhas, era impossível invadir. Mais tarde, eu mesma passei por essas montanhas durante o sítio a Sarajevo, havia snipers, nacionalistas sérvios, e durante quatro anos a população da cidade morria sem eletricidade e gás diante da indiferença total. Isso porque os ingleses e franceses decidiram que os sérvios tinham sido seus aliados na última guerra.

A bolsa que você desenhou para a marca Hermès se tornou objeto de desejo e hoje, inclusive, também contribui para seus projetos de ajuda humanitária. Você estava num voo Paris–Londres, em 1981, ao lado do então presidente da Hermès, Jean-Louis Dumas (1938-2010), que a desafiou a desenhar uma bolsa.

Desenhei um modelo de bolsa para mim, no avião. Depois eles fizeram um modelo em papelão, fiz algumas modificações, e era uma bolsa para uso pessoal, para mim, ia pagar e tudo. Mas o Monsieur Dumas, que era muito chique, achou bonita a bolsa e perguntou se poderia comercializá-la, disse que todo mundo iria querer a minha bolsa. Eu concordei. Ele quis batizar o modelo com o meu nome. Eu me senti extremamente lisonjeada, até porque a única outra bolsa da marca com esse privilégio era a Kelly. Estar junto com Grace Kelly era extremamente chique. Eu ia aos Estados Unidos, ao Japão, e as pessoas só falavam da bolsa, queriam posar para fotos com a bolsa ao meu lado. Depois vi que a Sharon Stone havia desenhado também uma bolsa, para a Louis Vuitton, por um contrato de um ano, com fundos revertidos para uma boa causa. Eu disse a mim mesma: "Mas como fui idiota". Se eu tivesse ganhado 1% das vendas dessa bolsa poderia ter construído um hospital. Eu telefonei ao meu agente para que ele tentasse um acordo semelhante com a Hermès, para que eles destinassem uma porcentagem a uma causa diferente a cada ano. Fizemos um contrato, e já foram destinados recursos para a Handicap International, para as causas da Chechênia e da Birmânia, para a Federação Internacional dos Direitos Humanos. Em 2008, o dinheiro foi para a Irmã Emmanuelle e para o combate à AIDS na África. Em 2009, será para outra coisa. Pedi que duplicassem o valor, e eles concordaram.

Sua filha Charlotte disse uma vez sobre seu novo corte de cabelo: "Mamãe, seu penteado é um sorriso!". Qual é sua relação com a moda?

Eu visto exatamente o que quero. Evito vestir roupas fabricadas na China. Mas é bastante difícil, pois mesmo os jeans Gap são, hoje, feitos na China. Eu uso as coisas mais velhas possíveis. Esse suéter, por exemplo, é Brora, da Inglaterra, eles fazem roupas com material da Escócia. Comprei também para os meus sobrinhos meias dessa marca, porque elas são engraçadas. Mas meus casacos têm trinta anos. Meu impermeável tem vinte anos. Estou vestindo também uma peça Dries *(Van Noten)*, de uns quatro anos. Gosto dos blusões do meu pai, do meu irmão. Meu sonho é poder entrar num vestido da minha mãe, mas ainda não sou suficientemente esbelta *(risos)*.

Como você conviveu com o fato de ter sido por muito tempo considerada ícone de beleza?

Não era difícil para mim, porque antes de tudo não me considerava bonita. Bonita, sim, mas bela, não. Minha mãe, sim, era bela de verdade. Quando perguntei a mamãe como é envelhecer, se lhe dava medo, ela disse que era estranho entrar num lugar e as pessoas não pararem de comentar. Ela era tão bela que, quando adentrava uma sala, as pessoas paravam de falar com seus cálices de champanhe na mão. E aos 80 anos de idade, ela exclamou certa vez na minha casa: "Eu perdi!". Perguntei: "O que, mamãe, seus óculos, sua bolsa?". Ela respondeu: "Não, perdi minha beleza, ela se foi hoje". Mas ela tinha uma beleza muito mais interessante, que era a curiosidade por tudo. Todos os meus amigos a queriam como mãe ou como avó. Ela sempre foi a referência para as minhas filhas, referência de teatro, de *fashion*, de *savoir-vivre*. De tudo.

Charlotte Gainsbourg

Aprecio a história de como a atriz Charlotte Gainsbourg veio ao mundo. O acaso quis que esta exceção francesa nascesse em solo britânico, em circunstâncias dignas de um roteiro escrito a quatro mãos por Woody Allen e Pedro Almodóvar, com pitadas de David Lynch. Em 21 de julho de 1971, em uma clínica privada de Londres, enquanto Jane Birkin, a mãe, dava à luz, Serge Gainsbourg, o pai, se embriagava com licor de banana do outro lado da rua – como contou a própria Jane em depoimento a Gilles Verlant, autor da biografia-referência *Gainsbourg* (Albin Michel, 2000). A cada 45 minutos, o ansioso e nervoso futuro pai subia até a sala de parto da clínica e, com um estetoscópio colado à porta, tentava auscultar algum choro de bebê. No quarto ou quinto dia de vida, sofrendo de icterícia neonatal – doença comum em recém-nascidos –, Charlotte foi transferida para um hospital e não pôde ser visitada por seu padrinho, o ator americano Yul Brynner – famoso por sua luzidia careca e pela atuação em filmes de sucesso como *Os Dez Mandamentos*, *Sete homens e um destino* ou *Os irmãos Karamázov*. Jane também estava doente, com um vírus que pegara na Iugoslávia. Para dar ainda mais ação ao cenário, os jornais alertavam sobre um louco que atacava bebês nos hospitais. Desesperado, imaginando as maiores tragédias, Gainsbourg não obtinha permissão para ver sua filha, porque Charlotte fora internada sob o nome materno. Quando, numa madrugada, finalmente conseguiu vencer a burocracia hospitalar e ver seu bebê, Gainsbourg retornou a pé do hospital para casa, sob a chuva. "Devo ter caminhado por quase duas horas. Atravessei toda a Londres. Nunca fiz um passeio mais feliz na minha vida. Naquela noite, toquei a felicidade com os dedos", revelou emocionado.

O curioso nascimento prenunciava uma trajetória singular. Atriz precoce, cantora cult, ícone contra a sua vontade e tímida por natureza, Charlotte Gainsbourg cresceu alentada por incertezas e movida por desafios. Por um deles, o polêmico filme *Anticristo*, uma aterrorizante e tórrida trama dirigida pelo dinamarquês Lars von Trier – com quem trabalhou também em *Melancolia* e *Ninfomaníaca* –, foi recompensada com a cobiçada Palma de Ouro de melhor atriz no Festival Internacional de

Cinema de Cannes, em 2009. Mais de duas décadas haviam se passado desde que, aos 14 anos, recebera às lágrimas, no palco do Palais des Congrès, em Paris, o troféu de melhor promessa feminina do prêmio César – o Oscar francês –, por *L'Effrontée* (1985), do cineasta francês Claude Miller.

Charlotte mantém seu eterno ar adolescente, mas se tornou mulher. Sobre *Anticristo*, disse em uma entrevista à imprensa francesa: "O filme não é nada comportado. Tudo é extremo, quase 'gore', quase pornô. Filmamos muitas cenas de sexo e esquecia o pudor. Eu não tinha mais nenhuma barreira". Barreiras, internas ou externas, são onipresentes em sua vida, mas, hoje, não mais intransponíveis. Pudica? Já com a Palma de Ouro guardada em casa, confessou à revista *Psychologies*: "Tenho este problema de duas caras, próprio de muitas pessoas tímidas. É como a síndrome do exibicionismo: nos detestamos e nos adoramos. Tenho a impressão de flutuar entre esses dois estados. O que nos empurra é a vontade de agradar, e ficamos sempre decepcionados. É engraçado, isso deveria dar vontade de parar, mas incita o contrário, a tentar mais uma vez".

Casada com o ator e diretor israelense Yvan Attal, mãe de três filhos, Charlotte Gainsbourg, 44 anos em 2015, é uma atriz de reconhecido talento, uma cantora de musicalidade incomum e uma mulher cultuada pela fragilidade de sua beleza. Charlotte é a jovem que, aos 13 anos, interpreta a filha de Catherine Deneuve no filme *Paroles et Musique* (1984), do diretor francês Elie Chouraqui. "Eu não tinha seios, ainda estava com dentes de leite, devia aparentar uns oito anos", disse certa vez. Aos 19 anos, com *Merci la Vie*, de Bertrand Blier, decidiu abandonar os estudos e assumir a profissão de atriz. Na carreira, enfileirou filmes como *21 gramas* (2004), de Alejandro González Inárritu; *Sonhando acordado* (2006), de Michel Gondry; e *I'm not there*, de Todd Haynes, sobre Bob Dylan.

Charlotte é a voz que abre a canção "What it Feels Like for a Girl", do CD Music (2001), de Madonna, pela inserção de algumas palavras pronunciadas pela atriz no filme *The Cement Garden* (1993), dirigido por seu tio Andrew Birkin. A inusitada participação de apenas três segundos a encorajou a gravar, em 2006, 5:55, álbum elaborado com a preciosa colaboração de nomes como Air, Neil Hammon (The Divine Comedy), Jarvis Cocker e Nigel Godrich (produtor de Radiohead); e possibilitou uma parceria com o celebrado músico americano Beck em álbuns como *IRM* (2009) e *Stage Whisper* (2011).

Charlotte é a musa da marca Gérard Darel, exibida em imagens sensuais sob o epíteto "uma nova elegância sem artifício". A revista americana *Vanity Fair* foi igualmente seduzida pelo charme insolente da atriz francesa. Em 2007, a publicação a elegeu, pelo voto de um júri internacional, como a mulher mais elegante do planeta, tanto por seus jeans boca de sino quanto por seus trenchcoats Burberry e seus vestidos Balenciaga.

Mas, para alcançar a liberdade reivindicada, foi preciso superar o peso da incontornável e explosiva celebridade dos pais. Sua mãe é a inglesa Jane Birkin, ex-modelo, atriz, cantora, alçada à fama ao interpretar em versos de sensualismo explícito a canção "Je T'Aime Moi Non Plus", furor erótico de 1969 composto pelo pai, Serge Gainsbourg, poeta maldito e músico irreverente catapultado ao status de mito francês. Antes mesmo de vir ao mundo, ainda no ventre, Charlotte frequentava capas de revistas em fotos posadas de sua mãe nua e grávida. Na escola, era comum ouvir de seus colegas que seu pai era um drogado e sua mãe, uma puta. A tradição de irreverência se perpetua. Importunado no colégio por causa de *Anticristo*, seu filho Ben havia pedido à mãe que fosse cortada a cena de sexo do trailer do filme. "Mas ao saber que ganhei o prêmio, ele disse que isso apagava tudo, que não era importante", contou ela em uma entrevista.

Pai e filha viveram uma relação efervescente e indissolúvel. Em 1984, causaram polêmica com a canção "Lemon Incest", interpretada em duo. No videoclipe, Serge Gainsbourg aparece estendido em uma cama redonda, torso nu, vestindo a parte inferior do pijama, e Charlotte, ajoelhada ao seu lado, com a parte de cima. "A crítica me demoliu, disseram que era incesto. Mas não, era a vertigem do incesto", tentou explicar ele, poeticamente, mais tarde. Em 1986, a filha foi ainda protagonista de *Charlotte for ever*, filme dirigido pelo pai, depreciado pelos críticos e posteriormente elogiado por Jean-Luc Godard. "Charlotte é um diamante perfeito anichado na fenda de um rochedo", disse Serge Gainsbourg. Não por acaso, ela recordou o pai nos agradecimentos pelo prêmio em Cannes: "Espero que ele esteja orgulhoso de mim, orgulhoso e muito chocado". Reverberada pela mídia, a frase foi, depois, explicada por ela: "Foi uma piada, e virou manchete. Meu pai era percebido como um provocador, o que, creio eu, ele não era. Era um artista livre que por vezes chocava. E o filme de Lars chocou pessoas em Cannes. É tudo".

Para o cineasta Bertrand Blier, Charlotte impressiona porque seu semblante é uma mescla de Serge e Jane: "Seu rosto é uma história de amor", definiu. Segundo ele, Charlotte é gainsbouriana, ambígua, no limite da provocação. "Quando se é filha de Jane Birkin e de Serge Gainsbourg, não se tem medo de nada. Com um pai desses, ela não pode se parecer com os outros: Serge era um OVNI, ela... é uma marciana", resumiu. A extraterrestre Charlotte Gainsbourg acredita que há uma irresponsabilidade nas atrizes por elas nutrirem muitas esperanças, mas não saberem realmente para onde vão: "O perigo e o imprevisto me interessam cada vez mais. Não tenho nunca certeza alguma. Sou muitas vezes tomada por um medo paralisante, mas ao mesmo tempo não dou as costas a personagem algum. Há sempre essa vontade de me jogar e descobrir", disse em 2005.

Entrevistei a marciana Charlotte às vésperas de ela iniciar as filmagens de *Ninfomaníaca*, em plena turnê europeia de seu álbum *Stage Whisper*. No encontro nos camarins do Teatro La Cartonnerie, em Reims, antes de subir ao palco, falou sobre cinema, música, seus sonhos e seus medos, suas imperfeições e suas dúvidas, suas escolhas e seus limites. "Tenho certeza de que tenho um certo grau de masoquismo", disse, com a voz doce, como num sussurro.

Por muito tempo moramos no mesmo bairro em Paris, e por vezes avistava nos arredores a sua inconfundível silhueta e sua aura de menina ingênua enfeitiçada por um carisma selvagem. São inúteis as tentativas de defini-la, a exemplo da alcunha de "Sofia Coppola francesa". Charlotte Gainsbourg se mantém inclassificável. Resta esperar que continue irresponsável e destruindo suas barreiras. E, claro, que não retorne para Marte.

Você vê uma certa "irresponsabilidade" nas atrizes, com muita esperança, mas sem saber realmente para onde se vai. Como define esses sentimentos?

Porque não sabemos como nos projetar. Hoje, por exemplo, espero fazer este filme com o Lars Von Trier. Isso será em setembro. Depois, tenho dois outros projetos. Mas até há bem pouco tempo ainda não tinha esses projetos, não sabia o que faria. E é muito difícil ter confiança em si mesma e dizer: "Certamente eu vou achar um superfilme". Passamos sempre por períodos de vazio e, além de tudo, avançamos na idade e nos perguntamos se ainda vamos interessar a alguém. Podemos pintar um retrato bastante pessimista do futuro, como podemos ser otimistas e acreditar.

Você tende mais para o retrato pessimista, não?

Sim *(risos)*. Porque penso que é uma profissão difícil. Rapidamente somos substituídos. E felizmente somos substituíveis. Não há nenhuma garantia. Se ao menos escrevesse os meus roteiros, mas não é o caso. Então, eu espero. Felizmente tenho a música, porque me faz viva. Faz com que esteja eu mesma um pouco no comando. Pelo menos, de uma parte da minha vida. Mas adoro estar a serviço de um diretor de cinema. Gosto de ser desejada por um cineasta. Não gosto de me dizer: "Ah, li um livro e eu poderia fazer este papel à perfeição". Acho isso muito intimidante. Não tenho confiança em mim o suficiente para me dizer que tenho capacidade de interpretar determinado papel. Gosto muito de trabalhar com pessoas. Por isso faço música. Não é só para mim, para contar coisas de mim, mas para viver algo. Gosto de viver algo em que me expresso, mas através do talento de uma outra pessoa.

Você se diz constantemente repleta de dúvidas. Por vezes, não é desgastante?

Muitas vezes é penoso, mas, ao mesmo tempo, agora sei que é assim que eu funciono. Não é que me divirta, mas paro de esperar ser serena, segura de mim mesma e tudo isso. Sei que sou cheia de dúvidas, que vou atrás do pior, que vou ficar irritada por todos os meus erros, mas eu me reencontro nisso.

Por muito tempo você foi sua "pior inimiga". Você já se tornou sua melhor amiga?

Eu começo a me familiarizar e a aceitar todos os meus defeitos, a me dizer que eles constituem também minhas qualidades. Vou parar de procurar ser como gostaria de ser *(risos)*. Mas, ao mesmo tempo, acho algo bom ficar decepcionada. Na verdade, gosto da decepção, no meu caso me faz avançar, apesar de tudo. E também me faz rir. Eu me levo muito a sério. E vario muito. Num dia posso estar muito feliz e contente pelo que fiz, e duas horas mais tarde vou estar mais séria. Mudo o tempo todo.

Anteontem, entrevistei o cineasta Wim Wenders, e pedi que ele fizesse uma pergunta para você. Ele disse: "Eu gostaria de saber quantas vezes ela disse 'não' a filmes. Porque suas escolhas são surpreendentes, e ela raramente se engana. Eu a adoro, e gosto muito dela como atriz. Ela assume muitos riscos".

Mas é extremamente agradável o que ele disse! É mais um comentário do que uma pergunta. Não sei bem o que responder. Sim, eu recuso muitos filmes, projetos que não me agradam, outros que nem leio, porque, é verdade, há uma pequena seleção. E eu funciono mais no instinto. É preciso que muitas coisas estejam reunidas para que me dê vontade de fazer. É duro. É mais fácil dizer "não" a um filme do que dizer "sim". Para dizer "sim", é preciso haver muitas coisas juntas. E eu não sei ler bem os roteiros. Não consigo saber quando um filme funciona, ou mesmo se há uma boa base, com algumas coisas a serem melhoradas. Tenho a impressão de que é tudo ou é nada. E, sobretudo hoje, funciono com um diretor. Sou mais atraída a trabalhar com alguém do que por um super-roteiro com um diretor que não conheço. Mas não acho que faço escolhas. É fácil dizer "sim" a Lars Von Trier, a Todd Haynes, a Ivan Attal (*seu companheiro e pai de seus três filhos*). Todas as escolhas que fiz me pareceram tão evidentes. Mas há muitos filmes que eu gostaria de ter feito, mas para os quais não fui selecionada. Então poderia ter feito melhor.

Que filmes?

Gostaria de ter sido escolhida para *A árvore da vida* (*de Terrence Malick, 2011*). Mas creio que todas as atrizes francesas se precipitaram para fazer os testes. É sempre muito difícil quando se é francês e se ouve falar de um projeto americano. Escutamos todos os nomes das atrizes desfilarem. Sabemos que vamos cruzar com todo mundo, e em geral não somos escolhidas. Mas vale a pena tentar. E também é bom receber uns pequenos golpes no nosso amor próprio, somos colocados um pouco no nosso lugar.

Você queria por Terrence Malick, não pelo filme.

Eu não estava nem aí para o filme *(risos)*.

O cineasta Bertrand Blier disse certa vez que Serge Gainsbourg, seu pai, era um OVNI, e que você é uma "marciana".

Eu gosto disso *(risos)*. Mas não me vejo como uma marciana. Mas isso me faz pensar na minha mãe. Ela me dizia que me via um pouco como uma estrangeira. Achei estranho, fiquei um pouco chocada na época. Mas eu compreendo isso, como uma distância. É verdade que tenho uma tendência – e por vezes lamento isso – a colocar uma verdadeira distância em relação às pessoas, e isso me isola bastante. Nisso eu sou marciana, mas fora isso, não.

Por que essa imposição de distância?

Concretamente, acho que parte de um mal-estar meu com as pessoas. Adoro as pessoas, mas, antes de me conectar com elas, há sobretudo um mal-estar, o que impede muitas coisas.

Você faz escolhas artísticas corajosas, e ao mesmo tempo se diz muito "influenciável", que pode ser "revirada como um crepe".

Sou muito assim mesmo. É terrível, também para meus próprios filhos, porque temos vontade de ter pais que sejam sólidos, com opiniões, uma moral, coisas bem definidas. E eu não me sinto nada sólida. Eu mudo com tanta facilidade. Yvan é a pessoa que mais tem influência sobre mim, minha família também, minha mãe. Mas isso é uma coisa que eu lamento, de não ser um pouco mais forte nesse sentido. E em relação às escolhas, muito honestamente, não tenho a impressão de fazer opções muito corajosas. Acho que faço escolhas evidentes. E não são nem mesmo escolhas, mas acasos de circunstâncias. Talvez o próximo filme de Lars seja um horror *(risos)*, mas tenho vontade de tentar a chance ainda assim.

Em seu habitual tom provocativo, Lars Von Trier diz que fará um filme pornô de quatro horas de duração. Você diz estar interessada nas emoções que percebe no personagem que vai interpretar.

Não será um filme pornô. Terá sexo hard, sim, mas felizmente seremos dublados – felizmente não, foi a única condição – por atores pornôs. Mas é uma história que considero muito apaixonante, abordar a sexualidade de uma mulher durante a maior parte de sua vida, dos dois aos 50 anos de idade. Certamente, é uma mulher torturada. Mas creio que nos vemos todas nessa história. E o fato de que tenha sido escrita por um homem, acho isso muito forte. Vão certamente taxá-lo de misógino, mais uma vez. Mas eu não vejo assim. Considero muito correto, mesmo em tudo o que há de perverso, de sombrio. E acho que isso é interessante. Se é para falar da beleza, enfim, me entedia. Há artistas que podem transcender, o que num passe de mágica torna os seres humanos muito belos, mas acho que sempre passa por coisas um pouco sombrias. Acho isso interessante.

Atuar em dois de seus filmes, Anticristo *(2009) e* Melancolia *(2011), foram experiências únicas para você. Como encara esta nova filmagem? Está com medo?*

Foi mais doloroso em relação aos sentimentos e emoções do que ao lado físico. Mesmo que eu tivesse bastante apreensão, e que não seja evidente para mim esse lado físico, fui ainda assim bem protegida. Sabia que ele não era mal-intencionado, eu tinha plena confiança. Mas *Anticristo* e *Melancolia* me atingiram muito, emocionalmente. As filmagens de *Melancolia* foram, inclusive, mais difíceis para mim do que as de *Anticristo*. Para o próximo filme, sim, tenho muito medo. Tenho medo de suas surpresas. Tenho a impressão de que ele não gosta que eu me sinta muito confortável. E tenho medo do que ele poderá fazer para me deixar capenga. E, ao mesmo tempo, eu também não tenho vontade de me sentir confortável, quero buscar, que seja também sofrido. Tenho certeza de que tenho um certo grau de masoquismo. Tenho certeza disto. Mas que também não seja muito grande *(risos)*. É preciso conhecer seus limites. É preciso ter uma consciência clara de seus próprios limites. Mas, na verdade, não os conhecemos até que os tenhamos vivido.

Você conhece os seus limites?

Não. Eu tinha a escolha, na verdade. Há vários personagens no filme. Há uma personagem feminina, mas em várias idades, aos dois, dez, 15, 20 anos... Ele me perguntou se eu queria um grande papel, ou a mulher que conta sua história aos 50 anos. Eu disse que queria o mais possível. E depois ele me disse: "O que te incomoda mais, o fato de que se acredite que seja você na tela transando com estes homens – porque, como disse, haverá trucagem nas imagens –, ou o fato de se despir diante da equipe?". Eu acho que o meu limite é mais tirar a roupa diante da equipe, o que concretamente tenho de fazer, do que a possibilidade de que se vá pensar que sou realmente eu nas cenas de sexo, o que pode chocar enormemente, porque vai ser tão bem trucado. Mas faz parte da profissão "fazer crer". Não sei. Vamos ver. Não sei o que me espera. Mas é bom também quando há um pouco de perigo.

A história de Anticristo *a intrigava, você se questionava sobre muitas coisas do roteiro, às quais nem sempre tinha respostas. Que questões eram essas?*

Eram questões um pouco bestas. Queria saber quais eram as suas influências (*de Lars Von Trier*), de onde vinham suas inspirações. Havia reconhecido *O Grito*, de Edward Munch. Mas havia outras imagens. Tenho certeza de que ele começou a partir de textos, talvez, e como sou muitas vezes bastante inculta queria entender de onde vinha todo o lado religioso. Eu não tenho nenhuma cultura religiosa. Era apenas para não passar por uma idiota, mas ele me deixou no meu papel de idiota e não compreendi nada. Por isso, não tinha respostas para muitas coisas. Em *Melancolia* também. Cheguei cheia de perguntas, mas ele se cansou e me deixou sem respostas.

Na música, em suas turnês de shows, o palco também a ajudou a aceitar seus defeitos. Mas estar em cena ainda é difícil para você?

Isso mudou. Agora começo aos poucos a me achar no palco. Mas, por outro lado, não sei analisar o público. Entendi que fora da França é bem mais fácil. Nos apresentamos há pouco na Suíça, e foi maravilhoso. As pessoas são gentis na França, mas eu as sinto bastante à escuta. Elas observam, esperam. Isso me dá medo, quero pessoas que mostrem entusiasmo. Por isso, é um pouco mais difícil. Mas, ainda assim, sinto muito prazer no palco, graças aos músicos, isso influi muito para que eu relaxe, para que brinquemos um pouco em cena.

Você se divertiu no concerto no La Cigale, em Paris?

Sim! E graças, dessa vez, ao público parisiense, que estava tão caloroso e entusiasmado. Havia tanto encorajamento que me senti levada, sem muito o que fazer. Tive muito prazer nesse show.

Ainda se sente nervosa antes de entrar em cena?

Sim, mas hoje me dou conta de que tenho um nervosismo diferente. Está muito misturado a uma grande excitação. Enquanto que antes, há dois anos, eu ficava apenas petrificada, tinha medo o tempo todo. E é cansativo ter medo. O nervosismo é melhor do que o medo.

Você começa a conseguir olhar para o público, antes não conseguia...

Antes não conseguia, mas era também por um pouco de paranoia. Isso ainda me acontece hoje. Olho para alguém e tenho a impressão de que ele se entedia. De pronto, começo a pensar demais. É preciso que tudo permaneça um pouco vago.

Você conhece a música brasileira?

Conheci o trabalho de Chico Buarque e a música brasileira graças a um diretor, Emanuele Crialese (*para quem atuou em Novo Mundo*). Ele é completamente fanático pela música brasileira. Eu gosto de ser guiada, e ele me fez conhecer a música brasileira. Conheço a música de Caetano Veloso. Fora isso, não conheço mais nada. Gostaria muito, aliás, de conhecer mais.

Você nunca esteve no Brasil.

Nunca. Meu companheiro, Yvan, visitou o Brasil uma vez, e me disse que foi o mais belo país que já viu, por causa das pessoas. Ele adorou. Há tempos ele não para de me dizer que precisamos absolutamente ir ao Brasil, mas é tão longe. Para ir com as crianças e tudo mais, é uma verdadeira decisão.

E por que não ir em turnê?

Adoraria. Mas não sei se sou conhecida no Brasil. É genial viajar com a música. É incrível.

Com Air, Beck, Jarvis Cocker e agora com Connan Mockasin, você sempre teve a impressão de que seus álbuns alcançaram um certo sentido. Como foi com Stage Whisper?

Foi diferente. Para ser honesta, quando ouço as canções "ao vivo" do álbum, não fico orgulhosa. Escolhi aquelas que me agradavam mais, enfim... Mas fiquei contente que ao final houvesse imagens. Para mim, o "ao vivo" trata-se mais de imagens. No CD, fiquei feliz em fazer músicas inéditas, porque me levou a algo de novo, e a encontrar Connan e as pessoas do Villagers. Reencontrei Beck também. Não era um novo álbum, mas um pouco entre duas coisas; não era apenas "ao vivo". Havia coisas que me agradavam. E não se parece comigo sempre da mesma maneira. As músicas de Beck se parecem comigo, porque ele me conhece. "Out of Touch", de Connan também se parece comigo. Mas, em relação às outras, foram escritas para mim, inspiradas não sei pelo quê, e recebi essas canções assim, e fiquei muito contente. Mas era tudo o que eu não queria nos álbuns precedentes, receber tudo já pronto e não poder me envolver. Mas foi tudo feito de forma muito leve.

Recebia uma canção, de uma pessoa que já admirava antes, entrávamos no estúdio, gravávamos, eu achava tudo ótimo.

Esse álbum foi considerado pela crítica como mais pop e lúdico, e uma ruptura com a herança paterna presente em seus precedentes trabalhos. Você concorda?

É verdade que não se pode dizer que esse álbum seja influenciado por meu pai, enquanto que os precedentes tinham as músicas de percussão de meu pai muito presentes, e foi um pouco isso o ponto de partida. No álbum com Air, fomos muito inspirados por ele, tínhamos meu pai bastante na cabeça. Mas esse agora é feito de canções aqui e ali, e não senti a linhagem. Mas, ao mesmo tempo, não foi algo consciente. É verdade que fui ver Beck, depois da turnê, com uma ideia muito precisa. Tinha vontade de cantar mais forte, de ter uma canção mais rock, um pouco mais suja. Ele me escreveu uma canção, "Terrible Angels". Gostei de tentar uma voz um pouco diferente. As intenções desse disco eram um pouco diferentes.

Você pretende se dedicar a escrever canções?

Eu escrevi uma canção no álbum com Air, que se chama... não me lembro mais. É a última... "Morning Song". Exceto que ela foi retrabalhada por Jarvis Cocker. Escrevi um poema, e não soava musicalmente, então ele mudou algumas pequenas frases. Mas vem de mim, é realmente meu texto. Tem também uma outra, para a qual peguei textos de Apollinaire. Fora isso, escrevia frases dispersas, aqui e ali. Mas gostaria de ser mais capaz. Me irrita tanto não poder ser tão boa como meu pai. Tenho um amor próprio e um orgulho que faz com que eu não aceite ser apenas o que eu sou. Ao mesmo tempo que me digo "aceito meus defeitos" e tudo mais, depois de gravado tenho dificuldade em aceitar os defeitos. Espero que um dia vá conseguir... Neste dia de hoje, me digo que não tenho esse talento. Não preciso parar tudo, também não sou obrigada a escrever. Mas tenho este sonho de um dia tentar algo mais. Hoje a tendência é escrever três palavras e dizer que é nulo.

Você não se considera "artista", porque, entre outras coisas, não sente uma necessidade vital de se expressar artisticamente. Pode-se dizer que é cantora, atriz...

Não, artista, não sou. Intérprete está bem.

Entre as várias tentativas de a rotularem, dizem que você seria uma "Sofia Coppola à la française".

Considero isto um elogio. Também gostaria de ser diretora. Talvez me comparem a ela por causa de sua ascendência, porque ela tem peso sobre seus ombros, e eu também.

Ou talvez por causa de seu estilo e de suas escolhas?

É verdade. Ela é um pouco à margem, e isso lhe cai bem. Gosto de seu trabalho.

E seu desejo de escrever um livro?

Este é um velho sonho, mesmo ainda hoje.

Michel Houellebecq

Sob proteção policial desde os atentados de janeiro de 2015 na França, o escritor Michel Houellebecq estava vigiado por dois agentes quando nos encontramos, quatro meses depois, para uma entrevista em uma sala do primeiro andar do prédio da editora Flammarion, na praça Odéon, em Paris, na primeira semana de maio. Um dos autores franceses contemporâneos mais celebrados e traduzidos no mundo, ele tivera sua mais recente obra, *Submissão* (Alfaguara, 2015), lançada no país no mesmo dia do ataque terrorista na redação do jornal satírico *Charlie Hebdo*, que causou a morte de 12 pessoas, inclusive a de seu amigo Bernard Maris, economista e colaborador do semanário visado. Por recomendação das autoridades francesas, o escritor passou uma semana na casa de seu amigo e músico Jean-Louis Aubert. "Nesse tipo de acontecimento, não se pode nem mesmo dizer que se consegue pensar algo, foi algo tão atípico. Não me dava conta de que era verdade. Foi preciso que o noticiário repetisse dezenas de vezes que se tratava de algo real para que pudesse realmente acreditar", contou, enquanto intercalava ininterruptamente cigarro eletrônico e de tabaco.

Vencedor do prestigiado prêmio francês Goncourt, em 2010, e autor de obras como *Partículas elementares* ou *A possibilidade de uma ilha*, Houellebecq descreve em *Submissão* uma França do ano de 2022, em que Mohammed Ben Abbes, candidato de um partido islâmico moderado, vence as eleições presidenciais em uma disputa contra Marine Le Pen, atual líder da extrema-direita no país. O personagem principal, François, um professor universitário infeliz e solitário, especialista sobre o escritor e crítico de arte Joris-Karl Huysmans (1848-1907), se converte à nova realidade francesa em que as mulheres perdem seu espaço no mercado de trabalho e passam a andar cobertas por véus, a poligamia é permitida, e a laicidade, esquecida. O livro, acusado na França de islamofóbico, provocou um rastro de polêmicas e se tornou tema de todos os editoriais e debates na mídia, entre os que o defendiam e os que o censuravam, fossem críticos literários, filósofos, políticos de todas as tendências e personalidades. Mesmo o presidente da República, François Hollande, disse que leria a obra por causa das controvérsias surgidas. No dia seguinte ao atentado, o primeiro-ministro francês Manuel Valls declarou: "A França não é Michel Houellebecq". Em resposta, na vizinha Alemanha, o jornal "Tageszeitung" estampou o título "Eu sou Houellebecq", argumentando que quem qualificá-lo de "autor de escândalos que só faz provocações deliberadas deveria retirar Sade, Rimbaud, Baudelaire e Balzac de sua biblioteca".

Houellebecq sempre primou por seu linguajar franco e direto, avesso aos tempos do politicamente correto. Polêmicas nunca lhe amedrontaram, mas confessou ter sido abalado pela violência terrorista e pelos virulentos ataques ao seu livro. "O lançamento desse livro na França foi de uma violência incrível. Foi bastante duro. Talvez as dificuldades que os franceses e europeus têm em geral com o islã sejam ainda maiores do que eu pensava. Eu nunca havia sido atacado dessa maneira", confessou, ao definir a obra como uma "ficção política" que um dia poderá se tornar realidade. Para Michel Houellebecq, a França vive uma grave crise política – "Os franceses vivem a sensação de uma grandeza perdida há muito tempo, há uns 40 anos; e eles sofrem" – e o Ocidente ruma na direção de algo "caótico, violento e imprevisível".

Você se surpreendeu com a reação provocada por Submissão? *O livro foi muitas vezes tratado mais como um "ensaio islamofóbico" do que como um romance.*

Não é um ensaio. Poderia ser um romance islamofóbico, mas também não é o caso, na medida em que não há muitos personagens muçulmanos. Há sobretudo pessoas com ambição, que escolhem o campo do islã porque lhes parece um lado vencedor; não são realmente devotas. Mas é verdade que essa reação foi decepcionante para mim. Já estou um pouco acostumado, mas desta vez foi pior do que de hábito. As questões relacionadas ao islã intoxicam gravemente o pensamento francês atual. É algo que não para de aumentar.

Você se sentiu agredido?

É verdade que o lançamento desse livro na França foi de uma violência incrível. Foi bastante duro. Talvez as dificuldades que os franceses e europeus têm em geral com o islã sejam ainda maiores do que eu pensava. Escrever o livro, estranhamente, não foi muito difícil. Saiu de uma forma bastante fluida. Mas o efeito que provocou foi violento. Eu nunca havia sido atacado dessa maneira. Creio que talvez tenha tocado em um ponto de mais violência nos franceses. É difícil de analisar. O islã se tornou realmente um tema muito quente na França.

Alguns críticos definiram o livro como uma "sátira repleta de humor", mas também como uma história sobre o medo e a solidão. Você mesmo diz ter usado o medo, principalmente no início, quando pessoas que se sentem não representadas se radicalizam.

Eu utilizo realmente o medo, sobretudo no início. É esta sensação que se tem de que alguma coisa se passa, mas não se sabe exatamente o quê. Mas medo talvez seja uma palavra um pouco forte. Na quarta capa do livro, quem escreveu o texto usou a expressão "um sonho ruim", que me agrada. É algo escorregadio. Um sonho ruim é algo bastante singular: não é um pesadelo, mas pode se tornar um pesadelo a qualquer momento. É um pesadelo em potencial. Eu escrevi um romance no qual o personagem principal perde tudo. Primeiro sua namorada, depois seu trabalho... O que constitui a vida das pessoas, para ele desaparece. E aparece alguém para lhe propor muitas coisas: um verdadeiro status profissional, respeitado; uma mulher, ou mesmo várias se ele quiser, enfim, um todo bastante tentador.

Essa situação de sonho ruim que pode se tornar um pesadelo é consequência de uma civilização ocidental em decadência, dominada por um humanismo ateu e um individualismo exacerbado, como você denuncia?

Há esta sensação de que algo de ruim poderá acontecer, sem que se saiba exatamente o quê. Um sentimento que se disseminou é este: "Não pode continuar assim, algo vai explodir, mas não se sabe o que de fato". É o desconhecido. No livro está praticamente escrito assim, que o Ocidente ruma na direção de algo caótico, violento e imprevisível. São os três qualificativos que eu empregaria. Mas não se pode dizer mais do que isso. Não se trata de um pessimismo extremo ao final desse livro. Pode-se facilmente imaginar cenários bem piores.

Por exemplo?

Pode-se imaginar que, entre os muçulmanos, os extremistas superem os moderados. Ou que oponentes igualmente violentos ao islã comecem a se manifestar, como o norueguês Breivik (d*e extrema-direita, autor do massacre de 77 pessoas em 2011*), que permanece como um caso isolado. Pode-se imaginar muitas degradações.

O livro foi acusado de racista. Você costuma denunciar uma confusão constante de islamofobia e antissemitismo com racismo.

É verdade. Isso é algo recente e catastrófico. Mas analisar as causas disso seria difícil. Pascal Bruckner tentou. É uma espécie de masoquismo manipulador. E pensar nisso já é algo penoso.

Quando ocorreram os atentados em Paris, a polícia temia por sua segurança, e você passou uma semana protegido na casa de seu amigo e músico Jean-Louis Aubert. O que se passou pela sua cabeça nesses dias? Você perdeu seu amigo Bernard Maris no ataque ao Charlie Hebdo, *mas outras pessoas morreram e houve esse choque na França.*

Neste tipo de acontecimento, não se pode nem mesmo dizer que se consegue pensar algo, foi tão atípico. Não conseguia me desconectar do noticiário. Passava os dias grudado na televisão, sem nem mesmo conseguir pensar algo em uma escala maior. Em parte, era para me conscientizar do que havia se passado. Não me dava muito conta de que era verdade. Foi preciso que o noticiário repetisse dezenas de vezes que era algo real para que eu pudesse realmente acreditar. Não foi como o 11 de Setembro em número de mortos, mas um fator importante para a sideração dos franceses foi o fato de que *Charlie Hebdo* era um alvo claramente marcado há anos. E o jornal ter sido atingido, mesmo estando sob proteção, foi algo que causou estupefação nos franceses. As pessoas ficaram aterrorizadas pelo objetivo ter sido atingido apesar de todas as precauções e alertas.

Você permanece sob proteção policial.

Sim. Sou protegido por dois policiais. Por momentos, é algo que me incomoda, sim. Não sou o primeiro escritor a receber proteção, mas é estranho. A liberdade de expressão diminuiu muito na França nos últimos anos. Eu não renuncio. E foi por isso que muitas pessoas foram às ruas nas manifestações após os atentados. Caricaturas de Maomé não é algo exagerado, mas é algo complicado. A lei sobre a liberdade da imprensa na França é bastante antiga, de 1881. Parece algo difícil de se mexer, é uma espécie de base. Eu não penso que *Charlie Hebdo* tenha ido longe demais.

Na sua opinião, as manifestações e os debates que ocorreram depois na França serviram para alguma coisa?

Algo se passou, é verdade. Há uma posição oficial que é repetida a cada vez que há um atentado islamita: não se deve misturar as coisas, estigmatizar os muçulmanos; o islã é uma religião de paz, de tolerância e de amor; quem faz isso são desequilibrados que não têm quase nada a ver com o islã, oriundos de famílias desunidas de meios pobres etc. É um discurso que já se ouviu muito. Mas quando foi pronunciado dessa vez houve deboches, não foi respeitado como antes. Algo se quebrou. Pode-se dizer que os intelectuais, em sentido amplo, começaram a se distanciar da esquerda. E ao mesmo tempo a esquerda se torna muito mais má. Ela considerava os intelectuais como definitivamente conquistados, e o fato de perder alguns deles a deixou com muita raiva.

Você aponta o fim da esquerda, a morte da República e a falência da democracia representativa.

Penso que a democracia representativa é uma fórmula ruim, mas os políticos franceses se agarram ao poder. Eles jamais concederão uma democracia direta. A não ser por meio de uma verdadeira revolução, com tudo o que implica uma revolução violenta. A reação que se vê hoje, por exemplo, é tornar o voto obrigatório. As pessoas se abstêm cada vez mais nas eleições, e querem que o voto seja obrigatório. Se as pessoas não votam, é porque nada lhes agrada. E a minha tese é a de que elas não querem ser representadas, mas consultadas diretamente. Há uma verdadeira crise política. E é diferente em todos os países europeus. São todos concebidos no mesmo modelo: dois partidos vagamente à esquerda e à direita que vencem um ao outro. Isso ainda funciona em alguns países europeus. Mas na França não funciona mais, na Inglaterra também não. O sentimento antieuropeu é muito disseminado na França e na Inglaterra, mas não na Alemanha e na Espanha, por exemplo. Na Espanha os dois partidos principais estão muito desacreditados. A situação difere em muitos países.

Seu amigo espanhol, a quem você dedicou A possibilidade uma ilha, *se tornou, para sua surpresa, um dos ideólogos do partido Podemos.*

O Podemos é espetacular, pois é um partido que tem apenas um ano, o que é muito pouco. Para chegar ao nível de voto a que chegaram, um ano é algo ridículo.

Você mantém seus prognósticos políticos de que a eleição presidencial de 2017 será vencida pelo candidato conservador Alain Juppé, e a de 2022 pela líder de extrema-direita Marine Le Pen, do partido Frente Nacional?

Para mim, este permanece como o cenário mais provável, embora meu livro se sustente sobre uma hipótese diferente. No caso de que Nicolas Sarkozy seja candidato – o que não é impossível, porque ele tem uma tal energia vital que pode superar Juppé nas prévias –, François Bayrou (*do centro*) concorrerá, e Hollande poderá vencer. Não é algo improvável que Hollande se reeleja. O que por um lado seria estranho, porque os franceses estão cada vez mais à direita. Há uma impressão de que se está num truque de magia político. E Hollande é essencialmente uma catástrofe, em todos os sentidos. Não há nada a salvar de seu governo. Mas os franceses não votaram por Hollande, e sim por não suportar mais Sarkozy. E, se eles votarem por Juppé, não será pelo fato de gostarem muito dele, mas por não aguentarem mais Hollande. O fato de votar "contra" em vez de votar "por" vejo como algo bastante doentio. A situação política é doentia neste país.

Você diz que Marine Le Pen não é racista, mas patriota...

Sim, isso é verdade. Seu pai (*Jean-Marie Le Pen, presidente de honra da FN*) é que é claramente racista.

Você defende a saída da França da União Europeia, mas não pelas mesmas "más" razões de Marine Le Pen. Quais são as suas "boas" razões?

Nunca fui a favor da Europa. É algo muito mal definido. Não há unidade que se possa claramente qualificar de Europa. As pessoas em geral não sabem que países estão ou não na Europa, quais usam o euro. Fundamentalmente, não penso que tenhamos os mesmos interesses de outros países europeus, as mesmas cartas na mesa. Penso que se trata de um erro desde o início. Os franceses são um pouco hipócritas. Nunca foram interessados pela Europa, mas por muito tempo não protestaram, porque achavam que isso não tinha importância alguma. Mas, à medida que perceberam que ganhava importância, seu desinteresse se transformou em rejeição. Há um real problema de representação política. No Tratado de Maastricht, em 1992, havia personagens políticos de primeiro plano que conclamaram a votar, de vários partidos. Hoje tudo isso desaparece. Os eleitores não mudaram: socialistas e conservadores que são contra a Europa. Mas o único partido contra é a Frente Nacional. O sentimento antieuropeu, soberanista, é muito mais disseminado do que o simples voto da FN. Isso não é tema do meu livro, mas é o pano de fundo.

Como você analisa este "declínio" europeu que descreve?

Penso que o sentimento de declínio seja talvez mais forte na França do que em outras partes da Europa. A ideia de De Gaulle ainda é muito presente. O fato de ser um país independente, de ter uma política que pode contradizer a dos Estados Unidos, enfim, de se sentir uma grande potência independente, mas que nesse meio tempo se fundiu na Europa – fazemos mesmo parte da Otan (Organização do Tratado do Atlântico Norte). Os franceses vivem uma sensação de uma grandeza perdida há muito tempo, há uns 40 anos. E eles sofrem. Os governantes tentam impor um projeto europeu, de uma parte, e multicultural, de outra, o que desagrada muito aos franceses, de forma global. Os órgãos oficiais do governo, a mídia, se tornam cada vez mais violentos. Eu vivi muito tempo fora da França, hoje vejo um distanciamento entre a população e suas elites que se tornou abismal. A pobreza aumentou bastante; as pessoas falam abertamente de seu presidente com desprezo, o que não ocorria antes; elas também não acreditam mais na mídia, e se vê o desenvolvimento de teorias estranhas pela internet; e as elites em seu todo estão extremamente desacreditadas. Mas a França não é o único país nesta situação, é também o caso da Espanha, da Inglaterra. Há alguma coisa no sistema político que não funciona mais.

Você fala de uma resistência francesa em meio a um "suicídio" europeu.

A Europa se suicida no sentindo mais elementar, porque não gera mais crianças. E quando não se procria, se morre. Paradoxalmente, a França é um dos únicos países que se renova do ponto de vista das gerações. Mas o projeto político global em que está engajada lhe desagrada, e não há confiança em mais ninguém, em nenhum dirigente político, na mídia. Há um clima doentio neste país.

Para escrever o romance, você leu o Alcorão. Você diz que essa leitura, além das obras de Bernard Lewis e Gilles Keppel, mudou sua visão do islã. O que mudou?

Ao ler o Alcorão, pode-se imaginar uma coexistência completamente plausível entre o islã, o cristianismo e mesmo o judaísmo. É algo que nos dá confiança. Mas quando disse isso pela primeira vez, talvez não tivesse refletido o suficiente, pois um praticante muçulmano não deve ler mais o Alcorão do que os católicos leem a Bíblia. O que conta não é o Alcorão em si, mas o discurso dos imãs sobre o Alcorão. O ideal seria ter um partido muçulmano, e a figura de um papa muçulmano, mas é algo que me parece bastante difícil, embora nada seja impossível. Quando o papado se instalou no cristianismo, havia uma profusão de seitas, que foram vencidas. Um papa conseguiu se impor. Mas quando se vê a situação do islã hoje, é bastante improvável que uma autoridade central religiosa se constitua. Mas nunca se sabe.

E a coexistência de religiões, também lhe parece hoje improvável?

A coexistência entre islã e cristianismo se produziu no passado. Havia uma religião dominante e outras presentes, e mesmo relativamente importantes, mas toleradas. Isso se passou tanto em países de dominação católica quanto muçulmana, funcionou nos dois casos. Por outro lado, a laicidade não funcionou por tanto tempo assim. Só foi instalada na França no fim do século XIX. Mas há dez anos não se falava do islã na França, e havia tantos muçulmanos como hoje. Seria pelo fato de que eles haviam se secularizado e os jovens se tornaram mais muçulmanos do que seus pais? É estranho, mas é possível. O fato é que isso apareceu apenas recentemente como um problema. E não tenho uma verdadeira explicação para isso.

Você acompanhou as manifestações de rua no Brasil, segue a situação do país?

Eu estava convencido de que tudo ia bem no Brasil, com um índice de crescimento alucinante etc., um pouco como no espírito da China. E paf! Na Copa do Mundo, percebemos que havia um monte de gente que não estava contente. Eu descobri isso com estupefação. Não fui informado de que havia uma degradação. Mas os franceses também não vão bem. Uma coisa nova é que os franceses hoje emigram, é algo recente. E penso que o Brasil faz parte dos destinos atraentes a priori. O fato de que os brasileiros se queixavam na época da Copa do Mundo perturbou um pouco os franceses. Houve expatriações para o Vietnã, o Camboja, Hong Kong. Os franceses emigram, algo que praticamente não havia se produzido antes. E, em nosso espírito, o Brasil faz parte do grupo de países novos em que há coisas a se fazer. E descobrimos, surpresos, que a política também não funcionava no Brasil. Lamento por vocês.

Você também lamentou os 7 a 1 sofridos pela Seleção Brasileira contra a Alemanha no Mundial...

Não tive coragem de ver até o fim, sou muito sensível. Quando estava 4 a 1, desliguei minha tevê com tristeza. Mesmo que estivesse torcendo pela Argentina na Copa do Mundo, pois adoro Lionel Messi. Tive a chance de estar na Espanha quando os espanhóis ganharam o Mundial (2010). E lá também houve um trágico Alemanha x Argentina, 4 a 0. Fiquei tão abatido que parei de assistir aos jogos e só voltei a ver na final. E felizmente a Espanha ganhou.

Seu anti-herói François se converte ao islã por causa da poligamia e de um emprego com alto salário. Joris-Karl Huysmans se converteu ao catolicismo por razões estéticas, segundo você assinala. E a religião nisso tudo?

Huysmans é um caso particular e muito forte de esteta. Em certo momento, não pode viver sem pintura ou música religiosas, e diz a si mesmo que o verdadeiro é o belo. Há pessoas assim. Mas a maioria das pessoas se converte porque a morte é muito triste, e elas sentem necessidade de um tipo de esperança.

Você mesmo se converteu de um ateu a um agnóstico.

Foi um progresso *(risos).*

Você diz que seu ateísmo não resistiu à sucessão de mortes que conheceu.

Psicologicamente, há realmente isso. E depois outras coisas também influenciaram. No início, está uma série de cinco programas de uma hora cada um, exibida pelo canal de TV Arte, sobre o estado atual da astrofísica. Algo bastante impressionante. Intelectualmente, isso teve um papel importante na minha conversão. Existe algo bem organizado, e belo. Diria que são razões de não ser mais ateu mais banais do que as de Huysmans. Ou seja, o sucesso da construção do todo, o universo, e o fato de que a morte dos outros seja algo muito triste.

Você vai parar neste estágio, agnóstico?

Não sei de nada *(risos).*

Seu projeto inicial era escrever o livro A conversão, *narrando a conversão de um personagem ao catolicismo. Por que mudou?*

Talvez seja difícil descrever uma conversão católica sem tê-la vivenciado. Eu, em todo caso, não consegui. A conversão ao islã foi mais simples, há razões materiais. Mas talvez eu não conheça muitas pessoas movidas por uma fé religiosa forte, então tenho dificuldade em me colocar no lugar do personagem. Seria mais fácil escrever esse livro do ponto de vista de uma mulher, não sei por quê, me parece mais simples. Talvez assim conseguisse.

Para você, é impossível negar hoje o retorno do religioso. Parte da causa dos conflitos seria essa negação?

É algo difícil de analisar. Eu constato o retorno do religioso. Basta constatar coisas para escrever um livro. Ter teorias explicativas não serve para nada, e pode inclusive atrapalhar. Quando temos uma teoria, queremos ter razão, e temos sempre tendência a negligenciar os fatos. Não se pode forçar a acomodação dos fatos em sua teoria. No fim das contas, ter uma teoria é antes de tudo um incômodo. Mas não é um incômodo ter personagens que tenham teorias mais ou menos convincentes. Há a tese de que o retorno do religioso é unicamente e puramente consequência da demografia. As pessoas religiosas se reproduzem mais, transmitem seus valores e propagam a fé. Não é algo idiota. É uma explicação quase biológica bastante defensável. Para outro personagem do livro, Rediger, é sobretudo o resultado de uma meditação angustiada sobre o declínio da Europa e a crença de que uma sociedade é inviável sem religião. O que também pode ser defensável.

Submissão *é autodefinido como uma "ficção política", um gênero que você diz ser mais corrente na literatura anglo-saxã do que na francesa, e cita escritores como Joseph Conrad (1857-1924) e John Buchan (1875-1940). Eles inspiraram esse livro?*

Eles me inspiraram bastante. Li muito Buchan, e algo que queria fazer há bastante tempo era criar um personagem importante que não aparece nunca, no caso, Ben Abbes. E fala-se também muito do personagem de Rediger antes que ele surja. Queria fazer coisas assim, que adotei de Buchan. Há uma construção de romance, mas também muitas coisas ligadas ao acaso. Há escritores que elaboram um plano e o cumprem, mas não é o meu caso. Não fiz um plano, mas guardo na minha cabeça coisas que gostaria de utilizar depois ao longo do romance. Por vezes, isso não funciona. Mas na maioria dos casos, sim. Escrevi de uma só vez o início do livro, até o momento em que o personagem principal se torna professor universitário, sempre interessado por Huysmans.

Joris-Karl Huysmans tem uma presença importante na história...

O fato de haver um personagem interessado em Huysmans me pareceu um ponto de partida interessante. Huysmans tem uma trajetória de vida muito interessante: parte do naturalismo para escrever a obra-prima do decadentismo, e depois acaba católico. E ele também escreveu de uma forma muito engraçada sobre o lado desolador da vida prática. É interessante transpor isso para os dias de hoje. A vida prática hoje é tão desoladora como em sua época, mas por razões diferentes. Solteiro, ele se lamenta muito porque vai a restaurantes e tudo é desolador, incomestível, sujo. Hoje, os problemas para os celibatários são outros, o micro-ondas... Mas, por outro lado, Huysmans não tinha tantas formalidades administrativas a preencher como hoje. Nesse aspecto, a vida se tornou bem mais complicada e penosa. Mas esta ideia de transpor Huysmans para os dias de hoje era bastante tentadora em si para mim.

Você descobriu Huysmans por volta dos 35 anos. O que o atraiu nele?

Comecei com *Às avessas* (1884), que é bastante inaudito, e gostei bastante deste lado celibatário que faz coisas decepcionantes. Uma de suas empregadas rouba seu dinheiro, a outra faz a limpeza varrendo a sujeira para baixo da cama... Todo este lado de dificuldades da vida prática é bastante original nele, são temas que a maioria dos romancistas ignora. Algo que aconteceu muitas vezes na minha vida foi comprar um móvel para montar e ter a maior dificuldade do mundo para fazê-lo. São coisas desse tipo que substituiriam hoje as atribulações de Huysmans. Eu o achei muito simpático de cara, e lamentei não tê-lo lido antes.

Para você, romances não mudam o mundo, somente ensaios e autores como Jean-Jacques Rousseau ou Karl Marx. Para que serve a literatura, por que você escreve, por que as pessoas leem?

Por diferentes razões. Pode ser bom ter uma ou várias vidas substitutas. Na base, trata-se de um divertimento. Para não pensar em sua vida real, pode-se mergulhar em um livro, e isso funciona. Possibilita que se viva uma outra vida. Eventualmente, pode ajudar a compreender nossa própria vida, mas isso não é o principal. O principal é a função de evasão.

Bernard Maris escreveu o ensaio Houllebecq économiste, *no qual analisa sua obra do ponto de vista da economia. O que você achou do livro?*

Me surpreendeu o livro. O ponto fundamental é esta visão do ser humano como um animal racional guiado por seus interesses. É uma visão do homem econômico, não tinha me conscientizado disso de maneira muito clara. Sem dúvida porque nunca estudei economia. Fiz estudos em diferentes áreas, mas zero curso de economia.

Escrever é um sofrimento ou um prazer para você?

Não posso dizer que sofro verdadeiramente. É algo que me excita tanto que tenho dificuldade de me acalmar. Pode rodar, rodar e não mais parar. Há um lado obsessivo que é um pouco desagradável. Não se pode chamar de um verdadeiro sofrimento, em um sentido forte, mas é uma superexcitação um pouco doentia. Não há angústia, mas um sentimento de ter várias coisas na cabeça girando de forma rápida. É um pouco estranho, mas não dolorido no sentido de angústia. E por vezes se está contente de si mesmo, mas isso sobretudo quando se lê um trecho que acabou de ser escrito.

Qual a sua rotina?

Acordo muito cedo, trabalho de manhã após o despertar. Me levanto por volta das 4h da manhã. Eu posso trabalhar quando estou apenas meio acordado.

Poeta, você aponta o fim da poesia hoje. Por que a poesia está em extinção?

Não sei, há uma necessidade muito forte hoje de narração. Honestamente, não sei explicar por quê. Tenho a sensação de que há um tipo de incompatibilidade entre o mundo que habitamos e a poesia. Tenho a impressão de que tem algo a ver com a eternidade, com o intangível. Não temos mais a certeza de dizer algo sobre o mundo sem o apoio de alguma coisa que evolui. Tenho a impressão de que o "tornar-se" é hoje mais presente do que o "ser". E a poesia está mais do lado do "ser". Mas não poderia escrever muitas páginas sobre isso. Não parei de escrever poesia. Mas não escrevo com frequência. A última vez que publiquei foi há dois anos.

Quais são seus poetas preferidos?

Gosto muito de Baudelaire, Verlaine, Lamartine, Péguy também, que cito no livro. Mas é verdade que minha poesia preferida é a do século XIX. Hoje leio mais romances. Não leio mais intelectuais franceses. Mas não leio intelectuais em geral. Li alguns filósofos. E agora parei com o noticiário, após ter terminado o livro. Na época dos atentados foi como uma fascinação, algo estranho.

Você prossegue com seu trabalho em fotografia?

Sim, continuo. Encerrei minha carreira de cantor, que foi breve. Durou seis meses ao todo na minha vida. Me apresentava em diversas salas pela França. Era um repertório vagamente rock. Hoje não canto mais nem mesmo em casa. Mas farei outra exposição de fotografias em um ano, será bem maior do que a anterior.

Albert Uderzo

"**Estamos em 50 anos a.C.**. Toda a Gália está ocupada pelos romanos... Toda? Não! Uma aldeia povoada de irredutíveis gauleses resiste ao invasor." A observação legenda a ilustração de uma enorme lupa que revela em um canto do mapa da França, na região da Bretanha, a diminuta e insolente aldeia gaulesa, motivo de incessante fúria do conquistador Júlio César, imperador dos romanos. Assim começam, invariavelmente, as inesquecíveis aventuras do pequenino Asterix e de seu inseparável companheiro de confissões e bravatas, o gordo e simpático Obelix. A dupla de intrépidos gauleses, criação do roteirista René Goscinny e do desenhista Albert Uderzo, diverte há mais de meio século crianças e adultos com sua infinita resistência, suas memoráveis surras nas legiões romanas, suas trapalhadas, seu sentimentalismo, suas viagens pelo mundo, suas poções mágicas, menires e suculentos javalis.

Com a morte repentina de Goscinny em 1977, vítima de um ataque cardíaco, Albert Uderzo, 88 anos (em 2015), é o único remanescente da dupla original de criadores. O futuro desenhista nasceu em 1927 com seis dedos em cada mão. A malformação, corrigida posteriormente por uma cirurgia, parecia prenunciar uma excepcionalidade futura. Seu pai, imigrante italiano, tentou por tudo que aprendesse a manejar com destreza o acordeão. Apaixonado por carros, a mecânica de automóveis apontava como sua primeira escolha profissional. Mas foi o daltônico desenhista que, com lápis e pincéis, revelou e exprimiu seu talento e construiu sua vida. "Asterix & Obelix" se tornou um fenômeno mundial das histórias em quadrinhos. Os números comprovam o sucesso. Desde 1961, seus 34 álbuns, traduzidos em 107 línguas e dialetos, venderam cerca de 325 milhões de exemplares em todo o planeta.

O desaparecimento prematuro de René Goscinny prenunciou o fim dos célebres personagens. Mas passado o período de luto, Uderzo decidiu dar uma sobrevida à dupla de gauleses: montou a editora Albert-René e passou a criar sozinho novas histórias. Mais recentemente, admitiu pela primeira vez que Asterix e Obelix continuassem suas aventuras pelas mãos de outros autores.

Apequenado, bigode espesso e rebelde, nariz proeminente, Asterix está distante dos ídolos convencionais das histórias em quadrinhos de aventura. Anti-herói por excelência, o personagem de Goscinny e Uderzo goza ainda hoje de plena saúde e comemora com inabalada popularidade seus mais de 50 anos (sua primeira aparição ocorreu em 29 de outubro de 1959, no jornal *Pilote*). Sua curiosidade além--fronteiras extrapolou o limite do espaço dos quadrinhos e adentrou os debates contemporâneos. Asterix alcançou o estatuto de mito, o que lhe rendeu a atenção de sociólogos, historiadores, políticos, semiólogos e pesquisadores em geral. Na sua já longa carreira de embates contra as legiões romanas e de andanças pelo mundo, nunca o diminuto gaulês teve sua imagem tão fortemente evocada como exemplo e referência quanto neste início do terceiro milênio.

O mito é um conto fundador que fala no passado e vive no presente, explica Frédéric Maguet, organizador, junto com Henriette Touillier-Feyraband, da edição dedicada ao mito Asterix do periódico *Etnologie Française* (PUF, 2002). Não por acaso, embora contra o desejo de seus progenitores, o herói tem sido apropriado por aqueles que tentam abordar politicamente os problemas contemporâneos. Para muitos, a luta de sobrevivência da solitária aldeia gaulesa frente ao insaciável império de Júlio César representa a oposição do pequeno ao grande, a resistência do local ao globalizante. "Oposição entre esta aldeia na qual todo mundo se conhece e este vasto império que não consegue se impor", escreve Frédéric Maguet.

Paradoxalmente, Asterix defende sua cultura e habitat em uma aldeia cercada, mas não hesita em correr o mundo ao lado do amigo e guardião Obelix, descobrindo modos de vida diversos da sua origem gaulesa. René Goscinny era mestre em temperar com humor os contrastes de costumes e culturas, e também em acrescentar elementos modernos às dificuldades impostas aos dois heróis, ao fazer, por exemplo, Asterix e Obelix enfrentarem engarrafamentos na Via Romana nº VII ou se perderem em uma burocracia pública infernal de intermináveis guichês, formulários e funcionários inoperantes. Alheios ao sucesso e às teses políticas e acadêmicas sobre seu comportamento, Asterix e Obelix, Ideiafix, Panoramix, Abracurcix e toda a família gaulesa da pequena aldeia sitiada na Bretanha só temem uma coisa: que o céu caia sobre suas cabeças. Até lá, fastuosos banquetes continuarão animando suas noites de lua cheia.

Na época havia mais de 50 anos casado com a bela Ada, de origem italiana e olhar transparente, o bem-humorado Albert Uderzo me recebeu em seu elegante sobrado em Neuilly-sur-Seine, subúrbio chique de Paris, em 2009. Em sua mesa de trabalho no amplo ateliê do segundo andar, para o qual se sobe em elevador, cria seus desenhos em páginas brancas apoiadas na tábua de madeira confeccionada por seu pai, utensílio sentimental que utiliza desde os 18 anos. Foi ali, sentados no acolchoado sofá negro de canto, em um final de manhã ensolarado, que conversamos sobre sua singular trajetória e as suas próprias aventuras de vida. "Diziam do humor de Goscinny que era muito intelectual e, de mim, que meu desenho era demasiado grotesco", conta Uderzo. Asterix e Obelix, no entanto, continuam sobrevivendo às adversidades, assim como o próprio desenhista.

Seus pais nasceram na Itália, foram naturalizados franceses em 1934. Você é francês de nascimento. Que relação você tem hoje com suas origens italianas?

Meus pais chegaram à França em 1923. A Itália foi o país deles, mas não é mais o meu. Ainda tenho muitos parentes lá, primos. Certa vez, uma prima me convidou para ir à Itália com a minha família. Achei que seria recebido por três ou quatro pessoas, mas, quando chegamos, eles eram quarenta primos! *(risos.)* O fato de eu falar pouco o italiano tornou a nossa comunicação um pouco difícil, mas foi, mesmo assim, um encontro extremamente simpático.

Você nunca quis aprender o italiano?

Meu pai falava francês muito mal, mas queria falar o francês o tempo todo. Ele falava em italiano com a minha mãe, por isso tenho a música da língua na memória. Compreendo bem o italiano, mas falar é difícil para mim. Não tenho prática alguma. Seria preciso viver uns seis meses na Itália e falar apenas o italiano, desse modo aprenderia rápido, porque quando se conhece uma língua criança, mesmo que não a pratiquemos depois, guardamos sempre na cabeça o que chamo de "música da língua". E como se trata de uma bela língua, me arrependo de não tê-la aprendido.

Você já esteve algumas vezes no Brasil. Quais as suas lembranças dessas viagens?

Fui três vezes ao Brasil, sendo que viajamos duas vezes ao Rio, de Concorde, passando por Dacar. Estive lá pela primeira vez em 1971, com a minha mulher e a minha filha. Fomos visitar minha irmã, que estava instalada no Rio. Meu cunhado era militar, foi enviado ao Rio. Minha irmã nos convidou para ir ao Brasil ver o Carnaval. Assistimos a esse extraordinário Carnaval, que acontecia em uma avenida hoje não mais utilizada para os desfiles. Em outra vez que retornamos, o Carnaval já ocorria em outro local, era um pouco diferente, mas continuava extraordinário. Fomos recebidos pelo nosso editor brasileiro (*Alfredo Machado, fundador da Record, já falecido*).

O que o Brasil evoca em você?

Antes de tudo, me evoca um país extremamente belo. Tivemos o prazer de ir até a capital, Brasília, com construções ainda inacabadas. Era relativamente deserto. Eu me lembro de ficar surpreso na visita a um grande centro comercial, pois não havia quase ninguém, mas uma loja tinha os álbuns de Asterix à venda. Saber que estávamos tão longe de casa e ver os álbuns lá me deu obviamente prazer, e me emocionou o fato de saber que o trabalho que fazíamos podia ser apreciado em locais tão longínquos. Não visitei as favelas, porque era algo um pouco delicado de organizar, mas queria tê-lo feito. Havia uma favela ao lado de Brasília, ocupada por pessoas que trabalharam na construção da cidade, mas não pudemos colocar os pés lá. Fora isso, é um país extremamente colorido. A imagem que guardo do Rio e de seu Carnaval é evidentemente fantástica. Fomos convidados aos bailes. As fantasias, as belas mulheres...

Asterix também tem uma história de sucesso no Brasil.

Fico contente de saber que é um personagem que agrada no Brasil. Uma coisa surpreendente é que somos, em geral, bem-recebidos na América do Sul – Brasil, Argentina, Chile e outros países –, mas na América do Norte é o contrário. Os americanos nos fecham as portas. É um país de democratas, mas com uma democracia bastante singular. Tudo o que fazem, eles projetam no mundo inteiro. Mas eles mesmos não recebem nada deste mundo inteiro. São portas fechadas. Podemos viver sem os americanos.

Por causa de uma malformação, você nasceu com seis dedos em cada mão, o que foi logo reparado por uma cirurgia. Mas você tem problemas para desenhar com a mão direita.

Operei as duas mãos *(mostra as cicatrizes)*. Mas tenho esse outro problema, porque tenho 67 anos de desenho, com uma mão que certamente não foi feita para desenhar. Como me disse um osteopata: "Você é talhado como um lenhador e quis fazer um trabalho de ourives!". É verdade que minha mão não era de todo feita para esse tipo de trabalho. Eu forcei para poder desenhar o traço que desejava, e com isso minha mão se tornou mais indócil, difícil. Mas continuo a desenhar, e sempre da mesma maneira. Como não posso mais desenhar com tinta preta, com pincel, como fazia antes, delego esse trabalho para alguém. E para que ele entenda bem meu desenho, sou obrigado a fazer um desenho muito limpo e claro. Se faço um rascunho com três traços no mesmo lugar, ele não saberá qual deles utilizar. Portanto, sou obrigado a fazer um desenho a lápis muito preciso.

Você diz que a única verdadeira revolução na reprodução do desenho, em 30 anos, foi o surgimento do scanner.

O scanner melhorou sobretudo para as cores. É prodigioso. Isso me ultrapassa, porque não saberia como fazê-lo. Já tenho dificuldades para enviar um e-mail.

Você descobriu sua aptidão para o desenho e também o daltonismo quando teve de ilustrar, na escola, a fábula "O lobo, a cabra e o cabrito", de La Fontaine. Como foi isso?

Devia ter uns sete anos de idade, ainda não sabia ler e escrever. A professora nos contava uma fábula de La Fontaine e pedia que ilustrássemos. Era uma forma inteligente de fazer as crianças apreenderem a fábula pelo desenho. Isso me marcou profundamente, porque ganhei a primeira caixa de lápis coloridos. E foi assim que se descobriu que eu era daltônico, pois fiz um desenho com a grama vermelha, e minha mãe ficou um pouco surpresa *(risos)*.

O fato de ter feito um belo desenho não o marcou?

Não tinha consciência se desenhava bem ou não. Meu irmão mais velho, que tinha sete anos a mais do que eu, desenhava. Como ele era bastante agitado, minha mãe fazia com que desenhasse para se acalmar. Ele desenhava o que via. Havia uma antiga série, chamada Gédeon, criada por Benjamin Rabier (*1864-1939*), um grande desenhista francês. Eu observava meu irmão copiar esses desenhos. É uma memória de infância. Mas meu irmão não pensava em fazer do desenho uma profissão, ele era apaixonado por mecânica, e foi ele que me inculcou o gosto pelos automóveis.

Como você viveu com o daltonismo?

Vivi de uma forma inconsciente. Frequentemente esquecia que era daltônico. Por vezes, desenhava cavalos verdes, o que fazia as pessoas rirem ao meu redor, e elas me perguntavam: "Mas por que você desenhou um cavalo verde?". Eu achava que elas estavam brincando. Eu respondia: "Mas ele não é verde, é marrom!". Nesse momento, comecei a compreender que seria preciso contratar um colorista *(risos)*.

Em 1934, você descobriu as histórias de Mickey. Sua vontade de desenhar personagens vem das HQs de Walt Disney, mas, na época, sem imaginar que poderia se tornar uma profissão.

Eu gostava dos filmes de Disney. Nas sessões de cinema da época, havia a projeção de dois filmes longos e, no meio, a exibição de um noticiário, um documentário ou um desenho animado. Havia muitos filmes de Disney, que me marcaram muito. Nos jornais, lia as tiras de Mickey, que até hoje tenho na memória e que me incitaram, pelo prazer, a contar histórias por meio de personagens que eu mesmo criava, sempre com narizes enormes *(risos)*. Mas tudo sem maiores pretensões. Na época, era uma profissão desconhecida. Ninguém sabia o que era história em quadrinhos, exceto aqueles que começaram a fazê-las. Mas eu mesmo não sabia que poderia ser uma profissão.

Foi o seu irmão Bruno que percebeu o seu talento e deu um empurrão na carreira.

É verdade. Só entrei nesse meio porque, durante as férias, meu irmão mais velho me disse: "No lugar de ficar vagando na rua, vai ver se consegue algo na área da edição". Ele sentiu que eu tinha algo. Bruno foi ao mesmo tempo um irmão e um pai para mim, tenho até hoje sua foto na minha mesa de trabalho. Tive dois pais na minha vida. O verdadeiro era um homem obrigado a trabalhar tão duro que não tinha muito tempo para se ocupar do ensino de seus filhos, e para ele era ainda mais difícil, porque conhecia mal o idioma. Meu irmão me ajudava nos deveres escolares, e eu o seguia por todo lado. E foi assim que entrei numa editora, eles se surpreenderam com a qualidade do meu desenho e me mantiveram lá por um ano e meio. Depois veio a guerra, a ocupação alemã, a fome em Paris. Os nazistas impunham um serviço obrigatório, que forçava os jovens franceses, e mesmo pessoas de mais idade, a irem trabalhar nas fábricas alemãs. Para fugir disso, meu irmão foi se esconder numa fazenda na Bretanha. Como eu já não tinha quase o que comer em Paris, ele mandou que eu fosse para lá também. Foi assim que conheci a Bretanha, que se tornou a terra que me alimentou. Eu tinha 14 anos, e nessa idade temos muita fome.

Um de seus primeiros trabalhos foi como "repórter-ilustrador" no jornal France Dimanche. *Você conta que uma vez chegou a desenhar por 36 horas ininterruptas. Como era esse trabalho?*

Era uma profissão um pouco singular. *France Dimanche* era um jornal que hoje chamamos de "people" *(revista de celebridades)* e que por vezes produzia informações a partir de poucos elementos. Eu lhes servia, de alguma maneira, como fotógrafo. Quando se tratava de uma informação que não se podia fotografar, mandavam que eu a desenhasse. Eu era um tipo de repórter-fotógrafo. Era uma tarefa bastante dura, porque eles esperavam até o último minuto por uma informação interessante. O jornal fechava a edição na terça-feira. Na segunda-feira, eu trabalhava o dia inteiro e a noite toda, e no dia seguinte eles mandavam buscar meus desenhos. Uma vez trabalhei 36 horas sem interrupção, sem dormir, só parando para comer um sanduíche. Mas eu era jovem, e quando se é jovem dá para fazer isso. Era muito bem pago, bem mais do que nos meus primeiros trabalhos, depois, em HQ. Mas não era uma profissão apaixonante. Eu fazia porque precisava ganhar minha vida, e isso me permitiu comprar meu primeiro carro, um Simca 5, que na Itália se chamava Topolino. Simca era da marca Fiat. O Simca 5 tinha cinco cavalos e rodava até 80km/h, exceto quando o vento era de frente *(risos)*. Mas foi meu primeiro carro, aos 21 anos, e ficava feliz em poder passear nele com meus amigos, numa época em que não havia carro algum em Paris. Era o deserto total. Fui um privilegiado. Morava num bairro popular em Paris, no 11º distrito, na rua de Montreuil, em que não havia automóvel algum. Quando comprei meu carro e estacionei na frente de casa, todos os vizinhos desceram à rua para admirar *(risos)*. Para eles, era algo extraordinário. São lembranças que guardo, porque a Paris de hoje não tem mais nada a ver com a Paris daquele tempo.

Você prefere a Paris de outrora?

Ah, sim. Eu vivi em um outro planeta, que nada tem a ver com o que conhecemos hoje. Sem dúvida, as coisas progrediram suavemente para se chegar até aqui, e ainda não terminou. Novas mudanças virão. Mas quando volto no tempo das lembranças e penso no que conheci, no que vivi, a vida era muito diferente. Não tínhamos muito dinheiro, mas vivi uma infância particularmente bela, porque meus pais não tinham receio de ver seus filhos na rua. Com meus amigos, íamos vagar nos bosques do subúrbio onde morei antes de me mudar para Paris, a quinze quilômetros de distância da cidade. Hoje, Clichy-sous-Bois *(no subúrbio)* é reconhecido como um lugar perigoso, onde se queimam muitos carros. Mas naquela época era tranquilo, havia pequenas casas, as crianças brincavam na rua. Eu passava meus dias no bosque. Hoje, você não pode deixar uma criança passear assim.

Você sente uma certa melancolia?

Quando se conhece uma época como a que eu vivi, temos todos um sentimento de melancolia, sabemos que as coisas não podem voltar a ser como antes. O progresso está aí, a vida social mudou. Eu conheci uma vida social bastante difícil. Em 1936, me lembro das pessoas desfilando na rua com o punho cerrado para cima, cantando a Internacional e gritando: "Trabalho ou pão!". Hoje, não se reclama pela mesma coisa, todos querem trabalhar menos e ganhar mais, não é "trabalho ou pão". Era diferente, a vida era excessivamente dura. Meu pai era um bravo homem que tinha cinco filhos para criar. Meu irmão começou a trabalhar aos 12 anos. Hoje, quando vejo uma criança de 12 anos, penso: "Não é possível que meu irmão já trabalhasse nessa idade". Eu fui beneficiado com um ano a mais, porque foi instituída uma lei que só autorizava o trabalho a partir dos 13 anos. Depois se passou para 14 anos, 15, 16... para possibilitar às crianças um tempo escolar mais longo.

Em 1951, você conheceu René Goscinny, recém-chegado de Nova York. Você tinha 24 anos, e ele, 25. Uma cumplicidade instantânea se criou entre vocês. Como você mesmo disse: "Nós queríamos refazer o mundo com toda a nossa inconsciência e toda a audácia de nossa juventude".

Não queríamos refazer o mundo todo, mas ao menos o mundo das histórias em quadrinhos, porque era, sobretudo na França, um mundo muito pobre. Havia alguns grandes desenhistas, como um que conheci quando tinha 14 anos e de quem tenho um desenho original ali na parede, que se chamava Calvo *(Edmond François, 1892-1958)*. Era um homem extraordinário, mas que tinha dificuldade em se sustentar, porque era muito mal pago. Mas havia muito poucos desenhistas, porque não era uma profissão reconhecida. E o nosso desejo era fazer uma história em quadrinhos um pouco menos óbvia. Mas não tínhamos a pretensão de fazer um humor que interessasse aos adultos. Queríamos, sobretudo, nos divertir. Fazer o humor "torta de creme", usado nas histórias em quadrinhos feitas para as crianças, não era engraçado. E foi assim, desenhamos para nós, para nos divertir, com o humor que tinha Goscinny e com o meu estilo de desenho grotesco, que não agradava a todos os editores. Diziam do humor de Goscinny que era muito intelectual e, de mim, que meu desenho era demasiado grotesco. Obtivemos sucesso por causa de nossa responsabilidade de criar um novo jornal, o *Pilote*, em 1959. Do contrário, ninguém nunca teria aceitado Asterix. *C'est la vie.*

Você definiu Goscinny como gênio do humor em seu trabalho de roteirista, mas também na vida real. Ele era na verdade engraçado pessoalmente?

Era realmente uma doença nele. Ele não podia contar algo sem enfeitar com coisas engraçadas. Muitas vezes, inclusive, contava coisas que havíamos vivido juntos, mas que eu não reconhecia, porque ele enfeitava tanto, de uma forma tão engraçada, que criava uma nova história. Era a sua natureza. Para ele, bastavam duas pessoas para que pudesse soltar seu humor. Ele nasceu assim, e não se muda a natureza das pessoas. Ele soube aproveitar isso muito bem, porque fez disso sua profissão. Mas, ao mesmo tempo, foi algo bastante duro para ele. Juntos, comemos o pão que o diabo amassou. Isso aproxima as pessoas.

Segundo você, o humor dele escondia uma extrema timidez, sobretudo com as mulheres.

Ele tinha um complexo. Era judeu de origem, e você sabe que a guerra, infelizmente, deixou rastros difíceis. Mesmo nos Estados Unidos ele sofreu, mas nunca falava disso. Ele se servia do humor para se comunicar com as pessoas. Mas com as mulheres era excessivamente tímido, e usava o humor para fazê-las rir, era algo mais forte do que ele. Mas nunca ia mais longe do que isso. É só ver que ele se casou aos 40 anos. Foi preciso trombar com uma mulher que o forçasse um pouco... *(risos).*

Em uma carta enviada de Nova York, em 1953, Goscinny escreveu: "Nós fazemos uma profissão de malucos".

Na época, era uma verdadeira profissão de loucos. Hoje, tornou-se uma profissão que proliferou com muitos desenhistas, editores, talvez também graças ao sucesso de Asterix. Não fomos os primeiros, porque Hergé, com Tintin, já tinha números de venda extraordinários. Mas Hergé foi algo à parte. Quando entramos nessa profissão, não esperávamos chegar à sua altura. Tínhamos essa profissão pelo prazer, ganhávamos mal nossa vida. O autor não era reconhecido pelo editor, era o desenhista que recebia o prêmio e distribuía o que achava que deveria dar ao autor. O autor não tinha nem mesmo o seu nome inscrito numa história em quadrinhos. Para ver como as coisas evoluíram. Goscinny dizia que era uma profissão de malucos porque não havia nenhuma consideração pelo nosso trabalho. Mesmo quando as pessoas percebiam o humor, mesmo apreciando no início, quantas vezes me perguntaram: "Mas qual é a sua verdadeira profissão?". Hoje, as pessoas sabem que a HQ é uma profissão, alguns a chamam inclusive de "a nona arte". Eu nunca me considerei como um artista, mas como um artesão. Eu tenho respeito pelo trabalho que fazia meu pai, que se tornou artesão quando se aposentou, aos 65 anos. Era um excelente ebanista. Aprendeu a fazer ótimos violões, que vendia a um comerciante de instrumentos musicais chamado Paul Beuscher. Eu tive de fazer com que ele parasse de trabalhar aos 80 anos.

Você descobriu Laurel e Hardy (O gordo e o magro) em 1936. A famosa dupla americana de comediantes foi um elemento importante na sua cumplicidade com Goscinny. Por quê?

Nós dois admirávamos Laurel e Hardy, que para mim eram deuses vivos. Éramos como duas crianças a contar um para o outro as piadas dos filmes que conhecemos – ele, nos EUA e na Argentina, e eu, na França. Isso nos aproximou ainda mais. Não é preciso muita coisa para criar uma cumplicidade num trabalho que não tinha nada a ver com o que faziam Laurel e Hardy. Mas tínhamos uma admiração por eles. Poderíamos ter sentido a mesma admiração por Charles Chaplin, conhecíamos a grande arte de Chaplin. Mas, para nós, em Laurel e Hardy havia este diálogo entre os dois personagens, enquanto Chaplin era solitário. Aliás, é curioso, porque quando criamos Asterix ele deveria ser um personagem solitário. Por fim, eles se viram a dois. É a história de Laurel e Hardy. Sem querer, fizemos os nossos Laurel e Hardy na história em quadrinhos.

Vocês, inclusive, na vida pessoal adotaram a expressão de Laurel e Hardy "Well, well, alright, hmmm, hmmm" *como um tipo de sinal secreto.*

Foi uma expressão que notamos nos papéis deles. Um dia escutei a versão original, por atores que falavam um inglês normal, e era menos engraçado. A sorte foi que, na França, eles dublaram utilizando o sotaque americano. A forma como eles falavam nos divertia. Era o nosso "toque de chamada". Quando nos correspondíamos, sempre terminávamos a carta com *"aaall-right"*. Verdadeiras crianças *(risos).*

Em 1976, Goscinny não pôde participar da turnê francesa de lançamento do filme Os doze trabalhos de Asterix, *mas escreveu uma carta sensível, que você lia antes de cada primeira projeção. No texto, ele dizia que vocês eram "intercambiáveis". Essa carta sempre mexeu muito com você.*

Nós produzimos um filme de animação, e Dargaud *(o editor francês Georges Dargaud)* quis exibi-lo em todos os grandes cinemas das grandes cidades da França. Dargaud, apesar de ser bastante avaro no plano da comunicação, alugou um jet Falcon, e fizemos todas as grandes cidades, Marselha, Bordeaux etc. Eu deveria ler essa carta de Goscinny, pela qual ele se fazia perdoar por sua ausência, por causa do câncer de sua mulher – acabou que foi ele que partiu bem antes dela. É verdade que tudo isso foi tocante, porque era alguém com muito sentimento, que se escondia atrás de seu humor. Ele me considerava um pouco como seu irmão menor. Quando eu fazia alguma besteira, ele dizia: "Eu sempre te disse para nunca sair sem mim!" *(risos)*. Era a sua frase.

Vocês criaram Asterix e Obelix em clima de pânico, no estúdio em que você morava em Bobigny, com a ajuda de muitos pastis e cigarros, em quinze minutos.

Nós nos lembramos de tudo isso, mas não da data exata. Sabemos que fazia muito calor, era pleno verão, havia muito sol. Eu tinha este pequeno apartamento em uma habitação popular de Bobigny. Nos reunimos lá porque ele ainda não era casado, morava com a sua mãe, e para trabalhar era mais fácil na minha casa. Estávamos um pouco em pânico, porque o jornal sob nossa responsabilidade deveria sair em 29 de outubro de 1959, e nós havíamos começado com uma ideia que já havia sido usada por alguém, então precisamos recomeçar do zero e tentar achar algo que pudesse convir. Deveria ser algo que relatasse um pouco a cultura francesa. Foi assim que começamos, no plano histórico, a falar dos gauleses. Parecia-nos que os gauleses jamais haviam sido utilizados com humor. Pensamos em pegar o contrapé da história e usar o humor. Se mostrássemos os gauleses derrotados pelos romanos, não seria engraçado. Tudo partiu daí. Era preciso fazer rápido, por causa dos prazos do jornal. Meu desenho ainda não estava bem formatado. Goscinny tinha o essencial do texto, mas não todo o seu humor. A construção da aldeia ainda não estava bem feita, foi sendo aperfeiçoada à medida que os álbuns progrediam. Quando revejo meus primeiros desenhos, fico horrorizado. Gostaria de refazer os primeiros álbuns, mas sempre me disseram o contrário. Quando encontro pessoas que leram os álbuns na época, aos dez anos, e que hoje estão com 60 anos, elas me dizem que preferem guardar a imagem primeira do que conheceram. Se mudar, irei desfazer suas recordações. Portanto, não poderei redesenhar os primeiros álbuns. Azar o meu *(risos)*.

Goscinny queria Asterix como anti-herói solitário. Você lhe impôs Obelix e, mais tarde, Ideiafix.

São coincidências. Cada um dava suas ideias. Eu havia entendido mal o que ele queria. Por que ele queria um anti-herói? Porque havíamos trabalhado pela demanda de diferentes jornais da época, que desejavam todos um herói à imagem de Tintin, que fosse aceito pelas crianças e que se parecesse com elas. Por isso eu tinha dificuldade em encontrar trabalho, pois quando mostrava um personagem com um nariz enorme, era automaticamente recusado *(risos)*. A ideia de Goscinny, bem como a minha, era fazer um anti-herói, alguém não obrigatoriamente bonito, mas solitário. Não queríamos entrar no estilo de Hergé, que havia criado um personagem principal, Tintin, e um personagem secundário, o capitão Haddock, com um cachorro que segue atrás. Quisemos sair disso. Ele começou a escrever o primeiro roteiro, e eu a desenhar o primeiro personagem, à imagem de como os franceses veem Vercingetórix *(líder gaulês, 72-46 a.C.)*, grande e forte. Goscinny viu e disse: "Não é isso, ele é muito atleta, prefiro um personagem pequenino, magrinho, não obrigatoriamente inteligente, mas esperto". Recomecei e desenhei o personagem mais ou menos como Asterix é hoje.

E como surgiu Obelix?

Era preciso colocar personagens na aldeia. Goscinny me disse: "Você instala a aldeia onde quiser, para mim o essencial é que seja perto do mar". A única região que eu conhecia com mar era a Bretanha, e decidi localizá-la lá. A Bretanha é bastante conhecida pelos menires, os dólmens. E fiz um personagem que adorava os menires, portava um nas costas. Goscinny disse: "Olha só, este personagem pode ser mesmo engraçado". Ele o utilizou no primeiro Asterix, mas não de forma completa. Depois, teve a ideia de que Obelix fosse forte porque caiu no caldeirão do druida, e que seria algo permanente, não poderia mais tomar a poção mágica. Tudo acabou sendo feito assim, pouco a pouco, não em bloco, mas acrescentando-se elementos.

E depois veio Ideiafix.

Para o cãozinho, foi igual. Nunca perguntei a Goscinny por que ele me pediu para desenhar um pequeno cão na porta de uma salsicharia. Porque depois o cachorro desaparece. E foi aí que eu lhe disse: "Quero fazer uma piada, fazer com que ninguém veja o cachorro de tão pequeno que ele é, e assim ele segue os personagens...". E é verdade que o cão teve sucesso, os leitores queriam revê-lo, saber seu nome. Fizemos um concurso junto aos leitores para a escolha do nome, recebemos milhares de cartas, e cinco delas sugeriram Ideiafix.

Você considera todos os personagens como seus filhos, mas reconheceu uma fraqueza por Obelix. Ele é charmoso, não idiota como pode parecer, humano, tímido, ciumento. Ele tem todas as qualidades e defeitos de um ser humano.

Era também o que dizia Goscinny, que havia entendido a importância deste personagem. Era o que chamamos de um *faire-valoir*, aquele que, como na dupla Laurel e Hardy, não compreende tudo. Há aquele que dirige a história, e o outro, que a segue sem a compreender, mas que mesmo assim ajuda em sua concretização. Esse personagem, que é um pouco ingênuo, logo conquistou a simpatia do público, sobretudo das crianças. E a nossa também. Eu gosto muito de desenhar Obelix, porque ele tem sempre uma atitude um pouco particular, enquanto Asterix é alguém sério. Quando todo mundo na aldeia briga com golpes de peixes, há apenas dois personagens que não entram na disputa, o druida e Asterix. Eles ficam observando seus companheiros e se dizendo: "Francamente, são todos de mentalidade reles". Isso criava um equilíbrio entre os dois personagens, que hoje não podem mais ser separados. Se Obelix desaparecesse, seria um escândalo, o leitor não me perdoaria.

O leitor influenciava o trabalho de vocês?

O leitor solicita coisas. Foi o caso, por exemplo, da piada dos piratas, que criamos a partir de uma série realista de *Pilote*, que se chamava O Demônio do Caribe, feita por amigos. Por meio do jornal, tínhamos uma relação com o leitor bastante viva e profunda. E muito rápida. Como era um semanário, e como fazíamos o trabalho com pouco adiantamento, tínhamos quase instantaneamente a reação dos leitores. Fomos praticamente obrigados a sempre colocar nas histórias o banquete final, as brigas com os peixes com porretes e, sobretudo, os piratas, que receavam por seu barco. Eles se tornaram um *gimmick*, parte integrante das aventuras de Asterix.

Você critica o espírito cartesiano francês de sempre querer dar uma explicação a tudo, sobretudo quando se trata de um sucesso. Já se creditou o sucesso de Asterix e Obelix ao fato de a dupla de gauleses cutucar o lado chauvinista do francês, e mesmo de ser inspirada na figura do general de Gaulle. Por que você considera "inútil" perguntar sobre as razões do sucesso de Asterix?

Porque tanto Goscinny como eu nunca conseguimos responder a essa questão. Nós não esperávamos de maneira alguma tal sucesso. Mesmo o editor, Dargaud, não imaginava algo assim. Um ano antes de Asterix, havíamos criado um outro personagem, que se chamava Oumpah-Pah, a história de um índio. O humor de Goscinny já se exprimia de maneira bastante forte naquele momento. Mas esse personagem não teve muito sucesso. E o fizemos com a mesma vontade com a qual fizemos Asterix. Por que Asterix fez esse sucesso repentino? É o segredo da poção mágica *(risos)*.

Segundo você, o editor Georges Dargaud pouco fez pelo sucesso de Asterix. O que funcionou teria sido, sobretudo, o boca a boca, ou, como disse certa vez, o "boca de druida a druida". Nesse aspecto, Asterix, para você, seria um pouco como Harry Potter, cuja criadora, J.K. Rowling, foi surpreendida pelo repentino sucesso.

O sucesso não vem obrigatoriamente de uma ofensiva publicitária ou promocional. Isso pode ajudar para não importa que produto, mas só dura por um tempo. Não é algo perpétuo. O boca a boca é formidável. As pessoas falam porque descobriram algo que as diverte, lhes dá prazer. E vai de boca em boca. E, de um álbum a outro, tivemos uma progressão de venda extraordinária. Dargaud nunca fez promoção. Ele não tinha nem a intenção de aumentar a tiragem, mesmo que já estivéssemos em 100 mil exemplares, para ele já era enorme. Eu precisei forçar a mão dele. Ameacei romper o contrato, e ele aumentou a tiragem para 200 mil exemplares, todos vendidos. Depois, subiu para 300 mil. O primeiro álbum foi publicado em 1961. Em 1966, o *L'Express* (*semanário francês*) saiu com a capa: "O fenômeno Asterix".

Asterix conquistou a categoria de mito, estudado por sociólogos, historiadores, semiólogos...

Eu acabo de receber um livro que não consegui compreender (Tu sais ce qu'il te dit, Môssieu Astérix? *ou Sabe o que ele diz, Môssieu Astérix?, de Bernard Lavillate*). Não sei o que dizer ao autor, porque não entendi nada. Ele mistura Sartre com a psicologia para interpretar Asterix. Há pessoas que pegam Asterix como testemunha para afirmar certos discursos e valores que não são claros para os autores nem para os leitores, exceto para aqueles que desejam absolutamente provar certas coisas, as quais eles são os únicos a compreender.

Em uma Europa cada vez mais unificada e em meio à crescente globalização, Asterix aparece para muitos como um contraponto, um símbolo de resistência à estandardização e à invasão preponderante de certas culturas. Você concorda?

Efetivamente, nós nos questionamos sobre isso. Ocorreu-nos um pouco essa história da revanche do pequeno contra o grande. E todos temos uma revanche contra algo que nos ultrapassa e nos destrói, como alguns políticos que decidem leis nem sempre bem-aceitas, mas às quais somos obrigados a nos sujeitar. Penso que por isso houve uma ressonância em outros países, porque é parecido, todos são atingidos por esse fenômeno de saber que se está submetido a uma força contra a qual nada se pode fazer. Talvez Asterix tenha servido como um tipo de símbolo ao mostrar que ele, pequeno, podia fazer algo. É um pouco como David contra Golias, não se reinventa a história. E utilizamos um período histórico muito importante, a invasão da Gália pelos exércitos romanos, que eram extremamente fortes, a grande potência mundial da época. Nós cutucamos a história dizendo: "Eles ocuparam o mundo inteiro, exceto uma pequena aldeia...". Foi isso que fez com que a maionese desse certo. Mas nós não tínhamos consciência disso.

Asterix resiste em sua aldeia, mas com o espírito aberto. Ele viaja pelo mundo.

Eles não têm a pretensão de reconquistar a Gália, só o que querem é que os deixem em paz. E quando alguém lhes vem pedir ajuda, até o druida diz: "Quero ajudar, mas, atenção, só se deve usar a poção mágica em caso de real necessidade, não para atacar outras pessoas". Porque se sabe que na história as tribos gaulesas lutavam entre si. Aliás, o espírito francês se manteve assim. Há aquela frase do general De Gaulle sobre haver tantos queijos na França quanto o número de dias no ano *(a frase "Não se pode governar um país que tem 365 variedades de queijos" é constantemente atribuída a De Gaulle).* O que prova que há sempre este espírito um pouco gaulês de querer superar aquele que está ao lado. Não há esta unidade que se vê em outros países. Asterix sensibilizava aquelas pessoas que desejavam reagir. Sei que se pudesse reagir contra certas leis que me irritam eu o faria, mas não tenho os meios. Infelizmente, não tenho a poção mágica *(risos).*

Certa vez, foi feita uma sondagem entre políticos franceses para saber se Asterix era de direita, de esquerda ou de outra tendência política e ideológica. Deu um pouco de tudo: que era de direita, de esquerda, ecologista, machista.

Nunca quisemos fazer política, por uma simples razão: sabemos que é muito perigoso dar ideias políticas às crianças. Penso que se deve deixar à criança a sua liberdade de espírito. Ela deve estudar história, claro, mas não se deve inculcar nela este ou aquele partido político. A criança deve fazer sua vida, e é ela quem saberá mais tarde que partido escolher. Nós sempre quisemos ser apolíticos. E não concedo a ninguém o direito de dizer de que partido somos. Mesmo que tenhamos nossas próprias ideias, não as colocamos nas nossas aventuras.

Vocês nunca quiseram infiltrar ideias políticas nas histórias de Asterix, mas divertiram bastante os adultos com críticas à sociedade, à moral e aos costumes.

Mas isso não é a política da politicagem, é a vida de todo dia, porque, evidentemente, nos servimos do cotidiano dos franceses para adaptá-lo às aventuras gaulesas. Se tivéssemos feito verdadeiras aventuras gaulesas, seria muito menos engraçado. Os gauleses eram guerreiros sanguinários. Diz-se que, quando faziam prisioneiros, cortavam-lhes a cabeça e a penduravam em postes fincados em suas cabanas, para mostrar que eram fortes. Era dramático. Isso era o que contavam os romanos, que queriam mostrar que os gauleses eram bárbaros. Descobrimos hoje muitas coisas que demonstram o contrário, que os gauleses tinham uma certa civilização. Mesmo se havia divergências entre as tribos, eles tinham uma forma de viver bastante realista, não estavam todo o tempo brigando entre si. Eles inventaram uma máquina agrária extraordinária, um tipo de ceifadeira, puxada por animais, usada para cortar o trigo mais facilmente. Como os gauleses não registravam por escrito a sua forma de viver, foram outros que deram as suas versões. Júlio César queria mostrar ao Senado romano que havia vencido tribos de selvagens e que era uma glória ter transmitido um tipo de civilização romana. O que, aliás, foi feito, a Gália se romanizou. Mas nós temos um enorme orgulho de saber que foram os gauleses que inventaram o barril! *(risos)*. Eles não eram seres brutos, só com um sabre e uma espada para bater na cabeça das pessoas. Eles tinham uma forma de cultura, que infelizmente não se propagou, porque só os druidas tinham a distinção intelectual, o gaulês simples não escrevia e não podia transmitir o que tinha em sua cabeça.

Seu pai teve um sério desentendimento com os irmãos dele no início dos anos 1920, o que provocou a partida dele e de sua mãe para a França. Ao longo de sua vida, você enfrentou diferentes processos na Justiça e, hoje, talvez viva o mais doloroso deles, a ação judicial que opõe você e sua filha única, Sylvie, contrária ao novo controle acionário majoritário das edições Albert-René pelo grupo Hachette, uma decisão sua e de Anne Goscinny (filha e herdeira de René Goscinny). Como você se sente com isso?

Infelizmente, há hoje esse problema sabido de todos, mas do qual não quero falar, se você me permitir. Espero que um dia tudo seja resolvido. Pode-se esperar tudo na vida, mesmo para alguém de idade como eu, para quem o tempo passa muito rápido. Mas não quero falar disso. É algo muito difícil para mim.

Com a morte repentina de René Goscinny, em 5 de novembro de 1977, foi decretada pela crítica em geral a morte do "pai de Asterix" e também a do próprio personagem. Você sofreu por ter sido ignorado naquele momento?

O autor estava morto, Asterix estava morto, não se falava do desenhista, então significava que ele estava morto também. Isso foi muito duro de suportar. Vivi mal a morte do meu amigo, que aconteceu de uma forma brutal, ninguém esperava, nem mesmo ele. Levei muito tempo para assimilar isso. É verdade que, para mim, Asterix estava morto. Mas passei dois anos escutando as pessoas dizerem que aquele que retomasse Asterix fracassaria, que seria impossível depois de Goscinny. Ninguém falava de mim, eu não existia. Meu orgulho reagiu de uma forma completamente extravagante. Já que era assim, decidi que não iria somente escrever eu mesmo o roteiro de um novo álbum, mas também que eu mesmo iria editá-lo, algo insensato. Mas fiz e não me arrependo, porque deu certo. Obrigado à imprensa que me esqueceu, obrigado àqueles que negaram o fato de que eu pudesse um dia fazer algo. Ainda hoje há críticas duras, mas o público não segue os críticos, isso que é bom.

Você sempre disse que Asterix desapareceria depois da morte de seus dois criadores. Mas, hoje, mudou de ideia e deseja que a aventura continue quando não estiver mais neste mundo. Por quê?

Mudei de ideia por várias razões, que estão relacionadas, justamente, a esse problema que vivo hoje em dia *(o processo judicial entre ele e sua filha)*. Quis mudar as regras. E depois me perguntei: "Por que um autor desejaria que um personagem morresse com ele?". É um tipo de egoísmo. No final das contas, se os leitores ainda demandam o personagem, então que seja feito por outro, e caberá a esse outro provar que o sucesso persiste. É uma aposta no futuro. Aquele que assumir terá um trabalho considerável para não desanimar o leitor. Eu não posso proibir isso, assim como tampouco fizeram todos os meus colegas – como Franquin, com Gaston Lagaffe; ou Maurice, com Lucky Luke –, que permitiram que se desse continuidade aos seus personagens. Apenas um recusou: Hergé. Mas se trata de egoísmo puro e simples.

Quando não estivermos mais aqui, não importa. Não sei se poderemos ver algo lá do alto do céu.

Você ainda acompanha a HQ?

Um pouco, mas não muito. Por razões práticas. Eu me digo que, se um dia ler uma história em quadrinhos, reter uma ideia, e então que eu mesmo esqueça que tirei essa ideia de lá e a projete numa das aventuras de Asterix, isso pode ser muito grave. Para evitar ser influenciado, leio pouco. Mas leio algumas, como Titeuf, personagem criado por Zep, um jovem de muito talento, reconhecido como alguém que trouxe algo novo. Há ainda outras séries e autores de talento, mas li tantas histórias em quadrinhos na minha vida...

Quais são os seus álbuns preferidos de Asterix e por quê?

Já disse que talvez tenha apreciado mais um álbum do que outro, embora goste de todos, sobretudo dos álbuns escritos por Goscinny. Mas há um que me divertiu muito, que é *Asterix entre os Bretões*, porque Goscinny transpôs o vocabulário inglês em francês, e achei isso extraordinário. Foi algo muito engraçado e muito inteligente, ninguém havia tido essa ideia. Tenho um amor especial por esse álbum. Não é em relação ao meu trabalho, mas ao de Goscinny. Em todo caso, não tenho nenhum arrependimento em relação ao que fiz, amo todos os meus álbuns, os meus filhos, mesmo aqueles que fiz sozinho.

Você se arrepende de algo em sua vida?

Não. Teria dificuldade em me arrepender do que quer que seja. Penso ter sido bem-sucedido na minha vida. Minha vida profissional, minha vida familiar – à parte esta "pequena coisa" *(o processo jurídico movido por sua filha)*. Vou festejar este ano 56 anos de casamento com minha esposa, o que revela uma vida bem-sucedida e tanto. Surpreendemos muita gente quando falamos disso. Um dia recebi uma medalha de Comandante das Artes e das Letras, que me foi concedida pelo então ministro da Cultura francês, Jacques Aillagon, junto com um diretor e um ator de cinema. Todos fizeram seu discurso, eu fui o último. Não sabia que teria de fazer um discurso. Havia festejado 50 anos de casamento com a minha mulher, e então disse: "É um ano extraordinário para mim, não apenas recebo uma distinção muito importante, mas, além disso, festejei as Bodas de Ouro com minha esposa". Quando disse isso, houve gritos na audiência, repleta de gente do cinema. Nunca tive tanto sentimento de simpatia por parte das pessoas do cinema como nesse momento *(risos)*.

Você tem medo da morte?

Sou como todo mundo. Não tenho medo da morte, mas medo de não mais viver. Estou habituado a isso, pois perdi todos os meus companheiros de viagem. A maioria destes que você vê na parede partiu *(aponta para os quadros com fotos e/ou desenhos de autores de HQ)*. Eram pessoas da minha geração. Nos conhecíamos enormemente, formávamos um tipo de francomaçonaria. Mas éramos desconsiderados pelo mundo exterior, e tentávamos nos aproximar, belgas com franceses. Era uma época que não existe mais. É a evolução da vida, as coisas são tão diferentes hoje. Não reconheço mais essa profissão. Criei minha empresa há 30 anos, não tive mais vivência com editores externos, não sei mais como funciona.

Charles Aznavour

Aos três anos de idade, o pequenino Charles fez de forma inusitada sua estreia em cena. Filho de modestos artistas de origem armênia – o pai, Micha, era cantor, e a mãe, Knar, atriz –, ele, com sua irmã Aïda, costumava passar as noites brincando nos bastidores de teatros em Paris. Certa vez, antes do início de um espetáculo, entreabriu curioso as cortinas do palco e se viu, de repente, diante da plateia. Na hora, começou a cantar algo em armênio, logo recompensado por aplausos entusiastas. Nos camarins, os artistas pensaram que o público batia palmas porque estava impaciente, mas depois descobriram que havia uma "atração extra". Naquele momento, o precoce e intruso cantor foi contaminado pelo vírus do palco.

Chahnour Vaghinag Aznavourian nasceu em Paris por acaso: seus pais aguardavam na cidade por um visto para emigrar para os Estados Unidos. Sua primeira apresentação artística, de contrato assinado, se deu aos nove anos de idade, e desde então nunca mais parou. O pequeno Charles se tornou o grande Charles Aznavour, considerado como um dos maiores e últimos *chansonniers* e *crooners* franceses, "autor de mil canções".

O ano de 1946 foi importante para seu futuro. Foi quando conheceu Édith Piaf, de quem se tornaria secretário, amigo e confidente. Os dois se encontraram casualmente numa breve apresentação de Aznavour em um programa de rádio, na companhia de seu inseparável pianista Pierre Roche, um duo que perdurou por oito anos. Ao entrar no auditório do estúdio, se deparou com Piaf e Charles Trénet sentados na primeira fila. Ele tinha 22 anos. "Eu, que já tremia consideravelmente diante da uma plateia, agora tinha a perna direita que dava uma de Parkinson", contou. Piaf não tardou a convidá-lo para abrir os shows de uma turnê e, mais tarde, ela o encorajou a iniciar uma carreira solo. E o aspirante a artista acabou se confirmando como uma estrela

Para marcar os 75 anos de sua ininterrupta carreira e o adeus às longas turnês, começou em 2006 a sua *Farewell Tour*, com passagem também pelo Brasil. Acompanhado de 17 músicos, um piano, um conjunto de cordas, um saxofone, um acordeão, uma flauta e duas coristas (uma delas sua filha, Katia, com quem faz um duo em *Je voyage*), interpreta canções de seu então mais recente álbum, *Colore ma vie* (gravado em Cuba, com o pianista Chucho Valdés), e grandes sucessos como "La Bohème", "Sa jeunesse", "Les plaisirs démodés", "Désormais", "Emmenez-moi" ou "Hier encore".

Conversei com Charles Aznavour em Paris, na sede da editora de músicas Raoul Breton – à qual é fiel desde que começou a compor e a cantar –, pouco antes de sua viagem ao Brasil, na turnê dos 75 anos. Sentado à sua frente, lembrei da história que havia lido poucos dias antes em seu livro de memórias. Aos 24 anos, em 1948, ele decidiu fazer uma visita surpresa a Édith Piaf e partiu rumo ao jazz, à Broadway e às comédias musicais dos Estados Unidos, junto com Pierre Roche. A dupla desembarcou no aeroporto internacional de Nova York sem dinheiro, sem passagem de volta e sem visto. As autoridades policiais, já com suspeição, conseguiram um tradutor para o interrogatório. "Por que vocês estão nos EUA?", perguntaram. "Viemos encontrar Édith Piaf", foi a resposta. A célebre cantora estava em turnê no Canadá e nada podia fazer pelos amigos. Após algumas horas de espera, foram conduzidos a uma "comprida limusine escura", e ele conta ter, por um momento, acreditado que receberia tratamento VIP. Na verdade, tratava-se de um furgão para transferi-los ao presídio de Ellis Island, detidos como imigrantes clandestinos.

No terceiro dia de prisão, foram levados para uma audiência num tribunal. O juiz recomeçou o questionário: "Por que vocês estão aqui? Têm a intenção de atentar contra a vida do presidente dos EUA? Pertencem a algum partido político? Qual a sua profissão?". À última pergunta, Aznavour respondeu: "Nós compomos canções". E lembrou que havia traduzido as músicas da comédia musical *Finian's rainbow*, que fazia sucesso naquela época em Nova York. O juiz ordenou que cantasse alguns trechos, o que ele fez de bom grado. Resultado: receberam um visto de três meses, prorrogável se encontrassem trabalho. "Prova de que a música não somente amolece a moral como também os juízes", contou Aznavour. Os dois retornaram a Ellis Island para recuperar seus pertences, sob os aplausos dos demais detentos, e debutaram sua aventura americana em um quarto alugado por US$ 7 a semana no modesto hotel Langwell, na rua 44. Aos 90 anos de idade em 2014, Charles Aznavour dizia já ter escolhido seu epitáfio: "Aqui jaz o homem mais velho do cemitério".

A sua relação com o Brasil é forte, pois, como o senhor escreve em sua autobiografia, seu coração bateu pela primeira vez por uma brasileira, uma loira de olhos claros, chamada Graziela Fursman. O senhor tinha 12 anos de idade e, ela, 16 ou 17.

Não foi a primeira vez que meu coração bateu, foi a única! *(risos.)* Mas eu era uma criança. Nunca tive mais notícias dela. Estávamos na mesma escola. Saíamos em grupo juntos, ela não morava longe da minha casa, mas acho que nunca soube que eu era apaixonado por ela. Que idade terá hoje? Uns 90 anos. Deve ter mudado bastante *(risos).* É engraçado você ter falado dela, fazia tempo que não a recordava.

Foi durante uma viagem ao Brasil, em um baile de caridade organizado pela mulher do então presidente Juscelino Kubitschek, a primeira-dama Sarah, que pela primeira vez o senhor teve a ideia de fazer recitais em vez de shows de cabaré.

Já estive no Brasil umas cinco ou seis vezes. Na primeira vez, me hospedei no Copacabana Palace, no Rio, e na época fazia shows de cabaré. Foi no Brasil, sim, que tive a ideia de fazer recitais, e peguei gosto. Cancelei todos os meus contratos de shows de cabaré, não queria mais. Meu pianista tocava tanto Bach como jazz, e eu tinha o maior baixista do mundo, François Rabbath. Depois do Brasil, só fiz shows recitais.

E na sua primeira apresentação no Olympia, em Paris, havia ainda como atrações, além do saxofonista Sidney Bechet e do mímico Marcel Marceau, um balé brasileiro.

Sim, havia mesmo um grupo de dança brasileiro. Flertei bastante naquela época *(risos).* Mas o meu primeiro contato com a música brasileira foi por meio do rádio, pelo samba. Para mim, fazia parte da "música sul-americana". Não era algo específico. Só se tornou específico a partir do momento em que conheci a bossa nova. Nesse momento, também dissociei o samba da América do Sul e passei a relacioná-lo ao Brasil. Os franceses não conhecem muito geografia. Para eles, o Brasil era a América do Sul. Não sabíamos o que era a América do Sul, a Central, a América Latina. E até hoje não sabemos. Mas eu gostava muito de Agostinho dos Santos, que morreu em um acidente de avião *(em 1973, aos 41 anos).* Ele cantava maravilhosamente bem.

O senhor teve algum tipo de influência da música brasileira?

Não tive uma influência direta da música brasileira, mas o Brasil influenciou musicalmente e ritmicamente a França. A França não inventou um ritmo, nem um estilo. Há grandes músicos franceses, melodistas formidáveis, mas a bossa nova é brasileira, o tango é argentino, a valsa é austríaca, o jazz é uma parte da África. Não se pode dizer que a França inventou um ritmo. Quando a bossa nova chegou, ela deu algo mais aos autores franceses. Possibilitava que quebrássemos as cadências. Era um ritmo que permitia adaptações. Eu muitas vezes adaptei. Eu me servi da bossa nova para minhas letras, como em "Je t'attends", *Entre nous* e muitas outras, mesmo mais recentes. Fiquei surpreso agora em Cuba, porque quis gravar uma bossa nova e não havia realmente como fazê-lo. Não é a mesma coisa. Toca-se melhor a bossa nova na França do que em Cuba.

O senhor fez também a melodia de "Rendez-vous à Brasília" (1960), com letra de Georges Garvarentz.

Foi para me divertir. Eu havia voltado de uma viagem a Brasília. Eu me lembro perfeitamente da sala do teatro, toda branca, um pouco como uma geladeira. Felizmente o público não reagiu como se estivesse numa geladeira *(risos)*.

O senhor começou sua carreira aos nove anos de idade...

Foi a primeira vez que me apresentei num palco com um contrato assinado. Foi ali que começou, e desde então nunca mais parei. Nunca parei de trabalhar, seja numa *revue*, numa peça de teatro, recitais, um papel no cinema. Desde 1933, nunca parei. São 75 anos de carreira.

Sua primeira apresentação como grande vedete no Teatro Alhambra, aos 33 anos, é considerada como um marco em sua carreira.

Não foi no Alhambra que conquistei o sucesso, mas foi lá que a imprensa foi obrigada a dizer que, sim, era possível. Durante seis canções nada aconteceu, foi na sétima que houve um estalo. Eu inventei algo. Na época não se fazia luz para o palco. Colocava-se apenas um projetor. Para a sétima música, eu tinha luzes especiais, que se mexiam, e além do mais a canção era boa, "Je me voyais déjà".

Ao final do show, no entanto, o senhor temeu pelo pior, pois houve um pesado silêncio por parte do público.

Ao deixar o palco, tive tempo de dizer ao meu agente: "Amanhã mudamos de profissão". Quando retornei, foi a primeira vez na vida que vi uma *standing ovation*. Não era costume. Depois, só fui ver isso de novo nos Estados Unidos. Hoje se faz isso para qualquer imbecil. Acho ridículo. Na tevê eles dizem "Bom dia, *monsieur*", e "Ha ha ha ha"; "Bom dia, *madame*", e batem palmas. É ridículo! Tornou-se algo artificial. Eu sinto repulsa por esse aspecto fictício que se quer dar a uma profissão em que há cada vez mais jovens. Preparam-se esses jovens para um mundo artificial e, se eles entram no jogo, vão também se tornar artificiais. É preciso ter talento. É preciso de alguma forma evoluir. Por exemplo, o *soap* francês vem das telenovelas do Brasil. Mas evoluiu. Anteontem eu assistia a algo assim na tevê e notei que houve uma evolução.

O senhor diz que estamos entrando na era do cada um por si, de não relações, de vulgaridade, em um mundo no qual a vida perde valor. O senhor é pessimista em relação ao futuro da sociedade?

As pessoas querem de qualquer jeito se tornar célebres. Querem fazer amor com suas mulheres na tevê, para que os outros vejam. É uma vergonha. Hoje se faz qualquer coisa para aparecer na tevê. E eu que luto para não aparecer *(risos)*. Não quero abrir minha casa para os outros. A vida privada é algo belo. Mas não sou pessimista. Veja a história da França. Um tipo de puritanismo apareceu no fim do século XVIII e morreu no começo do século XX. Mas mesmo assim depois houve um recuo, e recomeçamos. As canções da época eram licenciosas, tudo era mais livre. E veio toda aquela poesia, com nomes que hoje quase não lembramos mais, como Jean Tranchant *(1932-1942)*, Charles Trénet *(1913-2001)*. Acho que um dia haverá um movimento que dirá: "Estamos fartos!". Fartos de todo esse lado terrível da tevê. Eu eduquei meus filhos de outra maneira.

Uma turnê de despedida mistura sentimentos de alegria e de uma certa melancolia?

Não vou parar de cantar, mas sim terminar com as longas viagens. Não poderei mais fazê-las. Já sinto agora que não poderei continuar daqui a dois ou três anos, então é preciso prever as coisas com uma certa antecedência. Mas poderei fazer recitais de uma forma que não seja cênica, apenas o canto, isso será possível. Mas o público estrangeiro não quer simplesmente a canção. Então é preciso ser razoável e saber parar.

O senhor sempre conjugou a "felicidade de cantar e de viajar".

Juntei os dois porque adoro as descobertas. Sou um explorador. É visitando o mundo que mais aprendemos. Mas Júlio Verne fez isso sozinho em casa *(risos).*

No palco, o senhor diz experimentar a sensação de ter 20 ou 30 anos a menos. Ainda se sente assim?

Adquirir mais idade e envelhecer são duas coisas completamente diferentes. Deve-se ficar mais velho sem envelhecer. No palco, não tenho idade. Na verdade, não tenho idade nos meus pensamentos.

O senhor escreveu que, a partir de uma certa idade, a ideia da morte se torna companheira de nossos dias. O senhor pensa na morte?

A morte é mais jovem do que eu, não penso nela. Ela tem 17 anos a menos do que eu. É ela que deve pensar em mim, não eu nela *(risos).*

O senhor não acredita na posteridade. Por quê?

Ainda não me provaram que se pode acreditar na posteridade. Certamente que podemos citar autores, compositores, grandes escritores gregos e outros, mas é uma pequena posteridade, percebida por poucas pessoas. E quanto mais avançamos, mais se produz, e quanto mais se produz, menos tempo temos de aprender. Tenho amigos que morreram não faz muito tempo e não se faz nada sobre eles. Outros são mais lembrados, porque suas famílias se encarregam de promovê-los. Mas, por exemplo, ninguém fala de Léo Ferré *(1916-1993).* Era um imenso poeta e quase não se fala dele. Ninguém fala de Gilbert Bécaud *(1927-2001).* Se os filmes de Yves Montand não fossem reprisados, ninguém se lembraria dele. É por isso que não acredito na posteridade. Há um que, mesmo assim, resiste, que é Carlos Gardel. Mas os grandes cantores americanos do passado, não. As pessoas se recordam um pouco de Bing Crosby *(1903-1977)*, mas é tudo.

No show, o senhor faz um duo virtual com Édith Piaf, que foi sua protetora, e com quem viveu uma profunda amizade, uma relação "dependente", como definiu certa vez. Como o senhor vê, hoje, Piaf sendo relembrada pelo cinema e mesmo pelo Oscar nos EUA?

Me dá um enorme prazer ver que essa mulher, que não cantou na maioria dos países onde é célebre, tornou-se mais importante morta do que viva. Isso pode talvez ensinar certos países a reavivar velhas glórias que os marcaram e que foram esquecidas. Há mais do que se pensa. Não sei qual é a situação da lembrança brasileira. Mas conheço nomes que vêm de longe, seja o de Elizeth Cardoso ou o de Maysa, que não vejo serem muito lembrados hoje. Isso é a posteridade. Elas estarão vivas enquanto eu, você, nos lembrarmos delas. Quando não houver mais ninguém para fazê-lo, acabou-se. *C'est la vie.*

Gyula Grosics

"Pantera negra"

Desembarquei certa vez na bela cidade de Budapeste, capital da Hungria, em um gelado novembro de 2008. O termômetro registrava temperaturas em torno de -5°C, e as calçadas se escondiam sob tapetes de neve. A viagem tinha como objetivo encontrar dois personagens da história do futebol mundial: o goleiro Gyula Grosics e o defensor Jeno Buzánsky, então os únicos remanescentes da mítica seleção húngara de futebol que encantou o mundo na década de 1950. À parte as entrevistas com os dois ex-craques, conversei com György Szepesi, narrador e comentarista de rádio que acompanhou na época as façanhas da *Aranycsapat* – literalmente, em húngaro, "equipe de ouro" –, e com o escritor Péter Esterházy, *habitué* da relação de candidatos ao prêmio Nobel de Literatura e um fanático por futebol.

Como bônus, por uma feliz coincidência de datas, tive a chance de estar presente na comemoração dos 55 anos da célebre vitória da seleção magiar contra os ingleses, em 1953, relembrada anualmente em um emotivo e festivo encontro no Pub Puskás. Pois foi na tarde fria e úmida daquele 25 de novembro de 1953, em Londres, que mais de 100 mil pessoas ocuparam as tribunas do Estádio de Wembley para assistir ao confronto entre as seleções da Inglaterra e da Hungria. Aos 27 minutos da etapa inicial, o húngaro Zoltán Czibor correu livre pela ponta direita e lançou a bola para Ferenc Puskás, no cotovelo da pequena área. Em um lance exclusivo dos gênios do futebol, com um drible minimalista, Puskás recolheu a bola para si com as travas da chuteira esquerda, fintou o capitão inglês Billy Wright, que passou batido e incrédulo a sua frente, e com o mesmo pé canhoto disparou um petardo sem chances para o goleiro Gil Merrick. O craque número 10, temível capitão da seleção magiar, ergueu os braços em arco para comemorar sua pintura, que colocava a Hungria em vantagem de 4 a 1 no placar.

Espectador privilegiado do memorável feito, o narrador György Szepesi sugeriu que fosse providenciada uma placa no estádio inglês em homenagem a um dos mais belos gols da história do futebol. "Durante dez anos, esse gol de Puskás contra os ingleses foi usado como imagem de abertura do principal programa esportivo da televisão húngara. Era visto e revisto todos os dias", contou o radialista, então com 87 anos, o olhar vago a minha frente como se revivesse aquele raro momento, sentado à mesa no restaurante Remize.

Ao final dos 90 minutos, o escore foi implacável para o time da casa: 6 a 3 para os visitantes. Foi a primeira derrota da Inglaterra para um time não britânico em Wembley, e uma indigesta humilhação sofrida pelos inventores do futebol. A enorme expectativa gerada pelo duelo, batizado pelos ingleses de "O jogo do século", contribuiu para transformar o inesperado fracasso em comoção nacional. A seleção inglesa não cogitava outro resultado que não a vitória. O excesso de confiança dos anfitriões não foi abalado nem pelo histórico recente dos húngaros: invictos desde 14 de maio de 1950 em uma série de 24 jogos e campeões olímpicos em 1952, em Helsinki.

Em seu filme *Nossa música* (2004), o cineasta francês Jean-Luc Godard diz que "o comunismo existiu uma vez em dois tempos de 45 minutos", quando os húngaros derrotaram os ingleses em 1953: "Os ingleses jogaram individualmente, os húngaros jogaram em equipe". A irônica provocação do *enfant terrible* da Nouvelle Vague tabela de forma exemplar com o espírito político e tático do treinador húngaro Gustáv Sebes. Fiel ao regime e à sua hierarquia, o comandante da *Aranycsapat* usava a expressão "futebol comunista" ao se referir ao jogo coletivo. Em suas preleções no vestiário, pregava a extensão da luta travada entre o capitalismo e o comunismo ao retângulo demarcado pelas quatro linhas dos gramados. Em tempos de Guerra Fria e de Cortina de Ferro, seus superiores exigiam a vitória como exemplo de supremacia ideológica. Políticas à parte, Sebes era um amante do esporte e um estrategista aplicado. Geoffrey Green, um dos pioneiros do jornalismo no futebol, escreveu sobre "O jogo do século" no The Times: "Os ingleses se tornaram estrangeiros em terra estranha, em um mundo em que se agitam fantasmas vermelhos. Pois era a isso que se assemelhavam, em seus uniformes escarlates, os húngaros, com sua velocidade assustadora, sua técnica sobrenatural e sua eficiência de outro planeta".

Às vésperas do Mundial de 1954, na Suíça, Puskás e sua invencível armada desafiavam todas as estatísticas, destroçavam adversários e assumiam o favoritismo incontestável para conquistar a taça Jules Rimet na grande final em Berna, um amargo capítulo na história da inesquecível *Aranycsapat* e de seus homens de ouro. "*Rahn Schiesst! Tor! Tor! Tor! Tor!*" Rahn chuta! Gol! Gol! Gol! Gol! Os gritos do locutor alemão Herbert Zimmermann ecoaram inverossímeis aos 39 minutos do segundo tempo naquele chuvoso 4 de julho de 1954, no Estádio Wankdorf, na capital suíça. Alemanha e Hungria disputavam a grande final da Copa do Mundo, e o alemão Helmut Rahn, conhecido por "*The Boss*" (o patrão) ou "O canhão de Essen" (sua cidade natal), acabara de fazer o inacreditável: marcar o gol da vitória de sua seleção sobre os temíveis húngaros. Placar ao apito final do árbitro, diante de 60 mil espectadores: 3 a 2 para os alemães, campeões do mundo.

Em todas as apostas e previsões, a taça Jules Rimet já tinha um dono antecipado em 1954: a invencível *Aranycsapat*. Ao pisarem no gramado para enfrentar a Alemanha, "os mágicos magiares" estavam invictos desde 1950, havia 32 jogos. Mas, contra todas as expectativas, a seleção alemã do técnico Sepp Herberger e do capitão Fritz Walter, depois de estar perdendo desde os oito minutos de jogo por 2 a 0, ganhou de virada por 3 a 2, no que ficou conhecido como "O milagre de Berna".

György Szepesi narrava a partida à beira do gramado. "Quando Rahn fez o gol, minha voz não saía mais. Não consegui dizer nada, fiquei mudo ao microfone. Sabia que era o fim, e comecei a chorar", contou. Para Buzánsky, o pesadelo de Berna perdura, embora amenizado pelo tempo: "A cada 4 de julho sinto suores, frio na barriga, mas não verto mais lágrimas. Mas ainda hoje não é algo fácil de suportar, porque quando se cai do último degrau a dor é bem maior".

O percurso da seleção húngara para chegar à final fora irretocável, incluindo um 8 a 3 na própria Alemanha, na primeira fase, e um duplo 4 a 2 contra Brasil e Uruguai, os dois finalistas do Mundial de 1950. O jogo contra a seleção do técnico Zezé Moreira e do craque Didi ficou tristemente conhecido como "A batalha de Berna": três jogadores expulsos no tempo regulamentar – Nilton Santos e Humberto (Brasil) e Boszik (Hungria) – e uma briga nos vestiários ao final da partida que envolveu também dirigentes brasileiros, com direito a garrafas de água e chuteiras zunindo pelo ar.

Buzánsky diz que o clima já estava tenso em campo com as expulsões: "Eu chamei um jogador brasileiro de 'filho da puta', e acho que ele entendeu, pois começou a entrar duro em mim. Depois a coisa piorou nos vestiários. Eu comecei a gritar 'polícia, polícia!'. Mas hoje isso é passado. Acontece muita coisa no esporte", relativizou. György Spezsi lembra especialmente de um adversário, o craque Didi, mas por uma curiosa razão: "Em húngaro, 'didi' *(se escreve da mesma maneira)* é uma palavra gentil para designar os seios das mulheres. Ele era um excelente jogador, e fizemos uma canção: "Queremos Didi". Após a vitória contra o Brasil, foi muito bom cantar isso", contou às gargalhadas.

A suíte, no entanto, foi bem menos engraçada. No rastro da amarga derrota no Mundial, no dia 4 de novembro de 1956, tanques do Exército Vermelho da União Soviética invadiram Budapeste para reprimir a insurreição no país que pregava um socialismo mais humano, democrático e nacional, livre do totalitarismo de Moscou e das imposições do Pacto de Varsóvia. A invasão das tropas soviéticas provocou a dispersão dos craques da equipe de ouro. Alguns jogadores optaram pelo exílio – entre eles a estrela-maior, Puskás –, outros enfrentaram adversidades no próprio país, e o futebol húngaro jamais voltaria a brilhar como antes nos gramados do mundo.

Durante a sangrenta ocupação pela URSS, a equipe do Honvéd – que desde 1949, com as nacionalizações, se tornara o clube do exército húngaro – estava em Viena, na Áustria, a caminho da Espanha, onde jogaria três dias depois com o Athletic Bilbao pela Copa da Europa. Eliminada pelos espanhóis na partida de volta – disputada em campo neutro, em Bruxelas, na Bélgica –, a equipe se dispersou no exílio. Jogadores como Puskás, Sándor Kocsis e Zoltán Czibor se recusaram a retornar ao país, e o Honvéd passou a disputar partidas amistosas pela Europa.

Flamengo e Botafogo se uniram para convidar o time de Budapeste, então itinerante, para uma série de jogos amistosos no Brasil. A Federação Húngara de Futebol negou autorização ao Honvéd para a viagem à América do Sul, e a FIFA ameaçou o clube e seus adversários com sanções. Ainda assim, foram disputadas cinco partidas no Brasil. No jogo de estreia, na noite quente de 19 de janeiro de 1957, o Maracanã acolheu 113 mil curiosos torcedores, entre eles o presidente Juscelino Kubitschek e Dom Hélder Câmara. O público não se decepcionou: 10 gols nos 90 minutos, e vitória de 6 a 4 do rubro-negro de Evaristo, Dida e Moacir. Puskás marcou oito gols nos cinco amistosos (quatro jogos no Rio e um em São Paulo, no Pacaembu), dos quais o Honvéd venceu três e perdeu dois.

No retorno à Europa, os jogadores rebeldes foram punidos. A FIFA considerou o Honvéd como ilegal, Puskás foi banido do futebol e suspenso por 18 meses. Refugiado com a família em Bordighera, na Riviera Italiana – sua mulher e a filha fugiram a pé da Hungria pela fronteira com a Áustria –, o Major Galopante passou a beber além da conta e chegou a engordar 18 quilos. Em abril de 1958, quando o Real Madrid anunciou sua contratação, poucos acreditavam na ressurreição do craque, aos 31 anos, obeso e fora de forma. Mas, ao lado de talentos como o argentino Di Stéfano, o francês Kopa ou os espanhóis Gento e

Rial, "Pancho" ou "Cañocito Pum" – como foi apelidado pela torcida madrilenha – voltou a brilhar nos campos da Europa, arrebatou troféus e se tornou artilheiro em cinco temporadas.

Proibido de retornar ao seu país, o craque húngaro se naturalizou e chegou a disputar a Copa do Mundo de 1962, no Chile, pela seleção da Espanha. Em 1966, aos 39 anos, o mito Puskás encerrou sua vitoriosa carreira de jogador. Em 1976, o governo húngaro não o autorizou a assistir ao enterro de sua mãe. Foi somente em 1981 que conseguiu novamente ver a sua Budapeste. Em 17 de novembro de 2006, aos 79 anos, morreu vítima de Alzheimer, no hospital Kutvolgyi, na capital húngara. Buzánsky foi um de seus fiéis amigos até o final. "Se eu não acertava um lançamento de 30 metros nos seus pés, ele me dizia: 'Você vê o que estou vestindo, vê as cores do meu uniforme, sabe onde estou, então me manda a bola lá onde estou!'", contou, às gargalhadas.

O clima político na Hungria comunista influenciou de forma determinante o destino dos jogadores da equipe de ouro. Em 1951, o jogador Sándor Szűcs, do clube Újpest e da seleção, foi detido próximo à fronteira ao tentar fugir do país e, depois, executado. Quando Puskás e József Bozsik souberam da prisão, procuraram as autoridades para impedir seu enforcamento, em vão.

O goleador da Copa do Mundo de 1954 (11 gols), Sándor Kocsis, conhecido como "Cabeça de Ouro", seguiu o caminho de Puskás: recusou-se a retornar para a Hungria após a excursão ao Brasil e foi jogar na Espanha, em 1958, contratado pelo Barcelona FC. Seu fim ilustra a maldição de tempos sombrios. Mergulhado no alcoolismo, sofria de delirium tremens. Em suas alucinações, enxergava tanques soviéticos em seu quarto no hotel. Diagnosticado com câncer, aos 49 anos se atirou da janela da clínica em que estava internado em Barcelona.

Buzánsky diz que poderia também ter deixado o país, mas escolheu ficar: "Apesar do sistema político, nunca tive a força de partir. Quando estava fora, sempre sentia muitas saudades". Ele aprecia dizer que um genuíno jogador de futebol já começa a chutar no ventre de sua mãe. Acostumado na infância a jogar com bolas de meia ou de tênis, contou ter visto sua primeira bola de futebol aos 12 anos de idade. "Meu lugar nas peladas era garantido, porque a bola era minha", disse, rindo.

Os números de seu percurso na *Aranycsapat,* ele sabe na ponta da chuteira: "Disputei 49 jogos pela seleção entre 1950 e 1956, e perdi apenas três vezes. Aos 31 anos, deixei a equipe e, aos 36, os gramados". No início da carreira, o zagueiro treinava à tarde na equipe Dorogi

Bányász e, pela manhã, trabalhava para as minas da cidade de Dorog, a 38 quilômetros de Budapeste. "Era o responsável pelo recrutamento dos trabalhadores da mina. Fizemos futebol profissional à maneira dos amadores. Hoje fazemos o contrário, futebol amador à maneira profissional", ironiza.

Gyula Grosics, alcunhado de "Pantera Negra" por causa de seu uniforme preto, foi o jogador mais longevo do grupo na seleção nacional: atuou da Olimpíada de 1952 até a Copa do Mundo de 1962, no Chile. Mas sua vocação de goleiro foi despertada por acaso. Em Dorog, sua cidade natal, disputava peladas na escola e assistia às partidas dominicais no estádio local ao lado do pai. Seu destino já estava traçado: a trajetória religiosa. No entanto, em um domingo do outono de 1940, aos 14 anos, pelos desígnios de Deus ou pelos mistérios da bola ocorreu o que ele define como "um milagre". Observava com outros garotos a partida da delegação do Dorog Atlétikai Club, time de segunda divisão, para um jogo na cidade vizinha de Komárom. Mas os dois goleiros da equipe, em serviço militar, não apareceram. O jovem Grosics foi, então, convocado de improviso em meio aos que ali estavam. Naquele dia, a prometida batina de padre e os sermões bíblicos foram descartados pelo uniforme negro e a ovação das torcidas.

No dia de nosso encontro, no saguão do Hotel Flamenco, Grosics, então com 82 anos, o corpo encurvado pela idade avançada, queixou-se de indisposição e de uma leve febre matinal, mas a partir do momento em que recorreu à memória para retornar ao seu passado nos gramados, recuperou o fôlego e não parou de falar por quase duas horas. Lembrei dessa imagem, de seu entusiasmo e de seu olhar vivo a contar sua história enquanto a neve caía lá fora, quando soube de sua morte, ocorrida em 13 de junho de 2014, no prenúncio do verão europeu. Recordei dele a falar da proposta que recebeu para jogar no Flamengo e de como quase foi morar no Rio, um sonho impedido pela saudade incontrolável que sentia de seu país; ou do medo por vezes sentido por causa das pressões e ameaças exercidas pelo rígido regime comunista da época. Em duas horas, ele me narrou sua vida repleta de aventuras humanas, de perseguições políticas e de emoções esportivas, todas quase sempre entrelaçadas.

Como foi que você se tornou goleiro?

Foi por acaso. Quando era criança, pela inspiração de meus pais, queria ser um padre católico. Nunca pensei em fazer carreira no esporte. Em Dorog, onde cresci e imaginei me tornar padre, entre a minha casa e a escola havia um campo de futebol. Meu pai me levava para ver jogos do campeonato. Na escola, jogávamos peladas. E aos 14 anos, me aconteceu algo que considero como um milagre. Os adultos que jogavam na segunda divisão do campeonato nacional partiam num domingo para uma outra cidade, e eu estava lá, como uma criança para admirá-los. Foi no outono de 1940, a equipe deveria partir, esperaram, esperaram, e não partiam porque os dois goleiros da equipe não apareceram, estavam em serviço militar e não foram autorizados a viajar. Num dado momento, o treinador disse: "Se o padre não vem, vamos nos contentar com o sacristão". E me falaram para ir junto com eles. Não me lembro deste jogo, e olhe que me lembro de muitos. Sei que joguei num tipo de êxtase. Nós ganhamos de 2 a 1, e a partir desse momento integrei essa equipe de adultos.

E qual foi a reação de seus pais?

Eles nem sabiam aonde eu tinha ido. Ao chegar em casa naquele dia, às 23h, encontrei meu pai esperando no portão. Era uma educação bastante estrita na época, só se podia sair de casa com autorização. Ele me perguntou gentilmente onde eu estava, respondi que tinha ido a Komaróm, e ele me esbofeteou. Então, me perguntou o que tinha ido fazer lá. Eu disse que havia jogado como goleiro no Dorog Atlétikai. Ele gritou: "E ainda mente, meu filho!", e me deu outro tapa *(risos)*. Mas Dorog era uma cidade pequena, os rumores corriam rápido. Na manhã seguinte, meu pai ouviu falar da façanha de um jovem goleiro, de quem ninguém sabia o nome. A partir desse dia, ele ficou muito orgulhoso de mim. Desde então, não se falou mais em me tornar padre, e foi assim que comecei minha carreira esportiva.

Sua mãe também aceitou o abandono da carreira eclesiástica?

Minha mãe não gostava que eu jogasse futebol, mas sentiu que era uma escolha, que a vida decidira no meu lugar. Ela era muito crente, seu desejo era realmente que me tornasse padre. Ela só foi uma vez me ver jogar, em Dorog, quando atuava na primeira divisão, logo depois da guerra. Ela estava lá, e, no último minuto, o atacante apareceu a minha frente, me joguei nele, ele saltou por cima de mim e me feriu na testa, que começou a sangrar. Fiquei estendido não por causa do ferimento, mas para fazer cera. O atacante adversário foi expulso e, quando deixava o campo, minha mãe saiu com o guarda-chuva atrás dele, para bater nele, gritando: "Você acha que pode judiar assim do meu menino?". No dia seguinte, ela foi convocada pelo presidente do clube, que lhe pediu para nunca mais voltar ao estádio. E ela nunca mais pôs os pés.

E atuar no gol sempre foi sua vocação?

Não. No colégio, não gostava de ser goleiro. Criança, eu já via que no futebol o sucesso vinha por meio daqueles que faziam os gols, e não daqueles que sofriam os gols. Gostava de jogar futebol, mas como nunca era eu que formava os times, sempre era mandado para o gol.

E depois de Dorog?

Em 1947, me mudei para Budapeste, para jogar no time Mateosz, uma equipe que subiu para a primeira divisão e que desapareceria três anos depois. Era um time de caminhoneiros, de uma empresa privada. Em 1949, a empresa foi nacionalizada, e a equipe desapareceu. Nessa época, passei para o Honvéd, onde vivi seis belos anos.

Você costuma dizer que não há um dia em que não pense na final do Mundial de 1954. "Se tivesse, talvez, saltado para o outro lado..."

Ainda penso todos os dias. Aquela seleção ganhara tudo havia quatro anos e meio. Vencemos todos, as seleções do Brasil, do Uruguai, da França, da Inglaterra. Era realmente a melhor seleção do mundo naquele momento, e houve esse jogo que pensamos que seria o coroamento do futebol húngaro e de nossas carreiras pessoais. Ganhávamos de 2 a 0 aos oito minutos de jogo, e de repente a equipe começou a baixar o ritmo. Se tivéssemos continuado ainda uns dez minutos como antes e feito o terceiro gol, não teriam conseguido nos parar. Na época, não sabíamos que os alemães começavam a esquentar a partir do primeiro minuto e, independentemente do resultado, tinham energia para chegar até o final. No final do primeiro tempo, já estava 2 a 2, e tivemos medo para a segunda etapa. Nós valorizamos demais o medo e a força que estava diante de nós. Os árbitros eram ingleses, e aquele 6 a 3 do passado estava presente na mente deles de maneira inconsciente. O segundo gol dos alemães foi totalmente irregular. E o gol do Puskás anulado foi totalmente regular. Cada vez que havia um lance duvidoso, a vantagem era dada para o lado alemão. O árbitro os ajudou. Para nós, era surpreendente, porque havia sempre essa rivalidade entre a Alemanha e a Inglaterra, mas mesmo assim... Eu já disputei essa partida milhões de vezes na minha cabeça. Sei o que deveria ter feito no primeiro, no segundo e no terceiro gols, mas não se pode jamais refazer o passado. Ganhamos os jogos olímpicos, o campeonato da Europa, durante quatro anos e meio vencemos todos os jogos. Todo mundo dizia que só faltava este Mundial ao futebol húngaro, mas não conseguimos.

Você se recorda do que sentiu quando soou o apito final?

Não sabia o que havia acontecido. Quando nos enfileiramos para a entrega da taça e começaram a tocar o hino da Alemanha, eu me disse que havia um engano: como é que tocam o hino alemão e entregam o troféu à seleção da Alemanha? Era inconcebível para mim que não havíamos vencido o Mundial. Quando voltamos para a Hungria, sabíamos que todos esperavam a seleção ansiosamente em Budapeste, no âmbito da direção política do partido. Havia sido estabelecido todo um programa para a seleção húngara campeã. Havia sido decidido quem faria o discurso na chegada na fronteira, pelo rádio. Puskás e o presidente da federação tomariam a palavra na presença dos mais altos dirigentes políticos. Tudo fora organizado previamente.

Mas o resultado não foi o previsto...

Mas houve essa derrota, tudo foi anulado. Na volta, na fronteira nos esperando estava uma delegação política de terceiro escalão. Fomos enfileirados e, quando terminaram as saudações, alguém me empurrou para o microfone, e Sebs me disse: "Fale alguma coisa". Eu estava lá, diante do microfone, era ao vivo na rádio, não tinha ideia do que poderia falar. O que se pode dizer num momento desses? Balbuciei qualquer coisa, não me lembro o quê. Foi o pior momento da minha vida, essa volta e essa recepção na fronteira. Depois, paramos em Tata, no campo de treino da seleção, e nos fizeram descer. Todo o campo estava cercado de agentes da polícia política. Nos fizeram entrar, e disseram: "As bagagens ficam no trem". Tivemos realmente medo. Era perto do meio-dia, ficamos lá até a noite sem saber o que faríamos. À noite, o líder Mátyás Rákosi (*secretário-geral do Partido Comunista Húngaro de 1945 a 1956*) chegou com sua comitiva. Ele nos fez um discurso, do qual me lembro de uma única parte. Ele disse: "É uma pena vocês não vencerem o Mundial. Mas, camaradas, vocês poderão, na próxima vez, corrigir esse erro. E gostaria de prometer a vocês, camaradas, que ninguém terá problemas por causa desta derrota". Para mim, isso era a última coisa que poderia pensar naquela hora, mas, se ele mencionou, é porque havia um grande problema.

Como isto afetou sua carreira?

É certo que isso teve uma grande influência em minha carreira. A cada semana, tive de comparecer a audiências em processos de espionagem. Alguns dos arquivos consegui, depois, achar. A partir de 1940, havia cinco agentes que faziam relatórios sobre mim. Consegui obter o nome de três deles – dos outros dois, não, provavelmente porque ainda estão vivos ou estavam na época em que solicitei o acesso ao meu dossiê. Nele, encontrei um formulário de uma página, na qual estava escrito no alto, à direita: "Maio 2003, cessamos as escutas telefônicas e a vigilância".

Houve o episódio em que você foi acusado pela polícia secreta húngara, a temida Államvédelmi Hatóság (Polícia de Segurança do Estado).

Sim, em novembro de 1954, a polícia política da época, conhecida pela sigla AVH *(considerada uma das polícias secretas mais duras do Bloco do Leste comunista, funcionou de 1945 a 1956)*, começou um processo contra mim por traição e espionagem. Não havia fundamento algum nas acusações. Mas no comunismo essas coisas eram normais. Fui denunciado em cima de suposições, de ideias vagas. Foi um processo pré-fabricado. Fui proibido de jogar por 13 meses e, em dezembro de 1955, a alta direção política me enviou para Tatabánya, uma cidade mineira a 60 quilômetros de Budapeste. E foi então que essa equipe subiu para a primeira divisão. Foi um tipo de internamento para mim. Mas não fui enviado para um campo de internamento, pude jogar. O presidente da federação nacional de futebol acabou destituído, um outro foi nomeado, e ele pediu autorização ao partido para que eu retornasse à seleção. E voltei como jogador da cidade de Tatabánya. Aí veio o 28 outubro de 1956, a revolução. Foi um período trágico para o país, os russos vieram e massacraram a revolta.

Foi neste ano que você integrou o Honvéd.

Nesta época, o Honvéd estava na Espanha, jogando a Copa da Europa. Eles não retornaram ao país depois do 4 de novembro *(quando foi lançada a "Operação Vendaval", liderada pelos russos, para aniquilar a Revolução Húngara)*. No final de novembro, me telefonaram para me convidar a me juntar a eles na Espanha, porque o goleiro do time estava lesionado. O Honvéd jogou muitas partidas amistosas na Europa Ocidental, e eu parti com minha família para morar em Viena.

Logo depois, houve a excursão do Honvéd ao Brasil.

Eu me juntei ao grupo do Honvéd, fomos à Itália, jogamos contra Roma, Fiorentina, Inter e Milão. No começo de janeiro, recebemos um convite do Brasil para uma excursão de 15 jogos. Foi o Flamengo que organizou tudo. Partimos no final de janeiro para o Rio. Para nós todos, era uma viagem formidável. Tínhamos convites oficiais de outros países da América do Sul, mas a direção do partido nunca nos permitiu partir. Então, fomos ao Rio com uma equipe mista, e infelizmente só jogamos cinco partidas, as demais não foram autorizadas pela Fifa. Foi publicado nos jornais que as equipes que jogassem contra nós seriam suspensas pela Fifa, e que o país que elas representavam seria expulso da entidade. Disputamos dois jogos em Caracas, porque a Venezuela não era membro da Fifa.

Qual foi sua impressão do Brasil na época? Houve também a proposta do Flamengo.

Para mim, foi quase um milagre ver o Brasil pela primeira vez, Copacabana, o Cristo Redentor... A direção do Flamengo veio me ver. Temos um provérbio que diz: "É fácil tirar a jovem para dançar" *(risos)*. Assinamos um pré-contrato diante das câmeras de TV. Era um pré-contrato, porque eu disse que queria retornar para a Europa. Tinha tanta saudade do meu país, sentia que precisava retornar. Sofri muito com essa saudade. Por outro lado, não sabíamos quanto tempo iria durar essa interdição da Fifa, quanto tempo ainda levaria para que pudéssemos voltar a jogar. A interdição era por dois anos. Não podíamos nos comprometer com time algum, e não sabíamos como isso iria terminar. Dois anos é um tempo muito longo.

Depois da excursão ao Brasil, você retornou a Viena e decidiu recusar a oferta do Flamengo.

Voltei para a Áustria, para ver minha família, e enviei um telegrama dizendo que, por razões pessoais, não poderia cumprir com minhas obrigações com o clube. O contrato com o Flamengo era bem interessante para a época, sobretudo comparado ao que ganhávamos na Hungria. Me mostraram o apartamento no qual moraria, tinha vista panorâmica para Copacabana. Era um contrato por três anos, com luvas e tudo. Havia taxas alfandegárias de 100% para cada carro estrangeiro importado, e eu teria isenção disso. Poderia importar cinco carros estrangeiros sem pagar imposto algum por isso. Poderia ter ganhado bastante dinheiro. Eram US$ 120 mil pelos três anos de contrato, metade no primeiro ano e o restante depois. Fiquei quatros meses em Viena, fui sondado por vários times, mas não me comprometi com nenhum. Sentia cada vez mais que voltaria para a Hungria. Minha decisão estava nas mãos da minha mulher, tínhamos duas filhas pequenas. Eu lhe disse: "Cabe a você tomar a decisão se ficamos no exterior". Eu sofria. Minha mulher via meu sofrimento, e falou que eu deveria decidir. E ela aceitou minha decisão.

Como foi o seu retorno?

No dia seguinte, fui à embaixada da Hungria em Viena. Eles me olharam lá como um OVNI. Me perguntaram: "Mas o que você quer?". Eu disse: "Quero voltar". Não tínhamos passaporte. Eles me deram os documentos necessários, e na mesma semana viajamos no meu carro. Mas, na fronteira, furgões da polícia para prisioneiros nos esperavam. Me mandaram sair do carro, mas eu recusei. Disseram que não tínhamos escolha, que era para entrar no furgão e, sobretudo, não tentar fugir. Fomos até Györ, a cidade na fronteira, nos colocaram numa caserna da polícia política, a família ficou fora, eu dentro. O comandante era da minha cidade natal, Dorog, com quem eu havia estudado junto na escola, o que me tranquilizou um pouco. Ele fez um processo verbal, me pediu para contar tudo o que fiz. Eu disse: "Não vou me dar ao trabalho de contar, vocês sabem da minha vida muito mais do que eu, escreva você mesmo, eu assino, e depois vou partir". E assim ele fez, eu assinei, e depois me disse que poderia partir. Eu falei: "Você me acompanha até a saída, e fecha a porta atrás de mim". Era uma pequena porta, o oficial de serviço estava lá. Quando ele abriu, vi que meu carro estava vazio. Peguei o oficial pelo colete e disse que o mataria se não trouxesse minha família de volta. Ele disse ao comandante que eles estavam no porão. Foi um momento terrível, pois os porões das casernas da polícia política eram o que de mais cruel havia naqueles anos. Pensei que eles estavam presos. Desci junto com o comandante, mas para meu alívio minha família estava na cantina do porão. Falei para pararem de comer, e fomos embora o mais rápido possível.

E a chegada foi difícil?

No dia seguinte à chegada, fui para Tatabánya. E, como se nada tivesse acontecido, a vida continuou. Isso foi na primavera de 1957. Gostava de viver em Tatabánya. Fui bem acolhido lá, e eles realmente me ajudaram em tudo. Para mim, depois de 15 meses sem fazer nada, foi bom ter voltado a viver lá. Continuei a treinar, joguei no campeonato, e em setembro de 1957 pude retornar à seleção da Hungria. Se tivesse força, teria ficado no exterior, mas era uma luta interna dentro de mim, não conseguia me convencer, e me dei conta de que não poderia viver nessa permanente comparação. No Rio, subimos no Cristo Redentor, e lá de cima pensei na colina Géllert de Budapeste. Mas sabia que a estátua de Géllert não podia ser comparada à estátua do Cristo. Era a mesma coisa com Copacabana, com o Cristo, eu só pensava no lago Balaton *(famoso lago húngaro, um dos maiores de água doce da Europa).* Vi coisas formidáveis pelo mundo, mas sempre as identificava com algo que havia deixado na Hungria, e isso não pude suportar, mesmo não sabendo o que me esperava aqui.

Quando você foi detido na fronteira, se arrependeu de retornar?

Eu estava num estado de espírito tipo "o que for me acontecer, que aconteça". Estava mesmo determinado a voltar ao país. O problema é que se aprende sempre tarde demais se tomamos a boa ou má decisão.

Nem tudo foi fácil na sua volta...

Em 1962, antes da Copa do Mundo no Chile, tive um problema na coluna vertebral. Estávamos em plena preparação para o Mundial. Pelo tipo de lesão, não sabia se ficaria bom em tempo. O presidente da federação se sentou comigo para discutir, e combinamos que, como antes do Mundial iríamos disputar três partidas na Itália, jogaria o terceiro jogo, e então decidiríamos se seria incluído na delegação final. Me recuperei da lesão e fui ao Chile com a seleção. Jogamos contra os checos nas quartas de final. O árbitro era soviético, Nikolaï Latyshev, e ele realmente roubou contra nós, como está descrito nos livros, e perdemos de 1 a 0 *(o juiz anulou o gol de empate húngaro).* Depois do jogo, o silêncio era total entre nós. O presidente veio me ver, não me disse nada, apenas me deu um envelope fechado. No início, não queria abrir. Estava acertado que após o Mundial jogaria pelo Fradi, a outra equipe de Tatanbáya. Abri o envelope, a carta era curta, anunciava que não permitiam que eu atuasse pelo Fradi. Minha primeira reação foi me levantar e dizer que encerrava minha carreira. No dia seguinte me arrependi, mas permaneci fiel a essa decisão. Meu objetivo era jogar por mais quatro anos, até o Mundial na Inglaterra. Mas não queria voltar atrás na minha decisão, porque ainda proibiram meu retorno a Budapeste. Nesse meio tempo, o Tatanbáya contratou um goleiro, e aí disse a mim mesmo que minha carreira estava realmente terminada.

E terminou?

No começo de outubro, me disseram que a seleção da Hungria jogaria contra a Iugoslávia, e queriam fazer a minha despedida nessa partida. Voltei para a Hungria, joguei alguns minutos, mas depois do jogo soube que não fora a seleção húngara que havia pedido a minha presença, mas a federação iugoslava. Desde que me aposentei, minha vida se tornou cinza. Não vou mais aos estádios, e mesmo na tevê, passados dez minutos sei que vou trocar de canal por um jogo internacional. Vejo os jogos do Brasil. Para mim, o modelo de futebol é o do Brasil, adoro esse jogo, e não digo isso por polidez. Nos bons times da Europa, há muitos jogadores brasileiros. Às vezes, ainda me arrependo de não ter ficado no Brasil. Mas a cada momento crítico de minha vida houve uma solução com a qual não contava.

Por exemplo?

Vivi um caso delicado já em 1949. Quando quis deixar o país, fui detido na fronteira pela polícia política. Me levaram para o número 60 da avenida Andrassi, que era a sede deles. Fiquei detido por 24 horas, fui ameaçado e interrogado, e a partir desse momento tive direito à minha ficha policial. Sempre declarei minha posição política, que era contra o sistema comunista. Quem me conhecia, sabia que eu não gostava do regime. Eu não posso provar, por isso não posso dizer o nome da pessoa na equipe da seleção da Hungria que suspeito ter me denunciado mais tarde. Me visavam por duas razões: por causa da minha posição contra o regime e pela perda do Mundial de 1954.

A derrota na Suíça pesou politicamente?

Em um jogo do campeonato nacional, com o Honvéd, 20 minutos antes do início fomos treinar, o técnico disse que queria falar comigo. Os demais foram para o campo, e ele me disse: "O camarada tal me disse que devo mudar a escalação, porque você não pode jogar". Era novembro de 1954. Ele me falou que não sabia a razão. E logo depois do Natal do mesmo ano, me disseram isso pela primeira vez de forma aberta. Quando jogávamos no Honvéd, éramos considerados como militares. Fui proibido de deixar Budapeste, não podia sair de casa. Era início de janeiro, e me levaram ao Ministério da Defesa, para uma reunião com o coronel que era secretário de Estado Político. Me disseram que estavam aguardando provas da polícia política para me expulsarem do Exército, e então poderiam me prender a qualquer momento. Mas como oficial eu tinha uma patente elevada, como o Puskás e o Boszik. Se eu tivesse sido expulso do Exército, teria sido preso pelos agentes da polícia secreta.

Vocês também eram vigiados quando viajavam ao exterior?

Éramos sempre vigiados e seguidos por três pessoas a cada vez que viajávamos ao exterior, e isso nos irritava muito. Os agentes almoçavam conosco no hotel. Eles nos observavam sempre, tudo o que fazíamos, como comíamos. Naquela época, não se encontravam bananas na Hungria, e em Viena havia por todo lado. Nós combinamos um dia entre os jogadores que, antes do almoço, cada um pegaria uma banana, não a descascaria, e faria de conta que comíamos com a casca. E os agentes nos imitaram e comeram as bananas com casca! *(risos.)* Não sei se gostaram. Nós rimos muito, e eles sentiram tanta vergonha que foram embora. Nos passeios era igual, nos seguiam por todo lado. Uma vez combinamos de nos separar em três grupos no primeiro cruzamento, e como naquela hora eles eram apenas dois, não sabiam o que fazer *(risos)*.

O defensor Sándor Szűcs, seu companheiro de seleção, foi detido ao tentar fugir do país e executado em 4 de junho de 1951, aos 29 anos.

Sim, estávamos juntos na seleção. Em 1990, eu era membro do movimento democrático húngaro, que venceu as eleições no país. Um membro do nosso partido se tornou ministro do Interior, ele investigou o passado e um dia me chamou para contar toda a história de Sándor Szűcs. Ele me disse que a condenação à morte de Sándor foi para servir de exemplo. Depois de sua tentativa de fuga, a direção política do partido temeu que sua atitude pudesse inspirar outros jogadores. Alguns dias depois que ele foi enforcado, o ministro da Defesa, que tinha sob sua vigilância o futebol húngaro, reuniu uns vinte jogadores da seleção e fez a seguinte declaração: aquele dentre nós que tentasse permanecer no exterior ou fugir do país teria o mesmo destino de Szűcs, e a sua família também. Ninguém mais ousou fazê-lo, ninguém queria sacrificar sua família. E o ministro nos anunciou isso com uma tranquilidade como se dissesse: "Vamos assistir a um filme esta tarde". Sándor foi a vítima para dar o exemplo. Nós soubemos, quando ele foi detido. Puskás e Boszik falaram com o ministro, numa manhã, e ele nos prometeu fazer algo para salvá-lo. Mas nesse mesmo dia soubemos que ele havia sido enforcado. O ministro já sabia que ele seria executado. O mundo era assim naquela época. Em 1990, o ministro da Defesa reabilitou Sándor Szűcs. Organizamos uma homenagem em campo para ele.

O que você acha da tese de que teria havido uma pressão política para que a taça Jules Rimet não fosse entregue a um país comunista? Em plena Guerra Fria, a Alemanha, então dividida em Ocidental (capitalista) e Oriental (comunista), não poderia permitir que a Jules Rimet fosse parar no lado controlado pela União Soviética.

Há dois anos ouvi essa tese pela primeira vez. Não é algo que se possa provar, mas é verdade que ninguém podia mais com o triunfo da seleção húngara na Europa havia quase cinco anos. E é estranho que em três jogos nossos no Mundial tenham sido escalados árbitros ingleses. Na época, não dávamos a mínima importância se era um inglês ou outro, mas hoje, quando se pensa, talvez não tenha sido por acaso. Mas tudo isso não passa de suposições.

Também se fala que Puskás foi lesionado propositalmente por Walter Liebrich, nas oitavas de final, quando a Hungria massacrou os alemães por 8 a 3. Certa de que enfrentaria novamente os húngaros adiante, a seleção alemã teria entrado em campo com um time misto com a ordem de baixar o sarrafo nos adversários. O resultado: Puskás não enfrentou o Brasil e o Uruguai, e só voltou a campo – em más condições – para a decisão do título. Qual a sua opinião sobre essa versão?

Sempre se diz que, enquanto não for provada a culpabilidade, deve ser considerada a inocência. Os alemães ainda negam essa versão. Nós achamos que ele (*Liebrich*) jogou muito duro. Percebemos em seu jogo que ele queria pegar o Puskás em algum momento da partida. Foi sem Puskás que ganhamos do Brasil e do Uruguai. Ele voltou na final, fez um gol e um segundo, anulado pelo juiz. Se eu estivesse no lugar dele, também jogaria. Ele estava no auge da carreira, era o coroamento ganhar o Mundial.

Como você viveu o jogo contra o Brasil em 1954, que ficou conhecido como "A batalha de Berna" por causa das agressões?

Tínhamos realmente medo desse jogo. Sabíamos que Uruguai e Brasil tinham feito a final de 1950. Sabíamos que o Brasil havia perdido no Maracanã para os uruguaios, e todo o prestígio que estava em jogo. O Brasil queria provar que perdera por um acaso, e o Uruguai, que havia merecido a vitória. Eram dois grandes jogos para nós. Estava 3 a 2 a nosso favor no segundo tempo, com boas situações para o Brasil, e quando faltavam alguns minutos Boksic marcou o último gol, e ali naquela hora ganhamos. Era visível que os brasileiros não suportaram o nervosismo dos últimos dez minutos de jogo. Queriam muito ganhar e provar que fora um acaso a derrota no Rio. E quando sentiram que não era mais possível empatar, fizeram algumas coisas irregulares, (*Nilton*) Santos e (*Humberto*) Tozzi foram expulsos, houve disputas. Encerrada a partida, a equipe do Brasil saiu correndo em direção aos vestiários, houve briga com os policiais suíços. Uma multidão nos empurrou para o corredor. Os brasileiros tinham garrafas de água mineral e, quando nos viram entrar, começaram a jogá-las contra nós. Não podíamos avançar nem recuar. Por sorte, a polícia interveio, e com golpes de porrete forçou os brasileiros a entrarem no vestiário, e só depois pudemos entrar nos nossos. Como ganhamos o jogo, isso não teve tanta importância para nós. Mas os jogadores brasileiros têm uma outra imagem disso. Depois, em 1957, quando jogamos no Brasil, foram todos muito simpáticos conosco. À parte essa pequena briga em 1954, nunca houve conflito. Guardo muito boas lembranças.

E "O jogo do século", em 1953?

Tive medo quando fomos a Londres. Dez dias antes dessa partida, jogamos contra a Suécia, em Budapeste. E jogamos muito mal, eles empataram no final, o público vaiou, gritavam para nós: "Desistam do Mundial!". O capitão da seleção inglesa estava presente nesse jogo e disse que iriam ganhar sem problemas de nós. Os jornais ingleses escreveram que o vencedor desse jogo seria declarado a melhor equipe do mundo. Foram os ingleses que inventaram essa ideia de que seria "o jogo do século". Algo que não esqueço jamais foi o jantar oferecido após a partida. O presidente de honra da federação inglesa de futebol estava lá, um lorde, de 91 ou 92 anos, e fez o discurso. Ele disse: "Eu saúdo a delegação esportiva da monarquia austro-húngara"! *(risos)*. A monarquia desapareceu em 1914, mas para ele isso não era um problema! E foi assim que nos tornamos novamente, em 1953, uma monarquia. Era a monarquia soviético-húngara nessa época.

Com era a relação entre vocês na seleção?

Havia um bom ambiente na equipe. Essa equipe teve um grande mérito, além de seu futebol e de seus resultados. Nós não nos criticávamos nunca, e não nos elogiávamos nunca. Puskás, Boszik, nunca disseram o que deveríamos fazer ou ter feito. Depois da vitória de 8 a 3 sobre os alemães (na primeira fase do Mundial de 1954), quando deixei o gol vazio, porque fui até o meio do campo, e levamos dois gols, eles não me disseram "como você faz isso de ir até o meio do campo?", mas "está na hora de você aprender a driblar" *(risos).*

Como você vê o futebol hoje em relação ao de sua época?

Hoje se adotaram os piores hábitos. Não sou contra que se ganhe bem com o futebol, mas hoje o dinheiro vem antes de tudo. Quando eu jogava, não havia isso, e é algo que não aprecio. O futebol perdeu muito de sua beleza, algo que não se pode comparar com o dinheiro. Quem frequenta os estádios e viveu diferentes épocas sabe que antes havia um outro tipo de amor ao esporte, hoje os jogadores jogam sobretudo em função do dinheiro. Eles merecem ser bem pagos, estou de acordo, mas hoje uma criança com talento para o futebol já se prepara de forma consciente para o dinheiro que vai ganhar. Mas acho que isso vai passar. Cada etapa termina um dia, há um começo e um fim. Hoje, vejo uma falta de respeito em relação ao jogo, aos outros jogadores, ao público.

Você faria algo diferente hoje?

Sempre fui considerado como um dissidente político do sistema. Não renunciaria nunca aos meus princípios, mas talvez não devesse ter falado todo o tempo. Sempre reagi às questões políticas. Mas sempre respondi sem muito refletir. Deveria ter me calado algumas vezes, o que nunca consegui fazer. Mas não me arrependo de nada, à parte ter me aposentado. Consegui tudo com o que sonhei, tenho uma bela família, não preciso de nada mais. Não sou um homem rico, mas não é isso que conta. Sempre quando subo no ônibus, as pessoas me reconhecem e vêm me cumprimentar e desejar boa saúde. Algumas mulheres de idade me dizem: "Todas as meninas da nossa classe eram apaixonadas por você!". E eu replico: "Mas por que você me diz isso só agora?!" *(risos).*

Seu apelido "Pantera Negra" tem também a ver com a cor de seu uniforme...

O uniforme negro foi ideia minha. Era preciso sempre se vestir numa cor que não fosse a do time e, como eu detestava o amarelo, por acaso escolhi o preto. Hoje é proibido, não sei por quê, joguei 25 anos assim e nunca me confundiram com o árbitro!

Péter Esterházy

O bar preferido do escritor Péter Esterházy, no centro de Budapeste, onde havia sido marcado nosso encontro, estava com as portas cerradas naquele dia, e fomos obrigados a improvisar. Acabamos adentrando um outro local nas proximidades da praça Vörösmarty, no qual havia um animado grupo de música cigana que, visivelmente, não agradou a meu entrevistado. "Detesto a música cigana, a primeira vez em que a escutei na vida foi com Günter Grass (*1927-2015, escritor alemão prêmio Nobel de Literatura em 1999*), pois ele queria absolutamente ouvir", contou, já assentado à mesa, um tanto a contragosto. E acrescentou, rindo: "Há uns dez anos, sob um pseudônimo, escrevia críticas de gastronomia, foi o apogeu da minha carreira de escritor. Certa vez, após dois anos, retornei a um mesmo restaurante, e o primeiro violino que tocava no local veio e me disse: 'Faz muito tempo, mestre, que o senhor não aparece aqui'".

Com seus abundantes cabelos e gestual de maestro, o interlocutor atrai a atenção pelo entusiasmo ao tratar dos temas mais banais aos mais densos, das letras ao futebol, por vezes entrelaçando os dois com irreverência, ironia ou humor. Constantemente citado na relação dos candidatos ao Nobel de Literatura, Péter Esterházy, nascido em 1950, descendente de uma tradicional linhagem da aristocracia do Império Austro-Húngaro, é um dos escritores de seu país mais celebrados internacionalmente, junto com Péter Nádas, Imre Kertész ou György Konrád. O escritor americano John Updike não lhe poupou elogios em um artigo na revista *The New Yorker*: "A prosa de Esterházy é nervosa, alusiva, repleta de gírias... É vívida, um crepitar elétrico. As frases são ativas e concretas. Detalhes saltam da escuridão da ambivalência emocional".

Autor de *Os verbos auxiliares do coração* ou *Uma mulher* (ambos lançados no Brasil pela Cosac Naify), tem como obra maior de referência da crítica *Harmonia Caelestis* (2000), em que narra a trajetória de sua família, a partir de fatos reais, em forma de um romance de seiscentas páginas. A história debuta com Paul I (1635-1713), primeiro príncipe Esterházy de Galántha e também um músico amador, compositor das 55 cantatas sagradas denominadas Harmonia Caelestis (1711). Mas o personagem principal da trama acaba sendo o pai do escritor, Mátyas Esterházy, a quem admirava e que havia falecido apenas dois anos antes da publicação do livro. Logo depois, no entanto, na continuidade de suas pesquisas nos arquivos da polícia política húngara, descobriu que o pai não permaneceu uma eterna vítima perseguida pelo comunismo instalado no país, mas se tornou um informante do regime ditatorial durante mais de vinte anos, recrutado em 1957 sob o codinome Csanadi. A revelação rendeu a obra *Edição revista* (2002), na qual são reproduzidos trechos dos relatórios transmitidos pelo pai à polícia secreta, intervalados por comentários do filho-escritor sobre a traição paterna.

Nosso encontro no bar de estridente trilha sonora cigana ocorreu, em 2008, na mesma viagem em que estive em Budapeste para entrevistar os últimos dois remanescentes da mítica seleção húngara de futebol de 1954. No cardápio de nossa conversa, não podia faltar seu livro *Viagem ao final dos dezesseis metros* (2006), um belo e singular texto de reflexões pessoais sobre o futebol lançado às vésperas do Mundial na Alemanha, sob encomenda do jornal *Süddeutsche Zeitung*. Amante da bola e ex-jogador de quarta divisão da Hungria, pela equipe do Csillaghegy – seu irmão, Márton Esterházy, chegou a integrar a seleção nacional –, sua temática literária já havia incursionado antes pelos gramados. Seu primeiro livro, *Fansciskó és Pinta* (1976), conta histórias dos irmãos gêmeos de 10 anos de idade, Fancisco e Pinta, adoradores de futebol. Em seu conto intitulado "Grama, lama", escrito aos 25 anos, o personagem principal imagina ser o ex-craque brasileiro Tostão.

Seu "horizonte espiritual" vai de David Beckham a Honoré de Balzac, de Zinedine Zidane a Gustave Flaubert, do defensor alemão Hans-Georg Schwarzenbeck a Plutarco; e o atacante inglês Wayne Rooney, do Manchester United e da seleção inglesa, é comparado ao poeta Rainer Maria Rilke. Para ele, todos os goleiros são "loucos", e foi com surpresa que descobriu que o filósofo francês Albert Camus (1913-1960) jogou como arqueiro no Racing Universitário de Alger. Em suas leituras, descobriu ainda outros prováveis goleiros, "mais compreensíveis": o escritor russo Vladimir Nabokov (1899-1977), que teria jogado na meta em Cambridge; e Karol Wojtyla, o papa João Paulo II (1920-2005), que também teria defendido umas bolas no passado.

Nossa conversa durou mais de 90 minutos, com direito a prorrogação e pênaltis. Péter Esterházy perdeu todos os guarda-chuvas que um dia teve. E se arrepende até hoje de ter recusado o convite de uma nova revista alemã para reuni-lo em uma reportagem de capa com a bela Heidi Klum – na época, ele não tinha ideia de que se tratava da top model germânica. Na hora de nos despedirmos, brinquei dizendo que, em reconhecimento ao tempo que ele me havia dispensado, de nada adiantaria presenteá-lo com um guarda-chuva, nem poderia trazer Heidi Klum de volta, mas fazia questão de lhe enviar de Paris um DVD que tinha com os melhores momentos da carreira de Pelé. Antes de sumir na chuva noturna de Budapeste, ele disse, sorrindo: "Bom, mas se um dia a Heidi Klum me aparecer com um guarda-chuva, saberei quem foi que me mandou...".

Contei aqui para um húngaro que iria entrevistá-lo, porque um de seus livros seria traduzido no Brasil, e ele me disse: "Esterházy vai ser traduzido no Brasil? Mas ele é intraduzível!".

É o que sempre me dizem. E é com essa tristeza que sou sempre traduzido *(risos)*. Mas não é má vontade quando dizem isso. Pode-se dizer que tudo é intraduzível.

Ele argumentou que em cada frase sua há uma forte carga de história da Hungria, que certas coisas somente os húngaros podem compreender.

É verdade que em todos os meus livros há certas coisas só compreensíveis no espírito daqui. Essa observação também vale para obras de autores da América Latina, que pensamos compreender, mas há mil pequenas alusões sobre as quais não temos ideia do que se trata. O interessante não é o que não entendemos, mas como não entendemos. Se não entendemos algo bem, não é grave, pois há sempre uma parte brumosa. Mas se compreendemos mal, caímos num fosso. Na minha opinião, na literatura o mal-entendido é uma forma de compreensão legítima.

Você costuma citar o alemão Thomas Mann (1875-1955) para dizer que o "escritor não é aquele que sabe escrever, mas aquele para quem isso é colocado como um problema". Escrever para você é um problema?

Você está me perguntando se sou escritor? *(risos.)* Aliás, escrever só me dá problemas. Digo isso como alguém que tem uma boa mão. Tenho uma certa habilidade, mas em um certo sentido isso não conta. Porque o trabalho do escritor começa exatamente onde a língua se torna impotente. Se penso no trabalho que fiz, só penso nas dificuldades que encontrei. Há um outro problema na escrita de um romance: quando se consegue resolver um problema, não se sabe nunca se é uma solução definitiva. Se sou honesto, quando resolvo um problema, só posso ser muito reservado quanto ao prazer de tê-lo feito. É a natureza do trabalho, não é para me queixar que digo isso.

Você compara uma viagem à escrita de um romance: pode ocorrer que o romance já tenha acabado, mas não a sua escrita.

Se nos vemos nessa situação, isso quer dizer que não encontramos a melhor forma de terminá-lo. Acabou, mas será preciso continuar. Posso não saber aonde ir, mas é preciso que me coloque em condição de ir a algum lugar. Essas coisas só se aprendem pela experiência. É preciso escrever, para depois jogar fora. Por vezes, cada página parece ser o passo certo, mas acaba se chegando a um lugar no qual não queríamos estar.

Por outro lado, você nunca teve medo da página em branco.

É uma questão de sorte. Eu saio de um livro para outro, ou quase isso. Muitas vezes não faço nem dois meses de pausa. Embora, dois dias antes do fim, nem sempre se saiba se já é o fim. Não vale a pena ser pretensioso, porque se pode sempre conseguir. Mas, ao escrever um romance, é bom poder sentir que se pode estragá-lo. Diria que se pode arruinar um bom romance até o ultimo momento. Não é muito digno, mas é assim. E não sabemos a quem reclamar. Trata-se, finalmente, da presença da certeza e da incerteza. É preciso realmente saber alguma coisa, não sabendo ao mesmo tempo quase nada. É como estar bastante seguro de si, estando a serviço dos outros. O futebol, por exemplo, é algo mais simples, é preciso sobretudo ganhar. Na escrita de um romance, não se deve sempre ganhar. E mesmo na vida, não se deve sempre vencer. Conhecemos pessoas que querem sempre ganhar, mas temos certeza de que são nossos amigos.

Você diz que a vida como a arte é algo para os perdedores, e o futebol é para os vencedores; e que, no fim, os grandes artistas são perdedores.

Há os dois casos, as personalidades de vencedores e de perdedores. Thomas Mann x Robert Musil, Balzac x Kafka *(risos)*.

Um crítico definiu sua obra como, ao mesmo tempo, "uma revolta contra a destruição dos homens pelo terror e a violência, e uma ressurreição da humanidade pelo luto e a ironia".

(*Ele faz uma expressão de espanto, e ri.*) Quando você me cita um crítico, está bem. O pior, por vezes, é quando mencionam algo que eu disse em uma outra ocasião. Num programa ao vivo na tevê, fizeram uma referência a algo que estava em alemão, e que fora traduzido para o espanhol. Me disseram: "Você falou que sobrevoa como tal pássaro – e citaram o tipo de ave – sobre o restante da cultura europeia. Você concorda?". E era preciso responder algo a isso! Minha saída foi dizer: "Você tem certeza de que foi desse tipo de pássaro que eu falei, não era uma águia?". Assim ganhei um pouco de tempo para refletir *(risos).*

Para você, literatura não é igual a paz, mas igual a liberdade, e diz que a liberdade quer tanto a paz quanto a guerra.

Essa metáfora quer dizer que a literatura não é obrigatoriamente um instrumento para conquistar a paz. Penso que a literatura também é um prazer, mas nem sempre agradável. Um bom banho é algo agradável. A literatura pertence também ao que é desagradável. A liberdade também tem agudas reviravoltas. Uma sociedade como a nossa, que cresceu numa ditadura, sente muito bem isso, temos outras experiências em relação à liberdade. E numa ditadura a literatura sempre tem um papel à parte, algo que também existe num sistema sem ditadura – mas nesse caso é menos visível, porque nossa liberdade é ameaçada por mil lados, e numa ditadura pode-se pensar que é unicamente o poder que a ameaça. E no final é você, eu, que sobretudo ameaçamos nossa liberdade. Penso que hoje há uma onda que quer reforçar essa face agradável da literatura, porque o que é agradável é sempre mais popular, e a popularidade tomou uma importância muito maior do que tinha antes. Costumo dizer que há poucos livros que consideramos bons e que seriam populares. No caso contrário, existem livros populares e nulos, é por isso que não se fala de poesia.

Escrever para você é uma necessidade, um trabalho, um prazer, tudo ao mesmo tempo?

Normalmente, digo que é um trabalho. Com o tempo que passa, torna-se uma necessidade. Eu não me sinto bem se não trabalho por mais de três dias. Posso, sim, passar sem escrever por mais de três dias, mas me sinto mal *(risos)*. Se não viajo, nunca fico três dias sem escrever. Antes, não trabalhava aos domingos, o dia do Senhor, porque jogava futebol. Mas como hoje não jogo mais, sou obrigado a trabalhar *(risos)*. Tenho uma vida excitante como a de um burocrata. Estou no meu gabinete desde a manhã até que o dia termine.

Qual foi a última vez em que tocou numa bola e em que esteve em um estádio de futebol?

Era bastante habilidoso, mas hoje sou um desajeitado. Quando ninguém está olhando, me arrisco, mas vejo que não posso fazer mais nada com a bola. Essa história terminou. Também não sou mais um bom público, raramente vou ao estádio. Meu sobrinho atua na primeira divisão, e de vez em quando vou vê-lo jogar. Fui à final de uma Copa do Mundo, em que Zidane foi expulso (em Berlim, em 2006, França x Itália). Como todo mundo no estádio, não vi o que se passou. Jean-Philippe Toussaint escreveu uma dezena de páginas maravilhosas sobre o incidente, publicado em forma de um pequeno livro, um texto bastante poético sobre o que ocorreu (*La mélancolie de Zidane*, Éditions de Minuit). Só os espectadores na tevê viram o que aconteceu, ninguém no estádio. Ele conta o paradoxo de Aquiles e da tartaruga: a cabeça de Zidane e o peito de Materazzi. Essa cabeça jamais poderia alcançar o peito de Materazzi *(risos)*.

Mesmo quando assiste a uma partida hoje, você permanece como um jogador, não consegue ser um torcedor.

Não vejo todo este horror ao redor do futebol, esta barbárie que se passa nos estádios, e toda esta parte do dinheiro e das finanças em torno do futebol. Só vejo o campo, então sempre enxergo a partir de dentro. Se visse o resto, não assistiria nunca mais, por causa desse desgosto.

Por isso você diz que ser um torcedor é "ter uma existência poética"? E que hoje o futebol se tornou mais uma guerra do que um jogo.

Dizem seguidamente que é como a guerra, só que com outros meios, outros instrumentos. Há com frequência uma parte de justiça nessa imagem. Aliás, detesto quando se utiliza o futebol como metáfora, sobretudo se sou eu que o faço *(risos)*. Está um pouco na moda que escritores, intelectuais de óculos, façam trabalhar seus cérebros sobre o futebol, e nessa hora é o jogador de subúrbio que aflora em mim. Meu último livro fala disso também. Minha mãe entende um pouco de futebol, e me diz: "Não se deve refletir muito, não há nenhuma arte em tudo isso". É o titulo do livro: "*Pas question d'art*".

Seu feito mais importante como torcedor foi quando levou seu filho para ver um jogo do Brasil, em 1985. "Eu quis explicar ao meu filho que o mundo não era um vale de lágrimas. Que havia os brasileiros", escreveu.

O futebol pode funcionar como uma espécie de mito, numa situação básica: um pai que leva seu filho a um jogo de futebol. Meu filho hoje tem 32 anos e pode nomear os jogadores da seleção daquela época, e eu posso citar os integrantes da Aranycsapat, a equipe de ouro. E ele não tem nada a ver com futebol, jogou polo aquático, o que para mim, como pai, foi uma verdadeira dor *(risos)*. Penso que hoje não se pode mais ir com uma criança a um jogo, tornou-se algo muito violento. Talvez já fosse violento antes, mas não nos dávamos conta. O ambiente do time de Csillaghegy era bastante duro também, mas quando se faz parte dessa violência a gente não a vê. Aqueles para quem tudo isso é estranho devem detestar o que gira em torno do futebol, dá uma certa repulsa quando se vê tudo isso. Como eu tenho minha história com o futebol, não conheço esse sentimento, porque para mim era apenas o jogo, e ao longo da minha vida devo muito a esse jogo. Era um menino muito solitário entre os 12, 15 anos de idade, e o futebol me permitiu existir. Era um ótimo aluno na classe, ser bom aluno não era bom, e o futebol me ajudou nessa dificuldade.

Você diz que o futebol serviu como uma "máscara de minha normalidade".

Não era normal que uma criança de 10 anos estudasse, compreendesse os deveres de matemática, e jogar futebol me ajudou muito. É por isso que não vejo todo este mal que acompanha hoje o futebol. Hoje é algo que não me interessa mais. Há 15 anos joguei futebol, e não me faz mais falta. Acabou-se. Às vezes, quando vejo um campo de futebol, ainda sinto algo. Mas sei como me comportar. Conheço como funciona. Às vezes quando vou a um estádio me vejo por instantes integrado àquele clima. Mas hoje é um jogo completamente diferente do que existia na época da equipe de ouro, por exemplo. É mais um local de trabalho, não é uma vocação, é um *job*.

Para você, Puskás é o último craque da era moderna, e Beckenbauer e Cruyff encarnariam a fase de transição. Ele seria um tipo de herói de conto popular, ao qual se atribuíram variadas versões: o traidor, o vencido, o egoísta.

Há grandes personalidades do futebol, mas há diferenças entre Puskás e Ronaldinho, algo mudou nessa relação. Os anos 1970 foram o período de transição. Cruyff e Beckenbauer eram grandes personagens. Era a minha juventude. Para mim, Cruyff era o topo do mundo. Mas o resto é história húngara, como os contos para crianças, fábulas de filho de rei. E é doloroso, porque essa equipe de ouro reforçou, por um lado, a ditadura no país. Foi uma ditadura relativamente *soft* para alguns. Uma ditadura que era dura, mas na qual havia maneiras de sobreviver. E muitos gostam hoje de se ver como vítimas. Se todos fomos vítimas, não sei quem fez esse regime. Certamente Kádár (*János Kádár, líder do país de 1956 a 1988*) e sua mulher, e todos os demais eram vítimas *(risos)*. Mas não há nada de engraçado nisso. Houve verdadeiros sofrimentos e humilhações. Isso é verdade para todos, mas as proporções eram diferentes, à exceção daqueles que participaram dos eventos de 1956, esses foram todos perdedores.

Você escreve que a Hungria só acumulou fracassos desde o século XVI, com a dominação pelos turcos e austríacos. "Jamais uma guerra e uma revolução vitoriosa." Mais recentemente, houve a "revolução perdida", de 1956, com a invasão dos tanques bolcheviques em Budapeste. De 1956 a 1989 – ano da queda do muro de Berlim –, houve, na sua opinião, uma fase de "amnésia". Você acusa os partidos de terem reclamado para si, em 2006, o aniversário de 50 anos da revolução. Como é a relação hoje dos húngaros com este período de sua história?

Ainda estamos nisso. Fez-se muita celeuma em torno de 1956, em demasia. Pelo fato de que não temos realmente vontade de olhar de forma verdadeira para este passado recente, queremos utilizar essa história. Trata-se de um procedimento corrente: da forma como é abordado, o passado é construído. E entre os mil diferentes discursos não há diálogo, essa é a situação de hoje, o que é sinônimo de se enganar a si mesmo, um estado bastante primitivo. Coloca-se muitas vezes essa questão quando diz respeito não somente à elite política, mas a toda a sociedade. Por que é assim? Porque é válido para toda a sociedade esta forma de se enganar em relação ao passado recente. Não é uma particularidade húngara. Significa que as consequências da ditadura são bem mais difíceis do que se pensava. A ditadura de Kádár era cínica, e o cinismo é algo que se pode utilizar, porque é prático, contrariamente à ideologia. É por isso que a vida era mais fácil na Hungria do que na Alemanha Oriental. Isso nos fez pensar que, para nós, era mais fácil alcançar a liberdade. Penso que há uma enorme diferença entre sobreviver e viver, e sobreviver é o que fazemos neste momento. O que significa que o país não é muito amistoso.

Você acredita que o caminho ainda é longo nesse sentido?

Não sei se é longo ou não, mas é preciso haver um caminho, porque a longo prazo não poderemos seguir assim. Em 1990, pensamos que a geração seguinte teria uma reflexão diferente, mas é algo muito mais enraizado, profundo. Muitos jovens podem falar e refletir de uma forma muito antiga. Há um poeta que diz que o que chamamos esperança é o tempo que passa. Sou eu esse poeta *(risos)*.

Segundo alguns, a dispersão da equipe de ouro, em 1956, teve igualmente um valor simbólico: desde aquela data não há mais seleção, não há país. A coluna vertebral do país teria sido quebrada, e não se reconstrói mais.

O fato de que uma equipe de futebol se disperse não tem verdadeira importância em relação a uma revolução que foi derrubada com sangue, quando 200 mil pessoas deixaram o país, sobretudo os intelectuais. O verdadeiro problema não foi que Puskás e outros se dispersaram, mas sim a quantidade de jovens que ficou no exterior. Um vazio se criou. Não é somente uma forma de falar dizer que o sangue vertido em 1956 foi trocado por dinheiro. E só por isso já se pode dizer que se quebrou a coluna vertebral.

Você escreveu que a derrota no Mundial de 1954 ainda é uma ferida aberta, com um peso maior do que uma simples partida de futebol.

Não penso que seja uma ferida aberta. Tudo isso foi um brincadeira. Quando encontrei Grosics (o goleiro da seleção húngara) pela última vez, ao falar da derrota de 1954 ele me disse algo como: "Desde então, minha vida ficou à sombra". E aquilo me irritou um pouco, já faz mais de 50 anos e ainda se fala assim desse jogo. Não há um outro jogo do qual se fale tanto na história do futebol, e ninguém diz que os alemães foram simplesmente melhores. Só se diz que eles ganharam, mas não que jogaram melhor. Todo mundo sabe que os húngaros eram os melhores do mundo naquele momento. Dizia-se sempre que de 1952 a 1956 os húngaros eram os melhores, então não se pode imaginar algo mais injusto. Eles ganharam todos os jogos, exceto o mais importante. De um ponto de vista dramatúrgico, é simples assim. Li tantas coisas sobre essa partida: o primeiro jogo contra os alemães, a lesão de Puskás, se o gol foi válido ou não... É ótimo para uma teoria de conspiração. Era o jogo mais importante, e eles perderam. Se tivessem vencido, teria sido justo. Atualmente, se ganhamos, é injusto. Em todo o caso, esteticamente foi fantástico aquela equipe ter chegado aonde chegou. Desse ponto de vista, há um sentido em pensar neste jogo com frequência. Não com uma certa nostalgia, e também não com dor, mas pensar na beleza que este jogo representou. Você viu o gol de Puskás no 6 a 3 contra a Inglaterra? (no amistoso de 1953, em Wembley.)

Sim.

É uma jogada que ainda me dá um frio na espinha a cada vez que a vejo. É um movimento tão insólito e insolente, inimaginável, de quando a genialidade está no limite do caos e se chega ao limite da anarquia. O gênio desconcerta a situação. Nesse sentido, é também muito interessante a relação entre o indivíduo e a comunidade ou o público. Quer dizer que, sozinho, não se pode ser bom. Não conheço em nenhum outro lugar esta relação harmônica entre o indivíduo e a comunidade. Há quatro ou cinco jogadores realmente grandes nessa equipe, muito ligados uns aos outros, como Puskás, Hidegkuti, Boszik...

Que jogadores você admira hoje?

Durante muito tempo não gostava de Ronaldo, mas ele joga tão bem que era como Thomas Mann para mim. Tentei falar mal dele, mas no fim sempre me tornava ridículo. Também não se pode falar mal por muito tempo de Thomas Mann. Infelizmente, ele é bom.

Você foi um jogador de quarta divisão...

Mas tive um curto período na terceira divisão, não foi só na quarta! *(risos.)*

E por um momento pensou em seguir a carreira de jogador de futebol, mas depois abandonou a ideia.

Se tivesse sido possível, eu teria me tornado realmente um jogador mais sério. Eu era jogador reputado pela minha inteligência neste meio de subúrbio, mas não era suficientemente forte, em todos os sentidos da palavra. Vi no caso do meu irmão o que é ser realmente talentoso. Eu tive de me tornar logo inteligente, e ele nunca fez nada e foi sempre bom. Não precisou ser inteligente nesse nível em que começamos os dois, ele corria e fazia gols. De maneira besta, ele corria e marcava, e só se serviu de sua inteligência quando subiu de divisão.

Quais eram suas fraquezas como jogador?

Eu não era suficientemente rápido, forte, isso também faz parte da lenda, porque mais tarde, quando joguei com meu irmão entre os veteranos da primeira divisão, verificou-se que eles eram mais rápidos também na reflexão. Foi o que escrevi no caso de Hidekguti, eles tinham um outro tipo de reflexão. Não se trata apenas de que eu tinha uma ideia de forma mais lenta. Eles enxergavam coisas diferentes no jogo. Em resumo, eu não era suficientemente talentoso, mas minha reputação melhora quanto mais o tempo passa, daqui a quatro ou cinco anos serei ainda melhor *(risos)*.

Você jogou com Hidekguti, apertou a mão de Puskás, momentos que considera importantes e inesquecíveis em sua vida.

Pelo fato de ser um jogador de quarta divisão, para mim essas pessoas eram realmente estrelas, como heróis de contos para crianças. Puskás não viveu na Hungria, isso o tornou ainda mais lendário, era como se eu tivesse apertado a mão de T.S. Eliot. Ele e Hidegkuti eram mais do que humanos. Quando vejo Grosics, não vejo o homem, mas sim o Pantera Negra.

E Pelé?

O Brasil era uma categoria à parte, era o ápice de tudo. É engraçado, pois com tantos jogadores brasileiros que atuam em times europeus de vez em quando vemos um jogador brasileiro ruim, o que para mim é uma contradição! *(risos.)* Eu adorava Tostão. Num conto que escrevi aos 25 anos, e que nunca foi traduzido para nenhuma outra língua, o personagem imagina ser Tostão.

Você foi jogador de futebol, estudou matemática, trabalhou com informática no Ministério de Energia. E a literatura, quando surgiu?

Ser escritor veio antes de tudo isso. Só que não escrevia. Para mim, não era uma contradição na época. Nunca fui um matemático que mudou de rumo para se tornar um escritor. Não tive uma relação de criação com a matemática. Mas sou feliz por ter feito estes cinco anos de estudos, porque me proporcionaram mais afinidade com a história da matemática e das ciências. É uma história interessante, paralela à das humanidades, em que encontramos os mesmos problemas. Einstein e Joyce, por exemplo, tratam dos mesmos problemas. Foi a mesma experiência que os conduziu: eles questionaram o tempo. Os marxistas – e Balzac – quiseram o romance total, descrever o mundo, e verificou-se que essa descrição tinha limites de princípio. Já Flaubert sabia que essas barreiras existem, e não porque não temos talento suficiente. Então, podemos continuar no espírito de blefe de antes – nem mesmo um blefe, mas talvez algo superficial. Se examinamos uma partícula, percebemos sua velocidade, e mesmo que as técnicas fossem melhores não saberíamos mais. Não podemos ter acesso às informações, mesmo por princípio. A arte do século XX trata exatamente disso, de todas estas barreiras e limites que sempre encontramos. Por que não podemos contar realmente algo? A impossibilidade não provém de um problema literário, mas porque nossa vida não é feita assim, de um ponto a outro. É fragmentada. E por ter feito estudos de matemática, tive uma pequena visão desta área.

O que você lê, clássicos, autores contemporâneos?

Leio de tudo. Gosto de ler, me interessa.

E haverá um novo livro em breve?

Escrevo sempre. Esse livro do qual falei antes, *Pas question d'art*, tem relação com outros três livros na minha cabeça, que têm o título de *Histórias simples, cem páginas*. É difícil para mim, porque normalmente meus romances não são simples – não têm histórias –, e cem páginas também não funciona; tenho objetivos gigantescos *(risos)*.

Qual seu sentimento pessoal em relação ao mundo hoje?

Tenho bastantes angústias, que refletem as angústias que vemos no mundo. Mas considero a existência em si fantástica. Isso não torna as coisas melhores, e mesmo minha própria vida não se torna mais serena, mas penso que isso está nos meus livros. Não tenho o hábito de refletir sobre coisas sérias, sobre como é o mundo. Aliás, um escritor tem uma forma de reflexão bastante estranha, porque não refletimos com pensamentos, mas com palavras. Se tenho um ótimo pensamento, me levanto e começo a caminhar tanto que logo esqueço. Não é que tenha algo a dizer, ao qual dou a forma de um romance. Desconfio quando um escritor tem algo a dizer, e desconfio ainda mais se sua obra não diz nada. O romance parte de uma forma muito complexa, não é de ideias, de reflexões, de imagens, mas da musicalidade, da sensação das ideias. *Voilà!*

Robert Crumb

Epítetos não faltam para qualificar Robert Crumb: papa da cultura underground dos comics americanos, cartunista cult e iconoclasta, quadrinista vivo mais conceituado do planeta, e por aí vai. Seu precioso portfólio, uma referência da história mundial dos quadrinhos, é composto de personagens que se tornaram lenda no universo da HQ, como *Mr. Natural* e *Fritz the Cat*, e de emblemáticas revistas como *Zap Comix* e *Weirdo*.

No final de 2009, o infatigável Crumb reapareceu nas estantes das livrarias com o que definiu como seu *magnum opus*, sua HQ de maior fôlego já produzida: a aguardada versão ilustrada dos 50 capítulos do Gênesis bíblico (um livro de 224 páginas na edição brasileira da Conrad, em formato 21 x 27 de capa dura). Diferentemente de seus tempos da juventude, em que, como ele mesmo diz, sob o efeito das drogas podia produzir um álbum de HQ em um mês, a obra, que teve lançamento simultâneo em 12 países (nove no continente europeu, mais Grã-Bretanha e EUA, além do Brasil), consumiu quatro laboriosos anos de dedicação do célebre cartunista.

Do sarcástico e sexualmente obcecado Crumb, ex-consumidor de LSD e de anfetaminas, esperava-se uma adaptação livre do Gênesis, com cenas de sexo explícito e legendas trash e de humor corrosivo. Mas ao se associar a Deus na história da criação do Universo – da expulsão de Adão e Eva do Paraíso, passando pela Arca de Noé, a destruição de Sodoma e Gomorra, até a morte de José no Egito –, o autor seguiu com rigor um princípio: a fidelidade absoluta ao texto original. Crumb mergulhou em uma profunda pesquisa histórica e pictórica do cenário antes de começar a rabiscar os seus traços bíblicos. Suas principais fontes escritas foram a Versão da Bíblia do Rei James (do século XVII) e a recente tradução *The Five Books of Moses* (2004), de Robert Alter, crítico literário americano e professor da Universidade de Berkeley (EUA).

A singularidade artística, a genialidade e também a subversão de seu *Gênesis* estão precisamente nessa completa submissão ao texto antigo e original, sucessivamente reescrito, alterado e modernizado ao longo dos tempos. Ao mesmo tempo, seu desenho, obsessivo nos detalhes e extremamente corporal, não explicita órgãos sexuais nem recorre a ilustrações sexualmente ousadas.

Na entrevista coletiva à imprensa internacional organizada em outubro, no Centro Georges Pompidou, em Paris, seu editor francês, Jean-Luc Fromental, da Denoël Graphic, afirmou: "Todos aqueles que amam a HQ vão se dar conta de que pela primeira vez todo comentário, interpretação e exegese passa pelo desenho. É um trabalho mudo. Ele é subversivo porque nos remete à Bíblia de uma forma até hoje nunca feita, não religiosa, mas como um texto fundamental, que vem de nossas origens". Ao seu lado, Crumb, a silhueta delgada, espessos óculos de grau e a barba grisalha de seus então 66 anos, exclamou em concordância: "*That's beautiful!*" (Isso é lindo!), provocando risos na sala. "Me tornei obsessivo nos detalhes. Quando comecei o livro, não sabia que seria tão longo, e ao cabo de 30 páginas comecei a me perguntar se o texto valia todo esse trabalho. Mas hoje posso desenhar um camelo com a maior facilidade", acrescentou, gerando mais gargalhadas. Mas, longe de querer satirizar a Bíblia, sua intenção primeira foi a de "iluminar" o texto, que para ele trata-se de uma criação do homem e não da "palavra de Deus". "Muitas pessoas ficarão surpresas com as histórias contidas no *Gênesis*", resumiu.

Crumb vive recolhido há mais de duas décadas no sul da França, em Sauve, uma aldeia medieval encravada nas colinas da região de Languedoc-Roussilon, rodeado da mulher e parceira de HQs, Aline Kominsky-Crumb, da filha Sophie, também cartunista – que acabara de lhe dar um neto –, e de sua invejável coleção de mais de 5 mil discos raros de 78 rotações. De passagem por Paris, onde mantém um pequeno apartamento, a caminho da turnê de lançamento do *Gênesis* nos EUA, conversamos sobre seu mais recente trabalho, sobre o governo Barack Obama, a França e os Estados Unidos, sua condição de gnóstico e, claro, sua adoração pelos discos 78 rpm, inclusive de música brasileira.

Desde o início dos anos 1980, você tem feito uma série de adaptações literárias, de autores como James Boswell, Richard von Krafft-Ebing, Jean-Paul Sartre ou Franz Kafka. Sua versão do Gênesis já foi definida como o ápice de seu "impulso de ilustração clássica". Você concorda?

Sim, é o meu maior impulso de ilustração clássica. Precisamente. É certamente o maior trabalho que já fiz desde há muito tempo. É o maior trabalho que já realizei para um único livro desde quando fiz aquele álbum colorido, *The Big Yum Yum Book*. Foi o meu maior projeto desde aquele tempo. E eu tinha 19 anos quando fiz aquele livro *(risos)*.

Especialmente a partir dos anos 1990, tem havido uma reavaliação da sua obra, com destaque para o célebre texto do crítico de arte Robert Hughes, que o compara ao pintor renascentista flamengo Pieter Bruegel. Como você vê esse tipo de abordagem a sua obra e em relação aos quadrinhos em geral?

A minha abordagem do comics é bastante conservadora. Não uso *layouts* extravagantes, e o meu estilo de desenhar é bastante tradicional. Não uso efeitos cinematográficos e dramáticos, como fazem muitos outros. Fui criticado também por isso. Críticos dizem que é cansativo me ler, porque o meu estilo é muito conservador. Mas não se pode agradar a todos.

Você já sofreu alguma reação adversa de fundamentalistas ou de outros grupos mais radicais por causa do lançamento de Gênesis?

Ainda não. E não tenho certeza se eles irão atacar o livro ou a mim, não sei. É possível, mas não tenho ideia. Verei quando for aos EUA. Não sei o que poderá acontecer quando for para Austin, no Texas, onde há esses cristãos fundamentalistas. Eu não estou ridicularizando o Gênesis. Quem ler o livro, verá um trabalho de ilustração bastante rigoroso. Fui muito cuidadoso, não queria de forma alguma ridicularizar nada, mas que o texto falasse por si mesmo por meio de ilustrações. Dei o melhor de mim e tentei ser o mais fiel possível na interpretação do que realmente estava escrito ali. O texto abre para várias interpretações. Quando Deus, desapontado e enojado com a raça humana, provoca a enchente, ele não a explica. Está decepcionado com o comportamento do ser humano, pela fraqueza de seu coração, mas não diz o que especificamente ele está fazendo que o incomoda tanto. Então tive de inventar algo, mostrei pessoas sendo cruéis umas com as outras de alguma forma. Há muitas situações assim, abertas a diferentes interpretações visuais, e eu tentei o máximo que pude não desviar os desenhos do texto. Eu me contive em colocar qualquer tipo de piada ou outras coisas que pudessem distrair as pessoas da narração. Não é uma abordagem irônica, mas completamente fiel ao texto. Alguns críticos não gostaram. Esperavam que eu fosse escandaloso. Uma das propagandas em relação à versão inglesa dizia: "Crumb faz uma sátira escandalosa da Bíblia". Obviamente a pessoa que escreveu isso não leu o livro. Falei para a minha agente, Lora Fountain: "Diga para não usarem isso, não se trata de uma sátira escandalosa, não foi o que eu fiz". Mas as pessoas tinham a expectativa de que eu fosse fazer isso, já que sou conhecido por isso. Um escritor disse no Washington Post que era um absurdo alguém como eu, conhecido pelo trabalho artístico chocante, pornográfico, de imagens racistas doidas e tudo o mais, fazer uma ilustração correta da Bíblia. Ele não entendeu: "O que ele está fazendo, qual o objetivo disso?". De uma certa forma, é uma boa pergunta, à qual não posso responder claramente. Eu não sei.

A verdadeira subversão reclamada por críticos estaria em sua fidelidade ao texto original?

Exatamente. A coisa mais subversiva é a exposição do texto. O objetivo de todo o trabalho que tive foi esse, iluminar esse texto que é tão importante para a civilização ocidental. Isso nunca havia sido feito antes: ilustrar cada palavra desse texto. Dessa forma, ele é revelado mesmo em suas partes estranhas e esquisitas, que as pessoas leem geralmente de forma rápida e superficial. Elas geralmente pulam as partes bizarras, que não fazem sentido para as pessoas modernas. Por exemplo: Abraão oferece sua mulher ao Faraó. Mas que coisa é essa? Normalmente, as pessoas não atentam para isso. Não faz sentido para as pessoas modernas.

O Brasil é o maior país católico do mundo. A editora brasileira de Gênesis *fez para o livro uma capa que procurasse não ferir suscetibilidades e evitar eventuais reações contrárias ao livro, sem mostrar a imagem de Deus.*

É, fiquei sabendo disso, a Lora me mostrou a capa. Mostra só a palavra Gênesis no meio daquele vazio negro que dá voltas, não é? Sem nenhuma outra imagem. Eles têm medo de mostrar a imagem de Deus na capa? É engraçado, porque na tradição católica, de todos os cristãos os católicos são os que mais mostram a imagem de Deus. Você pode ir à Capela Sistina, em Roma, e ver a imagem de Deus feita por Michelangelo, de barba branca, é o mesmo cara *(risos)*. Eu não entendo isso. Mostrar Deus não é considerado uma blasfêmia na tradição católica. Na tradição ortodoxa judaica não é permitido mostrar a imagem de Deus. Na tradição islâmica não se pode fazer nenhuma imagem do Profeta. Não se pode nem mostrar Mohamed, muito menos Alá. Mas entre os católicos todas as imagens estão por todo lugar, em todas as igrejas. É engraçado eles terem tido medo de mostrar isso. Não sei que tipo de reação importante pode ocorrer no Brasil. Não tenho ideia.

Considerando o fato de que quase nenhuma palavra do texto original do Gênesis foi alterada, e que não há ilustrações de pênis em ereção ou cenas de sexo explícito, por que a advertência inserida na capa da edição americana: "Supervisão adulta recomendada para menores"?

Digamos, imagine um pai indo na livraria Barnes & Noble: "Oh, uma versão em quadrinhos da Bíblia, vou comprá-la para o meu filho". Então, chegam em casa e veem que há pessoas fodendo no livro. Não se mostra nenhum pênis, mas há pessoas fazendo sexo, mulheres nuas, corpos nus. Cristãos e pessoas conservadoras nos EUA poderão ficar bastante inquietos ao ver isso, e na verdade eles compraram o livro para o filho. Eles vão reclamar, vão chamar a polícia para prender o coitado que está trabalhando na loja, o vendedor que vendeu o livro para uma católica de direita, que achou que era um comics para crianças. É a razão por que foi colocada essa advertência na capa. Foi engraçado, porque, quando colocaram, o Norton *(da editora Norton)* disse: "Que ótimo, agora a criançada vai querer comprar mesmo!" *(risos)*. Ele achou ótimo. Mas foi minha a ideia de incluir a advertência, por causa de toda a experiência que tive anteriormente com os comics, sabe? Eram os vendedores que iam presos, e não os artistas ou a editora. Era o coitado que trabalhava na loja.

Ao fazer esse trabalho, você ficou surpreso com a força e a importância do papel desempenhado pelas mulheres no Gênesis?

Sim, foi algo bastante surpreendente. Eu li o Gênesis antes de fazer o meu livro, mas você faz uma leitura geral e não foca nisso ou naquilo. Então, peguei esse livro chamado *Sarah The Priestess – The First Matriarch of Genesis*, de Savina Teubal. Ela apresenta tudo isso de uma forma bastante forte, argumenta de uma forma bastante incisiva. Há mapas e representações gráficas nesse livro mostrando como esse clã, que começa com Abraão, é linear. E como são as mulheres que decidem quem vai herdar esse pacto com Deus. Ela entra em detalhes do contexto histórico daquela época, de 2000 a.C., dos sumérios, que tinham um poder patriarcal e matriarcal, e os dois poderes eram iguais. Estavam encarregados de diferentes regiões e eram iguais. Muito mais tarde isso mudou, e o poder se tornou inteiramente patriarcal. Mas a tradição desse sistema matriarcal ainda era bastante forte nessa época, em 2000 a.C. Havia essa sacerdotisa que era responsável pelos celeiros. O sacerdote era um tipo de Dalai Lama do Tibete, um homem sagrado e um governante ao mesmo tempo.

Seu trabalho em Gênesis *apresenta um maior detalhismo no desenho em relação a obras anteriores. Você mudou na sua maneira de desenhar?*

Aprendi muito. Penso que aperfeiçoei minhas habilidades de algumas formas. Nunca tinha desenhado animais de forma tão realista antes, burros, camelos, ovelhas, cabras. Nesse processo, aprendi a me educar para saber como desenhar animais. Primeiro, copiava de outras fotografias e de outros desenhos. Com o tempo, passei a desenhar sem copiar. Nunca tinha desenhado um camelo antes na minha vida *(risos)*. Também melhorei no desenho da anatomia humana. Desenhei tantas e tantas vezes figuras humanas em diferentes posições de ação, várias vezes, que acabei progredindo também nesta área. E também no desenho de roupas penduradas no corpo. Eles todos vestem essas roupas compridas, soltas e penduradas. Penso que minhas qualidades nesta área ainda são toscas, nunca consegui atingir um alto nível no entendimento da ciência das dobras das roupas. Em ilustração, é chamado "o conceito das dobras". É uma ciência aprender a desenhar tecidos pendurados. Nunca estudei em escola de artes, onde se tem aulas disso. Nas escolas de arte comerciais, pelo menos, existiam aulas onde só se fazia isso: desenhar tecidos pendurados. Os alunos aprendiam a desenhar aquelas dobrinhas. Se você considerar a arte europeia do período pré-renascentista, entre 1300 e 1400, muitas vezes os artistas ficam completamente absorvidos nesse conceito das dobras dos tecidos. São temas religiosos, mostram a Virgem Maria ou alguém assim, mas os artistas dedicavam a maior parte de seu tempo a essas dobras, era algo novo naquele tempo. Eles se concentravam em desenhar essas pregas corretamente. Se você deixa cair um tecido no chão, como seriam as dobras? É muito complicado tentar desenhar isso *(risos)*. No começo, passei muito tempo corrigindo erros em relação a essas roupas penduradas e à anatomia das pessoas. No início, desenhava os braços longos demais. Usava corretor líquido, não parava de corrigir tudo.

Você teve a ajuda de seu amigo e ilustrador Peter Poplaski na pesquisa de fontes.

Ele é um ótimo ilustrador. Entende o que é preciso para um ilustrador fazer as coisas direito. Voluntariamente, passou bastante tempo vendo para mim todos esses DVDs de antigos filmes bíblicos como *Os dez mandamentos* (*de Cecil B. DeMille, 1956*) e fazia fotos da tela da tevê. Eu tinha centenas dessas fotos espalhadas na minha mesa enquanto trabalhava. *Os dez mandamentos* foi realmente o que mais me ajudou. Eles gastaram muito dinheiro nos detalhes para fazer esse filme.

Mas você também se inspirou em fontes hollywoodianas menos previsíveis, como O céu que nos protege *(1990), de Bernardo Bertolucci,* A última tentação de Cristo *(1998), de Martin Scorsese, e* A múmia *(1999) e* O retorno da múmia *(2001), de Stephen Sommers. Em que esses filmes ajudaram?*

Os cenários bíblicos e figurinos destes filmes não eram tão bons como em *Os dez mandamentos*, porque foram feitos com orçamentos bem menores. Mas, mesmo assim, o meu modelo para o Faraó do Egito veio do filme *A múmia (risos)*. Mesmo que os figurinos sejam meio inventados e feitos de qualquer jeito, ainda assim funcionavam para os comics. Não é possível obter uma exatidão histórica, não há informação visual daquele período. Há muito pouca informação sobre o período dos sumérios, de 2000 a.C., na Mesopotâmia. Encontraram uma caixa com figuras incrustadas de um veículo de quatro rodas sendo puxado por bois, desenhadas de uma forma bastante rústica. É bem estilizado, então não dá para ver os detalhes. Mesmo assim é útil, até um certo ponto. E os filmes maquiaram alguns detalhes, mas ainda assim servem.

Depois de sua turnê americana do Gênesis, *de volta à França você pretende começar um novo projeto de livro com sua mulher, Aline? Como será?*

Quando voltar dos EUA, queremos fazer uma nova colaboração e usar algumas das antigas coisas que fizemos para *The New Yorker*. Será publicado pela Norton. Já temos muitas ideias, e com Aline é tudo muito fácil, o livro se faz sozinho. Quando se começa a trabalhar com ela, jorra humor judeu, ela é uma comediante stand up, como Lenny Bruce. É uma herança que vem do clima judaico nova-iorquino *(risos)*. Não há problema para ela. O problema é organizar aquilo tudo e editar, cortar, pois há sempre muita coisa, muito material.

Você ainda lê comics? Que artistas aprecia hoje?

Não tenho um artista favorito. Procuro por novas coisas, mas também leio comics antigos. Há muitas coisas interessantes sendo criadas por jovens artistas, desconhecidos, e tento acompanhar o que se passa na EUA e também aqui na Europa.

Você ainda tem contato com Harvey Pekar, com quem colaborou no passado?

Não falamos mais com frequência. Fico feliz pelo fato de ele estar bem de saúde e vivo, pois quase morreu de câncer há alguns anos *(faleceu posteriormente, em julho de 2010)*. Ele fez um grande livro chamado *Our Cancer Year*, cem páginas sobre sofrer de câncer. Ele é um grande contador de histórias, na tradição judaica.

Quais as principais mudanças que você notou nos EUA e na França desde que passou a morar aqui?

Vivo numa pequena aldeia no sul, cheguei aqui em 1990, e não tenho visto tanta modernização por lá. Era bem atrasado para um país como a França, que é considerado um país ocidental desenvolvido. A eletricidade e as linhas de telefone não funcionavam muito bem, de uma certa forma era como se fosse o Terceiro Mundo do sul da França. Mas agora está se tornando cada vez mais moderno, melhoraram bastante as estradas, construíram supermercados. Por um lado, é bom, por outro, é ruim. Recentemente, eu e Aline nos envolvemos numa luta contra a instalação de um supermercado bem no meio da nossa aldeia. Várias pessoas locais realmente queriam o supermercado, ficaram maravilhados, eram ingênuos, não entendiam o que estavam fazendo para a sua cidade. Mas conseguimos interditar o supermercado. Algumas pessoas que eram contra me pediram para fazer um cartaz "Não ao supermercado". Eu desenhei o cartaz, que foi espalhado por todo canto, mas as pessoas que eram a favor do supermercado concentraram sua raiva contra mim. Numa noite, fui agredido fisicamente por um jovem que estava derrubando meus cartazes. Houve essa mudança pela modernização. Agora é mais como nos EUA, eles se vestem como os americanos, estão mais gordos, veem-se mais obesos do que antes, sua dieta mudou, comem mais snack food. Agora o que está na moda é a cultura consumista. Mas é isso, veem-se mais obesos. A nova geração de crianças é mais obesa. As coisas estão acontecendo muito rápido, é espantoso.

Você pretende um dia retornar aos EUA?

Não. Eu volto lá com bastante frequência, pelo menos uma vez por ano. Sinto falta dos meus amigos. Tenho amigos e família lá que gostaria de ver mais vezes. É tão complicado viajar de avião hoje em dia, os aeroportos são horríveis. Mas para rever essas pessoas tenho de voltar de vez em quando. Mas, para mim, a cultura nos EUA está se tornando muito corporativista. É nojento. Dentro ou fora de casa, você é constantemente bombardeado por propaganda corporativista, para consumir. Isso começou com o Reagan, mas acredito que nos anos Bush foi incentivado, de forma bastante agressiva, um tipo de Estado fascista corporativista. Não acho, obviamente, que conseguiram, mas tentaram. Espero que Obama e sua equipe possam interromper essa tendência, pelo menos um pouco. Essa máquina destruidora que é o Estado fascista corporativista tem muita força nos EUA, e é preciso mais do que o Obama para detê-la. Mas ele representa uma certa esperança em relação a isso. O mundo inteiro espera que Obama possa parar essa máquina. Aqui na França todos amam Obama, o mundo ama Obama. É uma esperança de que o Estado fascista corporativista não vingue.

Você votou pela primeira vez na sua vida nas últimas eleições presidenciais americanas, em Obama. Como vê o primeiro ano de seu governo e todas as reações que começam a aparecer contra ele?

É assustador. Ele pode ser morto. Posso imaginá-lo sendo assassinado por alguns brancos racistas. Mas por trás desses brancos racistas pode haver um amplo programa dessas pessoas do Estado fascista corporativista, instigando e provocando os brancos racistas a matá-lo, para que isso não afete a reputação delas, para que isso não prejudique a imagem das pessoas no alto desse sistema que não gostam dele. Mas depende do grau de eficácia de Obama. Se ele for eficaz, isso pode causar uma grande raiva e ressentimento da ala direita. Caso contrário, provavelmente eles não irão querer matá-lo. Não sei. A única coisa que sei é que a maior parte das pessoas que gostam do Obama esperam que ele não seja atingido por essas coisas, mas os americanos estão bastante preocupados, e o resto do mundo também. Você já ouviu falar do projeto do grupo americano dos novos conservadores, de seu "Projeto para um Novo Século Americano"? O grupo de *think tank* formado na administração Bush, em torno de nomes como Dick Cheney, Paul Wolfwitz ou Richard Pearl, elaborou no ano 2000 um relatório com um título parecido com "Defesas Americanas". E quando você lê esse relatório, é chocante. Há cerca de um mês, alguém fez o download do texto para mim no computador, eu li e é chocante. Eles afirmam de uma forma bastante clara que os Estados Unidos são, desde o fim da União Soviética, a única superpotência do mundo, e que essa é a oportunidade para os americanos dominarem militarmente todo o planeta. Está escrito ali. E não somente o planeta, eles queriam dominar militarmente o espaço, e também o ciberespaço. Durante anos essas pessoas da administração Bush influenciaram o governo para efetivar esse programa de dominação do mundo. De onde vinham os recursos, quem estava pagando por isso? E para isso, eles tinham de ignorar algumas liberdades civis, a democracia tinha de sofrer. Isso é fascismo na sua forma mais simples e literal, como era defendido por Mussolini. Não pode ser confundido com nazismo, mas é fascismo.

Em uma das vezes que entrevistei aqui Claude Lévi-Strauss (1908-2009), ele manifestou sua inquietação com o fato de que quando nasceu havia 1,5 bilhão de homens sobre a Terra; quando entrou na Universidade de São Paulo, havia 2 bilhões; hoje, há quase 7 bilhões, e daqui a 20 ou 30 anos haverá 9 bilhões. Você diz ter a mesma preocupação com o rápido aumento da população mundial.

Isso tem de ter um efeito significativo no planeta e em nossas relações sociais. Tanta gente, uma grande multiplicação de seres humanos, terá um efeito importante. Mas, às vezes, penso também que terá talvez um efeito positivo. Haverá mais energia mental humana no planeta, como nunca houve, por causa desse enorme crescimento. A energia mental humana poderá atingir uma massa crítica que poderá provocar um salto na evolução da inteligência. Talvez... Essa é a teoria mais positiva em relação à explosão da população: a quantidade de energia mental será tão enorme que coletivamente será possível atingir um ponto em que todos nos tornaremos mais sensíveis ao nosso bem-estar coletivo ou à nossa intenção coletiva. Não sei. Talvez sim, talvez não. Talvez iremos todos involuir e nos tornar novamente bárbaros, não sei. Difícil dizer *(risos)*. Se fosse desenhar, como uma reação pessoal, seria algo como o quadro "O grito", de Edvard Munch *(pintor norueguês, 1963-1944)*.

Você se define como gnóstico.

Gnóstico é alguém que busca o conhecimento de Deus. Sou alguém em busca desse conhecimento. Não tenho a pretensão de ter algum conhecimento, mas busco. Quando você medita, sempre tenta que sua mente compreenda o que é a natureza da realidade, a natureza da nossa existência, da vida. Você unifica o todo da vida. Isso é muito gnóstico. Este texto gnóstico descoberto nos anos 1940, chamado Nag

Hammadi, é muito interessante. A Igreja cristã e outras não gostavam de gnósticos, é muito vago, algo muito solto, não tem doutrina o suficiente. Os primeiros cristãos se tornaram muito rapidamente bastante doutrinados, queriam os absolutos, e todos que não concordavam com esses absolutos eram excomungados da religião católica. Lá por 300 d.C., um bispo resolveu que todo mundo que discordasse de que Jesus era o Deus encarnado não podia ser cristão. Foi aí que começou o conflito em torno de heresia e heréticos, de quem discordava da Igreja, milhões de pessoas perseguidas ao longo dos séculos. Ser gnóstico é não se comprometer nem ter doutrinas. É diferente de ser agnóstico. Agnósticos duvidam da existência de Deus. Não são exatamente ateus, mas é um jeito de dizer "isso não é comigo". Mas os gnósticos são interessados e praticam essa busca, como meditação.

Você medita?

Sim, tento meditar todos os dias. Muitas vezes, há muitas coisas acontecendo e não consigo, mas tento meditar todos os dias. Meditação é muito benéfico e útil.

Você ainda é um colecionador compulsivo de vinis 78 rotações?

Ainda coleciono. Hoje tenho provavelmente mais de 5 mil discos. Pouco antes da nossa entrevista, estava ouvindo alguns 78 rotações que obtive aqui em Paris, há três dias, com um cara que consegue no mercado das pulgas. Troquei os discos por desenhos *(risos)*. Ele me deu ótimos discos, franceses, da África do Norte, da Turquia e um fabuloso disco grego. Coisas desconhecidas, esquecidas, perdidas. Muitas vezes é preciso lavá-los, porque estão sujos, ninguém cuida. Você se sente resgatando esses discos do esquecimento.

Em sua busca, você já mencionou que também aprecia discos de músicos brasileiros.

Sim, coisas antigas. Mas é muito difícil de encontrar fora do Brasil, muito pouca coisa saiu em alguns raros CDs. Aqui na França, eles são muito mais interessados em música brasileira do que nos EUA. Tenho alguns amigos que colecionam discos de 78 rotações, um deles conseguiu achar alguns grandes 78 brasileiros. Há diferentes estilos e tipos de música. É realmente muito interessante o período do final dos anos 20 e o começo dos anos 30. É uma grande música. Todos os tipos de estilo.

Eu gostaria de ouvir mais desses 78 rotações, porque eu mesmo sou um colecionador, mas é muito difícil de achar. Esse amigo meu achou alguns discos brasileiros em Portugal. Devem ter sido exportados para Portugal, porque é a mesma língua.

Como você avalia a música brasileira desse período?

Ritmicamente é muito avançado para esse período do final dos anos 20 e início dos anos 30. O ritmo é um tipo de combinação de black-africano com influências europeias, tudo misturado, é... genial! Há ótimos músicos de instrumentos de cordas, e mesmo grupos que tocam um tipo de jazz e coisas com trompas. Mas não posso falar com autoridade sobre isso, não me lembro de nomes, minha familiaridade é limitada. Mas tendo ouvido tão pouco, a qualidade é tão alta que fico espantado. Provavelmente, há colecionadores sérios de 78 rotações daquele período no Brasil. Tenho certeza de que devem existir esses discos no Rio ou em São Paulo. Se você pudesse contatar alguns colecionadores e me conseguir cópias extras, eu agradeceria. Mas discos do tempo da Carmem Miranda não me interessam *(risos)*.

David Servan-Schreiber

Soube da morte de David Servan-Schreiber completamente por acaso em uma tarde de 2011, pesquisando na internet sobre algo de que hoje não me recordo, quando morava em Washington, nos Estados Unidos. Havíamos nos encontrado em três ocasiões em Paris. Em um embate contra o câncer, operado duas vezes de um tumor no cérebro, já em nossa primeira entrevista, em 2003, em seu apartamento em Neuilly-sur-Seine, no subúrbio da capital francesa, ele estabeleceu de pronto uma informalidade incomum, e me chamava pelo prenome como se fôssemos amigos de longa data. Naquele encontro, no entanto, sua doença ainda não era pública, mas um segredo familiar e de amigos próximos, e nossa conversa tratou do tema de seu livro *Curar o estresse, a ansiedade e a depressão sem medicamentos nem psicanálise* (Sá Editora), que se tornou um best-seller internacional.

Sua trajetória não foi ofuscada pela celebridade do pai, Jean-Jacques Servan Schreiber (1924-2006), conhecido político francês, ensaísta e um dos fundadores da revista semanal *L'Express* (1953). Durante duas décadas, David Servan-Schreiber estudou e trabalhou no Canadá e nos EUA, onde criou e dirigiu o Centro de Medicina Complementar da Universidade de Pittsburgh. Doutor em Ciências Neurocognitivas pela Universidade de Carnegie, sob a orientação de Herbert Simon, pai da inteligência artificial e Nobel de Economia, e de James McClelland, pioneiro da teoria das redes de neurônios, ele teve sua tese publicada na prestigiada revista *Science* e foi eleito o melhor psiquiatra clínico da Pensilvânia em 2002.

Curar o estresse, a ansiedade e a depressão é possível sem precisar recorrer ao divã ou a medicamentos antidepressivos, defendia ele. Seu receituário era inspirado na "medicina integral" (*mind-body medicine*), também chamada de "nova medicina emocional", baseada nas capacidades de autocura do corpo humano. Seu livro sugere sete práticas naturais: coerência cardíaca, Integração Neuroemocional pelos Movimentos Oculares (EMDR – *Eye Movement Desensitization Reprocessing*), energia da luz, acupuntura, ácidos graxos ômega-3, exercícios físicos e comunicação emocional. Os métodos foram selecionados a partir de experiências realizadas por sua equipe, durante cinco anos, no centro médico da Universidade de Pittsburgh, e sustentados pelas descobertas sobre o funcionamento do "cérebro emocional". Segundo essa teoria, desenvolvida pelo neurofísico português Antonio Damasio, o cérebro é divido em duas partes: a cognitiva, relacionada à linguagem; e a emocional, responsável pelo controle da fisiologia do corpo (ritmo cardíaco, tensão arterial, apetite, sono, libido ou sistema imunitário). O que pregava não era nada revolucionário, salientava ele: a novidade estava no fato de que, nos últimos anos, a eficacidade dos tratamentos vinha sendo comprovada de forma científica por pesquisadores e especialistas.

Em nosso terceiro e último encontro, em 2008, sobre a mesa de sua sala estava seu então mais recente livro, *Anticâncer – prevenir e lutar graças às nossas defesas naturais* (Objetiva). Desta vez, relatava sua experiência pessoal na luta contra o câncer e detalhava cientificamente como as defesas naturais do corpo agem sobre a doença. Sua saga começou em outubro de 1992, aos 31 anos, quando foi diagnosticado com um tumor no cérebro. A descoberta ocorreu por uma casualidade. Naquela época, dirigia o laboratório de imagens cerebrais em Pittsburgh. Em um final de tarde, juntou-se a seus dois colegas para mais uma sessão no centro de Imagens de Ressonância Magnética (IRM), onde fazia testes com estudantes de medicina que serviam de cobaias. Um deles, no entanto, não apareceu, e na hora o próprio médico o substituiu, deitando-se no interior do tubo do scanner. Mas ao final do exame, para sua surpresa e de seus amigos médicos, as imagens revelaram o tumor. Naquele dia, começou sua luta contra o câncer e pela vida.

Sete anos depois de ter passado por uma primeira cirurgia e um tratamento de quimioterapia, sofreu uma recaída. O tumor reapareceu, exigindo uma nova intervenção, e ele decidiu que seria preciso enfrentar a doença com outra abordagem. Conscientizou-se de que seu cotidiano, da alimentação ao modo de gerir sua vida profissional e pessoal, fragilizava seu combate em vez de reforçá-lo. Ele considerava úteis e necessários os tratamentos convencionais contra o câncer – como a cirurgia, a quimioterapia e a radioterapia –, mas lamentava que o poder das defesas naturais de nosso corpo para conter a doença fosse subestimado e negligenciado por médicos, pacientes e pela população em geral. O ideal, dizia, seria que os dois métodos fossem combinados.

A cada outubro, desde 1993, David praticava uma "peregrinação íntima" a um lugar especial qualquer para marcar o "aniversário" do anúncio de seu câncer. Nesse "ritual interior", relembrava as dores, o medo e o sofrimento por que passou, e, então curado, agradecia por ter se tornado um homem mais feliz depois desse "segundo nascimento". Mas, em junho de 2010, com sua mulher grávida de cinco meses, veio a notícia que o assombrava: o tumor novamente ressuscitara, e dessa vez de forma ainda mais agressiva. "Cedo ou tarde, sabia que ele voltaria. Eu poderia retardar o fim, ganhar alguns anos, quase esquecê-lo, mas desta vez era o '*The big one*', como dizem os californianos que temem um terremoto devastador", escreveu em *Podemos dizer adeus mais de uma vez* (Fontanar, 2011), uma despedida aos seus familiares, amigos e, principalmente, a seus leitores. "Esta recaída me levou aos questionamentos mais sérios, talvez os mais importantes de minha vida: se fui recapturado pela doença enquanto penso, me alimento, me desloco, respiro e vivo anticâncer, então o que resta de *Anticâncer*?", indagou. Três dias após ser operado em um hospital de Colônia, na Alemanha, recebeu a visita de seu amigo e filósofo Régis Debray, que, à cabeceira de seu leito, por sua vez perguntou: "Então, as framboesas e os brócolis, de nada adiantam?".

Em suas derradeiras palavras publicadas, ele reconheceu que o questionamento do filósofo foi, depois, formulado por outros interlocutores, mas manteve as convicções científicas de seus métodos, que lhe teriam garantido maior longevidade e qualidade de vida face à doença. "É o conjunto de todos estes esforços que contribui para nossa proteção, individualmente e coletivamente, contra o câncer, mesmo que nunca alcancemos a garantia de 100%. Não há cura milagrosa", concluiu.

Em seu testemunho final, ele aborda ainda outro ponto fundamental: como afrontar a morte quando estiver próxima? David Servan-Schreiber morreu na noite de 24 de julho de 2011, aos 50 anos, deixando sua mulher, Gwanaëlle, e seus três filhos: Sacha, então com 16 anos; Charlie, de dois, e Anna, de apenas seis meses. Na cerimônia fúnebre realizada na Igreja Saint-Eustache, em Paris, seu irmão Émile pronunciou algumas palavras aos presentes: "Não vou falar para vocês da vida de David, mas de sua morte. Pois ela é em si uma lição de vida. David lutou como um touro na arena, com tanta coragem na batalha como com lucidez sobre suas possibilidades, quase nulas, de vencer; com tanta determinação de viver como com humildade face a seu destino. (...) Aqueles entre nós que tiveram a chance de cuidar dele nestes últimos meses, de acompanhá-lo em seu calvário, tiveram a impressão de que era sobretudo ele que nos guiava, que nos assegurava de que tudo iria se passar bem. (...) Você nos deu um grande exemplo do que se poderia chamar de 'uma experiência de morte bem-sucedida'.

Um precioso presente de partida que cada um de nós guardará em seu coração, para buscar, de vez em quando, um pouco da força necessária para afrontar a vida".

Na última vez em que me despedi de David Servan-Schreiber, na porta de sua casa, não poderia imaginar que lhe restavam poucos anos de vida à sua frente; e ele, embora consciente da constante ameaça da doença, penso que também não. E jamais abdicou de sua luta e de suas convicções de médico.

Quando você soube que tinha câncer, foi como se o "chão se abrisse" sob seus pés. Anos depois do primeiro tratamento, quando houve a recaída, foi pior saber que "o monstro não estava morto". Como você viveu esta experiência?

A primeira vez em que sabemos que temos um câncer é algo muito curioso. Eu estava cheio de projetos, tinha 31 anos, e isso não fazia parte dos planos. Há uma frase que diz: "A vida é o que vem depois que acabamos de fazer planos". É muito útil lembrar disso nos momentos em que nada ocorre como fora previsto. Foi um verdadeiro momento de choque para mim. Mas é preciso fazer o necessário. Fiz o tratamento convencional, que me salvou a vida. Mas sete anos depois tive uma recaída, e foi algo muito duro. Temos todos esta tendência de pensar que acabou, e quando o câncer reaparece é algo bastante difícil e decepcionante. Foi aí que eu disse a mim mesmo que o tratamento que seguia não era suficiente, que seria preciso cuidar de mim de outra forma. Deveria buscar por mim mesmo o que fazer para estimular a capacidade do meu corpo para resistir à doença.

Durante 15 anos você manteve o segredo de sua doença. Por quê?

Tinha muitas razões para manter o segredo sobre o câncer, não sei se eram boas ou más. Por um lado, sendo médico não queria que meus pacientes se preocupassem comigo, se estava bem ou não naquele dia. Graças à minha concentração, ajudada pela meditação, sempre pude me dedicar ao paciente que estava diante de mim e esquecer todo o resto durante o tempo em que fazia meu trabalho de médico. Sabia que podia fazê-lo, e não queria que os pacientes se perguntassem se eu poderia estar pensando em outra coisa. É importante também para o paciente sentir que seu médico estará presente, não se inquietar se ele vai morrer em três meses. Queria poder continuar a praticar minha profissão de médico, que dava tanto prazer e sentido à minha vida. Não queria ser privado disso. Por outro lado, quando se sabe que uma pessoa tem câncer, a tendência, mesmo que hoje seja menos forte, é tratá-la como alguém que não deveria rir, se divertir, como se não estivesse por inteiro na vida, já tivesse um pé na cova. E não era como eu me sentia. Hoje tenho uma saúde melhor do que tinha antes do câncer. Queria poder me sentir vivo, e que não me incomodassem com a doença. Por último, uma coisa que todas as pessoas que tiveram um câncer conhecem: o olhar dos outros, que o condena à morte certa, pesa. Meu prognóstico não era bom, e não queria que as pessoas me lembrassem disso. Não queria que as pessoas me olhassem dizendo a si mesmas: "Quando é que ele vai cair?". É o que vemos no olhar dos outros, e isso nos afeta. Queria que as pessoas me olhassem como alguém em plena vida, e pensava que isso poderia alimentar a parte viva em mim.

Você conta que escrever seu primeiro livro foi um certo tipo de salvação, deu um sentido a sua vida.

Isto me deu novamente um projeto. Em um momento, tive de abandonar tudo, não podia mais atuar como médico, diretor de pesquisas ou professor. Estava num vazio. Eu gostava muito do meu trabalho. E escrever um livro foi um novo projeto que me fez olhar novamente para os outros, ver o que podia lhes transmitir, e foi algo que me possibilitou canalizar tudo, foi formidável para isso. E era algo difícil e ambicioso. Não sabia se seria capaz ou não de escrever um livro. Não é algo simples. O segundo livro me deu bastante trabalho, levei um ano e meio para finalizá-lo, e fazia praticamente só isso. Mas tive muito prazer em escrevê-lo. E tive uma chance incrível de poder fazê-lo.

Você seguiu um tratamento de treze meses de quimioterapia. Como enfrentou isso?

Eu tive bastante ajuda. Fazia acupuntura, esporte todos os dias, atentava muito ao que comia, tinha a companhia do meu cachorro. Tudo isso me segurou. E trabalhei durante todo o tratamento de quimioterapia. Só parei de trabalhar nos dois últimos meses.

Entre as causas que poderiam ter colaborado para o surgimento do câncer em seu corpo, você cita o fato de ter brincado na infância em meio a vinhas infestadas de pesticidas, o seu complicado estado emocional logo antes da recaída ou a alimentação nociva à sua saúde.

Nunca é uma só coisa. O câncer é a parte aparente do iceberg. Todos temos células cancerosas. Uma pessoa em cada quatro morrerá de câncer. Três em cada quatro não morrerão. Há fatores que permitem resistir. O que faz com que se tenha câncer? É quando existem mais fatores que favorecem as células cancerosas do que fatores que as detêm. Quando há um desequilíbrio entre os dois, o câncer se manifesta, é algo simples assim. E entre os fatores que favorecem o câncer estão, efetivamente, os pesticidas, a contaminação química do meio ambiente, as gorduras ômega-6, o açúcar, a carne vermelha, a falta de atividade física, o tabaco, o álcool, a parte psicológica. Uns se acumulam aos outros e favorecem sem parar o aumento das células cancerosas. E se não há, do outro lado, algo para resistir a isso, surge a doença. Ao se entender esse processo, compreende-se melhor como se pode lutar contra o câncer.

Foi na época do reaparecimento de seu câncer que você compreendeu que deveria agir diferentemente para combater a doença.

O que compreendi de mais incrível, porque ninguém nunca fala, é o seguinte: o que se pode fazer contra as doenças cardiovasculares funciona também para o câncer. É incrível, ninguém sabe disso. E todos os estudos provam isso, não é algo misterioso. Todo mundo sabe que, mudando seu comportamento, pode agir sobre as doenças cardiovasculares, seja para evitá-las ou curá-las. Alguém que teve um enfarte deve fazer esporte, parar de fumar, mudar a alimentação. Todo mundo sabe disso. Para o câncer, as pessoas acham que não é a mesma coisa, que não se pode fazer nada. E não é verdade. É a mesma coisa. É muito simples como mensagem.

Você praticou jogging hoje?

Certamente. Hoje pela manhã. Gostaria de fazer de novo no final da tarde, mas não terei tempo, pois vou dar uma conferência. Mas irei até o local da palestra de bicicleta, o que vai compensar um pouco.

Você meditou?

Hoje meditei pouco, apenas vinte minutos. Gosto de fazer pela manhã, escovo os dentes, depois faço ioga e medito.

Fez exercícios de respiração?

Durante a meditação, faço exercícios de respiração. O que mais ajuda é fazer três vezes por dia, durante três minutos a cada vez. Não é muito fácil achar tempo para isso, mas, ao mesmo tempo, não é muito. É o tempo gasto para se escovar os dentes, por exemplo. As pessoas que fazem isso têm suas vidas alteradas em duas ou três semanas. E chega uma hora em que não se pode mais não fazer, é como a meditação pela manhã ou o jogging. São coisas que fazem tão bem, então por que viver a vida de outra forma? Não serve para nada estar sempre correndo atrás das coisas, não poder aproveitá-las.

O que você comeu no café da manhã?

Meu café da manhã é composto de uma maçã bio, com iogurte de soja, gengibre fresco e linhaça. Há variações, mas no geral é isso. Pode-se colocar granola bio.

E no almoço?

Comi couve roxa com cebola, cozida na cúrcuma misturado com pimenta do reino e óleo de oliva, além de tofu. Estava delicioso. Para acompanhar, pão de cereais integral. Como sobremesa, comi frutas vermelhas com molho de agave e de gengibre.

Pesquisas mostram que certos alimentos ajudam também a potencializar tratamentos convencionais, como o chá verde, no caso da radioterapia, e a cúrcuma, para a quimioterapia. Como é isso?

São alimentos que atuam em sinergia com o tratamento. São mecanismos complementares. Essa é beleza destes tratamentos pela alimentação ou pelo esporte. Os tratamentos químicos miram um ou dois mecanismos biológicos. Mas as células cancerosas desenvolvem resistências a estes tratamentos. A beleza da alimentação é que em cada alimento há múltiplas moléculas fitoquímicas anticâncer que atuam sobre diferentes mecanismos e reduzem a progressão do câncer. Nenhuma delas é tão forte como um medicamento, mas quando, todos os dias, três vezes por dia, damos ao nosso corpo coisas que contribuem para que resista a todos os diferentes mecanismos necessários à progressão do câncer, isso pode ter um efeito considerável.

Não se trata, como você diz, somente de ingerir bons alimentos, mas de evitar os ruins.

Eu aconselho começar acrescentando as boas coisas, porque é difícil mudar os hábitos. É difícil parar de comer açúcar, carne, batata frita. Não vale a pena começar dessa forma, mas sim acrescentando à alimentação chá verde, cúrcuma, colocar alho, alho-poró e cebola em cada prato que você comer. Fazendo assim, é mais fácil.

O açúcar é realmente um veneno?

O açúcar alimenta diretamente as células cancerosas. O que se faz para detectar um câncer? Injeta-se glicose radioativa para ver onde ela se acumula no corpo. Chama-se um PET scan. Por quê? Porque o câncer necessita de açúcar para crescer. Observa-se onde há acumulação de açúcar, e ali há um câncer. Nós passamos de um consumo de cinco quilos de açúcar por pessoa ao ano, em 1820, para 70 quilos! Passamos a alimentar a progressão de todas essas células cancerosas que fazem parte do corpo.

Você alerta para estudos que provam uma relação direta entre a incidência de câncer e o consumo de carne vermelha, frios e laticínios, e cita o caso do Brasil, onde a carne é parte importante da dieta.

E no Brasil a carne é muito rica em gordura ômega-6, porque os animais recebem uma má alimentação. O Fundo Mundial de Pesquisas sobre o Câncer (*WCRF, na sigla em inglês*) diz que se deveria comer no máximo 300g de carne vermelha por semana. Hoje, se come 30g por dia! Na Argentina e em certas regiões do Brasil, o volume deve ser ainda maior. São índices completamente delirantes. A média na dieta francesa hoje é feita de quinze vezes mais gorduras ômega-6 do que ômega-3 e, se comemos com frequência em estabelecimentos de fast food, a diferença aumenta para quarenta vezes mais o ômega-6. Isso vem do azeite de girassol, de milho, dos óleos vegetais de produtos industrializados. É ruim por incentivar o câncer, doenças cardiovasculares, artrite, Alzheimer, depressão, todas as doenças crônicas degenerativas, problemas presentes bem mais no Ocidente do que na Ásia, mesmo que eles lá estejam nos alcançando, porque estão adotando nossos hábitos alimentares.

Onde se come melhor no Ocidente hoje?

É difícil dizer. Hoje tudo está se homogeneizando. Talvez nos países mediterrâneos, na Itália, na Grécia. Mas, mesmo nesses países, a alimentação está se deteriorando bastante rápido.

No aumento de nossas defesas naturais, você insiste que o tratamento do corpo também passa pelo do espírito.

O importante é administrar as reações ao estresse. O estresse não provoca câncer, mas certas reações ao estresse podem alimentar a progressão de um câncer já existente. É preciso aprender a buscar recursos para reagir ao estresse de forma diferente. Pode ser nas relações com os outros. Uma das formas mais eficazes de gerir o estresse é se relacionar. Pode ser também aprendendo a dar atenção a si mesmo, por meio da meditação ou de exercícios como o da coerência cardíaca *(a coerência cardíaca influi diretamente nos ritmos da tensão arterial e da respiração, e também seria benéfica ao sistema imunológico).* As más reações ao estresse atingem o sistema imunológico. Um dos gráficos mais importantes do meu livro é o que mostra a reação de ratos ao estresse, causado por meio de choques elétricos, e ao câncer. Os ratos que recebem choques, mas que aprendem a reagir contra eles, têm uma ação melhor contra o câncer do que os ratos sem estresse algum, sem choques. O ideal não é não ter estresse, mas ter recursos para lutar contra ele. Os ratos não podem evitar todos os choques elétricos, mas, quando conseguem evitar alguns deles, isso lhes dá um sentimento de competência. Há o bom e o mau estresse.

Você diz que vivemos sob a tirania dos antibióticos, mas também dos medicamentos psicotrópicos, ansiolíticos e antidepressivos, receitados de forma abusiva para combater o estresse, a ansiedade e a depressão.

Os medicamentos antibióticos e antidepressivos são uma das maiores descobertas científicas da medicina do século XX. Não se trata de criticá-los. Muitas pessoas tiveram a vida salva pelos antidepressivos, e ocorreu também um verdadeiro avanço científico, pois, hoje, eles provocam muito menos efeitos colaterais do que no passado. O que não é normal é o desequilíbrio com o qual eles são utilizados. Hoje, tanto nos EUA como na França – ignoro como seja no Brasil –, é praticamente impossível sair do consultório de seu clínico sem a prescrição de um antidepressivo. O lítio e outros medicamentos são muito eficazes. O importante é utilizá-los em casos legítimos e justificados, e não a torto e a direito. O que denuncio é o uso irresponsável dos medicamentos. Um francês em cada sete toma antidepressivo ou ansiolítico, e isto não tem sentido. Nos EUA, cerca de 10 milhões de americanos tomam antidepressivos. Isto é anormal. Esta medicina não reconhece que o corpo e o cérebro emocional têm sua própria capacidade de adaptação e reequilíbrio. É preciso utilizar esses mecanismos, exatamente o que fazem os métodos naturais de tratamento contra o estresse, a ansiedade e a depressão.

Em relação à psicanálise, você chegou a dizer que, muitas vezes, trata-se de uma perda de tempo.

O que eu digo é que o objetivo da psicanálise não é o de curar. E foi Lacan *(Jacques Lacan, psicanalista francês – 1901-1981)* quem disse isso. Ele afirmou: o objetivo da psicanálise é a compreensão de si mesmo, e a cura, quando ocorre, é um benefício a mais. Eu sou médico, e o que me interessa é a cura. Toda a minha vocação e o meu interesse pela medicina está em aliviar o sofrimento das pessoas. É bastante presunçoso escrever um livro com o título de "curar", mas me permiti fazê-lo porque a definição de cura é muito simples: quando os sintomas desaparecem e não retornam. Isto é muito claro quando se fala de pneumonia, por exemplo. Você sofre de uma pneumonia, eu receito antibióticos, e dez anos depois você não apresenta mais os sintomas e não sofre mais da doença. Normalmente, é um mal que não reaparece. Vi – e está nos livros científicos, não sou o único a afirmar – pessoas serem curadas por estes métodos naturais, e os sintomas não reaparecerem. Então, pode-se falar de cura. Apresente-me um estudo sobre a psicanálise que mostre isso. Não conheço um. Não estamos no mesmo domínio de aplicação. Não se trata de dizer que a psicanálise é uma perda de tempo. Depende do que você quer. E são os próprios psicanalistas que dizem isso. Muitos pacientes que vêm me consultar seguem um tratamento psicanalítico. Não vejo nenhum inconveniente nisso, são coisas complementares.

Por que falar, hoje, da medicina de autocura pelo corpo?

Se eu corto o dedo e provoco uma ferida, em alguns dias ela estará cicatrizada, e logo nem saberei mais onde foi o corte. No cérebro emocional temos os mesmos tipos de mecanismos de adaptação, de cicatrização, que podem ser aprendidos por métodos naturais. Morei 20 anos no Canadá e nos EUA estudando o cérebro e a psiquiatria. Durante oito anos dirigi um laboratório de pesquisas na Universidade de Pittsburgh, financiado pelo Instituto Nacional de Saúde americano. Ao longo desses anos, pude constatar a eficacidade desses métodos naturais de tratamento, os quais nunca me foram ensinados na universidade. Quando constatei que eles funcionavam, e ainda melhor se comparados aos métodos tradicionais que havia aprendido, quis falar deles. Eu não inventei nada. Tudo o que está no meu livro são métodos já citados na literatura científica, para os quais havia estudos, e era algo completamente legítimo utilizá-los. Foi isso que pretendi contar nesse livro, e fiquei bastante surpreso com o sucesso que ele teve. Não fiz mais do que contar minha história de médico que utiliza métodos já conhecidos.

O que é a "nova medicina das emoções"?

A ideia central não é minha, mas, sobretudo, de António Damásio, que é para mim, hoje, o maior neurocientista do mundo. Ele tem a perspectiva mais geral e também a mais profunda. Nos seus livros, fala do cérebro cognitivo e emocional. Ele diz que as emoções são emanações de tudo que se passa no corpo. A emoção é a sensação percebida do estado da fisiologia. Não há sentido em separar as emoções do que ocorre no corpo. Se vamos até o fundo da tese de Damásio, devemos passar pelo corpo, pelo estado da fisiologia, para transformar e curar os problemas das perturbações emocionais. É simples assim: passar pelo corpo para chegar aos problemas emocionais. O controle da coerência cardíaca, o EMDR, com o movimento dos olhos e a focalização nas sensações do corpo para chegar a integrar e digerir os traumas emocionais, a terapia pela cromobiologia, pela luz e a simulação do nascer do sol, a acupuntura, a nutrição, o exercício físico e também a comunicação emocional, tudo isso são formas para aprender a utilizar o cérebro emocional e entrar em conexão a fim de colocar a fisiologia em seu estado otimizado. Eu pego as ideias de Damásio e as levo até o limite, essa é a nova medicina das emoções. Minha diferença em relação a ele é que coloco sua teoria na prática. Aliás, é ele mesmo que diz isso.

Alguns dos métodos que você prega foram modismo nos anos 1960-1970, período fértil em terapias alternativas e de difusão da ioga e da acupuntura, por exemplo. A que credita o sucesso de seu livro hoje?

A primeira razão está relacionada ao fato de que se ouviu falar muito desses métodos por pessoas que não tinham credibilidade científica. O que interessava ao público era ouvir alguém como eu falando sobre isso, alguém que fez sua tese de doutorado sob a supervisão de um prêmio Nobel, que dirigiu um laboratório de pesquisas em neurociências, que trabalhava com imagens cerebrais por meio das últimas tecnologias mundiais e que comandou o serviço de psiquiatria no hospital de uma grande universidade ortodoxa de medicina convencional.

Que alguém assim diga que há coisas na literatura científica que funcionam bem e que não são utilizadas como poderiam foi uma mensagem nova. Outra razão está relacionada a um movimento planetário, que não foi deflagrado por mim, conhecido tanto no Brasil como em outras sociedades desenvolvidas, nas quais as pessoas desejam uma indústria não poluente, mas que produza mesmo assim. Elas desejam uma agricultura que as alimente, mas que não as envenene, que seja biológica. E o mesmo vale também para a medicina, que ela utilize as capacidades do corpo para se reequilibrar, e que seja uma medicina "ecológica", natural. É um movimento que se amplia continuamente e que agora chega à medicina.

Mas o estilo de vida que você aconselha como sendo bom para o bem--estar e como meio de prevenção do câncer parece distante em muitos aspectos do cotidiano das sociedades ocidentais.

Acho que isso está mudando na boa direção. É claro que, globalmente, estamos ainda na má direção, mas há toda uma camada da população que está se dando conta de que não podemos mais viver assim. Não é o que desejamos aos nossos filhos, e por que o desejaríamos a nós mesmos? Um estudo científico feito recentemente mostrou que se colocamos cem pessoas em um estádio de futebol e as deixamos caminhar em qualquer direção, e se em um dado momento apenas cinco delas começarem a se mover no mesmo sentido, em alguns minutos as demais farão igual, e o grupo todo estará sincronizado. Isso me deixa muito otimista, porque me digo que em breve seremos 5% a ter tomado consciência da situação em que vivemos. E quando esses 5% estiverem juntos em suas atitudes em relação ao meio ambiente, à nutrição, à atividade física, à saúde, todo mundo mudará. Não é necessário que todos compreendam, basta que uma parte o faça. Ainda não somos 5%, talvez estejamos entre 0,5% e 1%, mas estamos avançando.

Você ressalta que os Estados Unidos destinam anualmente US$ 115 milhões para a experimentação e a avaliação destes métodos. Há um grande atraso nestas pesquisas nos demais países?

A França, por exemplo, é um caso particular, porque o público é extremamente aberto e solícito, e as instituições são extremamente conservadoras. Há uma tensão incrível. Era o caso nos EUA, e foi preciso um grande esforço para se chegar ao ponto em que se está hoje. Foram os parlamentares que obrigaram o Instituto Nacional da

Saúde americano a criar um centro de pesquisas sobre as medicinas complementares. Depois, a coisa decolou. Nunca houve um aumento de orçamento tão rápido nesse sentido realizado pela Saúde americana. Começou com US$ 1 milhão por ano, em 1992, para chegar a US$ 110 milhões, em 2002.

Você relata no livro experiências realizadas em empresas. Existe algum programa de utilização destes métodos nas escolas?

Sei que existe um projeto em estudo pelo Ministério da Educação da Grã-Bretanha envolvendo cerca de 40 mil alunos, para ensiná-los a praticar a coerência cardíaca para melhor administrar suas emoções e suas próprias capacidades de concentração. Por enquanto, ainda é um projeto piloto.

Suas teses têm provocado polêmicas entre a comunidade científica?

Até agora, ainda não houve um verdadeiro debate na França. Na Suíça, há neurologistas, psiquiatras que discordam das minhas teses. Fico extremamente contente com esses debates, gostaria que ocorresse o mesmo aqui na França. Há muitos médicos e psiquiatras que leram meu livro, mas eles não se manifestam para dizer se são a favor ou contra. A principal crítica que recebo é do tipo "se tudo isso fosse verdade, já seria sabido", e não aceito esse argumento. Tudo é sabido, está escrito nos livros científicos, mas o problema é que há pouca motivação para se desenvolver essas técnicas. Não se pode patenteá-las, pois se trata de técnicas naturais. Ninguém poderá patentear os peixes que têm ômega-3, a respiração, a acupuntura, os exercícios físicos. Nem no caso da comunicação emocional ou do EMDR. Portanto, não se poderá ganhar dinheiro com essas patentes, o que já é uma motivação a menos. Em segundo lugar, todos esses métodos exigem do médico muito mais tempo do que escrever uma prescrição de Prozac, o que leva dois minutos. Os médicos não levam esses métodos tão a sério como os medicamentos. É preciso reconhecer que há pessoas extremamente deprimidas, para as quais os medicamentos são indispensáveis. Não sou contra os medicamentos, sou a favor de sermos racionais.

Você mostra a validade científica de todos esses métodos, mas, apesar disso, ainda há uma desconfiança por parte de médicos e pacientes. Por quê?

Há cada vez menos desconfiança. Em relação a esse livro, houve muito pouca desconfiança. Tudo o que fiz foi empurrar um pouco mais portas que já estavam abertas. Simplesmente mostro de forma mais convincente o que foi dito pelas autoridades de saúde pública. Digo por que é preciso comer legumes, quais deles, como eles funcionam. Criei quase um romance, algo que se lê facilmente e permite a apropriação das noções por parte do leitor. É a vulgarização científica. Mas não crio controvérsias. Não há receita milagrosa contra o câncer. Se eu a tivesse encontrado, ganharia o prêmio Nobel. Mas o que mostro no livro pode ajudar a evitar o câncer mais do que qualquer medicamento. Não há um medicamento que evite o câncer hoje. O Fundo Mundial de Pesquisas sobre o Câncer diz: mude sua alimentação, faça mais atividades físicas, e isso pode reduzir em 40% a possibilidade de ter um câncer. Se você parar de fumar, é 60% a menos de chances. É muito. Se você tomar menos de dois copos de bebida alcoólica por dia, são menos 85% de possibilidade. Nenhum medicamento pode fazer isso. Mas há pessoas que fumam e não têm câncer, e outras que nunca fumaram e têm câncer. Não há receita milagrosa.

O seu discurso, por vezes, assemelha-se a aforismos budistas.

Gosto bastante da expressão *mind-body medicine (medicina do corpo e da mente)*. Ela define a integração do que existe de melhor na medicina convencional com o que funciona nesta medicina que utiliza as capacidades de autocura, de autocorreção no interior do corpo e do cérebro. Mas não é preciso se tornar um budista. Estive recentemente em um debate com o Dalai Lama *(líder tibetano)*, em Boston, e ele disse ao final de sua conferência: "Você não precisa crer na reencarnação, no nirvana ou nas deidades budistas, comece simplesmente tendo mais emoções positivas do que negativas e concentrando seu espírito e sua atenção nisso. Assim já começará a ser um ser humano muito mais evoluído".

Em resumo, seus métodos não trazem nenhuma novidade, mas a comprovação científica das técnicas.

A ideia de que se pode ser curado pela nutrição não é nova. Hipócrates já dizia isso. Acupuntura, nutrição, exercício físico, nada disso é novo. A coerência cardíaca é inspirada em tipos de meditação que datam de 5 mil anos. O novo é que começamos a ter estudos científicos que mostram que os métodos funcionam, e também se começa a entender alguns de seus mecanismos. Graças às novas imagens cerebrais, começamos a entender como funciona a acupuntura, como certos pontos podem anestesiar o centro de ligação da ansiedade no cérebro. Isto é apaixonante, e não se sabia. Na questão da nutrição, começamos a perceber no nível bioquímico a importância dos ácidos graxos ômega-3 na própria constituição das membranas neuronais, no equilíbrio emocional e no controle das reações de inflamação no corpo. Isso é revolucionário. Sabíamos que a nutrição era importante, mas não com tanta precisão que alguns aspectos poderiam ter um grande impacto no equilíbrio emocional. Nessa área, há quatro estudos de caso de pacientes sofrendo de problemas emocionais citados no meu livro, realizados nos últimos quatro anos. Isso não existia, é recente. Temos a prova científica de que funciona. No caso dos exercícios físicos, há dois estudos comparando a prática do jogging com o uso de um antidepressivo moderno extremamente eficaz, o Zoloft. Isso é recente, de 2001 e 2002. O estudo sobre o papel dos animais de estimação no equilíbrio emocional data dos últimos cinco anos. Não é nenhuma novidade dizer que ter um gato ou um cachorro faz bem. Mas, sem os estudos científicos, não podemos recomendar isso num dossiê médico no hospital. Foi por isso que me senti capaz de colocar tudo isso num livro, com argumentos que pudessem convencer. Os estudos científicos são novidade, e a maioria dos conceitos são antigos. O conceito é novo para o caso do EMDR ou a simulação da luz do nascer do sol.

E quanto à coerência cardíaca?

A noção de coerência cardíaca é nova. Há uns 20 ou 15 anos que compreendemos a importância da variabilidade cardíaca em cardiologia. Mas sua compreensão no controle das emoções, sua importância para o controle do cérebro começou há cinco anos. A ideia de que pela respiração e pela concentração se pode controlar o corpo data de milênios. Mas compreender sua atuação e precisar como se pode fazer isso da forma mais eficaz possível é algo novo. As ideias de Damásio sobre o cérebro emocional são revolucionárias. Mas o que eu penso os budistas, por exemplo, já haviam compreendido há 2.500 anos.

A integração neuroemocional pelos movimentos oculares, chamada de EMDR, e a hipnose podem realmente ajudar a resolver problemas emocionais?

A ideia de que se pode utilizar o movimento dos olhos e o foco no corpo para estimular os mecanismos de digestão dos traumas emocionais foi inteiramente desenvolvida por Francine Shapiro, na Califórnia, em 1982. Há 14 estudos devidamente controlados que provam esse método, recomendado por instituições médicas em vários países. O método foi aceito pelos ministérios da Saúde de Inglaterra, Irlanda e Israel. Mas ainda é algo bastante controverso. Há muitas pessoas que, apesar dos estudos científicos, não querem acreditar que funciona, porque não entendem como funciona. É o mesmo caso do lítio, que até hoje não compreendemos bem como age. O EMDR é algo totalmente provado. Também não é um medicamento, não há uma patente, não há muito dinheiro a ganhar com isso, não tem um caminho como o do Lipitor. Mas um estudo publicado há pouco mais de um ano, que compara o EMDR e o Prozac em casos de estresse pós-traumático, revelou resultados impressionantes. Após oito semanas de tratamento com o Prozac, 20% de pessoas não apresentavam mais nenhum sintoma. Com o EMDR, o índice positivo foi de 50%. Depois de dois meses, o tratamento foi suspenso. Seis meses depois, nenhum dos pacientes tratados com o Prozac melhorou. Entre os que foram tratados pelo EMDR, 80% sararam. Mas nos departamentos de psiquiatria continuam a prescrever Prozac. A cada vez que eu prescrevo Prozac, a farmácia da esquina ganha dinheiro, a indústria do transporte que distribui o remédio na França ganha dinheiro, as publicações médicas que fazem publicidade do Prozac ganham dinheiro, a indústria farmacêutica idem. O pior é que eu, como médico, mesmo sem querer, ganho dinheiro, pois meu fundo de pensão dos EUA investe no laboratório Pfizer. Então se fala muito mais do Prozac do que do EMDR, que não faz ninguém ganhar tanto dinheiro.

As pessoas ainda subestimam as capacidades de defesa natural do corpo?

A medicina nunca fala dessas capacidades de defesa natural, não as vê como parte de sua profissão, o que é um erro fundamental. A medicina só nos fala de remédios, porque há muito dinheiro envolvido. O Lipitor reduz a mortalidade por doenças cardiovasculares em 15%, o que não é muito. Pode-se obter melhores resultados com exercícios e com a alimentação. Mas o Lipitor arrecada US$ 1 milhão por hora. Por hora! Obviamente que em todos os seminários para os quais são chamados os médicos, só se fala no Lipitor, não no brócolis. Há uma deformação, relacionada a essas enormes somas de dinheiro ligadas a esses medicamentos. Não há muito dinheiro a ganhar ensinando as pessoas a fazer jogging ou a se alimentar de outra forma. Mas isso não quer dizer que não funciona. Funciona, e até melhor do que os medicamentos. Na área do câncer, é algo ainda muito novo. No domínio cardiovascular, já é algo conquistado. Para o câncer, estamos ainda no começo, e espero que meu livro possa contribuir para isso.

O paciente sente a mudança de percepção nos tratamentos anticâncer?

A quimioterapia e os novos medicamentos são indispensáveis para o tratamento do câncer. Sou o primeiro a dizê-lo: fiz treze meses de quimioterapia e fui operado duas vezes. Não se trata de substituir os medicamentos pelo brócolis. Por outro lado, é idiotice não usar também o brócolis. É preciso aprender a maximizar suas defesas. Acredito que as pessoas estão mais abertas a isso hoje.

O contato humano, a massagem, o carinho e o amor podem ajudar a melhorar nosso sistema imunológico?

A pesquisa sobre isso é algo novo. Todo mundo sabe que uma criança sem contato humano morre. Há estudos mostrando que, sem ser tocado, um bebê para de crescer. Há algo no mecanismo das células que compreende que ele não tem amor, vai morrer de qualquer forma, e ele para de se desenvolver. Há uma relação entre o tocar e os mecanismos fisiológicos profundos. A massagem faz bem fisicamente e também fisiologicamente. Não cura o câncer, mas é algo importante. O que há de mais terrível quando se tem um câncer é o sentimento de impotência. O medo e a impotência. O carinho, o amor, o contato humano nos fazem sair da impotência, e isso limita consideravelmente os estragos do estresse no corpo.

As estatísticas revelam uma epidemia de câncer no mundo ocidental. Pode-se falar em "epidemia"?

A palavra "epidemia" não é ideia minha. São os epidemiologistas do câncer que o dizem. É óbvio que hoje temos melhores técnicas de detecção, e matematicamente temos mais casos de câncer. Mas os cânceres que não detectamos aumentam ainda mais rapidamente que os demais. Os cânceres do linfoma, do pâncreas, do cérebro, das crianças e dos adolescentes são os que aumentam mais rápido, e não são detectados. Então, não se trata só disso. E também não é uma questão de envelhecimento da população, porque os cânceres das crianças e dos adolescentes também aumentam muito rápido. O câncer de mama em jovens nunca aumentou tão rápido.

Você escreveu que o embate contra a doença foi "uma aventura interior violenta". O que isso mudou em você, como médico e como indivíduo?

Em primeiro lugar, me tornou consciente do que era mais importante para mim na vida – e não era a glória científica na pesquisa, mas o contato com o ser humano. Na realidade, a pesquisa me distanciava disso. Essa experiência fez com que eu me desse conta de que queria viver com o coração aberto, o máximo possível, ao ser humano. Contribuir com sentimentos de autoconfiança para o ser humano. Se pudesse fazer isso, minha vida adquiriria sentido. Ajudar a dar sentido à vida dos outros ajudaria a dar sentido à minha própria. Isso foi uma verdadeira revolução na minha vida.

E como médico?

Como médico me tornei menos pesquisador e mais implicado no cotidiano da prática clínica. Mas também me tornei um médico que se interessa cada vez mais em descobrir como ajudar as pessoas a se transformarem por elas mesmas, em vez de mudá-las por uma ação externa.

O câncer é "uma sombra que oferece a ocasião de refletir sobre sua vida". Aprender a lutar contra a doença é "aprender a alimentar a vida que há em nós". Por um lado, não é uma pena que por vezes seja necessário passar pela experiência da doença para valorizar e mudar a vida?

Espero que este livro possa ajudar muitas pessoas a tomar um caminho mais favorável para elas sem que precisem passar pelo câncer. Para resumir: é o livro que gostaria de ter lido para não ficar doente, e o livro que gostaria de ter tido na minha cabeceira uma vez doente. Foi com esse espírito que o escrevi.

Você ainda mantém um diário?

Escrevo um diário. Isto me toma menos de cinco minutos por dia. O diário me serve para ter uma perspectiva sobre o meu dia. É um diário de gratidão. Não escrevo sobre tudo, somente sobre os melhores momentos do dia, e por que foram os melhores. É importante, porque faz refletir, nos torna mais sensíveis ao que é positivo. Não sei se ajuda contra o câncer, mas ajuda a estar de bom humor. Melhor viver a vida de bom humor, com ou sem câncer *(risos)*.

John Malkovich

Encontrei o ator e também diretor John Malkovich motivado pela estreia em Paris da peça *Good Canary*, texto de Zach Helm, com a atriz brasileira Cristiana Reali, radicada na França, como principal protagonista de uma história de amor violenta, apaixonada e sofrida. Foi no teatro, aliás, que tudo começou para Malkovich. E, típico de sua trajetória, por caminhos insólitos. Enamorado de uma colega na Universidade Eastern Illinois – "de enorme cabeleira, parecida com a cantora Carly Simon" e "do tipo inatingível", como contou certa vez –, ele prontamente aceitou acompanhá-la a um teste de casting para uma peça, incumbido de desempenhar o papel de seu par nos diálogos. Ele acabou sendo chamado para atuar, e ela, não. Foi o fim da relação com sua musa da faculdade e o início de sua carreira teatral. Em 1976, aos 22 anos, aderiu à experiência da *Steppenwolf Theatre Company*, fundada em Deerfield (Illinois) por, entre outros, Gary Senise, e depois instalada em Chicago, onde hoje ocupa seu próprio teatro.

John Malkovich é um turista acidental em sua própria vida. Pelo menos é assim que se autodefine. A inclinação turística pode ser percebida em sua singular carreira como ator, diretor de cinema e de teatro e produtor. Suas aventuras artísticas e pessoais lhe renderam a imagem de um explorador solitário, curioso e misterioso. Ele é o visconde Sébastien de Valmont, o predador sexual calculista de *Ligações perigosas*, de Stephen Frears, e também o próprio e emblemático personagem em *Quero ser John Malkovich*, de Spike Jonze. É o jovem intérprete, ao lado de Dustin Hoffman, de *A morte de um caixeiro viajante* (1985), de Volker Schlöndorff, o palhaço de *Neblinas e sombras*, de Woody Allen, ou o psicopata de *O retorno do talentoso Ripley*, de Liliana Cavani. Como ator, foi dirigido ainda por nomes como Steven Spielberg, Manoel de Oliveira, Michelangelo Antonioni, Wim Wenders, Jane Campion ou Bernardo Bertolucci.

Fora de cena, seu percurso também é traçado por sinuosos caminhos. John Malkovich já foi guarda florestal, pintor de casas, chofer de ônibus escolar, empregado em uma empresa mexicana de paisagismo e sócio de boate em Portugal. Recentemente, propuseram-lhe uma experiência como florista, mas, ocupado com uma filmagem, ele se viu obrigado a recusar. Fez sete anos de psicanálise. Toca trombone, saxofone e violão. Mais: adora moda e se lançou em uma carreira alternativa de estilista. Passa boa parte de seu tempo desenhando modelos de roupas masculinas e criou sua própria grife, Mrs. Mudd. Durante nossa entrevista nos camarins do Théâtre Comédia, o elegante Malkovich notou um fio de linha que escapava de um dos botões da manga de seu paletó. Primeiro, umedecendo com a língua as pontas dos dedos indicador e polegar, tentou ajeitar o quase imperceptível estrago. Como não conseguia, retirou o costume, arrumou cuidadosamente o detalhe, e depois o vestiu novamente, sem nunca interromper a conversa.

Residente na França por muitos anos, mudou-se para Boston, nos Estados Unidos. Por um lado, admirador do *savoir-vivre* francês; por outro, chegou a dizer certa vez que um dos maiores erros dos europeus era o de considerar os americanos como pessoas sem cultura. O trabalho faz com que passe de oito a nove meses do ano fora de casa. "As pessoas falam que a vida é curta. Nunca me convenci disso, a minha parece ter uma tendência a não acabar nunca", costuma dizer. Bernardo Bertolucci comparou-o a uma combinação de jogador de futebol iugoslavo com uma bailarina. Sobre seu modo de atuar, o diretor italiano disse: "Ele tem uma violência incrível, e é isso que o faz ser tão doce".

John Malkovich sempre se sentiu livre para fazer o que quis: "Não me preocupo com algo que não posso controlar. Não se trata nem de uma qualidade que tenha cultivado: já nasci assim". Quem é John Malkovich? A pergunta, ele mesmo, recentemente, já respondeu: "A verdade é que eu não conheço John Malkovich".

Good Canary era sua segunda *mise en scène* parisiense. A primeira havia sido em 2002, com *Hysteria*, um texto de Terry Johnson em torno de um improvável encontro de Freud e Salvador Dalí. Quando John Malkovich deixa entreabrir fendas em sua aura de mistério, revela-se extremamente amigável, simpático, disponível e generoso. Mas seu jeito enigmático é permanente, já faz parte do personagem, dentro ou fora de cena.

Como se misturam o teatro e o cinema no seu trabalho?

É difícil dizer. Para mim não é o mesmo trabalho, porque o teatro é algo vivo, e o cinema é uma coisa morta. No cinema, para o ator basta parecer ser bom. No cinema é o "parecer" que conta. No teatro, "parecer" ser algo não provoca nada, é preciso fazer, ser. Mas, por outro lado, imagino que meu trabalho no cinema tenha influenciado de uma certa forma o trabalho no teatro. Só é difícil explicar como, porque é algo inconsciente. Sabemos que somos a soma de nossas experiências. Quando começamos nosso teatro em Chicago, éramos muito jovens e já muito influenciados pelo cinema. Se trabalho com Manoel de Oliveira e depois vou fazer uma peça de teatro, é difícil dizer qual parte de meu trabalho foi influenciada por ele ou por outro. Sou como sou. Sou sobretudo mais influenciado por meus instintos, minhas pulsões e meu olhar sobre as coisas do que pelo olhar dos outros, do que pelas teses, as opiniões ou o trabalho dos outros.

Quando entrevistei o diretor de cinema e de teatro francês Patrice Chéreau, ele disse que foi o teatro que o ensinou a ser um ator, e que os diretores de cinema de hoje, em geral, sabem muito pouco sobre atores.

Eles não sabem nada sobre atores. Talvez alguns tenham um caminho próprio, mas eles não sabem nada. Há mesmo atores que fazem cinema que não sabem nada de cinema, nada das questões técnicas, sobre a montagem, sobre como se escreve um roteiro. Mas também se poderia dizer que esse não é o trabalho deles. Um diretor de teatro é obrigado a educar os atores para que saibam fazer uma peça viva a cada noite. É um trabalho totalmente diferente do que se faz no cinema. Eu trabalhei com muito poucas pessoas de cinema que conhecem a profissão de ator.

Por que você diz que o cinema é como empurrar uma enorme pedra até o alto da colina e o teatro, quando funciona, é como tentar alcançar uma locomotiva descontrolada?

É assim mesmo. Quando o teatro é bom, é assim. Quando não é bom, é um pesadelo, é mais do que uma pedra, é uma montanha. Mas quando é bom, todo o caminho que foi feito até ali, todas as emoções, toda a história, tudo é muito vivo. E o cinema não é vivo, é uma outra forma. Não é uma crítica ao cinema, é que é assim mesmo. Não há nada por detrás. Você deve fazer de conta quando fala da cólera, da morte, porque você não tem tempo, não tem uma verdadeira história para contar a cada noite. Às vezes são só três minutos, ou menos até, trinta segundos, dez segundos, e você é obrigado a dizer "ok", e colocam um produto em seus olhos para você chorar. Isso não tem nada a ver com o teatro.

Certa vez lhe perguntaram: "O que você compreendeu recentemente no cinema?". Você disse que era uma ótima questão. Então, pergunto: o que você compreendeu recentemente no teatro?

O teatro é uma profissão que busca os momentos. São os momentos efêmeros de brutal, triste, trágico, alegre, que lhe recordam algo de sua vida de que você não se lembra mais. E é isso que compreendemos a cada vez no teatro. Se for um bom teatro. Se não é bom, temos vontade de partir, ir embora, ir jantar. Mas, se é bom, faz você se lembrar de uma passagem da vida. A vida que passa, a vida que você viveu, da qual você se esqueceu, e que de repente volta e toca você. Isso são coisas que eu compreendo no teatro. Que o teatro tem um mundo próprio nele.

Você disse: "A maioria dos filmes são coisas que respondem. Eu não tenho respostas".

Eu não tenho respostas no momento. As pessoas têm, muitas vezes, respostas. Eu as tenho muito pouco. Não sei. Tive um chofer aqui na França, e a cada vez que lhe perguntava algo ele respondia: "Não sei, não sei". Talvez tenha sido muito influenciado por ele *(sorri)*. Não sei. E no teatro, normalmente, o nível de escrita é bem mais complexo do que no cinema. Pode-se criticar o teatro como se quiser, mas Samuel Beckett não tem muito a ver com, sei lá, Michael Bay. Não é a mesma coisa.

Para você, o cinema não é uma arte, embora a arte esteja presente nele. Você diz que se trata de uma indústria, porque atualmente o valor de um filme depende das imposições do mercado. Isso é difícil para você?

Não verdadeiramente. Há sem dúvida filmes que conquistaram a *appellation* "arte", mas não muitos. Normalmente, o objetivo de um filme não é o de exprimir o ponto de vista, as loucuras, as fantasias, as tristezas e as coisas sagradas dos sonhos do diretor. São feitos por outras razões, que não têm nada a ver com isso. A arte está aí sobretudo para exprimir tudo isso. E o cinema não é concebido para isso no mundo moderno. Talvez sempre tenha sido assim, não sei. Por exemplo, esta peça que enceno agora é teatro privado, não é subvencionada. Eu me dispus a enfrentar o mercado e tentar fazer com que as pessoas venham vê-la. Pode-se perder, e se isso acontecer não será a primeira vez na minha vida, nem a última. Mas isso não vai mudar meu ponto de vista. E sou um dos principais produtores da peça, mas não é nada grave. Se funcionar para o público, perfeito, magnífico. Se não funcionar, faz parte também. Isso não podemos controlar. Faça. Se você achar que é uma bela peça que merece ser contada, você se sente obrigado a fazê-la. E pode dar certo ou não.

Você diz que Good Canary *rejeita o poder redentor e transformador do amor e cita os Beatles, mas à sua maneira:* "Love is not all you need". *Seria uma peça sobre o sofrimento e a falta de amor?*

A peça mostra que o amor não é tudo na vida, que nem todas as relações humanas são governadas pelo amor. O amor pode fazer sofrer e pode ser transformador, os dois aspectos são fortes, mas são sentimentos diferentes. O amor pode realmente ser algo muito bom, mas não é tudo.

Como ocorreu a escolha de Cristiana Reali para o papel de Annie, a personagem principal?

Já havia visto Cristiana atuar em outras peças, na montagem de um texto de um autor brasileiro *(Fica comigo esta noite, de Flavio Souza)* e, mais recentemente, em *La Locandiera*, de Carlo Goldoni. Havia pensado nela quando encenei *Hysteria*, mas na época ela estava comprometida com outros trabalhos. Mas desta vez foi possível trabalharmos juntos. Ela é excelente, intensa, determinada, engraçada, tem humor. Tem uma alegria, mas também pode ser sofrida. É muito bom trabalhar com ela. É difícil dizer se ela tem um lado brasileiro ou não. Acho que ela tem uma *joie de vivre*. Em vez de ser muito torturada, é insatisfeita. Ela adora trabalhar, e é extremamente exigente.

Ela passou dois dias em uma clínica do doutor Olivenstein para drogados, já que sua personagem na peça é dependente.

Foi uma ideia dela. Porque acho que ela teve muito pouca experiência com drogas, sobretudo anfetaminas e tudo o mais, e a peça trata bastante disso. Assim ela se informou, para compreender o que se passa com as pessoas que utilizam esse tipo de drogas.

Como surgiu seu interesse pelo texto de Zach Helm?

Foi a atriz Lucy Liu, que na época era namorada de Zach Helm, que me passou o texto. Li e gostei bastante. Havia um projeto para montar a peça com Lucy, mas acabou não dando certo, e aí surgiu a oportunidade de fazer aqui na França.

Ingmar Bergmann e Michelangelo Antonioni morreram recentemente. Você filmou com Antonioni, que se tornou um de seus cineastas preferidos. Quais os seus sentimentos com essas perdas?

Eu me sinto muito emocionado pelo fato de ter conseguido trabalhar com pessoas que têm um lugar importante na história do cinema. Pode ser Michelangelo, Mastroianni, Manoel de Oliveira. É impossível classificar em valor as oportunidades que tive. Todos vamos morrer, e eu sabia que Michelangelo não estava bem. Ele sofreu bastante desde o primeiro problema de saúde que teve. Mas me sinto muito feliz de poder ter trabalhado com ele. E também com Bernardo Bertolucci, Wim Wenders, Gérard Depardieu ou Manoel de Oliveira, que hoje tem quase 100 anos de idade e ainda trabalha, acho que fez dois filmes no ano passado.

Você uma vez disse que se considera um turista acidental em sua própria vida. Ainda se sente assim?

Ainda é assim. Continuo a fazer meu turismo na vida.

Gilles Lipovetsky

Consumir não é pecado, diz o filósofo francês Gilles Lipovetsky. Mais do que liberar de culpa o consumidor moderno – que denomina de hiperconsumidor –, o pensador aponta efeitos benéficos do consumo para o estímulo da felicidade: satisfaz sonhos e mantém a esperança em um futuro melhor. Mas alerta: o consumo não pode se tornar o ideal da humanidade. O sentido da felicidade, assinala, está em "ser", e não em "ter". Para ele, é o investimento em novas formas de educação que poderá alavancar a exigência deste século: preparar os homens para serem não somente consumidores, mas "artesãos e criadores de sua própria existência". Sua luta é por uma "pedagogia das paixões". "Devemos dar novas paixões aos homens. Não somente a paixão pelas grifes, mas a paixão por fazer e por criar coisas", defende.

Conhecido no Brasil por suas conferências e obras traduzidas (*O império do efêmero*, *O luxo eterno*, *A terceira mulher*, *Os tempos hipermodernos*, *A era do vazio* ou *A felicidade paradoxal: ensaio sobre a sociedade do hiperconsumo*), Gilles Lipovetsky é um estudioso da essência contraditória do homem moderno. Entre tantos temas, o consumo e o luxo na sociedade contemporânea são predileções como objetos de pesquisa. Mas, coerente em suas próprias contradições, em seu cotidiano o filósofo é um péssimo exemplo de consumidor e leva uma vida sem excentricidades. Antiturista por excelência, pouco afeito às novas tecnologias e dono de um guarda-roupa carente de peças de grife, Gilles Lipovetsky me recebeu em seu modesto apartamento na cidade de Grenoble, onde vive e leciona na universidade, vestindo jeans e calçando chinelos baratos e meias soquete brancas. O luxo só lhe interessa em suas investigações filosóficas. Nem à mesa é exigente com o cardápio: "Não sou gourmet. Tenho uma vida simples. Gosto das coisas simples, mas do pensamento um pouco mais complicado, embora não em demasia", disse, rindo, acrescentando que sua vida era aparentemente banal. Casado com uma dona de casa, pai de duas filhas – uma advogada e uma então estudante de arquitetura –, defendia como seu único luxo a possibilidade de "poder pensar livremente, sem obrigações". Na infância e até o início da adolescência, os livros não faziam parte de seu mundo, o que provocava reprimendas por parte de sua mãe. Mas, aos 17 anos, ao ser apresentado à filosofia em sala de aula, foi amor à primeira vista. "Foi uma grande paixão. Vivia em um meio social e familiar no qual não se conversava muito, não se falava de coisas intelectuais. A filosofia foi para mim um verdadeiro sol, uma nova vida se abriu, adquiri um formidável apetite de reflexão e de leitura", contou.

Em Maio de 68, em Paris, era apenas um jovem curioso: "Participei do movimento, mas não era um fanático, nunca acreditei na revolução, não gostava da violência". Depois, vieram as influências e as amizades com professores e colegas. "Era amigo de François Lyotard, Jean Baudrillard. Li Marx e os autores da geração contestatória, como Cornelius Castoriadis. Li muito Freud, Claude Lévi-Strauss. Depois, os sociólogos americanos, e também Alexis de Tocqueville. Mas nunca houve uma corrente à qual me integrei."

Gilles Lipovetsky se reivindica como um pensador livre. Em sua lógica filosófica de consumo, tudo o que deseja é continuar a refletir sobre as coisas do mundo e a escrever seus livros. É o seu luxo particular. Como diz, o luxo de existir e de inventar seu futuro: "O luxo é a expansão da existência".

Por que você escreve todos os seus livros de forma manuscrita? Não seria mais fácil usar o computador?

Para mim, é muito demorado escrever no computador. Escrever à mão, por um lado, é mais trabalhoso porque depois é preciso transcrever tudo. Normalmente, dou o livro inteiro para uma secretária passar para o computador. Mas há aspectos agradáveis. Quando viajo, escrevo por todo lugar somente com um lápis e uma borracha. É algo bastante artesanal. Eu me lembro de uma vez no Rio, estava hospedado em um magnífico hotel em Copacabana, tinha uma janela com vista para o mar, e por cerca de três horas escrevi à mão um pequeno capítulo do livro sobre o luxo. Gosto muito da internet para fazer pesquisas, mas para escrever prefiro o papel, acho mais cômodo. Deve ser minha idade, não fui formado no computador.

Você tem iPod?

Não tenho esses aparelhos, só um telefone celular, que é bastante útil. Adoro a tecnologia. O que não gosto é de aprender a usá-la. Depois que se sabe, é formidável, mas não tenho muita paciência para aprender. Tinha um velho celular e o guardei durante muito tempo, pois não queria um novo para ter de aprender tudo mais uma vez. Minha relação com a tecnologia não é lúdica, mas muito prática.

Você tem um gosto especial pela arquitetura e uma implicância pessoal com a arte contemporânea. Por quê?

Os arquitetos contemporâneos fazem coisas magníficas. A arquitetura será a grande arte do século XXI. Adoro Frank Gehry, Rem Koolhaas, Jean Nouvel, Christian de Portzamparc, Renzo Piano, Zaha Hadid, Norman Forster. Mas não sinto a mesma emoção quando vejo obras de arte contemporânea nos museus. As exposições que vejo me deixam perplexo, me entediam, não têm esta força que me dá a arquitetura. O cinema, a música e a arquitetura são as artes que têm um futuro no século XXI. Em todo caso, são as que mais me estimulam.

E o que aprecia como lazer?

À noite, vejo tevê. Nunca tiro férias, porque tenho a impressão de estar sempre em férias. Não gosto de separar férias de trabalho. Para mim, refletir, escrever, pensar é muito estimulante. Passar oito dias em uma praia sem fazer nada é o horror. Frequentemente viajo a diferentes países para fazer conferências, encontro novas pessoas, trabalho e viajo ao mesmo tempo. Gosto muito dessa mistura. Mas detesto o turismo. Não me interessa ver cartões-postais. Vou a São Paulo, Rio, Porto Alegre e Belo Horizonte para conferências, mas não sou obcecado por visitar todos os lugares do Brasil. O que me interessa são as pessoas que encontro, a vida, e não o turismo em si. E gosto muito de caminhar. Todos os dias, entre 17h30, 18h, saio para caminhar por cerca de duas horas. É uma maneira de relaxar. Faço sempre o mesmo trajeto, para não ter de pensar muito. Deixo o espírito livre para sonhar. É um tipo de oxigênio para mim.

Você já viajou uma dezena de vezes ao Brasil. O que pensa do país?

Gosto das pessoas no Brasil, de seu bom humor, da música brasileira, das paisagens, mas não tenho uma teoria sobre o Brasil. É verdade que há estas desigualdades bastante visíveis. Espero que o Brasil consiga reduzi-las, pois são excessivas. É um país que precisa de mais unidade, de mais harmonia.

O que o levou, como filósofo, a se interessar pelo luxo?

Foi um pouco o acaso que me levou a estudar, pesquisar e formular hipóteses sobre o luxo. Escrevi um livro sobre a moda, *O império do efêmero*, e na sequência tive muita demanda de empresas para conferências sobre a moda e o luxo. Chanel, Nina Ricci, Yves Saint-Laurent, Dior, Lancôme, Audi e outras grandes marcas me convidavam para palestras e mesmo para dar cursos. Acabei escrevendo um pequeno livro, *O luxo eterno*. E agora preparo um novo ensaio sobre o luxo, abordando a questão da estética, pois antes havia estudado mais o ponto de vista do consumidor. Quero trabalhar sobre as lojas, os hotéis, os bares, os spas, e o sentido desse luxo na escala da globalização.

Você detesta o turismo e não se pode dizer que seja um exemplo de consumidor de luxo.

Não faço turismo e não sou consumidor de luxo. Não me interessa. Para mim, o verdadeiro luxo é ter projetos que dão relevo à minha existência e que me levam a imaginar o futuro diferente do presente. Minha definição de luxo é bastante existencial. Isso me dá muito prazer, mas também muita ansiedade. É a vida. Minha vida não é luxuosa materialmente. Mas não quero dar lições aos outros de como se deve viver. Há um luxo plural hoje, muito interessante, porque vai de arquiteturas sublimes a produtos mais ou menos acessíveis a uma grande parte da população, e que gera produtos de qualidade. Há um mercado muito variável, que não é forçosamente inacessível, e se pode falar de um sorvete, um legume de qualidade. A qualidade, que é a marca do luxo, deve ser desenvolvida. Deve ser estendida às maçãs, às laranjas, às coisas simples. Isso é um luxo enorme. Não vejo diferença entre degustar um excelente pêssego e um caviar. Haverá diferença se você tiver o caviar e um pêssego ruim. Mas se a fruta é magnífica, perfeita, é um luxo. O que pedir mais? O luxo não é forçosamente o que a maioria das pessoas não pode comprar. Eu não sou hostil ao luxo, mas no seu universo o que me interessa são os produtos de qualidade, os sabores, as belas coisas e também o luxo da existência, que para mim é a paixão de sempre poder fazer coisas novas. A existência é diminuída quando não há mais esta paixão. O luxo, em princípio, é a expansão da existência.

Você é contra a crítica fácil do luxo.

A questão do julgamento do luxo é muito complicada. A partir de quando se julga algo como inaceitável? É difícil estabelecer critérios.

A crítica é milenar. A partir dos séculos XIII e XIV, os reis editaram as leis suntuárias. Eles viam os nobres rivalizarem em riqueza e impuseram proibições. Proibiram o ouro no vestuário. Mas isso nunca foi eficaz, pois sempre foi contornado. Diante do luxo, é difícil não se ter um julgamento. É difícil legitimar somas astronômicas para produtos descartáveis. O problema é estabelecer uma medida. Mas a cultura do luxo, a perfeição, o belo, a criação, tudo isso me parece excelente. Não se pode ser um asceta e denunciar tudo isso. A aspiração à beleza é algo legítimo. O problema é quando essa concretização da beleza é vendida a preços extremamente altos. Isso coloca certos problemas éticos. É algo que existe, mas não falo disso nos meus livros porque é muito fácil jogar com a denúncia desse tipo de coisas. O luxo não me choca quando ele tem uma verdadeira dimensão coletiva, se ele é visível. Por exemplo, um hotel. Nem eu nem você podemos nos hospedar em um hotel de 20 mil euros a diária. Mas se esse hotel tem uma arquitetura absolutamente sublime, não sairei em guerra contra isso. Por quê? Talvez porque sejam como os Versalhes de hoje. A beleza no espaço público é importante. A arquitetura é um exemplo interessante, pois pode mudar a percepção do espaço público. A implantação de museus privados, Guggenheim e outros, é algo sublime. Mesmo se é algo destinado exclusivamente a um público privado, eu não seria extremamente severo, pois haveria um benefício público. Mas quando é um puro produto de uso individual, a um custo ilimitado, diria que sua legitimidade é mínima. Um vestido e um anel são diferentes de um hotel. Um tem uma dimensão pública e os outros, não. Seria como se denunciássemos Luís XIV por isso. Milhares de pessoas consomem o luxo. Quando se vai ver as pirâmides, os templos, as mesquitas, todas essas construções são luxo, é sublime. Todos nos tornamos hoje grandes consumidores do luxo pelo turismo. Dá prazer às pessoas ver tudo isso. Os novos prédios arquitetônicos de hoje são um pouco como os grandes palácios de outrora, por isso não sou severo. É o que ficará no futuro, e não a roupa feita de pele de crocodilo.

Você retoma a ideia do pensador francês Pascal (1623-1662), segundo a qual o homem é feito de "contrariedades". Para você, a filosofia da felicidade não exclui a superficialidade e a profundidade, a distração e a edificação de si mesmo.

Eu retomo a ideia pascaliana de que o homem não é simples, ele tem aspectos paradoxais e contraditórios. Guardei essa ideia porque me perguntei: finalmente, em relação ao consumo, que posição é preciso adotar? Em meio aos intelectuais, há uma atitude muito simples de dizer que é o horror porque é o capitalismo, e tudo que é capitalista é horrível, é o dinheiro, a mistificação, só traz infelicidade, frustração. Não penso que seja assim. O consumo não dá as maiores felicidades da vida. As maiores felicidades são o que você faz de sua vida e o que você vive com os outros. O resto lhe dá satisfações. Mas as satisfações contam mesmo assim. Senão, se cai numa existência ascética. Não creio que se deva demonizar a superficialidade, o lúdico, as coisas fáceis. Isso é necessário ao ser humano. O ser humano não é homogêneo, ele quer refletir e compreender, mas também se divertir. E quando alguém quer se divertir não é necessariamente profundo, isso é mesmo contraditório muitas vezes. Jogos muito inteligentes são também tediosos, há o prazer da leveza. O consumo, de uma certa forma, responde a esta necessidade humana de leveza. É por isso que não gosto muito dos críticos do consumo, eles são como religiosos que querem nos dar lições. O superficial faz parte do ser humano, há uma legitimidade nisso. E quem vai decidir, em nome de uma lógica totalitária, o que é superficial e o que não é? Não vejo no mundo moderno como eliminar esta dimensão. No hiperconsumo há, talvez, uma dimensão excessiva, que quebra a possibilidade de outras sensibilidades se desenvolverem. O importante não é culpabilizar as pessoas, mas lhes dar meios para que não se tornem simples consumidores, que não seja o consumo sua única motivação na existência. O consumo, pessoalmente, não me interessa muito, mas não considero que seja a barbárie, como dizem muitos intelectuais. Faz parte do gosto pela estética do mundo apreciar mesas bonitas, belas casas, a decoração. Se os homens fossem apenas especulativos, a humanidade não teria todas as suas maravilhas. O homem fez belas coisas, que são objetos de consumo. Hoje, quem não tem o gosto pela música, que se tornou algo quase permanente para os jovens?. Você pode dizer que não é boa música. Mas há músicas diversas. Há o cinema. Há o turismo, que em grande parte é cultural, as pessoas gostam de ver as belas coisas. São as mesmas coisas estereotipadas, é verdade, mas há o prazer de descobrir as pirâmides, a torre de Pisa, Notre-Dame de Paris, o Rio de Janeiro. Há uma alegria estética nisso. O hiperconsumo desenvolveu o sentido estético, que foi elevado e não rebaixado. As artes comerciais difundem modelos de beleza, modelos estéticos. Há mesmo um carro que se chama Picasso. Há uma democratização dos modelos estéticos. Isso só não é legítimo quando se torna um obstáculo. Uma criança que fica cinco horas diante da tevê ou que só pensa em grifes não é um modelo. O ideal de consumo não pode se tornar o ideal supremo da humanidade. O ser humano não se satisfaz com o que tem, e quer fazer melhor. Há algo que o empurra para isso. E o homem também não é só alguém que absorve, compra, mas alguém que pensa. Pensar, criar, se superar, fazer coisas para a humanidade, tudo isso não é consumo.

Qual seria a crítica válida ao consumo?

Para mim, a crítica do consumo está na existência. É o lugar demasiado que o consumo ocupa na vida das pessoas que me preocupa. Consumir revistas de celebridades não é um problema, mas ler apenas isso, sim. Eu não sou maniqueísta. Quando tinha 13 anos, minha filha era fã de Michael Jackson. Havia artigos sobre a manipulação, o star-system, o showbizz, dizia-se que tudo isso era extremamente perigoso para os jovens. A paixão dela por Michael Jackson durou dois anos. Aquilo não fez mal nenhum, porque ela tinha outros interesses na vida. É uma questão de civilização. Mas não se pode fazer um processo contra o consumo. Esta dinâmica não vai parar. O universo do consumo é a mercantilização das atividades humanas. Cada vez mais as coisas são aspiradas para o ciclo da troca mercantil. Tudo se faz em uma escala maior. Haverá uma planetarização do hiperconsumo, isso me parece irreversível. É preciso ser realista. Devemos fazer com que esse universo do hiperconsumo seja viável. Isso implica um desenvolvimento sustentável. Devemos também estimular novas formas de educação para que o consumo seja apenas uma parte da vida das pessoas, que não se viva exclusivamente para isso. Minha crítica ao consumo não é econômica, mas cultural. Não devemos viver para consumir. Mas o consumo dá satisfações e prazeres. Embora eu não seja um exemplo consumista, entendo que as pessoas tenham prazer em se vestir bem, viajar. Estes prazeres da vida não devem ser atacados. Mas são apenas uma parte da vida. É preciso haver um equilíbrio entre o consumo e outros aspectos da vida. Acabamos voltando à sabedoria antiga: o que é demais é ruim. Devemos encontrar um melhor equilíbrio entre a paixão pelo consumo e a paixão pela ação. Há muita frustração no nosso mundo, mas ela não está no consumo. Há a frustração no trabalho, a frustração sentimental e a frustração sexual. Uma das grandes forças do consumo é que ele frustra pouco as pessoas. As verdadeiras frustrações estão em outro lugar. Quando você compra um carro modesto, sente-se feliz. Você não precisa morar no hotel Carlton ou no Ritz, pode ser feliz em seu pequeno apartamento. Você pode ter férias felizes e modestas. Você não precisa ter uma Sharon Stone ou uma Nicole Kidman para encontrar o amor na sua vida. Pode-se ter uma experiência de satisfação mesmo fora das mais sublimes marcas.

O que é o seu conceito de "felicidade paradoxal" da sociedade de hoje?

A sociedade do bem-estar e de consumo de massa se afirma como a sociedade da felicidade. As férias, o lazer, Disneyland, a publicidade, o supermercado. É uma sociedade que alardeia o prazer, o bem-estar, o conforto. Nesta sociedade, vive-se cada vez mais, a esperança de vida se multiplicou. Os costumes se liberaram. Existe liberdade sexual. Um marciano poderia olhar e dizer: "É verdadeiramente um planeta de gente feliz aqui". Mas, quando se olha de perto, não se tem a mesma percepção. Vemos pessoas ansiosas, o aumento da depressão, o suicídio, jovens perdidos, a solidão, o medo do desemprego, da globalização, a inquietude em relação ao futuro. Pareceu-me que isso poderia ser resumido na "felicidade paradoxal", porque a sociedade promete a felicidade, fornece muitos elementos para se ser feliz e, ao mesmo tempo, a vida não se torna mais feliz. Consome-se cada vez mais, mas os homens não são cada vez mais felizes. Eles não são também cada vez menos felizes. Eu não sou apocalíptico. Isso nos faz refletir bastante sobre o sentido da felicidade, sobre o ser humano. Será que o homem pode dominar a felicidade? Eu não acredito. Nisso me mostro bem mais cético do que os nossos grandes mestres, os gregos. As grandes escolas de filosofia antiga forneciam elementos para se viver feliz, como o estoicismo, o epicurismo. Eu não acredito que exista um sistema capaz de tornar o homem feliz e sempre feliz. Se é apenas um momento de felicidade, sim. Há várias coisas que nos tornam felizes. Você vai ao cinema e o filme é muito bom, você fica feliz. Você encontra uma bela mulher e sente-se feliz se ficar apaixonado. E também não acredito que as ciências e as técnicas da modernidade permitam aos homens controlar a felicidade. A felicidade é algo interior. Você pode estar num ambiente magnífico e não se sentir bem por diferentes razões. A sociedade de hoje oferece muitas possibilidades de satisfação, de evasão, mas não creio que o pastor de outrora fosse forçosamente menos feliz. Não funciona assim. O homem, pela ciência e o saber, pode dominar melhor o mundo, mas não pode dominar a felicidade.

Você diz que o sofrimento foi esvaziado de todo sentido e que a felicidade se tornou uma imposição, o que torna ainda mais difícil a superação de seu fracasso.

A questão do sofrimento é essencial. As sociedades passadas tinham uma grande sabedoria. Elas conseguiram, sobretudo pela religião, fazer com que as pessoas aceitassem condições que são terríveis para nós. A sociedade ajudava as pessoas, pela tradição e pela religião, dava forças. As pessoas não se questionavam muito, porque a Igreja dizia o que devia ser feito ou não. Você se casa, tem filhos, trabalha, é assim. Seu pai fazia assim, você continua fazendo o mesmo. E no nosso universo religioso judaico-cristão, a vida na terra não era para ser feliz. A terra era um vale de lágrimas. O sofrimento servia para alcançar o Paraíso. A religião foi um meio de acalmar o sofrimento dos homens e de fazer com que aceitassem condições muito difíceis, de pobreza, da perda de filhos. Hoje, perder uma criança é um drama de toda uma vida. No passado, as famílias perdiam cinco, seis filhos com frequência. Claro que havia um sofrimento, mas não era o mesmo de hoje. Percebe-se a relatividade das coisas. A vida era frágil e a morte próxima, mas era assim. Hoje, há o que alguns chamam de a "tirania da felicidade". Há dois aspectos nisso. À força de dizer que é preciso ser feliz, fazer amor todos os dias, ter orgasmos sem parar, se você não os tiver, haverá problemas. O camponês não tinha isso antes. Ele conhecia apenas sua pequena aldeia, não podia comparar. Você pode comparar, na tevê, pela internet, olha em volta e se diz: "As pessoas têm quinze orgasmos por dia e eu não tenho nenhum, há um problema". Mas acredito que a palavra "tirania" seja forte demais, porque a valorização da felicidade é também algo que faz você rejeitar o que não gosta, que faz você mudar. É também, de uma certa forma, a religião de hoje. Se você está deprimido, alguém pode sugerir que compre uma passagem barata, faça uma viagem, encontre pessoas. Isso dá esperança. É a felicidade tal como funciona nas nossas sociedades: a estimulação da felicidade. É algo também que cria a ideia de que amanhã, talvez, será diferente. E será que podemos nos privar disso? Não creio. Os filósofos dizem, por vezes, como os budistas, que a esperança é algo ruim, que é preciso eliminá-la porque, quanto mais você espera, menos obtém. É algo que cria a decepção. Não acredito nisso. Pois quando você não tem mais esperança alguma de que sua situação mude é o horror. No exemplo extremo, é o caso do prisioneiro condenado para toda a vida. Ele sabe que ficará preso toda a sua vida. É uma das condições da desesperança, quando você está certo de que amanhã será exatamente igual. O capitalismo de consumo tem este mérito: ele bombardeia sem parar com possibilidades de viagens, lazer, música, encontros. A vida é complicada, mas nada é pior do que não ter esperança. Mesmo se a esperança cria a decepção. Você sai em férias, acha que vai ser formidável, mas no final é péssimo. Sua namorada o trai e o decepciona, suas esperanças são atingidas. Mas imagine não ter esperança. Você teve uma ferida sentimental, mas pode esperar ter uma outra aventura, uma nova vida. Essa é a diferença entre o jovem e o velho. Pode-se permanecer jovem por muito tempo. O jovem é aquele que sempre tem esperança. Quer dizer que ele tem um futuro. E pode-se ser velho bastante jovem. O velho não acredita mais em algo diferente. Ele talvez se proteja, não acredita mais que as coisas possam mudar. Por exemplo, eu não gosto dos turistas. É algo pessoal. Mas observo pessoas de 70, 75 anos viajando. Meu pai, aos 85 anos, doente, viajou para o Egito. Foi um momento de felicidade para ele antes de morrer. Não é a revolução, mas penso que é importante. São momentos que evitam a desesperança.

Como você analisa essa felicidade vinculada às solicitações do consumo?

É um problema também filosófico. Acho que há várias razões. A primeira é que o homem hipermoderno tem necessidade de renovação, ao contrário do homem da tradição. Hoje, o consumo estimula permanentemente e permite renovar seu meio ambiente. Você compra um CD, chega em casa, coloca para tocar e algo se passa. Você compra um quadro e renova o décor de sua vida. Você compra uma poltrona, viaja um fim de semana... O consumo é como um tipo de rejuvenescimento. Bastante fugidio. Mas você tem a impressão de que algo acontece. O homem moderno não é mais o homem feito pela tradição, ele tem necessidade de estímulo permanente, porque nada é estável. E o consumo traz sem cessar prazeres, satisfações. Estamos numa cultura hedonista, e os homens querem aproveitar. É o contrário do homem cristão, para quem o prazer era algo culpável. Hoje, é praticamente o inverso. O indivíduo que não tem prazeres começa a se questionar, porque ele tem a impressão de perder a chance da felicidade. Há isso, de se aproveitar a vida. Não é uma questão de ideologia ou de publicidade, é mais profundo. Não é porque você vê cartazes da Tailândia que vai morrer porque não pode viajar para a Tailândia, não é isso. Por que as pessoas consomem, se endividam? Elas dizem a si mesmas, no fundo, que há só uma vida, e por que não aproveitar esta vida? É a força de viver o presente, nesta terra. O consumo oferece, e as pessoas agarram. Mas há um outro lado. A sociedade hiperindividualista se acompanha de um mal-estar da existência. Há o estresse, a depressão, preocupações diversas, o trabalho, a família. E o consumo funciona como um tipo de curativo para isso. Ele possibilita expulsar esses maus momentos, faz esquecê-los. É o que chamo de consumo paliativo, terapêutico. Você está com o moral em baixa, vai ao cinema, vê tevê, uma mulher vai comprar um vestido. O que você faz quando se sente só? Você compensa no consumo. De um lado o consumo estimula e, por outro, compensa.

Você observa, no entanto, que o consumo material já não basta, e que neste novo interesse pelas vias espirituais e tradições místicas a felicidade interior se tornou também um objeto de marketing.

Isso assinala uma mudança na sociedade de consumo. Nos anos 1950-1960, o consumo estava ligado aos objetos e ao lazer. A televisão, a geladeira, o carro, o conforto material. Mas, hoje, há o retorno do religioso e da espiritualidade. É um sinal de que essas satisfações materiais continuam, mas não são suficientes. A vida se tornou mais difícil. As pessoas têm menos tempo, se sentem mais cansadas. E também a fascinação do conforto é um pouco menor, é menos um mito, como foi antes o carro e a televisão. Cobra-se dos indivíduos a conquista de um tipo de paz e de tranquilidade interior. Há um retorno da felicidade no sentido antigo, como paz e serenidade. Mas, é verdade, há um enorme mercado. Quando eu era jovem, ia à livraria e não havia nenhuma seção de religião e espiritualidade. Hoje, elas são numerosas. Há também o mercado de seminários, dos gurus. Enfim, há este fenômeno curioso de que o interior, a sabedoria, se tornou um objeto de consumo. Na sociedade de hiperconsumo, o mercado se apodera do que não estava no mercado. Hoje, vendem-se fórmulas para a felicidade. Não é mais o mercado do carro, do refrigerador ou do banho. Criou-se um mercado psicocorporal, do corpo e do espírito. Veja o impulso do mercado de saúde, por exemplo. A quantidade de medicamentos que as pessoas tomam é enorme. É hipermaterialista. O dinheiro hoje tem muito mais importância do que antes. Certamente que o dinheiro é para se ter sensações, é o que chamo de consumidor emocional. Mas, hoje, sem dinheiro se torna difícil, porque tudo se compra. Não era assim há trinta anos. Antes se vivia com menos coisas. Hoje, sem dinheiro, você é um miserável. Você não pode circular, sair em férias. Antes não havia essa necessidade.

Você fala de uma "sabedoria light", ligada ao imediatismo e ao emocional, e também ao hiperconsumidor.

Antes, a sabedoria implicava um trabalho enorme. A sabedoria grega era um trabalho sobre si mesmo, um exame pessoal e um exercício espiritual, que implicava uma mudança profunda nos modos de vida. Hoje não é mais isso. Penso que, hoje, a espiritualidade serve simplesmente para aceitar a vida que levamos, e não para mudá-la. O executivo da grande empresa que está estressado vai viajar no fim de semana porque pensa que vai lhe fazer bem, mas vai continuar a trabalhar para comprar seu carro, sair em férias etc. A sabedoria não é mais uma ruptura profunda com a existência material, mas o que possibilita viver melhor a vida material e efêmera do hiperconsumo. É nesse sentido que falo de sabedoria light. O adepto quer ganhar de todos os lados. Hoje não há renúncias. A sabedoria era muito ligada ao ascetismo. Hoje, o ascetismo dura uma semana, um fim de semana, não é mais um sistema de valor. O modelo é diferente. Mesmo a sabedoria funciona na lógica do consumo.

Você acredita que vivemos sob a ditadura da performance, da busca generalizada pela excelência, a beleza, o desempenho?

Creio que a lógica da performance não é tão geral como se diz. Há muitos fenômenos que mostram que não funciona assim. Mais do que eficazes, as pessoas querem, sobretudo, o equilíbrio entre vida privada e vida profissional. Talvez 10% da população vivam integralmente para o trabalho. Performance? Mas nunca houve tantos obesos. Como falar de sociedade de performance quando você tem 30% de obesos nos EUA? Isso mostra duas faces contraditórias do hiperconsumo. De um lado, é mais informação, reflexão, as pessoas prestam atenção ao que comem, fazem regime, verificam se os produtos não têm muita gordura. O consumidor da alimentação se tornou inquieto. Por outro lado, nunca houve tanta desordem, caos, na alimentação. É impressionante. Nunca houve tanta preocupação na sociedade com a manutenção da linha, da magreza, e nunca houve tantas pessoas obesas. Veja o paradoxo considerável. O consumo responsabiliza e desresponsabiliza ao mesmo tempo. Mesmo na sexualidade, os homens são ansiosos, embora isso não seja contemporâneo, é provavelmente eterno. Mas talvez essa ansiedade tenha se intensificado. Há esta questão do orgulho masculino. Mas as mulheres não querem a performance. Elas querem o amor, querem sentir, querem o prazer, mas não se trata de desempenho. Há problemas na comunicação entre homens e mulheres, mas não é neste âmbito da performance. Há mais infelicidade, as pessoas brigam, mas o problema não é a performance.

Na questão da saúde, você diz que somos cada vez mais bem tratados, mas nos tornamos hipocondríacos crônicos. Isso faz parte da felicidade paradoxal?

Estamos apenas no começo deste processo, porque a vida se alonga. Quando você tiver 50% da população que viverão por mais de 100 anos, haverá uma medicação considerável da existência, com técnicas de prevenção cada vez mais importantes. Você não irá mais ao médico somente quando estiver doente. Você é medicado mesmo quando está em boa saúde. A obsessão pela saúde se tornou algo planetário, e a parte de despesas com saúde no orçamento dos consumidores aumenta cada vez mais. O que isso implica como reflexão em relação à felicidade? Não podemos ir contra isso. Estou convencido de que em todos os países será proibido fumar em qualquer local público. Na Itália, que é um país anárquico, o tabaco foi proibido por todo lado. A segunda coisa é que isso vai contra a filosofia do consumo. O consumo é o hedonismo, o prazer aqui e agora. Todo o capitalismo de consumo revalorizou o crédito. O crédito quer dizer: você não tem dinheiro, mas poderá pagar depois, e aproveite agora. É um gozo do presente. É a filosofia do *carpe diem*, o prazer do dia, do agora, não esperemos pelo amanhã, é preciso viver já. E ao mesmo tempo você tem a ideologia sanitária, médica, que não para de crescer e que se confronta com isso. Quem fuma não pensa nas consequências, é o prazer imediato. A ideologia da saúde é o contrário, é o "depois". Fumar pode levar ao câncer. A sociedade de consumo já foi, de uma certa forma, mais hedonista do que hoje, como nos anos 50-60. Não porque havia mais satisfação, mas porque era uma sociedade menos inquieta. Nos anos 50, as mulheres se bronzeavam sem pensar no câncer. Havia um descuido. Hoje, este descuido recua, principalmente, por causa da ideologia da saúde. É algo que muda. Os próprios brasileiros, eu os considero bastante ansiosos, não simplesmente hedonistas.

Você se considera otimista ou pessimista em relação à busca da felicidade pelo ser humano?

Podemos prolongar o tempo de vida, dominamos melhor diferentes forças da natureza, mas a felicidade, não. Eu sou cético em relação a isso. Sou ao mesmo tempo cético e eclético, as duas piores coisas para um filósofo. O filósofo eclético é o mais detestável porque ele tem aquele ar de dizer uma coisa e depois o seu contrário. Mas, sobre a felicidade, não podemos não ser ecléticos. O que é felicidade para você hoje talvez não seja daqui a dez anos. Na vida, temos necessidade de coisas diversas. Se você tem a mesma felicidade, sem parar, torna-se um inferno. Você precisa de diversidade. É o ecletismo, a mistura. E a felicidade necessita da mistura. Eu não acredito na filosofia da felicidade, porque é uma filosofia unitária. Num momento pode ser bom, mas três anos depois já não vale mais. O segundo ponto é o ceticismo. Nós progredimos, e não devemos nos arrepender, nem condenar isso. Mas, ao mesmo tempo, é preciso ver os limites. O homem nunca dominará a felicidade. É a felicidade que domina o homem. A felicidade é um sentimento que acontece quando quer. Eu adapto a frase de Nietzsche: "Um pensamento vem quando ele quer, e não quando eu quero". Aplico a mesma frase para a felicidade. Você sonha em ir a Roma, parte e no mesmo momento fica sabendo que sua mãe morreu, que sua namorada o traiu, e você será infeliz em Roma. E talvez você vá a Roma, e mesmo sem motivo aparente não vai se sentir bem. Você não domina a felicidade. O sentimento de bem-estar, no mais profundo de si mesmo, e cada um sabe disso, tem algo que faz com que ocorra um milagre. Você não tem poder sobre a felicidade. Pode até obtê-la por um momento, mas por quanto tempo? Neste sentido, penso que é preciso ser cético em relação ao projeto dos modernos, que consistia em profetizar a felicidade. E, no entanto, somos obrigados a fazê-lo. Vivemos para isso, para viver melhor. É preciso dizer isso: trabalhemos para que os homens vivam melhor e livres, e para que eles possam corrigir o que está errado. A felicidade virá para além disso. A felicidade nos será sempre dada como algo a mais.

Você acredita, apesar de tudo, que o amor resiste neste mundo de hiperconsumo.

O hiperconsumo não corrompeu tudo. Há vários limites para a mercantilização. Um deles são os sentimentos, o valor amoroso. Outro limite são os valores éticos. E, por último, a verdade. A esfera do sentimento é um elemento que persiste, e não como uma sobrevivência. Não é um arcaísmo. É o correlato da sociedade individualista. Não é algo em via de extinção. A sociedade individualista é a sociedade que reconhece a cada um o direito à busca de sua felicidade. E o sentimento amoroso quer dizer que você vive ou está ligado à pessoa com quem você se sente bem, que o faz feliz. Em segundo lugar, o amor é uma paixão, um intensificador da existência. Como diz o filósofo Spinoza (*1632-1677*), ele cria um sentimento de ampliação da existência. É uma razão pela qual o amor vai perdurar. Veja os grandes sucessos do cinema. Tirando a história de amor de *Titanic*, não sobra mais nada, é o naufrágio de um navio. Na valorização do amor, há o fato de que nem tudo se reduz ao interesse. O amor não se compra. Pode-se comprar um corpo, não um sentimento. Nem vendê-lo. E não se trata apenas do amor entre homem e mulher, mas do amor pelas crianças. Somos uma sociedade do efêmero, de modas, de tudo que muda, e ao mesmo tempo as pessoas fazem bebês. Fazem menos, mas ainda fazem. No projeto de uma criança, há algo como uma resistência ao efêmero. É algo para toda a vida. A competência psicológica do amor não é como a do consumo. No consumo, a mudança é vivida como algo eufórico. No amor, é seguidamente vivida como um drama. Não é a mesma lógica. Há um paralelismo, pois as pessoas têm diferentes amores em suas vidas hoje, mas esse paralelismo tem também um limite. Não é a mesma lógica e, em certos aspectos, é mesmo o contrário. O consumo é o descartável, o que não é o caso do amor. Há um certo número de princípios que faz com que nem tudo seja espetáculo, show ou equivalente entre si. Isso é que permite a crítica da sociedade, e também a sua mudança. Há tensões, energias potenciais que permitem imaginar críticas, correções. E será necessário fazer essas correções. Uma cultura que dá mais peso às grifes e ao consumo do que à criação não é algo normal. Há um desequilíbrio. Estou convencido de que as coisas um dia mudarão, mas não logo. E é a educação que deverá fazer a mudança. As coisas devem ser relativizadas. E para isso é preciso ter outros objetivos na vida. Mas isso quem vai fazer não é o consumo nem a crítica do consumo.

Contra os que dizem que a globalização e o consumo promoveram uma padronização generalizada, você defende que nunca houve tanta diversificação e possibilidades de escolha no mundo.

Dizem muitas vezes que o consumo é a estandardização, McDonald's por tudo, as mesmas grifes por todo lado. Mas, ao mesmo tempo, nunca houve tanta escolha e diversidade de estilos. É verdade que você vê as mesmas marcas em São Paulo e em Paris, mas as lojas são diferentes. E Miyake é diferente de Dior, que é diferente de Jean-Paul Gaultier. São estilos extremamente diferentes. Você tem uma escolha estética muito grande. Pode-se dizer o mesmo se saímos do domínio do luxo. Nunca se publicou tantos livros como hoje. As pessoas parecem ler menos, mas, ao mesmo tempo, são centenas as novidades lançadas pelo mercado. No cinema, é igual. Hollywood lança 800 filmes por ano; a França, 200; os japoneses, 400. Estandardização? Há os blockbusters, é verdade. Há *Spiderman* 1, 2... Mas, ao lado, você tem uma variedade de filmes, não padronizados. Há um efeito de estandardização, porque as marcas são mundiais. Mas nunca houve tantas marcas e de universos estéticos diferentes. Em São Paulo, a cada 300 metros há um McDonald's. Mas se você quiser pode comer algo diferente todos os dias. A sociedade de consumo funciona na diversificação. Baudelaire já dizia no século XIX: a paixão do homem é a curiosidade. E a paixão do consumidor é a novidade. Somos junkies viciados na novidade.

Um estudo da Capgemini Consulting diz que o número de ultrarricos aumenta 11,3% por ano. Eles seriam 94.970 bilionários em busca do "ultraluxo" e de "investimentos de paixão", ou seja, o luxo das sensações. É o caso de quatro hedge funders *da City de Londres que desejaram ser largados na selva amazônica apenas com um facão. Isso valida sua tese de que vivemos uma transição do luxo ostentatório para o intimista, para o "luxo emocional".*

O planeta luxo não é mais unitário. Por muito tempo, na escala da história, o luxo foi relativamente homogêneo, exceto se fizermos a distinção entre o luxo profano e o religioso – o luxo das igrejas e dos nobres, das cortes, dos castelos. Era o luxo dos materiais, do ouro, de obras de arte, de pedras preciosas, da seda. Hoje, o problema é que o luxo se tornou acessível a uma parte importante da população, porque representa produtos fabricados de forma industrial, em grande quantidade, e de preço acessível, como cosméticos e perfumes. Mesmo no *new luxury*, como dizem os americanos, você tem os produtos de grife, de *mass prestige*, H&M com Karl Lagerfeld ou Viktor & Rolf. Neste luxo que se tornou plural, encontramos esta dicotomia. O luxo ostentatório não morre. Há numerosos "novos ricos" no Brasil, na Rússia, na China, que desejam exibir, mostrar. Mas há também um outro tipo de população que se distanciou disso. Sua riqueza é tanta que, na busca pelo produto, eles procuram uma experiência, algo de excepcional, que os faça vibrar, não necessariamente para se exibir. Eles vivem em pequenos grupos, em círculos fechados, e a única coisa que lhes interessa no consumo é viver algo um pouco maluco. É o "luxo emocional". Todo o luxo não vai se tornar emocional, mas acho que vai haver uma tensão. Nos EUA, há o luxo de Beverly Hills e de Los Angeles, e o luxo *clergyman*, bastante estrito. No ultraluxo há esta dimensão experimental, mas também há mais serviços. Tom Ford, por exemplo, deixou a Gucci e abriu uma nova loja que fui visitar em Nova York, na Madison Avenue.

Ele propõe a ideia do ultraluxo quando, em determinadas horas, abre sua loja apenas para os ultrarricos. Penso que no futuro esta dimensão do serviço vai se desenvolver. Hoje, o luxo investiu na produção de massa, vide Chanel, Guerlain, que se vê por tudo, no mundo inteiro. Mas o serviço está relacionado à pessoa. Esse é um vetor para o futuro. Há os produtos sob medida, como barcos e iates. A relação com a arte contemporânea também é fundamental. Os *traders* financeiros investem cada vez mais em arte contemporânea. Hoje a arte funciona um pouco como um produto de luxo. Já era no passado, mas hoje é cada vez mais. Obra de arte, há apenas uma, já perfumes Nº5 da Chanel, há milhões. Há também todo o sistema de *coaching* que organiza o tempo, a vida das pessoas. E também cada vez mais teremos objetos para casa ou joias feitos sob medida. O ultraluxo será isso: uma personalização dos objetos e produtos, e também dos serviços.

Os ultrarricos compram hoje submarinos, como o Ocean Pearl, que pode ser acoplado ao iate, ou mesmo um modelo maior, o Phoenix 1000, de 454 m^2, ao preço de US$ 56 milhões.

É interessante o que você diz, não sabia disso. Este exemplo é extremamente interessante, porque há um outro, que é exatamente o mesmo, mas ao contrário, que são as viagens ao espaço. Vários bilionários já pagaram em torno de US$ 20 milhões por uma semana na estação espacial, em condições não tão confortáveis como nestes submarinos. Mas o seu exemplo é muito bom, porque de um lado é o espaço e, do outro, o fundo do mar. Nos dois casos se trata da mesma coisa. No mar há risco e uma experiência excepcional, porque o homem não foi feito para viver na água nem no ar. Nos dois casos é um tipo de sonho, de experiências de ultrarricos. US$ 20 milhões por somente uma semana! E isso vai se desenvolver ainda mais. O dono do grupo Virgin, Richard Branson, tem um projeto de promover viagens ao espaço. E em breve haverá hotéis. Os ultrarricos procuram experiências extremas, de silêncio, de beleza, de espetáculo e, em última análise, de sonhos. Eles alugam ilhas, compram a paz. Não querem se misturar. Querem uma experiência de serenidade, de quietude. Isso não é ostentação. São nessas dimensões experimentais e existenciais que os novos mercadores do luxo vão buscar novos produtos, porque o número de ultrarricos aumenta, e estamos apenas no começo. Por isso temos a explosão do mercado de arte. Obras de arte contemporânea, como as de Damien Hirst, são tão caras como certas pinturas de Rafael. É algo quase ilimitado. Há cada vez mais artistas, e os preços de mercado sobem artificialmente. Na arquitetura também, há ainda muitos espaços na terra, lugares excepcionais, em que se poderá chegar de helicóptero. Na Daslu, no Brasil, pode-se chegar de helicóptero, embora não seja um lugar de ultrarricos.

Você visitou a Daslu e a definiu como uma mistura de luxo com hipermercado. Disse que não se trata de uma grande obra de criação, mas de uma cópia, com cheiro de marketing.

As marcas de luxo estão na Daslu, não são acessíveis a todos, os preços são elevados, mas é verdade que há um lado hipermercado. É uma loja imensa, está situada em uma área não muito bonita, ao lado de uma favela. Não é como em Dubai, não é algo que enche os olhos. Em Dubai, eles recorrem a arquitetos absolutamente geniais. Foi o que faltou para a Daslu. Eles fizeram um remake, um luxo hollywoodiano, um peplum. É uma arquitetura de novo rico. O luxo ostentatório não morreu. Nos *malls*, eles utilizam muita luz, mármore, muito dourado. A Daslu não é assim, mas sua arquitetura não é criativa. Penso que o luxo deva ser criativo. Veja as grandes *maisons* que investiram em Tóquio, por exemplo, as construções Prada, Cartier ou Louis Vuitton. Eles contrataram arquitetos geniais. E a arquitetura é um grande luxo hoje. A hotelaria também vai representar uma possibilidade de grande luxo.

Em Paris, no hotel La Réserve, na praça Trocadéro, os apartamentos custam 30 mil euros por semana. Os clientes, em sua maioria, só saem de lá para ir ao restaurante.

É verdade, muitos ultrarricos preferem permanecer incógnitos. Penso que teremos um planeta-luxo cada vez mais importante. Há uma "luxurização" do mercado em escala mundial. Por US$ 50 você pode ter produtos Louis Vuitton – um chaveiro por US$ 100, por exemplo – e, na outra ponta, há as diárias de hotel a US$ 20 mil. É uma nova galáxia plural do luxo. A classe média compra produtos de luxo ou deseja experiências de luxo, seja pelo gosto de um sonho, de um prazer, de algo excepcional e ocasional. O ultraluxo entrará cada vez mais nesta tendência. Você viu as novas vestes de homem em pele de crocodilo? Entre € 60 mil e 70 mil. O gênio do luxo em termos comerciais é o que consegue lucrar em todos os setores. Tradicionalmente, dizia-se que se a marca é democratizada e banalizada, ela morre. Mas não é isso o que ocorre. No caso dos automóveis, é a mesma coisa. Penso que vamos ter um tipo de diferenciação no universo das marcas, e aquelas que obtiverem sucesso serão as que atingirem uma forte notoriedade mundial, mas, ao mesmo tempo, um setor de ultraluxo. Tanto mais que as marcas querem se tornar globais, o que antes não era o caso. Veja o exemplo da Chanel. Em 1921, ela criou o Nº5, mas é um perfume, o essencial eram as roupas. Armani tem os relógios, os óculos, os acessórios, as bolsas. Na torre Armani de Tóquio, há uma boate, um café, um restaurante, um spa. É um novo conceito, chamado *flagship store*, como a loja Louis Vuitton na avenida de Champs Elysées, um enorme prédio no qual há exposições de arte, restaurante, livraria. Você entra em um universo. Na torre Chanel de Tóquio, há um restaurante do chef Alain Ducasse. No futuro, as marcas terão uma amostra extremamente ampla de seus artigos, que já inclui os relógios, a joalheria, o prêt-à-porter e, talvez, terá também a hotelaria. O museu do Louvre vendeu seu nome nos Emirados Árabes. O que impedirá no futuro a Chanel de investir na hotelaria e em spas como locais de luxo? O spa é o futuro, porque atinge o corpo, o universo da beleza. Quando você está em um spa, não é para se mostrar, mas para se sentir melhor. É um mercado enorme: o corpo, o rejuvenescimento, a beleza, as curas. É ilimitado. Todos os ultrarricos vão envelhecer, terão reumatismos, as mulheres serão menos belas. O luxo dos spas é experimental, não é como o dos castelos ou dos relógios caros. É um mercado constantemente renovável. Uma vez que você tem um relógio de € 30 mil, pode ter dois, mas ter mais não faz sentido. Mas o spa você frequenta várias vezes no ano.

Você já disse que chegará o dia em que ter rugas se tornará algo quase obsceno. O Brasil é um exemplo emblemático da expansão da cirurgia estética. Como você vê este tipo de consumo?

As pessoas estão cada vez mais centradas na sua existência. Vive-se cada vez mais tempo. Hoje o indivíduo é mais importante do que a classe social. Isso é novo. Antes, a importância era a identidade social. Se você era nobre, era preciso provar, mostrar. Hoje, você pode mostrar que é rico, porém mais importante é mostrar que você é jovem, que é uma individualidade. A valorização da individualidade é mais importante do que a valorização do grupo social ao qual se pertence, inclusive no Brasil. Mas no Brasil há esta obsessão pelo corpo, as clínicas de cirurgia estética. O mercado da beleza não tem fim. Dois grandes tabus caíram na idade hipermoderna do luxo. O primeiro é o tabu das classes populares. Antes, nas camadas pobres nem se olhava para o luxo. As pessoas queriam comer e viver. Hoje, nas favelas, as pessoas conhecem as grifes. Os jovens, principalmente, querem as marcas de luxo. Querem os carros Mercedes, BMW, Maserati. As mulheres querem roupas de grife. Veem isso na publicidade, na tevê, no cinema. Não se diz mais "isso é para os ricos". A aspiração ao luxo se tornou universal. O segundo tabu que caiu é o do corpo. A publicidade de maquiagem começou nos anos 1920. Hoje, as meninas de 10, 12 anos já se maquiam. Não há mais tabus, da infância à velhice, para melhorar sua beleza. E, como último recurso, existe a cirurgia estética. A queda desses dois tabus abre um bulevar para o luxo. É um mercado que prospera não por causa dos árabes, dos russos, dos brasileiros ou dos chineses, mas também porque, potencialmente, toda a população quer ter sua parte nisso. Antes, era um mundo limitado. Hoje, o luxo é infinito. A grande questão teórica é: a riqueza e o bem-estar material trazem mais felicidade?

Qual a resposta?

Em um primeiro nível, a resposta é "sim". Globalmente, nos países ricos se é mais feliz que nas regiões miseráveis da África, onde as pessoas morrem de fome, não estudam, não têm nenhuma proteção. Em relação à pobreza, o mundo do luxo, do hiperconsumo, da mídia oferece uma existência mais satisfatória. Mas numerosas pesquisas de opinião mostram que, a partir de um certo nível, o aumento do poder aquisitivo não muda nada, não há a sensação de uma felicidade maior. Este é o dilema. O que explica que nessas sociedades há muitas pessoas que buscam outras coisas, o *new age*, novas espiritualidades, a benevolência. Veja Steven Spielberg. Ele não é pobre. Por que faz um filme todos os anos? O que ele busca? Ganhar dinheiro? Ele não precisa mais. A glória? Sim, um pouco, ele já a tem, mas mesmo assim. Provavelmente seja uma questão de angústia. A angústia da morte. Quando não se faz mais nada, quer dizer que acabou. Todo criador sabe disso. Para mim, esse é o grande luxo. Quando se pode continuar a criar, não forçosamente na arte, mas fazer coisas, ter energia para inventar o futuro, esse é o luxo extremo, porque é o luxo da existência. Clint Eastwood é uma superestrela e não para de fazer filmes. Isso é belo. Estamos longe do mercado do luxo, mas na minha opinião esse é o verdadeiro luxo: a possibilidade, até o final de seus dias, de inventar, de criar. Isso não traz forçosamente a felicidade, mas você escapa da angústia, da angústia do vazio, da angústia da morte. Acho que devemos tirar lições disso para o futuro do século XXI. Devemos preparar os homens para isso, para serem não somente consumidores, mas artesãos e criadores de sua própria existência. Isso é algo magnífico e de uma grande beleza. Todos esses grandes criadores no cinema, na literatura, na música, nas empresas. Esta força de recriação de si mesmo. Não existem apenas as grifes no mundo.

Por outro lado, você vê o superficial como uma parte legítima do ser humano.

Mas tampouco se pode fazer um elogio incondicional do superficial. E as marcas de luxo entenderam isso. Hoje, as grandes grifes investem cada vez mais na criação de fundações, quase sempre de arte. Bernard Arnault anunciou a criação da fundação Louis Vuitton, um magnífico projeto do arquiteto Frank Gehry em Paris. E tem também Prada, PPR *(antiga Pinault-Printemps-Redoute)* – que detém a marca Gucci –, Cartier – com o projeto de Jean Nouvel. Por que essas fundações? Porque a arte aparece como algo que dá sentido, para que o luxo não apareça como algo completamente superficial. Há um incômodo hoje. Há a loucura das compras e, ao mesmo tempo, tudo se passa como se o consumo estivesse à procura de um suplemento da alma. Não era o caso nos anos 1950. Não havia esta culpabilidade. As lojas de luxo usam artistas para criar suas vitrines. Há happenings, instalações nas lojas. As grandes empresas procuram mostrar que uma marca não é algo apenas comercial, mas contribui para a reflexão, para dar emoções, para a criação.

Empresas não investem em fundações também como estratégias de marketing para valorizar sua marca? Celebridades não se engajam em causas nobres e projetos humanitários também para melhorar sua imagem junto ao público?

As estrelas também são seres humanos. Por que Clint Eastwood faz filmes? Ele é uma estrela, tem dinheiro. Ele quer fazer coisas, ele acredita. Há esta dimensão. Nos tornamos tão céticos que por tudo vemos somente o lado negativo. Não quer dizer que sejam todos cínicos e seres detestáveis. Em relação às grandes marcas de luxo, é evidente que quando elas se engajam em uma fundação é para dar uma outra imagem a sua grife. Não é algo sem interesse. Uma fundação ligada a uma marca não pode ser algo desinteressado, é dinheiro dos acionários, não se pode fazer o que quiser, é preciso ter um retorno. Espera-se um retorno em termos de imagem e de comunicação. Quando você compra um produto, é todo um imaginário que vem junto. A época futura será muito interessante, porque é uma galáxia extremamente diversa que se constrói, e não haverá mais fórmulas muito simples, vemos vários cruzamentos. É a hibridação de um pouco de tudo. O luxo se alia ao humanitário e ao artístico. Não é algo novo. Mas antes a arte relacionada ao luxo era a arte do *establishment* ou a arte religiosa. Hoje é uma arte que denuncia a sociedade, mas isso não é um problema, pois as empresas a integram mesmo assim. E há este novo elo entre o luxo e a arquitetura. Com o tempo haverá um imperativo de criação muito mais forte, exatamente para mostrar a criatividade das marcas de luxo. Será também uma pequena chance de dar um pouco de criação ao espaço público. Hoje os governos não constroem mais. Empresas serão cada vez mais as artesãs da arquitetura da cidade. Foi o que falei da Daslu, eles poderiam ter sido mais criativos. Poderiam ter colocado mais espaços verdes, ter ordenado as favelas. Isso teria sido um grande luxo. Louis Vuitton se instalou nos Champs Elysées, não é falta de gosto, pois é uma das avenidas mais belas do mundo, é coerente. Daslu ao lado de uma favela é uma provocação. O verdadeiro luxo seria ter chamado Rem Koolhaas, Gehry ou Renzo Piano para fazer uma real criação. Em segundo lugar, implantar árvores, arrumar os espaços em torno. Seria uma operação genial que daria sentido a esse comércio de luxo. Mas do jeito que foi feito é um luxo cínico e em evidência. Na praça Vendôme é algo normal, mas ao lado de uma favela é algo chocante.

Um estudo do Ministério da Defesa britânico alerta para o fato de que ultrarricos como o russo Roman Abramovich e o indiano Lakshmi Mittal se apossaram de quarteirões de Londres, criando uma barreira com áreas de criminalidade em alta.

São como as *gated communities* nos EUA. Isso é algo preocupante, porque quebra o espaço público. A riqueza constrói hoje espaços privados, microcidades, com seus regulamentos, suas câmeras de vigilância. Eles vivem à parte, vão trabalhar em carros blindados. É a imagem bastante desagradável de uma sociedade futura. A globalização empurra para isso? Há entre 10 e 20 milhões de pessoas nos EUA vivendo em comunidades assim. Há uma diferença com o luxo da Antiguidade, sobre a qual deveríamos refletir. Os gregos e os romanos diziam que o luxo privado é algo maléfico, porque é orgulhoso, humilha. Mas diziam que há um luxo magnífico: o luxo público. É o luxo dos mecenas. Você é rico e dá dinheiro à *cité*, Roma e Atenas, para construir um prédio ou promover uma festa para o público. É algo honorável. Mas a globalização favorece o luxo privado. Não há nobreza nisso. Se você utiliza seu dinheiro para favorecer uma favela, aí temos um novo conceito. Era o que faziam os romanos. Se você era rico, devia dar muito dinheiro para obras públicas, para festas, para o povo, senão era desprezado. Esta era a marca de um rico. Bill Gates caminha nesse sentido. Mas há todo um outro luxo que se restringe ao privado. Se as grandes marcas de luxo, os bancos, pudessem ajudar a melhorar o espaço público, talvez se pudesse dar uma dimensão interessante a um novo futuro do luxo no século XXI. É sem dúvida um projeto utópico, mas foi um dos pilares da cultura da riqueza no mundo antigo, o evergetismo (*prática, no mundo clássico, de presentes para a comunidade de forma aparentemente desinteressada*). Eu faço o apelo a uma cultura do luxo um pouco mais neste espírito.

A equipe do ministério britânico foi além e previu, neste quadro, a hipótese de que as classes médias poderiam se tornar uma "classe revolucionária".

Não estamos mais no período de luta de classes. Não há mais classe revolucionária. Hoje temos a delinquência, a criminalidade. Veja o que ocorre no Rio, que se tornou umas das cidades mais perigosas do mundo. Há os *palaces*, hotéis magníficos, em uma paisagem belíssima e, ao lado, as favelas que invadem a cidade. Há algo um pouco louco nisso. Mas não se vê uma rebelião. É, sobretudo, uma máfia, os sequestros, a criminalização do mundo, e não a revolução. Para a revolução, é preciso uma utopia. Hoje não há mais utopia, só há o mercado. Mas a criminalização é visível. E a América Latina, infelizmente, está em ótima posição neste domínio. O Brasil é um dos países de maior desigualdade. Que tipo de sociedades criamos? Sociedades do medo. Conheço brasileiros que pagam seguranças para levar seus filhos à escola, porque têm medo de sequestros. Esse não é um modelo de sociedade desejado. Obviamente que não são as marcas de luxo que vão alterar isso, trata-se de uma mudança muito mais profunda. As grifes não podem abolir a pobreza. Mas é verdade que, hoje, os pobres, os mais deserdados, desejam participar do mundo do luxo. É uma das razões pelas quais a máfia pode recrutar facilmente indivíduos para vender drogas, fazer sequestros. As pessoas não querem mais se resignar. A cultura da resignação foi destruída pelo universo do consumo e da mídia. A sociedade liberal do século XXI, do mercado, da democracia, precisa imaginar dispositivos que reequilibrem as coisas e que apelem a transformações profundas na educação. Sociedades de enormes desigualdades geram conflitos e crimes, e desfavorecem o desenvolvimento. É preciso reduzir as desigualdades e fazer um investimento muito maior na educação. Neste quadro, não tenho nada contra o luxo, mas é possível imaginar muitas coisas que permitiriam ao luxo ser criativo, inclusive na sua relação com o espaço social.

Joãosinho Trinta, um dos grandes nomes do Carnaval do Rio, disse certa vez que "pobre gosta de luxo, quem gosta de miséria é intelectual". O Carnaval é um espetáculo de brilho e de luxo efêmero em que o favelado se traveste de rei. Como o senhor vê este luxo que é pura representação e fantasia?

É verdade que a festa é indissociável do luxo, é uma forma de luxo. Na festa, há sempre desperdício, excesso, decoração. Nos tempos primitivos, o tempo das festas era de despesas, como dizia Bataille (*Georges Bataille, 1897-1962*). É inegável que há uma relação com o luxo, mas não se pode reduzir a festa ao brilho e a algo que diverte o povo. É algo que diz respeito a coisas mais profundas. A festa é um momento no qual uma coletividade se agrupa, cria unidade, permite aos homens sair do quadro de sua vida cotidiana. Em todo caso, era assim em outros tempos. Hoje é mais complicado, é verdade, mas, enfim, nos momentos de festa há prazer, e não se pode relacioná-los exclusivamente a uma manipulação, ao brilho e luxo para divertir o povo. Hoje acho que há uma necessidade de festa, como o futebol, por exemplo. O consumo não permite a festa. Trata-se uma festa privada. Compramos coisas, ficamos contentes, mas é algo para nós mesmos. Eu penso que as pessoas têm necessidade de coletividade e de comunidade. E a festa permite um breve momento de recriação de um tipo de comunidade entre homens de diferentes grupos, raças. Isso é uma necessidade dessa sociedade hiperindividualista. A festa não tem mais o mesmo significado de tempos passados, mas é uma necessidade que retorna e que se exprime na religião, no futebol. Em numerosas ocasiões, há essa aspiração, e não somente para os pobres. Acho que é um obstáculo à lógica individualista, porque o consumo e o individualismo não podem dar a felicidade coletiva. A felicidade de uma cidade em festa não é a mesma coisa que ir ao supermercado.

Catherine Millet

Na primeira vez em que entrevistei a francesa Catherine Millet, em 2001, ela havia acabado de lançar um livro que, para sua própria surpresa, se tornou um best-seller internacional. Em *A vida sexual de Catherine M.* (Ediouro, 2001), ela narra em uma linguagem explícita e detalhista, em um tom neutro e lacônico, sua performática e agitada vida sexual, animada por infinitas aventuras libertinas. A ousada autobiografia erótica, traduzida em 47 idiomas, vendeu mais de 2,5 milhões de exemplares no mundo. Na época, o livro chocou por seu conteúdo de contornos pornográficos e pelo fato de a autora ser uma intelectual e crítica de arte respeitada, fundadora em 1972 da prestigiada revista *Art Press*, que dirige até hoje. Nascida em 1948, ela também é autora de *Arte contemporânea na França* (1987), *Arte contemporânea: história e geografia* (2006), e de ensaios sobre Salvador Dalí e Yves Klein.

Em nosso segundo encontro, oito anos depois, Catherine Millet estava de volta às estantes das livrarias com um novo relato autobiográfico: *A outra vida de Catherine M.* (Agir, 2009), com o sugestivo título *Jour de souffrance* (Dia de sofrimento) na edição original francesa. Desta vez, dissecava com rara minúcia e em uma prosa singular todas as nuances de um sentimento que a fez mergulhar em um período de agudo martírio: o ciúme. Em suas novas confidências, a ex-libertina Catherine surpreendeu novamente ao contar como viveu um incontrolável e violento ciúme por causa das relações extraconjugais do companheiro, o escritor e fotógrafo Jacques Henric.

Em seu relato, a autora assume e expõe, mais uma vez sem censura, o ciúme que, apesar de sua filosofia sexual libertária, paralisou sua vida em uma paranoia onipresente durante três anos. Na França, o livro, ao contrário de seu primeiro best-seller, foi elogiado pela crítica por sua qualidade literária. Na primeira vez, nosso encontro foi marcado no restaurante Le Coupe Chou, no Quartier Latin. A segunda conversa ocorreu em sua sala na redação da revista *Art Press*, na rua François Villon, pouco tempo antes de ela viajar ao Brasil para participar da Festa Internacional Literária de Paraty (Flip), onde debateria sobre as transgressões do século XXI ao lado da escritora irlandesa Edna

O'Brien. Em Paris, falamos sobre sexo e sexualidade, ciúme, feminismo, literatura e arte contemporânea.

Seu livro mostra que mesmo uma moral libertária e o fato de assumir uma sexualidade muito livre não impedem que se caia na armadilha do ciúme. Segundo suas palavras, você viveu o ciúme como uma pulsão primária e devastadora. Como foi essa experiência?

Infelizmente, penso que se pode ter uma filosofia de vida e convicções que um dia entram em contradição com movimentos do inconsciente. É algo ainda mais primitivo no fundo da psique humana, e que pode estar relacionado ao ciúme. Muitas vezes me perguntam se penso que me enganei, se questiono a filosofia libertária, e minha resposta é negativa. Se vejo pessoas ao meu redor que seguem esse modo de vida e que escapam do ciúme, eu lhes direi que elas têm muita sorte, e tanto melhor. Eu continuo convencida de que o amor e a sexualidade são coisas distintas, e que nessas condições é melhor preservar no seio do casal uma certa liberdade sexual. Não questiono isso. Uma das razões que me fizeram sofrer quando me descobri ciumenta é que ainda tinha suficiente consciência para me dar conta de que estava em contradição com meus princípios. Eu me dava conta, meu companheiro também, ele era o primeiro a me dizer: "Como é que você, com a vida que leva, pode ser ciumenta assim?". Descobri nesta época que o ciúme é um dos sentimentos que temos mais dificuldade para controlar. Por isso digo que é primitivo. Por vezes, temos a impressão de sermos levados ao nível do animal que demarca seu território.

Você compara seu ciúme ao trabalho de uma arqueóloga.

Muitas vezes o ciúme é uma forma de paranoia. A paranoia é o que faz você interpretar todos os detalhes de sua vida como sinais de um complô, de que alguém quer o seu mal, de que algo se trama contra você. No caso do ciumento, todos esses pequenos detalhes da vida cotidiana se tornam provas de que seu companheiro ou companheira traiu você com alguém. Eu estava nesta situação, me tornei a arqueóloga investigando as coisas do meu marido, catava todos os pedaços de papel que ele pudesse ter deixado para trás, abria seu correio, lia seu diário. Eu me vi nessa situação de uma espiã. Se somos gentis, chamamos de "arqueóloga"; se somos menos gentis, dizemos "espiã" do marido. É uma situação bastante desconfortável, porque a moral condena esse tipo de comportamento.

Nessa época, a sua relação mais forte, inclusive física, era com o ciúme.

É por isso que falo de pulsão, era algo incontrolável. Quando fazia essa espionagem, obviamente logo depois tinha vergonha do que havia feito, prometia a mim mesma não recomeçar, conseguia me conter por alguns dias. Mas chegava um momento em que, sob a influência de um pequeno episódio qualquer, de uma hora para a outra ressurgia a vontade de voltar a espionar o meu marido. Tentava controlar essa vontade, essa pulsão, mas chegava uma hora em que submergia. É um pouco clichê dizer assim, mas por vezes se tem a impressão de estar possuído, de não pertencer mais a você mesma. Sobretudo se você é alguém como eu, racional, uma intelectual, capaz de pensar o que faz, a sua vida.

No período mais violento de seu ciúme, para tentar entender o que sentia você leu testemunhos de estupradores em série. Qual a relação?

Devo ter ouvido uma ou duas vezes, talvez na tevê, testemunhos de estupradores. Essas pessoas contavam que sabiam que iam cometer um crime, fazer mal, entretanto não conseguiam se controlar, elas se sentiam submergidas pelo desejo de estupro. Eu tive um sentimento um pouco comparável. Graças a Deus, meus crimes são menos graves, mas senti uma certa solidariedade com essas pessoas que eram vítimas de sua pulsão e ao mesmo tempo capazes de julgar a gravidade de seus atos. Pesquisei e comprei livros sobre essa questão, sobre o estupro, testemunhos de criminosos. Todos dizem a mesma coisa: "Eu sentia chegar o momento, me dizia que não devia sucumbir, mas sucumbia".

Seu ensaio Dalí et moi, *que analisa mais o Dalí escritor do que o artista, sobretudo a forma como trata o onanismo, influenciou seu livro. Como?*

É verdade que a reflexão que empreendi para esse livro sobre Salvador Dalí me fez compreender um certo número de coisas em relação à masturbação. Principalmente a relação entre a masturbação e a imaginação visual, o que depois me ajudou a descrever meu próprio comportamento em *Jour de souffrance*. Eu me interessava pelo Salvador Dalí artista, mas sobretudo pelo escritor. Talvez em razão do fato de que o essencial de seus escritos são autobiográficos, e que, apesar de seu exagero, é extremamente honesto em relação à sua sexualidade. Como é sabido de todos, porque pintou um quadro intitulado "O grande masturbador", era ele mesmo um grande masturbador. As análises de seus escritos colocam em evidência essa sexualidade bastante dirigida ao onanismo que há em certas pessoas, e a necessidade de alimentar esse onanismo com visões, numa mistura do real acrescentado de outras imagens. As representações sexuais que construímos em nossa mente nesse momento aumentam a excitação e ajudam o ato onanista. Eu compreendi esse tipo de mecanismo em detalhe lendo os escritos de Dalí.

Você não tinha mais a sua vida sexual, só imaginava a de seu companheiro Jacques.

Sim. Enquanto estava encerrada nesse ciúme, passei meu tempo a representar Jacques no ato sexual com outras mulheres, nunca comigo, e eram essas imagens que vinham na minha mente quando me masturbava. Isso também teve a ver com aquela sensação de se sentir possuído. Não conseguia ter uma outra imaginação sexual além dessa, era como se estivesse colonizada.

Foi quando Jacques se tornou um "mito" para você.

No livro, falo de Jacques como um mito a partir do momento em que comecei a fabular toda a sua vida sexual. Nas histórias que eu criava de sua vida sexual, inspiradas no real, eu imaginava outras histórias, com outras mulheres, que não tinham fundamento na realidade. Construí em torno dele todo um conjunto de relações, eu o fiz habitar um mundo distante, que o afastava de mim, como um mito, fascinante exatamente porque inatingível. Essa transformação de Jacques em mito foi de ordem erótica. Porque de uma hora para outra ele se tornava novamente um estrangeiro, e eu me encontrava nesse estado de ciúme erótico, com o objetivo de recuperá-lo. Como esse ciúme hoje está em grande parte curado, Jacques Henric não é mais um mito para mim *(risos)*.

Diz-se que o escritor James Joyce sofria de ciúmes e ao mesmo tempo tinha uma fascinação incontrolável pela possibilidade de ser traído.

Joyce e também Georges Bataille, que induzia sua mulher a ter relações sexuais com amigos deles. Ela era um pouco reticente, mas no fim acabava cedendo e, quando isso ocorria, Bataille entrava em momentos de raiva terríveis. Nesse caso, há uma grande proximidade entre o prazer e a dor, um alimenta o outro. É um prazer masoquista. Vi muito disso em amigos que eram libertinos e que percebi serem ciumentos. Meu caso não era único. A libertinagem implica um modo de sexualidade no qual a excitação vem também do prazer que se tem de estar com ciúmes, de ver o outro com outra pessoa.

Você acredita que possa haver um ciúme benéfico e outro nocivo?

O ciúme é uma pimenta sexual que pode agir de diferentes formas. Há, por exemplo, o caso desses amigos libertinos, que têm prazer em ver suas mulheres com outros homens. Mas pode ser também o desejo de vencer o desafio de ver a tensão daquela pessoa que você ama sendo atraída por outro, e nesse momento você tem vontade de reagir e de atrair novamente a atenção dela. Mas se isso toma uma forma patológica, aí é algo terrível. É um dos sentimentos mais horríveis que se pode experimentar.

Foi o seu caso?

Eu ainda tinha a capacidade de falar com Jacques, de refletir, fiz análise, o que ajudou a me livrar disso. Mas se você é realmente prisioneiro desse sentimento, acaba nas páginas policiais dos jornais. Mata-se por ciúme.

Recentemente, você trabalhou nos escritos de Simone de Beauvoir. Qual era o objetivo?

Trabalhei para o centenário de nascimento de Simone de Beauvoir *(1908-1986)*. Eu me interessei pelos trabalhos dela de diversas formas. Primeiro, porque uma grande parte de sua obra é constituída de relatos autobiográficos, de memórias. São relatos muito honestos, ela revela muitas coisas sobre suas relações sexuais, suas relações com Sartre, com Claude Lanzmann e outras pessoas. Mas também porque se descobre em seus escritos uma mulher apaixonada que não corresponde verdadeiramente à figura da feminista que foi construída depois. Há certamente esse célebre livro *(O segundo sexo)* que alimentou a reflexão sobre o feminismo, mas que talvez tenha encerrado Simone de Beauvoir em uma imagem um pouco rígida, da feminista reivindicadora, enquanto ela era uma mulher e uma apaixonada bem mais clássica em seu comportamento.

De que forma?

Há uma carta endereçada ao seu chamado amante americano *(o escritor Nelson Algren)* – com quem ela revelou uma paixão admirativa pelo homem que ama e um lado bastante ingênuo em relação a ele –, em que ela lhe pergunta: "Você conhece Casanova? Vou apresentá-lo a um homem que conhecia as mulheres". Se hoje você falar de Casanova a feministas, elas vão gritar de horror, porque é o estereótipo do conquistador, do homem que seduz as mulheres para depois abandoná-las, que só se interessa no prazer que o corpo delas pode lhe oferecer etc. Ler que Simone de Beauvoir poderia admirar Casanova vai contra os clichês referentes à sua pessoa. Isso nuança o personagem, lhe confere complexidade, é algo realmente interessante.

Qual a sua opinião sobre a relação do casal Sartre-Simone de Beauvoir?

Eu me pergunto se não era mais uma "associação" do que verdadeiramente um casal. Eles viveram muito pouco tempo juntos. Ela talvez tenha partilhado um apartamento por mais tempo com Claude Lanzmann do que com Sartre. Sartre não era exatamente um amante extraordinário, e logo ela procurou prazer em outras relações. Dito isso, eles fizeram coisas formidáveis juntos e se acompanharam na velhice, e acho isso bom. Um casal é feito para isso também, para envelhecer junto. Hoje, posso dizer isso *(risos)*. Já estou com Jacques há uns trinta anos, e acho que ainda vai durar muito.

Você prega uma democratização da sexualidade, para que cada pessoa possa revelar sua verdadeira natureza sem sofrer socialmente. Que tipo de democratização seria essa e em que estágio ela está hoje?

Há uma imagem do libertino, herdeira do Marquês de Sade, de pertencer a uma elite. Os personagens de Sade são aristocratas que se isolam do resto do mundo, e que submetem aos seus desejos outras pessoas, que se tornam objetos. Ainda hoje existe a ideia de que um certo modo de vida sexual seria reservado a um tipo de elite ao mesmo tempo sexual e intelectual, e que essa elite distinta do resto da população humana pode se permitir transgressões proibidas aos outros. Não aprecio essa ideia de uma elite para a qual seria reservada a possibilidade de transgredir certos tabus. Eu me dei conta disso depois da publicação de *A vida sexual de Catherine M.*, porque, curiosamente, vi libertinos reagirem de forma negativa ao meu livro. Era curioso, porque, afinal, eu fazia parte do círculo deles. Mas compreendi que, de uma certa forma, eu traía um pouco essa confraria de libertinos. Eu não considerava a transgressão de tabus como um valor em si, enquanto que para essas pessoas se trata de um valor. Eu milito para que todo mundo possa dispor dessa liberdade sexual, sem pertencer a uma elite ou ter essa satisfação narcísea de dizer: "Eu fui capaz de transgredir um tabu".

E os movimentos feministas hoje?

Eu me sinto mais à vontade com jovens de hoje que tentam reinventar o feminismo, apropriar-se de formas de expressão que permitem às mulheres exprimir suas visões da sexualidade, do que com mulheres que nos anos 1970 pensavam que todos os esquemas sexuais eram construídos pelos homens e que era necessário rejeitar isso em bloco. Eu me sinto mais próxima das mulheres que não estão nesse feminismo rígido, mas que estão no estado em que as mulheres se apropriam das "ferramentas simbólicas". Elas filmam, fotografam, escrevem e falam de sua própria visão da sexualidade, em vez de rejeitar tudo.

Você recebeu um numeroso correio depois do lançamento de A vida sexual..., *a maioria de homens, seja de um detento numa prisão perdida dos Estados Unidos ou de um condutor de trem inglês. Por que mais cartas de homens do que de mulheres?*

É um mistério. Talvez porque o que elas encontraram no livro não as tenha incitado a escrever uma carta. Elas se reconheciam ou não, mas deviam sentir comigo uma identificação mais direta do que no caso dos homens. Mas, nos encontros públicos, as mulheres se dirigiam a mim muito mais do que os homens. Pela palavra, diretamente, num encontro público, as mulheres falavam mais facilmente. Havia uma certa cumplicidade entre mulheres. Penso também que se muitos homens me escreveram é porque eles de pronto se colocavam numa situação de sedução. Muitas das cartas eram também convites. Terminavam por algumas frases gentis em relação à minha pessoa, e muitos falavam da bela casa onde moravam e me convidavam para passar férias. Alguns escreviam: "Você pode vir com o seu marido". O que fazia Jacques rir, e ele dizia: "É gentil da parte dele" *(risos)*. Mas mesmo quando não eram convites diretos, havia algo de sedução nessas longas cartas tão bem escritas que recebi.

A literatura libertina não é algo novo, tendo imprimido sua marca no século XVIII. A que você credita o enorme sucesso, neste início de século XXI, de seu livro A vida sexual...*?*

Penso que os costumes na sociedade evoluíram bastante. Mesmo se ainda há grupos que pedem a censura de obras licenciosas ou que condenam certos comportamentos, de uma forma geral o conjunto da população em nossas sociedades é muito mais aberto. Notei com o sucesso de *A vida sexual...* que mesmo se as pessoas não partilham do modo de vida e da filosofia libertária, estão prontas a aceitar que outros o façam. Há essa mínima tolerância. Muitas pessoas me disseram: "Jamais ousaria fazer o que você fez, mas compreendo muito bem que seja a sua escolha". Isso prova que há uma abertura de espírito, uma abertura aos outros bem maior do que havia antes. Além disso, eu tinha 20 anos em 1968, pertenço a uma geração que acreditou nessa utopia da liberação sexual, que a sociedade evoluiria de uma forma em que os corpos seriam trocados facilmente. Compreendemos que não era tão simples assim. Mas havia um pouco esse sonho.

O sexo, na sua opinião, não é um meio de comunicar, mas, ao contrário, um domínio no qual as pessoas experimentam as coisas de forma pouco partilhada.

Há esse estereótipo de que quando duas pessoas se encontram, se amam muito e têm muito prazer juntos, elas querem experimentar o orgasmo ao mesmo tempo. Essa expectativa faz parte da ideia de que nesse momento se partilharia tudo, porque se goza ao mesmo tempo. Eu penso que nesse momento, quando o prazer é muito forte, na minha opinião ele se isola. Você se encerra em si mesmo, em seu próprio prazer intenso. Nesse sentido, não acho que seja um momento de grande comunicação. As preliminares, os carinhos, os beijos, todas as estratégias de sedução, sim, isso é da ordem da comunicação, mas o prazer em si, o orgasmo, penso que não. Ao contrário, é o momento em que cada um é reconduzido à sua solidão.

Você não é partidária da ideia de que ter uma relação sexual com alguém que se ama é especial.

Depende da personalidade de cada um. Certas pessoas terão talvez mais prazer com alguém que não conhecem do que com quem conhecem e amam. Essa é a figura, por exemplo, do homem casado, apaixonado por sua mulher, que frequenta prostitutas. Ele encontra um prazer com desconhecidas, mulheres que talvez não verá nunca mais, de intensidade muito grande, se não maior do que experimenta com a mulher que ama.

Você não é guiada pelos sentimentos e nunca se apaixonou.

Eu não sou alguém muito sentimental. Não sei o que é amor à primeira vista, infelizmente. Deve ser algo formidável estar nas nuvens durante algum tempo, porque se encontrou alguém. Mas nunca aconteceu comigo. Em francês, a palavra "sentimental" ganhou hoje um outro sentido. Não significa somente que você vive sentimentos, mas que eles se manifestam muito rápido, de uma maneira bastante intensa, e que você é bastante submisso aos seus sentimentos. Há um sentido de que você é dirigido na vida por seus sentimentos. Esse não é realmente o meu caso. Mas tenho sentimentos. Não sou um monstro *(risos).*

Você diz ter sentido amor por Jacques quando se deu conta de que com ele vivia em uma grande paz.

Eu fui uma jovem muito inquieta, não muito segura de si, que por vezes tinha dificuldade nas suas relações com os outros, um pouco confusa. É verdade que minha relação com Jacques me deu muita paz interior, uma estabilidade, uma reconciliação com o mundo e com as pessoas em geral.

Existe para o ser humano prazer fora da obscenidade? A pergunta é uma formulação sua.

(Silêncio.) Acho que sim. Para mim, a obscenidade é uma força erótica. Falar durante o ato sexual, falar palavras obscenas, olhar imagens obscenas, imaginar situações obscenas são recursos que excitam muito minha libido. Mas também me ocorre sentir muito prazer sem passar por essas representações todas. E nem todo mundo tem o espírito feito da mesma forma. Penso que, quando há uma relação de desejo muito forte, pode-se abster de representações obscenas desse tipo. Por onde passa o desejo é algo muito sutil. Meus dois livros interrogam sobre isso, mas de forma alguma esgotei o tema. Veja os fetichistas, um fetichista do pé, do sapato, como se vê em *Le journal d'une femme de chambre* (*de Octave Mirbeau, 1900*). Um par de sapatos, para você, para o comum dos mortais, não é uma imagem obscena. Talvez essa

imagem de sapatos vá suscitar em um fetichista um desejo louco pela mulher que os calçar, algo que para você é misterioso. Os caminhos do desejo, de uma pessoa a outra, são tão inapreensíveis, tão difíceis de entender; não posso dar uma resposta categórica a essa questão.

Como você explica a necessidade do conflito para a sobrevivência de muitos casais?

É verdade. Conheço muitas pessoas assim. Mas eu ainda prefiro estar em paz com Jacques. Sofri muito mesmo durante esses três anos de crise de ciúme. Isso não impediu nossas relações sexuais, ao contrário, por vezes isso reavivava ainda mais seu desejo. Mas era muito sofrimento. Você chega muito perto – e isso é muito doloroso – do fosso impossível de preencher que forçosamente há entre dois seres. Mesmo que eles se conheçam há trinta anos, que se adorem, que acreditem tudo saber um do outro, há ainda assim esse vazio. E quando se está em uma relação de repetidos conflitos, que duram, você sente essa lacuna. E você sente até que ponto, enquanto ser humano, se é prisioneiro de sua solidão. Isso é muito difícil. Viver isso cotidianamente é muito penoso. Mas é verdade, há pessoas que vivem assim. Tenho um casal de amigos próximo que vive assim em conflito há muito tempo, e na minha opinião continuarão assim até o fim.

Você disse certa vez: "É no momento em que você mais tem razões para estar feliz que a falha que existe na vida de cada um aparece". Por quê?

É verdade. Mas é difícil de explicar. Disse isso quando foi lançado *Jour de souffrance*, eu estava numa época de grande felicidade. Minha relação com Jacques hoje é bastante tranquila, publiquei livros bem-aceitos pelos leitores, numa editora que aprecio e que incentiva meu trabalho, tenho prazer em editar a *Art Press* e adoro as pessoas que trabalham aqui comigo, enfim, não tenho muitas razões para me queixar. Ao mesmo tempo, acho que o ser humano é habitado por uma angústia, ainda mais sensível quando não há todas essas preocupações que atrapalham a vida. Vivi períodos em que brigava com a pessoa com a qual vivia, em que tinha dificuldades financeiras com a revista que me impediam de dormir à noite, em que não me sentia segura da qualidade do meu trabalho. Havia todas essas inquietudes cotidianas que fazem parte da vida de cada um. E quando se está inquieto por todas essas coisas, você não pensa nas questões metafísicas que habitam o ser humano. Eu vou morrer, pessoas que amei profundamente estão mortas... Essas questões metafísicas não existem quando estamos tomados por preocupações de dinheiro, de amor, de profissão. Na época em que disse isso, estava em um momento de grande felicidade e, ao mesmo tempo, de grande desespero.

Você tem medo da morte?

Penso na morte todo o tempo. Eu me preocupo muito com a morte. Mas acho que não sou a única.

Você parou de acreditar em Deus quando perdeu a virgindade, aos 18 anos. Qual a relação?

É inexplicável. Talvez um dia tenha de me esforçar para tentar entender isso. Tive uma infância e adolescência muito crentes, e quando, no fim da adolescência, comecei a ter relações sexuais, sem nenhuma reflexão específica cessei de crer em Deus. Mas para isso não tenho explicação.

E esse crucifixo pendurado em seu pescoço?

Guardei essa pequena cruz. Adoro os crucifixos. Eu me interesso pela religião católica, na qual fui criada. Há reflexões sobre o homem e o indivíduo que são muito interessantes.

Em Jour de souffrance, *a crítica literária destacou seu lado escritora, o que não ocorreu no primeiro livro,* A vida sexual de..., *de sucesso creditado simplesmente ao conteúdo.*

Penso que o conteúdo do primeiro livro era tão surpreendente que varreu todo o resto. O fato de uma mulher contar praticamente tudo sobre sua vida sexual criou um efeito de sideração, e as pessoas só guardaram isso. Com o segundo livro, começaram a dizer que não somente eu contava coisas como também escrevia bem *(risos)*. Talvez eu também tenha estado mais atenta à forma nesse segundo livro. Para mim, foi mais difícil contar toda esta crise de ciúme do que contar as peregrinações sexuais. Se você tem dificuldade em dizer as coisas, dá ainda mais atenção à forma, às palavras. É possível que o segundo livro seja mais bem escrito, mas não sou eu que vou julgar isso.

Você tem vontade de escrever ficção?

Não tenho certeza de ser apta para isso. Acho que continuarei a escrever relatos autobiográficos ou livros como *Dalí et moi*, em que posso analisar a obra de um autor pelo meu viés, pelo que posso sentir em seu trabalho. Recentemente, li uma biografia de D.H. Lawrence, escrita por Anthony Burgess. Gostei muito dessa leitura, porque Burgess escreve muitas vezes na primeira pessoa para falar de Lawrence. Paradoxalmente, nos sentimos muito mais perto de Lawrence quando Burgess, o autor do livro, escreve "eu". Acredito nessa fórmula.

Numa comparação entre Brasil e França, você acha que se poderia dizer que lá existe uma sedução no ar, na rua, nos bares, ao contrário daqui, onde a sexualidade seria mais escondida, em clubes de swing e espaços privados?

Tenho essa percepção, vejo essa diferença de comportamento entre as pessoas no Brasil e aqui. Gostaria que esse tipo de relação entre as pessoas no Brasil existisse aqui. Em *A vida sexual de...* falo um pouco disso. Sonho que se pudesse ter em todas as atividades cotidianas algo da ordem de uma troca sexual, mesmo que, obviamente, não se vá até o fim, mas apenas um olhar, um gesto. Isso estimula de forma bastante agradável as relações entre as pessoas, ainda mais quando se tem consciência de que é algo sem consequência. Aqui, qualquer coisa assim de pronto implica uma consequência. Se uma jovem nota que um homem a olha de uma forma um pouco mais intensa, receia que ele vá se aproximar e abordá-la, e imediatamente se retrai. Mas pode ser simplesmente um olhar *en passant*, sem consequência. Eu preferiria que na França fosse como no Brasil *(risos)*. Aqui, em lugares reservados para o sexo, as regras estão estabelecidas e você está lá para isso. Temos talvez mais necessidade desses lugares reservados porque são trocas proibidas em outros locais.

Quais os principais escritores que lhe marcaram e por quê?

Há muitos escritores que foram importantes para mim. Sou uma grande leitora de Marcel Proust. Faço parte daqueles leitores que, permanentemente, retomam algumas páginas de Proust para reler certas passagens. Quando era muito jovem, estranhamente li todo o teatro de Paul Claudel. Adorava seus personagens femininos, figuras de santos. Sou também grande leitora de Georges Bernanos, pela forma como ele tentava imaginar o que seria uma vida de santo hoje nas sociedades modernas.

Que autores você está lendo atualmente?

Há pouco me encomendaram um texto sobre *O amante de Lady Chatterley*, e mergulhei na obra de D. H. Lawrence, que nunca havia lido. Leio tudo dele e sobre ele atualmente. Gosto de sua escrita, nada controlada, bastante espontânea, com uma fulgurância extraordinária. O que ele diz sobre a sexualidade de sua época, principalmente da sexualidade das mulheres, é absolutamente extraordinário. Esse homem tinha um conhecimento muito apurado da maneira como uma mulher poderia viver sua sexualidade, e isso é muito interessante.

O que é cultura para você?

A cultura é o que nos permite viver em sociedade, não sermos lobos a brigar por comida e território. Porque adquirimos a linguagem, temos uma memória, estabelecemos relações, formamos famílias que nos deixam testemunhos, livros, há as construções nas quais podemos habitar, e que acabamos por respeitar. A cultura é o verdadeiro cimento social.

Como você definiria arte contemporânea?

É difícil definir a arte contemporânea, porque se você entra, hoje, num museu de arte moderna ou contemporânea, tem a impressão de que tudo é possível: objetos, pintura, escultura, fotografia, instalações, vídeo. Você se pergunta quais são as formas da arte hoje. Na realidade, todas as formas são possíveis. Creio que um dos papéis fundamentais da arte contemporânea é exatamente o de ser esse espaço de liberdade. Vivemos em sociedades com obrigações bastante duras, é preciso encontrar trabalho, ganhar dinheiro, manter sua família, respeitar tal e tal autoridade. Temos também obrigações morais. Acredito que a arte contemporânea inventou um espaço de liberdade, aberto a muitas coisas que não são possíveis na sociedade normal. É também um espaço de liberdade no qual pessoas que vêm de culturas, civilizações e continentes diferentes podem se encontrar e tentar dialogar. Isso também é muito importante hoje. Para mim, a melhor definição de arte contemporânea é "um ar de liberdade".

Stephen Greenblatt

A primeira lembrança que Stephen Greenblatt guarda de William Shakespeare remonta a sua pré-adolescência, quando foi apresentado em sala de aula a uma comédia pastoral de autoria do célebre dramaturgo inglês. "Hoje a considero fascinante, mas na época me lembro de ter achado horrível. Não me recordo de ter desgostado de algo tão intensamente", admitiu, assentado em sua sala no prédio da biblioteca Harry Elkins Widener Memorial, na Universidade de Harvard. Sua descoberta de Shakespeare como "algo poderoso" se deu alguns anos mais tarde, quando outro professor dedicou mais de um semestre ao estudo do texto de *Rei Lear*. A reveladora experiência o marcou para sempre. Stephen Greenblatt se tornou reputado como um dos maiores especialistas na obra e na vida do cultuado autor, e sua elogiada biografia *Como Shakespeare se tornou Shakespeare* (Cia. das Letras, 2011) foi finalista do prestigiado prêmio Pulitzer, permanecendo por semanas na relação dos livros mais vendidos do jornal *New York Times*.

Em 2008, escreveu a quatro mãos com o autor americano Charles Mee a peça *Cardenio* – uma trama sobre o texto homônimo de Shakespeare, dado como perdido em 1613 –, encenada em diferentes países, inclusive no Brasil. Intelectual de infinita curiosidade, orador e ensaísta de cativante e erudita prosa, Greenblatt é reconhecido ainda como o pai da corrente teórica do *New historicism* – o novo historicismo –, balizada por vertentes do marxismo e do desconstrutivismo e cultuada nos anos 80.

Quando nos encontramos no final de 2011, ele estava finalizando o ensaio que viria a ser publicado como *A virada: o nascimento do mundo moderno* (Cia. das Letras, 2012), em torno do histórico achado de Poggio Bracciolini (1380-1459), obra que acabou recebendo o Pulitzer. No inverno de 1417, o humanista italiano, ex-secretário papal "caçador de livros", descobriu na biblioteca de um monastério germânico um exemplar escondido do manuscrito *De rerum natura* (Da natureza), poema hexâmetro de 7.500 linhas do filósofo romano Lucrécio, escrito por volta de 50 a.C.. A obra de contornos epicuristas, considerada por crentes como herética, verseja a teoria do atomismo, critica a religião, nega a vida após a morte, afirma a inerente sexualidade do universo e credita exclusivamente ao homem seus desígnios sobre a Terra. Antes condenados ao olvido, os versos ressuscitados influenciaram o pensamento e as artes da Florença do século XV e, num espectro mais amplo, o mundo ocidental nos 400 anos seguintes, pelo interesse de Galileu, Giordano Bruno, Montaigne, Charles Darwin, Thomas Jefferson, Sigmund Freud e do próprio Shakespeare. "Foi o nascimento da modernidade, e o que nos deu, em última análise, Darwin, Einstein e Freud. Sejam quais forem nossas heranças hoje, elas vêm direta ou indiretamente do momento da volta à circulação desse objeto calado. Eu sou fascinado por isso!", confessou, sem esconder o entusiasmo.

O ensaio está ligado às suas pesquisas sobre a mobilidade e também à sua incessante procura por obras esquecidas. Quando lecionava na Universidade de Berkeley, na Califórnia, Greenblatt costumava apanhar livros a esmo na biblioteca, na estante reservada aos títulos recém-chegados, ainda não catalogados por temas. "Eu acredito neste acaso. Se você olhar na tela do Google, há uma opção que diz: 'Estou com sorte'. Eu nunca cliquei nisso em toda a minha vida, nunca me senti sortudo dessa forma, não tenho interesse em saber o que isso poderia me revelar. Sempre acreditei num tipo diferente de sorte."

Antes da entrevista, fui conduzido até a bela construção de enormes colunas coríntias do Harry Elkins Widener Memorial por sua atenciosa assistente, que atende em um local anexo. Ao subirmos as escadas, ela me perguntou se eu conhecia a história da biblioteca. Diante da confissão de minha ignorância, ela me explicou que o prédio surgiu como uma homenagem póstuma da mãe do jovem colecionador de livros Harry Elkins Widener, diplomado pela universidade em 1907 e morto aos 27 anos no naufrágio do Titanic, em 1912. Ao encerrarmos nossa conversa, Stephen Greenblatt gentilmente me deu uma breve carona sob seu guarda-chuva até a calçada no limite dos domínios do campus, dessa vez falando sobre seus filhos, o jantar de logo mais à noite e sobre o Brasil tropical em contraste com o úmido inverno de Massachusetts. Não precisou me contar a curiosa origem da biblioteca, pois agora já sabia, e não pude deixar de relacionar aquelas paredes a temas que havíamos abordado ao longo de nosso encontro.

Quando foi a primeira vez em que você foi confrontado com um texto de Shakespeare, e quando sentiu que era algo especial?

Foram momentos diferentes. Minha primeira lembrança de Shakespeare foi na escola, aos 12 ou 13 anos de idade, e a professora, que era terrível – ao menos nas minhas lembranças –, tentou nos ensinar a comédia pastoral de Shakespeare *As you like it* (*Como gostais*). No geral, eu diria que é uma péssima escolha para alunos deste nível escolar. Éramos garotos cheios de hormônios e espinhas. É um absurdo para qualquer pessoa desta idade, porque se trata de uma comédia bastante complicada e sofisticada de quiproquós de gênero e personagens travestidos. Hoje a considero fascinante, mas na época me lembro de achar horrível. Não me recordo de ter desgostado de algo tão intensamente. Mas a primeira vez que senti Shakespeare como algo poderoso foi alguns anos mais tarde, deve ter sido no meu último ano de colégio. Tive um professor brilhante, John Harris, que passou quase um ano inteiro nos ensinando uma única peça, *Rei Lear*. É uma história sobre pessoas de idade, nada que se relacionasse a minha realidade imediata, mas a intensidade existencial do texto deve ter me tocado num nível bastante profundo quando eu tinha 16 ou 17 anos. Eu me lembro desse estudo como sendo uma das grandes experiências educadoras da minha vida; apenas essa intensidade de, uma semana após a outra, mergulhar nessa peça e tentar entendê-la. Me lembro desse maravilhoso professor, em algum momento do texto, nos dizer: "Eu tenho lido isso por anos, e ainda não entendo". Não sei se ele estava se referindo à linguagem, ao conceito, mas o fato é que pela primeira vez na minha vida escutava um professor dizer que não entendia algo, e isso me provocou uma forte impressão. Um extraordinário professor – que parecia de tudo saber – admitir que um texto lhe impunha problemas de compreensão, aquilo para mim foi uma confissão poderosa. Ainda me lembro disso claramente hoje, 50 anos depois, com uma espécie de arrepio. E isso tinha muito a ver também com Shakespeare. Às vezes penso que você simplesmente não entende as coisas mais poderosas. Há certas coisas que representam problemas profundos, insolúveis, mas que ficam dentro de você de maneira mais profunda do que os textos mais transparentes, que você entendeu muito bem. Eu recordo que, anos depois disso, estava na universidade na Inglaterra, sentado no meu quarto em Cambridge lendo *O julgamento*, de *(Franz)* Kafka. E me lembro de não ter entendido absolutamente nada. Não compreendi as relações entre os personagens, não entendi por que o homem cometeu suicídio no final da história, nada fazia sentido para mim. Eu fechei o livro, e me lembro de momentos depois sentir um incrível... não posso realmente explicar, não tenho as palavras certas para isso. Mas algo como se alguém tivesse tangido com força a corda dentro de mim. Isso não aconteceu porque eu entendi, mas porque eu não entendi.

De que maneira Franz Kafka transformou sua visão de mundo, como você mesmo mencionou certa vez?

Diria que foi o Kafka das parábolas que não podem ser entendidas que transformou meu entendimento do mundo, não o Kafka trágico e visionário que admiro mas que, graças a Deus, está muito distante de minha experiência. Não esse lado, mas o Kafka que conta histórias que você quase entende, mas que não consegue realmente entender. O Kafka que é o maior escritor de parábolas desde os evangelhos, ou talvez desde os mestres sufistas, que me fascinaram. O Kafka que realmente me interessa é aquele que não pode ser completamente entendido ou absorvido, que nos escapa. Porque estudar literatura é emocionante só quando não se compreende completamente o que se lê. Estudar o que se domina ou entende por inteiro deve ser tedioso. Eu nunca entendi cabalmente Kafka.

Você já disse que sua mais forte experiência de teoria foi a A genealogia da moral, *do filósofo alemão Friedrich Nietzsche (1844-1900), que você leu na juventude. Por quê?*

É verdade que ainda hoje, já mais velho e menos impressionável do que era quando tinha 16 ou 17 anos, sinto o choque desses textos, o seu escândalo. Sinto algo repulsivo neles, mas ao mesmo tempo algo absolutamente irresistível. Eu estava realmente pensando de novo sobre Nietzsche e *A genealogia da moral*, por causa de minhas reflexões sobre a pintura de Andrea Mantegna (*pintor italiano, 1431-1506*), "Madonna della Vittoria", que está no Museu do Louvre. Uma pintura maravilhosa, feita em Mântua. Veja só, no século XV, um banqueiro judeu comprou uma casa em que havia, na parte externa, uma pintura da Virgem com o filho, que ele não queria. Por isso, pediu oficialmente ao governante da cidade – um dos Gonzaga não me lembro de qual deles – a permissão para caiar a casa, o que foi feito. Foi tolice da parte dele, porque o povo ficou irritado e começou a desenhar imagens na casa. E as imagens começaram a ficar cada vez mais ameaçadoras, houve passeatas, o povo insuflado não pelos políticos, mas pelos frades locais. As ameaças aumentaram, e o banqueiro apelou a Gonzaga pedindo proteção. E o próprio Gonzaga estava preocupado com os distúrbios na cidade, por isso escreveu a seu irmão, que era um bispo ou cardeal em Roma. Eles decidiram não só restaurar a pintura, mas apropriar-se da casa para transformá-la em uma igreja. E encomendaram uma pintura a um mestre, que veio a ser Mantegna. E esse é o fim da história, que eu saiba. O cara perdeu a sua casa, que se tornou uma igreja, e agora a pintura está no Louvre. E a questão é a seguinte: qual é o significado da história original? Quando você vai ao Louvre e olha o quadro, bem, é uma madona com adoradores e santos, uma bela pintura. O que significa ser possível remover a pintura de seu ambiente eclesial para colocá-la na parede de um museu, num lugar totalmente diferente, em Paris, onde se torna um objeto de arte para um culto diferente, o culto do amor à arte sobre o qual Bourdieu escreveu com algum cinismo. O que significa saber qual foi o seu passado? Qual é o seu valor secreto? Que tipo de significado essa história passada tem? Qual é a importância dessa genealogia? Eu não tenho uma resposta inteligente, bem que gostaria de ter. Mas sei que tem importância, ou sei que pode ter importância, ou que se pode fazer com que tenha importância, querendo. O que se quer descobrir não torna a pintura menos bela. É um segredo, por assim dizer, neste caso, de rivalidade religiosa, perseguição, sofrimento ou o nome que se queira dar. E está, de certo modo, escondido atrás da origem dessa obra de arte. E Nietzsche é extraordinariamente profundo sobre essas histórias ocultas que produzem certos efeitos, mas que acabam esquecidas, que não são feitas para serem pensadas. O resultado para Nietzsche não está bem claro, mas sinto uma força imperiosa de tentar compreender o que é esse valor oculto. Se me interesso pela mobilidade – a mobilidade, vamos dizer, que em algum momento implicou embalar a pintura de Mantegna, transportá-la para Paris e colocá-la na parede do Louvre –, o meu interesse é pelo que se perde, pelo que desaparece. Até que ponto o que desaparece pode ser recuperado ou registrado? Até que ponto se quer registrá-lo? A vida me parece cheia de movimentos desse tipo. Nós próprios somos objetos desses movimentos. O seu sobrenome não é Eichenberg? A sua família não estava no Brasil há 500 anos, nem a minha família nos Estados Unidos. Portanto, essa mobilidade está embutida em nossa existência. E qual é a nossa relação com o que se perde, com o que continua? Tudo isso me parece interessante.

Com o seu chamado Projeto Cardenio, de adaptações internacionais da peça perdida de Shakespeare, de 1613, você viajou por diferentes países para assistir a encenações na Índia, no Japão, na Croácia, na Espanha, no Egito, na Polônia e também no Brasil. O que essa experiência significou para você?

Haverá também uma adaptação na Sérvia. Houve uma fantástica no Cairo, e uma outra extremamente interessante em Istambul. Aprendi muito com essa experiência, e sobre cada lugar. Você já esteve no Japão? É o caso mais extremo de todos – mas vale também para vários outros lugares –, quando se tem uma veloz curva de aprendizado. Você sobe até o cume muito rápido, em três ou quatro dias, mas depois necessitará de outros seis meses para poder aprender algo mais. E não poderá aprender muito mais, a não ser que mergulhe de maneira profunda. E eu só tive essas curvas rápidas de aprendizado, de três dias ou uma semana. Você absorve tudo e tenta ser o mais aberto possível. Para mim como ser humano, uma grande coisa que aconteceu no Projeto Cardenio foi ter me sentido incrivelmente aberto em cada um desses lugares. No breve tempo em que permaneci em cada cidade, estava completamente alerta e vivo para tudo. Experimentei um tipo de sobrecarga semiótica nessas curtas temporadas, tentando registrar tudo. Para mim, houve prazeres estéticos, intelectuais, de uma forma profunda no Projeto Cardenio, mas também essa experiência pessoal, viajando até esses lugares e tentando tudo assimilar: o tipo de solo no teatro, a forma como o lixo é coletado na rua, o modo como a mulher que me buscou na estação de trem disse "Olá", como é a descarga no toalete, bem como as encenações das peças. Eu registrava tudo. Lembro no início dos anos 1980, em Berkeley, eu tinha um extraordinário colega historiador – acredito que hoje esteja morto. Ele esteve na China, assim como eu, e ao retornar convidou um acadêmico chinês, um tanto precipitadamente, para vir até os EUA e ficar na sua casa. Assim, imagine, o acadêmico saiu pela primeira vez da China, veio para Berkeley, na Califórnia, ficou na casa dele por seis meses ou um ano, não lembro. No primeiro dia, o meu colega ficou preocupado, porque o chinês havia subido para o primeiro andar da casa e não dera mais sinal de vida. Talvez tivesse desmaiado ou morrido, o silêncio era terrível. Meu colega subiu para verificar e o encontrou no banheiro, boquiaberto e olhando com espanto e fascinação o armário de remédios. Não que houvesse algo de interessante, para nós, no armário de remédios, mas ele estava examinando cada frasco lá dentro. Foi um pouco essa a minha experiência com Cardenio. Em cada um desses lugares, em São Paulo, no Cairo ou em Calcutá, eu me senti fantasticamente vivo e alerta. Como se me tivessem retirado várias camadas de pele, e eu pudesse tudo absorver.

Você ainda pretende desenvolver a ideia de escrever sobre a experiência de viagem?

Talvez escreva algo sobre a totalidade dessa experiência. Tentei fazer anotações, montar um site na web etc. Algum dia, ainda não sei quando, escreverei um livro sobre as várias encarnações dessa engraçada peça.

Para você, o estudo da literatura não é como o da física, em que um nível superior de conhecimento substitui o inferior. Não há um ponto final específico. Seu interesse hoje está no estudo da mobilidade. "Em vez de imaginar que culturas e objetos são essencialmente estacionários ou estáticos, por que não assumir que o nomadismo, a permutação, a transformação ou o exílio são na verdade o estado normativo?", indaga. Em que estágio está o seu estudo de definição de um novo conjunto de instrumentos para a compreensão da cultura como algo em processo?

Estou terminando o livro que inspirou toda a ideia de estudos da mobilidade. Originalmente, comecei a pensar nestas questões porque me interessei pelo que significa recuperar um livro perdido. Neste caso, é o manuscrito perdido de Lucrécio sobre a natureza das coisas *(De rerum natura)*. Para mim, foi um tipo de paradigma, não somente da Renascença, mas das questões de mobilidade. Temos um texto escrito em torno de 50 a.C., que foi lido naquela época, gradualmente até o século IV, e depois desapareceu de circulação. Pode-se dizer que foi calado. Ninguém sabia se existia ou não, sobreviveram uma ou duas cópias. Ficou numa prateleira, como se não houvesse movimento, por mais de mil anos! Então, em 1417, alguém tirou o livro da estante do monastério, e ele voltou a circular. É um tipo de ato primal, uma ação simples, nada glamorosa: alguém retira o livro da estante da biblioteca de um monastério, e algumas cópias começam a circular. E essa reentrada no mundo da mobilidade acaba produzindo, a longo prazo, resultados impressionantes. É apenas um antigo poema, mas na verdade foi o que trouxe de volta ao mundo ocidental toda essa teoria da gênese de átomos se debatendo, um vazio e nada mais, sem um projeto inteligente ou um criador misterioso. Apenas padrões martelando juntos pela eternidade, vivendo para sempre sem que as formas vivam junto, vivam para sempre. Na verdade, foi o nascimento da modernidade e o que nos deu, em última análise, Darwin, Einstein e Freud. Sejam quais forem nossas heranças hoje, elas vêm direta ou indiretamente do momento da volta à circulação desse objeto calado. Eu sou fascinado por isso! Pelo fato em si, pelo que está envolvido na circulação, pelos riscos assumidos – porque, quando são trazidas de volta, as coisas oferecem riscos. Giordano Bruno e outros descobriram o preço de fazer circular ideias fora de lugar, por assim dizer. Por outro lado, é historicamente importante, e também importante para mim, o fato de que foi um poema que voltou a circular. Algo sobre a poesia, sobre a beleza e o estado de perfeição desse objeto ajudou a estimular a peculiaridade da qualidade dessa circulação. Porque muitas coisas podem ser descobertas e simplesmente não ter vida em si. Mas essa tem uma vida incrível. Estou finalmente terminando de escrever esse livro, e este é, para mim, meu principal envolvimento nessa questão. Estou contando a história da perda e da redescoberta, um tipo de paradigma para a mobilidade e o início de um novo mundo.

O seu livro será mesmo intitulado The swerve *(A virada)?*

Sim. Não há essa ideia de se chegar a um ponto específico. Apenas aconteceu. Aconteceu de a pessoa que descobriu esse texto estar naquele local, de o texto estar ali, e ele o achou. Não foi por um agente secreto ter sido enviado para lá. E também pela própria teoria que está no poema, a razão pela qual as coisas estão se batendo, juntas, não é porque alguém as puxa e as reúne, mas porque elas mudam de direção. Como na física atômica contemporânea, em que no último nível não se pode determinar para onde os átomos estão se movendo. Há o elemento do acaso, que para Epicuro e Lucrécio era também a própria possibilidade de livre arbítrio para os seres humanos. Porque você não pode – não importa o quanto você escore o objeto – destiná-lo perfeitamente a uma dada direção, ele pode se mover para onde não se espera, pode desviar.

Você aponta a Índia como um extraordinário exemplo dessa mobilidade. Em que sentido?

Por que será que disse isso? Se você já esteve na Índia, sabe o que é viajar por lá, o país é completamente louco. Combina níveis de desordem, múltiplos recursos, carros de boi passando pela estrada junto a caminhões gigantescos, com figuras do Ramayana pintadas em suas dianteiras, com animais, funerais, procissões. Talvez não tenha sido a isso que me referi quando afirmei tal coisa, mas essa é a minha associação agora. É essa experiência que torna a Índia maravilhosa, às vezes enlouquecedora, mas tão maravilhosa e irresistível.

O sonho de retornar ao passado permanece como algo extremamente poderoso para você. Desistir desse sonho diante da aceitação de que só dispomos de arquivos históricos o deprime. Como é esta depressão intelectual?

Hoje, talvez você tenha me encontrado num dia feliz, meu filho acabou de se casar na semana passada, tudo está bem. Não me sinto na curva depressiva. Se estou deprimido, é um mau sinal, porque sou extremamente sortudo. Nasci numa época afortunada, num lugar afortunado, depois da Segunda Guerra Mundial, nos EUA. Se estivesse dando as cartas, seria uma boa carta de se tirar. Há sempre limites, e há do que se queixar, mas foi um longo período de paz e prosperidade, com altos e baixos, num mundo com poucas barreiras, onde se podia continuar fazendo o que se queria, com poucas restrições e proibições. Eu fui um beneficiário assombroso desse momento privilegiado, charmoso e histórico. Todo mundo tem os fardos da vida, mas seria ingrato de minha parte alegar *Angst* e *Schmerz* como o meu quinhão, quando me sinto extremamente afortunado. Quanto aos modos do passado, mesmo quanto a isso, para um americano mas também para um brasileiro, diria que temos um perdão parcial para a pior versão do fardo do passado, porque nossos países são relativamente novos. Há muitos crimes no passado e no presente dos EUA e do Brasil, não há dúvida, mas na verdade, para saber a plena força dos modos do passado, penso que se deve ser um polonês, um alemão ou originário de países em que as pessoas sensíveis arcam com uma carga pesada, em que é muito difícil cegar a si mesmo sobre o que tem sido, por gerações, o destino de seu país. É mais fácil para americanos e brasileiros tapar os olhos, e eu sou feliz de ter essa visão restrita, esse sentido restrito das coisas. Se eu me sinto deprimido – o que não é o caso –, gostaria de ser mais culto, esperto, sagaz do que sou. Há muitas coisas que poderia desejar para mim mesmo, muitas qualidades de colegas e amigos que admiro e que gostaria que fossem minhas. Você nunca pode escapar desses sentimentos.

Mas como você enfrenta essa limitação de não poder voltar ao passado? Procurando por textos que não sabia existir, como no caso do diário de Richard Maddox (1546-1583), viajante do Novo Mundo, que esteve inclusive no Brasil?

Não ocorre sempre assim, mas não tenho como explicar completamente minha busca. Em toda a minha carreira, tive essa experiência muito singular. Tenho uma colega brilhante aqui no departamento de Física, Melissa Franklin, e ela me contou há muitos anos que podia olhar longas séries de fórmulas, de programas de computador, e dizer: "Aqui há um erro". Ela não tinha ideia de como sabia que havia algo errado, mas quase sempre estava certa. É uma espécie de milagre da mente que ela tenha essa qualidade. Não pretendo reivindicar nada tão excitante para mim, mas devo dizer que em toda a minha vida acadêmica e de leitor sempre senti que posso pegar não importa que coleção de textos, folhear rapidamente e dizer: "Aqui há algo interessante". Sempre tive um tipo de sorte intelectual por ser capaz de estar em meio a uma enorme quantidade de livros e descobrir algo especial. Sempre tive a confiança de que seria capaz de encontrar algo em meio a essa confusão, e sentir sendo tocada dentro de mim a mesma corda de que falávamos antes. Richard Maddox é um exemplo. Ele não é um grande escritor, mas seu impressionante diário sobreviveu. Há muitos exemplos na minha experiência como esse, em que você se depara com coisas do passado que saltam sobre você, e com que você pode fazer algum trabalho. Esse processo sempre foi algo misterioso para mim. Acredito um pouco nele, embora hesite em certos momentos, porque não se adapta ao trabalho de um acadêmico sério. Mas confio nos meus instintos, na minha sorte, que vou achar algo com vida dentro. Por vezes não funciona, mas é, cada vez com mais frequência, algo excitante. Isso aconteceu com a "Declaração de egrégios impostores papais", de Samuel Harsnett, que me abriu todo um aspecto de *Rei Lear* que eu não tinha entendido. Aconteceu também com o relato de *(Thomas)* Harriot sobre a Virgínia *(Brief and true report of the new found land of Virginia, de 1588)*, que me deu um acesso muito poderoso para as peças históricas de Shakespeare. Isso tem sido repetidamente uma verdade para mim, na minha vida.

Uma segunda direção de seu trabalho é a redução da fronteira entre a produção de arte e o criticismo. Você acredita em formas mais interessantes de relacionar a prática pedagógica e interpretativa aos criadores de arte, e assinala que seus alunos estão fazendo coisas notáveis com tecnologia digital nesse sentido.

Em primeiro lugar, a tecnologia digital – da qual sou muito velho para me beneficiar totalmente, porque passei a maior parte da minha carreira fazendo outro tipo de pesquisas – está num processo de mudar tudo. O que descrevi antes é uma técnica pré-digital, nunca obtive o equivalente num computador, mesmo que se possa imaginar que ele seja a forma extrema dessas descobertas aleatórias. Quando lecionei em Berkeley, o que fiz por 26 ou 27 anos, havia na biblioteca o setor de livros recém-chegados, catalogados com números, em idiomas e temas misturados, ainda não dispostos em suas respectivas seções, como antropologia, sociologia etc.. Era uma esplêndida biblioteca, eu costumava frequentar esse canto, nunca vi mais ninguém lá. E pegava os livros da estante ao acaso, para ver o que acharia. Podia ler italiano, francês, alemão, tinha uma noção de espanhol, e obviamente sabia inglês. Havia títulos de todas as áreas. Algumas vezes, levava os livros para meu gabinete. Eu me lembro de ter encontrado o livro *L'acteur*, de Jean Duvignaud, um livro maravilhoso. Eu acreditava nesse acaso. O computador poderia fazer algo similar, mas imagino que consiga produzir tipos diferentes de efeitos, não esse. Se você olhar na tela do Google, há uma opção que diz: "Estou com sorte". Eu nunca cliquei nela em toda a minha vida, nunca me senti sortudo dessa forma, não tenho interesse em saber o que isso poderia me revelar. Sempre acreditei num tipo diferente de sorte.

Mas o que fazem seus alunos?

O que eles na verdade fazem é achar maneiras de penetrar nos registros do passado, numa forma que eu havia apenas começado a fazer. Mas isso é diferente da questão sobre o modo artístico e criativo. O uso mais intenso que fiz até hoje do nosso enorme banco de dados foi quando estava trabalhando no projeto do Purgatório *(seu livro, Hamlet in Purgatory)*. Podia procurar como a palavra "purgatório" aparecia em um vasto campo de textos, o que teria grande dificuldade de fazer sem o computador. Para saber dos reais usos inventivos, é preciso perguntar para alguém hoje com 30, e não 60 anos. Para a produção de arte, é certamente verdade – de maneira geral – que a tecnologia do computador alterou a relação do artista com a habilidade. Não invalidou a destreza, obviamente, mas há todo um tipo de coisas que se pode fazer hoje num computador que só poderiam ser feitas com anos e anos de um treinamento prático muito elaborado. Penso que hoje todos os arquitetos usam o computador para criar seus projetos. Nas escolas se ensina cada vez menos a projetar no papel. Você também pode ver, na fotografia digital, efeitos fantásticos e difíceis de alcançar que agora se tornaram extremamente fáceis. O que pode barateá-las, mas as torna possíveis. Isso tudo não tem muito a ver com o meu trabalho, mas eu era presidente de uma força-tarefa em arte em Harvard, tentando fazer com que a vida cognitiva na universidade incorporasse a criação artística bem como escritos sobre a arte. Nessa linha de pensamento de que a criação de arte na sua forma mais notável é também um ato intelectual imperioso. Estamos tentando dar mais valor para a criação artística no currículo da universidade. E é nesse caso que a tecnologia do computador ajuda muito, fazendo você passar pelo que de outra maneira exigiria anos de treinamento laborioso. Claro que você perde muito quando não tem esses anos, mas pelo menos pode obter certos experimentos e atividades cognitivas muito rapidamente, e isso torna mais possível incorporá-los ao currículo. No curso desse processo, tive conversas com o reitor de Harvard para a faculdade de Artes e Ciências, que é um cientista da computação, e ele estava descrevendo como o tipo de vida conceitual de alguém envolvido com computador e ciência é semelhante à vida conceitual de um artista. No geral, descobri que meus colegas humanistas, que eu achava seriam os mais entusiasmados com a incorporação da produção artística no currículo, eram na verdade os mais céticos e reservados. Mas os matemáticos, cientistas, informáticos, engenheiros adoraram essa ideia. Imagino que seja porque eles mesmos estão engajados em práticas que cruzam com as da produção artística.

Você ressalta que a produção cultural não detém o monopólio da imaginação. Poderia explicar?

Essa questão está certamente relacionada com a última pergunta, faz parte do mesmo conjunto de reflexões. Eu compreendo a importância das fronteiras que traçamos, a utilidade dessas fronteiras, estou cercado de evidências dessa utilidade, mas acho que isso funciona apenas até certo ponto. E uma das coisas viciadas nas humanidades e na crítica que fazemos é esse desejo de nos distanciarmos das energias emocional e intelectual que os artistas colocam em ação. E acho que muitas vezes deve haver também um modo de introduzir os artistas – não para o seu bem, mas para o bem da comunidade – na conversação, por assim dizer, não só sobre a arte, mas sobre o rumo que a humanidade está tomando.

O que você poderia dizer sobre o novo historicismo hoje? O que aconteceu com esta teoria desde que surgiu nos anos 1970?

É difícil dizer. Talvez não seja apenas um movimento, mas vários movimentos ligados frouxamente um ao outro sob uma única rubrica conveniente. E não me sinto disposto a ser o juiz ou o *chef d'école* desse grupo de tendências. Eu me envolvi muito nisso, com prazer – e num certo sentido com algum orgulho –, mas não sinto como se fosse uma possessão minha, nem que tenha o direito de julgar ou descrever. O que aconteceu foi que, nas suas origens, algumas de suas energias nasceram da junção de dois fios: o marxismo e a desconstrução, em relação à História ou ao historicismo. O que aconteceu nos últimos 30 anos foi o que aconteceu, por um lado, ao marxismo e, por outro, à desconstrução, duas urgentes tradições intelectuais, poderosas e revolucionárias. No caso do marxismo, ele virtualmente desapareceu, e a desconstrução é como se tivesse desaparecido. No meu ponto de vista, a energia original que fez o novo historicismo fundamentalmente diferente do historicismo, que lhe deu sua urgência peculiar, diminuiu. Não estou lamentando, foi apenas o tempo que passou. Para mim, apenas por causa da minha própria carreira, essas duas energias originais ainda estão vivas. Porém, mais os anos vão passando, mais vamos nos distanciando do que fornecia um singular impulso ao movimento. E a consequência é que o novo historicismo começa muitas vezes a parecer não muito particularmente distinto de qualquer historicismo. Não tem mais uma base supostamente estruturalista ou uma tendência política forte como antes. Mas tudo bem. E o fato de ter sido absorvido e se tornado uma prática familiar é sinal de sucesso. Mas um sucesso que pagou um certo preço.

Como o novo historicismo poderia ser utilizado hoje numa abordagem da literatura americana contemporânea?

Para mim, a questão que permanece viva no novo historicismo é como manter em ação tanto as raízes de algo que aconteceu como o que isso significa para nós hoje. Para as literaturas contemporânea e do passado, se você se engaja profundamente em tentar entendê-las, não vai jogar fora o presente e olhar apenas para o passado, mas também não vai viver estritamente no presente, como se o presente existisse desde esta manhã, sem história. Você tem de encontrar uma maneira de considerar os dois, e a relação de um com o outro. Mas se eu ler um poeta contemporâneo, digamos Jorie Graham ou Robert Pinsky, estarei intensamente consciente da negociação bastante complicada entre o passado e o presente, que inclui política, linguística, minha própria posição subjetiva, e tenho de achar uma forma de como colocar tudo isso genuinamente em ação.

Você lê autores contemporâneos?

Leio. Não acompanho a ficção contemporânea de uma forma diária ou rotineira. Não li o último romance de Jonathan Franzen. Li recentemente um romance – que não é contemporâneo, deve ter sido escrito nos anos 1950 –, de Vasily Grossman, chamado *Everything flows*. Inacreditavelmente dolorido e triste. É um romance sobre a fome na Ucrânia, sob o regime Stálin. Um livro poderoso, mas, como disse, tem 60 anos. Li não faz muito tempo *Wolf hall*, de Hilary Mantel, porque me solicitaram uma resenha. Algumas vezes leio algo que minha mulher ou um amigo recomenda, mas, para ser honesto, meu primeiro impulso não é ler ficção contemporânea. Agora estou lendo Tito Lívio, o historiador romano. Me dei conta de que não tinha lido *Joseph Andrews*, de *(Henry)* Fielding provavelmente desde que estava na pós-graduação, então durante o verão reli esse livro com grande prazer. Não tenho esse sentimento de que é urgentemente importante me manter atualizado com o que acabou de sair. Mas leio com prazer coisas recentemente publicadas, e também poesia contemporânea. Além dos que já citei, há Seamus Heaney, que publicou um novo livro há pouco; gosto de Frank Bidart, Tom Sleigh...

Você começou a se interessar pela Renascença ao estudar para exames, em Cambridge. Naquela época, descobriu Sir Walter Raleigh e o poema "Ocean's Love to Cynthia", escrito nos anos 1590, mas que achou extremamente contemporâneo e modernista, ao estilo de T. S. Eliot ou Walt Whitman. Isso tem a ver com a sua teoria do novo historicismo...

Sim, é verdade. O engraçado é que, na minha experiência de ler Raleigh anos atrás, não estava interessado nem um pouco no que ele escreveu, porque o meu interesse era pela sua história. Raleigh teve uma vida extraordinária, um registro histórico espantoso, e meu interesse inicial chegava até esse ponto. O meu interesse de longo prazo se concentrou no caráter esquisito e moderno do poema, e não no aspecto histórico. O aspecto histórico me atraía para tentar explicar como é que ele chegou a ser escrito. Parecia ter sido escrito naquela noite em que eu lia, no século XX, em vez de por volta de 1590. E acho que de uma certa maneira é a chave para entender por que algo ainda está vivo no novo historicismo. O novo historicismo é apenas um historicismo que quer olhar para trás e, de uma certa forma, reconstruir o passado. É um bom projeto, é um projeto válido, mas não é fundamentalmente aquilo com o que estou comprometido. O que eu tento fazer é compreender as fontes do meu conjunto de hesitações, prazeres e medos em relação ao passado. E acho que nesse ponto há uma pergunta, e eu faço essa pergunta a mim mesmo: se é assim, por que você não examina os seus interesses e medos do presente, e ao inferno com o passado? E eu não tenho uma resposta clara. Em certa medida, talvez seja um desejo de examinar o passado e o presente indiretamente. Nós nos sentimos mais seguros no passado, não sei... Quando estava na prisão, Sir Walter Raleigh escreveu a história do mundo, e ele começou pelo mundo antigo, não pelo seu próprio tempo. Ele conhecia todo o mundo no seu próprio tempo, e ele escreve no começo da sua história do mundo que alguém dirá que ele deveria ter escrito a história do seu tempo, e não sobre o mundo antigo, por ter um conhecimento tão inusitado do seu tempo, mas pouco saber do mundo antigo. Mas ele diz que quem persegue a verdade perto demais, tão no seu encalço, vai ter os dentes arrancados. Na verdade, eu não me preocupo em ter os dentes arrancados no presente. Tenho apenas a tendência de trabalhar no presente trabalhando no passado. Por quê? Não sei.

Para você, esse é o paradoxo de Shakespeare: textos escritos há 400 anos que parecem ter sido produzidos ontem à noite. O que valeria também para os grandes momentos da pintura, como uma tela de Pieter Bruegel, ou da música, como uma partitura de Mozart.

Acho que é verdade. Para mim, pelo menos, é verdade. Se uma obra não chega até você, se não entra bem fundo, lá dentro de você, independentemente do projeto intelectual – reconstruir o passado ou qualquer outro –, então acho que não vale a pena examiná-la. Acho que tem de nascer de um poderoso sentimento interior. Há muitas maneiras de lidar com isso, essa é a minha, em todo caso, não digo que todo mundo tem de segui-la.

Você procurou incorporar figuras de estilo e recursos imaginativos em seu trabalho. Isso teria sido extremo em sua biografia de Shakespeare.

Não acredito que os efeitos sejam, como você diz, "extremos". O livro é não ficção, e tentei indicar claramente os momentos em que estou especulando. Mas qualquer biografia de Shakespeare requer especulação – é um escritor que não só viveu há 400 anos, mas também existia, como profissional de classe média, abaixo do nível comum de curiosidade social de sua cultura. E enfaticamente não acredito que a verdade histórica precise ser apresentada com as roupas mais grosseiras.

Há escassos documentos relacionados à vida de Shakespeare, o que deixa sua história pessoal repleta de vazios. Essas lacunas estimularam diferentes especulações, inclusive a de que Shakespeare não seria o autor de sua obra, evidenciada no filme Anonymus, *de Roland Emmerich. Como você lidou com isso na hora de escrever a biografia?*

Eu me impus como princípio que só me entregaria a especulações se houvesse uma ligação com um vestígio documental, por menor que fosse. E esse vestígio teria de ter alguma existência fora da própria obra. Isto é, embora as peças de Shakespeare tratem profundamente do adultério, não tomei a liberdade de propor – como James Joyce, entre outros, propõe – que a mulher de Shakespeare teria cometido adultério. Ela pode realmente ter sido adúltera, mas não consegui encontrar nenhuma evidência disso fora da própria imaginação de Shakespeare. É verdade que há lacunas significativas no registro documental, mas Shakespeare foi de fato um escritor famoso em sua época, celebrado repetidamente pelos seus contemporâneos. As teorias de que outra pessoa escreveu as peças têm quase tanta credibilidade quanto as teorias de que os EUA fingiram o desembarque na lua.

Para você, a imediata genealogia do novo historicismo era o marxismo da metade do século XX. Nessa época, havia Freud, Walter Benjamin, Louis Althusser, Michel Foucault, Pierre Bourdieu. No seu caso, estudar com Raymond Williams, em Cambridge, foi muito importante. Como você foi influenciado por toda essa mistura?

Mistura é realmente o termo correto. Talvez seja uma limitação e uma força da qualidade de minha mente. Nunca respeitei muito as fronteiras, nem me interessei por isso. Nunca quis ser um verdadeiro adepto de Foucault ou um seguidor perfeito de Bourdieu. As fronteiras nunca me pareceram muito interessantes. Claro, quem viveu as décadas que vivi conheceu muitas pessoas que se tornaram verdadeiros discípulos de seja quem for, de Paul de Man ou Jacques Derrida ou de qualquer outro. Eu sempre fui muito eclético. Tudo isso sempre me pareceu uma caixa de ferramentas que eu podia usar de acordo com o que estava tentando ler ou compreender, mas nunca me interessei em ter um cartão que me rotulasse seguidor de alguém, que me atribuísse um selo de aprovação. E isso também é verdade em relação ao marxismo. Na verdade, o marxismo é o caso extremo desse espírito em que as pessoas chegam a se matar sobre qual seria a forma mais radical ou apropriada de seguir a ortodoxia existente. Mas esta ideia me é repulsiva. Neste sentido, penso também no Talmude como um documento totalmente maluco: quando temos 58 rabinos de grande prestígio discutindo alguma coisa e ninguém está determinado a vencer a discussão, ninguém vence, eles simplesmente continuam a discutir. Não é que não se tenha consciência de que há diferenças. Eu sabia muito bem que havia grandes diferenças entre o pensamento de Michel de Certeau, que me influenciou bastante, e Raymond Williams, mas eu não estava interessado em escolher o lado com o qual devia me alinhar. Mas todos foram muito importantes para mim, em diferentes momentos e em diferentes graus. Eu deveria acrescentar Louis Marin, com quem aprendi muito.

Nos anos 1970, ajudou também na sua formação o ambiente de desordem, o sonho da quebra das hierarquias e da reconstrução de um novo mundo?

Sim, claro. Não quero parecer um desses personagens de Shakespeare que afirmam ter vivido um passado muito louco, quando não foi nada louco. A minha década revolucionária foi muito modesta e quieta em comparação com a de outros realmente revolucionários daquela época. Eu tinha cabelo comprido, usava os apropriados jeans de boca de sino, fumava um pouco de marijuana, gritava slogans em passeatas, mas isso não chegava perto da carreira de um Che Guevara. Mas foi liberadora no seu modo modesto. Eu me via participando da insurreição de uma geração. E acho que não cheguei a ser demasiado desagradável, mas tinha uma certa indiferença em relação às opiniões dos mais velhos e de meus superiores. Eu sentia uma certa confiança de que compreendia melhor essas questões do que meus professores que, vistos em retrospectiva, eram bem ilustres. Eu me lembro de alguém em Berkeley me dizer: "Oh, você vai poder reverenciar Jonas Barish". E de eu pensar: "Reverenciar Barish? Não seja ridículo", a ideia me parecia maluca. Eu me lembro de outra história engraçada a respeito de um professor famoso, Alvin Kernan. Um amigo que foi seu aluno em Yale me contou que tinha frequentemente sonhos em que Kernan ia lhe fazer algum mal, e eu disse: "Engraçado, porque eu tenho frequentemente sonhos em que no momento mais inesperado vou fazer algum mal a Alvin Kernan". Nessa medida, eu sou o produto desse momento, sentindo-me poderoso contra os velhos, contra tudo o que estava no poder. Agora, sou um dos velhos...

Você não foi criado num lar de leituras e se recorda, inclusive, de seus pais lhe dizerem: "Stevie, não force os olhos lendo, venha ver tevê". Como surgiu a sua paixão pelos livros e a leitura?

Não venho de uma casa de leituras, mas de um povo de leitores. Os judeus são conhecidos como o povo do livro, com uma paixão por livros e leitura. O quanto eu herdei disso somente por osmose não é muito claro. Mas devo ter herdado algo desse ambiente geral. Não cresci num lar de livros, mas havia esse respeito, talvez não por livros como objetos, mas pelo conhecimento, pela formação. Minha mãe se orgulhava muito do fato de que meu avô – a quem nunca conheci – era considerado um erudito, seja o que isso possa significar. Provavelmente, as mulheres faziam todas as tarefas e os homens sentavam em volta para ler o Talmude. Mas, para a minha mãe, era um sinal de grande prestígio. Devo ter embebido alguma coisa dessas ideias. E nas tradições judias do leste europeu, as minhas origens – mesmo que eu e meus pais tenhamos nascido na área de Boston –, há uma impressão digital daquele mundo. Há um conceito em iídiche que significa honra, era um termo relacionado na minha família ao aprendizado, a ser bom na escola. Acho que faz parte da tradição de como se faziam os casamentos. Os jovens pobres que eram muito bons na escola podiam fazer bons casamentos. Era assim que se formavam os eruditos, que nada faziam enquanto as mulheres trabalhavam como escravas para sustentar a casa. De qualquer forma, havia esse ambiente geral na minha casa. Meus pais não eram ignorantes. Eles não tinham uma biblioteca, mas eram bastante entusiasmados com o aprendizado pelos livros, e muito dedicados ao meu sucesso na escola.

Por que o filósofo francês Michel de Montaigne (1533-1592) deveria ser mais lido nos dias de hoje, ou "descoberto", como diz?

É o meu escritor preferido da Renascença. Eu deveria dizer que Shakespeare é o meu favorito, mas para mim Montaigne é o maior deles. Por que "descobrir" Montaigne? Acho que não tenho uma grande resposta. A que tenho é mais ou menos a resposta que Montaigne deu para explicar a sua relação com Étienne La Boétie, o grande amigo de sua vida. Ele disse: "Porque era ele, porque era eu". Se Montaigne atinge você, ele o atinge da maneira como um amigo íntimo chega até você, alguém que você ama de forma absoluta. Na verdade, Shakespeare não faz isso, ele é muito difuso por toda a sua obra. A não ser que você responda com uma profunda intimidade aos seus sonetos, você não sente – pelo menos eu não sinto – essa vontade de sentar junto. Mas eu sinto isso com Montaigne, profundamente. E eu poderia dizer muitas coisas sobre Montaigne, que ele é assombrosamente inteligente, muito engraçado, notavelmente tolerante e decente, espantosamente franco, aberto consigo mesmo. Ele tem a capacidade de um mestre zen de viver o agora, o tesouro de viver o presente, algo que gostaria de ter no maior grau possível em minha própria vida. Não pensar no que vai acontecer no próximo minuto ou aconteceu momentos antes, mas no instante. Ele é um fantástico guia para essa sabedoria. Eu realmente amo Montaigne. Eu pretendo escrever algo sobre ele, o que sempre adiei em toda a minha vida. Mas agora vou tentar escrever alguma coisa.

Michel Maffesoli

O pensador francês Michel Maffesoli é invariável em uma característica de seu vestuário: porta incondicionalmente uma gravata-borboleta presa ao seu colarinho. Mas o traço conservador na repetição diária do adereço contrasta com ideias em constante ebulição. Crítico contumaz de uma *intelligentsia* ultrapassada e conservadora, arredio a pensamentos "agressivos e dogmáticos", ele se reivindica como um intelectual "terno e relativista". Seus temas de investigação definem suas prioridades de interpretação do mundo: a reabilitação do cotidiano, do imaginário, dos sonhos e da criação como terreno primordial da existência coletiva, em suas próprias palavras.

Aluno de Gilbert Durand e Julien Freund, Michel Maffesoli se tornou professor de Sociologia na Universidade Sorbonne em 1981 e, no ano seguinte, fundou com Georges Balandier o Centro de Estudos sobre o Atual e o Cotidiano (Ceaq). Em seu currículo consta ainda a direção das revistas *Sociétés* e *Cahiers Européens de l'Imaginaire*, além do Centro de Pesquisas sobre o Imaginário (M.S.H.). Como um dos principais arautos da pós-modernidade, publicou dezenas de obras em que explora o mundo das emoções e dos afetos e os conceitos de nomadismo e de tribalização nas sociedades contemporâneas, como *A contemplação do mundo* (Artes e ofícios, 1995), *A transfiguração do político: a tribalização do mundo* (Sulina, 1997), *O ritmo da vida: variações sobre o imaginário pós-moderno* (Record, 2007) ou *Homo eroticus: comunhões emocionais* (Forense Universitária, 2014).

Um *habitué* em terras brasileiras, onde é frequentemente convidado para conferências e debates, ele costuma definir o Brasil como um "laboratório da pós-modernidade, um país na vanguarda das experimentações das novas realidades sociais deste início de século". Na sua opinião, a democracia representativa é um sistema fracassado, e deve-se atentar para as inovadoras formas do fazer político e de gestão do bem comum, favorecidas pela horizontalidade promovida pelas novas tecnologias.

Michel Maffesoli diz que o mundo se tornou um grande mosaico, e que devemos fazer um enorme esforço para o seu aprendizado, mesmo que por vezes seja algo doloroso. Conversamos na sala de seu apartamento no bulevar Saint Germain, no Quartier Latin, no qual costuma reunir amigos, artistas, intelectuais e políticos de todas as tendências para jantares regados a bons vinhos e animados por acalorados debates, polêmicas e também muitas risadas.

Você acaba de fazer uma conferência de despedida na Universidade Sorbonne. Por que decidiu parar?

Porque em algum momento é preciso parar. Mas recebo muitos convites para conferências no exterior e também aqui na França, vou continuar a dar palestras um pouco por todo lado, mas em outro contexto. Vou me aposentar no ano que vem. Tenho 69 anos (*nasceu em 1944*).

O Centro de Estudos sobre o Atual e o Cotidiano (Ceaq) foi criado em 1982...

Muitos pesquisadores que fizeram suas teses aqui hoje são professores em uma série de universidades. É engraçado, são três países em que há muitos estudos feitos em relação com o Ceaq: o Brasil, a Coreia e o Japão. Eu sou fascinado pelo Brasil. Acredito que seja um verdadeiro laboratório.

Você vê o Brasil como um país capaz de "curto-circuitar a trajetória tecnológica clássica do mito do progresso". Por outro lado, o Brasil também alimentou uma ambição pelo ideal europeu e norte-americano. Sua opinião sobre o laboratório brasileiro mudou nos últimos anos?

Há este paradoxo, é verdade. De um lado, havia a fascinação do Brasil pela Europa em geral, e particularmente pela França. Tratava-se de importar os valores próprios da Europa, a filosofia, as ideias, os modos de vida etc. Eu me lembro da primeira vez em que me mostraram a Ópera no Rio de Janeiro, e me disseram: "Ah, isso é Paris" (*risos*). E é verdade que há um certo aspecto parisiense na construção arquitetônica. Mas penso que essa fascinação foi contrabalançada pela ideia de cultura da Semana Moderna, em São Paulo, por exemplo. Tratava-se de pegar e comer – de canibalizar, pois era isso a antropofagia – os valores modernos. E quando se diz canibalizar, ao mesmo tempo se diz defecar, evacuar de alguma maneira. Falando de fora – sou um amador e amante do Brasil, mas não um especialista –, penso que o Brasil vive um momento em que há cada vez mais reafirmações específicas. Uma domesticação, uma fascinação por uma importação apenas de valores europeus, nos leva a uma Europa que não tem mais vida; onde há algo de mortífero, de tédio. O laboratório para mim interessava pelo que se via por meio do esporte, da música, da celebração do corpo. Tudo isso ainda é reivindicado pelos brasileiros. Deve ser feita talvez uma diferença entre o Norte e o Sul; São Paulo permanece fascinado pelo modelo europeu e norte-americano, com todo o seu aspecto financeiro e bancário. O que me interessa mais é a vida cotidiana. E nesta vida cotidiana persisto em considerar que existe algo como um laboratório da pós-modernidade. Minha opinião não mudou. Mas faço uma diferença entre o Brasil oficial, cujo modelo é São Paulo – que destronou o Rio –, e o oficioso, mais vivo e prospectivo, que desenvolve não uma fantasia do progresso, mas, ao contrário, a reafirmação de valores locais, de solidariedade, o prazer de viver, a celebração do corpo, a importância das emoções coletivas. No Brasil, como em Seul, há esta espécie de vitalidade que faz com que estejam nestes lugares os valores em gestação do que chamamos de pós-modernidade. É uma hipótese, uma aposta que faço.

Quais as chances de ganhar esta aposta?

Quando se vê, por exemplo, em Porto Alegre e em outras cidades do Brasil estes jovens que fazem protestos contra o aumento das tarifas de ônibus, penso que isso não é o essencial, mas um pretexto. Isso remete sobretudo a esta efervescência brasileira, que está aí, forte e inegável. O Brasil não tem um modelo político contestador como o que existiu na Europa, com as revoluções, Maio de 68 na França... Mas há uma atitude não menos forte, e mais astuciosa, é o "jeitinho", esta habilidade de jogar com o poder. Jean Baudrillard, a quem levei pela primeira vez ao Brasil, tinha uma imagem que denominou de "a barriga frouxa do social": o punho – o poder – pressiona a barriga, mas, desde que se retira, ela volta ao normal. O Brasil não tem esta cultura política, exceto para uma classe intelectual inspirada no modelo marxista – o que me surpreendeu –, as massas populares são pós-modernas, estão no domínio da astúcia. O conceito do "jeitinho" é importante, era para lutar contra uma burocracia, que era insuportável. Uma burocracia importada de Portugal, bastante forte e rígida. Para sobreviver, há esta pequena astúcia, que não é o afrontamento direto. E isso me parece ser uma das marcas da pós-modernidade. A modernidade é o político, uma ação racional, tecnocrática, equivalente ao que é hoje o poder francês.

São belos valores socialistas do século XIX, mas que não estão mais em sintonia com a realidade social atual.

Você assinala que a França inventou a modernidade a partir do século XVII, com o cartesianismo e a filosofia do Iluminismo. Hoje, na sua opinião, o país corre o risco de ficar à margem da evolução do mundo.

É o problema essencial de um atraso. Os astrofísicos nos ensinaram que vemos há muito tempo a luz de uma estrela morta. É o que se passa hoje na Europa, e na França em particular. Continuamos sob as estrelas do Iluminismo dos séculos XVIII e XIX, quando aplicamos sua filosofia às instituições sociais. São os dois séculos em que se elabora essa modernidade, ou seja: o progresso, a racionalização do elo social e a prevalência do valor trabalho. É a trípode da modernidade. Um grande sociólogo, o holandês Norbert Elias (*1897-1990*), falava da domesticação dos costumes. É o que ele chama de a "dinâmica do Ocidente", de como se removeu o selvagem. Isso serviu de modelo ao mundo. Temos o "Ordem e Progresso" de Auguste Comte (*1798-1857*) na bandeira nacional brasileira. Penso que há uma evolução hoje. A pós-modernidade é o retorno de valores antigos acrescidos da internet. É uma espiral. Há uma forma de retorno do selvagem, numa vida social não totalmente domesticada. O retorno do lobo em vez do cão doméstico. Há algo que se confronta ao destino, novas formas de economia, fora de uma regulamentação que vem pelo Estado, de forma vertical. Passamos da história ao destino.

Você diz que a filosofia da história tem a sabedoria do destino.

O destino é também cruel, não podemos controlá-lo. A história se pode, potencialmente ou idealmente, controlar. E a Europa e a França permanecem num esquema da história. É a filosofia da história de Hegel (*1770-1831*). E o Brasil representa este espírito de manutenção do lado selvagem. Mesmo São Paulo é, para mim, uma selva de pedra. Seul, onde vou três ou quatro vezes ao ano, é parecido. Isso faz com que estejamos em atraso. A questão é que um país como o Brasil, quando se manifesta como membro dos Brics, permanece no modelo europeu. Continua fascinado por um desenvolvimento que se reivindica como moderno. E muitos sociólogos brasileiros ainda são fascinados pelo modelo marxista, portanto, são modernos e europeus. Desde as minhas primeiras viagens ao Brasil, me marcou notar que muitos colegas aplicavam o modelo althusseriano (*de Louis Althusser, 1918-1990*) que haviam aprendido na Sorbonne, em Berlim, em Londres. E não compreendiam a realidade da população, com seu lado selvagem e alegre. Nós, na Europa, estamos em atraso. E no Brasil há uma evolução, mas com uma *intelligentsia* em atraso, que tem medo do irracionalismo pós-moderno.

Você invoca uma "cegueira coletiva" e um conformismo intelectual que se recusa a ver o "cadáver da modernidade".

Penso que há um verdadeiro problema hoje: estamos em um destes momentos em que existe um desacordo muito forte entre o povo e as elites. E na Europa, por causa dessa dessintonia, vemos o retorno do populismo, da demagogia, de Marine Le Pen (*líder da extrema-direita francesa*), de Jean-Luc Mélénchon (*líder da extrema-esquerda*)... Quando há um desacordo, um fosso, entre o que é dito e o que é vivido, é ali que vão se aninhar os discursos de ódio, de xenofobia, de racismo, de extremos. Isso ocorre quando há uma dessintonia entre – para usar o conceito de Michel Foucault – "as palavras e as coisas". Nós ficamos com as palavras modernas, dos séculos XVIII e XIX, e não vimos que as coisas evoluíram. Daí vem o sucesso dos extremismos.

O que deseja este eleitor extremista?

Hoje mesmo recebi um e-mail de um eleitor de Marine Le Pen, um trabalhador rural do oeste da França que nunca havia votado antes e que se dizia na "vague bleu Marine" (*jogo de palavras em francês com "onda azul marinho-Marine"*), porque Marine sabe falar da vida cotidiana, sabe falar das coisas com as quais somos confrontados, do medo em relação ao estrangeiro. Foucault dizia que era preciso encontrar as palavras em conformidade com as coisas, e hoje Marine Le Pen e Mélenchon, com diferenças doutrinárias aparentemente fortes, sabem se referir à vida cotidiana, às coisas concretas. Fundamentalmente, não é o que vemos nos partidos institucionais. O voto na extrema-direita é um voto societário – termo usado para mudanças de fundo, como um tsunami subterrâneo –, não é simplesmente político. Há uma grande evolução na passagem da modernidade à pós-modernidade, e a *intelligentsia* francesa compreende muito mal isso. E aí, volto a dizer, entram os extremismos.

Você era próximo de pensadores como Jean Baudrillard, continua ligado a Edgar Morin. Como vê a paisagem intelectual francesa hoje?

Vejo de uma maneira pessimista. Me incomoda dizê-lo, porque amo meu país. Gosto de Paris, da França, me sinto bem aqui, mas não há mais criação intelectual. Permanecemos nesta velha nostalgia do estruturalismo, de Sartre e de outros, mas eles não estão mais em sintonia com a realidade social. Havia uma pretensão na França de se criar ideia, o que é bom, mas agora há uma espécie de grau zero. Estou preparando um ensaio sobre os "bem-pensantes" (Les nouveaux bien-pensants, *Éditions du Moment*). Há quatro capítulos, contra os jornalistas, os universitários, os políticos e os tecnocratas. Tentei ir ao fundo da reflexão sobre o bem-pensante, o politicamente e teoricamente correto, e mostrar como funciona este conformismo.

Falar de individualismo contemporâneo é, na sua opinião, uma inépcia propagada por políticos, jornalistas e acadêmicos: basta ligar o celular para percebermos que estamos sempre em relação, em uma comunidade, em contato pela emoção.

Minha tese é a de que há uma espécie de endogamia, as pessoas transam entre si, metaforicamente. Há livros que aparecem agora falando de um político casado com uma jornalista, casais que foram formados na mesma escola. Os etnólogos mostram que, quando numa sociedade há casamentos misturados, apodrece o sangue e também o cérebro. Penso que isso ocorreu na França. Há um tipo de vai e vem de conivência, um "entre si" de jornalistas, universitários, políticos. E a França tem esta especificidade dos "énarques" (*diplomados da Escola Nacional de Administração, ENA*). Minha mulher é uma "énarque", e eu sou universitário, conhecemos este pequeno meio. É um casulo, de esquerda e de direita. Há uma proximidade muito grande. Hoje a esquerda faz o que fazia Nicolas Sarkozy, não há uma diferença fundamental. O problema é este processo endogâmico que provocou um distanciamento da população. Maquiavel já mostra isso em *O príncipe*, ele aponta a diferença entre os pensamentos do palácio e da praça pública. Hoje, na França, vemos uma real defasagem e quando isso ocorre vemos a volta dos extremismos. E esta casta, esta pequena tribo das elites, permaneceu fascinada e modelada pelos grandes valores do Iluminismo, o famoso contrato social do século XVIII. A ideia do contrato social é a de que o elo se faz a partir da razão, e eu procuro mostrar o retorno das emoções. De uma certa maneira, há um medo destes novos valores em gestação. O debate sobre a exceção cultural francesa é, de uma certa forma, um processo de encerramento: em vez de acompanhar um movimento, provoca uma crispação.

Você provocou controvérsia ao apontar uma contradição da defesa do casamento homossexual em uma sociedade em mutação com novas formas de relações amorosas.

Neste debate, entrei em desacordo com muitos de meus amigos homossexuais. É a ideia de uma lei que me parece antiquada. Estamos em um momento em que há uma multiplicidade de formas de viver sua sexualidade. Pode ser a homossexualidade, a bissexualidade, o sexo grupal... Não é a primeira vez, em outros momentos da história já foi assim, na época romana, no Renascimento. Não se pode crer que houve uma liberação sexual. Houve algo que fez romper o moralismo do século XIX, da família tradicional. Minha crítica foi a de questionar se era necessário fazer uma lei, um casamento homossexual. Era preciso encontrar uma organização civil, as formas jurídicas para este tipo de união, mas não era necessário fazer disso um peso simbólico. Foi a ideia de lei que critiquei. O amor não é legalizável, e pode-se viver segundo os desejos sexuais, as paixões etc. Sou um velho anarquista, não gosto de leis (*risos*).

Uma de suas teses é a de que estamos banhados hoje em um ambiente emocional, em uma onipresença de afetos nos domínios musical, esportivo, cultural, religioso etc., mas também em áreas antes excluídas, como a política e a economia. E, na sua opinião, a tecnologia tem um papel importante nesse quadro. O virtual hoje é uma forma do real?

Penso que é uma forma de viver o real. A crítica habitual que se faz é a de que o mundo virtual é a reclusão, mas, quando se olha de perto, o potencial é enorme. Dizem que se navego no site do Museu do Louvre, eu não vou ao Louvre. Mas o que se passa é o contrário: ao ver o site, vou encontrar as salas que me agradam, para depois ir visitar. Estudos mostraram – e nós fizemos alguns sobre este tema no nosso centro – que olhar o site permitia visitar o Louvre de forma mais inteligente. Há também o *couchsurfing*: graças à internet, há neste momento 4 ou 5 milhões de jovens europeus que sabem onde poderão dormir em suas viagens. Em Hamburgo, em Munique, em Berlim, em Barcelona, em

Paris etc. No final das contas, é a velha ideia de hospitalidade da Idade Média. E é por causa da internet, portanto não é o enclausuramento. Há ainda os sites de encontro. Fala-se que são sites de masturbação. Mas há uma avaliação de 30% a 40% de verdadeiros encontros. É um esquema muito cartesiano dizer que o imaginário não pertence ao real. O imaginário é uma forma de ampliar o real. Eu escrevi o prefácio de um ótimo livro do japonês Hiroki Azuma, *Génération Otaku: Les enfants de la postmodernité (Geração Otaku: os filhos da pós-modernidade)*. Otaku em japonês quer dizer "casa", é a geração encerrada em casa diante do computador. Mas ele mostra exatamente o oposto. É verdade, passa-se grande parte do tempo no Facebook, em sites de comunidades, mas é tudo pontuado de saídas. Eu emprego a metáfora de um sociólogo alemão que muito me inspirou, Georg Simmel. Ele dizia que a sociedade pode se definir por meio de duas palavras: a ponte e a porta. Há uma interação entre elas: temos sempre a necessidade da porta, a casa, e da ponte, que abre para o mundo. E quase ninguém percebe, mas todas as notas de euro (*ele retira uma cédula da carteira*) têm uma ponte e uma porta desenhadas. É uma extraordinária metáfora da internet. É uma estrutura antropológica: todas as sociedades têm necessidade de se encerrar, de se proteger, e ao mesmo tempo de se abrir. A internet hoje é uma ilustração disso. Há muito tempo, um de meus pesquisadores fez um estudo sobre uma pequena tribo de música tecno de Albi, um vilarejo perto de Toulouse, no sudoeste da França. Graças à internet, estes jovens entraram em contato com outra tribo do gênero em Bratislava, na Eslováquia. E ocorreu de tudo: visitas mútuas, amizades, encontros amorosos. É um exemplo de como uma pequena tribo encerrada em sua própria música vai estabelecer este contato entre Albi e Bratislava. É idiota pensar que a internet encerra as pessoas. Há um utopista francês de que gosto muito, Charles Fourier, que refletia sobre os falanstérios, a comunidade perfeita. Há escritos sobre o trabalho, as ideologias e o sexo, o texto se chama *O novo mundo amoroso*. Ele faz combinações matemáticas para que cada um possa encontrar seu amor. Mostra como uma senhora de 60 anos só goza quando um jovem de 20 anos lhe coça o calcanhar. Hoje, na internet, o coçar-calcanhar é fácil de achar. Há na internet esta potencialidade, possibilidades. E há intelectuais franceses que fazem críticas à internet baseados puramente em um modelo racionalista, numa concepção marxista ou funcionalista do real, e não enxergam a força do sonho, das potencialidades e possibilidades. É a ponte e a porta.

Por isso você defende o conhecimento como algo não abstrato e puramente intelectual, mas enraizado em afetos e paixões comuns, num tipo de "humanismo integral"?

Isso é para mim uma das especificidades da pós-modernidade. Vemos retornar esta carga emocional, que pode se refletir em novas formas de solidariedade, de generosidade, de coabitação, de uma quantidade de elementos que não são reduzidos a uma simples dimensão econômica. Pode-se dizer: Paris e outras cidades são caras, então é melhor partilhar a moradia. Mas há o desejo das antigas "repúblicas", de morar junto, porque é algo simpático. Isso é empatia, o *Einfühlung*: não tenho unicamente uma concepção racional da vida. O estar junto é um elemento importante. O humanismo integral é o retorno de valores que acreditávamos ultrapassados. Outro elemento importante é o voluntariado. Cada vez mais jovens se dedicam à caridade, a ONGs e a outras atividades do gênero. Este retorno do voluntariado traduz o que chamo de "preço das coisas sem preço", algo que não é redutível ao econômico. Em francês, temos uma expressão que diz "quem perde, ganha". O humanismo é isso: perde-se no tempo, mas se ganha no ser. Acabamos de finalizar um estudo no meu centro para o Medef (*associação do patronato francês*) sobre *o turn over* de jovens executivos, que trocam bastante de empresas. Percebemos que não era o salário que estimulava a mudança, mas sim que por meio da internet eles ficavam sabendo que na outra empresa era mais *fun*, *cool*, agradável, a equipe era mais divertida. Os patrões estão habituados a administrar suas empresas segundo o taylorismo, de forma racional, e de repente se veem impotentes para encontrar a solução de algo que é da ordem do qualitativo. Este é o *homo eroticus* - quem perde, ganha - em uma dimensão muito mais qualitativa e emocional da existência, e não simplesmente racional. Vemos isso em Paris, em Tóquio ou no Rio, certamente com diferenças em função das culturas locais. Hoje há um tipo de epidemiologia, um aspecto viral, destes valores.

Uma questão do exame vestibular francês certa vez provocou polêmica: o trabalho permite tomar consciência de si mesmo? O que você responderia?

Eu discuti bastante sobre este tema, e havia inclusive polemizado com Nicolas Sarkozy sobre isso. Ele insistia em um argumento muito na linha de "valor-trabalho". Eu me diverti mostrando-lhe que era uma expressão de Karl Marx (*risos*). Penso que a palavra "trabalho" é totalmente impertinente. Não me surpreende que esse assunto tenha sido proposto no vestibular, é mais um exemplo da defasagem de nossa *intelligentsia*. Minha hipótese começa com Emmanuel Kant (*1724-1804*), com a valorização do trabalho; e depois, nos anos 1860, com *O capital*, de Marx. Ele é quem inventa a expressão "valor-trabalho" e mostra que o trabalho era uma necessidade para os escravos ou as classes servis. Um homem nobre derrogava seu status se trabalhasse, perdia sua qualidade de nobre. No século XIX, o trabalho deixa de ser uma necessidade para se tornar um valor. E foi o fundamento da economia. A verdadeira crise está nisso, ela não é simplesmente econômica, financeira, mas é o fato de que há um valor que desaba. Ao lado disso, com as novas gerações surge o valor da criação, que vai se desenvolver. É uma ampliação do valor-trabalho: a capacidade de integrar na ação o sonho, o festivo, o lúdico. A mobilização hoje está na palavra criação. O Google impõe a seus funcionários que utilizem 15% de seu tempo de trabalho para ler poesia, escrever, fazer atividades festivas. Obviamente, a ideia do Google é reutilizar esta criatividade em seu próprio benefício. É algo astucioso, não é baseado apenas no simples valor-trabalho.

Como você analisa o aspecto totalitário das sociedades democráticas modernas, em que se quer tudo regular e controlar. Você cita a ideia de "panopticum" em Michel Foucault, das câmeras de Estado; mais recentemente houve o caso Prims, o programa de vigilância do governo dos Estados Unidos.

Publiquei há muito tempo o ensaio *A violência totalitária*, numa referência à violência de Estado. Mostrava que havia dois tipos de totalitarismo. O mais duro, de estilo soviético. E um outro suave, um tipo de totalitarismo democrático. Os Estados Unidos são um bom exemplo. Tudo está sob vigilância, o Big Brother, as câmeras, a segurança, o risco zero. É um totalitarismo suave que enerva o corpo social, que fica sem capacidade de reagir diante da adversidade. Em sociedades primitivas, havia uma forma de solidariedade que favorecia a resistência. O verdadeiro problema é que este totalitarismo suave continua a existir nas instituições de nossas sociedades modernas. Minha hipótese é a de que, com a influência da internet, uma nova sociedade está se criando, bem mais oficiosa.

O senhor nunca votou na vida, não acredita no poder do voto nem no discurso dos valores da República. Como o senhor analisa de forma ampla as democracias representativas modernas?

Parece-me que a democracia representativa, este sistema no qual os eleitores delegam o poder de decisão das instituições e dos modos de vida em comum a pessoas "experts", não é mais pertinente. O alto índice de abstenção nos países em que o voto não é obrigatório testemunha uma certa versatilidade dos eleitores. Os indivíduos não se sentem mais representados, por isso não consideram mais que o Estado represente o bem comum, e as decisões dos representantes do Estado, o interesse geral. Mas há diferentes formas possíveis de gestão e de organização da coisa pública, a *res publica.* Penso que estamos experimentando estas novas formas de gestão do bem comum, que não passam mais pela abstração da delegação nacional, mas pela multiplicação das experiências locais. Os fenômenos de descentralização, de autonomia dos Estados, de desenvolvimento das ONGs, mas também dos movimentos informais são um testemunho deste processo.

Há uma crise maior na França?

Não vejo catastrofismo. Fala-se de crise, de morosidade e outras palavras semelhantes. Mas penso que no momento temos o que os latinos chamavam de "*secessio plebis*" (similar a uma greve, os plebeus romanos abandonavam a cidade em oposição ao poder), quando a população fazia "secessão" e se retirava para uma colina romana. Ocorrem regularmente essas secessões *plebis*: a Revolução Francesa, os movimentos de 1830, 1848. Penso que estamos numa espécie de momento não explosivo, mas que Jean Baudrillard chamaria de "implosivo". Há uma recusa do cotidiano, da sociedade, de se reconhecer nas instituições oficiais. Quando há essas secessões, não se trata de uma crise de identidade, mas, ao contrário, é a afirmação de um tipo de vitalidade, que vai se expressar de uma outra forma amanhã, depois de amanhã.

Qual a sua análise sobre a "crise" deste nosso tempo?

Penso que a crise é um momento de passagem da modernidade à pós-modernidade. A palavra "*krisis*" tem dois sentidos: o de julgamento sobre o que cessa e o de peneira. E nos momentos de crise os grandes valores que marcaram a modernidade não funcionam mais. Veja os *traders*, são personagens curiosos, ganham muito dinheiro, mas não sabem como gastá-lo, não têm vida. Tento mostrar que não se trata de um problema econômico, mas lúdico, no nível da adrenalina. O *trader* é a forma perversa do jogo. Como não se acha uma expressão na economia para dar vazão a esse jogo, ela será criada de uma forma totalmente perversa. Os próprios *traders* dizem que é adrenalina, que há este lado quase sexual, de um orgasmo, quando ganham milhões. São um exemplo da crise de um modelo econômico puramente racionalista. E que assume uma forma paroxística, com outros valores.

Para você, a história da humanidade obedece a uma lógica cíclica – é o seu "lado nietzschiano".

Eu tenho um grande lado nietzschiano. Nietzsche me parece o grande autor do século XIX. Tenho seu retrato ali exposto (aponta para a parede). O que eu fiz foi sociologizar um pouco Nietzsche. Procuro ver as aplicações sociológicas do que ele pensou na sua maneira genial a partir de um ponto de vista filosófico. Minha diferença é que não acredito totalmente na ideia de ciclos. Para ele, é o eterno retorno do mesmo. E para mim é a espiral, que não é o círculo nietzschiano. Há a flecha do tempo hegeliana e o círculo nietzschiano. Eu vejo a espiral, isto é, rever o efeito de algo passado em outro nível. É a tribo e a internet juntas. De uma certa forma, Nietzsche prefigura a pós-modernidade. Simmel e Weber eram muito influenciados por Nietzsche, e nenhum dos dois foi acolhido em seu tempo, porque estavam na vanguarda. Vejo que ele ainda é bastante lido hoje. Eu me correspondo com um jovem de 20 anos do Rio, via Facebook, e muitas de suas referências são de Nietzsche.

O senhor aprecia a fórmula de Leonardo da Vinci "ostinato rigore", *pensar com um rigor obstinado o que é e não o que se gostaria que fosse. É uma fórmula pouco utilizada hoje, na sua opinião?*

Leonardo da Vinci era artista e artesão, isso quer dizer que agia segundo um empirismo bastante formalizado. É este vai e vem inteligente entre a teoria e a observação que procurei promover, inscrevendo-me na corrente sociológica "compreensiva", de Max Weber e de George Simmel, e também de Gilbert Durand. Sempre disse aos meus estudantes brasileiros – e fico feliz por mais de 40 brasileiros terem completado seu doutorado sob minha orientação – que é importante ir para a biblioteca e para a rua. Na verdade, é importante para os pensadores alimentarem-se da tradição, do tesouro daqueles que pensaram e escreveram antes deles, e, ao mesmo tempo, viver a experiência do cotidiano. Essa postura está, efetivamente, bastante distanciada daquela de muitos intelectuais que se tornaram um tipo de "engenheiros do social". Eles substituíram os livros de literatura, de filosofia e de história pela leitura de estatísticas e de revistas e pela observação emergida das mensagens políticas. Dessa forma, não é mais o mundo tal como é o que eles tentam compreender, mas o mundo como eles gostariam que fosse e que eles promovem. Procurei, ao longo de minha carreira universitária e por meio da minha obra, desenvolver um pensamento que não seja agressivo e dogmático, mas terno e relativista. A alavanca é a reabilitação do cotidiano, do imaginário, dos sonhos e da criação como primeiro terreno da existência coletiva.

Qual é o seu sentimento em relação ao futuro, ao que está por vir?

Para mim, a tendência é o corpo, e não a razão. Não é o futuro, mas o presente. Não é o trabalho, mas a criação. Imaginação, presente e corpo. Dito isso, é uma tendência, não uma lei. Estamos num momento em que há um efeito do imprevisto. Não é a história, mas o destino. E é próprio do destino não se saber o que vai acontecer. Há uma sociedade subterrânea que não está inscrita no bem-pensante. O economista e sociólogo Vilfredo Pareto (*1848-1923*) mostrou como funcionava a circulação das elites: umas eram substituídas por outras. Com a Revolução Francesa, uma elite que não funcionava mais foi guilhotinada e deu lugar a outra. Há formas menos violentas, mas penso que estamos em um momento de circulação das elites.

Você aponta a rejeição do sagrado e do religioso como questão crucial nos problemas vividos hoje pela França. Por quê?

Uma das especificidades dos tempos modernos – que começou no século XVII e terminou na metade do século XX –, foi o racionalismo como grande elemento fundamental. Foi o rolo compressor da razão sobre todos os outros aspectos da vida social. E em particular – e aqui retomo uma ideia do sociólogo alemão Max Weber (*1864-1920*) –, o famoso desencantamento do mundo: se remove o sagrado, o religioso, tudo que não é simplesmente racional, é a grande tendência. Me parece que um dos elementos de nossas sociedades contemporâneas é o retorno do sagrado. Quando não sabemos gerir o sagrado, ele tende a retornar de uma forma perversa, não controlável. E os acontecimentos da semana passada, o jihadismo em geral, são um fanatismo estimulado pela evacuação total do sagrado. Um número de jovens desta nova geração, não encontrando mais uma expressão do sagrado, se exprime de uma maneira paroxística, sanguinária, perversa. Por se ter desejado em demasia querer evacuar a dimensão religiosa, esta dimensão se fanatiza. Como foi o caso nos séculos III e IV de nossa era, o cristianismo em seu momento nascente funcionava sobre o mártir. Era a reivindicação forte do cristianismo em seu nascimento. E de uma certa maneira, este fanatismo assume formas semelhantes contemporâneas.

Você defende uma maior aceitação do sagrado pela sociedade?

As sociedades equilibradas – e penso que neste sentido o Brasil é um dos laboratórios da pós-modernidade – são as que conseguem "homeopatizar" o sagrado, para utilizar uma metáfora; ou seja, integrá-lo, mas de forma homeopática. Particularmente na França, em nome da laicidade, de todos estes valores laicos que são uma das grandes especificidades da sociedade francesa, se rejeitou ritualizar, integrar, homeopatizar este sagrado. E quando ele não pode se exprimir de uma forma natural, seja por meio de cerimônias e manifestações similares, ele ressurge de maneira perversa. Em latim, "perverso" em sua etimologia quer dizer "vias desviadas". O fanatismo é perverso para parte destas jovens gerações, que com o retorno do religioso e a busca de grandes ideais, sem encontrar uma forma de se expressar, vão se engajar no jihadismo.

De que forma isso ocorre?

Por exemplo, há dias escutei uma entrevista na tevê de um jovem francês da Normandia que havia se convertido ao islã, partido para a Síria, e voltou para a França, sem se arrepender do que fez. Ele explicava que no fundo tinha necessidade do absoluto, de um ideal, e não encontrava isso no laicismo e racionalismo franceses, e por diversas razões e maneiras entrou em contato com o islã integrista, e partiu não para fazer a guerra, mas por esta sede pelo infinito, o desejo de um grande ideal religioso. E as consequências disso são perversas, lá eles são aliciados, educados para a guerra e o massacre. Mas digo que isso ocorre em parte porque não soubemos encontrar esta forma homeopática, de bem ou mal integrar o sagrado.

Você não condena a laicidade em si, mas diz que ela foi longe demais?

Na origem da laicidade estava uma forma de tolerância, de relativização das religiões, que acabou se tornando um integrismo. Há esta fórmula de Jean-Jacques Rousseau (*filósofo, 1712-1778*), que acho interessante, que diz que "o fanatismo ateu conforta o fanatismo devoto". Porque não soubemos integrar de forma homeopática o sagrado, vemos estes desvios perversos da radicalização islâmica. O integrismo laico tem tendência a confortar o fanatismo religioso, como o jihadismo, o islamismo integrista.

Como você vislumbra este mosaico futuro? Será o fim dos valores da República?

Não. Foi elaborado ao longo do século XIX o conceito de uma República una e indivisível. Mas assinalo que é uma concepção formulada em 1848. Penso que há uma saturação desta concepção unificante da República. E que estamos fazendo o aprendizado da *res publica*, em latim, a "coisa pública". Na Roma Antiga, correspondia ao ajustamento de culturas diferentes. Estamos hoje passando de uma situação homogênea, a República una e indivisível, para uma construção em mosaico de pluralidade. Os momentos de mutação, de metamorfose, são sempre difíceis. Temos um momento hoje complicado, tornado ainda mais delicado pela expressão deste fanatismo islâmico. Mas o que me surpreende neste contexto, é ver como as jovens gerações são bastante tolerantes, e aceitam com mais facilidade as diferenças. E são elas que amanhã vão construir a *res publica*. As gerações institucionais, que estão atualmente no poder, permanecem na concepção de valores republicanos unos e indivisíveis, em uma verdadeira defasagem com as novas gerações, para as quais a realidade é algo mais complexo. E penso que neste sentido há uma verdadeira evolução.

Jan Fabre

Coreógrafo, performático, desenhista, autor, diretor de teatro, o flamengo Jan Fabre refuta todos os rótulos à exceção de um: "Sou um artista", diz, com a convicção de suas múltiplas e singulares experiências ao longo de mais de quatro décadas. Ao lado de nomes como os de Alain Platel, Anne Teresa Keersmaker e Wim Vandekeybus, ele integra uma constelação que tem feito a reputação da dança belga e flamenga contemporânea. Sua refração a etiquetas tem uma lógica própria irreverente. Permanentemente inquieto, trafega da ópera ao balé, do teatro ao desenho, da escultura à performance artística.

Nascido em 1958, em Anvers, na Bélgica, aos 16 anos já havia escrito diversos textos para teatro. Com 17, pintou com seu próprio sangue e se exibiu espremido em uma caixa com escargots. No fim dos anos 1970, criou uma série azul de desenhos depois batizada de *Bic Art*, realizada com uma singela caneta Bic. Também protagonizava performances em que fazia desenhos com cinzas de cédulas de dinheiro queimadas, que haviam sido emprestadas de boa fé pelo público. Em 1982, se fez notar com o barroco *This is Theatre Like it Was to Be Expected and Foreseen* (*Het Is Theater Zoals te Verwachten em te Voorzien Was)*, uma epopeia de oito horas de provocação e de nudez. Em 1984, aos 26 anos, foi sensação na Bienal de Veneza com *The Power of Theatrical Madness* (*De Macht der Theaterlijke Dwaasheden*), espetáculo de teatro-dança de quatro horas de duração. Em 1986, criou a sua própria companhia, Troubleyn, e no início dos anos 1990 produziu uma elogiada trilogia operística de sucesso: *Das Glas im Kopf wird von Glas*, *The Sound of One Hand Clapping* e *Silent Screams, Difficult Dreams.*

Com obras exibidas também na Documenta de Kassel e nas Bienais de Lyon, Istambul e São Paulo, foi alvo de polêmica, em 2001, ao ser convidado para a renomada *Cour d'Honneur* do Festival de Avignon com sua criação *Je Suis Sang*, apresentada como "um conto de fadas medieval" em torno do "corpo líquido". Depois, surpreendeu novamente ao buscar inspiração na dança clássica, produzindo sua versão de *O lago dos cisnes* (2002) – balé centenário do coreógrafo Marius Petipa com música de Tchaikóvsky – com 45 bailarinos do Royal Ballet de Flandres.

Jan Fabre se move entre o esteticismo e o kitsch para alcançar o místico. Seu trabalho, como ele mesmo define, oscila entre a ordem e o caos. Mas mesmo na desordem prega a disciplina como elemento fundamental na construção artística. Por isso, repudia as reações por vezes violentas e invasivas do público em alguns de seus espetáculos. Fabre joga com o tempo real, e utiliza a repetição para atingir a perfeição do movimento. Suas influências assumidas vêm das imagens fantásticas e do mundo animalesco de seus conterrâneos Bosch e Bruegel, mas também de seu parente entomologista, Jean-Henri Fabre (1823-1915). Seu estímulo ao "caos planificado" é semelhante, segundo diz, à estratégia dos insetos, uma das obsessões de sua obra. Para ele, os homens são "insetos-sociais" em busca de territórios, e seus atores/bailarinos são "guerreiros da beleza".

Nesse seu permanente processo de combate pela arte, o primordial é a pesquisa do corpo, utilizado como laboratório para ultrapassar limites e chegar ao "corpo espiritual". Em *Virgin-Warrior*, apresentado em 2004 no Palais de Tokyo, em Paris, dialogava por várias horas com a artista performática Marina Abramovic, ambos vestidos de armaduras-esculturas que havia concebido. Em 2008, teve carta branca do Museu do Louvre para exibir suas obras nos nobres espaços da ala Richelieu, em uma exposição intitulada "O anjo da metamorfose", com direito a uma performance sobre o tema da morte em uma meditação noturna sobre a relação do artista com o próprio museu.

A metamorfose, a passagem vida-morte, a relação homem-animal são temas constantes de sua arte. Jan Fabre é artista movediço e desassossegado, criando em "fins de semana de sete dias", como disse quando nos encontramos para conversar em uma das salas do Théâtre de La Ville, na capital francesa, escala da turnê internacional de seu *O lago dos cisnes*. Para ele, sem o mito não há o homem e criar histórias é o caminho da sobrevivência: "Precisamos ler as mitologias, precisamos ler Shakespeare. Precisamos de histórias, senão não sobrevivemos".

Você se recusa a ser chamado de coreógrafo ou diretor de teatro, e faz questão de se definir como "artista".

Sim. De uma certa forma, minhas duas principais disciplinas são escrever e desenhar. São a base de tudo, porque são as mais baratas, e posso fazê-las sozinho, pegar um papel e pronto. Como artista, sempre procuro escolher o melhor meio para expressar uma ideia. Algumas vezes também faço esculturas, uma exibição, uma instalação, uso bailarinos em coreografias, outras vezes utilizo textos inspirados por um ator. Há pessoas muito importantes no meu trabalho nestes últimos vinte anos que me inspiram. Eu as amo, com paixão. A razão pela qual faço teatro é porque gosto de gente. Sou um artista no sentido de que sou um servidor da beleza. Sempre me curvo para o que o trabalho exige de mim.

Você diz que sua obra consiste em estabelecer simetrias invisíveis entre a ordem e o caos. Mas na maior parte do tempo você busca o excesso.

Excesso é também o estado de esquecer seu próprio corpo. Em *O lago dos cisnes*, por exemplo, quis criar o estado entre a vida e a morte. Essa ideia do estado *post-mortem*, de que você esteve morto e respira outra vez. Uma boa performance, para mim, é quando o corpo do dançarino é seu próprio alvo. Ele deve conhecer uma certa crueldade pessoal para poder pesquisar nele mesmo e por meio da busca criar um laboratório, que é o corpo. E, claro, quando essa investigação é profunda, chega-se ao excesso, atingindo um espaço no qual se encontra uma espécie de verdade para o palco, em que não se copia, mas se cria.

Você se diz um artista conservador, porque acredita na História da Arte.

Acredito que toda boa arte é enraizada na tradição. Quem pinta ou desenha tem de estar, enquanto bom artista, consciente da importância dos pintores primitivos flamengos. Sou de um país onde há os maiores mestres da pintura, da anatomia, da moldura. Quando observamos as pinturas de Van Eyck, tudo o que podemos dizer é que somos muito pequenos na história. Essa é a razão pela qual eu acredito na tradição. Talvez eu seja um artista da Idade Média, porque acredito na memória. No meu trabalho, não aceito a linguagem do cinismo, do poder de sedução da mídia, que preocupa a maior parte dos artistas contemporâneos. Tento mostrar que há um outro caminho. Não sou "anti", não sou cínico. Estou sempre me dizendo: "Talvez exista um outro caminho, outra forma de pensar". Não sou um artista contemporâneo, mas quase um místico da Idade Média. O que é um místico? É alguém que respira o tempo todo, dia e noite, seu trabalho. Não se trata de místico na maneira católica, mas algo como um comportamento espiritual. Pesquisar diariamente, mentalmente, fisicamente. Para mim, um místico contemporâneo seria Duke Ellington. Em turnê, tarde da noite, ele ficava tocando seu piano e no dia seguinte dizia ao seu grupo: "Ouçam isso!". É o que faço há mais de vinte anos. Durante o dia, estou na estrada e, à noite, faço meus desenhos, experimento. Para mim, criar e fazer arte tem a ver com a ideia de verdade e de beleza, e não com a ideia de lutar ou ser contra o sistema político. Acredito que sou político porque recuso todas essas coisas, digo que há outras possibilidades, outros caminhos, outras maneiras de pensar. Sem arte nos tornamos cruéis. Já somos cruéis. Ainda acredito que a arte nos dá uma rede para dormir e sonhar. É por isso que acredito na arte, e que o ser humano é mais importante do que os anjos.

Você se diz um idealista à procura da felicidade perfeita, como uma forma de justiça.

Sim, é verdade. É uma razão pela qual uso a palavra "místico". As pessoas sempre pensam em misticismo como algo relacionado à dor, mas sempre foi uma busca da felicidade, nunca do sofrimento. Talvez o caminho para a felicidade seja, por vezes, doloroso, mas sempre em equilíbrio com as coisas ao seu redor. Ainda vivemos neste mundo de uma forma muito conservadora. No mundo contemporâneo, ainda pensamos que um artista só pode criar com a dor, mas acredito que ele pode criar com a felicidade. Não é comum, não é normal, como artista, dizer que se acredita na felicidade e que se quer criar felicidade. É preciso sofrer, experimentar a dor. Mas os verdadeiros místicos procuram a felicidade, e é isso que também estou fazendo.

Para você, o importante é o corpo espiritual?

Sempre pesquiso o corpo em meu trabalho. É o elemento mais importante, esse estranho laboratório com o qual se acorda todo dia. Quando se observa a História, encontra-se o corpo erótico; ou se tem o corpo físico, o corpo do sangue, do suor, do esperma, dos músculos. E o único corpo que não havia sido pesquisado era o corpo espiritual, o corpo como um casulo, uma concha, o anjo, o humano comparado aos anjos. O que é o homem? Um anjo é perfeito, original, mas nunca muda, é sempre o mesmo. O homem está sempre falhando, comete erros. A ideia básica é a de como podemos nos tornar uma espécie de ser humano futuro, espiritual. Assim, fiz várias esculturas de esqueletos, escaravelhos, humanos e animais. O homem futuro é uma espécie de monge espiritual, que reserva mais tempo para pensar e sonhar do que para trabalhar. Busquei isso em diferentes peças. Fiz muita pesquisa em torno da ideia de fantasmas, espantalhos, múmias, anjos, esses tipos de "conchas".

Como surgiu Je suis sang*?*

Começou com a indagação sobre "o que é um corpo?". Pensando na criação do ser humano, imaginei um corpo líquido. Realizei performances com meu próprio corpo, com sangue. Experiências com a ideia de como modificar o corpo, como torná-lo melhor, para criar um mundo melhor. A peça foi convidada novamente para ser encenada na *Cour d'honneur* do Festival d'Avignon em 2003, e também na Acrópole, em Atenas. São dois locais históricos. Não poderia encenar *Je Suis Sang* em Paris, por exemplo.

Suas performances individuais, iniciadas quando era ainda adolescente, tornaram-se a linguagem de base de seu teatro. Muitas vezes, por causa desse excesso, você foi, inclusive, parar no hospital.

Comecei a realizar estas performances nos anos 1970, no jardim de casa, na janela do quarto. Foi uma maneira de pesquisar e de me comunicar com meu próprio corpo. Quando comecei a trabalhar com atores, dançarinos, acho que fui um dos primeiros a buscar a ideia da livre ação no tempo real no contexto do teatro. Tentei provocar esse conflito entre o elemento artificial e as coisas reais que ocorriam no palco, a dor real, o tempo real. Foi interessante. De uma certa forma, foi uma maneira de revelar mais a verdade do ator e do dançarino. Cada uma de minhas performances era realizada uma única vez. No teatro, é preciso repetir. Tinha de encontrar um meio termo entre essa crueldade pessoal e o quão longe poderia ir. Aprendi muito com os elementos básicos que utilizava e pesquisava nas minhas performances, como a concentração, a disciplina, o ritmo do espaço, do movimento, a ideia de limpeza como algo erótico no trabalho, a ideia do tempo, de destruir e construir algo, a ideia de destruição.

Seu nome está constantemente relacionado a provocação, choque, escândalo. Isso o incomoda?

Depois de muitos anos, aprende-se a ser filosófico sobre essas coisas. Aqui na França, passaram a usar a palavra "provocador" para me definir. Eles pensam em algo negativo, não positivo. Usam a palavra de uma forma equivocada. A palavra "provocação" tem o sentido de evocação da mente. Mas, hoje, "provocação" na França tem sentido de escândalo, algo negativo. Provocação pode ser elegante, a elegância do pensamento, mas na imprensa francesa é no sentido de sensação. Mas aprendi a ficar quieto quando é preciso, a ser silencioso.

Diz-se que um livro poderia ser escrito somente com as reações do público diante de suas peças. O que você pensa disso?

Em mais de vinte anos, aconteceram coisas durante meus espetáculos e minhas performances que você não acreditaria. As pessoas destruíram meus trabalhos, agrediram meus atores, invadiram o palco em Londres, brigavam, gritavam, tantas coisas aconteceram. Por um lado, me orgulho, mas, por outro, é triste. Quando estou trabalhando com meus atores e bailarinos, sou muito disciplinado. O trabalho é como uma borboleta, se é tocada, ela se quebra. Quando o público interfere, pode destruir a peça. Ao mesmo tempo, como um artista contemporâneo, penso que ao evocar estas reações estamos também atingindo as pessoas. Mas qual é o trabalho de um artista? Primeiro, ser generoso. Segundo, tentar fazer as pessoas olharem e pensarem de uma maneira diferente. Às vezes, é frustrante, porque as pessoas projetam suas próprias ideias no trabalho do artista. Lembro-me em Avignon das pessoas gritando "fascista, fascista". Isso tem mais relação com elas do que com meu trabalho, com seu comportamento, seu modo de pensar e ver as coisas. Nestas horas, penso, em relação às pessoas que gritam, que talvez não vá conseguir atingi-las. As pessoas que olharem e pensarem sobre o que está acontecendo no palco, talvez se digam ao retornarem para casa: "Ei, há algo novo, talvez devamos refletir sobre isso". O artista tem de ser generoso e também distinto do óbvio.

Você tem uma certa fatalidade da desesperança e se diz mesmo um "cavaleiro da desesperança".

Nos momentos mais difíceis e negros da minha vida, vejo o rosa mais bonito. Quando desenho sozinho, por exemplo, sinto que sou apenas uma pequenina história no universo. Sou muito sensitivo e, no momento do desespero, posso enxergar tudo melhor, em perspectiva. Mas, ao mesmo tempo, sendo o cavaleiro da desesperança, não se trata apenas do sentimento do desespero, mas também de uma garra pela esperança. É uma luta, mas ao mesmo tempo a palavra também contém a esperança, você deseja que seja melhor. Sinto-me um cavaleiro no sentido de alguém que luta por uma boa causa. E a boa causa, para mim, é acreditar num mundo melhor, ajudar as pessoas, dar algo para elas. Pode soar um pouco antigo ou romântico, mas, para mim, romantismo hoje é viver fora das estruturas.

Quando adolescente, você escreveu a frase: "Um homem que não é um mito não é um homem". Você ainda pensa desta forma?

Talvez ainda seja verdade. Penso que todo artista ou todo ser humano que é orgulhoso de sua vida cria mitos. Eu acredito numa grande imaginação, eu crio uma grande imaginação. É preciso acreditar num novo ser humano para poder criar arte. Acreditar que as coisas podem ser mudadas. Criar histórias é o caminho para sobreviver. Precisamos ler as mitologias, precisamos ler Shakespeare. Precisamos de histórias, senão não sobrevivemos. Enquanto artista, gostaria de desmistificar. E quando se desmistifica criam-se novos mitos. Sim, ainda acredito nisso, sem o mito não há o homem.

Já se disse que seu trabalho se origina de uma lentidão, de algo à beira da dor, e mesmo diabólico.

Não me sinto como um demônio ou como um anjo. Sou um ser humano com minhas fraquezas. Talvez, às vezes, me compare a um anjo, mas sempre consciente de que estou sempre falhando, de que sou humano. Anjos são perfeitos, originais, mas não mudam nunca. Sou alguém que acredita na ideia da obsessão – talvez essa não seja a palavra certa. É preciso toda uma sequência de trabalhos. Não se escreve um texto, mas vinte textos. Não se ensaia uma hora, mas vinte horas. Não se faz um desenho sobre um tema, mas cinquenta desenhos. É a ideia de que fazendo e repetindo se domina o material e o trabalho ganha vida, uma luz para o entendimento.

Você poderia explicar sua teoria de que somos todos "insetos sociais"?

Sou um entomologista amador, todo o meu trabalho é baseado na entomologia. Fui influenciado pelos escritos dos entomologistas. Trabalhei muito com insetos, especialmente escaravelhos. O trabalho de palco, de direção, coreografia, topografia e redefinição do território busquei na maneira com que os insetos lidam com o espaço. O modo como eles conquistam e definem o espaço. E também é verdade que os insetos têm um incrível comportamento social, uma impressionante hierarquia de socialização. Os humanos também são insetos sociais, também lutam pelo território. O que acontece hoje na Palestina tem a ver com o território. É uma das razões pelas quais digo que somos insetos sociais. Seria fantástico que humanos pudessem ter mais respeito por animais, aprender mais com os animais, observar mais os animais.

Muitos insetos que utilizo no meu trabalho são como minha família. Fui criado entre animais. Tinha três cachorros, pássaros, tartarugas... Era um pequeno zoo. Meu pai era especialista em jardins botânicos. Os animais sempre foram uma grande inspiração para mim, sempre aprendi com eles.

Você está sempre buscando algo novo em seu trabalho. O que há de novo na sua versão de O lago dos cisnes?

A questão é "Por que aceitei fazer *O lago dos cisnes*?". Sempre adorei balé clássico, e se você observar o meu trabalho há vinte anos verá que sempre utilizei os elementos clássicos, a dança clássica. Um ponto importante é que minha obra, meu trabalho visual e meu teatro, sempre estiveram relacionados à metamorfose, à ideia de transformação de homem em animal e de animal em homem, e a história de *O lago dos cisnes* é sobre isso. Outro elemento do meu trabalho é a ideia de preparação para a morte, a preparação para matar e morrer. Isso também está no meu trabalho visual e teatral, e é um tópico importante em *O lago dos cisnes*. A ideia do conto de fadas, da linguagem mítica, você também encontra nos meus outros trabalhos. *O lago dos cisnes* é o único balé clássico que eu queria fazer. É o balé dos balés, mas é também o subtexto. Fiz uma nova leitura, com todos estes elementos que citei, e esta nova leitura tem a ver com a preparação para a morte e a metamorfose.

Você tem o sentimento de que seu trabalho com arte está "conectado à terra", e que seu teatro pode levá-lo a "alcançar estrelas". Ao mesmo tempo, diz que seu trabalho com desenho é a condensação, e que seu teatro é a densidade explodida: o desenho é o pequeno universo, e o teatro é o grande universo.

É o micro e o macro. Você tem um pequeno pedaço de papel e pode desenhar o mundo nele. Faço também muitos desenhos quando estou trabalhando com atores e bailarinos. Mas quando desenho sozinho me sinto conectado, consciente da minha própria presença física de estar só, e ao mesmo tempo estou voando, porque estou só. Quando você está criando sozinho é como quando você está nadando, mergulha e depois retorna à superfície. No teatro, você vai para um espaço com seu grupo, partilha emoções, cria coisas juntos. Você está lidando com diferentes indivíduos, com diferentes características, e também é maravilhoso. Teatro e dança têm sua memória, sua linguagem, sua codificação. Mas as artes visuais também. Quando olho para trás, vejo todo o meu trabalho na unificação de conhecimentos. Sempre estive ocupado com ciência, filosofia, desenhos, performances. Sempre tentando encontrar conexões.

Aos 26 anos você anunciou que iria encerrar sua carreira, que seu trabalho havia acabado, que não queria "ficar se repetindo" como os diretores Peter Brook ou Peter Stein.

A explicação é simples: o amor. O que acontece é que você é jovem e pensa que vai mudar o mundo. Ao mesmo tempo em que estava ocupado mudando o mundo, estava me apaixonando. Apaixonando-me pelas pessoas com as quais eu trabalhava, por Els Deuceukelier *(sua atriz fetiche)*, por meus atores, dançarinos, e eles me davam coisas. Eu estava criando para estas pessoas, e foi isso que aconteceu. É uma boa coisa. O amor é um bom álibi. Não é sentimento, é sempre paixão. Mas o que faz com que eu não me repita muito é que me recuso a ter uma carreira. Tenho recusado isso nos últimos vinte anos. Recebo muitas ofertas para me tornar diretor de grandes teatros e sempre digo "não", porque sempre penso em mim como um artista, e quero ficar longe das estruturas. Não me sinto como alguém que pode ser "alugado" para dirigir peças. Uso muito meu tempo com meu trabalho, meus textos. A evolução do meu trabalho visual é também a evolução do meu trabalho teatral. Com todo o respeito pelo trabalho de Peter Brook, eu o vejo na cadeia do sistema do teatro. Tinha minha própria carreira, mas, ao mesmo tempo, me sentia bastante livre. Fiz muitas coisas diferentes, e as pessoas perguntavam "mas o que ele faz?". E agora, vinte anos depois, as pessoas começam a entender um pouco o que estou fazendo. Tentam entender meu trabalho, meus textos. Eu ainda sou um jovem artista, e ainda tenho muito por fazer.

Amin Maalouf

A vida do escritor Amin Maalouf, nascido em 25 de fevereiro de 1949 na capital libanesa, Beirute, começou como uma ficção. Sua carteira de identidade nacional indica sua cidade natal como Machrah, uma aldeia da província de Monte Líbano. Trata-se de uma "ficção costumeira", como explicou certa vez, registrar o nascimento no local das origens familiares, e não onde realmente ocorreu. Para os que creem nos acasos do destino, a incidental particularidade já seria um sinal de seu percurso desarraigado. Com vivências entre o Líbano e o Egito, até imigrar para a França em meados dos anos 1970, Amin Maalouf, cristão no mundo árabe e árabe no Ocidente, se tornou um cidadão eternamente forasteiro, sem pátria, condenado à minoria, como ele mesmo nota: "Sempre tive o sentimento de pertencer a um pequeno país, a uma pequena comunidade, de ser imigrante, estrangeiro. O sentimento de pertencer de uma maneira plena, sólida, a uma nação, a uma maioria, deve ter algo reconfortante. Eu nunca tive isto. O sentimento de se sentir constantemente minoritário e estrangeiro tem algo de angustiante", me disse, acomodado na poltrona da sala de seu apartamento parisiense. Para ele, existem duas atitudes possíveis. Uma delas é procurar afirmar uma identidade particular. "Esta nunca foi a minha atitude. Nunca senti que deveria manifestar meu mal-estar existencial por meio de uma afirmação do meu particularismo, de caráter nacionalista ou outro", acrescentou.

Não por acaso, sua obra reflete o nomadismo e o desenraizamento singular de sua trajetória pessoal. Autor de *Leão, o africano* (1986), *O rochedo de tânios* (1993) – laureado com o prestigioso prêmio literário francês Goncourt – e de *O périplo de Baldassare* (2000), o escritor foi eleito em 2011 para ocupar um assento imortal da *Académie Française*, no lugar da vaga deixada pelo pensador e antropólogo Claude Lévi--Strauss. "É certamente um símbolo alentador ter chegado a um país como imigrante e um dia entrar numa instituição que está no centro da cultura deste país. Sempre pensei, desde que vivo na França, que estou entre duas pátrias. E fiz a escolha de considerar que minha pátria é a literatura", diz ele, que escreveu sua obra no idioma de Voltaire.

Entrevistei Amin Maalouf pouco antes de sua viagem ao Brasil, em 2012, para participar da Festa Literária Internacional de Paraty (Flip) e de um debate em Brasília sobre o papel das diásporas na construção da paz no Oriente Médio, em um encontro inspirado em seu ensaio *O mundo em desajuste – quando nossas civilizações se esgotam* (Difel, 2011). "Há 30 anos, estive uma semana no Rio, e outra vez, talvez há uns 15 anos, passei mais tempo no Rio, em São Paulo e em Salvador. É um país maravilhoso, mas é um país imenso, não posso dizer que o conheço", admitiu, enquanto sua mulher nos servia chá e deliciosos bolinhos orientais.

Inquieto em um mundo no qual "a democracia está à mercê do recrudescimento identitário e do comunitarismo", o escritor é cético em vislumbrar uma solução para este problema contemporâneo: "Sinceramente, não vejo saída. Estamos num mundo em que as pessoas vivem juntas, mas não têm o sentimento real de pertencimento. A pressão exercida pela globalização, em todos os níveis, faz com que cada um tenha o sentimento de que sua cultura e sua identidade estejam ameaçadas, e de que devem protegê-las, afirmando-as de maneira mais forte. Não vejo o que, num futuro próximo, possa inverter esta tendência. Acredito que nos próximos dez anos a situação vai, ao contrário, se complicar".

Para Amin Maalouf, o mundo mais do que nunca necessita ser repensado. "Precisamos hoje imaginar um mundo diferente, dar-lhe um objetivo, uma aspiração, um propósito. E penso que a solução está antes de tudo na cultura", aponta.

No início da guerra do Líbano, em 1975-1976, e pouco antes de migrar para a França, o senhor começou a escrever em um pequeno caderno de capa amarela um romance que se passava num país da América Latina, mas em parte inspirado na história libanesa.

É verdade, havia dado o título de "Paraná", algo assim. Não sei mais se o encontraria. Sei que já tinha escrito entre sessenta e oitenta páginas. Um dia achei as duas ou três primeiras páginas. Meu escritório é uma verdadeira confusão. Talvez, se procurasse bem, pudesse achar o resto, mas já faz bastante tempo que o vi pela última vez. É verdade que eu acompanhava de muito perto os acontecimentos em toda a América Latina. É um fenômeno de geração. A minha foi formada um pouco nos combates que ocorriam na América Latina nos anos 1970. Os acontecimentos no Chile, por exemplo, tiveram um papel muito importante na formação da minha geração e do meio de esquerda em que vivia, que sentiu um tipo de agressão muito forte pelo que ocorreu na Argentina, no Uruguai, um pouco por tudo. Nós vivíamos esses acontecimentos com paixão.

Paraná *era uma história imaginada no Brasil?*

Não era num país específico, mas numa região do mundo. Comecei a escrever este romance em 1975, 1976, e meu imaginário era um pouco alimentado por todos os acontecimentos dessa época. É significativo, você tem razão em me perguntar, e é a primeira vez que alguém me fala deste livro. Na época, era mais significativo para mim falar da América Latina que do Oriente Médio ou da Ásia. Era a minha preocupação e a de minha geração, e bastante natural que situasse um romance nesta região.

Permaneceu um romance inacabado, e depois disso o senhor se interessou por outras partes do mundo...

É verdade. Depois disso muita coisa aconteceu. Inclusive a minha migração. Eu estava escrevendo este livro no momento em que decidi que chegara a hora de partir do Líbano. E por uma razão qualquer não pensei em continuá-lo. Provavelmente porque, nos cinco, seis ou sete anos que se seguiram, eu me preocupei com o fato de ter uma família, procurar trabalho, me readaptar a um outro país e a uma outra vida. E quando comecei a emergir um pouco dessas preocupações imediatas já tinha outras referências mentais.

O senhor diz que estas páginas não merecem ser publicadas, e nem o serão no dia em que não estiver mais neste mundo. O senhor não aprecia que obras não publicadas em vida venham a público após a morte do autor.

Eu não gostaria, porque se não publicamos em vida foi por alguma razão. Mas se essas páginas interessarem a alguém daqui a 150 anos por pesquisa histórica... Em geral quando um escritor desaparece, e na sua gaveta se encontram textos seus inéditos, é porque ele não quis publicá-los, porque julgou que não eram publicáveis.

Os escritos de Kafka, nesta lógica, nunca deveriam ter sido publicados?

É difícil dizer. Depende. De haver especialistas que possam avaliar a obra. De saber se foi escrito por razões verdadeiramente literárias... Penso que um especialista em Kafka pode examinar um texto de Kafka e avaliar se merece ou não ser publicado, ou se é algo que ele havia negado. Essa questão estará sempre presente. Pegue o caso de *O primeiro homem*, de Albert Camus. É um livro inacabado, mas sabemos a razão. Porque ele estava trabalhando nele e sofreu o acidente. Suponho que ele mudaria muitas coisas no livro. Mas a partir do momento em que sabemos que ele levava o livro com ele no dia em que morreu, a partir do momento em que apresentamos as circunstâncias do livro, dizendo que foi interrompido enquanto era escrito, penso que é legítimo publicá-lo.

O senhor conhece a literatura latino-americana e a brasileira em particular?

Não tanto como deveria. Infelizmente, há o obstáculo do idioma. Obviamente, leio coisas traduzidas. Mas é um pouco difícil conhecer bem uma literatura quando não se sabe a língua. Então, sinceramente, não conheço muito bem.

O senhor lê em árabe, inglês, francês...

E é tudo. São as únicas línguas nas quais eu posso realmente apreciar um romance.

Na introdução de seu livro O mundo em desajuste, *ao refletir sobre os desregramentos que afetam a humanidade, o senhor cita a Europa, o mundo árabe-muçulmano, os países da África, a China, a Rússia e os Estados Unidos. O Brasil e a América Latina não são mencionados. Na sua opinião, não há desajustes nesta região do mundo?*

Não penso que exista uma parte do mundo em que não haja desajuste. Mas quando se escreve um livro somos um pouco tributários do período em que o escrevemos. E é verdade que refleti sobre este ensaio no período da exacerbação do conflito entre o mundo muçulmano e o Ocidente, do recrudescimento da violência, todo o fenômeno da intensificação do islã político. Este período se caracterizou por um extraordinário desenvolvimento da China, também da Índia, o despertar destes dois gigantes asiáticos que se arrastavam um pouco quanto ao desenvolvimento. Para a Índia, no fim dos anos 70, e para a China, no começo dos anos 90, temos este fenômeno espetacular. Há a Europa, que criou um fenômeno internacional novo, com toda a reconciliação, mas que atravessa uma grave crise. E a América Latina, é verdade, durante esse período estava menos na linha de frente, se compararmos aos anos 60-70, em que o centro de gravidade dos conflitos no mundo passava um pouco pela região, com o fenômeno do castrismo, os eventos no Chile, na Argentina. Felizmente, a ditadura praticamente desapareceu na América Latina, o que é algo excelente. São países que têm problemas, mas, felizmente para eles, seus problemas são menos graves e espetaculares do que em outras regiões do mundo. A América Latina vai melhor que o mundo árabe, que o mundo muçulmano, que a África. Quando falo das grandes crises no mundo, não é a região que vem espontaneamente ao meu espírito. Não há conflito religioso, e o problema identitário é bem menos importante do que em outras partes. Menciono em um momento o Brasil ao dizer que a diáspora árabe e judia pode se encontrar mais facilmente em Paris ou em São Paulo. É verdade que o tipo de coexistência de pessoas que vêm um pouco de todo lado – da África, da Ásia, do Oriente Próximo, da Europa Oriental – e que se encontraram na América Latina, o tipo de relações que se cria entre elas é, a meu ver, muito mais avançado do que em todas as demais regiões do mundo. Mais avançado do que na América do Norte, porque lá o aspecto identitário é ainda muito importante, provavelmente mais importante hoje do que foi no passado, com uma afirmação das origens muito forte.

Desde o lançamento de seu último ensaio, pode-se dizer que o mundo mudou e alguns problemas se agravaram. Ainda não havia as revoltas da Primavera Árabe, a ampliação da crise europeia, os massacres na Síria. O senhor fala de "fatalismo otimista", de um "cataclismo inelutável", e afirma que alcançamos um estado avançado de desajuste do mundo que dificilmente poderá ser freado. É um diagnóstico bastante pessimista.

Creio que há uma verdadeira regressão, que se manifesta de maneiras diversas. Há um aumento do fenômeno religioso, não um religioso místico, mas sim identitário, com tonalidades agressivas. E não tenho o sentimento de que seja algo passageiro. Creio que isso corresponda a uma tendência de longo prazo, e não apenas a um parêntese. Corresponde também a uma interrogação profunda de uma humanidade que não sabe, na realidade, para onde vai. Está claro que precisamos de uma resposta qualquer, e está claro também que não temos muitas respostas à disposição. Então, não creio que seja apenas um mal-entendido, mas algo mais grave e profundo. No mundo árabe, você mencionou este fenômeno chamado de Primavera Árabe – não é o nome que eu prefiro –, no qual há um lado muito positivo: o fato de as pessoas se revoltarem contra regimes ditatoriais e tirânicos. Por muitos anos, havia somente em um único país árabe verdadeiras eleições livres. O fato de que as pessoas queiram ter maior participação na vida de suas sociedades, que sejam mais respeitadas como cidadãs e que tenham agido com uma coragem extremamente rara é algo que merece certamente consideração. Ao mesmo tempo, não se pode ignorar o fato de que a dimensão religiosa é muito forte nesse movimento. E em alguns domínios, principalmente na atitude em relação às mulheres, há uma regressão. Há um tipo de ultraconservadorismo social que, se não for contido, acabará por abafar a veleidade democrática. Para mim, é muito difícil dizer que vamos na direção da democracia e que este aspecto da democracia social é secundário. Não pode ser assim. Da mesma forma que o movimento comunista portava em si mesmo os fundamentos da tirania, penso que uma democracia que tem uma tal atitude de conservadorismo social porta igualmente sementes de tirania.

Para o senhor, a democracia não pode e não deve ser confundida com o sufrágio universal.

É uma confusão que aparece espontaneamente, que é perigosa e que é preciso combater. A democracia é, antes de tudo, princípios. A lei da maioria, sozinha, não é a garantia da democracia. Temos uma longa história de tiranias que se instalaram pelo voto. A partir do momento em que se cria num país um clima de ódio racial, pode-se obter uma maioria nas eleições, mas já não estamos na democracia. Penso que precisamos verdadeiramente repensar o que é a democracia, nesse e em outros planos. Durante muito tempo, quando havia o enfrentamento entre os dois blocos, se dizia: "Aqui temos voto, e lá do outro lado não há voto". Talvez isso tenha sido o suficiente por algum tempo, mas não é o bastante. A democracia deve ser reinventada hoje. É um estado de direito, uma participação real dos cidadãos, a generalização do ensino e da cultura. Uma democracia que se contenta em ser um voto depositado numa urna, por todo tipo de razões, não é uma democracia. Estamos numa época em que, teoricamente, poderíamos ter democracia por todo lado. A tirania recua. Mesmo em países ainda não democráticos, como a China, ela recuou. O poder como é exercido hoje nada tem a ver com o poder exercido no tempo de Mao Tsé-Tung. Há um progresso por todo lado. Na América Latina, não há praticamente mais ditaduras. Formalmente, a tirania e a ditadura recuam. Mas, na realidade, a democracia não progride. Por vezes, as pessoas votam, mesmo nos países mais importantes, e o voto não tem importância alguma. Veja aqui na Europa. Poucos países puderam se pronunciar sobre decisões europeias e, quando votaram, explicaram-lhes que aquele voto não era o bom, que não era a resposta esperada. Isso não é democracia. Há muito a ser feito. Na Europa, o sistema político não é uma democracia. Temos 27 países democráticos que conseguiram fazer um sistema que não é democrático. Não ousamos fazer uma verdadeira democracia europeia, em que todos os cidadãos da Europa decidam verdadeiramente a escolha de seus dirigentes, do Parlamento. E o resultado é que a população europeia não se reconhece naqueles que a dirigem, porque não os escolheram, é simples assim. A experiência europeia, que, a meu ver, é uma das mais importantes, e que deveria ser um modelo para a configuração do mundo no futuro, está fracassando porque somos incoerentes, seja no sistema político, seja na gestão econômica – criamos uma moeda única, mas não fizemos uma política fiscal, econômica e financeira comum –, que não funcionam mais. Não estamos mais criando um sentimento de pertencer à Europa.

No seu diagnóstico, a democracia está à mercê do recrudescimento identitário e do comunitarismo. Qual é a saída?

Sinceramente, não vejo saída. Estamos num mundo em que as pessoas vivem juntas, mas não têm o sentimento real de pertencimento. A pressão exercida pela globalização, em todos os níveis, faz com que cada um tenha o sentimento de que sua cultura e sua identidade estão ameaçadas. Fracos e fortes, hoje, têm o sentimento de que sua cultura está ameaçada e de que devem protegê-la, afirmando-a de maneira mais forte. Sinceramente, não vejo o que, num futuro próximo, possa inverter esta tendência. Infelizmente, creio que a questão identitária estará presente conosco ao menos por este século. Não tenho o sentimento de que tenhamos hoje uma solução que possibilite uma verdadeira integração, que permita superar esta questão das identidades. Acredito que nos próximos dez anos a situação vai, ao contrário, se complicar.

O senhor diz que a humanidade deverá implodir ou se metamorfosear. Na sua análise, vamos no caminho da implosão. Por quê?

Não creio que estejamos tomando o caminho da metamorfose. Podemos ter esta esperança, mas não estamos neste rumo. Quando observamos os diferentes países e sociedades no mundo, não temos o sentimento de que haverá alguma fusão, um sentimento de pertencimento comum. Pode ocorrer, no caso de alguns países, de certas cidades. Com uma política sábia em alguns países, pode-se fazer com que as pessoas – não importa qual seja sua crença religiosa ou sua origem étnica – tenham o sentimento de que o que as une é muito mais importante do que aquilo que pode separá-las. Se tivermos uma política inteligente que permita isso, podemos fazê-lo, mas no quadro de um país. Se tivéssemos – e aqui, no meu ponto de vista, sonhamos – dirigentes de grande lucidez, poderíamos obter isso em certas regiões do mundo, como na Europa ou nos EUA. Mas, no nível global, isso está além da utopia, não vamos nessa direção, mas no rumo contrário.

Para o senhor, o Ocidente e o islã atingiram seus limites, estão "moralmente falidos" e só contribuem para o mundo com "crispações destruidoras"...

Mas não o fazem da mesma maneira. Penso que tal qual o islã é praticado hoje, sua contribuição à civilização mundial é puramente hipotética. Quando observamos a sociedade muçulmana de hoje, de minha parte não vejo muitas coisas que possam ter um valor universal, que nos façam dizer: "Aqui temos algo que podemos expandir para o mundo inteiro". Não vejo. E esse não é o caso da Europa. Há muitas coisas no Ocidente, e na Europa em particular, que mereceriam ser estendidas ao mundo inteiro. O problema é que, para que isso ocorra, é preciso que o Ocidente tenha um outro tipo de relação com o resto do mundo. Esse é, sobretudo, o problema do Ocidente. É mais uma redefinição das suas relações com os outros. Então, para os dois, a questão é colocada de forma diversa.

Que valores mereceriam ser estendidos de forma universal, os valores do Iluminismo?

A maior parte do que é inventado hoje no mundo se dá em um certo número de países do Ocidente. Há uma criatividade, e na base dessa criatividade há uma liberdade de refletir, de inventar, de empreender. Isso em si mesmo é um valor de vocação universal. Um país como a China pode encontrar nas experiências de países ocidentais elementos capazes de fazer avançar a sociedade chinesa, o que foi feito ao longo dos últimos 35 anos. Isso não quer dizer que se deva copiar tudo o que foi feito, que não se possa fazer readaptações aqui e ali. Mas há valores de liberdades individuais. Não ousaria dizer que são valores especificamente ocidentais, eles são universais. Mas o laboratório das liberdades individuais ao longo dos últimos dois ou três séculos, pelo menos, é o Ocidente. Os valores do Iluminismo são de vocação universal. O problema do Ocidente é que ele dominou o mundo por meio milênio e hoje precisa reajustar seu papel no mundo. Para alguns, há a tentação de dizer: "Nós somos culpados, mea culpa". Isso para mim não é uma boa solução. Há a tentação daqueles que dizem: "Queremos, mesmo pela força, impor nossa posição, senão seremos invadidos pelos outros". Penso que deveria ser feito algo entre as duas posições, quer dizer, reconhecer que houve problemas no passado, mas sem ir longe demais na autoflagelação, e, ao mesmo tempo, definir para si um outro papel. São questões que se colocam todo o tempo, pois a cada vez que há um problema em algum lugar – ontem foi a Líbia, hoje é a Síria – temos esta contradição do Ocidente: é preciso intervir? A intervenção é um ato imperialista? Deve-se deixar as pessoas se matarem entre si porque não se deve intervir? Não são questões simples, mas são interrogações que ninguém mais se faz, salvo o Ocidente. São preocupações, problemas de consciência do Ocidente. É por isso que digo que essas duas civilizações, às quais pertenço pelas minhas origens e pelo curso de minha vida, chegaram a um ponto em que devem se transformar. Mas não da mesma maneira. Não é o mesmo problema. O Ocidente tem necessidade de se repensar e de repensar seu papel no mundo, e o islã precisa definir qual é a sua contribuição. Cobrir as mulheres com véu, não creio que seja uma contribuição. Tenho certeza de que há outras coisas. É uma civilização que contribuiu muito em experiências como a da Andaluzia e as de outros lugares. Houve grandes momentos de pensamento. Mas dizer hoje que "o que nos diferencia do resto do mundo são as nossas mulheres com véu", se é isso a contribuição, é algo realmente magro. Se a contribuição é a de proibir isso ou aquilo quando se está no poder, o álcool etc., isso não está no nível de uma grande civilização. É um pouco uma falta de imaginação. Creio que o islã tem uma necessidade de se perguntar: "O que a minha civilização pode verdadeiramente contribuir para a civilização universal dos dias de hoje, no século XXI?". E não apenas dizer por que sinal exterior vou me diferenciar dos outros.

Quais são suas discordâncias com a expressão Primavera Árabe? Para o senhor, trata-se mais de um inverno, de um outono?

Penso que há um elemento de primavera. Mas essas formulações são sempre aproximativas. Em eventos dessa amplitude, há todo tipo de aspectos. Há um aspecto de liberação, de abertura, mas também um aspecto de enclausuramento, de egoísmo. Tudo isso não entra no vocábulo "primavera". Há aspectos que são primaveris e outros, mais outonais ou invernais. Mas é uma transformação, a meu ver, indispensável. Eram sociedades que estavam completamente bloqueadas, e estou contente que tenham se sacudido. Mas isso não pressagia nada em relação ao futuro. Não basta derrubar o czar, mas construir algo que seja melhor. Construir um sistema que seja mais democrático, no qual os cidadãos sejam verdadeiramente mais livres. Não podemos dizer: "Vamos liberá-la e ao mesmo tempo vamos lhe colocar um véu". É preciso haver uma coerência. Mas esses acontecimentos ainda são muito recentes. Muita coisa ainda vai acontecer nos próximos anos. Não se deve julgá-los, mas acompanhar de perto, com interesse e vigilância. É possível que se chegue a algo positivo. Penso que há riscos de obscurantismo, mas há também um desejo de liberdade que em algum momento entrará em conflito com o obscurantismo. Há uma forma de autoimolação que por certos lados é mórbida, mas, por outros, pode ser uma verdadeira força de democracia a partir do momento em que diz "não queremos mais governos que menosprezam o cidadão, que o oprimem" etc. Diria que tudo está ali, a primavera, o outono, o inverno, todas as estações. Não se sabe para onde se vai, mas era preciso mexer, pois eram sociedades completamente necrosadas.

A União Europeia se constituiu também como a garantia da democracia no continente. Mas, ironicamente, a adoção de políticas de austeridade pode estimular o crescimento de movimentos extremistas. Isso é algo que o preocupa?

Isso me preocupa muito, porque temos todos os ingredientes do aumento dos extremismos. Temos uma crise econômica, que se acompanha de tensões ligadas à imigração. É muito fácil expressar o mal-estar das pessoas que são vítimas da crise dizendo que o problema são os imigrantes. É um discurso que, infelizmente, pode vingar. A desconfiança em relação ao imigrante, que vem geralmente da África ou do mundo muçulmano, esconde uma outra desconfiança que não ousa se expressar: em relação a outros europeus. Na realidade, os movimentos mais xenófobos são geralmente também os mais antieuropeus. Não há verdadeira barragem ao aumento desse movimento, não há nem mais tabu. Há movimentos que são desqualificados, porque eram ligados ao nazismo ou a outros movimentos desqualificados pela História, mas isso é algo que passa. Os movimentos xenófobos modernos não têm necessidade dessa referência, que limita sua expansão. Podem ter um discurso que seja aceitável por uma grande parte das pessoas, e a ideia segundo a qual esses movimentos estarão sempre confinados em alguma parte da direita infrequentável vai se tornar cada vez menos verdadeira. Se a crise continuar – e é razoável dizer que permaneceremos numa zona de turbulência nos próximos anos, com países que poderão atravessar crises extremamente dolorosas –, as pessoas irão para os extremismos. O extremo mais provável hoje é o da xenofobia, e não o da esquerda militante, das nacionalizações etc. A opção de uma solução à extrema-esquerda está hoje desacreditada pela evolução do pensamento econômico, político, pelas realidades internacionais econômicas e financeiras, que não permitem esse tipo de solução. Não se imagina hoje que um país possa se engajar numa via de confrontação com o sistema econômico mundial. É difícil na história fazer aproximações, mas nos encontramos numa situação que lembra os anos 1930, em que os movimentos que querem sacudir o sistema, permanecendo ao mesmo tempo no sistema, e mobilizar pela xenofobia têm as condições mais ideais para agir. Quando observamos as evoluções em um certo número de países europeus, nos dizemos que os riscos de ver movimentos xenófobos saírem da marginalidade para se tornarem *mainstream* na vida política são hoje uma eventualidade muito séria. Eu me preocupo efetivamente com isso, porque penso que perdemos o momento em que se deveria fazer uma integração europeia muito maior, talvez um sistema federativo, e não sei como poderemos retomar isso. Sempre podemos imaginar que a partir da crise daremos um salto para a frente, mas não consigo ver isso. Eu tenho muito medo hoje de que o que foi construído nos últimos 50 anos seja um pouco desfeito, e a meu ver isso seria uma regressão maior não somente para a Europa, mas para a humanidade. Porque o exemplo europeu é um laboratório essencial para o resto do mundo. Em nenhum outro lugar do mundo há um exemplo similar que possa dar uma tal contribuição. E se esse exemplo fracassar a humanidade perderá um tempo precioso. Eu não sou muito otimista.

Quando o senhor analisa o mundo "com o coração", diz haver razões para ter esperança. Mas mesmo quando indica o que poderia colaborar para este sentimento parece não convencer a si mesmo. O senhor cita como aspectos positivos o progresso científico, a saída de certos países do subdesenvolvimento, o papel da Europa contemporânea ou os EUA de Barack Obama, sendo que todos trazem embutidas questões problemáticas.

Estou totalmente de acordo. É verdade que há coisas maravilhosas no plano tecnológico, científico, na informática, é fascinante. Mas é verdade que no plano das mentalidades o abismo está se ampliando. O papel que a Europa poderia ter é cada vez menor, e infelizmente as perspectivas para o futuro são de uma diminuição ainda maior desse papel. Nos EUA, está claro que o símbolo representado pela eleição de Obama já perdeu muito de seu valor, e não se pode excluir o retorno a algo mais duro. E de qualquer forma, mesmo que seja difícil julgar hoje, Obama não foi (*Theodore*) Roosevelt. Penso que ele não ousou fazer as transformações. E há algo que ocorreu no mundo num período de tempo muito preciso, em torno do ano de 1978: o conservadorismo se tornou revolucionário e a revolução se tornou conservadora. Foi a direita que se tornou revolucionária, e a esquerda que se tornou conservadora. Algo se inverteu em 1978-1979, e em todas as regiões do mundo. No Ocidente, temos a subida ao poder de Margaret Thatcher (*na Grã-Bretanha*), depois de Ronald Reagan (*nos EUA*), com revolução conservadora. No Irã, temos a revolução islâmica conservadora. Temos a eleição de João Paulo II. Temos muitos fenômenos num período de tempo muito curto que dão nascimento a uma direita conquistadora, dinâmica, que parece revolucionária. E ao mesmo tempo, por causa da falência do sistema soviético, temos um recuo completo da outra opção que era proposta desde 1917, mas sobretudo após a Segunda Guerra Mundial, e que desmoronou. Diria que toda a opção tradicional da esquerda se enfraqueceu, e de uma maneira ou outra a batalha ideológica estava perdida. As coisas que Roosevelt podia dizer nos anos 30, hoje ninguém mais pode dizer nos EUA. As premissas políticas e econômicas do conservadorismo estão tão inseridas nos espíritos que mesmo alguém que não as partilha não ousa combatê-las. Em um dado momento, a direita conservadora ganhou a batalha ideológica. Isso é verdade no Ocidente, é verdade no mundo árabe, no mundo muçulmano. Aqueles que vão contra essa atitude hoje não conseguem inverter a tendência. Obama nunca ousou atacar de frente as ideias fundamentais do conservadorismo. Assim como os trabalhistas ingleses não ousaram atacá-las, mas seguiram a sua maneira a obra de Thatcher. Não penso que hoje alguém poderá dizer: "Tenho uma outra atitude". Não penso que seja uma questão de coragem intelectual. Penso que ocorreu uma transformação no clima intelectual do mundo, como ocorreu após a Segunda Guerra Mundial, em que havia uma predominância intelectual da esquerda. Há um certo tempo – e situo em 1978 para usar uma data de referência bastante simbólica, porque nesse ano ocorreram uma série de acontecimentos –, houve uma inversão: a predominância intelectual está na direita ou, em todo caso, no conservadorismo. Ainda estamos nessa fase, e penso que mesmo um presidente dos EUA não pode facilmente inverter tal tendência. Poderíamos esperar que a social democracia europeia desenvolvesse um pensamento que permitisse minar as premissas do pensamento conservador, sem cair nos erros do marxismo, que fracassou. Isso ainda não ocorreu, e não sei se ocorrerá, mas ninguém parece capaz de fazê-lo. Quando chega alguém como Obama, que podemos supor que não partilha das opiniões dos conservadores, ele não tem os meios de inverter essa tendência. Um analista americano desenvolveu toda uma teoria sobre a expressão "*tax relief*" (*benefícios fiscais*). Ele diz que no dia em que criaram a noção de "*tax relief*", os *think tanks* conservadores fizeram com que ela fosse adotada por todos os movimentos políticos nos EUA, inclusive pelos democratas. Eles ganharam a batalha. Fizeram com que os impostos aparecessem como um perigo contra o qual é preciso proteger a pessoas. Há muitas ideias da direita conservadora, marginais há trinta anos, que hoje são dominantes. É uma realidade. Não sei se temos meios hoje de mudar isso, não sei de onde virá a mudança. Em países que estão essencialmente preocupados com seu desenvolvimento econômico, como China ou Índia, não vejo se desenvolver esse tipo de ideologia. No mundo muçulmano, não me parece que estejamos no ponto de produzir uma ideologia diferente. Vivemos hoje, neste momento em que falamos, em 2012, num mundo em que a relação de forças intelectual está a favor da direita revolucionária, seja no Ocidente, seja no mundo muçulmano. Isso é menos verdade na França, onde o clima intelectual é diferente. Só que a França e outros poucos países europeus não têm os meios de influenciar a evolução no mundo.

Por que é diferente na França?

A França é um dos países em que as ideias conservadoras não triunfaram. Elas estiveram presentes e fortes no mandato de Nicolas Sarkozy. Foram predominantes no nível político, mas não exercem este tipo de autoridade tirânica sobre a *intelligentsia*, não impedem a expressão de outras opiniões. Na França, pode-se dizer que se é socialista. Nos EUA, alguém que é acusado de socialista está instantaneamente acabado em termos políticos. Isso mostra que há uma certa diferença.

O senhor se diz de esquerda, mas à sua maneira. Como é este "à sua maneira"?

Sou alguém que foi de esquerda na juventude. Tenho valores que associo essencialmente a valores de esquerda: igualdade, a vontade de que as decisões sejam tomadas sobretudo pelos cidadãos e não pelas forças econômicas, que os cidadãos possam votar e que seu voto possa determinar as políticas de seus países, que não seja tornado insignificante pela decisão de especuladores. Ao mesmo tempo, considero que a experiência histórica do socialismo foi um desastre, seu fracasso desconsiderou todo um conjunto de valores que eram respeitáveis, mas que hoje foram manchados pelo seu malogro. Não sou nostálgico dessa experiência, penso que se deve inventar algo diferente, que não seja a ideologia do conservadorismo conquistador, e que não seja um retorno a uma experiência que fracassou. Sou desconfiado em relação a um mundo em que as pessoas possam votar e que seu voto se torne algo sem interesse, o que é um problema da democracia. Mas fundamentalmente penso que se deve progredir a partir do modelo que foi construído pela Europa Ocidental, o mais próximo dos meus valores. Embora crítico ao que se passa na França, penso que o modelo de sociedade francês ainda é o mais próximo de meus valores, quando o comparo a outros modelos.

O senhor se refere ao modelo de proteção social?

Certamente. Não partilho da ideia de que o Estado não deve proteger os mais fracos, os mais necessitados; a ideia de que é preciso reduzir a qualquer preço os serviços públicos. São ideias que fazem parte desse modelo que se impôs, é um dogmatismo que não se justifica.

O senhor desconfia das comunidades fechadas, das tribos, das nações, das multidões ruidosas ou silenciosas. Mas diz manifestar um carinho espontâneo por aqueles que saem da norma, que se rebelam e, por vezes, mesmo por aqueles que traem.

Tenho um carinho, em todo caso, por aqueles que duvidam. Penso que estamos num mundo em que pessoas afirmam as coisas com demasiada força e convicção. Tenho tendência a dizer que não sei para onde vamos, tento imaginar possibilidades. Acredito que estamos num mundo extremamente complexo, em que muitas coisas devem ser repensadas. Temos necessidade de ver com mais precisão o que é a democracia. Mas geralmente penso que a complexidade do mundo faz com que muitas coisas mudem de forma inesperada. Tantas coisas aconteceram nos últimos anos que, alguns meses antes, pareciam totalmente improváveis. Talvez porque a difusão das informações, das ideias, se acelerou tanto, surgem movimentos de uma hora para outra. Tivemos a eleição do Obama, e dois anos antes era impensável que um presidente com as suas origens fosse eleito nos EUA. Os mesmo para os acontecimentos no mundo árabe. Se alguns meses antes alguém tivesse dito que todos esses dirigentes seriam varridos em semanas, dias, não seria plausível. Podemos ter ainda muitas outras surpresas. Estamos num mundo que fundamentalmente não sabe para onde vai. A Europa se preocupa em evitar a próxima crise, o próximo acidente. Não existe o sentimento de que há pessoas que olham para a frente dizendo: "Vamos construir isto e aquilo".

Em relação ao passado, na sua opinião, o mundo melhorou, mas receia que as próximas gerações não poderão dizer o mesmo. Por quê?

Eu me preocupo muito com as próximas gerações. Há muitas coisas que serão singularmente complicadas para elas. Como será a Europa daqui a quarenta ou cinquenta anos, os recursos naturais, o aquecimento global? Não sabemos. Há algum tempo se dizia que esse era um problema importante, e agora já quase não se fala mais nisso. Não é mais prioridade para ninguém.

O senhor trabalhou como jornalista antes de se tornar escritor. Como vê a situação da imprensa e da difusão da informação hoje?

Há um aspecto que considero fascinante, e outro que considero preocupante. Sou fascinado pela possibilidade de ter acesso aos órgãos de imprensa do mundo inteiro, e passo muito tempo a consultar os sites de informação e de jornais na internet. Para mim, é um privilégio imenso poder fazer isso. Tenho uma pequena inquietude, mas que para mim não é o essencial, em relação ao futuro dos jornais. É verdade que há uma mudança. Digo pequena inquietude porque penso que cada um vai se adaptar à sua maneira. Há um desenvolvimento tecnológico, é a lei da vida, e penso que isso é normal. Tenho uma inquietude maior em outra área. Estamos num mundo em que a oferta de informação é gigantesca. Porque tenho o reflexo e o hábito do jornalismo, faço meu próprio jornalismo, procuro as coisas que me interessam, organizo, tenho meu próprio senso de prioridades que me parecem coerentes. Mas quando me coloco no lugar de alguém que já nasceu neste mundo, que recebe tudo ao mesmo tempo, onde não há mais a mediação do jornal, do jornalista que vai organizar as coisas para transmiti-las, isso é inquietante. Alguém que recebe todo tipo de informação, de milhares de sites, com todos os tipos de prioridades... Tenho um pouco de medo da confusão mental que vai haver por causa disso. Não sei qual será o jornalismo de amanhã. Talvez precisemos de pessoas que façam este papel de intermediário. Nem todo mundo pode inventar seu próprio jornal.

O senhor se informa sobretudo em inglês...

Há uma razão histórica para isso, porque venho de uma família em que a língua inglesa era o principal idioma de conhecimento. Mas há uma outra razão bem mais simples: muitos jornais no mundo possuem sites em inglês – jornais turcos ou hebreus, a imprensa alemã –, é algo prático. Em inglês pode-se dar a volta ao mundo dos jornais.

O senhor teme o desaparecimento do livro impresso? Lê e-books?

É algo preocupante, mas penso que é preciso tirar o que há de melhor desse tipo de evolução. Há nisso um elemento de grande difusão do conhecimento, o que é muito positivo. O fato de poder ter acesso muito facilmente a tudo que se produz, que se escreve no mundo, é uma coisa positiva. O livro como objeto vai desaparecer? Talvez seu espaço vá diminuir. O livro eletrônico tomará o seu lugar? Espero que ele reste como um livro, que não se torne uma massa de modelar, em que introduziremos todo tipo de coisas. Eu leio livros eletrônicos. Acho prático estar em sua casa de campo, saber de um livro que acaba de ser lançado nos EUA, baixá-lo em três minutos e começar a lê-lo. É maravilhoso. Ao mesmo tempo, é preciso saber para onde vamos com isso. Há sempre o risco de termos o mesmo problema da música, com o desaparecimento das plataformas, e vamos ter livros que serão simples arquivos, que serão talvez manipulados e divulgados de forma diferente. Estamos numa selva. Mas minha atitude não é dizer que tudo isso é ruim. A partir do momento em que não podemos impedir, temos de tentar ver como evitar o pior, como preservar o essencial, como fazer com que a integridade de um livro, de uma obra, possa ser preservada, para que ler e escrever continue a ter um sentido. Por que não ler um livro sob uma outra forma? Mas é preciso preservá-lo então nesta forma, para que não se perca completamente.

Para o senhor, o ato de escrever passa por uma ferida. No seu caso, é a ferida da identidade, um sentimento sofrido de não se sentir de lugar algum. Desde a infância, o senhor nutre a sensação de pertencer a uma minoria.

Há dois tipos de feridas no meu caso. A primeira delas vem do fato de ter nascido numa sociedade misturada, de pertencer a uma minoria, este sentimento de ser um estrangeiro em todo lugar. A essa ferida se soma a imigração, que vem agravar esse sentimento. Dito isto, acrescentaria que a palavra "ferida" dá um sentimento de dor permanente, o que não é verdade. Há evidentemente uma dor causada pela ferida, mas há também uma energia ligada à ferida. Há a vontade de superar esta dor, e penso que a escrita é ao mesmo tempo motivada pela ferida e pelo desejo de superá-la.

O senhor sente falta de pertencer a algum lugar, incomoda sentir-se um permanente estrangeiro?

O sentimento de pertencer de uma maneira plena, sólida, a uma nação, a uma maioria, deve ter algo de reconfortante. Eu nunca tive isso. Sempre tive o sentimento de pertencer a um pequeno país, a uma pequena comunidade, de ser imigrante, estrangeiro. Nunca tive o sentimento de pertencer à maioria. Não posso dizer que é algo que busco, porque compreendi muito cedo que era algo que não poderia mudar. Mas entendo que seja reconfortante. O sentimento de se sentir constantemente minoritário, estrangeiro, tem algo de angustiante.

Isso o ajudou a compreender melhor o outro?

Certamente. Por definição, buscamos compreender o outro a partir do momento em que sabemos que somos minoritários, que não podemos nos ver majoritários, dominantes. Somos minoritários, e sabemos que estamos num mundo em que há os outros. Dito isto, há duas atitudes. Podemos procurar afirmar nossa identidade particular, e essa nunca foi a minha atitude, e é por isso que filosoficamente sempre me senti próximo da esquerda. Nunca senti que deveria manifestar meu mal-estar existencial por meio de uma afirmação do meu particularismo, de caráter nacionalista ou outro qualquer. Ao contrário, sempre senti que deveria transcender meu particularismo num universalismo.

Isso nunca mudou. O mundo muda, eu me adapto ao mundo, mas essa atitude fundamental não muda.

Para o senhor, uma minoria oscila entre este desejo de ser reconhecida e o de gritar sua revolta para o mundo. São duas tentações que coexistem, e o senhor não busca mais arbitrar este conflito interno. E diz que a sua pátria é a literatura. Neste contexto, o fato de ter sido eleito para a Academia Francesa tem um significado especial?

É certamente um símbolo reconfortante, ter chegado num país como imigrante e um dia entrar numa instituição que está no centro da cultura deste país. É algo que de uma certa forma apazigua bastante esta ferida de que falamos. Quando toda a sua vida foi um pouco marginal, o fato de pertencer a uma instituição como esta muda um pouco a sua atitude. E vai no sentido do que você mencionou antes. Sempre pensei, desde que estou na França, que me acho entre duas pátrias. E fiz a escolha de considerar que minha pátria é, antes de tudo, a literatura. E o fato de pertencer a uma instituição essencialmente dedicada à cultura e à língua está na lógica dessa atitude.

Para o senhor, seu papel como escritor é o de construir mitos positivos. Como o senhor vê a literatura hoje?

Penso que a cultura em geral, e a literatura em particular, têm um papel importante no mundo de hoje. Mais do que nunca o mundo necessita ser repensado. Mais do que nunca temos os meios de difundir as ideias que podemos ter sobre o mundo. E penso que precisamos hoje imaginar um mundo diferente, dar ao mundo um objetivo, uma aspiração, um propósito. E penso que a solução está antes de tudo na cultura. Penso profundamente que muitos problemas nas relações entre diferentes comunidades humanas são problemas essencialmente culturais. Há, claro, aspectos políticos, econômicos, mas há problemas culturais importantes. E penso que é no domínio cultural que podemos tentar resolver esses problemas. E acredito sinceramente que em nenhuma outra época a literatura teve um momento tão importante, e também tão difícil.

Como jornalista no Líbano, aos 22 anos de idade, a sua língua pública era o árabe, e o francês era o idioma secreto usado em seus escritos de reflexões íntimas e pessoais. Como era isso?

É verdade que no Líbano tomava notas pessoais em francês, lia muito em francês, mas minha língua pública era o árabe. Falava muito pouco o francês. Utilizava essencialmente o árabe. Foi quando vim para a França que o francês deixou de ser meu idioma secreto para se tornar minha língua pública.

O senhor ainda passa longas temporadas na ilha francesa de Yeu escrevendo?

Sim, a cada ano. Pretendo ir para lá em duas semanas. O tempo mais longo que passei lá foi de oito meses, para escrever *O rochedo de Tânios*, em 1992, mas em média fico de três a quatro meses.

O senhor lançará um novo romance em breve.

Vou lançar um livro em três meses. É um romance que fala de um grupo de amigos que se conheceram no Líbano – o país nunca é citado, mas pode-se adivinhar que é o Líbano. Conheceram-se na universidade, mas depois a vida os separou. E 25 anos mais tarde um deles retorna ao país, retoma o contato e descobre a trajetória de cada um. É um pouco inspirado na minha juventude, mas não é verdadeiramente autobiográfico. Há muitos elementos que vêm da minha memória, mas ao mesmo tempo é falsamente autobiográfico. Conto a vida de outros personagens, o leitor terá sempre a impressão de que é a minha história que conto, mas não é. É inspirado no meio em que vivia quando tinha 20 anos. Vai se chamar *Os desorientados.*

Michael Stipe

Michael Stipe anunciara oficialmente a dissolução do grupo R.E.M. havia pouco mais de dois meses quando nos encontramos por acaso nas proximidades do prédio onde ele morava em Nova York, no número 533 da Canal Street, no Soho, em Manhattan. Naquela fria quarta-feira de dezembro de 2011, eu chegava no horário marcado para nossa entrevista no mesmo momento em que ele voltava para casa. Fizemos as primeiras apresentações no trajeto do elevador até o último andar, até podermos nos acomodar em um pequenino recanto de seu vasto apartamento para nossa conversa, agendada via troca de e-mails com a simpática Amy, sua assistente baseada em Athens, na Georgia, estado natal do músico. Nascido em 1960, Michael Stipe estava então com 51 anos, sendo 31 deles dedicados às composições, álbuns e turnês internacionais do R.E.M. – formado ainda por Peter Buck, Mike Mills e, até 1997, Bill Berry –, catapultado no espaço de três décadas, desde sua criação em 1980, ao topo do planeta musical por meio de canções como "Losing my religion", "Everybody hurts", "Shiny happy people", "Orange crush", "Man of the moon", "Daysleeper", "The great beyond", "It's the end of the world as we know it (and I feel fine)" ou "Nightswimming".

Tudo começou quando, no final de 1975, ele comprou o recém-lançado álbum *Horses*, de Patti Smith. Passou a noite até o amanhecer escutando em fones de ouvido as canções do disco, sentado no sofá da sala de sua casa, com um balde de cerejas no colo. "Soube imediatamente o que queria fazer. Decidi naquela manhã que iria dedicar a minha vida a integrar uma banda. Era uma decisão bastante ingênua a ser tomada, naquela época, nem mesmo sabia se era capaz de cantar. Mas era", disse na biografia escrita por Rob Jovanovic (Portrait, 2006).

Mas tudo começou mesmo quando Stipe conheceu Peter Buck, que trabalhava na loja de discos Wuxtry Records, no número 197 da E. Clayton Street, em Athens. Acompanhado de suas duas irmãs, Lynda e Cyndy, era um *habitué* do local. "Nós compartilhávamos um gosto pelo punk rock. Ele trabalhava lá, e escondia as melhores coisas para ele mesmo, como uma cópia de dois dólares do primeiro álbum do New York Dolls. Eu acabaria achando todos estes discos, e foi assim que começamos conversando, em 1979. Ele estava sempre tocando guitarra atrás do balcão, e tinha uma jaqueta de couro bem legal. Acho que o chamei de Richard durante três meses, não sei por quê. Mais estranho ainda é que ele nunca me corrigiu", contou rindo certa vez à revista *Rolling Stones*.

Com o tempo, a amizade se tornou uma parceria musical, e o primeiro show do R.E.M. ocorreu em 5 de abril de 1980, numa festa de aniversário de uma amiga organizada na antiga igreja episcopal St Mary's, no 394 da Oconee Street, em cujas dependências, aliás, os dois moravam junto com outros jovens universitários. Naquela época, Michael Stipe, com 20 anos, não poderia imaginar que em 2004, mais de uma dezena de álbuns depois e já com o status de *popstar*, estaria percorrendo os Estados Unidos na chamada turnê "Vote for change" (voto pela mudança) – ao lado de nomes como Bruce Springsteen, James Taylor, Neil Young ou Pearl Jam – contra a reeleição do republicano George W. Bush, uma campanha nos palcos que acabou perdida nas urnas.

O fim do R.E.M. ofereceu ao celebrado letrista, vocalista e *bandleader* a almejada liberdade para mergulhar em outros universos artísticos, nos quais já se expressava paralelamente à sua vida de palco e de estúdio, como o cinema, a fotografia ou a escultura. À parte sua relação umbilical com o grupo, ele se impôs como um artista independente, um ativista político e um cidadão preocupado com os destinos do homem, engajado nas coisas de seu tempo. Sua residência, um loft duplex com uma vista impressionante para o rio Hudson no momento do sol poente – que antes pertencera ao cineasta Gus Van Sant –, foi depois colocada à venda, na busca de um novo endereço com espaço adequado para acolher um estúdio para o seu trabalho em escultura. Naquele final de tarde, Michael Stipe falou de sua indissociabilidade com a criação e de sua concepção de arte; de sua condição de estrela pop; de sua coragem e de seus medos; de seu otimismo e de sua obscuridade; de sua relação com a sexualidade e com as religiões, e também de suas impressões sobre o Brasil.

Ao final de nosso encontro, enquanto conversávamos informalmente no comprido balcão da cozinha americana aberta para as amplas janelas, perguntei se poderia fazer alguns fotos dele, no que fui prontamente atendido. Ele se colocou ereto contra a parede, estático, me fitando com o semblante sério. Sugeri algumas imagens mais à vontade, mas recusou firmemente a proposta, e permaneceu na mesma posição, posando como se fosse para um retrato 3x4. E assim fizemos as fotos.

Michael Stipe se diz um "louco otimista", um voyeur dos detalhes do cotidiano, um artista ainda tímido que acredita no poder da compaixão, do amor, e da criatividade.

O R.E.M. acabou oficialmente em 21 de setembro de 2011. Como você se sente, como vive os seus dias?

Estou ainda num período sabático depois do fim da banda. Ainda não decidi para que direção vou. O que sei é que não levei muito tempo para me dar conta de que sou muito feliz criando, fazendo coisas, seja o meio escolhido a música ou outros. Acordo de manhã com ideias, problemas, e às vezes com soluções para estes problemas. É difícil dar corpo a uma ideia que sai de mim para o mundo; seja por meio de uma fotografia, uma escultura, uma canção, uma performance ou uma entrevista. Mas há essa necessidade dentro de mim de colocar algo para fora de mim, para o mundo, ser um criador, alguém que cria coisas. Sei que é isso que vou fazer, só não sei de que forma, e não sei como as pessoas vão reagir. Mas neste momento da minha vida, não sinto a necessidade de me provar novamente. Certamente que gostaria de ser apreciado por não importa o que venha a fazer, mas isso poderá não ocorrer, e creio que estou preparado para enfrentar o revés.

Você pretende se dedicar mais à arte, à escultura, testar novas experiências, continuar o que já vinha fazendo?

Estou fazendo o que já vinha fazendo. Há um ano as pessoas me abordavam sobre a possibilidade de abandonar a música por uma carreira de fazer filmes, como se fosse algo novo. Eu venho fazendo filmes desde 1987 *(risos)*. Isso me choca. Mas, como figura pública, você aprende a não ter a expectativa de que todas as pessoas saibam tudo sobre você. A menos que alguém queira me armar uma cilada, o que ocorre com frequência no jornalismo, não me envergonho de dizer: isso sou eu, isso é o que eu faço, é por isso que sou conhecido, essa é a minha contribuição. Para ser muito sincero a esse respeito, estava hoje falando com um amigo sobre um jogador de futebol americano que ele considera incrivelmente motivacional, alguém que ele tem em alta estima, que não teve uma vida muito fácil, mas que pegou o que tinha e conseguiu fazer muito. É alguém muito importante para ele no mundo. Eu nunca havia ouvido falar dele antes. Se me falassem o nome da equipe dele, não saberia dizer se era futebol, beisebol ou basquetebol, porque não é uma parte do mundo que me interessa. Eu sei já de longa data que a estrada é longa, e você não pode se melindrar se as pessoas conhecem ou não o seu trabalho.

Em 1975, aos 15 anos de idade, a descoberta do álbum Horses, *de Patti Smith, foi um momento de revelação. Você teve outros momentos com impacto similar em sua vida?*

O que é realmente interessante para mim nesta história, e ninguém até hoje foi a fundo nessa questão, é que o que Patti Smith faz como *songwriter* consiste em criar estes momentos reveladores. Ela cria estes momentos singulares, estáticos no tempo, quando alguém faz uma escolha ou em que a vida de alguém muda definitivamente – para melhor ou para pior, ou apenas mudar. Isso é o mais alto que ela atinge como escritora. Foi o que eu fiz como escritor. Levei décadas para me dar conta das similaridades com o que ela faz. Tento encontrar exemplos, como as canções "Daysleeper", "Sad Professor", "Electron Blue", "Living Well Is the Best Revenge", "Supernatural Superserious". Há muitas canções que tratam destes momentos de revelação, de catarse e de grande mudança. Pode ser a maneira como você considera uma importante relação na sua vida, que muda para sempre. Mas a minha revelação, aos 15 anos de idade, foi a descoberta desta artista que abriu todo um mundo para mim, de música, de criação de uma comunidade abstrata, da qual me tornei parte como um jovem ingênuo e inocente. O que continuei fazendo no mundo não foi copiar ou imitar o que ela fazia, mas de fato me dei conta de que fazíamos basicamente a mesma coisa, usando nossas próprias forças – ela é uma artista muito diferente de mim, mas aquele momento de revelação está por todo o meu trabalho.

Seu trabalho pode ter provocado em outras pessoas o mesmo impacto que Horses *causou em você, aos 15 anos.*

Não sei se o que vou dizer vai soar estúpido, mas sinto que faço o que eu deveria fazer. E ela (*Patti Smith*) faz o que ela acha que deve fazer. Veja aquela obra ali na parede, algo incrivelmente abstrato, conceitual, muito minimalista, é uma tela estendida numa moldura, uma pintura. Eu sei por que a comprei. É o xerox de uma pintura muito antiga, que foi impresso na tela e novamente emoldurado, de forma idêntica à pintura original. O que sei deste artista é que no momento em que vi esta peça ela me tocou de uma forma muito pura e real. Essa pureza e verdade é algo que busco não somente na arte, na música, em todos os meios, em todas as formas de arte, mas também algo a que reajo muito mais diretamente. Olho para o trabalho desse cara, não sei nada sobre ele, mas penso: "Ok, eu preciso saber sobre isso, o que está acontecendo". Ele é americano? Ele é conhecido pelo que faz? Não. É caro? Não é tão caro. E eu comprei *(risos)*. Todas as coisas na minha parede, olho para elas o tempo todo, e isso me traz muita alegria. Acontece de as pessoas fazerem coisas que são muito reais para elas, e enquanto você se conectar com esta verdade, dentro de você, em sua pureza, então o que colocará para fora será algo muito real. E as pessoas reagem a isso. Por mais que sejamos individuais, por mais que queiramos pensar que somos pessoas muito diferentes umas das outras, nossos sonhos, nossos desejos, as coisas às quais reagimos são muito similares. Muitas coisas vão parecer reais para mim, e provavelmente também vão parecer reais para você.

Fotografia é algo fácil para você, "como respirar", segundo disse. Melodia, também. Mas letras e ideias são bem mais difíceis. Como é para você escrever? É doloroso, angustiante?

É doloroso. Eu próprio tentar articular uma conversação não é fácil, não é algo que surge naturalmente para mim. Uma coisa é falar para o seu melhor amigo na academia, outra coisa é saber que isso vai ser exposto ao mundo, que as pessoas vão ler e me julgar baseadas no que leram. Elas vão se sentir entediadas ou inspiradas. Ou vão achar que eu sou um idiota. O que quer que seja, tudo isso atua nessas estranhas circunstâncias em que nós mesmos nos encontramos agora, o que em certo nível é uma conversa muito pura, e em outro nível você tem sua própria ideia de quem eu sou e do que vou ser, e eu tenho a minha ideia do que você vai fazer com o seu trabalho, e você vai tentar me levar para dentro deste trabalho, para que faça mais sentido para você e para os seus leitores. É uma coisa estranha. Ideias, palavras e letras, em narrativas e conceitos, não são algo sobre o que posso pensar. Posso imaginar o que quero dizer, mas não posso realmente dizer na forma que quero, não tenho o vocabulário. Há quatro meses, alguém disse para mim: os artistas encontram meios pelos quais expressar o que não conseguem dizer. Isso me pareceu muito honesto e puro, você sabe, acertou em cheio, porque é uma batalha, não é fácil. Se fosse fácil, em 31 anos de R.E.M. eu teria escrito 100 mil canções em vez de 15 mil... não sei quantas escrevi. Não, 1.500! Mas não é fácil. É recompensador quando acontece, e você sabe se é bom ou ótimo. E você não quer ser um estúpido ou um cara chato, como Bono disse. O pior para um popstar é ser tedioso.

Mas há prazer depois...

Há prazer quando você sabe que fez algo que comunica, que tem essa pureza de que falei antes. E a pureza surge em várias formas. Pode ser Britney Spears e Lady Gaga. Pode ser a coisa mais pop, mais sem sentido. Mas se faz você dirigir seu carro para o trabalho sentindo-se melhor; se faz você pular após duas cervejas numa sexta-feira à noite, e você está feliz e rindo com seus amigos, com sua namorada, seu namorado, sua mulher, seu marido ou o que for, se oferece algo para você falar com seu pai, então serve a alguns surpreendentes propósitos. Cria comunicação entre nós, abre nossos corações, faz você rir, sorrir, dançar. Essa pureza pode vir em diferentes formas. Não é particularmente *high art*. Eu realmente penso que o trabalho feito na arte é um dos que levo muito a sério. Eu gosto quando as pessoas pensam que é especial. É pessoalmente especial para mim, porque eu sou fã de artistas. Mas é apenas um trabalho. É um trabalho muito bom, que ora não paga muito bem, ora bem demais. Mas é um trabalho.

É um trabalho e é também você intimamente.

Eu tenho sorte e sou feliz porque é um trabalho que adoro fazer, que me traz grande satisfação. Eu não faço coisas que não quero fazer. Não tenho de passar 40 horas semanais trabalhando. Isso me possibilita uma boa vida, para mim é uma grande vida. Serei sempre agradecido por isso, e para sempre agradecido pela sorte que isso me trouxe. Trabalhei muito duro, não se pode negar, sabia o que queria e tinha, à minha maneira, a grande ambição de me tornar quem sou. Mas eu nunca imaginei, nem uma vez sequer, estar na posição em que me encontro agora.

Como você avalia a singularidade de sua linguagem?

Eu não mantenho um diário. Não é algo interessante para mim, não gosto da minha caligrafia, e não me interesso em refletir sobre o dia que passou, exceto para dizer: "Ah, sim, na terça-feira estava na esquina, encontrei quatro amigos ao mesmo tempo e fomos tomar uma cerveja juntos, foi um desses momentos malucos em que as pessoas se encontram por coincidência, acontece em grandes cidades com frequência" – penso que ocorre bastante em Nova York. São estes momentos em que pessoas se encontram, pessoas que você ama, que são bastante interessantes para você, algo que nasce do nada. São coisas interessantes de relembrar a respeito de um dia. Eu faço fotografias, é a minha forma de lembrança. Todas as minhas fotografias têm data e horário marcados, e se ligar meu GPS, posso saber onde elas foram feitas. É um tipo de diário. Mas quando estou escrevendo letras... É algo que tive de aprender desde o início. E no início eu não era muito bom. Era puro, mas não era bom. Penso que melhorei bastante. E então era apenas uma questão de não ser ruim demais e de tentar manter o nível de qualidade o mais elevado possível, em meio à quantidade de trabalho que estávamos fazendo.

Você gosta de ser voyeur, observar de diferentes maneiras. Como é isso?

Não sou um voyeur de muito sucesso, porque me mudei para um bairro onde meus vizinhos são muito tediosos, eles só veem TV. Nada acontece por aqui. E não sou um voyeur bem-sucedido porque sou um figura pública, e com frequência me vejo na situação de ser o centro das atenções, seja num restaurante, seja num bar. Não que eu seja o centro das atenções, mas as pessoas estão conscientes de que eu estou lá. Uma das coisas que Nova York permite como cidade é sua generosidade em relação às figuras públicas. Você é capaz de se mover durante o seu dia, com as pessoas sabendo que você está ali, mas não é lá grande coisa, porque não é incomum ver alguém conhecido na hora do almoço, num bar, no metrô. Mas ser uma figura pública torna muito difícil observar as pessoas. E há também o fato de que eu pareço muito sério o tempo todo. Mas às vezes olho fixamente as pessoas, e aqui no meu país as pessoas não gostam muito disso. Na Alemanha não há problema, você pode olhar, e ninguém se importa. Aqui nos EUA alguém pode te dar um soco se você olhar muito. Não sou um voyeur eficaz. Mas sou capaz, quando observo situações, coisas, de me deter absurdamente em detalhes menores, ridículos, detalhes que não fazem nenhuma diferença. Isso serve ao trabalho que faço como letrista ao me permitir criar narrativas, histórias, arcos de histórias em que a criação é tirada de situações reais, em que são criados personagens e situações nas quais se movem esses personagens. E o detalhe é o que torna isso real. O detalhe leva a algo que seja realmente verossímil, e não apenas mais uma canção pop sobre o amor não correspondido, depressão, tristeza ou o que seja.

Você não se acha uma pessoa "naturalmente corajosa", mas também não se sente medroso como pensava que era.

Quando me vejo pelo olhar dos outros, eu pareço bastante corajoso. Quando olho para mim a partir de dentro, acho que não sou nada corajoso. Penso que sou covarde. Faz parte da contradição herdada de ser humano. Não fazemos muito sentido. Somos por natureza criaturas contraditórias. Há algo forte e belo nisso. Nem sempre é preciso que faça sentido, nem sempre as pessoas têm de estar encerradas em certezas. Penso muito em medo, e penso muito em coragem. Não sei por quê. É apenas assim que sou. Eu apenas penso sobre isso. Não quer dizer que seja medroso o tempo todo. Não estou dizendo que em cada ação, em cada dia, esteja pensando se sou um covarde ou um herói. Não vivo minha vida assim. Mas eu penso nisso, processo as coisas de forma diferente, e me movo no mundo de uma outra maneira por causa disso.

Você disse ter sentimentos apocalípticos desde criança...

Uma coisa sobre a qual nunca falei muito é que, ao me deparar com alguns filmes e romances, pensei: "Oh, não sou a única pessoa que pensa desta maneira ou para quem esse mundo existe; há outras pessoas tendo estes mesmos sonhos, e pessoas que não têm medo. São sonhos, não aterrorizantes, mas não somos nós, é um mundo muito diferente". Vi isso refletido na cultura popular, majoritariamente em filmes e em livros. Eu me dei conta de que não era a única pessoa que tinha estes sonhos e visões – visão no sentido de algo interno, não algo sagrado –, e que sente a necessidade de falar a respeito, colocar isso para fora de alguma forma. Mesmo que seja na forma de uma canção tola, bela mas tola como "It's the End of the World as We Know It (And I Feel Fine)".

Por outro lado, você se diz "loucamente otimista".

E sou. Também há um lado obscuro, que provavelmente é bastante óbvio. Mas tenho essas duas coisas, e é parte da natureza contraditória de John Michael Stipe. E daí? É impressionante quando é algo que sai de mim e que as pessoas podem entender, na forma de uma canção ou de alguma outra coisa, que fala sobre o que é ser humano, o que é estar aqui neste momento. Se ocorre da forma como eu queria, empurra este momento levemente para a frente. Sempre levemente. Poderia oferecer alguma redenção para as coisas más, alguma coragem para o que está por vir, alguma ideia de alternativa, cenários que poderiam transpirar do presente para o futuro. Se de fato isso acontecer, então como artista, como alguém que cria coisas, posso ter atingido o nível mais alto ao meu alcance. Esse é o grande apelo como artista, reinterpretar o mundo e fazê-lo avançar progressivamente, ou talvez de forma gigantesca, monumental.

Já se disse que você criou uma aura de mistério em torno de si mesmo. Você se considera misterioso? A atriz Charlotte Rampling, por exemplo, disse que encarava isso como um jogo consigo mesma, para não ser totalmente reconhecida e descoberta.

Ela é uma mulher, para começar. E de grande beleza, e uma beleza famosa. Essa seria uma conversa interessante de se ter com Charlotte Rampling, eu a admiro muito. Há tempos com a banda – estou falando de 20, 30 anos atrás – eu sentia que o mistério era um componente importante para manter as pessoas interessadas no que você estava fazendo, criar um interesse pelo que você é. Eu fiz isso quando jovem, provocando um sentido de distância e mistério, não respondendo fácil ou rapidamente às perguntas das pessoas. Eu olho para aquele jovem agora e vejo alguém tão inseguro e incrivelmente tímido. Era a natureza contraditória de querer ser muito famoso, mas não querendo abordar esta situação. Não querendo revelar muito de mim mesmo, em outras palavras, querendo controlar o que era revelado sobre mim. E à medida que me tornava mais famoso, eu me dei conta rapidamente de que isso estava ficando cansativo para mim, e também de que estava me tornando um chato. E eu me sentia estúpido em vez de uma pessoa misteriosa ou interessante. E comecei a tentar mudar, na verdade, sair da minha timidez, que era imensa – e ainda é, ainda não sou de forma alguma uma pessoa extrovertida, mas me esforço muito para olhar nos seus olhos, ter uma conversa e concluir meus pensamentos de um jeito que você entenda. Mesmo que seja tão simples quanto falar com um motorista de táxi ou uma recepcionista num escritório e explicar o que você precisa. As coisas mais simples do dia a dia podem ser uma assombração paralisante pra mim. Ainda aos 52 anos – estou com quase 52. Eu me desembaracei destes temores, acho que fiz um bom trabalho comigo, e acho que fiz um bom trabalho como figura pública. E isso me levou a dar muito mais de mim mesmo do que eu poderia esperar, e isso também durou muito mais tempo do que eu esperava. Eu me vejo hoje, 31 anos depois, lembrando o tempo em que tinha 15 e estava decidindo o que eu queria fazer. Passei dois terços da minha vida perseguindo tudo isso, e hoje me vejo nessa posição invejável de ser um artista que é respeitado pela maioria das pessoas – ou do qual pelo menos elas têm uma opinião a respeito, boa ou má, é a escolha delas –, e eu revelei muito mais de mim mesmo do que eu jamais poderia imaginar. E agora, de alguma forma tenho de defender minha posição. Acho eu.

Você valoriza bastante a influência das pessoas que admira, como Patti Smith, a francesa Sophie Calle, com quem trabalhou...

Isso me faz querer trabalhar mais e focar mais no que eu quero fazer. Você começa a se dar conta de como a vida é curta. Num certo ponto, você cresce e se torna adulto, tem amigos que se vão e pessoas que ficam, o foco se torna diferente. Não é como se eu estivesse fazendo uma contagem regressiva, acho que vou ter uma vida bem longa, mas começamos a priorizar de uma forma diferente. Poder encontrar essas pessoas me permite isso, e Sophie Calle é um ótimo exemplo – eu conheço e gosto de seu trabalho, meu namorado é francês (*o artista fotográfico Thomas Dozol*), ela é mais conhecida na Europa do que aqui nos EUA. Vi seu trabalho, perguntei a respeito, tinha curiosidade, e então nos encontramos. Ela é uma das pessoas mais incríveis com quem já sentei à mesa. É absolutamente destemida, e admiro esse tipo de valentia, porque não a tenho. Eu penso: "Uau, qual é a dessa mulher?". O que compõe esta habilidade de ser quem ela é e o trabalho que brota de seu ser? E isso é muito inspirador pra mim. E, de novo, não há dia em que acorde e não tenha um sorriso no rosto e sinta que sou uma das pessoas mais sortudas do mundo e que a minha vida é composta de gente que, de um jeito ou de outro, traz uma inspiração incrível e me instiga como artista, e me estimula a ser uma pessoa melhor, a reagir e responder melhor em relação ao que faço. O que pode ser melhor? Apenas se alguém de 22 anos, 25 anos, chega para você e diz: "Você me inspirou de verdade, olhe o que eu faço", e é muito bom. E aí você sente: "Uau!". Isso vai soar um pouco hippie, não que sinta que eu sozinho tenha inspirado alguém a ser o que é capaz de ser, mas que passei o bastão, não para uma nova geração, mas para alguém que é contemporâneo, porque fazemos algo ao mesmo tempo, e nos inspiramos mutuamente, e isso é incrível.

Você tem medo de morrer?

Sim, tenho medo como todo mundo. Eu não tenho um sistema de crenças que seja forte. Tenho, mas não é ortodoxo, e na sua não ortodoxia é algo muito mais sobre o aqui e agora. Escrevi uma letra precisamente sobre isso, "Oh My Heart", do último disco (*Collapse into now, 2011*), sobre um personagem que criei, um negro nos seus 60 anos que vive em Nova Orleans e que é forçado a partir em um ônibus depois do Katrina (furacão), e que não tem ideia para onde está indo. Pergunta-se o que aconteceu com ele, com as pessoas de sua vida e com a cidade que ele ama. Em "Oh My Heart" ele retorna, e as coisas estão bem diferentes. E usa sua fé de cristão – que criei assim porque essa é experiência que tenho – e apela aos espíritos de seus pais, de sua cidade – que é muito espiritual e profundamente supersticiosa e assombrada –, às pessoas mais próximas dele, para ajudá-lo a ter a coragem de voltar e ser a pessoa que precisa ser, não apenas por ele, mas pela sua cidade. O primeiro verso da música – e agora estou chegando ao ponto aonde queria chegar, desculpe – é: "O cara tem uma nova ideia da fé". Ele olha em volta, e percebe que o que tem de poderoso é a fé, que pode fazê-lo superar as piores coisas possíveis – ele perdeu tudo. Ele volta, está reconstruindo sua nova vida e sua casa, amparado em sua fé. Mas ele observa – e ele é um cara esperto – e pensa: "O que eu tenho é muito especial, e vejo que as gerações mais jovens não têm essa fé, e talvez o que elas precisem é que eu esteja ali". Então a minha crença não é de jeito nenhum ortodoxa, não é nem cristã nem budista nem sufista, e certamente não sou judeu. Eu tenho inveja dos meus amigos judeus, cristãos, católicos, budistas, acredito que há aspectos bons em todas essas religiões. Sobre o que vem depois, acredito que há algo, mas não sei de que tipo, e não sei como isso nos impacta nesta vida, mas eu tento ser a melhor pessoa possível. Há algo de bom em tentar ser uma boa pessoa, fazer o bem, e tentar ajudar em vida, o que tem grandes ramificações no outro lado. Como isso ocorre, não sei, é muito complicado. Mas essa parte me parece óbvia. Acontece de você estar de mau humor e ser estúpido com alguém, você não vai se sentir bem com isso, pode não gostar, mas a vida segue.

Você já mencionou algumas vezes que sua sexualidade foi muito importante para a escolha de trabalhar com criação, para se sentir como um outsider. *E em certa época você recebeu críticas por não falar abertamente de sua homossexualidade. Como se sente hoje com isso?*

Eu ainda sou um *outsider*, sinto um grande prazer de estar nessa posição, não acho que gostaria de ser um *insider*. Mas isso vai bem além da sexualidade, claro. Honestamente, acho que estava dando tanto de mim como figura pública que eu não precisava responder a pessoas que estavam sendo invasivas com perguntas que eram muito pessoais. Eu entendo agora que os anos 1980 foram muito difíceis para a comunidade gay, *queer*, e certamente para os bissexuais, como ainda é hoje. Foi um tempo muito difícil para todo mundo por causa da AIDS e do governo com sua inabilidade e recusa em aceitar essa pandemia que estava começando a crescer e crescer. Entendo as frustrações das pessoas comigo, olho para trás e vejo que elas ficaram chateadas. Mas, se tivesse de ser completamente honesto comigo sobre como me rotular, elas não iriam gostar do que eu tinha para dizer. E mesmo as pessoas que me pareciam corajosas não estavam na mesma posição que eu em termos de ser uma pessoa pública. Olhando para trás, há momentos em que me arrependo por não ter me manifestado mais cedo sobre minha sexualidade, pois isso impactaria algumas pessoas de forma positiva. Mas também sinto que nunca fui desonesto comigo mesmo ou com as pessoas ao meu redor, ou com a imprensa dizendo algo que eu não era. Eu simplesmente não falava disso. Grande parte dessa atitude é porque eu nunca me senti realmente apaixonado por alguém, e sempre buscava uma oportunidade de pular de uma relação para outra e para outra e para outra. E isso era uma das partes divertidas de ser um popstar. E então me apaixonei pelo Thomas, muito tempo depois, e nessa nova situação tem sido muito interessante olhar o que o século XXI oferece, e como as novas gerações estão considerando a sexualidade. Era algo que eu sempre dizia, mas sempre fui desprezado e criticado pela minha opinião de que a sexualidade é algo muito fluido e de que há diferentes gradações. Mas os jovens hoje parecem ser muito mais abertos e estarem de bem com a ideia de uma sexualidade fluida ou até algo "pós-gênero". É o que eu vejo hoje por todo lugar em Nova York. E então de repente algo pelo qual eu era criticado e castigado, ou descartado da conversa, agora parece estar vindo à tona, quando as pessoas reconhecem que, sim, há extremos, mas também há gradações. E as pessoas precisam ser mais tolerantes com a ideia de gradação e fluidez. O desejo é algo muito estranho, um grande tema. É incrível quando você trabalha neste campo específico tentando descrever por meio de uma pintura ou escrevendo uma música, numa melodia, numa fotografia, o que é o desejo ou como ele nos afeta, o tema é infinito. Todos deveriam atentar para isso, em vez de só repetir os mesmos clichês estúpidos que as pessoas usam ao tratar de assuntos como esse.

A abordagem ainda é, na sua opinião, bastante limitada?

Deveria ser algo falado, questionado, mas, no entendimento da minha geração, o pensamento é binário, preto no branco, não é para frente. O passo adiante é abraçar todos os aspectos da sexualidade, incluindo algo que poderia não se aprovar ou gostar. Obviamente, não estou falando de coisas extremas, mas realmente não sei qual o significado de "normal". Precisamos entender que chegou o momento em que somos capazes de falar de sexualidade numa maneira que não seja binária, preto e branco, encerrada no espectro de reações a ideais vitorianos. Não deve ser nem mesmo uma reação à norma, tampouco temos de ser o oposto, podemos ser a nossa própria realidade. E aí se torna algo político, pessoal, e é quando se torna também incrivelmente inflamável. Tento ser compreensivo e tolerante com pessoas que não concordam comigo, que não gostam das minhas posições, e procuro explicar.

Você vê alguma perspectiva de mudança de mentalidade em um menor prazo?

Eu me sinto confiante. A tecnologia é algo fascinante para mim. Há duas semanas pude ver um vídeo que se tornou uma febre na internet, feito por um garoto de 14 anos, que basicamente dizia: "Tenho medo de voltar para a escola, porque tenho sofrido bullying por ser gay, e não sei o que fazer, estou realmente com muito medo". Ele estava acuado, chorava, era algo realmente difícil de assistir, muito doloroso. E olhando, era apenas uma criança. Eu me lembro de sentir o mesmo que ele, quando era adolescente. Mas não há uma só pessoa que eu conheça na Terra que não sinta, olhando esse vídeo, alguma empatia pelo garoto, não importa o que pense sobre a sexualidade, sobre ser gay, sobre o que é bullying. Não se pode olhar para a criança e dizer: "Eu não entendo por que ela está triste." Algo assim, há 15 anos, teria sido visto ou escutado por umas dez pessoas. Hoje roda o mundo em menos de 24 horas e é contemplado por milhões de pessoas, que por sua vez fazem seus próprios vídeos dizendo: "Eu sofri a mesma experiência, precisamos nos manter unidos e mudar as coisas para que isso não ocorra mais; necessitamos de leis de proteção contra o bullying etc.". É algo muito poderoso. Sinto que isso pode nos levar a uma era muito mais progressista em relação ao que somos e ao que somos capazes de ser. Somos capazes de ser monstros, sabemos disso. Foi o que o século XX nos mostrou. Vamos virar essa página e ver do que somos capazes em termos de compaixão, amor, criatividade, interesse, atraindo um futuro que pareça mais brilhante e menos distópico em relação ao que o século XX nos ofereceu. Deixemos agir o nosso lado iluminado em vez do lado sombrio.

Você saiu da época do swinging dos anos 60 e 70 para a era do governo Ronald Reagan e do começo da AIDS. Então vieram os governos Bush e depois a esperança de mudança com Barack Obama. Na sua opinião, para que direção rumam os EUA?

Será triste se não garantirmos a Obama um segundo mandato. Não sou um apologista. Não concordo com alguns de seus compromissos, nem com algumas posições que tomou. Também vejo que a política é como um jogo, e as pessoas que estão jogando do outro lado são muito injustas, numa competição feroz, e suas prioridades são diferentes das minhas. Este país tem uma história violenta e difícil. Obama está buscando o melhor lado das pessoas, e acho que ele precisa ser mais duro. Não tenho de dar conselhos para o presidente dos Estados Unidos, ninguém precisa ouvir minha opinião sobre o que ele está ou não fazendo. Mas realmente penso que ele tem uma grande inteligência, que é um homem muito justo. Como disse, não concordo com tudo, mas prefiro que ele seja o presidente a ter alguém como Dick Cheney, Ronald Reagan, qualquer um dos Bush ou qualquer governador do Texas. Para ser justo, houve uma governadora do Texas, Anne Richardson (*1933-2006*), que poderia ter sido uma boa presidente, mas ela já morreu. No jogo da política, as coisas se tornam preto e branco muito rapidamente. A vida não é fácil, governar não é fácil, o progresso não é fácil. Eu sou pelo progresso, e penso que Obama também, e farei o que puder para apoiá-lo e ajudá-lo a obter um segundo mandato e, espero, colocar este país num melhor caminho. A maneira como os EUA impactam o mundo é profunda. A maneira como o Brasil impacta o mundo, hoje, é profunda. Precisamos agir de modo a assegurar que chegaremos ao final desse século.

Você definiu os EUA como um adolescente em termos de país e de cultura. Por quê?

Qualquer um que foi adolescente conhece o sentimento de bravata, de imortalidade, de "eu estou certo, e o resto do mundo está errado, fodam-se os adultos, eles não me entendem, não sabem quem eu sou".

É uma boa testosterona, como uma raiva hormonal, de uma grande mudança numa idade muito jovem. Se você aplica isso a algumas situações, a alguns desastres, é interessante: todo movimento das pessoas necessita da vitalidade e do empurrão mais forte dos jovens, porque são mais cínicos, mais convictos em sua maneira de pensar. No geral, não se trata de algo de todo ruim. Mas nós, os EUA, comparados a muitos outros países, outras culturas no mundo, somos muito jovens, muito arrogantes, muito seguros de nós mesmos, pensamos que estamos certos e que todos os demais estão errados. Somos violentos, cheios de testosterona. Isto descreve perfeitamente o meu país. Temos o rei na barriga, isto é o que meus pais diriam. Pensamos que somos mais importantes do que realmente somos. Somos importantes, mas a maneira como reagimos e respondemos a escolhas ou decisões nacionais e internacionais nem sempre é como deveria ser.

Você soube da morte de Amy Winehouse por um sms, o que o deixou contrariado.

Sim, foi algo muito triste. Mensagem de texto é uma forma de comunicação que venho usando há uma década. Mas as pessoas hoje nos EUA estão muito excitadas com a capacidade de falar com os outros sem realmente falar. Eu penso que é um modo horrível de saber da morte de alguém, mesmo que seja alguém que você nunca encontrou, que apenas admirava. Saber disso em poucas letras, num sms que aparece no meio do dia... Esse é apenas um exemplo. Telefone celular é uma benção, mas não me ligue. Se você ligar no meu celular, é melhor que seja importante ou que tenha a consciência de que estará interrompendo, não importa o que eu esteja fazendo. Não fico sentado à mesa ligando ou recebendo chamadas, sigo minha vida. Estamos ainda pesquisando os primeiros momentos dessas tecnologias, e aonde isso tudo nos levará. Não conseguimos enxergar além de nossos dedos, e ainda há tanto por vir. É incrivelmente interessante e fascinante. Será algo desafiador, decepcionante, questionador. Vão ser os nossos maiores temores, mas também nossa salvação, o que talvez permita a minhas afilhadas e a suas netas terem uma vida plena. Mas saber que alguém morreu por meio dessa tecnologia é uma merda. É preferível que alguém ligue e diga: "Desculpe arruinar seu dia, mas tenho más notícias". É desta forma que gostaria de saber em relação a amigos meus. Amy Winehouse não era uma amiga, apenas alguém que encontrei duas vezes, que admirava, mas é tudo. O amigo que me mandou o sms deveria me conhecer melhor, sei que foi a sua maneira de expressar a sua tristeza, mas foi uma maneira fria de fazê-lo.

E sobre a morte de Kurt Cobain?

Não quero falar disso.

Você já esteve no Brasil. Qual a sua percepção do país e dos brasileiros?

Sou apaixonado por etnias. É algo de que não falo muito. Estava sentado à mesa com o amigo de um amigo, e os nomes deles, a cor de suas peles, a forma de seus olhos, algo sobre eles me fez pensar no que foi agregado para criá-los. Isto aconteceu outra noite. O amigo do meu amigo é do norte da Índia, o que explica o seu nome, a tonalidade de sua pele, seu cabelo. E o Brasil para mim é fascinante nesta perspectiva. É uma incrível mistura, miscigenação, pessoas originadas da África, de Portugal, de diferentes lugares, e todos juntos criando estes diferentes matizes e tipos de pessoas. Para mim, isso é incrível. Além disso, estive na Bienal de São Paulo em 2010 e vi o trabalho de jovens artistas brasileiros. E havia algumas peças de um artista um pouco mais velho, que eu não conhecia. Foi uma das mais belas coisas que vi nos últimos tempos. Voltei, e disse para Sophie Calle e meus amigos em Nova York que trabalham no mundo da arte internacional: "Vocês precisam conhecer estes jovens artistas brasileiros, é incrível o que eles estão fazendo". Eu sou obcecado pelo modernismo, por ideias utopistas, pelo brutalismo, pelo caos urbano, e me ver sozinho em São Paulo foi uma experiência só comparada ao que vivi em Istambul e Tóquio. São Paulo, Istambul e Tóquio. Nenhum dos outros lugares em que estive me deu esta impressão tão peculiar de: "Minha nossa, esta é a minha ideia de cidade". É incrível.

Robert Badinter

"Vocês vão cortar vivo este homem em dois?" Com a voz grave e eloquente, o indicador apontado em sequência para a face de cada um dos jurados, Robert Badinter procurava salvar a vida de seu cliente, Patrick Henry, 23 anos, julgado pelo sequestro e morte de um menino de oito anos na França. No derradeiro intento de poupar o réu da pena capital naquele janeiro de 1977, o advogado acrescentou: "Chegará o dia em que a pena de morte será abolida, e então vocês dirão aos seus filhos que mataram um homem. E vocês verão seus olhares". O discurso surtiu efeito: apesar das pressões das ruas, o acusado foi condenado à prisão perpétua. Anos mais tarde, no dia 9 de outubro de 1981, o Diário Oficial da República publicava o decreto de abolição da pena de morte na França, assinado pelo presidente François Mitterrand. Uma vitória de seu ministro da Justiça, empossado quatro meses antes: Robert Badinter. A cruzada, finalmente, terminara. Antes de entrar para a história como o homem que extinguiu a pena de morte no país da guilhotina, Robert Badinter sentira o amargo sabor da letal sentença. Em junho de 1972, todo o seu esforço para inocentar Roger Bontems do crime de assassinato foi inútil. Após a recusa da graça por parte do presidente Georges Pompidou, Badinter acompanhou, na madrugada agendada de 28 de novembro daquele mesmo ano, o preso desenganado no percurso até o mortuoso altar. Lá, assistiu ao carrasco soltar a pesada lâmina, projetada para, num átimo, separar cabeça e tronco. Quando avistou pela primeira vez a guilhotina, não conseguiu evitar seu espanto: "Não esperava vê-la de pronto diante de mim. Imaginava que estaria acobertada em uma peça à parte. Mas era realmente ela, como a havia visto – eu e cada um de nós – em tantas fotografias e gravuras. Com seus dois braços magros eretos, ela expressava tão bem a morte que parecia ser a própria morte, tornada coisa, materializada, neste espaço nu. A impressão foi ainda reforçada pelo dossel negro, imenso, estendido como uma cortina ou uma cúpula sobre todo o vestíbulo. Escondia-se assim a guilhotina dos olhares que, do alto, poderiam se debruçar sobre ela. Este véu que furtava todo o céu transformava o átrio em um tipo de sala enorme, em que a guilhotina se impunha solitária como um ídolo ou um altar maléfico", descreveu em seu livro *L'Éxécution* (Grasset/Fayard, 1973), 230 páginas de um relato solitário, cru e humano de seu trágico embate contra o veredito fatal, escrito nos meses seguintes à derrota que lhe foi infligida no tribunal. "O advogado de um morto é um homem que se recorda, isso é tudo", resumiu seu sentimento.

Sentado à minha frente em uma poltrona no gabinete de seu belo apartamento com vista privilegiada para o Jardim de Luxemburgo e a abóbada do Panteão – o repouso dos grandes homens –, Badinter retorna no tempo. Com as salientes sobrancelhas em circunflexo e o olhar esfíngico sobrevoando as copas das árvores, ele revela: "Depois daquele dia, nunca mais fui o mesmo. E, sobretudo, nunca mais encarei a Justiça da mesma maneira". Depois daquele dia, seu inimigo número um fora eleito: a pena de morte. "Passei da convicção intelectual à paixão militante", confessou em outra obra, *A abolição* (2000).

Para combatê-la, fez uso da arma com a qual goza de perfeita intimidade: a palavra. "A justiça que mata, eu a conheci. Ainda tremo após trinta anos passados daqueles momentos em que era preciso arrancar, por palavras em chamas lançadas à face de jurados estupefatos, a vida, sim, a vida do miserável de quem ouvia a respiração curta, entrecortada, atrás de mim, enquanto o procurador pedia a sua cabeça. E que eu precisava agora salvar, sim, salvar pelas palavras. A força, o poder da palavra, jorrada do mais profundo do ser humano, de abismos ignorados em um instante entreabertos, a palavra que dissipa os malefícios mortíferos da audiência, eu conheci sua queimadura e sua intensidade", escreveu em *Contre la peine de mort* (Contra a pena de morte), de 2006.

O dia posterior à execução era apenas o começo. Como, aliás, lhe havia prevenido o cardeal Lustiger, arcebispo de Paris: "No futuro, quando a abolição da pena de morte impedir a execução do autor de um crime abominável, será você que, no inconsciente coletivo, tomará o lugar do assassino". Ministro da Justiça, Badinter recebeu torrentes de cartas de ameaças de morte à sua família. Diante de sua casa, assistiu a manifestações pedindo sua demissão. Em 17 de setembro de 1981, da tribuna do parlamento, o ministro pronunciou o discurso definitivo: "Senhor presidente, senhoras e senhores deputados, tenho a honra de, em nome do governo da República, pedir à Assembleia Nacional a abolição da pena de morte na França". No dia seguinte, 363 votos a favor e 117 contra encerraram seu longo, e por fim vitorioso, combate. Na época, a França foi o 35º país da ONU a abolir a pena capital. Em 2016, a abolição é uma conquista em leis de 107 dos 198 países da instituição.

Quando o encontrei, aos seus 70 anos de idade, tanto suas pernas quanto seu pensamento conservavam uma agilidade madura e uma ousadia juvenil. Badinter abandonara as quadras de tênis, uma de suas predileções, mas continuava calçando esquis em montanhas íngremes e nevadas. Há alguns anos ainda, retomara as aulas de piano abandonadas nos tempos de infância. De sua tribuna no Senado, para o qual foi eleito em 1995, utilizava todo seu vernáculo na defesa da justiça e dos direitos humanos. Robert Badinter se tornara uma das cabeças mais respeitadas do país. Não por acaso, foi escolhido para presidir as comemorações do cinquentenário da Declaração Universal dos Direitos Humanos, realizadas em dezembro de 1998, em Paris. Ao aceitar o convite, impôs uma única condição: se fosse para promover a retórica, preferia ceder o lugar a outro mestre de cerimônias. Se recusava a legitimar a hipocrisia e ditadores que vociferam preceitos humanitários, enquanto promovem sangrias em porões obscuros. "Há uma inflação de discursos sobre os direitos humanos. A questão foi vulgarizada, mais uma gota ao mar não teria utilidade alguma. Mas, nesta hipocrisia, há uma homenagem do vício à virtude", justifica. Sua ideia não era soprar as cinquenta velinhas de um bolo disforme, mas realizar um corajoso balanço. Desde 1948, ano da assinatura da Declaração Universal, no Palácio de Chaillot, ainda sob os escombros da Segunda Guerra Mundial, Badinter acredita que foram registrados enormes progressos no campo da defesa dos direitos humanos no mundo. Mas em relação ao ideal a ser alcançado, muito ainda há por fazer. "É como o reino de Deus sobre a Terra, é um trabalho contínuo", observa, não sem um certo tom de ironia. No quadro dos aspectos positivos, ele sublinha o fim do apartheid na África do Sul, das ditaduras na América do Sul, do bloco totalitário da União Soviética, a queda do muro de Berlim, a valorização dos instrumentos jurídicos e a tomada de consciência dos direitos da mulher. *Allegro ma non tropo*: a lista do dever de casa é maior. "Os compromissos assumidos em 1948 não foram mantidos", dispara. Segundo ele, a globalização da economia constitui hoje um dos maiores desafios para os direitos humanos no mundo. "A mundialização prioriza a curva dos lucros das multinacionais, e não a condição dos homens. O planeta caminha em duas velocidades, e de um lado avança o mundo dos ricos, de acesso cada vez mais difícil", sustenta. Badinter enfileira as razões da vergonha do final de século XX. Cerca de 1,3 bilhão de seres humanos sobrevive com menos de um dólar por dia. Mais de 30 mil crianças morrem diariamente de fome ou de doença. "O problema da exclusão social é uma realidade no Brasil, mas também, em outra medida, na Europa ocidental ou nos Estados Unidos, onde 16,5% da população vive em situação de pobreza, por exemplo. Nossa preocupação hoje é o apartheid mundial", aponta.

Se em 1948 a Declaração Universal nascia como base para a reconstrução do mundo ressurgido das cinzas do nazismo e prestes a adentrar a Guerra Fria, décadas depois, às portas do terceiro milênio, as preocupações se ampliavam por outros temas. "Os direitos humanos, hoje, são também a problemática do gênio criador do próprio homem, a manipulação genética. São igualmente o desenvolvimento da comunicação por meios eletrônicos, o progresso científico e tecnológico, a degradação do meio ambiente", diz. Atento às desigualdades e ameaças da modernidade, Badinter, no entanto, não descuida de uma antiga nota desafinada no cântico dos direitos humanos: a impunidade dos crimes contra a humanidade. Uma ferida anterior àquela aberta pela execução de Roger Bontemps na guilhotina. Seu pai, Simon Badinter, um judeu russo que emigrara da Bessarábia para a França, foi detido pela Gestapo na cidade de Lyon, em 1943. Seu destino seria o mesmo de tantas outras vítimas do holocausto: as câmaras de gás de Auschwitz. Acaso da história, o carrasco alemão Klaus Barbie – alcunhado de "o carniceiro de Lyon" – foi extraditado para ser julgado na França no período em que Badinter ocupava o Ministério da Justiça. No decorrer do processo, o ministro viria a descobrir que quem assinara a ordem de prisão de seu pai fora o mesmo Klaus Barbie.

Robert Badinter acredita que a literatura é capaz de ajudar cada um a percorrer o caminho de sua vida. Ele é igualmente um combatente da razão. Mas quando divaga sobre a questão dos direitos humanos, costuma se apropriar de uma definição do então secretário-geral da ONU, Kofi Annan: "Não é necessário explicar o que significam os direitos humanos a uma mãe asiática ou a um pai africano que tiveram seu filho ou sua filha torturados ou assassinados, violados ou enviados para um campo de concentração. Eles sabem bem melhor do que todos nós". Por concordar com outra afirmação do secretário-geral – "Vivemos em um mundo no qual um homem tem mais chances de ser julgado se assassinar uma pessoa do que se matar 100 mil" –, Robert Badinter foi um dos maiores instigadores da formação do Tribunal Penal Internacional de Haia, o primeiro desde Nuremberg, que na época julgava os crimes de guerra cometidos no conflito da ex-Iugoslávia. Segundo ele, o elemento primordial para a afirmação dos direitos humanos era a formação da Corte Penal Internacional permanente (estabelecida em 2002), cujos princípios haviam sido estabelecidos na Conferência de Roma, em julho do ano anterior. Para conseguir que um mínimo de sessenta nações ratificassem o tratado, condição para que a Corte saísse do papel, o militante incansável Badinter planejou uma peregrinação por diferentes países do globo com apenas sua obstinação e alguns sinceros argumentos na bagagem.

Durante as comemorações parisienses do cinquentenário da Declaração dos Direitos Humanos, Badinter apareceu de braços dados com o Dalai-Lama; denunciou as atrocidades no Afeganistão, na Argélia, em Ruanda; criticou a China por aplicar a pena de morte em número superior ao registrado em todo o restante do planeta, e lamentou o fato de os Estados Unidos se recusarem a assinar o pacto sobre os direitos econômicos, sociais e culturais de 1966. Nos bastidores, solicitava aos oradores convidados a serem incisivos em seus discursos, para alfinetar uma plateia às vezes oficial e burocrática.

Na cerimônia parisiense, uma mulher circulava quase despercebida entre as celebridades políticas: Phan Thi Kim Phuc. Sua imagem foi eternizada para a história aos 9 anos de idade. Ela é a menina que, na tarde de 8 de junho de 1972, corria nua e de braços abertos por uma estrada do Vietnã, a pele abrasada pelas bombas de napalm despejadas do céu sobre a cidade de Trang Bang, a 64 quilômetros de Saigon, gritando "*nong qua, nong qua*" (muito quente, muito quente). O instantâneo da expressão de dor e do horror da guerra foi congelado pela lente do correspondente da Associated Press Nick Ut e reproduzido no mundo inteiro. Kim Phuc permaneceu 14 meses em um hospital de Saigon após o bombardeio e, ao longo dos anos, sofreu dezessete operações para reparar os ferimentos provocados pelas queimaduras. Até hoje, padece de dores na cabeça e tem o sono atormentado por causa dos ferimentos. Conversamos em um dos recantos do enorme salão. Com a voz suave, ela me contou ter tentado de todas as formas esquecer aquele momento, mas sem sucesso. "Cada vez que vejo aquela fotografia sinto dor, medo, tudo. É terrível", disse. Ela defendeu os discursos de defesa dos direitos humanos proferidos em Paris como uma promessa para o futuro, mas a intimidade da guerra, sublinhou, ela conhece mais do que ninguém. "Eu vivi na pele tudo isso que está em discussão aqui, é diferente", afirmou.

Kim Phuc fez questão de dizer que não era apenas uma vítima da guerra: fundou a Kim Foundation, entidade que auxilia crianças que passaram por martírios semelhantes, e tornou-se embaixadora da boa-vontade da Unesco pela paz. Casada e mãe de dois filhos, vive em uma casa em Toronto, no Canadá. A célebre fotografia de Nick Ut a transformou em um símbolo vivo da barbárie, imagem presente de uma das maiores tragédias do século passado e um dos maiores fracassos da história militar americana. "Mas, embora seja estranho falar assim, tenho orgulho dessa dor. Sinto-me gratificada por poder fazer as pessoas entenderem o que é a guerra e transmitir uma mensagem de paz", disse. Quando confrontada com imagens de crianças atingidas por conflitos contemporâneos, confessa que, frequentemente, chora. "Isso me toca profundamente. Não quero mais ver este tipo de coisas". Ao finalizar a frase, ali mesmo em meio ao convescote comemorativo, chorou. Lágrimas vertidas por feridas parcialmente cicatrizadas. E concluiu: "Eu perdoo, mas não esqueço".

Para Robert Badinter, a impunidade dos crimes contra a humanidade é uma obscenidade. "E a obscenidade faz parte da condição humana", reconhece, ao se levantar da poltrona em seu apartamento parisiense para atender a um telefonema. "Mas a luta não terminou. Não há paz durável sem justiça. Não podemos permitir que criminosos contra a humanidade passem seus dias felizes graças a uma anistia qualquer. A consciência pesada é a base dos direitos humanos", finalizou depois.

Robert Badinter é um homem preocupado com a justiça. "Desde Napoleão, a justiça francesa mergulhou em uma cultura de reverência, para não dizer de obediência, em relação ao poder político", diz. Mas, hoje, a subserviência parece ter sucumbido aos novos tempos. "Assistimos a um poder crescente dos juízes nas democracias modernas", aponta. O problema, segundo ele, é a regra de que todo poder deve ser contraposto a um outro poder. Neste ringue, coloca o poder da mídia. "A história ensina que, face aos excessos da mídia, o único contrapoder é a justiça. Face a um erro ou a um disfuncionamento da justiça, é a opinião pública, portanto, a imprensa, que se interpõe como primeira proteção. Mas quando justiça e jornalistas caminham de mãos dadas, nos encontramos na presença de um poder singular, ao mesmo tempo forte e irresponsável", explica.

Badinter se define como um social-democrata. "Foram os países de tendência social-democrata que conseguiram levar mais longe o respeito às liberdades", justifica. Inquieto e irrequieto, de alma curiosa e espírito inventivo, o advogado, professor e ex-ministro aprecia experiências inusuais em seu cotidiano. Não só escreveu a quatro mãos com sua mulher, a historiadora e filósofa Elisabeth Badinter, um livro sobre o Marquês de Condorcet – o filósofo Condorcet, vale lembrar, foi privilegiado com a indicação de sua obra para o índex da Santa Sé –, como também se aventurou na dramaturgia, um antigo sonho. Na peça, encenada nos palcos de Paris, Badinter dedicou sua pena a redigir um texto sobre o julgamento do escritor irlandês Oscar Wilde (1854-1900), que amargou dois anos de trabalhos forçados na prisão por práticas homossexuais. Como ministro, aliás, ele defendeu na Assembleia Nacional, em dezembro de 1981, a supressão do delito de homossexualidade do código penal francês, uma herança da República de Vichy. "É hora de reconhecer tudo o que a França deve aos seus homossexuais", sustentara na ocasião, para assombro do grupo de deputados conservadores.

Badinter crê na indivisibilidade e universalidade dos direitos humanos. Otimista por convicção, e não por ingenuidade, assegura: "Os direitos humanos permanecem como o horizonte moral do nosso tempo". Na sua sala de trabalho no apartamento na rua Guynemer, imagens de Diderot e D'Alembert dividem espaço com o decreto de abolição da pena de morte, a Declaração Universal dos Direitos Humanos e uma carta manuscrita de François Mitterrand. Em horas vagas, relembra uma frase do irreverente Oscar Wilde: "É preciso ir sempre mais além". Em outras, rememora um desabafo do escritor Émile Zola, autor do célebre manifesto "Eu acuso": "Um pouco de justiça sobre a terra teria me dado prazer". Seria uma injustiça rotulá-lo como um homem indiferente ao seu tempo. Por isso, Robert Badinter também pode citar Robert Badinter: "Não sou partidário do silêncio".

Luc Ferry

A grande questão filosófica e política de nosso tempo é saber como e com que valores retomar as rédeas de um mundo que escapou totalmente ao controle do homem. A política cedeu lugar aos ditames da economia, e a democracia perdeu importância diante dos imperativos do progresso da globalização. Para avançar, é necessária a superação de medos, principalmente do medo da morte, como um dos grandes desafios do homem do século XXI. Uma nova sabedoria do amor é um dos elementos fundadores de um novo humanismo. Quem diz é o filósofo francês Luc Ferry, um dos assíduos autores nas listas de livros mais vendidos na França. O pensador best-seller de prosa acessível rejeita, no entanto, ser qualificado como um representante da filosofia de autoajuda, embora suas temáticas pudessem sugerir manuais ou receituários. O que é ter uma vida de sucesso? Como aprender a viver? Qual o sentido da vida? Para responder a essas interrogações, Luc Ferry optou por recorrer aos grandes pensadores de diferentes escolas filosóficas ao longo dos tempos para indicar caminhos àqueles que decidirem afrontar as mesmas questões. Nossa conversa, marcada pra pouco antes de sua viagem ao Brasil para inaugurar o ciclo de palestras Fronteiras do Pensamento, abordou suas então mais recentes obras: *O que é uma vida bem-sucedida* (Difel, 2004), *Aprender a viver* (Objetiva, 2007) e *Famílias, amo vocês – política e vida privada na era da globalização* (Objetiva, 2008).

Além de seus questionamentos filosóficos e engajamentos sociais, como na questão da ecologia, Luc Ferry se aventurou no poder público, assumindo por quase dois anos o Ministério da Educação na presidência de Jacques Chirac, e foi um dos mentores da polêmica lei que interditou o uso do véu pelas alunas muçulmanas nas escolas públicas francesas.

Nosso encontro foi numa manhã em seu gabinete de presidente do Conselho de Análise da Sociedade, na rua de Grenelle, órgão então subordinado ao primeiro-ministro francês. No início da entrevista, enquanto discorria sobre a filosofia grega, acendeu despreocupadamente um cigarro. Diante de meu olhar surpreso – embora não de censura –, pois não fazia muito a França havia aprovado a lei que proibia o tabaco em espaços públicos, tratou de apagá-lo, desculpando-se pelo automatismo e a inconsciência do ato. A interdição do vício, no entanto, não perturbou seu pensamento. Para Luc Ferry, os grandes sistemas filosóficos são doutrinas de salvação: "A filosofia, contrariamente ao que se diz, não é a reflexão do espírito crítico, isso é piada, todo mundo reflete, todo mundo tem espírito crítico. As grandes filosofias são grandes doutrinas da salvação, sem Deus".

Você diz que uma vida bem-sucedida, hoje, está relacionada ao sucesso social, ao culto da performance, à preocupação narcísea e ilimitada de poder, seja nos domínios do esporte, da arte, das ciências, da política ou do amor. Perdeu-se o sentido transcendente de "vida boa" formulado pelos Antigos?

A "vida boa" no sentido grego não desapareceu. É sobretudo a sabedoria grega que não é mais a sabedoria moderna. A sabedoria grega não pode ser a dos modernos, porque nossa visão do mundo hoje, nem que seja apenas por razões científicas, não é mais a dos gregos. Quando se fala hoje de vida bem-sucedida, pensa-se imediatamente no desempenho social, no dinheiro, no sucesso no sentido mais corrente do termo, o que Freud chama de "sonho acordado". Ele explica que todos temos pequenos sonhos, principalmente quando se é adolescente, mas é algo que frequentemente continua depois, e as pessoas se imaginam um milionário, um campeão de tênis, uma mulher fatal, um jogador de futebol, e num piscar de olhos têm todas as mulheres ou todos os homens a seus pés. Há os "sonhos de reparação", compensar uma frustração do dia porque se teve um acidente de carro envolvendo alguém mais forte, ou porque se levou uma bronca do chefe. No sonho acordado, corrigimos a realidade: damos dois tapas no caminhoneiro e acertamos as contas com o chefete que nos incomodou durante o dia. Tudo isso é bem analisado por Freud, e representa um pouco a imagem que temos hoje da vida bem-sucedida. Pensamos com frequência no sucesso sob forma do sonho acordado, como os jovens que têm vontade de ser Zidane ou Pelé. O que parece interessante nos gregos, mesmo se a filosofia grega não possa ser mais a nossa, é a ideia que creio bastante profunda para definir o que é uma "vida boa" em oposição ao sucesso social: o objetivo da filosofia é o de ajudar os humanos a superar os medos que nos impedem de viver. "Filo" e "sofia", amor da sabedoria, quer dizer na verdade procura da serenidade, no sentido de se conseguir, ao mesmo tempo, ser livre na mente e também aberto aos outros, ter generosidade, ser capaz de amar os outros, quando superamos os medos que nos impedem de viver.

Quais são esses medos?

Em resumo, há três tipos de medo. O medo social, a timidez, quando temos de falar em público, fazer uma apresentação num jantar, quando encontramos socialmente pessoas que são mais importantes que nós, e empalidecemos, as mãos tremem, a boca fica seca, enfim, a pressão social se encarna no corpo. Há os medos que os psicanalistas chamam de fobias, que são mais profundos. Pode ser simplesmente o medo de estar fechado num elevador, pegar o avião, ou o medo de rato, de serpente, de ter câncer, do escuro. Temos todos pequenas fobias. E há uma terceira categoria de medo, que são os medos metafísicos, particularmente o medo da morte. E há o medo da morte dos outros, dos filhos, de pessoas que amamos, e isso toca na questão metafísica da finitude humana. O que caracteriza esses medos é que eles nos encurralam, somos como um esquimó em seu iglu, nos encolhemos, nos encerramos em nós mesmos.

Nesse sentido, a filosofia grega ainda mantém sua influência?

O objetivo da filosofia grega, nos estoicos como nos epicuristas, é o de dizer aos humanos que graças à filosofia eles podem superar esses medos, aceder à serenidade, ser mais livres em sua mente e mais abertos aos outros. Essa ideia da filosofia como busca da serenidade permanece válida hoje. E aqui percebemos a verdadeira diferença entre religião e filosofia. As grandes religiões como as grandes filosofias são doutrinas da salvação, que, no sentido etimológico, quer dizer "salvar-se de medos", salvar-se do que nos encurrala. A única verdadeira diferença, na minha opinião – e aqui creio que se trata de algo extremamente profundo, e tem a ver com Platão, Spinoza, Kant ou Nietzsche –, é que, em resumo, as grandes religiões são doutrinas de salvação por um outro e pela fé, ou seja, por Deus e pela crença em Deus, enquanto as grandes filosofias são doutrinas de salvação por si mesmas e pela razão. Essa é a única diferença entre filosofia e religião. Os grandes sistemas filosóficos são grandes doutrinas de salvação. Quando Spinoza nos fala da beatitude e nos convida a superar as paixões tristes, quando Nietzsche fala da inocência e do *amor fati*, o amor tal como é, e quando diz que o sábio é aquele que consegue se arrepender menos, esperar menos e amar mais, eles estão na ótica de uma doutrina da salvação. A filosofia, contrariamente ao que se diz, não é a reflexão do espírito crítico, isso é piada, todo mundo reflete, todo mundo tem espírito crítico. As grandes filosofias são grandes doutrinas da salvação, sem Deus.

O mundo contemporâneo estimula o "sonho acordado" de Freud?

É preciso distinguir bem entre um grande projeto, pessoal, político ou de outra natureza, daquilo que os psicanalistas chamam de "fantasia". A fantasia é algo da ordem do imaginário, que compensa as frustrações da realidade. Muitas vezes, a concretização de fantasias é um desastre. Não há nada pior do que concretizar uma fantasia. Na vida privada, amorosa, pode-se ter todo tipo de fantasia, com todo o direito, mas muitas vezes concretizá-las leva ao horror. Pode-se ter na vida amorosa componentes perversos ou sádicos. O ato de amor inclui mil coisas que não são bem claras, mas concretizar fantasias pode ser uma decepção. É como os velhos que sempre sonharam em fazer uma grande viagem, uma volta ao mundo, e quando o fazem ficam decepcionados, pois era uma fantasia, não um verdadeiro projeto. É preciso distinguir os dois. A fantasia ou o sonho acordado nascem de frustrações.

Você diz que devemos aprender a viver e a amar pensando, a cada dia, na morte. Vencer o medo da morte é fundamental para o ser humano.

Há essa ideia de que a morte não é simplesmente o fim da vida. Por quê? Epicteto, por exemplo, diz que todos os pensamentos se concentram na questão da morte, porque enquanto não se suprimir o medo da morte, não se alcançará a "vida boa". Lucrécio, de outra tradição grega, diz que antes de tudo é preciso vencer o medo do Aqueronte, o rio dos Infernos, que se deve atravessar quando se morre e vamos para os subterrâneos. É preciso vencer esse medo porque senão não se pode viver bem. Montaigne, vinte séculos depois, diz que filosofar é aprender a morrer. Há esta ideia de que a morte não é apenas o fim da vida, mas sim que é, no interior da vida, a mais alegre experiência – e não é depressivo, pessimista nem melancólico o que estou dizendo –, que fazemos do tempo que passa, não no sentido dos minutos que passam, mas no sentido da experiência de momentos da vida que não voltarão nunca mais. Um divórcio, uma separação. Você passou dez anos na França, um dia talvez vá retornar ao Brasil, e pensará em seu período francês como um período que ficou definitivamente para trás. Há coisas que morrem na vida. A morte é também o irreversível das épocas de nossa vida no interior da vida. Nós temos uma experiência da morte.

Uma experiência que remete às dimensões do passado e do futuro, que são, como você assinala, causa de males.

Como dizem os estoicos, há duas grandes infelicidades que pesam nas nossas vidas, o passado e o futuro e a relação com a questão da morte. Quando o passado foi feliz, é a nostalgia. Quando foi triste, é a culpabilidade, o remorso e o arrependimento, o que Spinoza chama de "paixões tristes". Então, deixa-se o passado para se precipitar no futuro, e imaginamos que trocando de carro, barco, casa, profissão, marido, mulher etc., tudo vai ficar melhor. Essa é, como diz Sêneca, a ilusão por excelência do futuro. A verdade é que transportamos nossas preocupações e infelicidades conosco, e as coisas não se tornam melhores porque se trocou um Peugeot por um Mercedes. Não muda nada no fundo da existência humana. O grande tema é que, à força de viver no passado ou no futuro, deixamos de viver a única realidade que é real, ou seja, o presente. Que relação tem isso com a morte? Por que, para os estoicos, pensar na morte não é mórbido? Epicteto diz a seu discípulo: quando você abraçar seu filho ou sua filha, diga a si mesmo que ele é como o copo ou a xícara de café que você quebrou ontem e que ele pode morrer no exato momento em que estiver nos seus braços. É o que os budistas também dizem. Por quê? Quando refletimos, vemos que todos os medos, inclusive o medo da morte, se enraízam, sem exceção, nessas duas dimensões do tempo, que são o passado e o futuro. O sábio é aquele que consegue, num mesmo movimento, viver no presente e na serenidade. Porque ele vive no presente, ele se desvencilha dos medos que habitam essas duas dimensões irreais do tempo, que são o passado e o futuro, porque o passado não existe mais e o futuro ainda não existe. Há uma relação entre a capacidade de se reconciliar com o presente e a vitória sobre os medos, principalmente o medo da morte, que nos impede de viver. Pensar na morte não é algo mórbido. Para bem viver, é preciso ser capaz de bem morrer. Quando Montaigne diz que filosofar é aprender a morrer é nesse sentido. Para bem viver, é preciso superar os medos, e a isso chamamos de sabedoria. E o amor da sabedoria nos permite superar os medos que nos impedem de viver. Meu amigo André Comte-Sponville, que está nessa tradição estoica, epicurista, da sabedoria grega e budista, me dizia um dia: "Minha filosofia se escreve no futuro anterior", como a dos budistas. Quer dizer o quê? Que quando a catástrofe ocorrer, eu estarei preparado. É o conceito estoico e budista: é preciso pensar na morte, se preparar, o medo é aprisionado. É uma estratégia, embora não seja a minha. Mas é a ideia de que pensar na morte não é algo negativo, mórbido ou pessimista.

Você insiste no presente, no carpe diem. *O futuro anterior não seria uma escapatória do presente?*

Para os budistas e os estoicos, o futuro anterior é uma maneira progressiva de se preparar para viver no presente. À força de se preparar para a catástrofe, de saber como se vai reagir, acabamos por ser capazes de viver o presente, mesmo quando ele é doloroso. Isso é o que Nietzsche chama de *amor fati*, tudo o que é capaz de estar no ideal, e não no real. E por isso que para Nietzsche todo idealismo, toda doutrina que se baseia na ideia de que devemos ter ideais transcendentes é um niilismo, pois ter valores superiores é sempre se refugiar num mundo que só serve para negar a realidade, e poupar-se da pena de se reconciliar com o presente segundo o modelo do sábio grego. Nietzsche e Spinoza se reencontram com a sabedoria grega.

Como você aborda essa questão da sabedoria de valores transcendentes?

Na minha opinião, há três maneiras na história da filosofia de abordar os valores transcendentes. Há a estratégia de Nietzsche, que, em resumo, consiste em dizer que os humanos inventaram grandes ideais, religiosos, políticos, para sempre reconduzir a estrutura da religião, que é a de oposição entre o céu e a terra, o ideal e o real. E, a cada vez, inventa-se o ideal para negar a realidade. Quebrar o ideal – e por isso o subtítulo de seu livro *O crepúsculo dos ídolos* é "como filosofar com um martelo" – é o preâmbulo da sabedoria entendida como reconciliação com a realidade. É preciso fugir dos ídolos e dos ideais, porque é o que nos distancia da reconciliação com *o amor fati*, da verdadeira sabedoria. Quebrar os ídolos como um preâmbulo ao *carpe diem*. Há uma segunda forma de se apegar aos ídolos, que é a de ser idealista, de reencontrar grandes projetos na política, dar novas esperanças à juventude, reinventar grandes resoluções, "o comunismo está morto, tudo bem, mas vamos reencontrar ideais republicanos, a democracia, a Europa". É assim que pensam os políticos, os filósofos da ação, que dizem: "As grandes utopias de 1968 desapareceram, mas é preciso retomar as utopias, reinventar novos ídolos".

Qual a sua posição?

Eu me situo no oposto dessas duas estratégias. Penso que Nietzsche tem razão quando diz que não podemos mais inventar ídolos no sentido de ideais metafísicos que servem para dar sentido à vida. Sou bastante nietzschiano nisso. Ao mesmo tempo, a conclusão de Nietzsche é dizer que não há mais transcendência, que todos os valores transcendentes devem ser descartados. Eu colocaria uma terceira via, que tomo emprestada da fenomenologia de Husserl e, ainda mais para trás, da tradição kantiana, que é o que se chama de transcendência na imanência. O século XX foi nietzschiano, no sentido de que quebramos todos os ídolos: a tonalidade na música, a figuração na pintura, a cronologia e os personagens nos romances, mas também todos os valores morais, religiosos, políticos explodiram sob o golpe da desconstrução. Foi um século de desconstrução. Os filósofos dos anos 1960, Jacques Derrida, Michel Foucault, Gilles Deleuze, Pierre Bordieu são desconstrutores, pessoas que quebraram os ídolos da religião e da metafísica. Muito bem, eles tiveram razão, eles quebraram tudo isso. O problema é que hoje sob esta terra que foi devastada, este céu esvaziado, pois os ídolos desapareceram, vemos aparecer transcendências que não são mais da mesma natureza dos ídolos da metafísica e da religião, dos ideais que Nietzsche quebrou com seu martelo. Porque são transcendências diretamente enraizadas na imanência do mundo da vida. Para tomar um exemplo simples. Quando você ama verdadeiramente alguém – sua mulher, filhos, irmão, irmã, pouco importa –, você faz a experiência de uma transcendência, de algo que faz você sair de você mesmo. O outro se torna eventualmente mais importante do que você, no limite torna-se sagrado, não no sentido religioso do termo, mas no sentido de que você poderia sacrificar sua vida por ele. Quantos pais de família estão dispostos a sacrificar suas vidas por seus filhos? Quase todos. Não se pode mais falar de egoísmo nesse nível, porque há uma transcendência. Entretanto, esta transcendência não está enraizada num ídolo metafísico, como aqueles que Nietzsche quebrou com seu martelo, mas diretamente na imanência do mundo vivido, algo factual, da ordem de um fato que se constata. Da mesma forma que constato que dois mais dois são quatro e não posso fazer nada – não é uma questão de gosto –, assim também constato que a verdade, a justiça, a beleza e o amor me transcendem. Mas essas transcendências são vividas na imanência do coração humano. Elas não estão ao alcance do martelo de Nietzsche. Ele não tem razão contra as transcendências que me interessam hoje e que dão sentido às nossas vidas. Isso é genial, e é exatamente o que vivemos nesse momento. E é a partir destas transcendências que é preciso repensar toda a política e a filosofia moderna. Vejo estudantes americanos que continuam a fazer a desconstrução, refazer Deleuze,

Derrida, Foucault, e escrever a milésima tese ultrafeminista, e de novo vai-se aplicar a estratégia microfísica do poder, enfim, tudo o que já se fazia nos anos 1960. Isso tudo acabou, está morto, não tem mais nenhum interesse. Sobre essas cinzas, esse céu desconstruído, vemos aparecer transcendências como pequenas flores que aparecem na primavera. São transcendências de uma outra natureza, diferentes das transcendências metafísicas. Isso é o que me fascina e que acho genial. Estou numa posição pós-pensamento 68.

O seu recente livro sobre a família se enquadra nessa atitude?

Sim, é por isso que falo sobre a família moderna. O reflexo habitual é o de dizer, em resumo, que a família é algo de direita. Para nós, era o marechal Pétain e sua célebre fórmula "trabalho, família e pátria". A cada vez que se evoca a família, diz-se que é um tema de direita. A direita tradicional, que quer restabelecer a família contra o divórcio. Isso é completamente falso e idiota. Não há nada mais democrata e moderno do que o tema da família. A verdade é que a família moderna fundada no casamento de amor é uma instituição muito recente. No Antigo Regime não existia o casamento por amor, mas sim para transmitir um nome, uma herança, uma linhagem. É no seio dessa nova estrutura da família fundada no sentimento que se desenvolvem essas novas transcendências. É o que cria novas formas de solidariedade e também novas questões políticas. O individualismo moderno tem uma grande característica: a preocupação com o outro e a autocrítica. Nunca uma sociedade criticou a colonização e a escravidão como faz a sociedade moderna. Enquanto a escravidão continua a ser praticada na África e no mundo árabe-muçulmano, como nunca foi no século XVIII na Europa. Isso ninguém ousa dizer. Então, o indivíduo moderno é autocrítico e também muito aberto aos outros, ele se interessa pela alteridade. Hoje somos muito mais abertos do que jamais fomos no passado. Estamos tentando sair de nós mesmos, para algo novo e que paradoxalmente se dá nas relações interindividuais fundadas no amor. Não é o individualismo no sentido do egoísmo. Não há nada mais coletivo do que os problemas individuais. Temos todos os mesmos problemas, de vida amorosa, de separação, de divórcio, de educação dos filhos, de poder aquisitivo, de escolha de uma profissão que dê prazer. O político que compreender isso alcançará um enorme sucesso.

Você fala do "progresso pelo progresso" do mundo contemporâneo, ausente numa reflexão sobre o homem ou sobre um projeto.

No Brasil, vocês têm um movimento antiglobalização bastante forte. Eu mesmo participei do Fórum Social Mundial de Porto Alegre. De uma maneira geral, o pensamento antiglobalização atual, de extrema-esquerda, coloca o dedo numa questão verdadeira, mas a analisa de uma forma totalmente ilusória. Em resumo, o que caracteriza a globalização é o fenômeno generalizado do *benchmarking*. O fato de que a competição generalizada no planeta inteiro se coloca como motor do progresso. Não é mais como no século XVIII, a representação de uma finalidade superior, de um objetivo grandioso, que seria a emancipação dos homens e a sua felicidade. O motor do progresso é simplesmente a necessidade, induzida pela competição, de avançar para não cair. No fundo, as empresas estão hoje na situação de alguém que anda de bicicleta e que, se não avança, cai. O fabricante de telefone celular sabe que se em três meses seu aparelho não for moderno, ele estará acabado. Estamos numa lógica em que, contrariamente ao que pensam os militantes antiglobalização, as primeiras vítimas são os chefes de empresas, as pessoas que incorporam esta lógica. Os da antiglobalização imaginam que, por trás do mercado financeiro, há pessoas que comandam tudo. Como em Wall Street, seriam os grandes financistas e capitalistas aqueles que mandam. Eles ainda têm o modelo marxista na cabeça: por trás das superestruturas, há infraestruturas. É um enorme erro. Se houvesse pessoas que, por trás do mercado financeiro, comandassem tudo, seria uma boa notícia. Mas não é nem isso. Obviamente que os capitalistas tiram proveito, isso é evidente. Mas, diante de uma onda gigantesca, se você tem uma prancha de surfe, você pode deslizar nela ou cair. Essa é a situação de um chefe de empresa hoje. A globalização produz ondas gigantescas permanentemente, e o empresário não tem outra escolha senão surfar ou ser varrido. Ele não tem nenhuma liberdade. Ele pode ganhar ou perder, mas o curso do mundo lhe escapa. Como escapa aos jornalistas. Num jornal ou num canal de tevê, você atua conforme a lógica da audiência, que é a mesma lógica dos mercados financeiros, da globalização, da mercantilização do mundo. O problema da globalização é que o mundo nos escapa. Ele foi feito à imagem dos grandes mitos de Frankenstein e do aprendiz de feiticeiro, mitos da desposessão, que contam a história de uma criatura que escapa ao seu criador, e é isso que vivemos hoje. Não é como dizem os militantes antiglobalização: se houvesse responsáveis por trás, poderíamos prendê-los, fazer a revolução, enforcá-los, e tudo estaria acabado. Estamos num processo anônimo e cego. É assim para as deslocalizações de empresas, são processos automáticos. O chefe de empresa que não deslocalizar sua produção para a Tunísia, China ou outro lugar, em termos morais não estará fazendo seu trabalho, que é o de fazer com que sua empresa sobreviva, e não o de dizer: "Vou manter minha empresa no meu país, mesmo que ela termine em falência". Ele não é como o capitão do século XVII, que deve afundar junto com o seu navio. Isso acabou. A grande questão política hoje é: como retomar o controle? É o problema número um para todos os políticos do mundo. Como não ser somente um surfista. E, em segundo lugar, saber sobre que valores se apoiar para retomar o controle. E nesse ponto a relação entre filosofia e política é muito forte.

Qual é essa relação?

Há três palavras para resumir o que penso. 1. É um século de desconstrução, nietzschiano. 2. Imenso paradoxo: a desconstrução serviu à expansão da globalização liberal. A globalização é a liquefação, a mercantilização do mundo, tudo se torna imanente ao mercado. A desconstrução, que era algo sobretudo de esquerda, marginal, prestou serviço à globalização liberal. Foi necessário o martelo de Nietzsche para que o capitalismo de Bill Gates pudesse se expandir. Enquanto houvesse valores transcendentes, a globalização não seria possível. 3. A sacralização do indivíduo por meio do amor, a liberação de si, é o que permite sair deste molde constituído pelo casal desconstrução-globalização. O verdadeiro problema colocado pela globalização não é o que dizem os militantes da antiglobalização, isto é, as desigualdades crescentes, mas sim a desposessão democrática, o fato de que o mundo nos escapa. É verdade que as desigualdades aumentam, mas, apesar de tudo, os mais pobres são menos pobres do que se não houvesse a globalização. E penso que a abertura da África ao mundo acabará por salvá-la. O fundamental não é o problema econômico. O verdadeiro problema é que as riquezas produzidas pela globalização não podem ser partilhadas, porque o mundo nos escapa. A política desaparece em detrimento da economia. A questão é como retomar o controle e com que valores.

Você defende a exigência do amor como única forma de liberação e ampliação do pensamento.

Eu não me situo numa "filosofia da felicidade". Penso que o melhor que se pode fazer na vida é alcançar a serenidade e vencer os medos, o que já é enorme. Na verdade, não vencemos nunca os medos, os guardamos, mas, para usar uma metáfora, podemos tentar fazer algo um pouco semelhante ao que o judoca faz quando utiliza a força de seu adversário. Não penso que possamos alcançar a felicidade. Se eu tivesse de responder à pergunta sobre qual a finalidade da vida, diria que a primeira é superar os medos, e a segunda, ampliar o horizonte. Acho que a imensa chance que nos é dada nesta terra é a de, pela liberdade, nos separarmos de nossas particularidades de nossa origem. Por exemplo, sou francês, mas posso ir fazer meus estudos na Alemanha, como fiz, e o resultado da separação de minha particularidade francesa será a ampliação do horizonte. Você, como brasileiro, veio para a França, é uma separação, dolorosa e apaixonante. Saímos do artesanato local, saímos de nós mesmos, de nossas particularidades e abrimos o horizonte. O resultado disso é que temos algo mais universal, em termos de comunidades e experiências humanas. Quando você aprende uma língua, aprende também uma cultura, encontra pessoas. É a finalidade da vida humana. Na Bíblia, quando se diz "conhecer" e "amar", trata-se da mesma coisa. "Ela o conheceu biblicamente" quer dizer "eles transaram". Há nisso algo que se reencontra com uma terceira finalidade da vida, que é o amor.

E qual é a sabedoria do amor que você defende?

Temos necessidade de uma sabedoria do amor, num sentido bastante preciso e concreto. Desde que amamos, coloca-se a questão da finitude humana, que é o luto do ser amado. É inevitável. Desde que você tem filhos, uma mulher, um marido, a questão da possibilidade de o ser amado morrer não tem como não ser pensada. Não conheço ninguém que não se faça essa pergunta um dia ou outro. A vida obriga você a pensar nisso. Se você é estoico ou budista, tanto a mensagem de Epicteto como a do Dalai Lama é "não se apegue". Apegar-se é se destinar aos piores sofrimentos. É por isso que o sábio grego e o sábio tibetano vivem sós. É a vida monástica. "Monos", em grego, quer dizer só. Nos seus livros, o Dalai Lama diz que a vida de família não se presta à sabedoria, porque certamente você vai se apegar aos seres que você ama, com quem você vive, e não é sábio se apegar. Então é preciso ter compaixão, amar as pessoas, ter amizade, mas não se apegar. Eu não sei ser diferente, eu me apego às pessoas que amo. Tenho a impressão de que essa mensagem de sabedoria estoica ou budista consiste em se atirar na água porque se teme a chuva. Uma outra resposta é a do cristão. No Evangelho, o episódio mais importante nesse ponto de vista é a morte de Lázaro, amigo de Cristo. Cristo chora quando Lázaro morre, mas ele sabe que o amor é mais forte do que a morte e, consequentemente, ele vai poder realizar a ressurreição de seu amigo Lázaro e reencontrá-lo depois da morte. Então, é possível amar as pessoas que você ama, pois, no amor de Deus, você vai reencontrar as pessoas que ama depois da morte. É a promessa cristã por excelência, a ressurreição dos corpos, e não somente a das almas, como para Platão ou para os judeus e muçulmanos. É uma ressurreição de corpo e alma.

E para aqueles que não são budistas nem cristãos, qual a resposta?

Precisamos de uma sabedoria do amor para as pessoas que amam seus próximos e que não são nem budistas, nem cristãs. Elas estão apegadas a quem ou ao que amam, e não têm a rede de segurança do cristianismo, como uma rede de proteção no circo quando se cai. Essa sabedoria do amor não tem preceitos morais, mas de vida amorosa. Por exemplo, é preciso se reconciliar com os pais antes que morram. Por mil razões, estamos sempre em conflito com nossos pais. Penso que não nos perdoaremos vê-los morrer sem ter clarificado a situação com eles. É um preceito de sabedoria do amor extremamente precioso. Outro exemplo seria: não se deve nunca mentir aos filhos. Claro, há mentiras que não são graves, como falar de Papai Noel. Mas não se deve, por exemplo, mentir a um filho adotado, dizer que ele não foi adotado. Se um filho, após a morte do pai, souber que foi adotado, poderá reinterpretar, na idade adulta, relações que teve com o pai à luz dessa nova verdade. Temos tendência a reinterpretar as coisas, principalmente a respeito de nossos pais, à luz de novas verdades relacionadas a segredos de família, anos depois revelados. E deve-se também pensar que os filhos podem morrer. É preciso se preparar para isso, tentando deixar o mais claro possível o diálogo que temos com eles. A perda de um ser amado é tanto mais irreparável quanto menos avançarmos no diálogo com ele. Isso não se trata de preceitos ou valores morais, de ética. A lógica do amor não é a lógica da moral. Trata-se de uma sabedoria do amor, e não de uma ética moralizadora ou de direitos humanos. Essa é a ideia que me interessa: se você não é budista, como você vive com as pessoas que ama, sabendo que elas podem morrer de um momento a outro? Que imperativo de sabedoria do amor essa situação cria? Essa é uma grande questão. E é uma verdadeira questão filosófica, não se trata simplesmente de religião, de psicanálise, porque leva em conta a questão da finitude humana e da morte.

Jean Clair

"Por que razão todos os homens de exceção, no que concerne à filosofia, à ciência do Estado, à poesia ou às artes, são manifestamente melancólicos, e alguns mesmo a ponto de serem tomados pelos males originados da bile negra?" No século IV a.C., esta interrogação do filósofo grego Aristóteles já se debruçava sobre este estado da alma que impregnou o Ocidente ao longo de toda a sua história até os nossos dias. Os antigos consideravam como determinantes dos humores dos homens o sangue, a fleuma, a bile amarela e a bile negra. Esta última, produzida em excesso, geraria a melancolia. Depressão, náusea, *spleen*, acedia, a melancolia é associada em nuances a diferentes estados de espírito. É o luto sem objeto, o *balneum diaboli* (o banho do diabo), "a felicidade de estar triste" – como escreveu Victor Hugo –, ou "o sentimento habitual de nossa imperfeição", na definição enciclopédica de Diderot. "A Torre de Babel nunca produziu tanta confusão de línguas quanto o caos da melancolia, variedade de sintomas", escreveu o inglês Robert Burton no clássico *The Anatomy of Melancholy* (1621). "Nunca acabamos de morrer. Mas tampouco vivemos. Somos mortos em vida, somos essencialmente sobreviventes. Assim a morte acaba a nossa vida, mas ela não acaba a nossa possibilidade de morrer, ela é real como fim da vida, e aparente como fim da morte", escreveu o melancólico escritor Franz Kafka. "Não sou nada./ Nunca serei nada./ Não posso querer ser nada./ À parte isso, tenho em mim todos os sonhos do mundo", desabafou Álvaro de Campos, melancólico heterônimo do poeta Fernando Pessoa. Melancolia, gênio e loucura são três noções habitualmente associadas nos países do Ocidente, assinala o poeta francês Yves Bonnefoy, para quem a arte é uma incitação a este sonho lúcido, a esta alegria infeliz: a melancolia.

Nenhuma disposição da alma ocupou a arte ocidental tanto tempo, e nenhuma outra oferece um tal corpus de obras, assegura o historiador da arte Jean Clair. Inspirado por esta constatação, ele mergulhou em um longo projeto que finalmente se concretizou após dez anos de dedicação e pesquisas: uma abrangente exposição sobre a melancolia e a arte, inaugurada nas prestigiadas salas do museu Grand Palais, em

Paris, em 2005. "Foram anos de muitas leituras e releituras fundamentais para um historiador da arte, sejam de Rudolf Wittkower ou Erwin Panofsky", explica. A ambiciosa mostra reuniu cerca de 250 pinturas, desenhos, gravuras, esculturas e fotografias, em uma ampla representação do imaginário da melancolia no Ocidente: da Antiguidade grega e romana, passando pela Idade Média (Jérôme Bosch, Lucas Cranach, Gérard de Saint-Jean), o Renascimento (Albrecht Dürer, Giuseppe Arcimboldo, Hans-Baldung Grien), a Idade Clássica (Georges de La Tour, Nicolas Poussin, Domenico Fetti), o Iluminismo do século XVIII (Antoine Watteau, Francisco de Goya, Giovanni Battista Piranesi), o Romantismo (Eugène Delacroix, Théodore Géricault, Caspar David Friedrich) e o Naturalismo no século XIX (Vincent van Gogh, Franz Xaver Messerschmidt, Thomas Eakins), até os Tempos Modernos (Edvard Munch, Auguste Rodin, Giorgio de Chirico, Edward Hopper, Pablo Picasso, Ron Mueck, Antonin Artaud, Claudio Parmiggiani, Otto Dix).

Íntima das artes, a melancolia é necessária à criação? Para Jean Clair, que dirigiu o Museu Picasso entre 1989 e 2005, ela é mesmo indispensável. Há na melancolia, diz ele, um "movimento senoidal, ciclotímico, de ondulação perpétua", que faz com que se passe de um estado de abatimento e prostração a um outro no lado oposto, de entusiasmo e exaltação. A melancolia em todos os seus estados e épocas foi o tema de nossa conversa em meio à temporada da celebrada exposição parisiense. Se o Prozac tivesse surgido antes, o Romantismo certamente não existiria, afirma o provocador historiador, que não imagina Chateaubriand ou Baudelaire recorrendo a medicamentos para curar seu *spleen*.

Numa coincidência de humores, na mesma época foi lançado na França o livro *Au-delà de la mélancolie* (Além da melancolia), no qual a filósofa Christine Buci-Glucksmann procura definir uma estética pós-melancolia ao analisar o retorno da melancolia própria destes tempos de crise como reação à homogeneização do mundo em meio a uma globalização sem regras e freios. Ela distingue duas formas de melancolia: uma pesada e mortífera, a de Hamlet, que carrega o desumano, a loucura, a morte ou a transgressão artística por uma passagem no limite das fronteiras; e uma outra, leve, musical e lúdica.

A enorme afluência de público à exposição parisiense, provocando longas filas em frente ao museu do Grand Palais, sinalizava que o tema parecia inspirar uma curiosidade artística e reflexiva nestes turbulentos tempos. O melancólico está aberto a todas as sensações e a uma vontade de compreender o mundo, diz Jean Clair: "Em 'O grande anjo' de Dürer, há a confluência de duas capacidades: de um lado sentir, e de outro, compreender". O humor melancólico oscila, infatigável, de um a outro.

Aristóteles falou em melancolia quatro séculos antes de nossa era. A arte se apropriou de todos os meios para ilustrá-la ao longo dos tempos. Para você, a melancolia é necessária à criação?

Creio que a melancolia é indispensável à criação. É verdade que a frase de Aristóteles no século IV é surpreendente, pois relaciona pela primeira vez um estado de humor, um temperamento particular, à faculdade de criar e de agir. O interessante é que ele não fala somente dos artistas, poetas, músicos ou filósofos, mas também de homens de Estado. Para ele, o ato de se realizar grandes coisas, incluídas no domínio da direção dos espíritos e dos homens, tem a ver com a melancolia. O que é um pouco paradoxal, pois se imagina que os homens de Estado são, em geral, dirigidos para a ação e a força. Mas, de fato, Aristóteles diz que são, antes de tudo, melancólicos. Ou seja: quando habitados pela melancolia, são levados a ser grandes homens de Estado. Isso é interessante, porque acho que hoje este aspecto foi um pouco esquecido.

Como você vê a percepção da melancolia ao longo dos séculos?

O que há na melancolia é o movimento senoidal, ciclotímico; um movimento de ondulação perpétua que faz com que se passe de um estado de depressão, como se diz hoje, de abatimento, de prostração, a um outro estado, que é de exaltação, de entusiasmo, e isso foi percebido bastante cedo pelos filósofos da Antiguidade. Hipócrates (*460 a.C.-370 a.C.*) já fala disso. Foi novamente assinalado pelos filósofos do Renascimento, em particular pelo italiano Marsílio Ficino (*1433-1499*), quando diz que a melancolia, no fundo, é um humor que leva você às extremidades do desespero e do "furor", conforme a noção de Platão – o entusiasmo no sentido próprio, o fato de que você é penetrado pelo furor divino da criação. Ele diz também que, se melancólico, você é um demônio ou um Deus. Ele definiu bem este aspecto assustador mas também fascinante da melancolia, que tanto faz alguém mergulhar no abismo, pronto a se jogar da janela, a se suicidar, quanto o incita a se elevar ao ápice do delírio do criador. Obviamente, nos casos de morbidade, de doença, isso se torna algo muito grave, a psicose maníaco-depressiva, com fases de excitação e de abatimento. Mas no caso de todos os homens, e em particular de pessoas criativas e que têm coisas a realizar – sejam homens de Estado, sejam escritores ou criadores em geral –, há necessariamente essas fases alternadas de inquietudes e, ao contrário, de concretizações.

Que melancólicos você citaria?

Michelangelo era um melancólico. Leonardo da Vinci também. E Leopardi. No entanto, veja tudo o que eles fizeram! No campo da ficção, Dom Quixote foi um dos maiores melancólicos da história. Virginia Woolf era melancólica. Creio que hoje, ao contrário, a infelicidade da época atual é a de querer uma existência totalmente atônica, plana, numa linha horizontal, sem depressão mas também sem exaltação. Uma linha perpétua de homeostasia, que se obtém graças ao Prozac e às moléculas químicas. Está-se sempre com o mesmo humor, mas um humor constante não produz nada. O que produz o som é a vibração. Sem vibração, não há som. O som é a criação. Hoje nós desconfiamos da melancolia, porque vivemos uma época enormemente tediosa.

Você faz, inclusive, uma provocação e diz que os antidepressivos de hoje poderiam ter impedido o surgimento de movimentos artísticos no passado.

Se já existisse o Prozac na época, o Romantismo não teria existido. Não se imagina Chateaubriand ou Baudelaire curando seu *spleen* com medicamentos. É verdade que sempre houve produtos contra os efeitos nocivos da melancolia. Utilizou-se ópio, láudano, vinho, purgativos. Eram placebos. Hoje existe a possibilidade de agir diretamente sobre o psiquismo, com resultados que nos tornam um pouco como zumbis, seres sem espessura, homens ocos, empalhados, como os *hollow men* de T. S. Eliot e de *The Waste Land*. As fases de excitação maníaca são de pura celebração, a alegria pura de existir, de estar no mundo. Os grandes melancólicos apresentam sintomas de erotomania, adoram a alegria erótica. As grandes criações dos melancólicos não são forçosamente tristes. "O último julgamento", de Michelangelo, é uma extraordinária celebração. As grandes músicas melancólicas são também extraordinárias celebrações. Handel é magnífico, sua música é algo que o transporta, não é depressiva. É precisamente a vitória sobre a depressão. Isso é que é interessante.

Você concorda com o filósofo alemão Walter Benjamin, que aponta a alegoria como o único prazer que o melancólico se permite?

Não diria que é o único, mas é uma forma bastante poderosa de deleite do espírito, também porque a melancolia é uma construção puramente fantasmática, a bile negra não existe no corpo. É uma espécie de construção fantasmática que permite todas as alegorias. Desde a sua origem, é uma fantasia muito poderosa, e foi construída em cima disso toda uma mitologia da criação, que me parece muito própria do mito ocidental, porque está misturada ao nascimento da técnica, da ciência, ao sentimento também do pecado original, no caso da Idade Média. Nos gregos, está misturada a uma outra forma de *factum* trágico, que é aquele dos grandes heróis e deuses da Antiguidade. É Édipo quem mata seu pai; Saturno é quem come seus filhos; Cronos come seus filhos. São elaborações de uma certa forma bastante melancólicas.

Você fala do sentir e do compreender, da sensualidade e da inteligência, da curiosidade e do estudo como polos de abordagem do mundo. O humor melancólico oscila entre estas características?

A melancolia tem uma sensualidade muito grande, por exemplo. Uma sensualidade do prazer dos sentidos, de se deixar invadir pela presença do mundo, de odores, perfumes, cores. Baudelaire é um exemplo extraordinário de alguém muito sensual e aberto a todas as sensações, e ao mesmo tempo há esta espécie de abertura a uma vontade de compreender o mundo. O inteligível, que é um projeto muito ocidental, e que faz com que o "O grande anjo" de Dürer seja uma prefiguração de Fausto. E também Christopher Marlowe e o teatro elisabetano, que é um teatro da melancolia. Marlowe é Fausto, que é uma figura da melancolia, mas direcionado para a compreensão inteligível do mundo. "O grande anjo" de Dürer está no meio de uma paisagem, é atravessado por ela, o cometa, o mar que sobe, a inundação, os fenômenos cósmicos, e ao mesmo tempo em torno dele há instrumentos do saber, em particular de geometria. Há a confluência de duas capacidades: de um lado, sentir e, de outro, compreender.

Todas as utopias sociais europeias foram, na sua opinião, declarações de guerra à melancolia. Ser melancólico era praticamente proibido. Mas este combate foi perdido, e o homem contemporâneo também é habitado pela melancolia.

O contexto hoje mudou totalmente. Antes do ano 2000, estávamos na celebração eufórica, muito artificial, do fim do milênio, de um Ocidente triunfante e triunfalista, direcionado a tudo que é positivo, jovem, prometido à imortalidade, à beleza, ao hedonismo. Tivemos mesmo na França um ministro que ousou falar de "*positive attitude*". Tudo isso é bastante infantil e falso. É a fachada. Mas depois o clima mudou muito, e falar hoje de melancolia não faz mais rir. Estamos mais atentos, nos dizemos: "Veja, talvez aqui haja alguma coisa". Foi um pouco, mesmo assim, contra a vontade comum que a exposição no Grand Palais foi feita. Por outro lado, a acolhida do público é tamanha que está se tornando também uma espécie de sinal sociológico. As coisas mudaram, e as pessoas esperam todo um outro discurso em relação à realidade social e política da época.

O Homem Novo anunciado não veio, e o Diabo se tornou o avalista da criação moderna, assim como Deus havia sido para a arte dos tempos antigos...

É Thomas Mann quem diz isso em *Doutor Fausto* (*1947*). Mas não foi somente ele, também Mikhail Boulgakov falou neste extraordinário romance *O mestre e Margarida* (*uma trama em torno da visita do Diabo à União Soviética ateísta dos anos 1920*), escrito no mesmo momento do Fausto de Mann (*entre 1928 e 1940*). E Paul Valéry também. Em três pontos da Europa, no mesmo momento, homens eminentes se interrogam sobre a criação e apresentam quase a mesma resposta, ousando empregar esta palavra que é totalmente incongruente hoje, o Diabo, o demônio. É algo impressionante e muito interessante.

Thomas Mann dizia que a cultura se distanciara do culto para se tornar um resíduo. Na sua opinião, chegou-se a este ponto?

Creio que a cultura se tornou um produto comercial como qualquer outro, uma produção destinada a fazer lucro. Há o marketing de um lado, o *business* cultural, e de outro lado produções artísticas desnorteadas, numa certa perversão da noção de criação. O merchandising da produção cultural não tem mais nada a ver com o mecenato dos príncipes do Renascimento. Hoje os mecenas são em geral imbecis, não são príncipes esclarecidos. E, de outro lado, há um excesso de criações como sinais a confirmar as predições de Thomas Mann e de Boulgakov em torno do mito de Fausto. O que não significa que eu não esteja atento à arte contemporânea, que está também presente na exposição. Há artistas com uma produção bela e apaixonante, como Parmigianni ou Ron Mueck; são personagens surpreendentes, mas que permanecem bastante isolados.

Você cita Walter Benjamin, Paul Valéry, Thomas Mann ou Robert Musil para dizer que a sociedade contemporânea vive um desencantamento do mundo como consciência de sua própria condição, e que a melancolia assumiu um outro sentido entre um antigo humanismo e produtos da tecnologia de massa.

Creio que isso é algo bastante sensível na exposição. Quando se entra na última sala, o clima muda completamente, não estamos mais no mesmo universo, no mesmo mundo, temos a impressão de que tudo se modificou. Mas não sei bem o quê, tenho muita dificuldade para definir os traços constitutivos desta nova condição. Externamente, sim, mas o sentido real não percebo ainda muito bem.

Você define Viena e Madri como as duas maiores cidades melancólicas, além de Turim. E diz que a melancolia não teve vigor e brilho na França, não incorporou sua violência e seu conteúdo delirante.

Na Idade Clássica, você tem dois grandes polos da melancolia. A Inglaterra, ao norte, e a Espanha, ao sul, são duas grandes civilizações melancólicas. E a França, entre os dois, é na época um país temperado, equilibrado, sob a influência do estoicismo. Por exemplo, em Montaigne, o pensamento estoico, ou em Molière, o humor contra os seres ordinários, a França parece um pouco à margem desta vaga melancólica. Isso é ainda verdade no século XVIII, mas bem menos no século XIX. Baudelaire me parece um grande melancólico, como Gérard de Nerval, Chateaubriand, os grandes escritores franceses do século XIX são melancólicos. Mas a força da melancolia não se manifesta mais hoje, ela é cortada pelo uso de produtos químicos.

Ian Kershaw

Em 20 de abril de 1889, surgia ao mundo, em Braunau am Inn, um personagem que marcaria para o mal e para sempre a história do século XX e da humanidade: Adolf Hitler. Em 29 de abril de 1943, apenas nove dias após o aniversário do Führer, em Oldham, nos arredores de Manchester, nascia Ian Kershaw em meio a uma Inglaterra bombardeada pelos nazistas em plena Segunda Guerra Mundial. Kershaw se tornou historiador do nazismo e biógrafo de Hitler de reputação internacional. Suas pesquisas históricas, no entanto, debutaram com a Idade Média, em estudos sobre a economia monástica na Inglaterra dos séculos XIII e XIV. Nos anos 1970, seduzido pela história mais recente, mergulhou no período mais difícil, delicado e trágico da Alemanha moderna. Suas teses sobre as especificidades da liderança carismática e da popularidade de Hitler ampliaram as perspectivas da compreensão das engrenagens e dos mecanismos do nazismo.

A guinada em sua trajetória de historiador se deu em 1972, quando passou dois meses na Baviera para aperfeiçoar seu aprendizado do idioma alemão, iniciado no Instituto Goethe de Manchester. O encontro fortuito com um alemão de idade, nostálgico da Alemanha dos anos 1930, em um café nos arredores de Munique, mudou seu destino e permaneceu vivo em sua memória, como contou em uma conversa com o historiador Daniel Snowman. "Vocês, ingleses, foram tão estúpidos. Se tivessem ficado do nosso lado, poderíamos ter derrotado o bolchevismo e dominado o mundo", disse seu interlocutor, acusando ainda os judeus de "parasitas". Chocado e incrédulo, Kershaw se viu pela primeira vez confrontado com o enigma que o perseguiria em suas pesquisas históricas: o fascínio e a idolatria exercidos por Hitler sobre o povo alemão.

Três anos depois, em 1975, passou a integrar o chamado "Projeto Bavária", do renomado historiador alemão Martin Broszat (1926-1989), que, apesar de divergências, exerceu grande influência em sua formação e o encorajou a se aprofundar no estudo das formas de apoio e de resistência a Hitler. Em *O mito Hitler: imagem e realidade no Terceiro Reich*, publicado em 1980, Kershaw abordou a adoração por Hitler na

Alemanha nazista. Na sequência, em *Opinião popular e dissensões políticas no Terceiro Reich*, de 1983, examinou as formas de insubmissões.

Broszat integrou a Juventude Hitlerista em 1944. "O incentivo de Broszat era ajudar a entender como a Alemanha pôde afundar na barbárie. O fato de que ele mesmo sucumbira ao elã do movimento nazista foi central em sua motivação de elucidar as gerações futuras sobre como aquilo pôde ter acontecido", escreveu Kershaw em um artigo no Times Literary Supplement, em 2003.

Talvez nenhum dirigente político do século XX tenha igualado o grau de popularidade alcançado por Adolf Hitler na Alemanha nos dez anos que se seguiram a sua chegada ao poder, em 30 de janeiro de 1933. O apoio da população ao partido nazista era tímido, se comparado à veneração dos alemães pelo seu líder máximo. O culto ao mito exerceu um papel determinante no funcionamento do Terceiro Reich e na aterradora dinâmica do nazismo. Adorado pelo povo, adulado por seus subordinados e temido no resto da Europa e no mundo, Hitler entrou para a história como a encarnação da barbárie, o artífice do Holocausto, o símbolo de um dos regimes mais horrendos já conhecidos da humanidade.

Por muitos anos professor de História Moderna na Universidade de Sheffield, hoje aposentado, Ian Kershaw é autor de um monumental trabalho sobre o Führer. Sua alentada biografia de Hitler, editada em dois consistentes volumes de mais de 2 mil páginas no total – *Hitler 1889-1936: Hubris* (1998) e *Hitler 1936-1945: Nêmesis* (2000) –, é considerada por muitos especialistas como a melhor já publicada. Durante uma breve estada em Paris, em 2009, para participar do lançamento de uma versão condensada do livro, o generoso historiador reservou um espaço de sua disputada agenda para, em uma manhã numa sala do hotel em que estava hospedado na capital francesa, no bairro Odéon, conversarmos sobre o mito Hitler.

Para o senhor, Hitler é um perfeito exemplo da teoria de "liderança carismática" do sociólogo Max Weber (1864-1920). A real importância de Hitler não estava em si mesmo, mas em como os alemães o viam.

Na definição de Max Weber de líder carismático, a maioria dos exemplos usados são personagens religiosos. Em períodos de grande crise, estes personagens, profetas, pareciam oferecer a salvação para as pessoas. Para Weber, carisma era algo visto no personagem por aqueles que estavam ao seu redor. Não significa necessariamente que o personagem fosse grandioso, num sentido convencional, ou que tivesse algo especial. Mas ele tinha qualidades de liderança heroica, investidas nele pela visão dos outros, o que Weber chamava de "comunidade carismática". Para a Alemanha nazista, apliquei essa noção de Max Weber em certas condições que ele próprio, obviamente, não poderia imaginar. Neste contexto da República de Weimar, da perda da guerra, da humilhação nacional, de turbulências políticas, miséria econômica, crise cultural, as pessoas estavam preparadas para investir neste indivíduo Hitler, ver nele qualidades de grande liderança que poderiam trazer uma salvação nacional para a Alemanha. À medida que o partido nazista ganhava terreno, mais pessoas eram atraídas pelo apelo popular de Hitler, e mais ele pôde desenvolvê-lo. Até chegar ao poder, o culto de Hitler era um fenômeno capaz de ditar a natureza do regime. O que se vê é um estranho modelo de liderança imposto a uma moderna forma de funcionamento de estado burocrático. E as tensões e estruturas do regime nascem da natureza desta liderança carismática.

O senhor diz que Hitler era um "ditador preguiçoso", não tinha muito interesse em se envolver no funcionamento diário da Alemanha nazista, exceto nas decisões militares e de política externa. Mas discorda da tese do historiador alemão Hans Mommsen de que Hitler era um "ditador fraco". Como defini-lo?

O estilo de sua liderança não era de microgerenciamento, de se envolver em todos os níveis. Não era como a liderança de Stalin, que absorvia tudo, em uma forma burocrática estabelecida para que ele controlasse todas as diretivas. Hitler se contentava em deixar as coisas correrem, enquanto estivessem indo na direção que ele determinava. Em momentos cruciais, ele teve de intervir para tomar decisões-chave. Na política exterior, tomou decisões cruciais. Em outras questões, durante a guerra, estava longe de ser um "ditador preguiçoso", mergulhou mais e mais no microgerenciamento das questões militares, o que foi catastrófico para a Alemanha. Na guerra, como notou Albert Speer *(ministro do Armamento do Terceiro Reich, 1905-1981)*, o Hitler velho "ditador preguiçoso" desapareceu e assumiu completamente a direção e administração do conflito. Isso consumiu praticamente cada hora de seus dias e de suas noites. Hitler mudou em certas coisas ao longo dos anos.

De que forma sua teoria de "trabalhar para o Führer" explica a particularidade da liderança de Hitler?

Num sentido, "Trabalhar para o Führer" é uma ideia que você pode aplicar a qualquer tipo de administração. É a forma como opera o gerenciamento, em que as pessoas antecipam o que o patrão quer e tentam se assegurar de que estão fazendo a coisa certa. Neste caso, temos uma forma extrema, em uma estrutura política enquadrada, na qual Hitler representava um número de ideias-chave que outras pessoas procuravam colocar em prática. Essas ideias eram imperativos ideológicos cruciais, como a remoção dos judeus e a expansão territorial. Estruturavam frouxamente uma visão para o futuro, mas ao mesmo tempo delineavam políticas abaixo de Hitler, sem que ele precisasse dar muitas direções, já que outras pessoas ansiavam por levar adiante estas políticas sozinhas, de acordo com os imperativos ideológicos de Hitler. Isso foi um elemento crucial da dinâmica deste regime, "Trabalhar para o Führer" regeu sozinho a dinâmica do regime. Pode-se notar como esta radicalização cumulativa atua e ganha espaço sem ordens diretas do próprio Hitler.

O senhor afirma que a Alemanha Nazista era constituída de uma reunião caótica de burocracias rivais em constante luta. A ditadura nazista não era um totalitarismo monolítico, mas uma coalizão instável de diferentes blocos. Era ao mesmo tempo uma monocracia e uma policracia.

É verdade. Mas o debate, se era uma forma monocrática ou policrática de governo, perde, de certo modo, o foco principal. Claro que havia diferentes grupos de poder dentro do Estado, mas cada um deles tinha de operar de uma forma coincidente com as ideias representadas pelo próprio Hitler. O determinante crucial deste regime era a liderança de Hitler. Sem isso, haveria somente a competição de feudos, de lordes, abaixo de Hitler. Nesse nível, era policrático. Mas o centro determinante era monocrático. Cada um destes grupos rivais tinha de apelar a Hitler, não desafiava Hitler, nem competia com Hitler. Primeiro, havia a concretização dos desejos de Hitler por meio destes grupos rivais abaixo dele.

Há Hitler, o mito, e Hitler, o homem. O senhor o descreve como uma pessoa tediosa que só Joseph Goebbels, seu ministro da Propaganda, e outros poucos eram capazes de suportar.

Como homem, ele representava este enorme poder. O que ele representava, sua figura de poder, era interessante para as pessoas. E, por causa disso, pessoas achavam ou diziam que achavam interessante o que ele dizia. Ele podia entusiasmar as pessoas em volta quando falava sobre arquitetura ou música, mas era também bastante repetitivo. Seus secretários e assistentes ouviam as mesmas histórias centenas de vezes, havia uma repetição monótona das mesmas coisas. Ele não era interessante no sentido dos grandes filósofos, pensadores ou artistas. O interesse que ele provocava nas pessoas ao redor vinha do poder que encarnava, ele oferecia um futuro brilhante para elas e para a Alemanha. Era um homem capaz de oferecer às pessoas oportunidades impossíveis de se imaginar. Quando Hitler chegou ao poder, parecia que o céu era o limite, você podia fazer mais do que queria, havia dinheiro para os seus projetos. Se você era arquiteto, podia construir seus enormes e monumentais edifícios. Se você era engenheiro, projetava uma via férrea até a Crimeia. Se você era médico, além de experiências em animais, agora podia fazê-las em seres humanos. Em todos esses caminhos, aberturas se tornaram possíveis. Projetos grandiosos e desumanos se tornaram possíveis. Para todas as pessoas que tinham algum poder ou autoridade, abriu-se uma janela grandiosa. Era isso o que Hitler representava. Por um lado, ele era tedioso, monótono ou repetitivo falando sobre música, artes, arquitetura ou o futuro da Alemanha, construção e engenharia. Mas havia também um excitamento das pessoas, pois elas podiam enxergar todas as possibilidades de se beneficiar da situação. Isso em relação ao seu *entourage*. Para a massa da população, que ouvia Hitler no rádio ou em seus comícios, ele era a imagem. Como num show de música pop, seu herói é o cantor pop, você não conhece aquela pessoa, só vê a imagem, o que ela representa via mídia de massa. De uma certa forma, era o caso de Hitler também.

Hitler dizia "caminhar com o destino", ser guiado pela Providência. Fazia parte do mito ou ele realmente acreditava nisso?

Ele acreditava. Era este tipo de indivíduo que sente ser, desde cedo, alguém realmente especial. Qual a psicologia por trás disso, não está claro. Há sinais de que ele sempre pensou que era alguém diferente e especial. O fato de que até o final da Primeira Grande Guerra fosse um fracassado, um ninguém, sem futuro, tudo isso parecia trancado dentro dele, como alguém que não obtinha o que merecia. Mais tarde, no período pós-guerra, as circunstâncias mudaram, ele se via como alguém especial, e então outras pessoas começaram a dizer: "Sim, você tem algo especial". Isso é música para os ouvidos, todos dizendo que você é uma grande figura. Em seus discursos, ele podia entusiasmar os indivíduos como as massas. As pessoas o viam como alguém completamente diferente, um político com ideias diferentes, ele falava às pessoas comuns de uma maneira que outros não o faziam. Então ele começou a assumir seus atributos de líder carismático autoritário. Ele sente que é um futuro grande líder. A sensação de "caminhar com o destino" se intensifica quanto mais o tempo avança, mais ele obtém sucessos, mais tem a adulação das massas, mais pensa que é infalível, mais pensa que caminha com "a certeza instintiva de um sonâmbulo", como disse em 1936. E, obviamente, no período da guerra, quando ocorrem coisas como o atentado contra a sua vida, que falhou em 1944, ele vê isso como um sinal de que foi salvo pela Providência, que está destinado a conduzir a Alemanha até o último minuto. Não é somente uma criação de propaganda, mas algo em que realmente acreditava. Hitler era muito perigoso como político porque tinha esta incomum combinação de um ideólogo idealista e firme com um brilhante propagandista, junto com um esperto homem de Estado que conhecia a fraqueza de seus oponentes. Era também alguém que acreditava em sua própria capacidade. Investia em coisas nas quais realmente acreditava de forma séria e determinada. Isso tudo junto fazia dele um tipo de líder muito perigoso, um caso patológico de líder. Não apenas um charlatão da propaganda - como algumas pessoas pensaram após a guerra e mesmo nos dias de hoje –, mas um ideólogo resoluto com um talento de propagandista de massas e uma grande habilidade para descobrir as fraquezas de seus inimigos.

Perto do fim, com derrotas importantes nos dois fronts - leste e oeste –, Hitler acreditava que poderia virar o jogo e ainda vencer a guerra?

Até um estágio muito perto do fim, ele pensou que ainda havia alguma chance, acreditava que algo aconteceria para salvar a Alemanha, que haveria no último momento uma disputa entre os Aliados, e não era o único a pensar nisso. Acredito que somente muito tarde ele se deu conta de que havia realmente perdido. Por outro lado, ele teve momentos de absoluta lucidez e realismo na guerra. Ele reconhecia a realidade, não era um idiota. Podia reconhecer a força de seus inimigos, o fato de que as defesas alemãs estavam destruídas. Nesse sentido, penso que nas últimas semanas do Terceiro Reich ele, por um lado, se agarrava a suas últimas chances, como um náufrago que se agarra a qualquer tronco de madeira; por outro, tinha consciência de que estava acabado e se preparou para uma saída heroica, para o final heroico, a noção de sua meta crucial - "nunca mais a capitulação de 1918" –, desta vez entraria para a história, deixaria um legado para o futuro. Acho que foram estes os pensamentos de Hitler nas últimas semanas da guerra.

A liderança carismática de Hitler é autodestrutiva?

É autodestrutiva. E tem relação com a sua própria capacidade. Nos seus últimos meses, o apelo de Hitler para as massas se desintegrou bastante. O grande apelo que Hitler tinha para o povo alemão estava agora acabado, as pessoas o viam como um obstáculo para o fim da guerra, de forma bastante correta, penso. Mas as pessoas em volta de Hitler ainda tinham uma ligação individual com ele. Além disso, a liderança carismática destruiu a capacidade efetiva do regime de agir como coletividade. Não era possível desafiar Hitler. Isso era autodestrutivo. Hitler era insubstituível e, enquanto ele estivesse no poder, o caminho para a destruição já estava traçado, ninguém podia removê-lo, não havia possibilidade de complô contra ele, não havia uma forma de organização na Alemanha como a que depôs Mussolini na Itália, em julho de 1943. Neste sentido, era intrinsecamente autodestrutivo.

A queda *(de 2004, sobre as últimas horas de Hitler) é um bom filme, na sua opinião?*

Penso que é um filme muito bom. Distorce acontecimentos de algumas maneiras, como faz qualquer filme de ficção, por isso é melhor não vê-lo como História. Mas é um bom filme de ficção. Foi o que eu disse ao produtor, Eichinger *(Bernd)*: "É um excelente filme, mas não é História". Por exemplo, um personagem-chave no filme – à parte Hitler, obviamente é sua secretária, Traudl Jungl. Na realidade, ela era apenas uma secretária, não tinha um papel importante. Realmente importante no bunker era Martin Bormann, que mal aparece no filme. Neste caso, há uma distorção da realidade. Há uma série de outros pequenos detalhes que não cabe mencionar aqui. Mas o principal é que qualquer filme de ficção, por melhor que seja, deve ter algo essencial dos verdadeiros acontecimentos, mas continua a ser uma criação. Se você faz um documentário, não pode inventar palavras, deve se ater às gravações históricas. Num filme de ficção, você pode, porque é mais impressionante do ponto de vista dramatúrgico. Claro, há todas estas outras questões, muitos críticos alemães disseram que o filme se limita aos acontecimentos passados no bunker, que humaniza Hitler, não mostra o que ocorre na Alemanha. Tudo isso é verdade, mas um filme tem limites, e o foco deste filme está no que acontece no bunker.

Sobre a humanização de Hitler, ninguém poderá achá-lo um personagem simpático neste filme. Por outro lado, Hitler era um ser humano, ele podia ser gentil com as secretárias. Isso não significa que ele não fez todas estas coisas horríveis, nem que foi menos responsável pelo genocídio ou pela catástrofe que se abateu sobre a Alemanha e a Europa. Mas por que também não mostrar este outro lado? É uma tentativa de se distanciar da desumanização de Hitler, o que é bom.

O senhor conta que, quando o ditador italiano Benito Mussolini esteve preso na ilha de Ponza, Hitler deu um jeito de lhe enviar como presente de aniversário de 60 anos as obras completas do filósofo alemão Friedrich Nietzsche. Hitler era um bom leitor?

Hitler leu muito mais do que se imagina. Ele leu muitas resenhas, mas duvido que tenha lido Nietzsche do início ao fim. Sua biblioteca ainda existe, com muitos de seus livros, na biblioteca do Congresso americano. Ele leu alguns livros, muitos estão inclusive sublinhados. Em muitos casos, ele no início aprendeu bastante ao ler nos jornais artigos que resumiam livros. Não creio que tenha lido as obras de Karl Marx ou de Lênin, por exemplo. Mas estou certo de que pode ter lido algo de Nietzsche. É interessante que ele tenha enviado essas obras para Mussolini: "Está aqui o que você precisa aprender" *(risos).*

Quais foram os limites da penetração ideológica e da propaganda de manipulação nazista? Na sua opinião, Joseph Goebbels fracassou na criação da chamada Volksgemeinschaft *(a comunidade do povo) da propaganda nazista, pois durante o Terceiro Reich os alemães estavam mais interessados em seu problemas cotidianos do que na política?*

Isso também é verdade, mas em outras áreas a propaganda nazista foi bem-sucedida, principalmente na criação deste culto a Hitler, do mito Hitler como um grande líder carismático. A propaganda de Goebbels teve um papel importante na criação desta ideia, que foi crucial e importante, unindo diferentes grupos rivais na Alemanha. A propaganda também foi muito importante para explorar o sentimento nacionalista dos alemães, no qual se centraram as conquistas do regime e do próprio Hitler. Outro ponto de sucesso foi a intensificação do antagonismo e do ódio aos judeus. A propaganda do antissemitismo se tornou mais intensa e radical. Na questão do nacionalismo, na propaganda da guerra e do mito Hitler, foi um sucesso, mas em outras áreas, da vida cotidiana, a propaganda foi menos bem-sucedida. As pessoas se preocupavam mais com os problemas do cotidiano do que com todas estas questões de maior amplitude.

O senhor diz que o nazismo não pode ser definido como uma ideologia.

Havia um corpo ideológico, com um certo número de ideias inflexíveis e imutáveis. Ninguém poderia argumentar, por exemplo, que ser judeu era uma boa coisa na Alemanha, isso não era permitido naquele contexto. Havia um número limitado de ideias que, juntas, formavam uma ideologia. Mas era um amplo amálgama de ideias difusas, facilmente inseridas dentro deste corpo de preceitos ideológicos. Eram ideias soltas que podiam ser adotadas e depois descartadas, que podiam ter um certo apelo para este ou aquele grupo da população. Mas as ideias centrais eram inflexíveis e imutáveis. Uma das grandes vantagens de Hitler como líder eram estas ideias, como a da remoção dos judeus. Podiam significar diferentes coisas para diferentes pessoas em diferentes tempos. Não se estava dizendo que era a única maneira que se tinha de agir, eram ideias soltas, mas imutáveis e não contestáveis. A política tinha de ir numa direção específica, sem diretivas específicas. É isso que chamo de imperativos ideológicos. Alguns poucos eram enquadrados de forma solta, e porque eram soltos a ideologia de Hitler podia abranger pontos específicos nos quais alguns dos líderes abaixo dele estavam interessados. Muitas coisas eram flexíveis, exceto estas três ideias cruciais *(nacionalismo, expansão e remoção dos judeus)*, que não eram passíveis de mudança.

Qual a relação entre o antissemitismo da população alemã em geral e o antissemitismo ideológico do partido nazista?

Antes de Hitler se tornar líder, a Alemanha era um país no qual havia um antissemitismo latente muito difundido. Muitas pessoas não apreciavam os judeus, achavam que eles eram poderosos demais, controlavam a economia, a mídia de massa. Mas elas não eram propensas a se engajar em ações violentas contra os judeus, muito menos a se comprometer com qualquer noção ideológica de que os judeus eram uma ameaça interna ou internacional à Alemanha. O próprio Hitler era o mais radical dos radicais em termos de antissemitismo. Muitos outros eram igualmente radicais, mas não com um pensamento tão consistente como o de Hitler em relação aos judeus. O que vemos é uma liderança nazista que transformou essa fixação paranoica em relação à ameaça interna dos judeus em algo externo. Quando Hitler assumiu o poder, em 1933, havia esta paranoia antissemita representada na liderança do Estado. E havia também pessoas que eram elas próprias não mais do que antissemitas latentes, procurando formas de mostrar que eram mais antissemitas, agindo contra os judeus, prontas a se envolver em ações contra os judeus. Mais e mais pessoas foram absorvidas pelo partido nazista, que era determinado por esse antissemitismo racial, por essa necessidade patológica de expulsar os judeus da Alemanha. Mais as pessoas aderiam ao partido nazista, mais estavam expostas a isso. A nação se tornou mais intensamente antissemita. E o antissemitismo dos radicais do partido nazista se estendeu à burocracia de Estado, à organização policial, tornou-se um leitmotiv do regime como um todo, sem ter penetrado da mesma maneira nas ideias da maioria do povo.

A política de genocídio foi decidida nos doze meses compreendidos entre as primaveras europeias de 1941 e 1942. Como isso se deu?

As reais decisões relativas ao genocídio tomadas neste período emergiram como uma resposta ao processo daquele regime. É preciso entender isso em termos do imperativo ideológico de remoção dos judeus, de destruição do poder dos judeus. Isso estava lá desde o início. Mas decidir como fazê-lo demorou, e as propostas mudaram ao longo do tempo. A ideia básica – remover os judeus e destruir o seu poder – permaneceu constante, mas as opções de políticas práticas mudavam com o tempo. Quando a guerra começou, a Alemanha estava lidando não só com 500 mil judeus no país, mas com outros 2,5 milhões de judeus na Polônia, por exemplo. As logísticas para tentar resolver este problema da forma como os nazistas queriam – deportação etc. – fracassaram. Uma opção fracassou após a outra. Madagascar fracassou no verão de 1940, porque eles não controlavam os mares. Então a ideia foi a deportação para a Rússia. Logo que a guerra fosse vencida na Rússia, todos os judeus do oeste europeu seriam deportados para os descampados árticos da Rússia. Mas a guerra não terminou. Tiveram de ser pensadas outras iniciativas e encontradas outras alternativas. A improvisação radical terminou na solução final e nas câmeras de gás, não na União Soviética, mas na Polônia. Este processo foi desenvolvido em um curto período de tempo. A diferença em relação aos genocídios da Armênia ou de Ruanda, por exemplo, é que nesta guerra o genocídio foi planejado cuidadosa e meticulosamente. Apesar de esta questão surgir nestas condições em 1941, já havia um longo passado no qual o objetivo era destruir os judeus. A questão prática surgiu nesses meses de 1941 e do começo de 1942. Na conferência de Wannsee, em janeiro de 1942 *(sobre a Solução Final da questão judaica)*, veem-se os planos serem meticulosamente traçados para a destruição de milhões de judeus, mesmo em países que a Alemanha não havia conquistado, como Grã-Bretanha, Irlanda ou Suíça. Essa planificação meticulosa e burocrática não se vê nos genocídios da Armênia ou de Ruanda.

Segundo o senhor, Hitler teve um papel decisivo no desenvolvimento das políticas do genocídio, mas, ao mesmo tempo, muitas das decisões que levaram ao Holocausto foram tomadas em níveis inferiores de poder, sem ordens diretas do Führer. Como funcionava este mecanismo?

Há documentos sobre a Solução Final, mas não há documentos com "a" decisão de Hitler. Quase nunca houve documentos escritos, apenas oficializações verbais. Mas há documentos que ligam Hitler ao aniquilamento de judeus. Sabemos que em dezembro de 1941 ele conversou privadamente com Himmler (*Heinrich, oficial da SS e da Gestapo*), por exemplo, sobre o extermínio de judeus. Os relatórios dos *Einsatzsgruppen (grupos paramilitares de extermínio)* sobre os massacres de milhões de judeus na URSS foram enviados a Hitler. Se ele os leu, não podemos provar, mas foram enviados para ele. Sabemos de um documento que lhe foi enviado revelando a morte de 350 mil judeus. É certo que ele tinha consciência de tudo isso. Seus próprios e repetidos comentários da chamada profecia sobre a destruição dos judeus indicam uma guerra em andamento. Sem Hitler, nada de Holocausto. Ele foi absolutamente fundamental e central nessa política de extermínio. Mas a parte prática disso tudo era algo que ele podia facilmente deixar para Himmler, Heydrich *(Reinhard, oficial da SS e um dos líderes da Solução Final)*, e eles, por sua vez, podiam delegar para pessoas abaixo, como Eichmann *(Adolf, oficial da SS)* e outros. Hitler não precisava fazer nada no sentido prático para aplicar as políticas, mas a sua autorização era fundamental para o que deveria ser feito. Ele não falava abertamente sobre isso. Quando o fazia, era de forma generalizada ou algumas vezes em uma linguagem não muito clara. As pessoas têm diferentes opiniões em relação aos arquitetos da Solução Final, se foi Himmler ou Heydrich. Eu costumo usar a metáfora do edifício, em que você pode ver Heydrich como o mestre de obras e Himmler como o arquiteto. Mas ambos necessitavam de alguém que encomendasse o edifício, e esta pessoa era Hitler.

No encontro de líderes da SS em Poznan, em outubro de 1943, Himmler disse que o extermínio dos judeus era "uma gloriosa página" da história alemã, "que nunca poderá ser escrita". Como era isso para Hitler?

Hitler considerava os judeus uma ameaça cósmica. Não se tratava apenas de uma ameaça interna na Alemanha, de 500 mil judeus numa população de 68 milhões de habitantes. Os genocídios na Armênia ou em Ruanda foram mais convencionais: um grupo visto como um desafio ao poder ou um inimigo potencial para a sociedade, como eram percebidos os armênios; ou rivais na luta pelos recursos, no caso dos tutsis e hutus, em Ruanda. Na Alemanha, os judeus eram uma escassa minoria, 0,76% da população em 1933. Não estavam em posição de desafiar o poder nem de competir pelo governo. Eram um fantasma. Mas a ameaça foi aplicada internacionalmente, o que é uma outra diferença crucial. Não havia só uma ameaça interna, mas uma ameaça que era então vista na relação entre os judeus e os bolcheviques na União Soviética. Desse modo, os judeus estavam em Moscou dirigindo o bolchevismo, mas também dirigindo o capitalismo em Wall Street, em Nova York, ou na City de Londres. Era uma ameaça internacional. Esta ameaça cósmica necessitava de uma solução apocalíptica, e era o que Hitler oferecia naquela época. Essa tentativa de destruir os judeus deve ser vista como única em termos de genocídio, nunca houve nada parecido antes. O tabu em relação a esta tentativa de destruição reflete a frase de Himmler: "Uma página gloriosa de nossa história que não poderá ser escrita". Não havia neles sentimento moral de que estavam fazendo algo que fosse um crime, mas a questão é que não sabiam qual seria a resposta da população alemã em relação à morte de judeus. Remover e deportar judeus é uma coisa, mas notícias contando que maridos, irmãos estavam matando mulheres e crianças aos milhares era algo para o qual achavam que a população alemã não estava preparada. Por isso a preocupação em manter o segredo. Em discursos públicos, Hitler falou da vingança contra os judeus por terem causado esta guerra, que suas profecias agora seriam cumpridas. Eram sempre termos vagos. Por um lado, ele conta para a população o que está acontecendo, por outro, a propaganda nazista tenta o tempo todo endurecer as atitudes em relação aos judeus na Alemanha. Mas ninguém fala exatamente o que está acontecendo, ninguém descreve os massacres e tudo o mais, porque o povo alemão não estava preparado para isso.

O programa de extermínio de doentes mentais foi deflagrado antes, em 1939. Como o senhor compara este processo com a decisão posterior em relação aos judeus?

A decisão de exterminar os doentes mentais em hospícios na Alemanha foi tomada no final do verão de 1939. Hitler autorizou a ação por escrito, em cinco linhas escritas em folhas com seu cabeçalho pessoal, de maneira bastante informal. Não houve uma lei, apenas estas cinco linhas informais autorizando seu próprio médico, no comando da chancelaria do Führer, a dirigir tal programa. Foi algo mantido em segredo, camuflado por certos arranjos para remover os doentes mentais para os hospícios, onde seriam executados. Aqui também tudo foi mantido em segredo porque havia o sentimento de que a população não estava preparada para saber. Rumores começaram a circular. O bispo Von Galen em particular, em Münster, fez um discurso denunciando esta prática. O programa foi cancelado. A eutanásia continuou em segredo, mas o programa estabelecido em 1939 foi cancelado. Não se pode provar, mas parece bastante provável que Hitler tenha aprendido uma lição com isso: nada escrito em papel e segredo total. E obviamente, no caso do extermínio dos judeus, tudo foi feito mais distante, na Polônia, não na Alemanha. Outras lições também foram tiradas do programa de eutanásia em termos de instrumentalização para a Solução Final. Em 1941, quando o programa foi suspenso, as equipes envolvidas na criação de mecanismos para matar os pacientes doentes mentais com gás venenoso foram transferidas para a Polônia a fim de trabalharem na implantação dos primeiros pequenos campos de extermínio em Belzec. Há uma relação direta entre as técnicas de gás utilizadas na eutanásia e no extermínio dos judeus.

Uma frase de sua autoria é constantemente citada: "A estrada para Auschwitz foi construída com ódio, mas pavimentada pela indiferença". Qual seu significado?

Quis dizer com esta frase que a dinâmica das forças dirigentes que conduziram a Auschwitz foi provida por esse ódio patológico, imbuído em Hitler e representado também por outros líderes nazistas. Sem esse ódio patológico, sem esse imperativo ideológico, não haveria estrada para Auschwitz. Mas para muitas das pessoas comuns não havia esta fixação em relação aos judeus partilhada por Hitler e a liderança nazista. Para elas, no meio da guerra, os problemas de todo dia predominavam.

Elas estavam preocupadas com os bombardeios, com os pais, irmãos e tios servindo no front; com as perdas nas campanhas militares; com as privações em casa, as dificuldades para se obter comida ou acomodação. Não havia simpatia pelos judeus, muitas vezes ficavam contentes quando os judeus partiam, mas elas não estavam constantemente preocupadas com a questão dos judeus assim como a liderança nazista. Eu usei o termo "indiferença", que significa uma "indiferença moral", não se trata absolutamente de um comentário positivo. É uma atitude de virar as costas para o diabo, fechar os olhos, não ouvir o que se está dizendo sobre os judeus, basicamente ignorar o problema vivendo o seu cotidiano. O que tentei sugerir é que a dinâmica do ódio da minoria foi capaz de obter sucesso porque a maioria não se importava, por isso "pavimentada pela indiferença".

Os interesses de expansão de Hitler estavam concentrados na Europa, com extensão para o leste. Estados Unidos, Japão e América do Sul nunca entraram em seus planos.

Hitler temia a expansão do comunismo soviético, e o objetivo de sua estratégia era bloquear esse processo, dominar o país e destruir o bolchevismo judeu baseado na URSS. Em relação aos EUA, em seu chamado *Segundo livro* – escrito em 1928 e nunca publicado em vida –, ele fala bem mais do tema do que o fez em *Mein Kampf*. Nos anos 1930, os EUA se tornaram um real problema para a Alemanha, num sentido mais estratégico. Se os americanos entrassem na guerra sem que ela tivesse sido vencida no oeste, os alemães não teriam como combatê-los. Eles podiam atacar a URSS com forças terrestres, mas não podiam bombardear Nova York ou Washington. Portanto, as ameaças dos EUA, com todo o seu poderio econômico e militar, são algo que Hitler vê como um perigo potencial para a Alemanha. Com o desenrolar da guerra, Hitler não consegue forçar a Grã-Bretanha a chegar a um acordo, e vê a aliança entre os britânicos e os EUA como um perigo crescente para a Alemanha. Ele disse algumas vezes que, se não vencesse a guerra mais ou menos dentro do ano seguinte, estaria em perigo diante do potencial militar e econômico dos EUA. Ele não levava de jeito algum a América do Sul em consideração. No outono de 1941, Roosevelt produziu um mapa da América Latina mostrando planos de invasão alemã no continente, mas eram falsos, feitos a partir de informações do serviço secreto britânico.

O senhor já afirmou que gostaria de pensar que, se vivesse na Alemanha nazista, teria sido um resistente engajado contra o regime, mas relativiza ao dizer que poderia estar tão confuso e desesperançado como os alemães na época. Em circunstâncias extremas, o homem é também capaz do pior?

Situações e circunstâncias mudam os indivíduos. Felizmente, penso que o mundo, particularmente no contexto em que vivemos, não tem sido exposto a esse tipo de condições. Pessoas que fizeram coisas horríveis na era nazista eram antes pessoas perfeitamente comuns, e viram-se em situações nas quais estavam dispostas a fazer estas coisas horríveis. Claro que quando se olha para trás, nós todos gostaríamos de pensar que seríamos totalmente antinazistas, completamente contra tudo aquilo, tentando derrubar Hitler e seu regime, engajados nesses grupos de resistência ilegais. Mas a verdade é que a maioria de nós estaria em posições em que nos veríamos forçados a transigir com o regime, a nos ajustar. Ao se ajustar, você é cada vez mais sugado pelo regime, e você talvez vá acabar no Exército ou em alguma organização, onde fará coisas que, no sentido moral, do ponto de vista de uma democracia livre, serão aberrantes. Por mais que teria gostado de estar na resistência ao regime, é mais provável que fosse um seguidor do regime, absorvido nele de alguma forma. Acho que foi assim que a maioria das pessoas tiveram de funcionar na época.

Mesmo que estejamos em outro contexto histórico, o senhor vê o perigo de que circunstâncias extremas similares às da Alemanha nazista pudessem, hoje, fazer surgir um novo Hitler?

As circunstâncias fazem com que muitas pessoas comuns, sem uma motivação ideológica, sejam levadas a apoiar um movimento político que ofereça, por exemplo, uma panaceia para todos os problemas, um futuro brilhante, uma salvação política. E mesmo que as razões não tenham sido ideológicas, a organização para a qual foram aspiradas tem objetivos ideológicos. Sem ter tempo de saber onde foi parar, de alguma forma você se tornou mais um seguidor do regime. A questão da motivação dos membros ordinários do partido nazista, e muito menos das pessoas que nem faziam parte do partido, é muito difícil de estabelecer, mas muitas vezes as razões pelas quais se fazem essas coisas, mesmo mais tarde, não têm um impulso ideológico num primeiro momento. São pessoas impulsionadas por ambições de carreira, questões materiais, esse tipo de coisa. Mas acima disso há imperativos ideológicos que vão dirigindo o processo. Claro que o perigo sempre vai existir em condições de total crise social, política e econômica. O nazismo não vai se repetir, mas movimentos podem surgir, que seriam perigosos, e para os quais as pessoas seriam aspiradas por razões bastante banais.

Como o senhor vê o marketing político moderno na construção de mitos e de personalidades políticas? O senhor conta, por exemplo, que Hitler atentava mesmo para não usar óculos em público, pois seria um sinal de fraqueza.

Miss Palin *(Sarah Palin, candidata a vice-presidente pelo Partido Republicano nas eleições americanas de 2008)* usa seus óculos hoje como um sinal de força. Todos querem ter os mesmo óculos de Miss Palin *(risos)*. Hitler pessoalmente, mas também o partido nazista, era extremamente moderno no uso da mídia de massa, na sua imagem de comunicação. O potencial para construir personalidades individuais hoje é muito mais sofisticado do que era naquele tempo. Enquanto houver personalidades limitadas por instituições, em um sistema de controles, tudo bem. Mas quando esses limites diminuem, o culto à personalidade fica livre e se torna muito perigoso.

Em sua obra Leviatã, *o filósofo inglês Thomas Hobbes (1588-1679) diz que a vida do homem é "sórdida, rude e curta", e que as pessoas são em grande parte controladas pela autoridade. O senhor escreveu que se trata de uma visão bastante pessimista, mas não muito distante da sua maneira de pensar.*

De uma certa forma, há aspectos na humanidade, em termos gerais, que sempre me surpreendem em relação aos lados positivos do ser humano, sua capacidade, sua enorme inventividade, atos humanitários de grande caridade e atividade benevolente. E também altruísticos, não só egocêntricos. Desastres e catástrofes geralmente fazem emergir estes aspectos das pessoas, pessoas que você jamais imaginaria capazes desses atos. Esse é um lado muito positivo e que pode ocorrer em todo lugar. E há outra coisas que acontecem quando há uma quebra na autoridade, um colapso de governo ou algo semelhante, e você vê o lado duro e brutal da natureza humana. Ver o que ocorreu no Sudão ou no Zimbábue, por exemplo, ver como seres humanos podem descer até tal nível de degradação deixa qualquer um bastante desesperançado. Olhando a humanidade como um todo é impossível chegar a uma conclusão geral, mas aí tudo se torna uma questão de temperamento, se você se impressiona mais pelos pontos positivos do que pelos negativos. Talvez eu tenha escrito aquilo num dia ruim, outras vezes não teria citado Thomas Hobbes *(risos)*. Mas há vezes em que penso que essa abordagem muito pessimista está certa, e que só uma forma de autoridade – não quero dizer com isso um despotismo ou tirania –, mas uma forma de autoridade coletiva, aprovada por todos, pode controlar essa anarquia que resulta não só em caos, mas numa descida a uma degradação. Por um lado, há muitas coisas positivas na maneira como as pessoas se comportam; por outro lado, há uma sombra que permanece pessimista. Uma das razões deste pessimismo está no fato de que possuímos capacidades óbvias de explodir a nós mesmos, mas também de destruir o planeta, no sentido ecológico. Minha aposta na sobrevivência nos próximos 200 anos não seria muito alta, acho que temos mais capacidade de nos destruir do que nos preservar.

Como é hoje a relação dos alemães com Hitler e o período nazista de sua história?

Não há hesitações em discutir tudo isso. A Alemanha, mais do que qualquer outro país, deu grandes passos para tentar afrontar seu infeliz e turbulento passado. Se você comparar com Japão, Espanha, Itália ou a França de Vichy, a Alemanha foi quem mais fez esforços para lidar com isso, investigar e tentar entender o que ocorreu. A Alemanha é hoje provavelmente o país menos nacionalista da Europa, se não do mundo – à parte talvez a Holanda e os países escandinavos. De todo modo, é um dos grandes países nada nacionalistas. É uma democracia muito sólida e consolidada. Houve uma total e completa transformação em relação à Alemanha dos tempos do pré-guerra. O país mostrou que é possível aprender algo com a História, mesmo que a um certo custo. A Alemanha é uma história de sucesso. Muito desse sucesso vem da forma como os alemães tentam afrontar a parte mais nociva de seu passado. Nas escolas, nas universidades, a era do nazismo e do Holocausto é devidamente tratada, quase a ponto de as pessoas dizerem que já se falou demais disso tudo, que os alemães precisam recuperar outras partes de seu passado e que sua história não se resume à experiência nazista. Em termos gerais, houve grandes avanços em relação a isso na Alemanha, sobretudo nos últimos 20 anos. É algo admirável.

Qual é a sua opinião no debate sobre o fim da história, proposto no livro de Francis Fukuyama, o choque de civilizações (Samuel Huntington) e as chamadas guerras étnicas e culturais?

Quando o livro de Fukuyama foi lançado, em algumas das resenhas que li notei que havia uma forma meio banal de lidar com aquilo. Pensei, é claro que se presume que a história tende a continuar. Mas ele quis se referir ao triunfo do capitalismo e da civilização ocidental. Os acontecimentos dos últimos dez anos ou mais demonstraram que era muito otimista em sua nova posição liberal-conservadora. Não chegamos ao final da história nesse sentido, agora temos novos e assustadores desafios, como o do terrorismo global, e também grandes ameaças potenciais no Oriente Médio. Não se sabe o que vai acontecer, provavelmente o Irã terá mísseis nucleares, um fator muito desestabilizador para região. O Paquistão é uma enorme preocupação, com os conflitos em suas fronteiras. O Paquistão e a Índia possuem armas nucleares e estão ao lado um do outro. Há uma enorme capacidade de destruição e perigo. O perigo das chamadas "guerras culturais", como a al-Qaeda, é obviamente presente, mas penso que temos de ter um senso de perspectiva em relação a essa ameaça. Se esse tipo de oposição ao Ocidente – centrado nos EUA mas que atinge o Ocidente em geral – se restringe a grupos dentro da al-Qaeda capazes de lançar ataques suicidas ou atentados como os ocorridos em Londres, Madri ou nas Torres Gêmeas, é uma coisa. Mas se você tem isso alinhado a um poder, a uma nação ou Estado com mísseis nucleares, os perigos são outros. Mas os historiadores só sabem lidar com o passado, não com o futuro. Como qualquer pessoa, só podemos especular sobre o futuro e esperar pelo melhor. De uma certa forma, é difícil ter esperança, vide os problemas insolúveis como na Palestina e Israel, uma ferida aberta que não cicatriza e origina outros problemas. Sem nenhuma razão óbvia para dizê-lo, de algum modo penso que a comunidade internacional encontrará maneiras para conter esses perigos. Provavelmente, eles serão contidos. Mesmo que obtenha mísseis nucleares, o Irã ainda estará em posição de fraqueza, não só em relação aos EUA, mas também em relação a Israel. Não será o fim do mundo, mesmo com isso tudo. O fim do mundo ainda pode estar longe.

Élisabeth Roudinesco

Um homem só morre realmente, dizia Jorge Luis Borges, quando o último homem que o conheceu morre por sua vez. Com esta citação do célebre escritor argentino, a historiadora da psicanálise Élisabeth Roudinesco abre sua biografia *Sigmund Freud: en son temps et dans le nôtre* (Seuil, 2014). *A vida e a obra de Freud (1856-1939)*, o criador da psicanálise, foram tema de uma enormidade de estudos pelos quatro cantos do planeta. Mais uma biografia do autor de *Interpretação dos sonhos*, *Totem e tabu* ou *Três ensaios sobre a teoria da sexualidade*? Para Roudinesco, as quase 600 páginas de seu livro surgiram como uma "imposição". Com acesso aos novos arquivos abertos pela Biblioteca do Congresso de Washington, nos Estados Unidos, ela mergulhou na trajetória do biografado com a intenção de mostrar que Freud é um produto de seu tempo e, ao mesmo tempo, de revelar as verdades sobre as "lendas negras e douradas" edificadas sobre o personagem.

Crítica severa de uma psicanálise contemporânea a-histórica, a autora condena a percepção da obra de Freud isolada do contexto de sua época, estudada como um *corpus* clínico à parte do mundo em que foi elaborada. Somados a isso os repetidos ataques protagonizados nos últimos trinta anos pelos "antifreudianos radicais", hoje não se sabe mais quem é Freud, sustenta ela. "Foi-se muito longe no antifreudismo, e se chegou a um ponto em que a opinião pública já estava farta de que se tratasse Freud de nazista, de incestuoso, de canalha. Era preciso restabelecer um pouco de verdade. Foi o que procurei fazer. Os psicanalistas nadam no anacronismo, na interpretação abusiva, porque para eles o contexto histórico não existe", disparou, sentada no sofá de sua casa, próxima à praça Denfert Rochereau, em Paris, enquanto me servia uma taça de chá.

Desde a primeira biografia, de autoria de Fritz Wittels, em 1924, passando pelos três volumes de *Vida e obra de Sigmund Freud*, de Ernest Jones, publicados entre 1953 e 1957 (lançados no Brasil pela editora Zahar), uma miríade de teses e ensaios foi produzida nos mais variados idiomas, entre os quais o título de referência *Freud: uma vida para o nosso tempo*, de Peter Gay, (Cia. das Letras, 1989), publicado originalmente em 1988. O minucioso trabalho de Roudinesco é reivindicado como a primeira biografia francesa do personagem, com uma nova abordagem de um Freud definido como um "conservador rebelde" e criador de uma "revolução simbólica" em um movimento que se perpetua.

E o Brasil, para ela, é hoje o "país mais freudiano de mundo": "O Brasil tem esta vantagem de ser aberto a tudo. Os brasileiros são muito abertos à história da psicanálise e a todas as doutrinas, há um sincretismo. É o que foi chamado de antropofagia, este movimento que digere o que vem da Europa fazendo algo novo. Daí esta vivacidade. Embora a França seja mais forte no plano doutrinal, hoje, provavelmente, o país mais freudiano do mundo seja o Brasil".

Por que mais uma biografia de Freud? O que ainda não se sabe sobre o pai da psicanálise?

Foi um livro que se impôs. Depois de ter feito a história da psicanálise na França, escrevi a biografia de Jacques Lacan. Nos últimos vinte anos, produzi muitos ensaios, e em um certo momento Freud se impôs. A última biografia, feita a partir de arquivos, data de 25 anos, de Peter Gay. Há certamente a biografia de Emilio Rodrigué (*Sigmund Freud: o século da psicanálise – 1895-1995*), a primeira latino-americana, mas historiográfica, sem arquivos novos, ele não foi a Washington. Ao longo de um certo tempo se fazia sentir a necessidade de renovar a abordagem de Freud, estudá-lo de uma forma diferente. E é a primeira vez que um autor francês o faz. Sou o primeiro autor francês, último de uma longa série. E o primeiro a ir aos arquivos e utilizá-los de uma outra forma. É verdade também que o encerramento de ondas sucessivas de ódio a Freud, de lendas negativas, de livros negros, de Freud não científico já faz 25 anos. O livro de Peter Gay foi publicado no momento oportuno, na hora de abertura dos arquivos ele já respondia a muitas questões, mas estava na tradição de Ernest Jones. Havia teses de um Freud anglicizado, racionalista, herdeiro de Darwin. Minha abordagem é, primeiro, mais pessoal, pois cada um tem seu próprio percurso. Peter Gay é um historiador da época vitoriana, que conheço bastante e de quem gosto muito. Eu tenho uma abordagem, diria, mais alemã, austríaca, embora Peter Gay fale muito melhor o alemão do que eu *(risos)*. Minha cultura francesa tem um papel. Uso como referências os historiadores de Viena, da literatura alemã. E com 25 anos de intervalo, há um novo distanciamento. Foi-se muito longe no antifreudismo, e se chegou a um ponto em que a opinião pública já estava farta de que se tratasse Freud de nazista, de incestuoso, de canalha. Era preciso restabelecer um pouco de verdade. Foi o que procurei fazer. Faz 20 anos que ensino a história mundial do movimento psicanalítico.

O modelo para a escritura de sua biografia de Freud foi a obra Saint Louis, *do historiador medievalista Jacques Le Goff. O próprio Le Goff lhe havia dito: "Quero saber como vivia Freud".*

Sim. O que me surpreendeu em *Saint Louis* foi a divisão temática: sua vida, seu casamento, suas conquistas. Isso inspirou a divisão de meu Freud em quatro capítulos, respeitando ao mesmo tempo a cronologia, o que Jacques Le Goff fez em menor grau. E a outra ideia evidente é a dialética do "em seu tempo e no nosso", é uma biografia para recolocar no caminho os psicanalistas que desconhecem sua própria história. Os psicanalistas nadam no anacronismo, na interpretação abusiva, porque para eles o contexto histórico não existe. Eu começo em 1848, e quis mostrar com clareza que Freud nasceu em um mundo no qual não havia eletricidade, em que a promiscuidade entre membros de uma mesma família não era igual à de hoje. Quando ele conta sua vida cotidiana, seja na *Interpretação dos sonhos* ou em outros escritos, é um dia a dia que não teria lugar hoje. Freud foi criado numa família grande, com muitos empregados, não havia água corrente. Ele vive nesta promiscuidade em que pode realmente elaborar esta teoria dos substitutos. Quando vê suas cinco irmãs, ele está vendo sua mãe ou seu pai. Há modelos familiares que estão acabando no momento em que ele elabora suas teorias. Tive sempre a preocupação de fazê-lo emergir em seu contexto histórico, e de mostrar que ele e sua obra são um produto de seu tempo.

Você denuncia uma rejeição analítica, na França, da complexidade da história de Freud. Por quê?

Mais se é freudiano, menos se é histórico. Mas isto está acabando. A França foi o país da renovação da doutrina, e não o da herança histórica. Gerações de psicanalistas se interessaram pelos textos freudianos de forma estrutural, fossem lacanianos ou não: o corpus sem sua história. Não é um acaso que não tenha surgido uma biografia de Freud na França. Ernest Jones, em que pese a crítica que lhe possa ser feita, tem a preocupação da história. O mundo anglófono foi muito mais atentivo do que o francófono à questão de fazer Freud emergir na história, mesmo se seus estudos ainda permanecem como interpretações psicanalíticas. Com a psicanálise sendo cada menos forte na renovação teórica, a preocupação foi a de historicizar. E de outro lado há os americanos. Todo o debate em torno dos arquivos vem dos historiadores. Nos Estados Unidos, as querelas entre historiadores são muito mais importantes do que as disputas entre psicanalistas, o que não é o caso na França. E também não é o caso no Brasil e na Argentina.

O argentino Emilio Rodrigué (1923-2008), primeiro biógrafo latino-americano de Freud, teve, na sua opinião, a "audácia de inventar um personagem mais próximo de um personagem de Gabriel García Márquez do que de um sábio originado da Velha Europa". Você diz que cada país criou seu próprio Freud. Qual é o Freud brasileiro?

O Brasil tem esta vantagem de ser aberto a tudo. Os brasileiros são muito abertos à história da psicanálise e a todas as doutrinas, há um sincretismo. É o que foi chamado de antropofagia, este movimento que digere o que vem da Europa fazendo algo novo. Daí esta vivacidade. Embora a França seja mais forte no plano doutrinal, hoje provavelmente o país mais freudiano do mundo seja o Brasil. Porque no Brasil o ensino da psicanálise se mantém nas universidades de Psicologia, mais do que na Argentina. Mesmo que a implantação da psicanálise tenha sido feita pelos argentinos, que tiveram o golpe de gênio de implantar o kleinismo, o freudismo e o lacanismo. Mas a tradição universitária brasileira é muito forte. E o fato de que seja dividida em cidades é muito importante. Não é a mesma coisa no Rio, em Porto Alegre... E eles digeriram tudo que veio da Europa de forma antropofágica. Temos uma abertura maior a tudo no Brasil. O defeito, evidentemente, é que não há escola histórica, mas há uma tradição. Houve Fernand Braudel, Claude Lévi-Strauss, há uma abertura. Os brasileiros são ecléticos e abertos a novas abordagens, enquanto na França os psicanalistas têm 25 anos de atraso em relação à história, infelizmente. E o dogmatismo lacaniano e psicanalítico em geral teve um papel neste quadro. Mas vamos chegar lá. Já o Freud brasileiro é eclético, é uma mistura de kleinismo, de lacanismo, de invenção brasileira. E, neste ponto, Emilio Rodrigué colocou seu tempero. Ele faz variações em seu livro, é um romance latino-americano, ele se permite interpretações extravagantes, mas gosto disso, porque ao mesmo tempo há a seriedade do aparelho crítico. Era um grande amigo. Ele fez, creio que em 1995, um colóquio na Bahia, no qual eu estava presente, excelente. Convidou historiadores ingleses, brasileiros, franceses, havia um ecletismo. Ele conhecia perfeitamente a historiografia freudiana. No início, era um analista kleiniano, que aceitou os lacanianos na Bahia – um lacanismo tropical que eu apreciava muito –, e ao mesmo tempo era também aberto ao candomblé, um terapeuta completamente transgressivo. E respeitava os historiadores. Ele era capaz de uma liberdade incrível em relação a Freud. Ele não entrou no cerco dos historiadores universitários, formados pelos alemães, ingleses e americanos. Na França, infelizmente, sou bastante solitária. Ele não é citado pelos britânicos, e era um perfeito gentleman inglês, fez sua formação em Londres. E gostava muito dele.

Você muitas vezes respondeu às consecutivas iniciativas dos chamados "antifreudianos radicais", como a tentativa de interdição de uma exposição sobre Freud em 1996, enfrentou processos na justiça por difamação e contestou obras como Mensonges freudiens *(Mentiras freudianas), de Jacques Bénesteau,* O livro negro da psicanálise: viver e pensar melhor sem Freud, *organizado por Catherine Meyer, ou* Le crépuscule d'un idole, l'affabulation freudienne *(O crepúsculo de um ídolo, a fábula freudiana), do filósofo Michel Onfray, com quem teve uma acirrada polêmica.*

Michel Onfray disse que não era preciso ler minha biografia sobre Freud para saber o conteúdo. Quando se diz uma coisa dessas, é o fim de qualquer discussão. Há anos ele recusa qualquer debate comigo, e nós nos conhecemos muito bem. Ele delirou, disse que eu o tratei de pedófilo. De qualquer forma, não é apenas em relação a Freud que ele diz não importa o quê. Faz o mesmo sobre a Bíblia, Albert Camus, Sartre, Sade, e vai continuar. Mas em algum momento a verdade triunfa. Da mesma forma que caiu a Nova Filosofia, com todas estas besteiras que há 30 anos nos envenenam. Foi uma corrente não universitária muito sedutora em seu início, jovem, com personalidades brilhantes. Mas que tinham como maior defeito contar qualquer coisa, como dizer que o gulag já estava presente em Marx e Engels. Isso é uma contraverdade histórica. E, de um certo modo, a França está pagando hoje por isso. Hoje, estamos na vingança dos historiadores e dos filósofos universitários contra os filósofos midiáticos não universitários. Fiz 70 anos, vivi tudo isso, e tive uma outra trajetória. Desde os anos 1980, pensava que se precisava da mídia e da universidade. Não me encerrei exclusivamente na potência acadêmica, mas obtive este reconhecimento acadêmico, o que é capital na França. E sempre pensei que não havia razão para deixar a mídia com pessoas que dissessem qualquer coisa. Sou mais próxima de Pierre Vidal-Naquet, de Jacques Le Goff. Eles tiveram a mídia. Mas hoje estamos no fim da Nova Filosofia, do antifreudismo radical. Vamos passar à herança real.

O "Freud bashing" *ainda é forte hoje?*

Isso não acaba nunca. Nada nunca acaba, tudo volta. Mas após ter sido um movimento majoritário, torna-se minoritário. Assim como tiveram sua hora de glória majoritária, os psicanalistas são hoje minoritários. Mas eles não vão desaparecer.

Sua mãe era psicanalista, amiga de Lacan, mas seu pai detestava a psicanálise. Ele deplorava que sua mãe tivesse sido "endoutrinada pelo obcecado sexual".

Meu pai nasceu em Bucareste, em 1883. Ele foi muito importante para mim. Primeiro, porque amava a história. Mas é verdade que minha história familiar tem algo de divertido. Meus pais não brigaram, seu divórcio se passou de forma amigável. Mas meu pai era um homem do século XIX, e minha mãe, uma mulher do século XX. Eu sou o fruto de tudo isso. Agradeço a meu pai ter-me criado em uma cultura histórica. Quando eu nasci, ele já tinha 60 anos, poderia ter sido meu avô. O que foi algo muito interessante, pois quando ele me falava de sua juventude, era uma época ainda sem eletricidade, ele vinha de Bucareste. Meu pai lutou na guerra de 1914-1918. Eu tinha um pai que me falava de uma época que era a dos avós das crianças de minha geração. E para minha mãe, que tinha 20 anos a menos do que meu pai, a época era a da Segunda Guerra Mundial. Pela dimensão histórica era incrível, eu tinha duas gerações como pais.

Você define Freud como um "conservador esclarecido, rebelde"...

Sem dúvida é um conservador rebelde. Ele entrou em rebelião contra os modos de pensar majoritários de sua época. Ele é um liberal conservador, que induziu uma revolução do íntimo. É contemporâneo do socialismo, do comunismo, do feminismo, de todos os movimentos de emancipação. Mas sua característica é retornar sempre ao Antigo, algo muito típico também de Viena e da cultura alemã. Para fazer uma revolução do íntimo, vai buscar modelos míticos na tragédia grega, e não na modernidade literária, a qual, aliás, ele não entende muito bem. Ele tem este aspecto politicamente conservador, vota liberal, trabalha com os sociais-democratas em Viena, não confunde jamais o comunismo e o nazismo, mas não acredita que uma revolução social do tipo marxista vá dar certo. Ele é contemporâneo da Revolução Russa. Não é a favor das convulsões republicanas francesas. Mas seu movimento psicanalítico é aberto, com discípulos de todas as tendências, progressistas, conservadores. Ele era pela emancipação das mulheres e contra a supressão das instituições. Há uma imagem muito justa de Freud: era favorável à morte do pai, ao regicídio; aprovou Oliver Cromwell (*1599-1658*), que cortou a cabeça de um rei, mas se mostrava a favor de que se recolocasse um rei no trono. Isso é explicado em *Totem e tabu*. Freud é regicida sob a condição de que se reinstaure a monarquia depois de ter sido abolida. Não é republicano no sentido francês. Ele gosta muito de Paris, mas não é a favor de revoluções do tipo francês. O modelo para ele é Londres, o modelo econômico liberal inglês, e a cultura do Sul, a Itália e a Antiguidade romana; e mais longe, a cultura grega, e ainda mais longe, o Egito. Freud é um homem da bacia mediterrânica em seus sonhos, algo muito austríaco, entre o Norte e o Sul, e muito ligado ao modelo de monarquia constitucional. E ele é judeu, o que tem um peso considerável na sua vida. Não é a favor do sionismo, à criação de um Estado judeu, prefere a diáspora, mas herdou algo dessa rebelião. Para a época de Freud, o inimigo é a religião. Ele é pela ciência, o que faz com que, por vezes, em seu debate com o pastor Oskar Pfister (*1873-1956*), possa se enganar, confunde religião e fé. Mas para esta geração de homens sábios, originados do materialismo, o inimigo é o religioso. Ele tem isso em comum com Marx. Por isso, é um conservador bastante singular. Ele é pela liberdade sexual e contra a pena de morte.

Um dos erros de Freud, na sua opinião, é o de acreditar que constrói uma ciência, enquanto na verdade elabora um pensamento racional que se inscreve nas ciências humanas. A senhora diz que ele era habitado pelo irracional, e cita o escritor Thomas Mann, que definia a psicanálise como um romantismo que se tornou científico.

Não é uma ciência, no sentido das ciências da natureza. Ele sabia disso, e por essa razão abandonou o modelo fisiológico-neurológico. Mas não soube inscrever a psicanálise como uma disciplina integral na universidade, o que fez com que tenha sido sempre ensinada nos departamentos de Psicologia, Antropologia, Sociologia, Literatura e Filosofia. Teria podido fazê-lo? Não sei, talvez não. Talvez o destino da psicanálise seja o de não ser uma disciplina à parte. Mas hoje estamos novamente em um retrocesso, na ideia de que o corpo e o movimento são mais importantes do que a palavra. Mas isto não vai durar. Estamos numa encruzilhada, foi-se muito longe na explicação estritamente química e orgânica do inconsciente. Isso é demasiado hoje. A psiquiatria biológica não existe mais como psiquiatria, ela é química. Há uma contestação.

Quando se questionam os resultados de Freud com seus pacientes, sua resposta é a de que a técnica psicanalítica trata as neuroses, não as psicoses.

Durante trinta anos houve um reinado do "tudo químico". Isso está acabando. Não por um retorno à psicanálise, mas por ser uma explicação demasiado totalitária e pela rejeição dos pacientes. Freud elaborou uma clínica aplicada em seu início às neuroses. Mas eram neuroses graves. Ele mudou, a partir de 1914 percebeu a incurabilidade. Depois, o saber psicanalítico dominou toda a psiquiatria do século XX. Foi uma boa coisa. Antes do aparecimento dos psicotrópicos, era melhor procurar clínicas nas quais havia uma abordagem psicanalítica – mesmo para Jung – do que ser um simples sujeito de sanatório. A partir de 1945, os antigos asilos se esvaziaram, foi um enorme progresso. E a ideia de combinar a cura pela palavra com medicamentos, para as psicoses, é uma bela definição. Sabemos que para um melhor tratamento da loucura são necessárias três abordagens: de meio ambiente, psíquica e médica. O problema é que nas nossas sociedades de hoje, com economias orçamentárias draconianas, não temos os meios de curar os loucos com estes três meios. Então se passou ao "tudo químico", que funciona mais rápido, mas que é catastrófico. A tripla abordagem se tornou impossível. Nas sociedades precarizadas como as nossas, os doentes mentais e os prisioneiros são muito maltratados.

No livro, a senhora desconstrói "lendas" como as da autoanálise ou do complexo de Édipo freudianos.

Eu desfaço o complexo de Édipo. Freud não escreveu uma só linha a respeito, exceto sobre o declínio do complexo de Édipo. Falou do complexo de Édipo por toda parte, mas não teorizou. A psicologia edipiana não se sustenta. O complexo de Édipo como psicologia de família não funciona. O genial é fazer crer a cada neurótico que ele é Hamlet ou Édipo em vez de um doente mental. É muito melhor ser um herói de teatro do que um simples doente mental em um sanatório. E ele não foi capaz de escrever sobre a metapsicologia. A autoanálise não existe, é uma lenda forte e inventada. O próprio Freud disse que era a "sua autoanálise", mas não é uma autoanálise, e sim uma passagem pelo erro para se alcançar a verdade. A correspondência com Wilhelm Fliess (*1858-1928*) não é uma autoanálise, mas uma errância de sábios. Ele errou no irracional para conseguir elaborar uma doutrina que extrapola a fisiologia. A "pulsão de morte", um dos momentos fortes de Freud, não começa em 1919, mas em 1914, quando ele se pergunta, para introduzir o narcisismo, por que nos autodestruímos. Penso também que Freud tinha a convicção de que o que acontecia na realidade social já estava no psiquismo. Isso é apaixonante. E ele tinha a convicção de que o que ele mesmo dizia era revelador do inconsciente, que apenas traduzia a realidade que se passava no inconsciente. Isso não é verdade, mas quanta audácia!

Para você, a grande força de Freud foi a de ter sido um grande criador de mitos.

Foi uma outra audácia sua fundar uma ciência baseada nos mitos, na racionalidade do estudo dos mitos. Cada livro de Freud provocou debates no mundo inteiro. Com a publicação de *Totem e tabu*, que vai na contracorrente da antropologia moderna, ele leva o mundo acadêmico a discutir este ensaio completamente fora de moda. Isso significa que ele contribui com algo. Quando escreve seus três ensaios sobre a teoria sexual, em vez de fazer um tratado de sexologia, o caso de todos os seus contemporâneos, ele se ocupa da teoria sexual das crianças – para mostrar que o que se considerava como perversões não o eram, e que somos todos perversos. A lenda é a de que Freud inventou tudo, de que não deve nada à sua época. Não é verdade. Ele inventa algo da ordem que defini como "revolução simbólica", remodelando as representações de sua época. Nisso, ele é inovador. Quando se leem os psicólogos contemporâneos de Freud, que são válidos, sua superioridade intelectual, literária e imaginativa é evidente. A fraqueza de Freud foi a de não ter conseguido introduzir esta disciplina na universidade. E sua força foi a de ter feito um movimento. Ele não cria uma seita, mas um movimento político, revolucionário, platônico. Ele e seus discípulos têm consciência, desde o início, de serem portadores de uma revolução simbólica. A prova é a de que possuem a preocupação da memória e da história, contrariamente aos psicanalistas. Tinham o pressentimento de que seu mundo iria desaparecer, o que vai ocorrer primeiro com a Primeira Guerra Mundial e, uma segunda vez, com o nazismo. Aprecio nos primeiros freudianos – que se disputam o tempo todo e que admiram, mas não idolatram, Freud – este sentimento de que seu mundo vai perecer. Daí vem a imigração, e o fato de que se deve levar a todos os países do mundo a lembrança de Viena. O exílio de Freud, sua casa, suas coleções, é a ideia de que, como tudo vai morrer com o nazismo, é preciso transportar a memória do movimento. Arquivos, fotografias, tudo é transportado para Washington ou Londres. É um gesto incrível. Freud não quer acreditar que o nazismo vá engolir Viena. Ele sabe, mas não quer aceitar. Ele espera por Hitler e, diante desta pulsão de morte, personalizada em Hitler, recua até o momento em que é preciso partir.

Entre as ditas "lendas fabricadas", como a senhora diz, estão suposições de que Freud teria sofrido abuso sexual na sua infância, vivido uma relação com sua cunhada, abusado ele mesmo de sua sobrinha ou, em seu exílio em Londres, abandonado suas irmãs, depois deportadas e exterminadas pelos nazistas.

Eu não encontrei nada disso nos arquivos. O que não se sabe é como foi a vida sexual de Freud antes de seu casamento. Ele teve provavelmente a adolescência de um jovem de Viena. Não gostava de prostíbulos, do adultério. As mulheres se casavam virgens. Não se sabe o que houve antes, mas se sabe o que veio depois. Ele tinha necessidade de ter mulheres em seu entorno. Pratica a abstinência, não quer outro filho. Sua cunhada ocupa um lugar muito particular. É uma segunda esposa não sexuada, ele mesmo o diz. Mas é preciso ser completamente louco para colar retrospectivamente o que é a sexualidade atual sobre o que era naquela época. Não há verdades ocultas, mas quis invalidar os falsos rumores. Houve pessoas que negaram a existência do câncer de Freud, o que é fascinante. Ele também não escreveu, no final da vida, que recomendava a Gestapo a todo mundo. Desminto tudo isso. Construiu-se uma máquina de fantasias, sejam negras ou douradas, sobre o personagem. Ele é paradoxal.

A senhora coloca Freud no mesmo status de Einstein, Darwin, Marx, Sartre, Simone de Beauvoir, Hannah Arendt ou Michel Foucault: pensadores rebeldes, vítimas de rumores e injustiças.

Marx se tornou um explorador de mulheres, repugnante, responsável pelo gulag. Há teorias revisionistas sobre Einstein, que dizem não ter sido ele o criador da teoria da relatividade, mas sua mulher. E teria sido um pai abominável porque tinha um filho psicótico. Nada disso se sustenta. Sobre Darwin também se inventou muita coisa. E sobre Simone de Beauvoir ou Sartre, que foi coberto de injúrias. Foucault foi acusado de ser responsável pela transmissão da AIDS, e Jacques Derrida, de nazista. Para mim, tudo isto deve ser banido. São visões apocalípticas. Eu tenho dúvidas sobre tudo. Sobre Freud, discutiu-se quem teria lhe dado a última injeção. Há um livro que acusa Freud de ter introduzido a cocaína no mundo moderno. Não. E o Freud fascista, amigo de Mussolini? Isso nunca. Sim, ele fez uma dedicatória a Mussolini, mas é preciso contextualizar. Há frases que Freud não pronunciou e que lhe são atribuídas. Há textos interpretados de forma equivocada, sem o contexto. Há de tudo. Estranhamente, os antifreudianos radicais não criticaram o que é criticável em Freud.

Por exemplo?

Não notaram muito as errâncias de Freud. Eles pensam que William Fliess tinha razão contra Freud. A tese mais verdadeira é a de mostrar que, em certo momento da ciência, havia teorias totalmente irracionais às quais Freud aderiu. Eles passam seu tempo a valorizar teses aberrantes para melhor criticar Freud. Não sou por Wilhem Reich (*1897-1957*) contra Freud, por Otto Gross (*1877-1920*) contra Freud. Não é isso que se deve fazer, mas mostrar como o próprio Freud adota teorias extravagantes. É normal que Fliess seja hoje esquecido, ele tinha um sistema de pensamento irracional, mas fascinante. Pode-se ter muita simpatia por Reich, como eu tenho, mas a teoria do orgônio é delirante. Os antifreudianos radicais passam todo o tempo a procurar anti-heróis, não usam as verdadeiras críticas que poderiam ser feitas a Freud.

Para você, as ciências históricas e a antropologia estão em plena expansão na França, mas o pensamento filosófico e a psicanálise estão hoje em crise. E você menciona não apenas uma degradação da universidade, mas um desprezo pelos intelectuais e um ódio ao pensamento.

Estamos numa crise de herança na França, passageira, mas numa crise europeia, mundial, do pensamento. Há hoje na França uma renovação evidente da filosofia, há uma geração de 40 anos que vai se tornar conhecida. Há uma renovação da antropologia, da sociologia. Isso é menos válido para a psicanálise, porque eles estão acantonados na clínica. Daí a importância do retorno de um Freud histórico. Penso que saímos de um período difícil do ódio a Freud, e hoje é preciso que ele seja lido de outra forma, como uma necessidade para os psicanalistas. Há trinta anos, os não psicanalistas leem melhor Freud do que os psicanalistas. O que não quer dizer que sejam maus clínicos. Eles não situam Freud na cultura do tempo de Freud, e assim não sabem situá-lo em nosso tempo. "Em seu tempo e no nosso" quer dizer: o Freud que se constrói em seu tempo, e o que nos ilumina no nosso.

Philippe Roger

O filósofo francês Pascal Bruckner costuma dizer que o ódio aos Estados Unidos é o sentimento que menos divide os franceses: "Nada melhor para criar o consenso entre nós do que malhar o Tio Sam". A Grã-Bretanha, a Alemanha, a Espanha ou a Itália um dia estiveram em guerra com os EUA, e a França, nunca, lembra o historiador e ensaísta Philippe Roger; o que não impede que seja o país no qual o antiamericanismo tenha vigorado com mais intensidade desde o passado até os dias de hoje, em um paradoxo e um enigma histórico e cultural. "Por que somos tão antiamericanos?", se perguntou. Refratário às generalidades e reticente às emoções fáceis, ele decidiu encarar a interrogação como objeto de estudo científico. Professor da Escola de Altos Estudos em Ciências Sociais, pesquisador do Centro Nacional de Pesquisa Científica e diretor da revista *Critique*, Philippe Roger, um especialista no século XVIII e na história das ideias – com obras publicadas sobre o Marquês de Sade e Roland Barthes –, dedicou sete anos de estudos a escrever um longo, minucioso e documentado ensaio de mais de seiscentas páginas: *L'Ennemi américain: genéalogie de l'antiaméricanisme français* (Seuil, 2002). Na volumosa obra, procura desconstruir conceitos que se formaram pela força do tempo, fazendo do espírito antiamericano uma "exceção francesa", mais presente e enraizada na terra de Voltaire do que em outros países europeus. O antiamericanismo não é um mito, uma paixão ou uma ideologia, diz Roger. Ele deve ser analisado em sua tradição como um discurso, um fenômeno não conjuntural, que teria alcançado uma certa autonomia em relação à atualidade.

A origem primeira do antiamericanismo não data dos anos 1930, do tempo da Guerra do Vietnã ou da Guerra Fria, mas do século XVIII, por meio das ideias do naturalista Georges-Louis Leclerc, conde de Buffon (1707-1788), que descreve os EUA como uma terra infortunada, inabitável, infértil e povoada de nativos débeis capazes de degenerar os imigrantes europeus. Da denigração dos EUA por pensadores do Iluminismo, passando pela aversão ético-estética do poeta Charles Baudelaire (1821-1967), no final do século XIX todos os ingredientes do antiamericanismo francês – que ele considera sobretudo um produto da intelectualidade, seja à esquerda ou à direita – estavam reunidos, tornando-o já algo consensual.

Conversamos sobre o tema em seu apartamento no bairro Montmartre, em Paris. Philippe Roger se pergunta se não há uma derivação, se o antiamericanismo não teria se tornado um vício intelectual, uma escravidão mental, uma preguiça masoquista, uma rotina do ressentimento ou um pavlovinismo sem paixão. Sua intenção confessa, no entanto, não foi escrever um panfleto, contrapanfleto ou um livro ideológico sobre os EUA, mas sim fazer do antiamericanismo um objeto de análise histórica e semântica, sem cair na psicologia do amor e ódio. "A nação que se entrega a sentimentos habituais de amor e de ódio por outra é, em certo grau, escrava. É escrava de seu ódio ou de seu amor", escreveu o primeiro presidente americano, George Washington (1732-1799). Para Roger, é ao nos livrarmos do antiamericanismo que nos tornaremos melhores críticos dos Estados Unidos.

Como ocorre o nascimento do antiamericanismo francês no século XVIII?

É um prólogo bastante estranho, mas é interessante de ser lembrado porque temos esta imagem da Europa, e sobretudo da França, numa espécie de comunhão democrática em torno das ideias do Iluminismo com os Estados Unidos. Sobretudo com os EUA da Independência. Na verdade, foi um episódio bastante entusiasta, mas que durou alguns anos, enquadrado por essa visão negativa de um continente deserdado, uma terra pantanosa, pútrida, na qual todos os animais são menores do que no resto do mundo – o que é bastante estranho como teoria, e é a teoria de Buffon. Isso tem consequências políticas deliberadas, pois se trata de história natural, mas faz parte também de uma "agenda política", que consiste em dizer: "Não vá para lá". É uma agenda anticolonial. Buffon é um anticolonialista. Ele quer dissuadir os europeus de partir para os EUA, e pensa que o melhor meio para isso não é dizendo: "Sejam gentis, não incomodem os indígenas". Ele diz isso, mas também que o país é horrível e que as pessoas que cometeram os crimes contra os indígenas não conseguirão nunca construir um país próspero, alimentar milhões de habitantes. Há todo um discurso de difamação dos EUA, que inquietou os "pais fundadores americanos", como Thomas Jefferson e Thomas Paine. Eles achavam que, se os europeus tinham uma imagem tão negativa de tudo que se passava no continente americano, não iriam se interessar em criar relações comerciais ou políticas. Isso foi o prólogo. A ajuda aos americanos foi decidida por Luís XVI, e não pela República. Este episódio fraternal se deu entre o período de grande difamação – durante 30 anos se diz que tudo nos EUA é podre, no sentido próprio e figurado – até o momento em que a Revolução Francesa criou uma república.

No final do século, a situação se torna ainda pior.

A partir de 1792, as relações se degradam violentamente, porque os americanos ficam atemorizados pela radicalização da Revolução Francesa. A radicalização girondina e a fase do Terror marcaram o grande cisma, e mesmo George Washington, que era amigo da França, submetido a fortes pressões de seus adversários políticos, decidiu não intervir nas questões europeias quando a República Francesa foi ameaçada pelos soberanos da Europa, sob o comando da Grã-Bretanha. Na época, foi uma decepção, que logo vai se transformar em uma fonte de ressentimento. Com a morte de Robespierre, o fim do Terror e o início de um regime constitucional, os franceses esperavam por uma ligação EUA-França. Este primeiro ato de isolacionismo americano é encarado com bastante amargura, sobretudo quando, na França, acaba-se por saber que os americanos, além de não quererem nos ajudar, assinaram um tratado secreto com a Grã-Bretanha. Foi a gota d'água, e surge uma campanha antiamericana na imprensa sobre o tema da ingratidão. É interessante, pois foi retida apenas a cena do idílio, e esquecemos o que havia antes e depois. Esta estrutura da ingratidão vai ser uma constante nas relações franco-americanas. Nunca estivemos em conflito aberto, mas vivemos apoiados num mito de afetividade, que é forçosamente mítico entre nações e mesmo a fonte do problema franco-americano. A realidade das relações entre os dois países, ao longo da história, é feita de breves alianças constantemente sucedidas por longas crises. O mito nos diz "eterna amizade", mas a realidade nos mostra que há apenas períodos fraternais, como na Guerra da Independência americana, na Primeira e na Segunda Guerra Mundial. Não é muito, são apenas três momentos em duzentos anos. Depois do período Revolução-Império, a França perde bastante interesse pelos EUA, porque todas as ligações acabaram. O último grande elo territorial era a Louisiana, uma imensa área que se estendia até o Canadá e que foi vendida por Napoleão. Os EUA se tornam algo distante, até a Guerra de Secessão. Nesse meio tempo, há um tipo de indiferença, mesmo de desprezo. Os viajantes que estiveram lá durante a Revolução retornaram decepcionados e fizeram relatos muito negativos. Há as palavras de Tayllerand: "Os Estados Unidos são 32 religiões e um só prato".

Você coloca o surgimento de um antiamericanismo estético no início do século XIX. Há uma transformação do discurso. Dois escritores distintos se unem na crítica aos EUA, Stendhal e Baudelaire.

Insisto nestes dois, particularmente, porque são bastante simbólicos: Stendhal, à esquerda, e Baudelaire, à direita. Os dois dizem praticamente a mesma coisa: trata-se de um país invivível, no qual não há cultura, não há beleza, obras de arte, monumentos. Stendhal diz que não há ópera, portanto ele não poderia morar nos EUA. Baudelaire vai além, pois escreve um texto, que ele mesmo chama de profético, no qual descreve a americanização do mundo. É ele quem introduz a palavra "americanização", que representaria um planeta uniforme, cinza, dominado pela técnica e a ditadura. Evidentemente, é bastante contraditório, pois os EUA são praticamente a única república eletiva na época. A associação entre tecnologia e ditadura é muito importante, pois toda a tradição francesa vai conservá-la por, pelo menos, três quartos de século. Baudelaire pensa que não podem existir liberdades democráticas num país no qual a tecnologia determina os comportamentos. Isso se repetirá nos anos 1920-1930, e de maneira bastante inquietante para os equilíbrios políticos europeus. Praticamente todos os intelectuais franceses vão dizer, nos anos 1930, que se é menos livre nos Estados Unidos do que nos países totalitários da Europa. O que é bastante grave quando se vê a progressão do fascismo, do nazismo e da União Soviética. É possível ler este tipo de afirmação tanto pela pena de jovens panfletários brilhantes, não conformistas, como pela de um velho conservador como Georges Duhamel, bastante ouvido na época. Eles dizem que a ditadura nos EUA é pior porque é uma ditadura mental, na qual o espírito é dominado pelo sistema e pela máquina. Duhamel escreve, inclusive, que se é mais livre sob Mussolini do que sob Roosevelt. Há uma cegueira e um desconhecimento político evidente, mas há também um certo número de práticas não democráticas nos EUA. O aniquilamento do movimento sindical é muito comentado na França, e se choca com a forma de repressão das greves e os limites impostos às manifestações. A cultura democrática americana não se assemelha à francesa. Aqui, bloquear o tráfego faz parte dos direitos imprescritíveis da expressão democrática. Nos EUA, tudo isso é muito mais regulamentado, são juízes que decidem se você tem direito de se manifestar ou não. São coisas simbólicas, mas muito importantes, que revelam verdadeiras divergências culturais. Mas, além disso, havia um grande esquema explicativo "maquinófobo". Os franceses sempre tiveram essa obsessão antimáquina. Nos anos 1950, George Bernanos diz que no processo de Nuremberg teria sido melhor julgar as máquinas anglo-saxãs do que os nazistas. Isso se torna um reflexo de Pavlov, faz-se uma relação automática que é feita entre tecnocracia e ausência de democracia. Era este, de uma certa forma, o credo dos franceses. Nessa lógica, os EUA eram o país menos democrático do mundo.

Os anos 1920 trazem uma novidade: o confronto com a cultura de massa americana.

Há uma presença de produtos manufaturados americanos desde o fim do século XIX. Eu me surpreendi ao ver como nos textos antiamericanos de 1880-1890 já se manifesta uma preocupação com a invasão na Europa de produtos americanos baratos e de baixa qualidade. Nos anos 1920-1930, a França permanece um país rural, e os camponeses não compram esses produtos. É algo que atinge, sobretudo, as elites urbanas. Isso atinge bastante os intelectuais franceses, que até então pensavam que nunca haveria competição nesta área, pois se julgavam muito superiores aos intelectuais americanos. De repente, eles se veem confrontados com essa coisa que não conhecem e não compreendem muito bem, que é a cultura de massa, sobretudo no cinema. A maioria dos intelectuais franceses não considerava o cinema como uma arte. À parte alguns surrealistas e amadores de cinema, os intelectuais tradicionais franceses são anticinema. Eles pensam que é um tipo de music hall, o burlesco na tela, uma farsa animada feita para divertir as pessoas dotadas de um baixo quociente intelectual. Ao mesmo tempo, há o medo, porque eles veem o sucesso do cinema, sua extraordinária difusão. Quando se diz que a luta de resistência do cinema francês é uma cruzada do fim do século XX, não é verdade. Isso começou no anos 20, quando há mesmo uma tentativa parlamentar de impor cotas a Hollywood. Entre 1928 e 1930, surgem os primeiros artigos sobre o direito dos povos de produzir e dispor de suas imagens e de criar sua própria mitologia sob a forma de filmes e de séries televisivas, sem precisar passar pela máquina americana. Encontrei um texto de 1930 que classifica como muito grave a possibilidade de o mundo inteiro ver Joana d'Arc com os traços de uma californiana e Napoleão interpretado por um ator do Wisconsin. É como uma despossessão simbólica. Nos anos 1920-1930, a introdução de produtos americanos se dá, sobretudo, por meio da publicidade moderna, o que agride bastante os franceses. Para eles, é uma invasão da cidade, da vida privada e do espaço público. Os franceses são muito hostis à publicidade como manipulação dos espíritos. E há também esta cultura de massa, que inquieta os intelectuais, pois ele se dizem: "Os americanos são inferiores intelectualmente, mas eles encontraram um cavalo de Troia: a cultura popular, o cinema". Estudos mostram que, desde o final dos anos 20, os grandes estúdios de Hollywood possuem mais da metade dos cinemas das grandes cidades francesas. Os intelectuais franceses dizem que essa cultura de massa vai perverter e corromper o gosto do bom povo da França, que acabará desejando mais e mais essa droga de péssima qualidade e não irá mais adquirir os belos produtos culturais feitos pelos artesãos franceses. Há esta noção de artesanato entre os intelectuais, que encontramos em Jean Cocteau. Em 1949, ele viaja aos EUA e escreve uma carta aos americanos se apresentando como o artesão que chega com seus poemas embaixo do braço, como uma espécie de provocação contra essa taylorização da cultura, que provoca medo nos intelectuais.

Você defende a ideia de que o antiamericanismo francês deve ser analisado como uma tradição: não é conjuntural, alcançou uma certa autonomia em sua existência.

Não se pode tratar o antiamericanismo de forma ideológica, pois ele é tanto de direita quanto de esquerda, de extrema-direita quanto de extrema-esquerda. Ele se tornou mais à esquerda só mais recentemente, com a Guerra Fria. Antes, era sobretudo de direita e extrema-direita. Também não é uma oposição a uma ideologia. Era-se antiamericano na França numa época em que não se identificava os Estados Unidos ao liberalismo, mas a um Estado totalitário-tecnológico, à ditadura dos trustes, que é o contrário do liberalismo. Quando, por exemplo, Jean François Revel identifica antiamericanismo e socialismo contra o liberalismo é algo historicamente falso. Também não se trata de uma paixão nacional, como o historiador britânico Theodore Zeldin tentou definir. Sou reticente em relação a estas generalidades. O antiamericanismo não é um traço de caráter. Foi algo construído numa relação com acontecimentos históricos e também com decepções, sentimentos de ingratidão ou de estranheza.

Como se insere a defesa da exceção cultural francesa no contexto do antiamericanismo?

Há uma certa ambiguidade, hoje, neste discurso. Apoio os auxílios e subvenções para ajudar a manter um cinema francês, italiano, alemão ou europeu. Mas a retórica da exceção cultural me parece um tanto frágil. Há algo de bastante defensivo nesta ideia. Uma espécie de reflexo de defesa que começou nos anos 1920 com a ideia de um declínio da Europa. Penso que a exceção cultural deve ser invocada, sem que dela seja feita uma batalha defensiva e paranoica. Criticar Hollywood, muito bem, ainda mais que a produção americana é muito desigual, mas isso é uma questão de gosto. Há um tipo de excesso retórico na França. Há gestos positivos nessa área, em defesa de imagens diferentes. O tema francês é também europeu. Os franceses não são chauvinistas no seu antiamericanismo. O discurso, pelo menos, não é chauvinista, mas sim: "Vamos nos unir contra o monstro americano". Isso desde os anos 1880. Henri de Beaumont, que escreve numa revista de relações internacionais, diz: "Não sou muito favorável à formação de uma federação europeia, mas, face aos EUA, é a única solução". Em 1900, Gustave Le Rouge escreve um folhetim muito engraçado sobre um complô de milionários americanos que formam um exército de autômatos na Califórnia para invadir a França, que sai vitoriosa no final porque as filhas dos milionários americanos se apaixonam por jovens franceses. Há algo bastante simbólico no final da história, pois, desmontado o complô maquiavélico, há uma festa num castelo para se criar um tipo de centro internacional de pesquisa científica, e todos os europeus são convidados para celebrar esta união contra a ameaça americana. Há um século que existe este tema: a França, se defendendo contra o polvo americano, tenta federar as oposições. É uma fantasia que vimos retornar, de uma certa forma, na crise provocada pela Guerra do Iraque. O governo americano se sentiu menos ferido pela oposição da França do que pelos intensos esforços diplomáticos franceses para federar todas as oposições.

Em 1946, o filósofo Jean-Paul Sartre disse: "Eu não sou antiamericano. E, além disso, nem sei o que esta palavra quer dizer". O que ele quis dizer?

Talvez Sartre tenha dito isso com um pouco de humor, mas não tenho certeza. Penso que se trata, sobretudo, de um grande esquema de negação. A reação de uma grande parte da esquerda em relação ao antiamericanismo era dizer: "Mas isso não existe, falar de antiamericanismo já é fazer o jogo das más forças dos EUA; não há antiamericanismo, mas apenas um boa crítica aos EUA". Claro, há uma crítica justificada dos EUA, mas existe também o antiamericanismo, que é justamente a parte excessiva, ilógica e irracional da crítica. Há dois grupos na França: o que pratica a denegação em relação ao antiamericanismo, principalmente à esquerda, e diz que as críticas são todas justas; e os amigos ideológicos dos EUA, uma parte das elites francesas, que mantém distância do antiamericanismo e acredita que as coisas vão se ajeitar. Há, ao mesmo tempo, um enorme consenso antiamericano na França, como um dos poucos discursos de unidade francesa, e também uma espécie de consenso na negação do antiamericanismo.

Em 1968, o resultado de uma pesquisa de opinião sobre o povo que menos se assemelhava aos franceses apontou 43% para os americanos e 22% para os ingleses. E não foi uma pesquisa realizada somente entre intelectuais.

Isso mostra até que ponto os EUA são percebidos como profundamente diferentes. Há um enorme fosso. O grande fenômeno da Guerra Fria não foi tanto a violência antiamericana do discurso comunista, mas a difusão de um discurso antiamericano nas camadas populares. Na época, o Partido Comunista francês tinha influência nas camadas operárias. Foi por meio do PC que o discurso antiamericano, até então elitista e intelectual, se tornou popular e cotidiano. À força de se dizer "*yankee go home*" vai se acabar pensando assim.

Para você, o antiamericanismo se manteve, principalmente, graças aos intelectuais.

Creio que se trata de um fenômeno que alcançou importância somente na França, e desde o século XVIII: a importância da atuação dos intelectuais na vida pública. Este movimento intelectual, que passou a ocupar cada vez mais espaço na paisagem ideológica e política na França, foi a força do antiamericanismo. Ele foi forjado, quase integralmente, pela corporação intelectual tanto de direita como de esquerda. Houve muito poucos movimentos populares antiamericanos até a Guerra Fria, quando a presença de tropas americanas e a exploração dessas tensões pelo Partido Comunista e a extrema-esquerda fizeram com que o antiamericanismo se tornasse um pouco mais popular, se podemos dizer assim. Mas, até a Guerra Fria, o discurso antiamericanista francês foi inteiramente desenvolvido pelos intelectuais. Quem lidera a cruzada? São os grandes escritores, tanto as pessoas que flertam com a extrema-direita quanto os marxistas, que fazem a crítica da mecanização da alienação americana oposta à boa mecanização soviética. Há um consenso total.

Qual a influência do antiamericanismo francês no mundo?

É uma questão interessante, que não tenho certeza de poder responder. A originalidade do antiamericanismo francês está, entre outros fatores, na sua longevidade. Os únicos países com os quais temos algo em comum neste aspecto são os latino-americanos, e penso no México em particular. São os únicos países no mundo que têm um antiamericanismo que data do século XIX. Há também alguns elementos de antiamericanismo cultural na Grã-Bretanha, que datam do início do século XIX. Mas será que nosso antiamericanismo foi difundido? Não tenho certeza. No nível mundial, ele não tem uma grande importância. Há preocupações maiores do que saber o que os franceses pensam dos EUA. No nível europeu, nosso antiamericanismo teve muita influência entre o fim do século XIX e os anos 1920, talvez até os anos 1930. Simplesmente porque havia uma hegemonia cultural francesa, e todos estes textos dos grandes intelectuais franceses eram lidos, apreciados e consumidos. Nos anos 1920, grandes escritores italianos dizem coisas contra os EUA inspirados no antiamericanismo francês. Mas este movimento é quebrado pela explosão dos regimes políticos na Europa. Os dois grandes países que utilizavam a França como fonte, a Alemanha e a Itália, se tornam nazista e fascista. Estes novos poderes são muito antiamericanos. Mussolini proíbe a maioria dos filmes americanos. Hitler vai se tornar bastante antiamericano quando compreende que Roosevelt é alguém hostil, e vemos fortes campanhas antiamericanas na Alemanha a partir de 1937-1938. Os intelectuais que são, na maioria, antifascistas e antinazistas não podem ficar na mesma situação. Por um fenômeno normal de oposição, os inimigos de nossos inimigos podem ser nossos amigos, e eles renunciam a maiores críticas aos americanos, embora muitos permaneçam antiamericanos. Mas, no fundo, creio que a influência francesa foi bastante reduzida. Acho que é um produto franco-francês, e para uso do mercado francês.

Como você vê o futuro do antiamericanismo no mundo e na França?

Em relação ao antiamericanismo no mundo, ele é jovem, recente e pleno de futuro. Claro que isso é conjuntural, mas há um risco de que permaneça em cena. Já na França, o determinante é o que farão os intelectuais e o conjunto da mídia do país, que são extremamente antiamericanos. Na minha opinião, o antiamericanismo francês é uma esfera autônoma de discurso, bastante desconectada dos acontecimentos. A questão é saber se os produtores de discurso vão continuar nesta linha e, se renunciarem, se serão substituídos por outros. Neste grande debate, acredito que uma parte da *intelligentsia* já está revisando suas posições sobre o antiamericanismo. Acredito que haverá um tipo de triagem entre a oposição aos EUA baseada em pontos precisos e justificados e esse reflexo pavloviano. O fato de ter ocorrido um grande debate sobre o antiamericanismo, de terem sido expostos todos os seus estereótipos, fará com que os intelectuais tenham dificuldades em repeti-los. Mas, mesmo que isso ocorra, como o antiamericanismo não depende mais dos intelectuais e já se tornou um ruído de fundo para os franceses, ele poderá muito bem ser retomado pelo populismo xenófobo, por exemplo.

Hoje é permitido criticar os americanos sem ser antiamericano?

Um amigo americano tem uma fórmula que diz: "Ser antiamericano é odiar os americanos mais do que o necessário". No antiamericanismo não estamos mais na crítica, mas na ordem do irracional, de imagens preconcebidas, de mitologias já construídas. As reações às crises são determinadas por essas imagens mitificadas, e não pela análise direta do real. Se nos livrarmos do antiamericanismo, nos tornaremos melhores críticos dos Estados Unidos.

Daniel Roche

Em 1955, ao se deparar com a célebre frase "Odeio as viagens e os exploradores", abertura do clássico *Tristes trópicos*, de Claude Lévi-Strauss, o historiador francês Daniel Roche assimilou a confissão do célebre antropólogo como uma provocação num momento em que tudo inspirava ao incentivo, e não ao fim das viagens. As palavras o sensibilizaram e, mais do que isso, agiram como um catalisador secreto em seu espírito, um estímulo na busca interior da resposta para uma "questão essencial a cada um de nós e a nossa civilização incessantemente preocupada em fugir de si mesma": por que partir e por que retornar?

A interrogação resultou, depois de anos de intensas pesquisas, no volumoso ensaio *Humeurs Vagabondes: de la circulation des hommes et de l'utilité des voyages* (Humores vagabundos: sobre a circulação dos homens e a utilidade das viagens). Especialista no Iluminismo, o historiador mergulhou no estudo da oposição entre sedentarismo e mobilidade, e de todas as formas, causas e consequências da circulação de indivíduos, grupos e populações entre os séculos XVI e XVIII, passando também pelo gênero dos relatos de viagens – em um detalhado capítulo sobre os filósofos viajantes Voltaire e Jean-Jacques Rousseau, mas sem deixar de lado as andanças musicais de Bach ou Mozart.

O impulso da mobilidade e de suas relações confrontam os preconceitos e balizam o cosmopolitismo ao impor a todos a questão do elo entre identidade e localização, acolhida e hospitalidade, dom e economia, rejeição e controle do estrangeiro. Dois valores de civilização se contrapõem, diz Roche: um representado no pensamento de Pascal – "Toda a infelicidade do homem vem de uma única coisa, que é não saber permanecer em repouso em um quarto" –, e outro no apelo de Rousseau por um nomadismo pedagógico – "Viajar a pé é viajar como Tales, Platão, Pitágoras". "Todas estas questões possuem um passado, e todas elas têm um futuro", assinala. A vida em si mesma não é mais do que uma metáfora fundamental, acrescenta ele: aquela da Grande Viagem que cada um faz na insegurança. E conclui: "O mundo não é mais do que um livro aberto à sagacidade dos viajantes, e sua leitura pode ser a melhor ou a pior das lições. Será possível compreender, então, a porosidade que existe entre as experiências e que impõe uma relação antropológica essencial".

Também pensador de seu tempo, Daniel Roche manifesta sua preocupação com um mundo que se tornou um grande comércio de cidades e paisagens: "A sobrevivência dos *flâneurs* está ameaçada, assim como a solitude do turista e dos andarilhos", vaticina.

Por que, a partir do Renascimento, há esta enorme necessidade de circular que coloca a Europa em movimento?

É por isso que falo mais de mobilidade e circulação do que de viagens. Interrogo a noção de viagem em relação a estas outras noções. As viagens são escolhas, em relação à sua função e à finalidade de um trajeto, e terminam por designar um modo de descoberta do mundo. Viaja-se por uma descoberta intelectual, científica, social. Há certas injunções que fazem as pessoas viajarem, mas que não são totalmente deterministas. Foram estas obrigações que tentei reconstituir. São viagens sobretudo mais profissionais do que turísticas. O turismo nasce bastante tardiamente na sua definição atual, mesmo que já venha sendo praticado pelas elites sociais há muito tempo. Mas a obrigação mais evidente é a econômica. O movimento da economia implica que estes atores se desloquem. Isso não interessa somente aos dirigentes da economia, aos grandes negociantes ou industriais, que desde a Idade Média frequentam as feiras, visitam os grandes centros comerciais, portos, centros de produção. Os grandes manufatureiros também fazem este tipo de deslocamento. Entre a Idade Média e o século XIX, esse tipo de mobilidade das classes dirigentes não desapareceu. Muitos vão efetuar estadas no exterior, caso dos negociantes portugueses que vão ao Brasil por um certo tempo, como parte de sua formação. É um fenômeno europeu. Em todos os países da Europa, o comércio local se faz por meio de sucessivas mobilidades. Na população artesanal se dá o mesmo. As necessidades profissionais podem desembocar em verdadeiras curiosidades e transformações intelectuais, e foi isso que me interessou em cada tipo de mobilidade. Outro tipo é o mascate, personagem essencial entre os séculos XVI e XVIII, que coloca em contato diferentes tipos de civilizações materiais e é um instrumento de porosidade, permeabilidade, entre as regiões.

Você assinala também a mobilidade dos religiosos e dos peregrinos.

Os bispos têm o dever de conhecer sua diocese, e a visita pastoral faz parte de sua vida religiosa, profissional e pessoal. Eles descobrem a diversidade de seus fiéis, e toda uma geografia religiosa se instala. Estes bispos são obrigados, de tempos em tempos, a visitar a capital, onde são realizadas as assembleias gerais do clero, e também capitais de outras regiões. Há também a mobilidade do aprendizado, que vai atrair a vocação de jovens aos seminários e universidades nas quais serão diplomados em teologia. A mobilidade dos peregrinos é algo mais fundamental e se transforma, aos poucos, entre a Idade Média e o século XIX. No começo, a peregrinação funcionava como uma busca do perdão. Hoje, temos uma melhor ideia da importância de todos estes movimentos, da complexidade dos trajetos, da hospitalidade, da maneira como são vividos estes fenômenos de devoção que traduzem um recurso ao sagrado. Há uma grande transformação, porque, a partir do século XVII e no século XVIII, as Igrejas e os Estados passaram a desconfiar de todos estes movimentos de peregrinação, vistos como ocasião de desordem e também geradores de despesas. Os hospitais que acolhiam os peregrinos custavam caro aos Estados. Houve uma política de vigilância e controle tanto pelas autoridades religiosas como civis. O fluxo global de peregrinos não se reduziu significativamente, mas muitas destas peregrinações se regionalizaram, se tornaram mais controladas em espaços menores. As práticas foram adaptadas a um novo contexto de circulação.

Qual a importância da circulação dos estudantes neste período?

A peregrinação acadêmica, como se dizia na época, e que ainda hoje está na moda, é uma das dimensões intelectuais e materiais destes grandes deslocamentos. Neste caso, também foram necessárias pesquisas bastante precisas para provar que mesmo o melhor momento da mobilidade universitária medieval não atingiu mais de 10% ou 20% do total de estudantes. Mas isso dava, ainda assim, um modelo para o funcionamento das universidades, que associava a esta mobilidade os professores e os alunos. Entre os séculos XVI e XVIII, vemos a continuidade destes movimentos, mas também certas adaptações. Há uma transformação da relação política no interior da Europa. Os Estados modernos criaram universidades por meio do recrutamento nacional e local. Uma parte dos estudantes se dividiu na geografia dos centros universitários, criados em função do credo das diferentes igrejas e da estatização das grandes nações. No seio destes conjuntos nacionais, certas universidades mantiveram seu poder de atração e conservaram durante todo o período moderno, até o século XIX, uma função de poder de transformação e de apelo aos estudantes estrangeiros. Construiu-se um modelo intelectual no qual as classes dirigentes na Europa tinham necessidade de fazer uma parte da sua formação no exterior.

Como a questão da circulação, essencial para a cultura ocidental, enfrenta a oposição entre sedentariedade e mobilidade, duas visões e duas culturas?

Entre os séculos XVI e XVIII surge uma dupla interrogação. A primeira é a de que a sociedade se concebe como um mundo que deve ser, sobretudo, imóvel. Sua finalidade é fora do tempo; é a redenção, seja qual for a cultura religiosa. Depois da Reforma, as ideias são as mesmas, vive-se num mundo em que o passado e a história são vistos como uma referência explicativa, na qual encontramos todos os exemplos de vida e políticos. A novidade se introduz, mas sempre com muita dificuldade. Vive-se num mundo em que a hierarquia orgânica, a expressão desta concepção sagrada e fixante do mundo, impõe que se fique preso a um lugar, a essa condição. Isso funciona numa mobilidade social restrita, sempre ligada a uma mobilidade geográfica. A sociedade antiga se interroga sobre o perigo da mobilidade, porque vê nela ocasiões de transformações não forçosamente necessárias e também verdadeiras ameaças sociais. A mobilidade está ligada a fenômenos muito duros da vida social antiga, como as guerras, as crises, as epidemias. Isso leva populações inteiras para a estrada, numa ameaça ao mesmo tempo para a estrutura social estabelecida e o mundo dominante. A cada vez, vemos reaparecer as mesmas tentativas para identificar as profissões móveis, desconfiar dos pobres e dos criminosos, e tentar, pouco a pouco, controlá-los.

Qual o fundamento teórico para esse contexto de desconfiança?

A teoria em relação a esta desconfiança é a posição de Pascal: a felicidade dos homens é mais bem assegurada se ficarmos no quarto do que se nos lançarmos nas estradas do mundo, com os perigos que isso implica para os indivíduos e para a sociedade. Mas há um segundo movimento. Apesar da desconfiança, a circulação aumenta, as pessoas são levadas a se mover, estruturas de deslocamento se organizam, as estradas são aperfeiçoadas. Há um segundo debate sobre a utilidade das viagens, que envolve dois aspectos. O primeiro é o de discutir se elas são realmente necessárias. Há posições extremas, que dizem: "Não são necessárias, somos mais felizes em casa". No final, é interessante, pois há toda uma corrente do Iluminismo, motivada pelo patriotismo local e mesmo pelo nacionalismo, que diz, com Rousseau, que o melhor é conhecer o vizinho de sua porta em vez de pretender ir ver como vivem os turcos. Há um retorno da crítica da mobilidade, que faz aceitar a "viagem dentro de casa". E vai se admitir um consentimento estético suplementar, pois a descoberta da viagem regional, da viagem romântica pitoresca vai se dar neste quadro reorganizado pelas transformações políticas pós-revolucionárias. Uma parte do romantismo faz seu ninho neste tipo de ação. Mas, ao mesmo tempo, no interior de toda esta literatura, de tratados apodêmicos, de discussões sobre as viagens, há um tipo de consenso sobre as necessidades profissionais, de educação e de aprendizado social, e vai se começar a pensar em quais seriam as melhores condições para que as viagens sejam úteis. Progressivamente, esta reflexão se implanta. As condições para a viagem vão atingir todos os domínios da vida. A viagem vai ao mesmo tempo apelar à solidariedade moral, à escolha material e à curiosidade científica. O motor do interesse da utilidade da viagem será buscado na aumento de conhecimento e no papel a ser instituído na transferência de cultura.

Como as viagens vão influir no relativismo dos costumes e das instituições, na erosão dos valores morais e políticos no século XVIII?

Estes temas estão presentes na literatura e em leis e regulamentações. Sobre o relativismo dos costumes, o mestre deste pensamento, que atinge a função mesmo de mobilidade na transformação em relação à religião, aos costumes e à política, é Montaigne. Desde o século XVI, há uma ampla reflexão feita nos textos de viajantes e de filósofos, inspirada pela necessidade da viagem. Uma reflexão da mobilidade como um elemento de transformação do saber, do pensamento, e com as consequências que isso tem na prática dos costumes. No século XVIII, há uma utilização filosófica da literatura de textos de viajantes. O mais brilhante testemunho são as *Cartas persas*, de Montesquieu, no início do século. Mas, na segunda metade do século XVIII, temos Diderot e seus comentários sobre a viagem de Bougainville. Descobre-se que estas civilizações diferentes questionam as certezas mais absolutas em todos os domínios do pensamento

Há uma difusão do ideal do conhecimento pela experiência.

Isso faz parte do próprio fundamento da circulação. Seja no movimento econômico, na prática religiosa, a cada vez é uma questão de saber profissional, filosófico e reflexivo que está em jogo. A mobilidade só pode aprofundar o conhecimento. No século do Iluminismo, aconselha-se na prática da viagem que se faça um tipo de investigação pessoal. Isso se torna um tipo de desenvolvimento paralelo à investigação científica. Os relatos de viagem mostram como a cultura de origem lê uma outra cultura. Muitos franceses estiveram na Inglaterra do século XVIII, e poucos escreveram seus relatos de viagem, mas há entre 200 e 300 publicados, o que já é um número considerável. Os textos fornecem uma imagem da Inglaterra para mostrar o que não funciona na França. O relato de viagem não é nunca o reflexo exato da viagem, mas um instrumento bastante completo para saber o que se passa na viagem.

Surge também nesse período um controle maior da circulação.

A aceleração da circulação vai, efetivamente, questionar a sociedade sobre a gestão de todos estes deslocamentos. Em períodos de crise, há uma grande desconfiança das autoridades nacionais e das polícias urbanas em relação ao acolho destes fluxos populares. Quando eles atingem um número incontrolável, surgem questões que ainda nos fazemos em nosso mundo contemporâneo, mas em escala mundial. Na França, elas se relacionavam às províncias e aos arredores, entre a capital e o resto do reino. Havia poucos problemas na recepção aos estrangeiros, que são uma fraca minoria. O extraordinário é que a proporção é mais ou menos a mesma de hoje na França: em torno de 3% a 4%. Mas na França há toda esta questão sobre a recepção aos estrangeiros, e em outros tempos a característica do estrangeiro era ser imediatamente integrado e desaparecer na sociedade. O problema da integração do estrangeiro, hoje mundial, estava sobretudo relacionado aos movimentos locais nacionais. Por isso toda esta interrogação intelectual sobre o problema da hospitalidade, que é uma virtude cristã. Ela é, desde a Antiguidade, praticada em todas as civilizações, mas o cristianismo lhe deu uma coloração precisa: "Acolherás teu próximo como a ti mesmo". Mas a hospitalidade sempre funcionou de maneira diversa segundo as categorias sociais. No mundo nobiliário, é um gesto social. É preciso saber acolher, porque uma das características da nobreza é gastar, e a hospitalidade faz parte das despesas aristocráticas. Receber é uma maneira de ostentação. Progressivamente, isso foi diminuindo na Inglaterra e em outros países, muito por causa do aumento da circulação. O problema foi deslocado. A hospitalidade, que antes fazia parte do domínio do dom, passou para o domínio da economia. Desde o século XVI, as abadias inglesas, que antes acolhiam os peregrinos e os viajantes gratuitamente, passaram a instalar hotéis com tarifas. No meio urbano, as instituições sociais de acolhimento se transformam em locais de alojamento pagos: os hotéis e os albergues. Estas instituições são suspeitas de acolher a criminalidade, o vício, a prostituição ou mesmo a espionagem política.

Como era feito o controle?

Há a implantação de uma polícia para tentar criar meios de melhor conhecer os deslocamentos e vigiar as populações. São criados os papéis de identidade, e surge o passaporte. No início, o passaporte é distribuído por todas as autoridades, mas, no fim, será controlado, como é hoje, pelo Estado. Havia antes, inclusive, passaportes coletivos. Uma aldeia inteira poderia receber um passaporte. A carteira de identidade é um fenômeno do século XIX, surgiu depois do passaporte. E, hoje, o passaporte eletrônico é a finalização deste movimento.

Como se desenvolveu o gênero dos relatos de viagem?

Os relatos de viagem remontam, se você quiser, à *Odisseia*. Mas o que caracteriza a época moderna é a multiplicação do gênero. É uma literatura que se torna cada vez mais especializada e que, por suas edições e reedições, atinge um público cada vez mais amplo. Desde o fim do século XV ao início do século XIX, são registrados cerca de 6 mil títulos, um volume que se espalhou pela Europa e pelo mundo. A metade disso foi produzida entre 1700 e 1800, sendo a grande maioria após 1750. Os relatos de viagem ainda são, hoje, um gênero procurado, ainda mais depois que passou a ser qualificado de literário, o que não era o caso em sua origem. Antes, tratava-se sobretudo de um testemunho de finalidade doméstica, familiar.

Quais seus relatos de viagens preferidos?

Meus heróis de viagem – aos quais devo acrescentar Montesquieu, mas seus testemunhos foram destruídos em parte por sua família – e aqueles textos cuja leitura aconselharia são, em primeiro, o relato de viagem pela Europa de Montaigne. Depois vem Charles de Brosse e sua incursão na Itália, um grande momento da literatura de viagem. Se incluísse as viagens intercontinentais, acrescentaria os relatos do capitão Cook e, depois, de Charles Darwin, relatos prodigiosos. Meu terceiro herói viajante é Stendhal. Adoro as viagens de Stendhal.

Qual foi a relação das viagens de Mozart com sua arte?

Para seu aprendizado, foi essencial. Foi por meio de suas viagens na Itália e na França que ele descobriu outras formas musicais e reagiu a novidades com seu próprio gênio. Ao mesmo tempo, foi uma maneira de tentar fazer uma carreira, mas com fracassos flagrantes. Na França, por exemplo, ele não recebeu a acolhida que desejava. Foi apenas no fim de sua vida que foi relativamente reconhecido no domínio germânico, e muitas de suas viagens foram feitas entre a Checoslováquia e as grandes capitais da Europa alemã. Para um grande músico da época, viajar era uma necessidade da profissão, uma forma de desenvolver seu olhar próprio.

E sobre Goethe?

Os relatos de viagem de Goethe são extremamente interessantes, ainda mais que se inscrevem numa relação familiar. Goethe escreve no prefácio do livro sobre sua viagem na Itália que não foi possível publicar o relato da viagem de seu pai ao país porque não havia qualidade literária. Mas na vida de Goethe as viagens estão por todo lado, em sua autobiografia, suas memórias. Goethe fez a peregrinação acadêmica. Ele foi estudante em Estrasburgo, na França, viajou por todas as universidades alemãs. É um belo testemunho da mobilidade desta classe intelectual e dominante.

Você diz que as culturas vivas são aquelas capazes de se abrir as outras. Como vê isso hoje?

É por isso que não se deve atrapalhar a circulação, mesmo sabendo muito bem que é necessário controlá-la em certos aspectos, como no caso do terrorismo internacional. Mas é preciso denunciar a suspeição sistemática do estrangeiro. Não é porque você chega de longe que deve ser tratado como alguém inferior ou suspeito. Nisso, nosso mundo moderno contemporâneo inventou e reinventou continuamente suas próprias práticas de hospitalidade. Esta negociação constante entre a necessidade de controle e sua aplicação é indispensável.

Você diz que hoje o mundo se tornou um grande comércio de cidades e paisagens.

Sim. Ontem mesmo estive na minha agência de viagem para pegar uma passagem para ir a Lille (*a duzentos quilômetros de Paris*) no próximo domingo, e o funcionário me propôs um pacote para a Tailândia e uma grande viagem ao Japão. Você entra na internet e há ofertas para qualquer lugar. Não quero lançar um descrédito a toda esta população, majoritariamente do mundo ocidental e desenvolvido. Não são os africanos ou os asiáticos que vivem com dois dólares por dia que podem ser clientes destas agências de viagens. Trata-se de um destes grandes fenômenos de massa do nosso mundo. Esta forma de globalização tem seu lado positivo, na medida em que poderia incitar nossa civilização a ter uma melhor atitude em relação às economias subdesenvolvidas e aos países que vivem situações dramáticas. O Brasil, por sinal, creio que faz parte deste grupo, com grandes problemas ecológicos e outros. Mas há o lado negativo, da exploração do mundo pelas piores razões. É atroz ver a instauração do turismo sexual, por exemplo.

É um nostálgico que acredita que as viagens no período renascentista eram melhores para o espírito do que as praticadas hoje?

O problema já era colocado na época. Kant dizia que se podia muito bem dispensar as viagens para ficar lendo na poltrona. Pela antropologia pragmática, ele falava assim, claramente. A leitura como substituto da viagem não é totalmente diferente do exotismo que podemos ter por meio de documentários ou da internet. Acredito que há, mesmo assim, um limite nesta constatação. Se um certo número de informações acumuladas pode ser adquirido pela leitura ou pela visão, a extensão da compreensão só pode ser feita pelo contato direto.

Roland Castro

Paris, sexta-feira, 3 de maio de 1968. O telefone soa no gabinete do ministro da Educação francês, Alain Peyrefitte. Do outro lado da linha, a voz nervosa do reitor Jean Roche, da histórica Universidade Paris-Sorbonne, orgulho da capital francesa: "Senhor ministro, receio que seja necessário fechar a Sorbonne. Os estudantes estão depredando o prédio. É preciso que eu tome uma decisão". "É realmente grave?", indaga o ministro. "Sim, absolutamente. O senhor me permite agir?" "Muito bem. Mas dentro das regras". Regras eram o que menos desejavam os estudantes na época. Poucos imaginariam que o incidente seria a fagulha que, em poucos dias, espargiria labaredas por toda a França e transformaria apenas mais um mês do calendário no mítico Maio de 68.

Entres os estudantes revolucionários da época estava Roland Castro, nascido na cidade de Limoges, em 1940, filho de um imigrante clandestino grego, de Salônica. O então jovem de 27 anos se tornou um dos líderes do movimento, ao lado de Daniel Cohn-Bendit – "Dani, le rouge" – e Alain Geismar. Antes de Maio de 68, Castro, de origem judaica, se engajou contra a guerra na Argélia, visitou Cuba em 1961 e conheceu Che Guevara – em seu retorno, foi preso em Miami pelo FBI e proibido de entrar nos Estados Unidos. Depois de Maio de 68, entrou em depressão e se analisou durante sete anos com o célebre psicanalista Jacques Lacan, trabalhou para o governo socialista de François Mitterrand, e passou a se dedicar à sua profissão de arquiteto, em projetos para renovação dos subúrbios.

Em 2006, lançou sua candidatura à eleição presidencial francesa, sob a sigla de seu Movimento da Utopia Concreta (MUC), que havia criado em 2002 após o baque do 21 de abril – quando Jean-Marie Le Pen, líder do partido de extrema-direita Frente Nacional (FN), chegou ao segundo turno na disputa pelo Palácio do Eliseu. Em seu livro *J'affirme, manifeste pour une insurrection du sens* (Eu afirmo, manifesto por uma insurreição dos sentidos, Sens et Tonka, 2005), detalha seu projeto de sociedade de "utopia concreta", numa restauração do elo social em meio a uma crise de representação política, defende a regulação do mercado via valorização do empreendedor em detrimento do financeiro e propõe três novos serviços públicos; "A água, o medicamento e a beleza das cidades devem ser extraídas do livre mercado". No entanto, não conseguiu obter as quinhentas assinaturas necessárias para poder concorrer oficialmente no pleito de 2007, mas nem por isso desanimou. Prometeu continuar seu combate por uma França mais justa e bela e lutar por sonhos de forma concreta, distante dos "devaneios imaturos" de Maio de 68. Conversamos em seu escritório de arquitetura, situado ao lado do cemitério Père Lachaise, em Paris,

Qual é sua origem?

Sou filho de imigrantes clandestinos, de Salônica. Eu sou judeu-espanhol-grego. Meu pai entrou ilegalmente na França. Digo isso um pouco brincando, para mostrar que há imigrantes clandestinos que acabam, talvez, por fazer algo de bom ao país que os acolheu.

Quando você começou a se politizar?

Comecei a me engajar por volta dos meus 13, 14 anos. Era a guerra da Argélia. De pronto me engajei contra o conflito, como um pequeno soldado. Da minha geração, muita gente se engajou contra essa guerra colonial. A traição da esquerda oficial nessa época me fez abandonar suas fileiras para me engajar no que chamávamos o "esquerdismo".

Em 1961 você fez uma viagem a Cuba. Como foi?

Fui a Cuba logo depois do episódio da fracassada invasão americana na Baía dos Porcos (*em abril de 1961*) com amigos. Forçamos o bloqueio e permanecemos dois meses lá. Foi um tipo de "turismo revolucionário". Tudo era fabuloso. As cubanas da milícia carregavam metralhadoras kalashnikov e tinham o fecho ecler na bunda *(risos)*. Visitamos as fábricas nacionalizadas, participamos de comícios, encontramos Che Guevara e também poetas, como Nicolás Guillén, e arquitetos, como Ricardo Porro. Foi uma bateria de emoções para toda a vida. Voltamos supermotivados. Foi uma época formidável, havia um clima incrível.

Na volta, via Estados Unidos, você foi detido no aeroporto de Miami pelo FBI...

Sim. E a detenção, no final, evitou que fôssemos linchados pelos cubanos que esperavam seus amigos que estavam no avião. Até devo agradecer ao FBI pela prisão, senão corríamos o risco de ser linchados pelos cubanos contrarrevolucionários que estavam no aeroporto ou no avião. Os americanos retiraram meu visto e também o direito de passar pelo México. Fiquei oficialmente interditado nos EUA por trinta anos.

Logo depois você foi seduzido pela revolução cultural na China, lançada por Mao Tsé-Tung, em 1966.

Veio a revolução cultural chinesa e me apaixonei por um conceito, pois não fui olhar de perto o que acontecia na China. E tornei-me maoísta. Foi só depois que se soube o que realmente se passava lá, o massacre da cultura, dos intelectuais. Mao Tsé Tung foi um personagem, roubou todo o pensamento militar de Napoleão, roubou tudo de Confúcio sobre a moral, roubou conceitos de Marx sobre a ideologia, e fez uma bela sopa. Em 1961, eu havia sido expulso do Partido Comunista Francês (*PCF*). Fui excomungado, era assim que se falava, porque me rebelei contra os dirigentes do partido. Acabei retornando em 1995, mas por sentimentalismo exagerado.

Como começou seu engajamento em Maio de 68?

Para mim, começou na Escola de Belas Artes de Paris, onde estudava. Começamos a questionar todo o sistema de ensino. Nossos professores eram péssimos. Todas as catástrofes urbanas feitas nos subúrbios de Paris foram obra dos professores desta época. Fizemos um tipo de revolução cultural na Escola de Belas Artes. Isso a partir de 1966. E, em 1968, acontece o "grande momento de felicidade".

Qual foi sua participação?

Participava de todas as manifestações de rua, e havia muitas, todos os dias, e também de ações como a do incêndio na Bolsa de Valores. Mas tudo dura pouco tempo, quatro semanas, até que o general de Gaulle diz: "Vamos parar por aqui". Mas depois disso continuei com os grupos operários das fábricas, que eram os mais radicais. Havia uma facção mais radical que não queria parar. Os maoístas se dissiparam, e criei minha própria organização, Viva a Revolução (*VLR*). Muito rapidamente compreendemos que as coisas se passavam no domínio do indivíduo. Apoiamos o Movimento de Liberação das Mulheres e a Frente Homossexual de Ação Revolucionária. Fomos bastante atinados neste sentido, pois nos demos conta do que ocorria na sociedade, desta necessidade de individualização. Mas estávamos no limite de fazer graves besteiras, como os italianos fizeram. Chegamos a discutir a possibilidade de passar à violência, e aí decidi parar. Nunca fui favorável a este viés, e senti que estávamos entrando num caminho sem saída. Dissolvi minha organização e comecei a análise com Jacques Lacan.

Como você se tornou um dos personagens expoentes do movimento?

Fui líder por meio da minha organização. Nosso jornal vendeu até 100 mil exemplares, tinha uma certa influência. Mas nós estávamos mais do lado festivo, Woodstock, na defesa dos homossexuais e das mulheres. Os demais eram mais proletários, arcaicos. Nós éramos mais engraçados. E os outros nos viam assim. Havia uma disputa entre estes dois campos. E aqueles que não nos levavam a sério passaram à direita. Os ultraesquerdistas viraram à direita. Quando se faz o balanço, nosso grupo se saiu melhor. Não éramos pela violência, defendíamos a singularidade de cada um, do indivíduo. Nossa herança é mais favorável se comparada à daqueles que eram mais violentos.

Você chegou a ser preso em Maio de 68?

Fui preso um pouco depois, quando ocupamos o Centro Nacional do Patronato Francês. Acabei condenado a um mês de prisão, com sursis.

Você acreditava na época que o movimento poderia mudar o mundo?

Acreditava que poderia mudar o ser profundo. Mas desde então aprendi que não se pode mudar as pessoas, podemos fazê-las crescer, não mais do que isso. Há certas coisas que não se pode mudar. Podemos transformar o mundo, mas abdicando da ideia de que o homem é bom, como diz Freud. A ideia de uma natureza humana naturalmente generosa é falsa. Não funciona mais. Isso compreendi. Mas, na época, me tornei um político permanente. Criei um jornal, que se chamava *Tout* (*Tudo*).

Você diz que Maio de 68 foi um movimento imaturo.

Foi sobretudo uma revolução sonhada. Foi um sonho muito bonito. Foi um momento de liberação e de palavras formidável. Mas não foi capaz de transformações concretas. Transformou os costumes, fez com que os pais e os filhos passassem a se falar mais, coisas assim. Foram as únicas coisas que Maio de 68 mudou verdadeiramente: as relações entre pais e filhos, não considerar o homossexualismo um drama, o despertar das mulheres. Foi uma revolução cultural, não política. Não há muitos traços de Maio de 68 no pensamento político de hoje. Desse sonho nada se fez. É preciso trabalhar esse sonho para se chegar a algo concreto. Nesse ponto, foi um movimento imaturo. Maio de 68 foi um belo parêntese.

Quando Maio de 68 passou, você procurou Jacques Lacan. Por quê?

Eu estava muito mal. Depois que fechei minha organização, fiquei num estado deplorável. Não sabia mais onde estava. Estava mesmo muito mal. Comecei a psicanálise porque precisava, urgentemente, falar para alguém. No dia seguinte ao em que fechei a organização, passei a ser detestado, me acusavam de ter abandonado a causa. Houve muito ressentimento contra mim por causa disso. Eu me encontrei só, e não acreditava em mais nada. Eu me lembro de que o golpe de Estado no Chile não me provocou sentimento algum, reação alguma, não fiz nada contra. Procurei Lacan em maio de 1973, e o golpe de Pinochet foi no 11 de setembro. Mas nem participei das passeatas. Não acreditava mais nas manifestações. Estava acabado. Logo depois passei a me interessar novamente pelas coisas da sociedade, mas naquele momento nada me sensibilizava. Não via saída. Eu me recordo de uma citação de Lacan dizendo que a psicanálise é o discurso que permite sobra de fruição suficiente no falar para que a história continue. Eu me agarrei a isso. Para que a história continue, é preciso falar um pouco de tudo. Tem aquela frase incrível de Lacan: "Eu aguardo, mas não espero nada". E, numa assembleia de estudantes revolucionários, em 1972, ele disse algo que me perturbou muito: "A revolução é feita para manter a ordem". A minha análise com ele durou sete anos, e aos poucos fui me reconstituindo.

Você voltou a se interessar pela política em 1981, com a ascensão do socialista François Mitterrand à presidência da França.

De novo veio a ideia de mudar o mundo, mas sem criar ilusões em relação ao ser humano. Concentrei-me no trabalho arquitetônico nos subúrbios. Encontrei Mitterrand e consegui convencê-lo de que era preciso fazer algo em relação à questão urbana, que tinha influência nas questões social e política. Isso durou alguns anos, foi criado o Ministério da Cidade. Quando parei de colaborar com o governo, passei a me dedicar completamente ao meu trabalho de arquiteto. Passei um período de apneia política, não concordava com os rumos tomados.

Eu acreditei em Mitterrand, mas, como muitas pessoas, me enganei completamente. Ele era um ilusionista admirável. Ele deixou Florença por Roma, mas permaneceu em Florença. Mitterrand detestou o Maio de 68. Na primeira vez em que nos encontramos, brigamos sobre isso. Era um personagem de alta cultura, romanescamente impecável. Se um dia um biógrafo misturar as suas histórias de sexo, de dinheiro e de poder fará um retrato absolutamente apaixonante no plano romanesco. No plano político, ele não chegou à altura de De Gaulle. Depois de Maio de 68, descobri De Gaulle, como escritor. Hoje, quando me perguntam, digo que sou comunista de cultura e de história – esquerdista, pois tenho horror de hierarquia – e gaullista. Não classifico De Gaulle à direita. Acho que ele é a melhor relação custo-benefício entre as palavras e a realidade. Ele tinha uma qualidade de rebelião formidável. Sempre digo que a revolta de Maio de 68 contra o pai tinha uma relação com a qualidade do pai. Não era qualquer pai, era De Gaulle quem nos incomodava.

Anos depois da decepção com Mitterrand, você retornou à cena política com seu Movimento da Utopia Concreta. Para não cometer os mesmos erros de Maio de 68?

Quando veio o 21 de abril de 2002 (*quando o líder da direita radical Jean-Marie Le Pen passa para o segundo turno da eleição presidencial, deixando o socialista Lionel Jospin de fora*), decidi pensar em um projeto de sociedade, e criei o Movimento da Utopia Concreta. E apresentei minha candidatura às eleições presidenciais. Decidi fazer política e meu trabalho juntos, de forma bastante ligada. Embarquei na ideia de reconstituir um pensamento político neste país, em que se assiste a uma campanha eleitoral miserável, sem conteúdo. Este é o atual momento da minha vida. Decidi voltar à ativa, de uma forma mais concreta. Não ser somente um intelectual observador, mas um intelectual concreto. Tentei fazer uma campanha como um Maio de 68 na maturidade. Mantemos a ideia de fazer com que a sociedade seja mais habitável. Nossas propostas foram baseadas na ideia de restauração das relações sociais, de "destribalizar" a sociedade.

Você propõe um Plano Gandhi universal. Do que se trata?

É a ideia de que é preciso na Europa uma partilha da cultura. Trazer milhões de estudantes do Terceiro Mundo, por meio de contratos que os obriguem depois a retornar a seus países. E, em contrapartida, aprenderíamos na Europa coisas do Terceiro Mundo. Em sociedades arcaicas do Terceiro Mundo, não se deixaria os idosos morrerem por causa de uma onda de calor, como foi o caso da canícula de 2003 na França, por exemplo. Seria uma partilha mútua, do *savoir-vivre* de cada um. Além disso, prega a ideia da não violência para solucionar os conflitos mundiais e de um serviço cívico na Europa, que serviria também a outras regiões do mundo.

Hoje você não acredita na revolução nem na esquerda tradicional.

Falo de revolução ética, fraternal. Não em revolução no sentido de os que estão embaixo derrubarem os de cima. Penso, inclusive, que todas as lições que podemos tirar da história das revoluções consistem justamente em reconhecer que elas foram feitas para manter a ordem, para colocar outra ordem. Eu luto para que a sociedade seja mais bela e fraterna, menos inspirada no ódio de todos contra todos. Sou antiliberal, mas não um doente mental. Acho que para certas coisas o liberalismo funciona, e para outras é preciso sair da ótica do mercado, como na questão dos medicamentos, da água. Sou um democrata, a favor de eleições. A rua não pode resolver tudo, acredito na democracia representativa e acho que ela poderia ser mais horizontal e menos piramidal. Sou bastante radical, mas não revolucionário no sentido tradicional. E acho que, hoje, a esquerda está sem projeto para a sociedade, só pensa no poder. Sou a favor de embelezar o meu país, o que já é bastante trabalho.

Você se considera otimista?

Eu uso muito a frase de Gramsci *(Antonio Gramsci, pensador italiano, 1981-1937)*: pessimismo da inteligência e otimismo da vontade. Eu nunca renuncio, e isso vai durar até a minha morte.

Bruno Latour

O pensador francês Bruno Latour disse certa vez que se tivesse um agente certamente lhe seria recomendado processar na Justiça o cineasta canadense James Cameron, diretor do blockbuster *Avatar* (2009). Tratava-se de uma brincadeira provocativa em forma de homenagem. Latour, autor do ensaio *A esperança de Pandora* (publicado em inglês em 1999 e lançado um ano depois no Brasil pela Edusc), aprecia o filme de Cameron e também *Gravidade* (2013), de Alfonso Cuarón, duas oscarizadas obras cinematográficas que, segundo ele, superam a ideia de um pensamento antiquado e compartimentado característico do homem da modernidade. Na sua opinião, *Avatar* seria a primeira descrição popular do que ocorre quando o homem modernista encontra Gaia, a Mãe Terra na mitologia grega: "E não é nada bonito", conclui.

Críticas de cinema à parte, Bruno Latour figura com frequência em listas elaboradas por institutos e organizações de prestígio sobre as cabeças pensantes influentes que deverão ser levadas em conta neste século. Em 2013, recebeu o prêmio Holberg, tido como o Nobel das artes e das ciências humanas e sociais. Definido como um intelectual "criativo, humorístico e imprevisível" pelo júri do prêmio patrocinado pelo governo da Noruega, o francês foi distinguido por sua "análise e reinterpretação ambiciosas da modernidade". Latour é um feroz crítico do racionalismo dogmático – o que lhe valeu a hostilidade de parte da comunidade científica –, e prega uma nova visão para a ciência, a economia e a ecologia em obras como *Jamais fomos modernos* (Editora 34, 2009), *Reflexão sobre o culto moderno dos deuses fe(i)tiches*, *Reagregando o social: uma introdução à teoria do ator-rede* (Edufba, 2012) ou o mais recente *Enquête sur les modes d'existence: une anthropologie des Modernes* (La Découverte, 2012).

Antropólogo, sociólogo e filósofo das ciências, professor do Instituto de Estudos Políticos de Paris (Sciences-Po), ele define a modernidade como uma falácia, uma ficção inventada para organizar a vida intelectual: os chamados "modernos" pregam a separação de ciência, política, natureza e cultura, numa teoria distante da realidade do mundo e inadaptada aos desafios impostos neste início de século. "Ecologizar" é o verbo da vez, sustenta ele, mas num sentido bem mais amplo do que o espaço compreendido pela ecologia defendido por ativistas e partidos políticos.

Como um dos intelectuais franceses contemporâneos mais traduzidos no exterior – mais apreciado no mundo anglo-saxão do que em seu próprio país –, ele não se limitou suas originais investigações teóricas. Também se aventurou no terreno das artes, com as exposições *Iconoclash* e *Making things public*, e criou a peça *Gaïa Global Circus*, uma "tragicomédia climática" nos palcos, que espera um dia poder encenar no Jardim Botânico, no Rio. Aliás, para ele, o Brasil, apesar de suas contradições, é ator fundamental na construção de uma inteligência política e científica para o futuro. Entre outras de suas inovações pedagógicas está a Escola de Artes Políticas, concebida no seio da Sciences-Po, sobre a qual também conversamos em um comprido encontro invernal vespertino em uma das salas da prestigiosa instituição de ensino parisiense, no bairro Saint-Germain-des-Près.

Você ressalta que a Europa não é mais o centro e a luz do mundo, e que as numerosas inovações se dão hoje em um quadro ultrapassado. Como é isso?

As inovações estão por todo o lado. Não há uma cidade, uma profissão que não esteja tentando compreender como continuar a existir em um contexto completamente diferente. Há uma pulsação de inovações em todas as escalas, em todos os países, mas o quadro geopolítico de compreensão do global permanece bastante clássico: nações unificadas em blocos, que se encontram juntas em um sistema de negociações bastante codificado, como se ainda se tratasse de geopolíticas do tempo do fim da Guerra Fria ou até do Tratado de Viena. Há este tipo de decalagem com as inovações, que ocorrem nos laboratórios, nas indústrias, no urbanismo – é incrível esta riqueza –, mas intelectualmente permanecemos num quadro modernizador no sentido clássico. Do ponto de vista geopolítico, os instrumentos que temos para falar destas questões permanecem bastante clássicos. Isso leva tempo para mudar. E a compreensão da mutação ecológica é relativamente recente. E ela exige a transformação de coisas já estabelecidas, de cidades, de infraestruturas viárias, de grandes indústrias. Não é algo que se possa transformar rapidamente. Mas há um tipo de indiferença, é verdade. Conversava com amigos russos pouco antes de nossa entrevista, e eles me diziam que ninguém na Rússia se interessa pela questão das mudanças climáticas. Ninguém acredita nisso. Depende do sistema de informação e da geopolítica russa, mas é interessante ver que um país tão importante como a Rússia está completamente fora dessa questão. Estamos num conflito de mundos. É o tema politicamente mais importante, mas também não é a única coisa importante no mundo.

Para você, falta um aparelho de "percepção da vontade geral": hoje não se criam os meios para a experimentação da busca do bem comum.

O equipamento intelectual destes Estados geopolíticos clássicos não é pragmático, do ponto de vista que interessa. A definição da vontade geral nunca é estável. Os franceses têm esta ideia de que o Estado, por natureza, seria algo sem experimentações, sem instrumentos de medidas, sem avaliações, que simplesmente pela magia da eleição é capaz de saber o que é o bem público. É uma ideia muito francesa, desde que alguém é eleito, que tenha feito a ENA (Escola Nacional de Administração), já sabe o que é o bem público. E não há nada mais complicado do que saber o que é o bem público. Sobretudo em situação de crise financeira ou ecológica, quando as consequências de uma ação são inesperadas. Não há nada mais complicado do que construir algo como uma vontade geral. A grande tradição pragmática importante para mim, que é a de John Dewey (*filósofo americano, 1859-1952*), e desconhecida na França; consiste em dizer que é preciso constantemente ajustar o uso desta vontade geral para criar públicos *ad hoc* em torno de casos práticos, seja para o transporte em São Paulo ou questões como as enchentes, o aumento do desemprego etc. Isso é contrário à tradição republicana que supõe que o Estado e o governo são emanações de um povo. Mas a todo momento esta representação pode desaparecer. O Estado está sempre para ser redescoberto e refeito, como diz Dewey, o que é bastante incompreensível na França.

Nos dias de hoje, você fala de apocalipse e de revolução. Em que sentido?

Apocalipse e revolução são duas palavras perigosas, é preciso saber como utilizá-las. São velhas palavras que utilizamos para falar de mudanças e mutações importantes. É uma revolução posterior, a transformação do mundo já ocorreu e nos obriga a tornar a mudá-la. O antropocentrismo é a revolução industrial, não é algo de hoje. Somos os revolucionários de uma revolução que já ocorreu, e, de uma certa forma, no interior dela é preciso fazer de novo uma revolução.

Apocalipse é um termo útil se pensarmos um pouco em teologia, sem isso é perigoso, porque se crê que é a catástrofe. Mas se retomamos a consciência de uma mudança importante que obriga a fazer novas mudanças, o que Ulrich Beck chama de "modernidade reflexiva", já é algo mais interessante. Ou se pensarmos em termos teológicos, porque ela permite abordar esta questão do fim dos tempos. O apocalipse é a revelação de que o tempo que vai chegar não é o mesmo de onde viemos. É uma expressão que revela a ruptura de tempos.

Como você avalia a resistência hoje deste modernismo clássico que você critica?

É preciso lembrar que a separação modernista entre natureza e sociedade, natureza e cultura, ciência e política é uma garantia que organiza a vida intelectual, mas nunca se deu realmente na prática. O desenvolvimento da frente de modernização, como se fala de uma frente pioneira na Amazônia, sempre foi, ao contrário, uma extensão de uma quantidade de associações, da marca dos humanos, da intimidade de conexões entre as coisas e as pessoas. A modernidade nunca existiu, serviu como um tipo de teoria, de justiça para um sistema que é completamente diferente. O que mudou é que há uns 30 anos essas questões lançavam uma dúvida sobre a "versão oficial" da epistemologia, da vida intelectual, e hoje elas se tornaram um pouco o senso comum, particularmente, desde a mutação ecológica. Por um lado, todo mundo concorda que é preciso mudar estes hábitos, em particular em torno desta palavra-chave, o nó de reunião de todo este pensamento que chamamos de "antropocentrismo". Todo mundo está de acordo que tudo mudou, mas o mecanismo intelectual permanece no mesmo lugar, ao menos numa versão modernizada da frente de modernização, seja no Brasil, na Índia, na França. No geral, o trabalho intelectual foi feito pelos antropólogos, mas não é com este material que absorvemos a questão. É uma evidência para todo mundo, mas ninguém sabe como administrar isso. Dizem ser preciso separar ciência e política, natureza e cultura. Nosso equipamento intelectual não mudou, apesar dos numerosos trabalhos que foram feitos pelos antropólogos neste sentido.

Você usa o conceito de "ecologia" num sentido mais amplo. Qual a diferença entre "ecologizar" e "modernizar", segundo seu pensamento?

Ecologizar não diz respeito às questões ecológicas no sentido como as conhecemos. Modernizar é o argumento que estipula: quanto mais separarmos as questões de natureza e de política, melhor será. Ecologizar é dizer: já que, de fato, não separamos de verdade estas questões, já que a história recente dos humanos na Terra foi a imbricação cada vez mais importante das questões de natureza e de sociedade – se é isso que se faz na prática, então que se construa a política que lhe corresponde, em vez de se fazer de conta que há uma história subterrânea, aquela das associações, e uma história oficial, que é a da emancipação dos limites da natureza. "Ecologizar" é um verbo como "modernizar", exceto que se trata da prática, e não somente da teoria. Mas pode-se dizer "modernidade reflexiva" ou utilizar outros termos. O importante é que haja uma alternativa a modernizar, que não seja arcaica, reacionária. Que seja progressista, mas de uma outra forma, não modernista. Um problema complicado hoje, sobretudo no Brasil. Mas é complicado por todo lado, na França também. Qualquer dúvida sobre a modernização, dizem que é preciso estancar a frente pioneira, decrescer, voltar ao passado. Isso é impossível. É preciso inovar, descobrir novas formas, e isso se parece com a modernização. Mas é uma modernização que aceita seu passado. E o passado foi uma imbricação cada vez mais intensa entre os produtos químicos, as florestas, os peixes etc. Isso é "ecologizar". É a instituição da prática, e não da teoria.

Os partidos ecologistas, na sua opinião, não souberam assimilar estas questões.

Nenhum partido ecologista conseguiu manter uma prática. A ecologia se tornou um domínio, enquanto é uma outra forma de tudo fazer. A ecologia se viu encerrada em um tema, e não vista como uma outra forma de fazer política. E é uma posição bastante difícil. É preciso ao mesmo tempo uma posição revolucionária, pois significa modificar o conjunto dos elementos do sistema de produção. Mas é também modificar no nível do detalhe de interconexão de redes técnico-sociais, para as quais não há tradição política. Sabemos o que é imaginar a revolução sem fazê-la, administrar situações estabelecidas melhorando-as, modernizar livrando-se de coisas do passado, mas não sabemos o que é criar um novo sistema de produção inovador, que obriga a tudo mudar, como numa revolução, mas em detalhe e absorvendo cada vez mais elementos que estão interconectados. Não há uma tradição política para isso. Não é socialismo, nem liberalismo, nem trotskismo. E é preciso reconhecer que os partidos verdes, seja na Alemanha, na França, nos EUA, não fizeram o trabalho de reflexão intelectual necessária.

Não seguiram o exemplo dos socialistas, que no século XIX refizeram toda a filosofia, seja marxista, socialista tradicional ou libertária, nas relações com a ciência, na reinvenção da economia. Alguns pensaram que a questão ecológica era local e podia se servir do que chamamos de filosofia da ecologia, que é uma filosofia da natureza, muito impregnada do passado, da conservação, o que é completamente inadaptado a uma revolução desta grandeza. Não podemos criticá-los. Eles tentaram, mas não investiram intelectualmente na escala do problema. Não se deram conta do que quer dizer "ecologizar" em vez de "modernizar". Imagine o pobre do infeliz responsável pelo transporte público de São Paulo ou de Los Angeles.

Você aponta a disfunção de uma ciência econômica considerada como Deus supremo, distanciada da realidade, e que tenta estabelecer verdades indiscutíveis.

Na ecologia, há o problema da natureza e o da relação entre os homens, para falar como Marx. A ecologia trabalhou estas questões, mas bem menos do que deveria. No final das contas, "modernização" quer dizer "economização". Qual o ponto que é quase universal, estejamos em Manaus, em Pequim, em Moscou ou em Washington? É justamente esta construção de uma métrica supostamente global, mas de fato muito local, ao mesmo tempo produzida pelos economistas, ensinada nas escolas, utilizada pelos governos e divulgada pelos dispositivos e instrumentos da macro e microeconomia, como se fosse uma evidência. A crítica desta economia, que sempre existiu, assim como a crítica do desenvolvimento industrial pelos ecologistas, nunca foi capaz de produzir uma alternativa à ciência econômica. Nunca consideramos que esses dispositivos eram suscetíveis de experimentação, de modificação, de repolitização. Dizia-se: ou nada podemos fazer, são as leis da natureza – é a célebre frase de Fredric Jameson (*crítico literário americano e teórico marxista*): "É mais fácil imaginar o fim do mundo do que o fim do capitalismo" –, ou vamos poder de uma certa forma derrubar o capitalismo. A experiência corrente de todos os militantes, em todos os níveis, é a de que há dispositivos mercantis suscetíveis de mil recombinações – a que se chamou de reformistas –, e cada uma revela um certo número de elementos que são a justeza da economia, a política da construção de relações entre as dívidas, os direitos de propriedade, os bens etc. Mas essa economia nada tem a ver com a natureza. Trata-se de uma crítica interna à própria economia. Não leva à questão da ciência econômica. Discutia outro dia com amigos da Universidade Paris 7, e eles diziam: "O nosso problema é que temos oito departamentos e oito definições de CO (*gás carbônico*)". O CO_2 não é o mesmo do biólogo, do químico, daquele que trata da floresta. É admirável. A própria noção da multiplicidade de pontos de vista e da dificuldade de unificá-los está no centro das conversações.

Há hoje uma economia da ecologia?

Sim. A economia fracassou totalmente. Há um livro de Timothy Mitchell muito importante, *Carbon Democracy: Political Power in the Age of Oil*, que é a história de como a economia tornou infinito seu próprio desenvolvimento a cada vez que ocorreu uma crise ecológica. Antes, a economia era a ciência da repartição de bens raros, e esta raridade desapareceu. Em 1945, e depois com o Clube de Roma (*grupo de líderes e personalidades que se reúnem para discutir o futuro do planeta*), a economia se tornou a ciência do infinito. A história recente da economia, no século passado, é que a cada vez que alguém disse "esperem aí, há limites", criou-se uma teoria sem limites. Mitchell atribui isso ao excesso de petróleo em 1945 – a abundância de petróleo e o desaparecimento de obrigações ecológicas na economia –; e Dominique Peth, pesquisador francês e historiador das ciências, imputa o desaparecimento dos limites ao Clube de Roma. Hoje vemos um retorno à noção de limites, como na economia das mudanças climáticas. Mas de fato a economia deve ser minada a partir de seu interior. Da mesma forma que a mutação ecológica é um monte de inovações que não são representadas no nível da geopolítica, a economia é minada em seu interior por toda a profusão de microalternativas às regulações do mundo social. Mas permanece a versão oficial de que se trata de leis da natureza indiscutíveis, que se aplicam por tudo e são universais, e que fazem com que devamos escolher entre economia e ecologia, só para apontar um absurdo. A velha questão marxista da crítica da economia política nunca foi tão importante de uma certa forma, mas num outro sentido que não o do século XIX. Como bem disse Dipesh Chakrabarty (*historiador especialista em estudos pós-coloniais*), se os comunistas tivessem vencido, a crise ecológica seria hoje dez vezes superior, porque teríamos o sistema soviético de produção no mundo inteiro.

Conceitos como "mercado mundial" e "globalização" não têm sentido para você?

Não. São versões locais do que poderia ser o mundo comum, pequenas redes de pessoas formadas de uma certa forma. Formatadas com um tipo de ideia do mundo. Não há nada mais provinciano do que a definição do que é global. É um outro problema dos ecologistas, eles acreditavam que as coisas seriam globais. Não conseguimos nem unificar a ideia de CO_2. A ideia do global prejudicou muito a ideia de política. O global é uma visão muito prematura do que é o planeta. E nem estamos certos de que o planeta seja global.

Você alerta sobre a exigência de invenção de "novas mediações". O que seriam?

O clima é o que chamo de "Gaia política", um tema que comecei a abordar, sobre o qual fiz uma peça de teatro, conferências. Mas a base de meu trabalho há muito tempo é o ator-rede, que vai além da questão climática. E os modos de existência também. "Ator-rede" é o nome que demos a todo um conjunto de trabalhos que fiz com outros pesquisadores em torno de questões das ciências e da técnica na vida normal. Em vez de nos colocarmos num tipo de *view from nowhere* (*visão a partir do nada*), aplicamos a prática empírica. Desenvolvemos toda uma alternativa à teoria social habitual, com um pouco de espírito de provocação. Opomos à sociologia usual, que se chama sociologia do social, a sociologia das associações. Não se pode fazer uma entrevista sem este seu pequeno gravador; e este pequeno gravador depende de chineses que trabalham numa fábrica etc. Se seguimos as associações, não paramos mais. Em resumo, esta é a teoria do ator-rede. E isso nos levou bastante longe. Aos poucos, desenvolvemos uma alternativa à sociologia de origem durkheimiana (*Émile Durkheim, 1958-1917*). E graças a um amigo brasileiro, Eduardo Viana Vargas, de Minas Gerais, descobri com bastante atraso que Durkheim e Gabriel Tarde (*1843-1904*) haviam discutido entre si. E refizemos este debate em forma de peça de teatro. O problema do ator-rede é que se trata de uma forma poderosa de pesquisa, mas não diz muito sobre os antigos domínios. Se falo (*ele olha a marca do gravador*) ao engenheiro da Olympus, "você é um sociólogo porque trabalha com associações", ele vai me responder "não, eu sou um engenheiro". Apesar do fato de que há uma relação, os atores continuam a fazer diferenças entre eles. Este é um dos elementos captados pela rede de associações, mas ainda há coisas por fazer. Falta ao ator definir as associações que encerram sua existência, por exemplo, como engenheiro. Se você me disser que sou apenas um sociólogo, vou negar e vou protestar *(risos)*. A noção de modo de existência, que acrescentei, é dizer que há uma infinidade de redes, mas não há uma infinidade de formas dessas redes para transportar valores. "Eu sou engenheiro, não sou político, não sou jurista etc." O modo de existência é uma pesquisa de detecção de valores pelos quais os atores, que reconhecem que estão associados de mil formas, definem as coisas mais importantes de suas vidas. É um princípio de antropologia muito simples: a partir de que momento não nos definimos mais como isso ou aquilo. Os modernos não sabem muito bem o querem. Por isso esta pesquisa deveria ser chamada de "Antropologia dos modernos". Nunca levamos muito a sério os modernos, nós os criticamos, incensamos, mas nunca indagamos: "No fundo, o que lhes interessa em tudo isso?". Se você me disser que foi o aparecimento da razão no mundo – esta é a versão oficial –, não foi o que aconteceu. Pergunte aos índios da Amazônia se eles pensam que foi a razão. Pode-se dizer que os modernos são horríveis, fizeram coisas terríveis, são criminosos – o que também é verdade –, mas ao mesmo tempo construíram o mundo no qual afrontamos as questões atuais. Hoje é interessante dizer que se defende a ciência como um valor importante, sim, mas o que é isso? É uma *view from nowhere* ou uma instituição de provas, de validação, de instrumentos consideráveis? É preciso escolher, não se pode defender as duas visões.

Os modernos não sabem quais são seus valores. Você está à procura de valores?

Eu faço proposições, submetidas a discussões, a negociações. Quando você defende as ciências, para dar um exemplo, defende uma prática extremamente importante, legítima, provavelmente universalizável com o tempo, mas não a universalidade da epistemologia, sobretudo quando aplicada à ecologia. O que se defende na ciência é uma visão de política. E não se pode ignorar o valor da política sob o pretexto de que defende um valor que não é o da ciência, mas de fato um valor da ciência conferido pela política. É um combate que faço há quarenta anos, sem muito sucesso, é verdade. E isso também vale para os valores religiosos etc. Amanhã vou discutir com pessoas que trabalham sobre a religião, com as quais faço debates regulares. Temos uma plataforma digital que nos serve de meio prático para pesquisar de forma mais séria estas questões. É complicado, porque percebemos que as pessoas não têm o hábito da *web* para este tipo de coisas mais filosóficas. E é preciso ter uma boa conexão de internet, o que já coloca um limite. Além disso, é preciso saber como participar de uma pesquisa coletiva dirigida. As pessoas têm comentários a fazer, mas não queremos comentários, e sim contribuições. Hoje todo mundo comenta tudo, dizem que fulano é um cretino, que não sei o que é escandaloso etc. Isso não faz refletir. Nós queremos contribuições: ler o argumento, compreender o que se quer examinar e ajudar o pesquisador em sua busca. Não é uma relação habitual com o leitor, que normalmente comenta, se entusiasma, detesta, mas não está acostumado a participar da pesquisa e da reescrita do projeto, sobretudo em filosofia. Estamos testando este dispositivo. É bastante interessante.

Há contribuições?

Sim, há mesmo um grupo de pessoas que edita as contribuições. Mas é também verdade que não fomos inundados de contribuições. Algumas pessoas dizem: "Este parágrafo, escreveria assim", e nos enviam o novo texto. Outros dizem que falta isso e aquilo, ou que lhes choca o que falamos sobre a religião, o que é interessante, pois a partir deste ponto a negociação pode começar. O livro (*Investigação sobre os modos de existência – uma antropologia dos modernos*) acaba de sair, há três meses em inglês, e há dois meses em espanhol, e até que as pessoas comecem a reagir, demora um pouco.

Como você vê a França neste contexto de uma modernidade à deriva?

Os franceses estão completamente perdidos. Fizeram parte do grupo dos países mais modernos. Os brasileiros não têm este problema, pois a modernidade sempre foi algo bizarro para vocês, mas aqui se acreditou na modernização em grau máximo, o que na prática nunca aconteceu. Mas este ideal de compreender toda a história no sentido da modernização é muito importante aqui. É a identidade deste país. E se confrontar com universalidades alternativas é inquietante. E a questão ecológica incomoda. A França talvez não seja o país mais afetado pelas transformações climáticas – embora na agricultura não seja algo negligenciável –, mas é o mais afetado pela incerteza em que se encontra. Tudo o que está ligado à terra na França é reacionário.

Isso torna bastante complicado para os franceses o fato de que as questões ecológicas atuais – um retorno não à terra, mas da questão da terra –, não ocupam nem os liberais, nem os sociólogos, nem os socialistas. A ligação francesa à terra é muito importante, e é mantida pela extrema-direita. Há uma espécie de completa paralisia intelectual. Quando se diz solo, terra, a referência é a Frente Nacional (*partido de extrema-direita*). Há uma completa incerteza sobre o lugar da política. É interessante ver a confusão mental sobre esta questão do clima. Há muitos estudos interessantes, de bons historiadores, isso vai mudar. Mas na política não se pode dizer que muda muito. Há uma frase recente de Alan Badiou numa entrevista, que é típica deste senso comum francês, quando se diz que a ecologia é o novo ópio do povo. Peter Sloterdjik é seu profeta – e se enganando sobre o que diz Sloterdjik –, ao afirmar que o humano é feito para negar e abandonar a natureza. Trata-se de uma versão kantiana clássica e completamente francesa do que é humano. Extrair-se da natureza para ir a que lugar? Foi o que tentei colocar na minha peça: para onde vamos quando se quer sair? Não podemos mais sair. Os franceses estão bastante incomodados. Se progredimos, é em qual direção? É preciso progredir, mas é um problema também do Brasil e de outros países, o espaço-tempo em que estávamos não era o mesmo. As referências são outras. Não se sabe se estamos modernizando ou ecologizando. Não se trata da oposição produzir, progredir, decrescer. A geopolítica do clima é algo que se torna muito interessante comparativamente. É fascinante que se possa conversar pela manhã com um russo que diz que este problema não existe na Rússia, e com Eduardo Viveiros de Castro, que mergulha neste tema no Brasil. É apaixonante. Todas as grandes questões estão sendo repensadas, renovadas, remexidas neste momento.

Qual é o papel do Brasil?

Se houver uma verdadeira revolução ecológica, não somente no sentido da natureza, penso que o Brasil é um ator importante. A esperança do mundo repousa muito sobre o Brasil, país com uma enormidade de reservas e de recursos. Fala-se muito do movimento da civilização na direção da Ásia, o que não faz muito sentido do ponto de vista ecológico, pois quando se vai a estes países veem-se repetidas devastações. Não se pode imaginar uma civilização ecológica vindo da Ásia. No Brasil – e também na Índia – há um pensamento, não simplesmente a força nua, num país em que os problemas ecológicos são colocados em grande escala. Há um verdadeiro pensamento e uma verdadeira arte, o que é muito importante. Se fosse me aposentar, pensaria no Brasil. Brasil e Índia são os dois países nos quais podemos imaginar verdadeiras inovações de civilização, e não simplesmente fazer desenvolvimento sustentável ou reciclagem de lixo. Podem mostrar ao resto do mundo o que a Europa acreditou por muito tempo poder fazer. A Europa ainda poderá colaborar com seu grão de areia, mas não poderá mais inovar muito em termos de construir um quadro de vida, porque em parte já o fez, com cidades ligadas por autoestradas, com belas paisagens e belos museus. Já está feito. Mas numa perspectiva de inventar novas modas e novas formas de existência que nada têm a ver com a economia e a modernização, com a conservação, será preciso muita inteligência política e científica. Não há muitos países que possuem estes recursos. Os Estados Unidos poderiam ser um destes países, mas perderam os recursos há muito tempo, saíram da história quando o presidente Bush disse que o modo de vida dos americanos não era negociável. Brasil e Índia ainda têm esta chance. Mas este é o cenário otimista. O cenário pessimista talvez seja o mais provável.

Qual a hipótese pessimista?

Há os chineses que entram com força no Brasil, por exemplo. Meu amigo Clive Hamilton (*intelectual australiano especialista em ética pública*) diz que infelizmente nada vai acontecer, que se vai fazer uma reengenharia, se vai modernizar em uma outra escala e em uma outra versão catastrófica. Provavelmente é o que vai ocorrer, já que não conseguimos decidir nada, e que será preciso ainda assim tomar medidas. Uma hipótese é a de que se vai delegar a Estados ainda mais modernizadores, no sentido tradicional, e hegemônicos a tarefa de reparar a situação por meio de medidas drásticas, sem nada mudar, portanto, agravando-a. Mas meu dever é o de ser otimista. Em todo caso, é preciso inventar novas formas para pensar estas questões. Interessante que as pessoas que assistiram à peça ficaram contentes em ver os conflitos. Nunca vemos os conflitos. Na ecologia se faz muita pedagogia, afirma-se o que se deve fazer para salvar a floresta amazônica, mas não se fala muito de conflitos.

Você acompanhou as manifestações de rua no Brasil?

É uma das razões pelas quais o Brasil é interessante, porque há ao mesmo tempo um dinamismo de invenção política, ligado a outros dinamismos relacionados às ciências, às artes. Há um potencial no Brasil. E há riqueza. Não são temas que se pode abordar em uma situação de miséria. É preciso algo que se pareça ao bem-estar. Na Índia, se você tem um milhão de pessoas morrendo de fome, não pode fazer muito. O Brasil é muito importante para a civilização mundial.

Você defende a relação entre a ecologia política e a energia das artes e diz que somente o teatro permite explorar a gama de paixões correspondentes às questões políticas contemporâneas. Como está sendo sua experiência com o espetáculo Gaia Global Circus*?*

O teatro The Globe já havia tentado isso, em um nível artístico muito superior ao nosso, claro *(risos)*. O teatro é muito importante, porque se faz ao vivo, e as pessoas estão em cena. Forma um grupo quase político de pessoas assistindo. E podemos por meios leves recompor os problemas mais dramáticos e trágicos, em formas completamente diferentes. Inventamos uma tragicomédia, em duas versões. Há uma versão em alemão, encenada numa rádio alemã. E um outro texto que foi encenado em Reims, e que espero apresentar um dia neste belo teatro do Jardim Botânico, no Rio. Sonho em encenar esta peça lá. Em *Gaia Global Circus*, jogamos com vários registros diferentes, o dramático, o mitológico, o irônico, o científico, em uma confusão representada por uma multiplicidade de sons. Nesta hora, o teatro pode representar estas múltiplas vozes, assim como a dança, a história em quadrinhos, o cinema. Quando se assiste a *Gravidade*, pode-se pensar que as pessoas estão começando a refletir um pouco. Hollywood conseguiu fazer um filme de sucesso de grande público sobre este tema. A fronteira da modernização desapareceu da cabeça das pessoas mais inventivas do mundo americano, isso significa muito. É algo extraordinário. A destruição das estações espaciais, uma depois da outra, o retorno à Terra... É um filme magnífico, adorei. Ele diz a milhões de pessoas que a fronteira terminou, o que não é negligenciável. *Avatar* é um outro filme em que esta fronteira é perdida.

Qual a reação do público em relação à peça?

Encenamos até agora apenas seis vezes. Fizemos o que queríamos. Trabalhamos durante quatro anos, encontramos realmente uma forma teatral. Não é algo didático, é teatro. Agora vamos fazer uma turnê e veremos. Há uma dezena de pessoas que tenta pensar as artes de Gaia.

É uma espécie de sensação, de retomar a ligação do décor com os humanos que estão em cena. Por isso inventamos um dispositivo em que o palco se move.

Você também criou uma escola de artes políticas. Como funciona?

Sou muito orgulhoso deste projeto. O objetivo desta escola é o de formar pessoas capazes de abordar todas estas questões. São jovens profissionais, em média entre 30 e 35 anos, que já têm uma competência artística, que pode ser muito diversa – como videastas, dançarinos, galeristas, curadores –, agregados a pessoas das ciências sociais, sobretudo etnólogos e antropólogos, que têm o hábito do trabalho de campo. Este grupo é reunido durante um ano em um sistema de curso intensivo de alto nível. Ao final, devem responder em grupo a uma demanda de alguém interessado em resolver um problema específico. Podem ser solicitações de um hospital, de uma prefeitura, de uma cidade, de uma associação etc. Durante seis meses, os alunos devem fazer uma pesquisa sobre o problema a ser solucionado. Primeiro, ensinamos como fazer uma pesquisa, o que antes para eles, em muitos casos, era apenas muita internet e cerveja *(risos)*. Ensinamos as capacidades das ciências sociais, quantitativas ou qualitativas. Finalizada esta pesquisa, deve-se restituí-la numa forma que renove a situação. Os meios para isso podem ser muitos: vídeos, instalações, intervenções... Eles é que inventam os dispositivos. Formamos tipos de artistas. É algo bastante ambicioso, e caro. Mas é muito interessante, pois renovamos bastante os métodos pedagógicos. Percebemos a extraordinária fraqueza da educação intelectual nas escolas de arte, e a extraordinária fraqueza de meios figurativos das escolas de formação em ciências sociais. Renovamos esta ideia das Artes Políticas. Para ser honesto, até agora ainda não produzimos obras memoráveis. Aprendemos bastante sobre o estado de rendição da vida política francesa. As pessoas estão estagnadas, em um repertório de emoção e de reação bastante estreito, de protesto e de indignação, e é tudo. Estão desarmadas. O slogan da escola é "a política é a arte do possível", mas para isso é preciso que as artes venham a aumentar o possível.

Que demandas de solução de problemas a escola recebe?

Tivemos um pedido de uma associação que lembra, por meio de uma cerimônia anual, as pessoas que morrem na rua. Eles nos solicitaram uma pesquisa e uma sugestão de renovação de seu cerimonial, considerado pouco marcante. Este ano tivemos uma solicitação de cirurgiões que implantam próteses. A operação é bem-sucedida, mas os pacientes se queixam. O médico está contente com o resultado, mas o paciente, não. Entra a questão do conhecimento dos doentes sobre sua doença. Houve também uma demanda sobre a questão da terra para os agricultores e a estetização da paisagem. Como fazer os agricultores compreenderem a dimensão estética da paisagem, que é importante para as pessoas que eles desprezam, aquelas que vêm das cidades? A cada vez é preciso fazer uma pesquisa, trabalhar em grupo, o que é algo bastante exigente para artistas, e adquirir a ideia de uma multiplicidade de formato. Nós aprendemos bastante com os bailarinos. Eu não conhecia nada de dança. Nos ensinaram muito sobre o enquadramento da relação, são pessoas muito interessantes.

Como você vê a revolução digital hoje em curso?

Eu criei o MediaLab da Sciences-Po por isso. Investimos muito nisso. Não creio que muda muita coisa. Eu tenho uma visão utilitária da revolução digital. Sou como os espiões. Da mesma forma que ajuda muito os espiões, também ajuda muito a sociologia. Desenvolvi o MediaLab aqui, e estamos em contato hoje com tudo o que se faz em termos de *big data* em ciências sociais. Não creio que a internet vá provocar revoluções, mas possibilita uma ampliação de controle sobre o social – o que, por um lado, prova a hipótese de Tarde de que outras tradições sociológicas são possíveis – e também permite um nível de reflexividade, de tempo real de representação coletiva extremamente poderosa. Temos trinta pessoas em nosso laboratório, de oito países diferentes, que misturam raras competências, como designers, visualizadores, modelizadores, sociólogos, economistas. Isso renova bastante as ciências sociais. Neste sentido, eu acredito na revolução digital. Não porque revoluciona a sociedade, mas porque dá uma outra traçabilidade à sociedade, o que também interessa aos espiões *(risos)*.

A França recebe em 2015 a Conferência Internacional sobre o Clima. Como o senhor avalia estes encontros?

Estamos muito mobilizados aqui na Sciences-Po, porque será em Paris, e trabalhamos bastante sobre o fracasso de Copenhague, em 2009. Em 2011, refizemos aqui na faculdade, durante uma semana, uma simulação da conferência de Copenhague com os estudantes. Estamos muito ativos, tanto aqui como no Palácio do Eliseu. Na minha interpretação, o sistema de agregação por nação é demasiado convencional para identificar as verdadeiras linhas de clivagens sobre os combates e as oposições. Cada país é atravessado em seu interior por múltiplas facções, e o sistema de negociação pertence à geopolítica tradicional. E também ainda não admitimos que se trata de conflitos políticos importantes. É interessante ver que a França aceitou a conferência como um tema político maior, sem perceber realmente do que se tratava. Por quê? Porque ainda não estamos habituados a considerar – e aqui outra diferença entre "ecologizar" e "modernizar" – que as questões de meio ambiente e da natureza são questões de conflito. Vocês têm isso no Brasil em relação à floresta amazônica. Não é porque se diz "vamos salvar a floresta amazônica" que todo mundo vai estar de acordo. Há muita discordância. E isso é muito complicado de entender dentro da mentalidade do que é uma negociação.

E como abordar esta situação de conflito?

Uma das hipóteses que faço é a necessidade de acentuar o caráter conflituoso antes de entrar em negociações. Não começar pela repartição dos encargos, mas admitir que se está em conflito nas questões da natureza. Os ecologistas têm um pouco a ideia de que, no momento em que se fala de natureza e de fatos científicos, as pessoas vão se alinhar. Que se fale que o atum está desaparecendo, e os pescadores vão começar a parar de matá-los. Sabe-se há muito tempo que é exatamente o contrário que ocorre, eles saem rapidamente em busca do último atum. A minha hipótese é que se deve tornar visíveis estes conflitos. O que coloca vários problemas de teoria política, de ecologia, de representação, de geografia etc. Talvez 2015 já seja um fracasso como foi 2009, 2011, 2013... Mas é interessante tentar. Talvez seja nossa última chance. Vale a pena investir. Tenho muitas ideias. Faremos um colóquio no Rio de Janeiro em setembro de 2014, organizado por Eduardo Viveiros de Castro, sobre estas questões. Depois faremos um outro, em Toulouse, para testar os modelos de negociação. Em 2015 faremos um outro aqui na Sciences-Po. A ideia é encontrar alternativas no debate sobre conflitos de mundo. Não é uma questão das pessoas que são a favor do carvão, ou contra os "climacéticos" etc. Não é a mesma conexão, não é a mesma ciência, não é a mesma confiança na política. São conflitos antropocêntricos.

Há ecos destas ideias no Palácio do Eliseu?

Sim, eles se dão conta de que a conferência sobre o clima, que encaravam como um problema diplomático – prestigioso, mas sobretudo de gestão e de logística –, é uma ocasião política fundamental. Está mudando. Não na Rússia, embora a transformação da paisagem do país seja bastante importante em função do desaparecimento de glaciares. Mas o fato de enxergar a ameaça não torna as pessoas razoáveis. Esta é uma outra fonte de conflito que é preciso avivar. Os australianos são extremamente afetados pela mutação ecológica e, apesar da ameaça, elegeram o governo mais climacético da história. Por isso, o termo "apocalipse" deve ser utilizado com cuidado. Apocalipse é o reconhecimento de que o tempo mudou e que se deve agir. Pensamos muito sobre isso com a ameaça do holocausto nuclear nos anos 1960, ameaça que se aproxima da situação atual. É uma destruição pelo homem que se assemelha ao perigo daqueles tempos.

Sobre os entrevistados

Albert Uderzo – de origem italiana, nascido em 1927 em Fismes, no norte da França, se tornou mundialmente conhecido como desenhista da história em quadrinhos de sucesso "Asterix & Obelix" – a intrépida dupla de gauleses –, escrita por seu amigo e parceiro René Goscinny, que teve diversas adaptações de desenho animado e também para o cinema. Foi diretor artístico da revista de referência de HQ para crianças *Pilote*, criada em 1959, e também desenhou personagens como o índio Humpá-Pá.

Amin Maalouf – escritor franco-libanês, nascido em Beirute, capital do Líbano, em 1949. Após uma passagem pelo Egito, retornou à terra natal e depois, nos anos 70. Sua obra reflete o nomadismo de sua trajetória pessoal. Autor de *Leão, o africano*, *O rochedo de Tânios* – laureado com o prestigioso prêmio literário francês Goncourt – e *O périplo de Baldassare*, foi eleito em 2011 para ocupar um assento imortal da *Académie Française*, no lugar da vaga deixada pelo pensador e antropólogo Claude Lévi-Strauss.

Ariane Mnouchkine – diretora de teatro francesa, nascida em 1939, em Boulogne-sur-Seine. Em maio de 1964, criou o Théâtre du Soleil, situado na Cartoucherie, no bosque de Vincennes, em Paris, palco das originais criações de sua trupe internacional. Considerada como um dos grandes nomes do teatro contemporâneo mundial, produziu quase trinta peças de um estilo cênico próprio, numa dramaturgia sustentada em um método de concepção coletiva e de improvisação.

Bruno Latour – antropólogo, sociólogo e filósofo das ciências francês, nascido em 1947. Em 2013, recebeu o prêmio Holberg, considerado o Nobel das artes e das ciências humanas e sociais, por sua "análise e reinterpretação ambiciosas da modernidade". Defende uma nova visão para a ciência, a economia e a ecologia em obras como *Jamais fomos modernos*, *Reflexão sobre o culto moderno dos deuses fe(i)tiches* ou *Investigação sobre os modos de existência – uma antropologia dos modernos*.

Catherine Millet – nascida em 1948, intelectual e crítica de arte francesa, fundadora em 1972 da prestigiada revista *Art Press*, alcançou sucesso internacional com a publicação de sua autobiografia erótica *A vida sexual de Catherine M.*, em que narra sua vida sexual repleta de aventuras libertinas, traduzida em cerca de 50 idiomas. Já *A outra vida de Catherine M.* é um relato pessoal de como viveu um incontrolável e violento ciúme por causa das relações extraconjugais de seu companheiro, apesar de sua filosofia sexual libertária.

Charles Aznavour – intérprete-compositor de origem armênia, nascido na França, em 1924. É considerado um dos maiores e últimos *chansonniers* e *crooners* franceses, autor de mais de mil canções cantadas em oito diferentes línguas, entre as quais estão sucessos como "La Bohème", "Sa jeunesse", "Les plaisirs démodés", "Désormais", "Emmenez-moi" ou "Hier encore". Vendeu mais de 180 milhões de discos no mundo, e também atuou como ator em dezenas de filmes.

Charlotte Gainsbourg – atriz e cantora franco-britânica nascida em 1971, filha de Serge Gainsbourg e Jane Birkin. Vencedora da Palma de Ouro de melhor atriz no Festival Internacional de Cinema de Cannes, em 2009, por sua atuação no filme *Anticristo*, de Lars von Trier (que também a dirigiu em *Melancolia* e *Ninfomaníaca*). Na carreira musical, lançou álbuns como *5:55*, *IRM* e *Stage Whisper*, fruto de sua colaboração com reputados nomes como Beck ou o grupo Air.

Daniel Roche – historiador francês, nascido em 1935, especialista no Iluminismo e na história cultural, urbana e social da França. Professor honorário do Collège de France, dirigiu por dez anos o Instituto de História Moderna e Contemporânea. Na obra *Humores vagabundos – sobre a circulação dos homens e a utilidade das viagens*, analisa o sedentarismo e a mobilidade, e as formas, causas e consequências da circulação de indivíduos e populações entre os séculos XVI e XVIII, passando também pelo gênero dos relatos de viagens.

David Servan-Schreiber – médico francês (1961-2011), psiquiatra e neurocientista, autor dos best-sellers *Curar o estresse, a ansiedade e a depressão sem medicamentos nem psicanálise* e *Anticâncer – prevenir e lutar graças às nossas defesas naturais*. Doutor em Ciências Neurocognitivas pela Universidade de Carnegie, criou e dirigiu o Centro de Medicina Complementar da Universidade de Pittsburgh (EUA). Em *Podemos dizer adeus mais de uma vez*, se despede em um testemunho final em sua luta contra o câncer.

Élisabeth Roudinesco – psicanalista e historiadora da psicanálise, nasceu em Paris, em 1944. Autora de mais de uma quinzena de obras, entre as quais uma história da psicanálise na França em dois volumes e uma biografia de Jacques Lacan, lançou em 2014 uma biografia de 600 páginas de Sigmund Freud: *Sigmund Freud – em seu tempo e no nosso*. Entre outros de seus ensaios estão ainda *A família em desordem*; *De que amanhã...* (com Jacques Derrida); *O paciente, o terapeuta e o Estado*; *Por que a psicanálise?* e *Filósofos na tormenta*.

Frank Gehry – arquiteto nascido em Toronto, no Canadá, em 1929, e depois naturalizado americano. Projetou algumas das construções arquitetônicas mais em vista das últimas décadas, como o Museu Guggenheim, em Bilbao, na Espanha; o Walt Disney Concert Hall, em Los Angeles, nos EUA; a Casa Dançante, em Praga, na República Checa, e o espaço Louis Vuitton, em Paris, na França. É frequentemente citado como o mais aclamado arquiteto americano desde Frank Lloyd Wright.

Gilles Lipovetsky – filósofo francês, nascido em 1944, especialista no estudo do consumo e do luxo na sociedade contemporânea. Conhecido no Brasil por suas conferências e obras traduzidas – entre as quais estão *O império do efêmero*, *Luxo eterno*, *A terceira mulher*, *Os tempos hipermodernos*, *A era do vazio* ou *A felicidade paradoxal – ensaio sobre a sociedade do hiperconsumo* –, analisa as metamorfoses do capitalismo de consumo, na fase em que denomina como de "hiperconsumo".

Gyula Grosics – goleiro da célebre seleção de futebol da Hungria que maravilhou o mundo e atemorizou seus adversários nos anos 1950, conhecida como a "equipe de ouro". Recebeu a alcunha de Pantera Negra, por seu uniforme preto. Foi o jogador que por mais tempo atuou na seleção nacional eternamente marcada pela inesperada derrota no Mundial de 1954 e também pelas perseguições do regime comunista. Nasceu na cidade de Dorog, em 1926, e morreu em Budapeste, em 2014, aos 88 anos.

Ian Kershaw – historiador britânico, nascido em Oldham, em 1943, reconhecido mundialmente por seus trabalhos sobre as especificidades da liderança carismática e da popularidade de Adolf Hitler e o funcionamento das engrenagens e dos mecanismos do nazismo. Entre suas várias obras sobre o período nazista, os dois volumes de sua biografia do Führer – *Hitler 1889-1936: Hubris* e *Hitler 1936-1945: Nêmesis* – são considerados como referência por reputados críticos e especialistas.

Jan Fabre – coreógrafo, performático, desenhista, autor, escultor, diretor de teatro, Jan Fabre nasceu em Anvers, na Bélgica, em 1958. Se consolidou como um dos principais nomes da dança belga e flamenga contemporânea, ao lado de Alain Platel, Anne Teresa Keersmaker ou Wim Vandekeybus. Em 1986, fundou a sua própria companhia, Troubleyn, núcleo de suas por vezes polêmicas criações, com passagens pelo Festival de Avignon, as Bienais de Veneza e São Paulo ou a Documenta de Kassel, e também como convidado do Museu do Louvre.

Jane Birkin – atriz, cantora e modelo nascida em 1946, em Londres, na Inglaterra, e naturalizada francesa. No final dos anos 60, conheceu em Paris o cantor e compositor Serge Gainsbourg, com quem formou por mais de uma década um dos mais emblemáticos casais de sua época, símbolo da liberalização moral dos anos 70. Gainsbourg fez dela sua eterna musa e também parceira artística – é dela a voz no lançamento da célebre canção "Je t'aime moi non plus" (1969), censurada em inúmeros países.

Jean Clair – pseudônimo de Gérard Régnier, ensaísta, escritor e historiador da arte francês, nascido em Paris, em 1940. Trabalhou nos museu L'Orangerie, no Museu Nacional de Arte Moderna, no Centro Pompidou, e dirigiu o Museu Picasso. Reconhecido polemista em temas de arte contemporânea, organizou grandes exposições nacionais como "Duchamp", "Os realismos", "Viena", "A alma do corpo", "Balthus", "Szafran", "Melancolia", "Crime e castigo", e comandou o centenário da Bienal de Veneza.

John Malkovich – ator, diretor, roteirista e produtor americano, nascido em 1953 em Christopher, Illinois. Atuou em mais de cinquenta filmes após ter debutado sua carreira na interpretação na dramaturgia independente. Diretor de filmes e de peças de teatro, no cinema trabalhou para cineastas como Stephen Frears, Spike Jonze, Volker Schlöndorff, Woody Allen, Steven Spielberg, Manoel de Oliveira, Michelangelo Antonioni, Wim Wenders, Jane Campion, Peter Yates, Gary Sinise e Bernardo Bertolucci.

Luc Ferry – filósofo francês, nascido em Colombes, em 1951. Defensor de um novo humanismo, é também um assíduo interventor nos debates públicos e políticos do país – tendo, inclusive, ocupado por dois anos o posto de ministro da Educação Nacional –, e convidado dos debates do ciclo Fronteiras do Pensamento, no Brasil. Entre suas principais obras estão *A nova ordem ecológica, O que é uma vida bem-sucedida*, *Aprender a viver* e *Famílias, amo vocês – política e vida privada na era da globalização*.

Michael Stipe – cantor, compositor, artista visual, escultor, produtor musical, de vídeo e de cinema, nascido na Georgia, nos EUA, em 1960. Em 1980, foi um dos fundadores da grupo R.E.M., de sucesso internacional por meio de *hits como* "Losing my religion", "Everybody hurts", "Shiny happy people", "Orange crush", "Man on the moon" ou "It's the end of the world as we know it (and I feel fine)", até sua dissolução em 2011. Além de líder da banda, se impôs como um artista engajado e ativista político, atuante em combates de seu tempo.

Michel Houellebecq – escritor, nascido em 1956, é um dos autores franceses contemporâneos mais traduzidos no mundo. Laureado com o prestigiado prêmio francês Goncourt, em 2010, com o livro *O mapa e o território,* alcançou renome internacional por meio de obras como *Extensão do domínio da luta*, *Plataforma*, *Partículas elementares*, *A possibilidade uma ilha* ou *Submissão*, e também por suas controversas temáticas e opiniões. Também é poeta, fotógrafo, cineasta e ator.

Michel Maffesoli - sociólogo francês, nascido em 1944, é um dos expoentes do pensamento da pós-modernidade. Foi aluno de Gilbert Duran, e fundou com Georges Balandier o Centro de Estudos sobre o Atual e o Cotidiano (Ceaq). Dirigiu as revistas *Sociétés* e *Cahiers Européens de l'Imaginaire*, além do Centro de Pesquisas sobre o Imaginário (M.S.H.). Seus trabalhos exploram o mundo das emoções e dos afetos e os conceitos de nomadismo e de tribalização nas sociedades contemporâneas.

Péter Esterházy - escritor húngaro, nascido em Budapeste, em 1950. É frequentemente citado na lista de nomes candidatos a ganhar o prêmio Nobel de Literatura e um dos autores húngaros mais celebrados internacionalmente junto com Péter Nádas ou Imre Kertész. Com livros traduzidos no Brasil, tem como obra maior de referência da crítica *Harmonia Caelestis* (2000), em que narra a trajetória de sua família em forma de romance. Também foi jogador de futebol da quarta divisão em seu país.

Philippe Roger - Nascido em 1949, pensador e historiador francês, especialista no século XVIII e na história das ideias, com obras publicadas sobre o Marquês de Sade e Roland Barthes, e premiado por seu trabalho sobre a genealogia do antiamericanismo francês. É diretor de pesquisas do Centro Nacional de Pesquisa Científica (CNRS, na sigla em francês) e também da revista *Critique*. Leciona na Escola de Altos Estudos em Ciências Sociais, em Paris, e na Universidade de Virginia, nos EUA.

Pina Bausch - dançarina e coreógrafa alemã, nascida em Solingen, em 1940, e falecida em Wuppertal, em 2009, aos 68 anos. Conhecida por ter criado nos anos 1970 o *thanztheater*, originais espetáculos de dança-teatro desenvolvidos ao longo de décadas no seio de sua própria companhia por meio de elogiadas peças apresentadas em turnês internacionais. Seu trabalho foi postumamente celebrado no documentário *Pina* (2011), dirigido pelo cineasta Wim Wenders.

Robert Badinter - advogado, ensaísta e político francês, nascido em Paris, em1928. Tornou-se conhecido para o mundo como o homem que acabou com a guilhotina na França. Como ministro da Justiça do presidente François Mitterrand, obteve, após um longo e custoso embate, a abolição da pena de morte no país, aprovada pela Assembleia Nacional em 9 de outubro de 1981. Foi também um dos maiores instigadores da formação do Tribunal Penal Internacional de Haia.

Robert Crumb - cartunista cult e iconoclasta, considerado por muitos como papa do movimento underground dos comics americanos e uma referência da história mundial dos quadrinhos. Criou personagens que se tornaram lenda no universo da HQ, como *Mr. Natural* e *Fritz the Cat*, e de revistas como *Zap Comix* e *Weirdo*. Nasceu em 1943, na Filadélfia, nos EUA, e vive há três décadas em Sauve, aldeia medieval na região de Languedoc-Roussilon, na França.

Roland Castro – arquiteto e urbanista francês, nascido em Limoges, em 1940, foi um dos líderes do movimento estudantil de Maio de 68, em Paris. No período pós-rebelião, se analisou durante sete anos com o psicanalista Jacques Lacan. Trabalhou no governo socialista de François Mitterrand em um projeto de renovação dos subúrbios. Em 2006, lançou sua candidatura à eleição presidencial sob a sigla de seu Movimento da Utopia Concreta (MUC), que prega a "restauração das relações sociais".

Sempé – desenhista e cartunista francês, nascido em Bordeaux, em 1932. Ilustrador desde os 27 anos da popular série *O pequeno Nicolau* (escrita por René Goscinny); pai dos personagens Raul Taburin, Marcelino Pedregulho e Senhor Lambert; autor dos desenhos de mais de cem capas da prestigiada revista americana *New Yorker* e de milhares de cartuns reproduzidos mundialmente, dotados de seu singular estilo de traço e de humor.

Stephen Greenblatt – teórico e crítico literário americano, nascido em Boston, em 1943, reputado como um dos maiores especialistas da obra de William Shakespeare. Sua biografia do célebre dramaturgo, *Como Shakespeare se tornou Shakespeare*, foi finalista do prêmio Pulitzer, láurea que acabou recebendo depois com a obra *A virada: o nascimento do mundo moderno*, ensaio sobre as origens da modernidade. É também um dos fundadores da corrente teórica do *New historicism* – o novo historicismo –, cultuada nos anos 80.

Sobre as entrevistas

Pina Bausch: *Bravo!*, 2006
Sempé: *O Globo*, 2012
Frank Gehry: *O Globo*, 2010
Ariane Mnouchkine: *O Globo*, 2010
Jane Birkin: *Cidade Jardim*, 2009
Charlotte Gainsbourg: *O Globo*, 2012
Michel Houellebecq: *O Globo*, 2015
Albert Uderzo: *Personnalité*, 2009
Charles Aznavour: *Zero Hora*, 2008
Gyula Grosics: *O Globo*, 2009
Péter Esterházy: *O Globo*, 2009
Robert Crumb: *+Soma*, 2009
David Servan-Schreiber: *Folha de S.Paulo*, 2003; *Bons Fluidos*, 2004 e 2008
John Malkovich: *Personnalité*, 2007
Gilles Lipovetsky: *Bons Fluidos*, 2008; *Personnalité*, 2008
Catherine Millet: *Revista da Cultura*, 2009
Stephen Greenblatt: *O Globo*, 2011
Michel Maffesoli: *inédita; O Globo*, 2012 e 2014
Jan Fabre: *Bravo!*, 2002
Amin Maalouf: *O Globo*, 2012
Michael Stipe: *O Globo*, 2013
Robert Badinter: *República*, 1999
Luc Ferry: *Bons Fluidos*, 2007
Ian Kershaw: *Aventuras na História*, 2009
Jean Clair: *Primeira Leitura*, 2008
Élisabeth Roudinesco: *O Globo*, 2014
Philippe Roger: *Folha de S.Paulo*, 2003
Daniel Roche: *Folha de S.Paulo*, 2004
Roland Castro: *Aventuras na História*, 2007
Bruno Latour: *O Globo*, 2013

Agradecimentos

Aos veículos em que foram publicadas as entrevistas deste livro: *O Globo*, *Folha de S.Paulo*, *Zero Hora*, *Bravo!*, *República*, *Primeira Leitura*, *Revista da Cultura*, *+Soma*, *Bons Fluídos*, *Personnalité*, *Cidade Jardim*, *Aventuras na História*.

Aos entrevistados, pela disponibilidade de tempo e generosidade nos encontros.

Ignácio de Loyola Brandão, pela honra e gentileza do prefácio.

Stephanie Mourad, Fábio Nascimento, Liliana Andreone, Michèle Laurent e Vânia Weber, sem os quais não teria sido possível a publicação das fotografias dos entrevistados.

Jacqueline Lemos, pela arte da capa.

Rosaura Eichenberg, tia, amiga, tradutora e amante das letras, pela atenta leitura prévia de indispensáveis conselhos.

Luis Fernando e Lúcia Verissimo e Lucia Riff, com quem tudo começou no *Entre aspas 1*.

Rodolfo Fernandes (1962-2011), que nos deixou cedo demais, e Ascânio Seleme, pelo estímulo e o apoio de sempre.

Ivan e Lima, por concederem sobrevida a estas entrevistas, e Caroline Chang, Janine Mogendorff, Marina Ferreira, Fernanda Scherer e Paula Taitelbaum pelo cuidado e atenção na produção.

Por diferentes e valorosas contribuições para a realização deste livro: Théâtre du Soleil, Théâtre de La Ville, Elisa Santos, Lora Fountain, Soizic Molkhou, Vanessa Nahon, Isabelle Creusot, Éva Gáldi, Martine Gostieux, Newton Bento, Cassiana Der Haroutiounian, Amy Hairston, Diego de Godoy, Marcelo Ferroni, Simone Ruiz, Felipe Maciel, Mario, Dani, Ana, Boris, Gabriel, Graciliano, Editora Globo, Clara Bauer.

Créditos das fotos

Michel Houellebecq: Philippe Matsas / ZUMA Press / Glow Images
Albert Uderzo: ROMUALD MEIGNEUX / SIPA / AP Photo/ Glow Images
Catherine Millet: Sarah Lee / eyevine / Glow Images
Charlotte Gainsbourg: COLLET GUILLAUME / SIPA / AP Photo / Glow Images
Daniel Roche: Jean-Pierre Couderc / Roger-Viollet / Glow Images
David Servan-Schreiber: Ed Alcock / eyevine / Glow Images
Élisabeth Roudinesco: Ed Alcock / eyevine / Glow Images
Frank Gehry: LEVY BRUNO / SIPA / Newscom / Glow Images
Gilles Lipovetsky: REAU ALEXIS / SIPA / Newscom / Glow Images
Ian Kershaw: NEIL SPENCE / Alamy / Glow Images
Jan Fabre: Droeshaut Olivia-Dethier Yves / Abaca / Newscom / Glow Images
Jean Clair: Monier/Rue des Archives/Latinstock
John Malkovich: Heiko Prigge/Corbis/Latinstock
Luc Ferry: Panoramic / ZUMA PRESS / Glow Images
Philippe Roger: Philippe MATSAS/Opale/Leemage
Pina Bausch: Michael Probst / AP Photo / Glow Images
Robert Badinter: Xavier de Torres / Maxppp / Zuma Press / Glow Images
Robert Crumb: David Levene / eyevine / Glow Images
Roland Castro: CAPMAN / SIPA / Newscom / Glow Images
Stephen Greenblatt: Chitose Suzuki / AP Photo / Glow Images
Ariane Mnouchkine: © Michèle Laurent
Jane Birkin: © Fábio Nascimento
Michael Stipe: © Fernando Eichenberg
Sempé: © Fernando Eichenberg
Bruno Latour: © Fernando Eichenberg
Michel Maffesoli: © Fernando Eichenberg
Péter Esterházy: © Fernando Eichenberg
Amin Maalouf: © Fernando Eichenberg
Charles Aznavour: © Fernando Eichenberg
Gyula Grosics: © Fernando Eichenberg

IMPRESSÃO:

GRÁFICA EDITORA Pallotti IMAGEM DE QUALIDADE

Santa Maria - RS - Fone/Fax: (55) 3220.4500
www.pallotti.com.br